JN190031

新井素子SF&ファンタジーコレクション 2

扉を開けて
二分割幽霊綺譚

新井素子

日下三蔵 編

柏書房

目次

装丁　芦澤泰偉
装画　シライシユウコ

扉を開けて

PART I

静かな道を、あたしは歩いていた。うすい灰色、暗褐色、深い緑と混じった白。何とも表現しようのない、暗い色調で統べられた道。いや、道というより、洞窟と言った方が正確なのかな。うねうね続く胎内道。その道は、少ししめって、こころもち柔らかく――本当に何か生き物の胎内のようだった。腸――あるいは、血管。内臓器官。ブーツのかかとが弾きだす規則的な音まで吸いとってしまう。

磁石に引きつけられてる感じだわ。何かに引かれる。魅きつけられる……。

あたしは心の中で呟いてみる。声を出すのは少し怖かった――ここには音がないのだから。

たとえ道が細くなろうとも、決して絶えることがないのを、あたしは知っている。この先にあるのだ。あたしが開けねばならない扉。

やがて、駆け足になってくる。さながら磁石の如き吸引力の源に近づいたせいだ。魅かれる力が強くなる。

と、同時にわきあがる恐怖。道が、脈うっている。どっくん、どっくん、どっくん……。目の前を赤い幻が走りさる。血球の群れ。そう、これはきっと血管。あたし、流されている。流されてゆく。心臓に向かって。

異様なことに気づく。これはあたしの血管。何故って、脈うつリズムがあたしの心臓とまるで同じ。

動悸が速くなる。それにつれて、道の動きも速くなる。嫌だ。嫌だ。嫌だ。あれはあたしの心臓。あたしの血液中に、あたし本体なんて異物が混じって大丈夫なんだろうか。

扉が見えてくる。大きな厚い大理石の扉。くさび形文字のような模様が彫ってある。

開けなければならない。何故ならあたしは〝扉を開ける者〟だからだ。

いつも閉じこめてきたでしょ。あたしの声が道にひびく。とっぷり中へ抱え込んでしまった、あたしの生命。あたしの生涯。あたしの宇宙。

開けなければ。扉。外へ。

扉の内側から、言葉が細い糸のようににじみ出てくる。ネリューラ。その単語があたしの体をがんじがらめにして、扉へと近づける。

ネリューラ。扉を開ける者。伝説の女王。

吸引力が強くなればなる程、心の中の抵抗も強まる。嫌だってば。あたしはそっちへ行きたくない。扉を開けることはおろか、それに手すら触れたくない。何故って、外にあるのは危険と――そして、恐怖。うすい緑を地にして、赤でふちどられた漢字が浮かぶ。危険。そして、恐怖。

　糸になった言葉を断ち切ろうとして、あたしはもがく。ネリューラ。おまえは扉を開けねばならない。

　根岸美弥子。それがあたしの名前よ。あたし、扉を開ける者なんかじゃない。あたし、扉を開けない。

　無音の戦いは激しさを増し、道は大きく波うち、あたしの心臓ははねあがる。

　そして結末。

　あたしは思いっきり身をよじると、からみつく言葉の糸を断ち切った。きびすを返し走りだす。背の道が溶けてゆく。

　走る。走る。走る。

　扉に背を向けているのに、何故か、扉が見えた。大理石が透ける。あちら側には、大勢の人がひざまずいている。中央に、青味がかった銀髪の男。彼の右手から、ネリューラという言葉の糸が吐き出される。

　何故だ。男が呟くのが聞こえる。何故、扉を開けてくれない。時は満ちているのに。

　扉を開ける者。歴史を動かす者。今は十二年に一度、最も魔の月が強くなる年。

　目を閉じても、執拗に、その情景は見えてしまう。あたしはそれを無視して、ひたすら走る。今や道は地震状態と化し、暗い色調は濃さを増していた。暗く。黒く。


　そして。

☆

　――そして、白い正方形。

　あたしは、深く息をつくと、見なれた白い正方形のあつまりを見つめた。はふ。白い正方形の大きな板が構成している、部屋の天井。ベッドに横たわっているあたしの胸は、大きく波打っていた。脈が速い。いつの間にかあたし、すっかり体を丸くしていて。胎児の格好。

　たく。何つう精神衛生に悪い夢だ。体を伸ばして深呼吸。あー、気色悪。それも、この夢ばっかり四日連続。たまりませんわ。

　……何が、いけないんだろう。こんな夢を見ちゃう訳。夢は願望充足だなんて、ぜえったい、思えない。これじゃ健康そこなうだけよ。

　ふん。でも、願望充足ねえ。あたしは扉を開けたがっている……何の？　夢判断なんてやってみるにはあまりに抽象的。……とにかく起きよう。朝だから。

　はずみをつけて起きあがる。ぶるっ。マリリン・モンローより下着一枚だけ余計って格好で寝てるから、四月とはいえ毛布から出ると寒いのだ。

　顔洗って着替えると、朝刊見ながらトースト二枚、ベーコンエッグとサラダにコーヒーを胃におさめて。一人っきりの食事がさみしいなんて、昔、よく思ったものね。

むかあしむかし。もう慣れたわ。

どうしようかな。視線が朝刊の上をさまよう。株式欄。今日は月に一度の仕事の日なのよね。だけど……何か気がのらない。

いいや、やめよう。何も満月の日にやんなくたっていいんだ。月齢十六日でも十七日でも、満月期には違いないでしょう。むしろ気がのらないって要素の方、重視しよっと。気がのらない日に無理矢理やっても、きっとあたりゃしないんだから。

さて。仕事やめるっつうと、これから学校行くまで一時間位暇だなあ。こういう時なのよね。ふっと〝むなしさ〟なんて単語が心の中をよぎるの。あたし、本当に、何もできない子なんだもん。土日なんて、暇で暇でしようがないの。雑誌読むかTV見るかくらいよ、できるのは。クラブはいっていないし、バイトする必要ないし、親友いないし恋人いない。

よそ。こんな阿呆なこと考えんの。

とにかくあたしは深くソファに腰かける。セブンスター一本くわえて。

☆

あたし、根岸美弥子という。通称ネコ。ねぎしみやこ、の上下をとったペットネーム。身長百六十八センチ、二十歳。大学の三年生。都内のマンションに一人暮らし。親のやっかいにはなってない。一応、高校にはいった時から、経済的には自立してる。

とは言っても、別に、両親が死んだ、なんてわけじゃなくて……えーと、何ていうのかな、これはあたしがいささか特殊なせいで発生した状況なのだ。特殊ってのはつまり、えーとね……特殊なのよ。普通でないの。

何ていうのかなあたし――一番あてはまってる単語使うと――自分って、魔女じゃないかなって思ってる。

魔女。魔法使い。

まず、あたし、思念を集中すれば、未来を時々見ることができる。これを利用して、株の変動、馬券のあたりはずれなんかを予見し、生計たててる。

それから。あたしが相手の目を思念を集中して見すえると、その相手は大体あたしの意思どおりに動いてしまう。つまり、他人の精神をあやつれる訳。でも、これ、単にあやつれるってだけで、読めるっていうのとは違うからね。

あと。あたしの目は、物を弾くことができる。ものを弾く――よく判んない。一種の念動力みたいなものだと思う。

そういうのは二十世紀において、魔女じゃなくて超能力者って言うって？　でもね、あたしのこの能力は、どういうわけか月の運行に影響されるのだ。満月期を最高として、新月期で人並み。月を守護神とするあたり、どうしても魔女・狼男路線だと思う。

それに。あたしの目は、あたしが力を使う時、緑に変色してしまうのだ。（あ、平生は焦茶よ）。この辺も何だか魔女がかってて気味悪い。

でね。あたしが両親と別居しているのは、この能力のせいなの。といってもね、親は、あたしの能力を、はっきりとは知らないと思うんだ。ただ――生まれた時から中学生時代まで一緒にすんでたから――うすうす気づいているとは思うのね。で、嫌じゃない？　こんな化け物みたいな娘と一緒にすむの。あたしの考えすぎかも知れないけど――何ていうのかな、カンがしたのよ。このまままずっと両親とすんでいたら、いつの日かあたしは、両親にとっておそるべき人間になってしまう。でも、早いうちに別居して、たまに里帰りするって生活してれば、あたしはいつまでも愛娘でいられるんじゃないかなって。

親の方も似たようなこと考えていたんだろうと思う。高校の時、あたしがアパート住まいしたいって言いだしたら、おまえにはその方があっているかも知れないって、簡単に許してくれた。で、今は二カ月につき一週間の里帰り、というペースで別居中。

その後は、約一年のペースでアパートを転々として。あたしね、近所づきあいができない人だから。友達にしても何にしても、ワンクッションおかないとつきあえない。けどね、家が近いと、自然にそのワンクッションがなくなっちゃうでしょ。それが困る。だもんでちょくちょくお引っ越し。同様の理由で親友もできない。必要以上に親しくなれば、あたし、その人からはなれちゃうもの。これはもうどうしようもない自己防衛本能。

ただ。大学にはいって安定したのかな、この第13あかねマンションには、もう二年ちょっと居ついてる。何となく、このマンションとは相性がいいのよね。雰囲気があたしに合うんだろうと思う。ここは以前から、幽霊が出るだの人が消えるだの、変な噂の多いマンションでね、定住する人がほとんどいないの（はやい話、あたしが引っ越さなくても、まわりがぼろぼろ引っ越してくれる訳）。で、まれに定住する人がいると、これがまた、妙な人ばっかりで。

妙な人。それ、それもあるわ。

このマンションの204号室――隣の部屋のこと――には、あたしのBFがすんでるの。BF。お友達。あたしの、はじめての、そして今のところ唯一人の、特別の人。おともだち。

判る？　つまり彼は、あたしがはじめてみつけた仲間なのよ。普通の人間ではない人。テレポーター。

☆

どんどんどん。左の壁が三回鳴った。杳だ。あたしはOKの合図に、壁を一回けり返す。と、唐突に、部屋の中央部に、人間の輪郭がうかびあがってくる。約五秒たらずで、ぼやけた輪郭は完全に人間型となり、目前に隣人でBFで唯一の仲間、斉木杏がつっ立っていた。

「ハイ。今日は早起きね」

「ん……コーヒーいれてくれる」

　胸まであるストレートの黒髪、櫛いれてないみたい。ひげもそってないや。うっすらかびみたいな無精ひげ。

　あたしにコーヒーいれさせといて、杏はソファにどてっと腰かけた。そのままソファに沈みこんで眠っちゃいそう。

「あー、眠」

「どうしたのよ、こんな朝早く」

「朝早くこないとあんた学校行っちまうだろうが……。たく、大学の朝の授業なんて、自主休講しちまえばいいのに」

　じょおっだん。この生活で、学校行くのやめちゃったら、他に何もすることがないじゃない。

「あたし誰かさんと違うもん。あなたのやくざな商売につきあってたら、留年決定よ」

　彼はフリーのルポライターやってる。定時に出社する必要のない仕事なんで、いきおい生活はルーズというかいい加減。大抵昼すぎまで寝てる。

「トースト焼こうか」

「お、頼む。ついでにハムエッグか何かついてくると、もう、感激しちまうんだがな」

　うっうっ、平凡な朝の会話。いいな、こういうの。変な話だけど、この手の会話するたびに、あっ、感動……。ついついサービスしたくなる。

「ハムエッグにサラダもおまけしてあげるね」

「いいよ。サラダはパス」

「駄目。どうせ野菜食べてないんでしょうが」

「おふくろみたいなこと言うなよな。どうして女って同じ台詞言うんだろう。杏さん、あんまり煙草吸っちゃ駄目よ。まあ、コーヒー何杯め？　あのね、ミルクいれた方が体にいいの。いい加減暗記しちまうぜ」

「はん。それ、今年はいって何人めの彼女の台詞」

「ん、まだ三人め」

「まだってあなたね、それこそまだ四月よ」

　あたしは強制的にハムエッグとサラダの皿と、少し焦げすぎたトーストを彼の前におく。彼はその容姿（何つうのかな、典型的美少年が二十六になっちゃったって奴。黒髪はサラサラストレート、目はすんでて口許は小づくり、鼻筋たかく、背も高く、あくまで細身で比較的女顔、たまに前髪がはらりと額にかかる）のせいか、性格のせいか、月に一度位彼女を変えてる。といっても、ふり方が余程うまいのか、何故か女性に恨まれないっていう得な性分。

「そいで？」

「あのさ、俺、今日、体あいてんの。丸一日。で、あんたの言ってた男、見にいこうかと思ってさ」

「ふふん」

時間割を思い出す。

「今日はね、三限のゼミが桂一郎と一緒。午後二時半すぎに校門のあたりにいてくれる？」

「あんたとこの学校、三時間めはじまんの二時半すぎなの？　ずいぶん遅いな」

「莫迦ね。三限がおわんのが二時半すぎなの……。今日のゼミ、あたしが発表する番だから、さぼるわけにいかないの。ゼミおわった後で彼お茶にでも誘うから。さりげなく茶店にでもつけてきて、彼の様子見てよ。果たして彼が〝仲間〟かどうか」

「OK。じゃ、二時半に」

食欲満たしおえたせいか、今度は杏の体が消えるのに、三秒かかんなかった。

☆

学校へ行く道すがら、あたしは桂一郎のことを考えていた。桂一郎——山岸桂一郎。あたしのカンが狂っていなければ、彼は多分二人めの仲間。

どういう種類の超能力者なのかは全然判んない。ただ、彼も、体調と月の運行の間に規則性を持っている。あきらかに。

あたしは彼の食事のおわった頃をみはからって、キッチンの椅子をひきずってきて、彼の前に座った。セブンスターに火をつける。

「デートにいそがしい杏ちゃんが、何だって早起きして、あたしの登校前にいらした訳」

「その〝はるかちゃん〟ってのやめてくれる？　頼むからさ」

彼、斉木家の五男坊なのね。何でも彼のお父さんは、ひどく女の子が欲しかったらしく、長男、次男、三男、四男って続いて男だったもんで、確率にかけても第五子を女の子と確信してたんだって。で、彼のお母さんが七月生まれで夏香って名なので、五月二日が予定日の子に、春香って名前を用意して待ってたんだって。ところが四月二十九日に生まれた子は、またまた男。お父さんいい加減嫌になって、男名前を考える気にもなれず、春香をそのままひらがなにして、五男の名前を斉木はるかにしたの。この名前のせいと、持って生まれた女顔のせいで、彼、子供時代ずっとお兄さんに〝はるかちゃん〟って呼ばれて女の子扱いされて育ったそう。だもんで、はるかちゃんって呼ばれると、鳥肌たつんだって。今の名前——斉木杏は、ペンネーム。表札に斉木はるかってやっとくと、十中八九女に思われるから。……ま、以上のことを知ってて杏ちゃんとわざと呼んでるあたしもあたしだけどね。

最初、それに気づいたのは——汚い話で悪いんだけど——彼の体臭のせいだった。

去年、語学が三つ、彼と同じだったのよね。で、去年の夏休みあけ、英語の授業のあとで、一人で茶店にはいったあたしを桂一郎が追ってきた。あたしの前の席に座って。

「ネコちゃん、今、いい？　あのさ、君……魔女とか吸血鬼とかって、いると思う？」

三つ、どきっとした。

まず、彼の態度。あたし、駄目なの、突然人に話しかけられるのって。まだガードができてないじゃない。くつろいでいる時、脇に人がいるのも駄目。

それから、言われた台詞。魔女。あたし、自分を魔女みたいなもんだと思ってるし……。

あと、におい。何、この人。丸一週間はお風呂にはいってないわね。そんな感じ。

彼は、あたしの表情の変化にまるで気づかず、二の句をついだ。

「それからあの……狼男とか、さ」

「さあ……んっと……」

危険を感じたあたし、思わず口走っちゃった。

「それよか山岸君。あなた、一週間位、お風呂にはいってないんじゃない？」

「あ、ごめん」

桂一郎は律儀に身をかわすしぐさをした。

「気をつけてるんだけどね、俺、体臭きつくて。今朝もシャワーあびてきたんだけどね」

嘘ぉ。……いや、もし、それが本当だとしたら。この人、きっと何かの病気だわ。尋常の体臭じゃない。

その後、何かにつけて、あたしは彼の体臭を意識するようになってしまった。その結果、変なことが判ったの。彼の体臭、満月期には異様な程、きつくなる。新月期には、普通の人並み。新月から満月にかけて、月が満ちるとともに体臭もきつくなる。

自分のことは判らないからおくとして、杏の場合、こんなことはない。けど——何かよく判んないけど、彼も月と関係ある人間みたいじゃない。

で、まあ、一週間位前から、杏に出馬を願った訳。あたし一人じゃ確信持てないし、もし桂一郎が仲間だとしても、「あなた、超能力者？」って質問して、素直に「うん」と言うとは思えない。杏は、その特殊能力をいかして、人の家に忍びこみ人の秘密をさぐりだすことができるでしょう。あたしと杏が友達になれたのも、あたしを仲間じゃないかと踏んだ杏が、うちのシャワールームに一週間張りこんだせいだし。

☆

お昼時。あたしは学食で、友人の女の子とカレーライスを食べてた。よもやま話のフルコース付き。彼女は、春休みに行ってきたスキーで足を挫き、その話を主にしていた。

「あたし、スキーはじめてだったでしょ。運動神経も悪かったしね。そこへもってきて、間違って上級者用のリフトに乗っちゃったのよね」

いかにして転んだかの状況描写がおわった処で、彼女は、何故転んだかの理由説明にはいっていた。あたし、適当に返事する。こういう会話、好きなんだ。意味が全然なくて、ガードする必要もなくて、なのに何だか〝おともだち〟の雰囲気、味わえるじゃない。

「要するに、三拍子そろっちゃったのよね。初体験で運痴で分不相応」

と、突然。

「あ……」

思わずうめく。

「ん？　どうかした」

「ん……ちょっと、頭がね」

痛んだのだ。ふいに。

三拍子そろっちゃった。何だろう、このフレーズ。ひっかかる。

「頭、痛いの？　大丈夫？　……嫌だ、ネコ、まっ青よ」

「そお……」

「すごく顔色悪い。ちょっと待ってね」

彼女は、あたしの額に手をおいた。

「……熱はないみたいね」

「うん。どってことない」

と口ではいったものの。実のところ、どってことないなんてもんじゃなかった。

三拍子そろう。三拍子そろえちゃいけない。

このフレーズが、頭の中をいったり来たりしていた。

ずきずきずきずき。

「ちょっとお、ネコ、帰って寝てた方がいいみたいよ。凄い顔色」

「だって、次のゼミ、あたしの発表」

「その顔色でゼミじゃないわよ。かぜのひきっぱなじゃない？」

かぜのひきっぱななんかじゃない。よく判っていた。これは――えらい犠牲がくっついてるけど――予知の一種だ。視界にうすい緑のもやがかかる。ので、慌てて目を閉じる。彼女――尋子ちゃんに、変色した目を見せる訳にはいかない。

三拍子そろえてはいけない。ひどく危険。

危険、という漢字が、ちらちらうかんだ。うすい緑をバックにして、その文字だけがどぎつい深紅。血の色だ。あ、これ、例の夢と同じだわ……。

何を三拍子そろえちゃいけないんだろう。それを知りたい。いまだかつて、こんなひどい予知を体験したことがない――ってことは、この先来る〝危険〟が、いまだかつてなかった程ひどいもんなのだろう。

ところが、いくら思念を集中しても、それ以上の文句はうかんでこず、逆に緑のもやは晴れてしまった。

「ネコ。ネコ！　大丈夫」

尋子ちゃんがあたしの体をゆすっている。目を閉じたのを誤解したみたい。

「ん……平気」

まだ頭がずきずきしたけど、これは圧倒的な力を持った予知が通りすぎた後のおまけ。放っときゃじき治る。

「大丈夫。放っときゃじきに」

「駄目よ！　すぐ帰んなさい！　送ってく」

「いいってば。ゼミが」

「ゼミが何よ。そのゼミとってる子の誰かに伝言しといてあげるわよ。ネコは病気だって。先生だって、病人ベッドからひきずりだして発表させる気はないでしょ」

「本当に平気なんだって」

「平気じゃないわよ。あんたん家、どこよ。ひきずってでも連れて帰る。車ひろった方がいいかな」

情けない話よね、ちょっと。こんな時なのにふと思う。大学で一番親しい彼女ですら、あたしの家を知らない――教えないんだ、あたし。

表面上はすごぉく人なつこい美弥子ちゃん。友達大勢。しあわせなキャンパスライフ。でも、親友って一人もいない。自分の能力を知って以来、一人も作れない……。

「ねってば、大丈夫よ」

まだ頭痛がするもんで、反論が弱々しくなる。その間に尋子ちゃんは、二人分のお皿を片づけ、荷物抱えてしまってた。

「すぐ帰って寝るの。言うこと聞かないと本気で怒るからね」

本気で怒るからね。泣けてくるフレーズだわ。あたし、人と本気でけんかしたことないもんね。すぐおれちゃう。今日もそう。本当は平気なんだけど……も、いいや。あたし、素直に立ちあがる。

「ありがと。じゃ帰るわ」

「送ってく」

「いいよ」

「よくないってば。心配よ」

「いいんだって！」

うわ。ついつい語気がするどくなってしまった。尋子ちゃん、鼻白んだ顔してる……。あーあ、また。

あーあ、また。

☆

タクシーにおしこまれて、マンションにつくと、案の定、頭痛はすっかり去っていた。そのままベッドにねっころがり、ほけっと白い天井を見上げる。

く……。待てどくらせどあんたが来ないんで、ためしにあんたの部屋へ来てみたら、お姫様はお昼寝中、ときたもんだ」

「ごめん、悪かった」

「それで機嫌直ると思ってんのかよ。だいぶ腹たててる。一体全体何だってあんた、昼寝なんかしてるんだ」

「ごめんね。実はね」

　昼食の時の話をする。最初腹たててた杏、どうやらようやく機嫌直してくれたみたい。段々目つきが変わってくる。

「ふ……ん。今、満月期だからな。あんたの魔力、ピークだな」

「うん」

「てことは、予知は九十パーセント以上……」

「あたるでしょうね」

「しかし一体全体……嫌だね、意味の判んない予知ってのは。何も知らない方がかえってすっきりするよ。……で、どうなんだ、今は」

「ん？」

「頭痛だよ」

「ああ、もう、全然平気」

　そのあとしばらく、そのフレーズの意味を二人して考えて、二人共お手あげ。で、結局話題は桂一郎のことになった。


……やんなっちゃうな。意味判んないことが多すぎて。あの夢とか、今の予知とか。

　無理矢理意識をそっちへ向ける。尋子ちゃんのこと、今はあんまり考えたくない。どうせ彼女は一般人。魔女と友達でいられる筈ないもの……。

ねえ、美弥子。いいきかせる。もう、やだよね、傷つくの。つかずはなれずの交遊関係たもとうね。明るく素直で八方美人の美弥子ちゃん。それでいいよ。

　そう、あの、いつも見る変な夢。そのこと考えよう、そのことを。あれだって、おそらく、何かの予知夢だとは思うのよ、うん。あまりにも抽象的すぎて、わけ判んないけど。そして、あのフレーズ。三拍子そろえてはいけない。危険。

　危険――。

☆

　気がつくと、枕元に椅子寄せて、杏が煙草ふかしてた。あたし、軽く眠っちゃったみたい。

「あん……杏、何してんの」

「何してんの、はないだろうが。人すっぽかしといて」

「すっぽかすって……あ！　今、何時」

「ほれ」

　腕時計を示される。三時五十六分。

「一時間も校門の前にぼけっと立ってたんだぜ、まった

「今日のがすと、明日は取材が二件あるんだよな。そのあとテープおこししなきゃなんないし……。かといって、新月期にはいると、厚い壁とびこせなくなるし」

「判った。テープおこし半分あたしやる。だからこの満月期中に桂一郎のカタつけちゃお」

何かに熱中したい、今。桂一郎でもテープおこしでも。さもないとあたし、おちこみそ。

「そんな簡単にひきうけちゃっていいのかよ。テープおこし、面倒だぜ」

「おこすだけなら、やっかいでも簡単でしょ。記事にまとめんのは杏がやってよ」

「あたり前だ。素人にリライトさせる気はない。どこからも注文来なくなっちまう」

「失礼ね。現国、5だったもん。文学も優だったし」

「学校の成績はあてになんないよ」

なんてやってると。ドア・チャイムが鳴った。

「誰だろう……」

「俺が知るかよ」

「……ごもっとも」

あたしはベッドからすべりおりると、細目にドアを開けた。

「大丈夫、頭痛は」

桂一郎が立っていた。

「尋子ちゃんから聞いたよ。何か凄絶な頭痛だったんだって？　あの子、心配してたよ。えらくかりかりしてて、いつものネコちゃんじゃなかったって。大丈夫？」

「凄絶な頭痛ってどういうのよ。……ふふ」

尋子ちゃん、いい人だなあ。別れ際のあたしの態度、頭痛のせいだと思ってくれたの。何つうか……放っとくと泣きそうだから、笑ってみせる。

「で、わざわざお見舞いに来てくれた訳？」

ドアを大きく開けようとする。と、桂一郎が外からノブおさえた。

「いいよ。……何か、男の人が来てるみたいだね。お邪魔しちゃったかな。誤解されると悪いから、俺、帰る」

……え。桂一郎の位置からじゃ、杏は見えない筈よ。あたしの心を読んだ——筈がない。それなら、こんな莫迦な誤解はしないだろう。

「何莫迦なこと言ってんのよ。彼はそんなんじゃないんだから。……どうぞ、はいって」

無理矢理ドア開ける。杏は、こっちの会話を察したのか、自分の座っていた椅子を、ベッドの脇から机の前にもどしていた。枕元の処に椅子ひっぱってきて座ってる杏見たら、桂一郎、完全に誤解しちゃうもん。ま、ちょうどよかったわ。

「こちら、山岸桂一郎さん。大学の同級生。こちら、斉木杏さん。隣の部屋の人」

「へえ」

男達二人は同時に声をあげる。驚きの声。ふふ。

前にも書いたけど、杏は、髪の長さといい体つきといい顔といい、ちょっと見たらやたら背の高いバストのない女性なのね。それに較べて桂一郎は。これだけコントラストをなしている組み合わせもめずらしい。

背丈は二人共同じ位なんだけど、この体格の差ったらないのよ。桂一郎の肩はばは相当なもんだし、胸も厚く、おそらく服をぬがしたら筋肉のかたまりみたいな感じがするだろう。たっぷり二十キロは体重に差がありそう。

そして、顔。桂一郎の場合、もうもろ、男性ホルモンのかたまりみたいなんだもん。骨っぽいあごを一面におおう、ジャングルみたいなひげ。もじゃもじゃもじゃもじゃ、栽培法を聞きたくなる程立派。

「よくまあ……」

で、二人共、台詞のみこんで。杏の方は、よくまあこんなにむさくるしくなれたもんだなって言おうとしたんだろうし、桂一郎の方は、よくまあこんなになよなよした男がいたもんだなって言おうとしたんだろう。

「まあ、どうぞ、はいんなさいよ」

厚かましく杏がこう言う。こら、この部屋の主人はあたしだぞ。

「君、何かスポーツやってんの」

「まあ、スポーツは何でも得意です」

「だろうねえ……。俺、そういうの、全然駄目」

「でしょうねえ……」

「でしょうねえってことはないだろうが」

とにかく桂一郎はせまい玄関で靴をぬぎ、ドアを閉める——とたんに。

とたんに。思わずあたしは叫んでいた。

「あ!」

「何?」

「あー……。駄目。ドア、開けて」

「どうしたのネコちゃん」

「ドア、開けて。三拍子、そろっちゃう。この部屋を外の空気と切り離さないで」

「へ?」

「へ、じゃないの、ドア……」

ドア開けようとして手を伸ばし、あたしは絶望のうめき声をあげた。もう遅い。

「うわ……何だ」

男達二人が、おくればせながらうめき声をあげる。部屋が——あたしの部屋が、溶けつつあるのだ。

溶ける。椅子が。机が。冷蔵庫が。ベッドが。光量が落ち、うす暗くなる。床がどことなくぬめっと、柔らかく、暖かくなってくる。そして。

「何だ、どうしたんだ、これは」

「三拍子って何だよおいネコ」

「時と場所と人物よ」

そう。桂一郎がドアを閉めてはじめて判った。時――今は満月。場所――このマンション。何だかやたら居心地が良かった。はじめて来た時から思ってたんだ。ああ、ようやく居場所をみつけたって。おそらくそれは、ここが妙な場所、妙な影響をうけてる処のせいだったんだろう。そして人物――魔女のあたし、テレポーターの杏、何だか判んないけど、とにかく月の影響を受ける体を持つ桂一郎。ドアが閉まり、外界から絶たれたここに、満月の日に、あたしと杏と桂一郎が集まる。これがつまり、三拍子そろうってことなんだろう。

そして、三拍子そろっちゃうと。この部屋は例の夢でよく出てくる場所――柔らかいじめじめした、さながら生物の内臓のような洞窟になってゆきつつある……。

「ちょっとネコちゃん、君ってまたずいぶん変わった部屋にすんでるんだね」

……呆れた。何考えて生きてんだ、桂一郎は。

「ドア閉じると洞窟になんの？」

「莫迦！　そんな部屋、ある訳ないでしょうが！」

「ある訳ないって、現にこの部屋がそうじゃない」

「あのね、この部屋はね、普段はドア閉めても洞窟になんかならないの！」

あたし、叫んでいた。部屋は――というか、洞窟は、いつの間にかひどく細長くなっていた。細長い洞窟のまん中で。うしろへ続く方も、前へ続く方も、完全に闇に溶けてしまい、全然見とおしがきかない。

「どうもなんか……異次元空間みたいな処にまよいこんじまったみたいだな。……おい、ネコ、これが、あんたがよく見ていた例の予知夢に出てくる道？」

「……うん。みたい」

「へえ。部屋の装飾って訳じゃないんですか。……まあ、そうだろうなあ。まともな趣味には見うけられないですよね、この部屋」

桂一郎は事態が判ってるんだかいないんだか。のほほんと壁なんかなぜてる。

「わ！　ひゃっこい。何か生き物の腹の中にいるみたいだなあ」

「……うー。遊んでないでよぉ」

「遊んでないでって、じゃあネコちゃんとしては、俺にどうして欲しい訳？　あっちのお兄さんみたいに熊の真似すればいいの」

本当に熊さんみたいに、あっちをうろうろこっちをうろうろ歩きまわってた杏、この台詞を耳にしたとたん、ぴたっと足をとめ桂一郎を睨みつける。

「熊とは何だよ熊とは。人が一所懸命、こっから抜けでる方法考えてるっつうのに」

「こっから抜けでるっつったって、こうすんなりと自覚もなくはいっちゃったんだから……待ってれば、じき、何とかなるんじゃないですか」

「待っててじき何ともならなかったらどうするんだよ！」

「待っててじき何ともならないようなら、なまじ考えても何ともならんでしょうよ。……思うに、これは道みたいですねえ」

「そんなこと見れば判る」

「それも一本道」

「それも見れば判るよ！」

「だったら、どっちかへ向かって歩いてみれば？　すべての道は、まあ、どっかにつながってますよ」

……！　あたしは呆れて男達二人を見ていた。成程ね え。人間って、ここまで対照的に成長できるの。杏はその特殊能力故に少し神経質だし、桂一郎は何か判らないその特殊能力故にずぶといんだ。杏は、一般人におのが能力を悟られぬよう神経質に育ったんだろうし、桂一郎は、一般人に能力が露見して怪物扱いされてもあまり傷つかないようずぼらに育ったんだろう。

「……いろんな人間見てきたけど……あんたみたいな楽天家ははじめてだよ。実にゆきあたりばったりっつうか、ずぼらなもんだね、顔にそぐって」

「そちらも実に神経質そうですね。顔にそぐって」

二人はまだ口論している。

「口のへらない坊やだな。しかしまあ……ここはどうやら、坊やの言うとおりどっちか片一方に向かって歩くしか手がないみたいだし……」

「ね、そうでしょう、おじさん」

「おじさん⁉」

「俺が坊やならそっちはおじさんでしょうが。口のへらないおじさん」

「嫌な奴だね、まったく……。ま、いい、ネコ、どっちかへ歩くぞ、もう、こうなったら！」

☆

十五分位、二人の言うところの〝どっちか〟へ向かって歩き続けた。夢のとおりだ。この道、足音も何もかも吸いとってしまう……。もっとも、三人共靴下しかはいてなかったから、かたい床でも足音がしたかどうかは疑問だけど。

とにかく。夢のとおりだと、あたしはこの先の扉を開けなければいけなくなる――他に道がないんだから。そして、扉の先にあるのは〝危険〟。

やがて、道がかすかに脈うちだした。それがはじまると共に、あたし達の足どりは段々はやくなる。夢と同じ。目に見えない何かに吸いよせられてゆく感覚。

「あれ」

桂一郎が立ちどまった。

「どうした、坊や」

「困ったな、どうも……。一本道じゃなくなりましたよ。

枝分かれしちまってる」

「どれ」

　本当だ。あたりが暗いんで気づかなかったけど、脇に細い枝道みたいなのがある。

「どっちへ行くべきなのかな」

　桂一郎一人がそこに立ちどまって考えこみ、あたしと杏はそのまま歩き続けていた。

「ちょっと、ネコちゃん、おじさん、おいてゆかないで下さいよ」

「おいてゆくなっつったって……桂一郎、あなた、平気なの」

　あたしだってとまりたいのよ。でも、足が勝手に動いている。杏も同じことだと思う。何か抗いがたい力が、あたし達二人をひっぱっているのだ。

「ねえったら、そっちへ行かない方がいいですよ。何だかそっちへひっぱられている気がする」

「あいつ、どういう人間なんだ……」

　ますます足を速めながら、杏がうめいた。

「これだけひっぱられているっていうのに……余程神経が鈍くできてるんだな」

「嫌だ、本当にひっぱられている……」

　前の方が、ぼおっと明るくなっている。光の中に見えるのは、扉。桂一郎の姿は、闇にのまれ、すっかり見えなくなっていた。

　扉のすき間から、言葉が糸になってにじみでてくる。ネリューラ。扉を開ける者。あたしは、この単語にひきずられ、半ば小走りに扉に近づいてゆく。杏はあたしより鈍くできているのか、それともこの単語にたぐりよせられるのがあたしだけなのか、たいしてペースがあがっていない。

　手が、扉に触れた。電流が走り抜けるような感覚。思わず手をひっこめる。が、再び抗いがたい力がどこからかわき出て、あたしは扉の表面をなぜる。遅ればせながら杏がやってきて、うす気味悪そうに、扉に触れた。

「ネコ。これ開けるしかないみたいだ。道はゆきどまりだし……」

　あたし達が来た方の道は、すっかり闇にのまれ、とても引き返せそうになかった。それに。あたしの心の中に、何かは判らない圧力がかかって——あたしは扉を開けたいっていう欲求に耐えきれなくなっていた。

「開けるわよ、杏」

「ああ」

　手に、力がはいる。夢とは違い、扉は比較的スムーズに動いた。

　そして、あたしは、扉を開けた——。

PART Ⅱ

最初のうちしばらく、何がどうしてどうなったのか、さっぱり判らなかった。

扉のあちら側は、どうも昼間だったみたい。かなり明るい。おまけに、はぜる火。あっちこっちにたき火だのローソクだのが山程燃えてる。

どうやらここは、お城か神殿か――とにかく普通の建物ではない処みたい。だだっ広い、百畳位の広間風の処。集会場なのかな。あっちこっちに、人三人分位の太さの柱がたっている。処々崩れているけれど、どれもこれも立派な大理石。全部が全部、細かい彫刻をほどこされている。

そして、人。かなり沢山の人――百人か二百人か――が、広間にはいた。みんなひざまずいてあたしの方を見ている。……夢とまるで同じだわ。

「ネリューラ！」

一人はなれて先頭にひざまずいていた男――例の夢のレギュラーよ――が叫んだ。と同時に、まるで金縛りにあっていたようにあたし達の方を向いていた人々が、一斉に動きだす。床をふみならし、大声をあげ、天をあおぎ、叫び、手をふりまわし。音の洪水。ネリューラ！　ネリューラ！　ネリューラ！

それは、その言葉を聞いている時の気分によって、〝扉を開ける者〟とも、〝伝説の女王〟とも聞こえた。

「おい……どうなってんだこれ」

「あたしだって知らないわよ」

「何か……日本人じゃないみたいだな」

人々は全体的に小柄で、あたしも杏も頭一つ分位、抜きん出て見えた。そして、真っ白の肌。何というのかな、白人の白とも違う、メラニン色素をまるっきり持っていないかのような白。いや、本当にメラニン色素ないのかも知れない。髪が銀色だもの。銀色の色あいが一人一人微妙に違っている。灰銀色だの、茶がかった銀だの。

「お疲れになったでしょうが、ネリューラ様、どうかみんなに一言声をかけてやって下さい」

例の青味がかった銀髪の男がこう言った。二十五、六歳。かなりの美青年。深いバリトン。彼のしゃべっているのはあたしに理解できない言葉だったけれど、どういう訳かそれは、あたしの頭の中で意味を持つ文章になった。

「何かしゃべれっつったって……ここはどこ」

思わずその男のそばに駆けより、こう耳うちする。よかった。何がどうなってるのか全然判んなくても言葉さえ判れば何とかなる。それに、この人、何か知ってそうじゃない。

「しっ。黙って。いいですか、詳しいことはあとで説明します。とにかく今はみんなを冷静にさせないと」

　それは言われなくてもよく判った。みんな、何だかすごく興奮していて——すごく熱っぽい視線であたしを見ている。床にひれ伏して感謝の言葉を繰り返しているお婆さん。手を組みあたしを拝んでいる人。……何だか、凄く……気味が悪かった。

「屈辱の日はもう終わる。これから私が扉を開けるだろう、と、できるだけ派手に芝居がかった感じで言って頂けませんか」

　男はこう小声で言う。何、この人、かなりの役者だわ。殆ど唇を動かさず、視線をあたしの顔に向けることもせず、あたしの前にひざまずいたままの姿勢を保っている。

「言えっつったって……そんなこと、どうして。どういうこと」

「あとでお話しします。今はとにかく、そう言いさえすれば、この場は収まりますから」

「嫌よ」

　わけの判らないことを命じられるままに言うのは、かなりの抵抗があった。

「そう言わない限り、この場は収まりませんよ」

　男は顔色一つ変えずにあっさりとあたしをおどかす。

「みんな異常に興奮していますから。あなたは我々の救世主で、伝説の女王なのです。はやく伝説の女王としての台詞を言わないと……ここまで興奮しきっている人達が果たしてどうでるか判りませんよ」

「伝説の女王？　救世主？　冗談じゃないわよ」

「本当に冗談ではないのです。ごらんなさい、みんなの表情」

　嫌だあ。すっごく真摯で熱い視線が体中につきささる。痛いみたい。

　場の空気が異常に張りつめている。みんなあたしの言葉を待っているのだ。それは、よく、判った。あたしがここで何かしゃべらなければ、ぱきんと弾けてとんでしまいそうな、空気。でも。

「おいネコ……。ここは素直にその台詞とやらを言った方がいいみたいだぞ。何か、暴動でもおきそうな感じだ、このまま放っとくと。メチャ期待されてるみたいだよ、あんたの台詞」

「う……ん……」

　杏がこっそり言う。うん。でも。えーい。もう、いいや、仕方ない。

「屈辱の日はもうおわる」

　あたしは、みんなの方を睨むような感じで見すえ、ありったけの大声で言った。昔、演劇部にいたことあるの。自分で言うのも何だけど、発声には自信がある。凛としたよく通る声。

「私は扉を開けるだろう」

みんなの言うことが、言葉は判らなくとも意味だけくめるのと同時に、みんな、あたしのしゃべった日本語の意味を理解したようだった。あちこちで叫び声がおこる。歓喜の叫び。

「御苦労様でした。こちらへ」

人々が発散するあまりの熱気と声でゆれているような感じの広間をつっ切り——あたしが歩くと、人々はひざまずいたまま道をあけてくれる。海を渡るモーゼの気分——青味がかった銀髪の男に導かれ、あたしと杏は小さな部屋へと退散した。ふとふりかえると、いつの間にか、あたし達がやってきた大理石の扉は、きっちりと閉じていた。

☆

「どういうことなんだろうね」

八畳位のサイズの小部屋にとり残されたあたしと杏、どちらからともなく、ため息をついていた。青味がかった銀髪の男——ラディンと名乗った——は、何か用があるみたいで、あたし達をここへ案内すると出ていったきり。あたし達は、いささかばかり、暇をもて余していた。

部屋はすべて大理石でできていた。余程大理石が余っている処なのかな。床にはじゅうたんがわりに動物の毛皮。その濃い茶色の毛皮は、つぎ目が全然ないにもかかわらず部屋の床一杯あったから——かなり大きな動物なのね。部屋の中には、あと、小卓と椅子があるっきり。小卓は緑がかった岩を細工して作ってあるし、椅子も御同様。

「すくなくとも、ここは日本じゃないわよね」

「だろうな。みたかよ、あの格好」

「うん。みんな、毛皮着てたね」

それも、張りあわせたあとなんか全然ない大きな毛皮。日本であんな無茶苦茶な服作ったら杏の年収の半分はとんでいっちゃうだろう。おまけにね、ここの気候、寒くないの。ミニスカートにブラウス、薄手のセーターって格好でも少し暑い。つまり、寒くて毛皮着てるんじゃなくて、毛皮しか着るものがないって感じなのよ。

「お待たせしました。ようやく広間の方で騒いでいた連中が帰りまして」

大荷物を抱えたラディンがはいってきた。何だろう、布とそれから動物の皮の山。ふ……ん、でも、変ね、何となく。彼って、荷物かかえる姿が似あわないんだ。

「無理もありません。みんな、もう、狂ったようにはしゃいでいますよ。五百年以上も待ち望んでいた姫の復活の日なんですから……」

「姫？　それ……あたしのこと？」

ここに女は一人しかいない。

「ええ。あなたです姫――ネリューラ様」

「ちょっと、一体全体、どういうことなの？　先刻から わけ判んないこと言って……。姫だの、救世主だの、伝説の女王だの。大体、ここはどこで、何だってあたしここへ来ちゃった訳？　あなた、何か知っているんでしょう？　教えてくれるって約束したわよね」

「勿論です。今、御説明します」

ラディンは小卓の上に皮をひろげ――何とそれは、地図だった――説明を始めた。

☆

まず、ここは〝中の国〟という国。東にハノウ、ガシハという大山脈があり、南はクメ川という大河、北にはヒオカの森、そして西に海がある。で、現在の中の国の人々の力ではガシハ山脈もハノウ山脈もクメ川も越えることはできない。ヒオカの森は別名魔の森と呼ばれ、ここを横切った者はいない。魔にとり殺されてしまうのだそうだ。勿論、海を渡ることもできない。つまり、中の国は、地形的にまるで孤立しているのだ。

でも、中の国という以上、当然東の国、南の国、北の国、西の国がある筈で――実際、東と西と南には、国があるのだそう。

大昔、中の国の力は今よりはるかに巨大で、ハノウ山脈に道を作ることもできたし、クメ川にも橋がかかっていたという。ネリューラはその頃中の国を統治していた王の一人娘。

ところが、今から五百年程前、中の国は西の国の侵略をうけたのだ。西の国は海を越えてしばらく行った処、西の島にある国。海を船で渡ることができても、それは冒険であると思われた時代故に、王も西の国はまるで警戒しておらず、その隙をつかれたらしい。あっという間に、シャワ、ホーヤ、スミガの三代港湾都市をたたかれ、そのあとは敗退につぐ敗退だったという。結局王は、彼の城――カムラ城という、今、あたしのいる処――で、敵の将軍に首をはねられた。その最後の戦いの時、わずかばかりの手勢と共に戦火をのがれたネリューラ姫は、のち、五年にわたって、何度も城をとりかえすべく戦ったという。男まさりの気丈で美しい姫は、常人にない能力を有しており、壁を抜けたり、睨んだだけで敵の兵士を殺したり、数々の伝説を残している。

が、結局、姫も最終的には敵の手にとらえられ、この城の、先刻の広場で首をはねられ、その上、精神を邪悪な世界へ封じ込められたのだそうだ。ここにおいて、中の国王家の歴史はおわる。

ところが。首をはねられるまぎわに、姫はこう叫んだのだそうだ。私の体はたとえ亡んでも、私の心は数百年の眠りののちに目ざめるであろう。その時、中の国の屈辱の日々はおわり、私は明日へ続く扉を開ける。

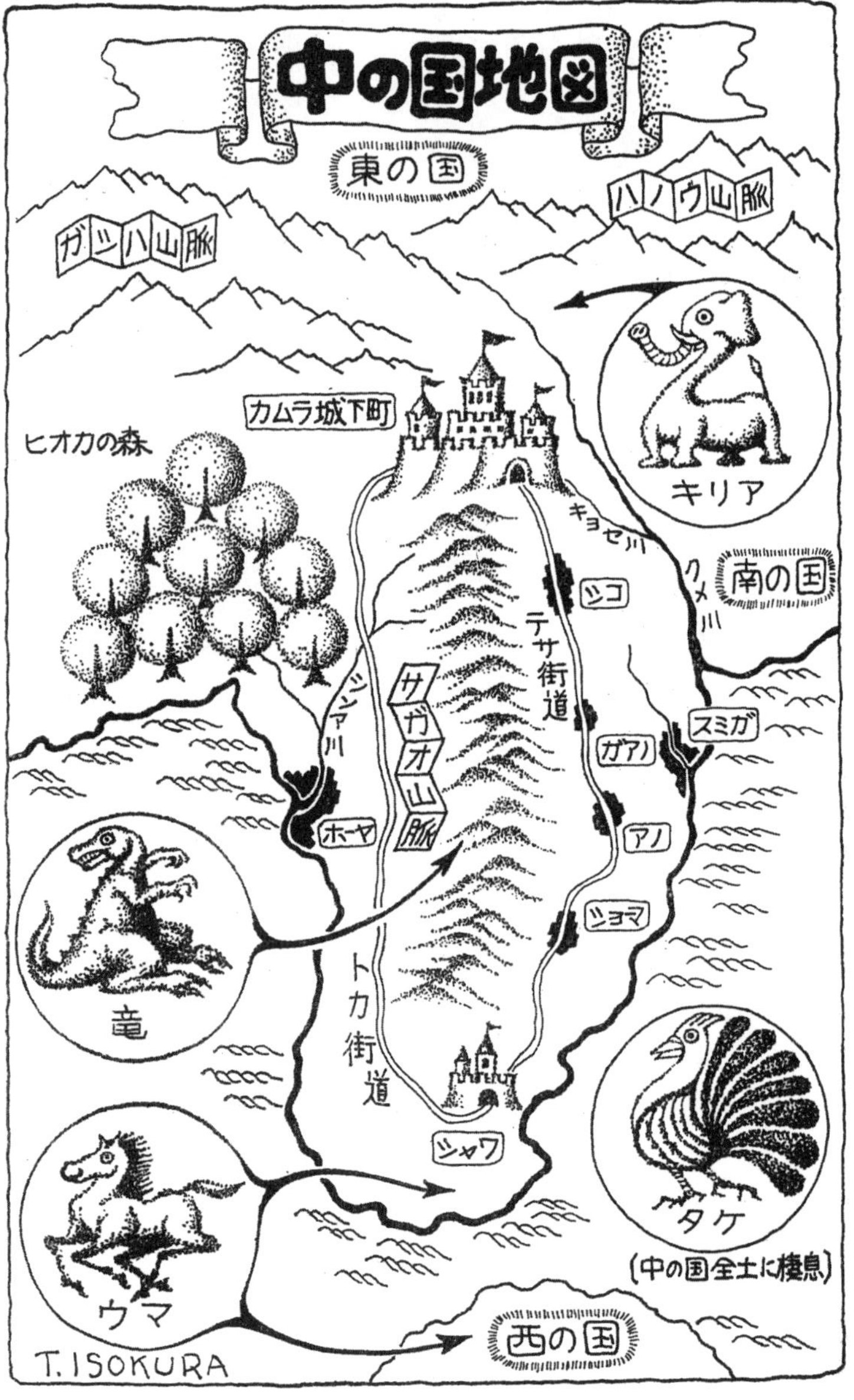
中の国地図
東の国
ガッハ山脈
ハノウ山脈
カムラ城下町
ヒオカの森
キリア
キョセ川
クメ川
南の国
ツコ
テサ街道
サガオ山脈
シンア川
スミガ
ガアノ
ホーヤ
アノ
ショマ
竜
トカ街道
シャワ
タケ
(中の国全土に棲息)
ウマ
西の国
T. ISOKURA

そして、この姫の最後の言葉のみを心のささえにし、二百年か三百年か、あるいは一千年か後に来る姫の復活の日を信じ、中の国の人々は、その屈辱の日々に耐えてきた。西の国に隷属し、生きてゆくのがやっとの重い税をとりたてられ、何の希望もない日々に。その結果――何せ、税をとりたてられた後には、かろうじて食べてゆけるものしか残らないのだ――文化は消えてなくなり、ハノウ山脈の道は崩れ、クメ川の橋は朽ち、いつの間にか中の国は、孤立した、文化の存在しない、滅びないのが奇跡のような国になり果ててしまった……。

☆

「……はあ。お気の毒さま」

それ以外に言葉がみつからなかった。

「でもね。あなた方が大変だってことはよく判ったんだけど、それとあたしと、どう関係がある訳？」

「あなたがそのお方なのです」

ラディンは、平然と、あたしが恐れていた台詞を言う。まあ、ことの成り行きがそうなってんのなら、こういう台詞は予想できたんだけど……でも。冗談じゃないわよお！

「あのね、あたし、根岸美弥子っていうの。ネリューラって人じゃないし、ネリューラって人知らないわよ」

「長い間、邪悪な世界に閉じ込められていたからそう思っていらっしゃるのです。あなたは、ネリューラ様です。何故なら、十二年に一度のネリューラ祭の日に、復活の扉を開けていらしたのですから」

「邪悪な世界ねえ……」

あたしと杏、顔を見あわせる。邪悪かもしんないけど、やっぱりあたし、東京の方がいいなあ。ここにいるより落ち着くもん。

「そのうち記憶がもどってくると思います」

ラディンはそう言うと立ちあがり、どういう訳かひざまずいて、あたしの手をとった。ちょっと！　中世の騎士物語でもやる気？　銀の髪が肩でゆれる。

「ネリューラ様――歴史の扉を開けるお方。私の祖先はあなたの従者でした。あの戦でただ一人生き残った血筋です。他の者共は皆、あなた様が殺された後、自害致しました。私の先祖とて、気持ちは他の者と同じだったと思います。けれど、私の先祖には、義務がありました。子を生し、育て、いつの日かあなた様が復活なさった時おつかえするという……ラディンの家の長子は代々、ネリューラ祭の神官をつとめることになっております。私がはじめて神官をつとめた祭で、ネリューラ様がよみがえられたことを……何よりほこりに思います」

「……はあ」

うわっうわっうわっ、うやうやし気に、あたしの手にキスなんかしてるよこの人。

「では、ネリューラ様。お疲れでしょうが、軍議にはいってよろしいでしょうか」

「軍議……？　あの……ねえ、ラディンさん」

「どうぞラディンと呼び捨てにして下さい」

「目上の人呼び捨てっていうのはどうもねえ……とにかくね、ラディンさん。あの……軍議っつうと、どっかと戦争すんの？」

「あたり前です。今、まだ、中の国は西の国の不当な支配下にあります。中の国の正統王位継承者たるネリューラ様が復活なさったのですから、当然、中の国の屈辱の日々はおわりをつげねばなりません」

「屈辱の日がおわるっつうことは、西の国をやっつけるってことでしょ？」

「はい」

「……で、それを……誰がやる訳？」

「勿論、ネリューラ様です」

「あのね！」

あーもう。あのね。何っつたらいいの。

「あたしにどーせいっつうの!?」

「西の国の兵士共を成敗すべく、中の国の兵士を統治して下さい。いいですか」

ラディン、再び立ちあがると、机の上に第二の地図をひろげた。

「ここと、ここと、ここ……。地図で印がついている処が、西の国の兵士や役人の村です。まず、港町の、シャワ。ここに敵方の主力と、西の国五大将軍の一人、デュラン三世がいます。そして、クメ川河口のスミガ。半島の北の端の港町、ホーヤ。その他、国の中央部を走るサガオ山脈ぞいに道がありますね？　これです。このテサ街道は、中の国の主要街道で、この街道ぞいのこの四つの地点に、敵の兵士や役人の町があります。シコ、ガアノ、アノ、ショーマ……。我が国から不当にとりたてられている税も、これらの村を経由して運ばれます。今しばらくはここ——最もこの城に近い村、シコに、税はある筈です。ですから、まず、第一の攻撃目標としては、シコがよろしいかと存じます」

「あのね……ここ。この、カムラ城とそれを囲む城下町は？　ここ、昔はこの国の首都だったんでしょ？　ああ、今は、中の国の兵士がここをとりかえしてんの？」

「いえ。ここも敵の基地の一つです」

「はあ？」

「おい、ちょっと待てよ」

思わず杳が口をはさむ。

「するってえと何か、俺達は敵の城の中に……」

「いることになります」

何ですってえ!?

「それから、誤解をなさっているようなのでつけ加えますが、中の国には兵士は一人しかおりません」

「あん？」

「中の国には軍隊はありません。いいですか、中の国と西の国は、今、戦いのさなかにあるわけではなくて、中の国は完全に西の国の支配下にあるのです。故に、この地図の印は、西の国の兵士達の主要基地、ということであって、西の国に侵略されている処、という意味ではありません。そういう意味で言えば、この国全体が西の国に侵略されている処であり、西の国の領土です」

「ふみ！」

「我が国の兵士は私一人です。今、西の国は完全に我が国をその支配下におき、植民地にしている、と信じています。ですから、十二年に一度、城の大広間を民衆に開放し、ここで祭をすることを許しているのです。もっとも、この祭がネリューラ祭だということは誰も知りませんが……西の国の連中は、この祭を収穫祭だと思っています。そういう訳なので、ここでは姫に相応したもてなしができず、実に心苦しいのですが……。心苦しいことをついでに全部申し上げますと、明後日には、ここを発たねばなりません。祭は一週間で、その期間がすぎれば、敵の兵士達がまたもどって来ますから」

「あの……てことはその……ひらたく言えばこの国は今、植民地として平和なわけね？」

「平和ですってこれが！　とんでもない！　ネリューラ様は御存知ないいんです。今の状態はとても平和とは呼べませんよ。生かさず殺さずの状態です」

「……はあ」

ラディンの気迫にのまれて口を閉じる。でも。てことは何かな。例えば、イギリスかどっかの植民地として一応政情が安定している国の住民がお祭りに使わせてもらっている神殿の隅で、わずか一人の男がイギリス支配反対って叫んでいるような構図……なのかしらね、これ。

「で、その……あんたとしては、どうしろっていうの」

杏が呆れ果てて聞いた。

「どうしろと言われましても……私は、ネリューラ様の従者です。決断を下すのはネリューラ様が……。まず、どこから攻めますか？」

……反問されてしまった。

「あのね」

何つったらいいんだろう。

「そういうこと話して、欲求不満を解消する気なら別に文句は言わないけれど、本気ならやめときなさい。一人で何ができるっつうの」

「一人ではありません。確かに、スタートの時は、あなた様におつかえする兵士は私一人ですが、ネリューラ様復活の話を聞けば、国中から人々が集まってきます」

「けどね、実際問題として――まあ、あたしはそのネリューラさんじゃないけど、仮にあたしがネリューラさんだとして、よ――あたしが復活したのは、二時間以上前のことじゃない。けど、まだ誰もかけつけてきてないよ」

「重い税が人々を疲れさせているのです。生活に疲れ果てた人々は、祭に参加するだけでやっとです——今は。けれど。ネリューラ様が復活して、シコをたたけば。今、今期分の税が、シコに集められている最中なのです。ここでシコをたたいて、とりたてられた税を返してやれば。あるいは、ネリューラ様の勇姿を見せてやれば、必ずや国中の若者達が……」

「そういうのを砂上の楼閣っつうんだ」

　杏がきめつけた。

「大体、俺はそんな計画にのる気はないし、ネコ——あんたの言うとこのネリューラさんだってのる気はないだろう。大体ねえ、俺もネコも、ごく一般的な東京都民なんだよ。そんな阿呆らしいことが」

「でも、あなたは——姫は、復活の扉を通って来られたではありませんか。これは、姫が間違いなくネリューラ様の再来だという証拠です。——ごらんになって下さい」

　ラディンは、あたしと杏をつれて、先刻の大広間にとって返した。あれだけの人がいた広間に、今はねずみ一匹いない。何だか……惨めな静けさ。

「へえ……。先刻は気づかなかったけど、だいぶこの城、ぼろいんだな」

　本当だ。あっちこっちの柱が崩れかけてる。床にはほこり。もう何年もそうじしてないみたい。くもの巣がはってる。

「これが復活の扉です。よくごらんになって下さい。……いいですか、ネリューラ様以外の誰が、この扉を開けられます？」

　……うわ。何だこりゃ。あたしと杏、顔を見合わせる。

これは……扉じゃない。

　うしろの壁から一メートル位離れた処に、厚さ三十センチ位の大理石の大きな板がたっている。その板のまん中には、扉の絵。絵——だったんだ、あたしが開けた扉は。

「こんなもの……どう考えても開けられっこない……」

　あたしと杏、呆然と立ちつくす。こんな扉を開けてできたんだから——あたしがその伝説の女王と間違われたのも、仕方ないだろう。

「あなたはこの〝どう考えても開けられっこない〟扉を開けてきたんです。あなたはネリューラ様だ。それ以外、考えようがありますか？」

　そんなこと言ったって。あたし、ネリューラって人じゃない。だけど……じゃあ、何だって、あたしは絵に描いた扉を開けることができたんだろう。

「あなたはネリューラ様です。五百年もの長い時間、邪悪な世界に閉じこめられておられましたから、昔のことを出てゆきます」

方が、よっぽど不気味よお。

「すみません。祭の始末をしていましたので……すぐ、出てゆきます」

こっちの感覚で言わせてもらえば、そっちの銀の髪の方が、よっぽど不気味よお。

「貴様は神官だな。……うしろの二人は何者だ？　異様な服装をしている。……おお、髪の毛が土の色ではないか！」

あつい上に汗をすいとってくれないから。

「あいつらが西の国の兵士なの？」

あたし、小声でラディンに聞く。その連中が、ラディン達より数段すぐれた文化の恩恵をこうむっていることは、すぐ判った。麻か何かの服着てるんだもの。この気候で判断する限り、毛皮は決して上等の着物ではない。あつい上に汗をすいとってくれないから。

「もう陽が沈んでだいぶたったぞ。陽が沈んだ後、中の国の者が城にはいることは許されていない」

ふり返ると、青味がかった銀色の髪をした男が数人、立っていた。先頭の一人が、ランプのような物を持っている。

「そこに居るのは誰だ！　何をしている」

あたしが途方にくれていると、急にうしろで声がした。

「そんなこと言ったってねえ……」

をお忘れになってしまったのです。さあ、ネリューラ様。中の国をとり戻すべく、あなたの忠実なしもべに、どうぞ御命令を」

ラディンが言う。屈辱をしのんで、何とか敬語を使っているのだろうが――その感じが、露骨に判ってしまうのだ。案の定、兵士達がからんでくる。

「だいぶ不満そうな口ぶりだな。神官といえば、さぞ、いい家柄なのだろう。西の国の兵士風情に口をきくのもけがらわしいか？　……ん」

剣のつかで、ラディンをこづきまわす。ラディン、下唇をかんで、懸命に感情を爆発するのを耐えてるみたい。……なんか、あたしの方がむらむらしてきた。

「申し訳ありません……すぐ、出てゆきます」

ラディン、何とか台詞をしぼり出す。

「おう、早く去ね。神官といえども、祭がおわった後、城に留まるのは御法度なのだぞ。斬られないのをしあわせと思え。……ちょっと待てよ、その二人はおいてゆけ」

「何ですと？」

「お、はむかう気か？　神官風情が、我ら西の国の兵士に？　……この二人、実に珍しい異形じゃ。一種の化け物だなこれは……。土の色の髪をした人間の話など、聞いたこともないわ。ぜひ、デュラン三世様に献上しよう」

……本格的にむらむらしてきた。化け物、ですって！　この言葉、あたしにとっては禁句なのだ。兵士達を睨みすえ、ふと気づく。この連中、酔ってるわね。アルコールのにおいがぷんぷんしてる。

「行こ。杏、ラディンさん。酔っぱらいに構うことないわよ」

「何？　酔っぱらいだと！」

　兵士達、気色ばむ。なによお。

「酔っぱらいを酔っぱらいっつって、何が悪いの。ざっけんじゃないわよ」

「貴様、何様のつもりだ？　中の国の娘風情が。そこへなおれ。手うちにしてくれる！」

「じょっおだんじゃ……ないみたいね」

　やあよ。剣なんか抜いちゃって。あれ……切れ味、よさそう。

「無礼だぞ！」

　ついにたまりかねて、ラディンが叫んだ。

「何が無礼だ！　無礼なのは貴様達だ！」

「まあ落ち着け」

　もう一人の兵士が、間にはいった。

「土の髪の娘。これは確かに珍しい。殺すのはおしい。神官の方は、無礼もたびかさなることだし、斬り捨ててもよかろう」

　斬り捨ててもよかろうって……。

「卑怯よ！　あんた達剣持ってて、ラディン丸腰じゃない。大体そっちからからんどいて無礼とは何事よ！」

「何だと！」

　兵士達、どっと斬りかかってきた。うわっ、ラディン。一所懸命、身をかわしてはいるんだけど、何せ五対一。……それにしても、やり方が陰険よ。軽く剣を動かして、ラディンの皮膚をごく浅く切ってる。完全に、ラディンのこと……いたぶって遊んでんだわ。

「うー」

　あたし、軽くうなる。視界に緑のもや。とたんに、兵士達、顔を苦痛にゆがめる、無理もない。自分の身におこったことが判らないのだろう。彼らの手は、まったく彼らの意思に反して、自分の体を切りきざみつつあったのだから。

「姫！　目が……草の色に……」

　ラディン、息を呑む。

「ラディンさん」

　あたし、思念を目に集中したまま、言う。くぐもった低い声になる。

「あたし……怒った。のせてもらう。あたし、ネリューラって人じゃないけど、でも、手伝うわよ。西の国つぶすの」

「……ネ……リューラ……伝説の女王……」

　兵士の一人が、顔を苦痛にゆがめながら言う。

「おまえが……魔の女王……」

　彼の手は、今や、自分の顔を斬ろうとしていた。

「ネコ、あんたがどういう気になったのか知らんが、逃げた方がいいみたいだぜ。足音が近づいてくる」

「ＯＫ」

あたしは、三人の手から剣を捨てさせた。これで、とりあえず人数分の剣は手にいれた、と。全員を一睨みして気絶させると剣をひろう。

「そうね。あたしでも、五人相手が限度よ。何十人か敵さんがいらしたらアウトだわ」

「おい、ラディンさん。この辺の近くで安全なとこ、どこだ？」

「……カムラの城下町に私の家があります」

「その家はどっちだ？　距離は？」

「真南に歩いて少しです」

「歩いて少し？　具体的には？」

「具体的？」

「……畜生。距離の単位ないのかよ。じゃあ、あんたの家の様子、しゃべってくれ」

「どうする気？」

「決まってんだろ！　城の入り口を、相手の兵士たおしながら進むのが面倒だから、飛ぶんだよ。二人位なら、何とか抱えて飛べる」

「とにかくとりあえずは城の外へ！」

杏の意図を理解したらしく、ラディンが叫ぶ。

「この辺の家の中は、どこも大抵同じです！」

「おーし、判った。おいネコ、ラディンさん、俺にしっかりしがみついてろよ」

杏の右腕に抱きつくと同時に、目の前で、ピンクや緑やむらさきやオレンジや――ありとあらゆる色のペンキのはいったボールが、弾けとんだ――ように見えた。

そして。ほんの一瞬後、あたし達三人は、城の外に立っていた。

☆

「とどめをささなくてよかったのでしょうか、姫。あの者達は、気がついたら、伝説の女王ネリューラがよみがえり、ネリューラには常人にとても真似のできない力がある、ということを触れまわりますよ」

「いいよお、言わせとけば」

小高い、草がやたらにしげった丘の上で。あたし達三人、ひざをかかえて座ってた。杏はハイライトくわえたまま、あさっての方角を向き、天空を横切る赤い月を眺めている。あたしもショルダーバッグから――あ、これ、部屋が洞窟になった時からずっと持ってんの。ポケットのある服を着ない女の子の習性。お財布とキャッシュカード、はいってんだもん――セブンスターとりだすと、くわえてみた。火をつけずにそのままもてあそぶ。

「それにしてもねえ、ネコ。あんた一体どうする気だ」

嫌だ、杏ちゃん、ひょっとして拗ねてんの？

「どうするってどういうことよ」

「あんたの気まぐれで、俺達三人、西の国の兵士とかいうのに追われる身になっちまったんだぜ」

「おーお、聞き捨てならないことを言いますな、杏ちゃん。じゃ、何、あそこであたし達つかまって、デュランさんとやらに献上されればよかったっつう訳？　ラディン殺されてさ」

「まあ……それもそうなんだけどね」

　杏、軽くため息をつくと、乱暴にハイライトをふみけした。

「判ったよ、もう拗ねない。じゃ、まあ、検討してみようじゃない。俺達に勝ち目が――果たして、あるのかどうか」

「大丈夫よお」

　あたし、そのこと全然心配してなかった。

「あたし達、負けないもん」

「どうしてさ」

「逃げることに関する、超一級エキスパートがいるじゃない」

「ま、そりゃそうだけどさ……。いくら俺がテレポートできたって、このままじゃ死ぬぜ」

「どうして」

「食事は、食事！　俺、昼から何も喰ってないもの。二日も絶食すれば、ろくにテレポートもできなくなる。そうすりゃ、チョン」

　杏、自分で自分の首切るまねしてみせた。ごもっとも。

「だからさ、検討。おまえ、何か喰い物持ってない？　女ってさ、ハンドバッグの中にチョコレートとかいれてるんじゃない、時々」

「残念でした」

　あたし、ショルダーバッグひっくり返して見せる。でてきたのは、家の鍵、お財布、定期入れ、キャッシュカードとくし、ティッシュにハンカチ、セブンスターとマッチ、万年筆と口紅。

「腹減ったな……口紅って食えないのかな」

「お腹こわしたければ食べてもいいよ」

「あ、これは？　わりにうまそう」

　杏、あたしのショルダーバッグにくっついているマスコットのぬいぐるみに色目を使う。

「駄目！　何すんのよ」

　あたし、ぬいぐるみのマスコット――十センチ位の奴――を杏からひったくる。

「スポンジと布が食べられるもんですか」

「そうかな……これ何だよ。不細工な顔してんな。かえる？　かば？」

「恐竜よ。極道恐竜さん」

「極道恐竜？」

「うん、この子、目つき悪いでしょ。でね、美穂ちゃんが、これは極道者の目つきだっつって……で、極道恐竜さん」

「……安易なネーミング……」

「はん。放っとけ」

「ね、ラディンさん家は？　何か喰い物あるんじゃない？」

「先程からそれを考えていたのですが……あの兵士達は、私が神官だということを知っていました故……」

「罠がはってある可能性が高い、か」

「ええ」

「どうしようかなあ……ね、ラディンさん。この辺にあなたに御飯食べさせてくれる知りあい……あ、まずいね」

「どうしてだよ」

「巻き込んじゃうじゃない。あたし達三人はさ、いわば国家権力におっかけられてる指名手配犯人みたいなもんでしょ……わ！」

　大変だ。

「何だよネコ」

「ラディンさん！　あなた、家族いる？」

「母と妹が……」

「行くわよ！」

　あたしはもう、決断を下していた。ショルダーバッグ肩にかけ剣を持って立ちあがる。

「何だよネコ。行くってどこへ」

「ラディンさん家よ！　彼のお母さんと妹さんが……。見たでしょ、杏。連中の、ラディンさんの扱い方。早く行って助けてあげないと、今頃彼のお母さん達、どんなひどい目にあわされているか」

「判った」

　こうと決めた後の杏の対応も早かった。即座に剣持って立ちあがる。

「ラディンさん、お宅、どっちだ」

「いえ……うちの方は……私の家族の為にネリューラ様に万一のことがあったら……」

　一番もたもたしているのはラディンだった。立ちあがりかねて、あたしの方見てる。

「あんまり莫迦な忠義だてしないでね。どっちよ！」

「あの……」

「ラディン！」

　あたしは、思いっきり威厳をこめて、ラディンを見すえた。

「あなた、あたしのしもべなんでしょ！　あなたの家に早く案内しなさい。これ、命令なんだから」

☆

　近づくと、ラディンの家は、明かりがともっていた――というか、ラディンの家あたりには家が十軒ばかり集まって小さな村落を形成しており、その辺一帯、明かりがついていた。

それにしても。あまりにひどい家だわ。どの家も――サイズから判断する限り、ワンルーム。ワンルームってかたかなで書けば聞こえはいいけれど、早い話、たて穴式住居っていう奴とたいして変わりゃしないのよ。わらだか何だか、植物でふいた屋根。風が吹いたらとばされそう。お城が、一応まともな住居だったから、まさかこんなひどい生活を人々がしているとは思わなかった。

「……だいぶ兵士がいるみたい」

どういう訳か、あたしにはよく判ってしまう。

「ラディンの家だけじゃないわ。この村落一帯に、兵士がいる……」

「どうして判る」

「さあ……雰囲気かな。ラディンの家の中だな。杏、飛んで」

「OK。ラディンの家の中だな。女二人抱えてここへ戻ってくりゃいいんだろ」

「そう。ついでに言うとね、他の家の人も助けてやってよ。あたしが兵士さん相手にするから」

「……お前一人であんなに大勢相手にして大丈夫かよ」

「危なそうになったら悲鳴あげるからすっとんできて」

「OK」

あたしはショルダーバッグを草の間におしこむと、小石を幾つか拾った。

「姫、姫はどうぞここにいて下さい。斬りこんでゆくのは私が」

「そりゃ、あなたにも何かしてもらわなきゃどうにもならないけどね、あなただけで斬りこんでも仕方ないじゃない。圧倒的にこっちは人手不足なんだから。……じゃ、いくわよ。ラディン、あたしのそばにぴったりくっついてきてね」

「勿論です姫。ただ今度は……その……気絶させるだけではなく、とどめを差していただかないと」

うー。人殺すの嫌じゃ。

「OK。ネコ。こっちは準備完了」

思いっきり息すいこんで、杏が言う。うわあ、杏ちゃん、充実してるわね。杏のまわりに、彼の思念の場ができているのが感じとれる。素敵。ぞくぞくしちゃう。そんではまあ。

「GO!」

杏が消えた。や否や。あたし、思いっきり大声をあげて、下の村落めがけてつっこんでった。能がない？　はん、放っとけ。他に方法思いつかなかったんだもん。ラディンが慌ててついてくる。

両手を軽く上にあげる。と、小石がふわりと宙に浮く。しめた。やっぱり、ここ、違うんだ。あたし達のいた世界と。魔力が異様に強くなっているのが判る。何ていうのかな、満月が三つぐらい重なった感じ。もとの世界じゃあたし、小石一個持ちあげるのがやっとだもの。

　と、何か飛んでくる。あたしの顔に向かって。矢みたい。あたしは思いきりそれを睨む。矢は、あたしの顔まで五十センチの処で急に大きくはね、百八十度方向転換。パキンという、ガラスのくだけ散るような音がする。

　と、同時に。四方八方、人の気配のする方へ向かって石を飛ばした。石はまるで目があるかのように敵の眉間へ向かって飛んでゆく筈。

「おのれ、ネリューラ！」

「行け！　デュラン様の兵士よ！」

　似たような叫びがあっちこっちでおこる。あたしはラディンにどなる。

「デュランって何よ！」

「敵の将軍です」

「はん。おーし、こっちも何かどなろうじゃない。あれ、景気がいいよ。……えーと、何か判んないけど、前に立ちふさがると、斬っちゃうぞ！」

　赤い月にかかっていた雲が晴れる。少し明るくなると、まあ、いるわいるわ。左右前後、五十人位の敵にとり囲まれちゃってる。

「あれ？　あの人、何してんの」

　あたしの真正面にいる人、のたうちまわって苦しんでいる。

「ネリューラ様が先程、矢をはね返した男です。おそらくあの矢にはリマが塗ってあったのでしょう。猛毒です」

「……毒矢？　いんけーん！」

「戦なのですよこれは！」

　ラディンはしゃべりながら、片端から敵と剣をまじえてる……わ。ざくって、ひょっとして、あれ、敵さんが斬られる音。うわ。血が出てるよ、敵さん。わ！　わ！　わ！　あの感じだと、むこうの人、動脈切れてるみたい。大出血。やだ、放っといたらあの人死んじゃう。

「やめて、ラディンさん、やめて。敵さん死んじゃう！」

「ひめ!!　これは戦――殺しあいなんですぞ！　敵を殺さねばこちらが殺される」

　うわー。グロテスク！　あっちの男の右手の傷、骨が見えるじゃない。気色悪い。いたそう。

「ひめ!!　しゃがみこまないで下さい!!」

「だって……いたそうよ……」

　ちらって、指のすき間から上を見ると――わあ!!　剣が、あたしめがけてふりおろされる！　死んじゃう！　と。ぎゃあ！　あたしが死ぬよりグロテスク。あたしの目前で、剣を持った男の腕がふっとんだ。血しぶきをあげて。

「危機一髪じゃないか」

　杳が、ほんの五秒程テレポートしてあたしの脇に来てくれたみたい。声だけ残して、また杳テレポート。

「阿呆！　戦っつうのは殺しあいじゃ。ほれ、あんたの剣」

　そんなもん渡されたって。あーん。と。その時、竜巻の間を横切り、敵さんが一人こっちへつっこんで来た。わあ！　考える間もあらばこそ、あたしは半ば無意識に剣をふりまわしていた。手ごたえ。どおっと音たてて、敵が倒れる。ぎゃ……あたし。あたし……この人、殺しちゃった、のお？

「そう。それでいいんです」

「よくない！　あたし人を殺しちゃった！」

「戦してんだっつうにこの莫迦猫！」

「ふみい！」

　わあ。また斬りかかってくる人がいる。あのね、あたしね、中学の時、剣道やってたの。一応初段なのよね。でさ、斬りかかってくる人って、竜巻のりこえてくるじゃない、体勢崩れてんのよ。つまりね……割と簡単に、斬れちゃうんだって！

「やだやだ敵さん、近づかないで！　近づくと正当防衛で斬っちゃうぞ！」

　って言ってんのにぃ！　性こりもなく、敵さんぞくぞくとおしよせてくる。あーん、もう、斬っちゃうんだってば！

　と。あたし達を囲んでいる敵さんのうしろの方がざわついてきた。急に乱れる敵の陣。

「姫！　少しは戦って下さい！　私一人ではとても姫を守りきれない！」

　判りましたよ、もう。あたし、やたらめったら剣をふりまわす。扇風機みたいに。これだと敵さん一人も斬れないかわりに、誰もあたしのそばに近よれない。

「何莫迦なことやっているのですか！　それではすぐに疲れ果ててしまいますよ！」

「だってぇ……人殺すの嫌なんだもん……」

……あ。でも、駄目。本当に疲れてきた。もういいわよ！　あたしは剣を投げ捨てると、右手で大きく空を切った。と、あたしの右側で、小さな竜巻がおこり、敵が数人ひっくり返った。あたしの方へ飛んで来た毒矢が何本か、あらぬ方向へ飛んでゆく。

「ひっくり返すだけでは駄目です。殺して下さい」

　それにしても、ラディンって強いんだわ。たくましい体、やわらかさ。そして——迫力。圧倒的な人数差があるのに彼が負けないのは、きっとこの気迫のせい。見なくても判る。彼のまわりの空気が、ぴんと張って透きとおっている。

「杏さん登場」

　右脇で急に声。と同時に、敵が二人なぎ倒されて、そこに、血に染まった剣をひっさげた杏があらわれた。

「杏！　あんたよく人を斬れるわね！」

　あたし、右で再び竜巻をおこしながら聞く。

PART Ⅲ

「……ふ……む……ん……」

戦いおわって十五分後。杏は目の前におかれた食物を睨み、腕を組んでいた。

「これ……食べられるのかよ……ん……腹は減ってんだけど……」

杏が悩むのも無理はない。村の女達が作ってくれた食事は……何つうのか、その、泥水のスープの中に泥の団子がういているような外見、してんだもの。

「タケの肉です。このあたりでとれる動物の中では一番上等なものです」

ラディンがそう解説してくれた。確かにこの辺では上等なものなのかも知れない。食べてみればおいしいのかも知れない。でも……外見があまりにも泥に似すぎてる。

「食中毒かうえ死にかそれが問題だ」

杏ハムレット、かなり劇的に。

「ネリューラ様」

杏と同じく食べるべきか食べざるべきか悩んでいるあたしの前に、男が一人ひざまずいた。

「あん？　何？」

「どうしたの？」

「村の若い男達です！」

ラディンが喜びの声をあげる。

「姫！　竜巻をいっぱいおこして下さい。敵が倒れているのなら、割と簡単に」

「あい！」

もう、やけ！　五人位人殺しちゃったもん。あたしの右手も剣も、血で汚れてる。あんあんあん。ここまできちゃえば竜巻でも何でもおこしたげるわよ！

……あたしは、涙で顔をぐちゃぐちゃにして、手をふりまわす。人を殺してしまったという事実と――そのあまりのあっけなさにあてられて。

あっけなさ。あっけなかった、本当に。手を動かしただけ、なのに。なのに……悩む暇もなく二人目が来て、また手を動かしちゃった……。

がらがら音をたてて、今まできずいてきた価値観がひっくり返った。人って、こんなにあっけなく死ぬものなの？　それにあたし、人を殺してしまったのに……発狂もしてない、自殺しようなんて思ってもいない、ただショックをうけているだけ。

そのただショックの意外な軽さに、あたしはまた、ショックをうけていた……。

「私、トワドと申します。この村落の長をしています」

「名のない者？」

　あたし、聞き返す。トワド、という音は、あたしの耳にはいると、何故か〝名のない者〟という意味を持った。

「はい。名のない者です。名をかけた戦いに負けたので、名を取られました」

「あん？」

　あたしが訳判らないでいると、ラディンが耳打ちしてくれた。

「この辺一帯の風習です。名だたる血統のもとに生まれついた長子は、父の名をうけつぐのですが、もし、次男とか、その他の者が、彼をその名にふさわしくないと思った時には、名をかけた戦いをいどむことができます。名をかけた戦いに勝った者がその名を取り、負けた者は名のない者になります」

　はあ……どうりで。トワドと名乗る時の彼の表情は、ひどく口惜しそうだった。そして……彼の怒りの目は、ラディンにそそがれていた。それにしても。彼から名を取った者は余程強かったんだろう。彼は今の戦の最中でもラディンについで強かったし、大体弱い者が長になれる筈がない。……あん。そうすると……彼から名を取ったのはラディンなのかしら。違う……でしょうね。もしそうならラディンが村の長になっただろう。きっと他の村の人なんだわ。

「朝になれば城の兵士達もこの村の様子に気づくでしょう。どうかその前にここをお発ち下さい。ここに留まるのは危険です」

　それから彼は、ぱちんと指をならす。と、女達が何とも奇妙な獣をつれてきた。ひどく派手で大きなしっぽをしただちょうみたいな鳥。それを二羽――というか、二匹。

「タケです。村の財産……」

「タケっつうと……この……」

　あたし、おそるおそる泥水を指す。

「はい。それは、去年足を折って殺さざるを得なかったタケの塩づけ肉のスープです」

「タケは、この辺で最も貴重な家畜です。背に乗れば人の三倍の速さで走りますし、重たい物もはこべます」

　ラディンがこう耳打ちしてくれた。つまり馬みたいなものか。

「これを差しあげます。どうか、ネリューラ様とそちらの方――杏様は、タケにお乗り下さい。道中がずっと楽でしょう」

「道中？」

「ネリューラ様は、シャワにいる西の国五大将軍の一人、デュラン三世をお討ちになるのでしょう？　シャワまでは人の足ではかなり難儀です」

　……あ、この人もその気になってる。こりゃ、ネリューラ伝説っての、相当人の心にしみ渡ってるのね。

「でも……これ、くれちゃっていいの？　村の財産なんでしょ」

「どうせ、みつかれば西の国の兵士にとりあげられるんです。どうぞ、おおさめ下さい。あと……」

トワド、言いよどむ。

「ん？　あと、何？」

「私はトワド——トワイエルに負けた者です。しかし……こんな私めでよろしければ、どうぞ一緒にお連れ下さいませ。私の他に、村で強いという評判の若者七人がお供したいと申し出ております」

「トワイエルに負けたってあなたね、そんな一度や二度の戦いが何だっつうの。あなた、強いわよ。本当に強い」

普段、余程肉体労働をしているんだろう。杏なんかと筋肉のつき方が違う。

「姫にそれ程のお言葉を頂き……本当に私は……」

うえ。トワド、涙ぐんでるう！　……あたしの一言がそんなに嬉しかったんだろうか。

「では、姫、私がお供をしても」

「ごめんね……駄目」

「何故です、姫」

「あなたをはじめ、若者が七人もあたしについて来ちゃったら、村は誰が守るのよ。先刻あなた、ここに留まったら危険だっていったじゃない。そんな処に女と子供だけ残していく気？」

「おお……」

あっちこっちでざわめきが起こる。

「姫が」

「ネリューラ様が、この村のことを気にして下さっている」

「私達は何たる幸福者だ」

……調子狂うなあ。

「姫！　そのお言葉だけで私共は充分です」

「どうぞ若者をお連れ下さいませ」

女達が一斉に叫びだす。何ちゅう村じゃ。

「あのね、頼むからもっと自分達のこと考えてよ」

「けどさ、ネコ。七人ぽっちが村に残ったって、城の軍勢がおしよせてくればどうしようもないんじゃないか」

杏、ぼそっと言う。そう言われりゃそうね。うーん……。

あたしは無意識に泥スープをかきまぜ口に運んだ。と。

「わ！」

「何だネコ。そのスープ、やっぱり喰えんか？」

「とーんでもない。食べてごらん、杏。みてくれは悪いけど、味は最高よ」

「だっておまえ、今叫んだだろ……」

「あんまりおいしいからあせったの」

牛肉なんかよりはるかにおいしい。適当にしょっぱくて、おまけに――何ていうのかな、一種お酒みたいな感じの肉。胃におさまったとたん、急に体があつくなるのだ。力がみなぎってくる感じ。

「あ！　本当だ。うまい」

杏が猛然たるスピードでスープを口に流しこみだしたのを見て、女達が一斉に喜ぶ。今まであたしも杏もスープに口つけなかったじゃない。口にださなくても、だいぶ気にしてたみたいなのよね。

「杏。ラディンも。いそいで食事すませちゃってね」

「ん？　どうして。……ま、言われなくても飢えてるからいそぐけど」

「決めた。すぐここを発とう。すぐ発って、夜明けと共にシコの村とかいうの襲おうじゃない。城の兵士達にこの村を襲撃する余裕、あたえてやらない」

あたしも猛然とスープを飲みだす。少しお行儀悪いけど、食べながらしゃべる。

「タケでシコの村までどれ位かかる？」

「私が城でネリューラ様をお待たせしたのよりいささか長く……」

ラディンが答えてくれる。ということは、二、三時間か。

「OK。てことは、三時間後位にあたし達がシコの村を襲うでしょ。と、むこうから城あてに伝令が走る、と。城の連中は慌てててシコの村へかけつける、と。いい？　これ、命令だからね。トワド、あなたと七人の若者達は、その間村を守りなさい。その位の時間なら、何とかなるでしょ」

「しかし、姫……」

「命令なの！　了解？」

「では、姫」

淡いオレンジがかった銀色の髪の娘が、あたしの前に駆けだしてきた。彼女は確か、ラディンの妹。

「せめて兄だけはおつれ下さい」

「ラディンは……彼だけはついて来てくれないと困る……」

「あ、いえ」

娘、赤くなる。

「兄ではなくて、トワド……。以前の兄です」

「ティア！」

トワドが慌てて娘をうしろへひっぱってゆく。

「トワイエルの前のことは言ってはいけない！」

「……ちょっと……待ってね」

あたし、ティアって娘を手招き。

「てことは……トワドは、ラディンに負けて名のない者になった訳？　元来は彼が神官……なの？」

誰も答えなかった。不気味な沈黙。

「姫。どうぞ、今の台詞は聞かなかったことにして下さい」

だいぶたってから、ラディンがようやく口をきいた。

「ティアは気がたっていたのです。トワイエル以前の身分について口にするのは御法度なのです」

「……OK。聞かなかったことにするわ」

あたしは、トワドに視線をそそぎながら言う。ラディンがあたしに捧げてくれている忠誠。これは元来、トワドがすべきことだったのか……。だとしたら。トワドにしては、ずいぶんつらいことなのだろう。名を取られた上に――まあ、あたしは違うけど――宿願のネリューラの従者を、自分から名を取った者がつとめているのは。

「じゃ……トワド」

しばらく考えて口を開く。

「お願いするわ。あなたも、あたしについて来て」

「うおー」

トワド、手を上にあげ、叫ぶ。一瞬、あたし、彼の気が狂ったのかと思った。でも……これ、どうやら喜びの表現みたい。村中の者が、彼をかこんで大騒ぎ。よかったな、よかったな、という叫びの連発。

……まずかったかしら。あたしは、ひとり集団からぽつんと外れているラディンを見る。まあ、名をあらそったんだから、当然、ラディンとトワドの仲はよくないのだろう。それに……何ていうのかな、ラディンだけ浮いているのよ、この村にいると。村の和にとけこめていない。妹のティア――まあ、彼女はもともとトワドの妹なんだろうけど――とも、いやによそよそしかったし。

「これを、ネリューラ様」

喜びに顔をかがやかせたティアが、何やら運んでくる。

「まず、これは残りのタケの肉です。塩づけですから長持ちします。四人で二日分はあります。そして、こちらの皮袋の中に水。それから、今日の戦利品の中で一番切れ味のよい剣。そして弓矢です」

「ありがとう、ティア。……トワド、あなた、弓は使えて？」

「はい！」

喜びの色を顔中にみなぎらせて、トワドが言う。

「じゃ、この弓はあなたが使って。あたし、弓使えないから」

「……ありがとうございます、ネリューラ様」

聞きとれない位の声で、ティアが呟く。

「杳。食事おわった？」

「ああ」

「OK。じゃ、出陣といきますか。タケには二人乗れる？」

「はい。三人までなら」

「よーし。それでは」

月に向かって剣をかざし、立ちあがる。剣が、月を反射してきらめいた。まがまがしい赤味がかった満月。

「出陣！」

☆

何だかんだ言っても、トワドについて来てもらったの、大正解だった。シコの村に着く前から、それは身にしみてよく判った。

あのね、タケ！　これ、二本足でとっとことっとこ走るのね。あたしも杏も、だちょうはおろか馬にすら乗ったことないじゃない。とてもタケを扱えない。だもんで、あたしはラディンのうしろ、杏はトワドのうしろに乗っけてもらい、ようやく進むことができたのだ。

でも、まあ。とにもかくにも、二時間と三十分位すると、あたし達、何とか目的地についたみたい。かなり歩きづらい、山の登りくちみたいな岩場でとまる。地図によれば、多分、背の山がサガオ山脈。中の国を東西に横切っている背骨みたいな山脈だ。

「どうしましょう。ネリューラ様……。眼下の村がシコの村です」

ここまで、ネリューラ復活というしらせは届いていないのか、あるいは届いていても気にしない人々が住んでいるのか、眼下の村は静かだった。静かに闇の中に沈んでいる。

「あの村について知ってること全部話してくれない？」

あたし、精神を統一しながら聞く。何かが心にひっかかる。村の静けさ、だ。静かすぎる。

「あそこに住んでいるのは、すべて、西の国の兵士です。……というより、あれは、村ではありません。元来は村だったのですが、兵士共が住人をすべて追い出し……。あそこに残っているのは、兵士達の世話をする女達だけです。男や子供、老人はすべて近隣の村へおいはらわれています」

は……ん。それで、かな。ラディンの村は村のサイズからみると、異様に男が多かった。シコの村——三百戸位ある、堂々たる村よ——から追い出された男は三、四百人はいるだろうから。

「判りやすくていいや。要するに、男は全部敵なんだろ」

杏、嬉しそうに笑う。

「そんな理由があるなら、男共やっつけちまえば村の女達は喜ぶだろうなあ。きゃあ、杏さん、素敵なんつって」

「そううまくいけばいいんだけどね」

呆れた。

「気をつけて下さい、ネリューラ様。先程の戦いとは全然違う筈ですから」

トワドが真面目な顔をして言う。

「我々の村にいたのは、たいして統制もとれていない、言わば雑魚の兵士達でした。でも、ここは違う筈です。

大切な税の中継地ですから……。ここには、中将軍アルタリアひきいるアルタリア騎士隊と、アルタリア歩兵隊がつめている筈です」

「騎士隊っつうのは？」

「タケに乗った兵士達です」

……だちょうに乗って、とっとことっとこ駆けながら戦うんだろうか。何つうかその……みっともない。

「騎士隊百人、歩兵隊百人程度です。人数としては」

「計二百人かあ……」

　えらい難儀な戦いになりそう。

「姫、しっかりして下さい。いいですか、カムラ城も、シコも、所詮は田舎なのです。海岸ぞいの村へ行けば、兵士の数は千にも万にもなります」

「で、こっちの手勢が四人でしょ……。あー、気が重い。ね、杏、ダイナマイトか何か持ってない？」

「持ってるか、そんなもん」

「でも……どう考えたって、近代戦やんなきゃ勝ち目ないよ」

　頭を使おう、頭。たて穴式住居に住んでる人間VS二十世紀の日本人なんだから。うーん。かといって……二十世紀の兵器の類なんて一切持ってないしねえ。あ。

「ね。あの屋根、何でできてんの？　わら——っつっても判んないか、とにかくかわかした草？」

「ワラというものは知りませんが、かわかした草です」

「ふふん。ってことはよく燃えるでしょうね。多分消火器ないだろうし……」

「ネコ、おまえさん、火事おこす気か？　女達はどうするんだ女達は」

　杏のこの性格、何とかならないもんだろうか。

「大火事なんかおこさないわよ。あっちこっちでぼや山程おこすだけ。そのアルなんとか騎士隊とかって連中、統制がとれてるって言ったわよね？　きちんと上下関係がきまっている処で、統制が乱れれば……多分、もろいわよ」

「もろいっつったって四人でたちうちできる訳が」

「たちうちしなきゃいいんじゃない。あたし達、ここで見物してればいいのよ」

「見物してたって出火しない……あー！　やな性格！　全部俺にやらせようっつうんだな！」

「あたり！　テレポーターの杏ちゃん、がんばってねえ。タケも動物なんだから、火を見ればあせるわよ。暴れだすかも知れない。とにかく、敵さんが勝手に混乱してる間に、あたし達、寝とこうよ。徹夜はこたえる。ちょっと寝ればいい考えもうかぼうってもんよ」

「俺はどうなるんだよ、俺は！」

「ライター持ってとびまわってて」

「ひどいぜネコ」

「まあまあ。そのかわり、あたし達が攻めこむ時にはあをつけてまわることはできない」

「うん。文明の利器っつう魔法」

眠いあたし、いい加減に答える。

「妙ですよ、姫……」

ラディンはじっと火の手を見ていた。

「妙って、ラディンちゃん、何があ」

眠いとしゃべるトーンもゆっくりしてくる。

「村の様子が、です。暗くてよく判りませんが、何だか妙におおたおたしているようです」

「おおおたすんの、結構じゃない」

本当だ。叫び声が聞こえてくる。かすかに、風に乗って。意味をなさないざわめき。

「しかし……名だたるアルタリアの軍が、たかが火くらいでこんなに騒ぐでしょうか」

「ふむ。それもそうだな」

やだあ。トワドまで一緒に考えこんでる。あたしは二人にはとりあわず、ぼけっと空を眺める。日本で見るのと全然違う星座。大体空気がきれいなのよね。砂まいたみたい、星一杯。

と。星が、徐々に消えてゆく。そろそろ夜明けかな。東の空に、うっすらと紅。あたりが段々明るくなり……やあね。眠れなくなっちゃう。

「姫！」

急に、二人が叫んだ。

「ただ、何だよ」

なた寝てなさいよ。ただね……」

眉を寄せる。

「この静けさが気にいらない……。第六感がうずいてるの。気をつけてね、杏。アルタリア騎士隊の連中、何か策をめぐらせていそうな気がする……」

赤い巨大な月。あたしの魔力がかなり強くなっている処。ここで思いついた予感って、はずれない……だろうな。なんて、考えてても仕方ないか。

「とにかく杏、GO！」

しぶしぶタケから降り、ライターとりだしカチカチやってから、杏は消えた。それを見届けたあとで、あたし達三人もタケから降りる。とにかく寝とこ。眠い。

……なんてね。あたしの予感は見事に適中してしまい、十五分後にはあたし達、眠るなんてとてもできない状態におちいってしまった……。

☆

村のあちらこちらから火の手があがる様を、あたし、夢見心地で眺めていた。遠くでぼおっと燃えている火。きれいだ……。

「姫。杏殿のライターというのも魔法ですか？」

トワドがうっとりと言う。

「実に凄い……。火打ち石では、とてもあんなに速く火

「大変です！　騒ぎの原因が判りました！」

「何よ」

身をおこす。と。何だありゃ？

村の処々で火の手があがっていた。これはいい。これは判る。と、同時に、村のあっちこっちで巨大な獣が暴れまわっていた。一頭で家二つ分は軽くある。黒い毛がはえた四つ足の——イメージとしては、きりんみたいな首をした巨象。ああ、城にあった巨大な毛皮の絨毯って、この動物のだわ。黒い毛皮してるから、あたりが暗いと判んなかったんだ。

「キリアだ！」

「キリアです、姫！」

「何よお、キリアって、そんなに大変なもんなの？　きりんと象のあいのこじゃない」

「キリアというのは、おとなしい草食獣です」

ラディンが解説を始めた。

「おとなしい草食獣のどこが大変な訳？」

「姫、きちんと目をさまして下さい。容易ならざる事態です。どうやら我々の動きは、ある程度アルタリアに読まれていたようです。キリアの軍隊を持っているのは、カムラ城の兵士達だけです。これは元来、ハノウ山のとばくちに住む生物ですから……。我々が、まず、税の集結地であるシコを襲うと読まれていたのでしょう、城の兵士達は雑魚を私の村に送り、主力をシコへ送っていたんです」

「キリアの軍隊？　おとなしい草食獣の軍隊って、どういうの」

「キリアはおとなしくても危険です。重量が重量ですから」

そうみたいね。トンの単位だわ、きっと、キリアの体重って。

「おまけにキリアには、うしろで物音がした時、前へひたすら直進するという性質があるのです。キリアの軍隊というのは、うしろにたいこの係をおいて、敵の陣の中へキリアを突進させることによって戦をします。……おそらくアルタリアは、我々が兵士を連れてのりこんでくると思っていたのでしょう。陣を組んでのりこんでいった場合、キリアにふみこまれれば大打撃をうけます。殆どの兵士が踏みつぶされますから」

「うん、成程。それは判ったわ。でも、あたし達は陣を組んでないし、踏みつぶされるだけの人数もないし……」

「それは敵にしてみれば、思いもよらなかったアクシデントでしょう。ですが、姫。その思いもよらなかったアクシデントが、我々にもおよぼうとしているのですぞ」

「あん？」

「火を見ておどろいたキリア達が、一斉にこちら——サガオ山脈のふもとへむかって、逃げだしています。このままでは、我々はキリアに踏みつぶされてしまいます」

あのね!! それをまず言ってよ!! あたしは、慌てて立ちあがった。本当だあ。象さんプラスきりんさんは、もの凄いいきおいで、敵をけちらし家を踏みつぶし、山の方へ逃げようとしている。

「逃げよう！ ラディン！ トワド！」

「逃げようがありません……」

トワドが泣き声をあげた。

「山を降りれば敵にみつかりますし、山の中腹や街道ぞいに逃げても……キリアとタケでは、速さが違いすぎます」

「じゃ、岩場か何かにかくれれば……」

「岩ごとキリアに踏みつぶされます」

あーん、あたし、あっちこっちでまだ上がりつつある火の手を、唇をかんでみつめる。杏がいてさえくれればどこへでも逃げられるのに、あいつったらまだ火をつけまくってる！

「悩んでても仕方ないわね」

えーと。テレポートできなくたって、あたしも魔女よ。何とかしてやろうじゃない。

「ね、ラディン、ほうき持ってない、ほうき」

「ほうき？ そうじに使うあれですか？ あいにく……」

そうよねえ。戦場にほうきを持ってくる人っていないでしょうねえ。


「じゃ、とにかく棒。人が三人乗っても折れない位丈夫な」

「剣では駄目ですか」

「足が切れちゃうでしょ！」

極く極くオーソドックスに、ほうきに乗って飛んでみせてやるわよ。

「これでは？」

トワドが弓をさしだす。うーん、大丈夫かなあ。少し丈が短いけど、でも、他に棒状の物ってないし……。

あたしはトワドから弓を受け取ると、ためしに二、三度ふってみた。結構頑丈そうね。人三人分の重さに耐えられるかどうかは疑問だけど。とにかくあたしは弓にまたがった。できる限り前につめる。

「ラディン、あたしのうしろに乗っかって。トワド、ラディンのうしろ。いい、しっかり前の人につかまるのよ」

「姫、どうなさるおつもりで……うわ」

三人が乗った処で、弓はふわりと浮きあがった。うーん、かなりきついな。あたしの力じゃ、弓を宙に浮かせてすすむのが精一杯。

「姫、タケは……」

「おいてゆくしかないわよ。二人共タケさんの武運長久いのってやって。……まさか弓にだちょうかついで乗せる訳にいかないしねえ」

「素晴らしい」

感激屋のトワドが叫ぶ。

「これは何という魔法ですか、姫。いくらキリアといえども、宙を浮いている者は踏みつぶせまい」

「えーと、何か判んないけど古典的な魔法よ。あたしの世界の魔女達はねえ、ほうきに乗っかってブロッケン山とんでって集会すんの」

……はは。我ながらいい加減。

「トワド、矢の方は持ってる?」

「はい、姫」

「OK。じゃ、あたし達このままシコの村の上空へ飛んでくから、上から下の兵士めがけて矢おとしてよ。何つったっけ、その矢、毒が塗ってあるんでしょう」

アルタリアの兵士達がどんなに訓練されているか知らないけど、まさか空中戦の訓練はしてないでしょう。それにね。早いとこ、杏を捜す必要があるのだ。この弓がいつまで三人分の重さをささえていられるか疑問だし、あたしの力だって際限なく続くとは思えない。早いとこ杏にラディンとトワドを引きうけてもらおう。……敵の陣の上を、弓に乗ってとびまわれば、そりゃめだつだろうから、きっと杏ちゃん、すっとんで来てくれる。

朝陽をバックに、弓に乗った人間が三人、火事とキリアが暴れまくっている村の上空を飛ぶのは、かなり、効果的だった。いずこともなく上がる火の手と、火を見て暴れだしたキリアの相手だけで、充分混乱しつくしていたアルタリアの兵士達は、空飛ぶ士の髪の娘の一行と、思い出したように降ってくる毒矢に、すっかりめげてしまったらしい。時々地面から矢をいかけてくるんだけど、みなあたし達に届かず、空しく下へ落ちる。

「でも、このままじゃどうしようもないわねえ……」

トワドの矢がつきた処で、あたし、ため息をつく。もうこっちからの攻撃手段はないし、敵の兵士はまだうじゃうじゃいるし、いい加減頭痛がしてきた。そろそろやすまないと、おっこっちゃう。

「おーし。あそこまで行こ。ね、ラディン、あれ、何?」

あたし、目前にそびえる大きな建物をあごで指す。大きな――というより、高い、と言うべきかな。他の建物の五倍の高さがあり、妙に細長い。その建物だけ、岩で作ってある。

「合図の塔です。あのてっぺんの小部屋でのろしをたいて、近隣の兵士に合図を送ります」

「ふうん……。あのね、とりあえず、あたし、あそこの屋根に降りようかと思うの。いい加減疲れたから」

「判りました。屋根まで登ってくる敵の兵士がいたら、私とトワドで何とかします」

「よろしくね」

てんで、着地。今度は――疲れてたから――ふわりと着地ってわけにいかず、かなりあらっぽく屋根の上におっこちた。あやうく屋根からころげ落ちそうになるあたしを、トワドが助けてくれた。

「はふ……。ダンケ、トワド。けどまあ……何かとり囲まれた感じね」

杏はしばらく前に火つけをやめたらしく、火の手はもうあがっていない。キリアも大半は山へ逃げこんでしまい。残ったわずかばかりのキリアも何とか落ち着いたらしい。ようやく本来の陣をたてなおしたアルタリアの兵士達は、ぐるりと塔をとり囲んでいた。

「……よ」

聞き慣れた声がして、同時にあぐらをかいた姿勢のまま、杏が塔の上に出現した。

「遅かったじゃない」

「何が、遅かったじゃない、だ。こっちだって待っててやったんだぞ、あんたがどっかにおちつくのを、さ。三人が乗ってる弓の上に俺があらわれたら、まず、その弓折れちまうだろ」

「……ごもっとも」

「にしても、ネコのたてた予定、まるっきり役にたたなかったな。眠るひまもなくて、残念でした。……早いとこ、次の手を考えた方がいいぜ、仔猫ちゃん」

こう言うと杏、仕事の後の一服。それから煙草くわえたままで。

「ここへ来る直前に立ち聞きしたんだけど、敵さんも考えたもんだぜ。あのきりんと象のあいのこを、この塔に体あたりさせるらしい。何か、そんな相談してた」

「うっそお……。困るよそんなの。ここの屋根、たいらじゃないんだから。塔が壊れなくても、ゆれただけで、あたし達、まっさかさまよ」

「ここから落ちれば怪我じゃすまないな。まず即死だ。他のとこ逃げたって、すぐ追っ手がかかるだろ。休んでる暇ないし……俺だって、そう何度もとべないよ。疲れちまった」

「疲れたのはあたしも同じよ。うーん……何か決定的な攻撃の手を考えないと、やっかいなことになりそうね」

何て言っているうちに。兵士が三十人がかりで一頭のキリアをひきずって来た。やば……。先頭には、ここから見ただけでも充分威圧されるような、立派な体格の男が立っている。厚い肩、もりあがる腕の筋肉、それを包みこむライト・ブルーのよろい。彼がアルタリアなのかな。

「ネリューラとその三人の従者よ」

男は、おっそろしい音量の声をしぼりだす。身長、百七十ちょっと。平均身長が百五十そこそこの兵士達に混じると、彼は巨人に見えた。

「俺は別にネコの従者ってわけじゃないわい」

杏がぼそっとうめく。

「よくも怪し気な魔術をもちいて、このアルタリアを惑わせたな。今こそ目にものを見せてやる」

なびく青味がかった銀髪。うわあ……。

「どうしたんだネコ。だまりこくっちゃって」

「う……ん。アルタリアって……ハンサムねえ……」

素敵。戦争なんてやめてお友達になりたい。

「阿呆か。敵の将軍だぞ、奴は」

「けど。いい顔してる」

うっとり。口ひげがしぶくていいなあ。声もいい。あんな大声はりあげないで、耳許でささやいてくれたら、きっと、体の芯がぞくぞくしてくるようなバリトン。

「行け！　デュラン様の為に！」

アルタリアの手があがる。と、キリアのうしろにいた男達が、一斉にたいこをたたきだした。キリアはびくっとすると、そのまましゃにむに塔の方へ近づいてくる。

「足も長いし……」

「おいネコ！　あんた、何してんだよ、もう！」

「決めた！　ね、杏、お近づきになっちゃお、アルタリアさんと」

「おまえな」

「誤解しないでよ。いい、みんな、キリアの頭にとび移って！」

「へ？」

「あれ、背高いじゃない。塔のてっぺん——ここから、キリアの頭まで、二メートル位しか離れてない。何とかなるわよ。とび移ったら、キリアの首にしがみついて」

「判りました」

ラディンとトワドが同時に答える。あれ？　ラディン、何してる訳？　はじめて気づいた。この人、変よ。アルタリアが怖いんだろうか、そっぽ向いて……。なんて、考えてる場合じゃないか。

「では、杏ちゃん。もう一回だけとんでくれない？　あのたいこ持ってる男の処へ。で、たいこぶんどって、キリアのうしろにのっかって、たいこたたいてよ。キリアぶんどって山へ逃げよ」

「おまえは？　それにね、敵は毒矢持ってんだぜ。格好の的になっちまうだろ」

「大丈夫。あたし、アルタリアさんとお近づきになっちゃうから」

「あいつ、女の色香に惑うような男に見えないぜ」

「誰がそんなこと言った？　……ふっふん。まかしといてよ。それよか杏、上着ぬいで」

と。塔がぐらりとゆれた。すぐ下にキリア。

「GO！」

あたしは親指たてて合図すると、杏の上着の両そでをもって、空中へとびだした。上着をパラシュートがわりに、ふわりと落下——常識じゃする筈ないけどさ、そこはそれ、多少疲れているとはいえ、まだ魔力っつう奴が残ってるじゃない。落下しながら、軽く上着をふる。あたしに向かって飛んできた毒矢さん、みんな上着につき刺さってしまう。あーあ、コーデュロイの上着、見事に矢ぶすま。ちとやばいかな……。あとでこってり杏に怒られそ。

そんなことを気にしながらも、あたし、目的どおり、アルタリアの目前に無事着地した。わーお。近くで見てもやっぱりいい男。

なんて。あたしがせっかく見ほれてるっつうのに、えーい、無粋な男だな、アルタリアは。斬りかかってきやがんの。

「ハーイ。アルタリアさん」

しなつくってウインク。完全に無視。あったまくるわね。あたしは上着をアルタリアに投げつけた。と、上着は空中で広がり、すぽっとアルタリアさんにまとわりついてしまう。

「あん。ごめんね。やっぱり杏の上着じゃきつかったかな」

背丈は同じくらいでも体格が違う。今やすっかり杏の上着をきこんでしまった格好になったアルタリア、目を白黒。

「ストップ！」

それを見計らってあたし、大声で叫んだ。もと演劇部ですからね、腹式発声。

「いーい、西の国の兵士さん。一歩でもあたしに近づいたり、弓射かけたりしたら、あんた達の大将、ひどいことになるわよ！」

口先だけのおどしでないことを示すべく、あたし、指をぱちんとならす。と、杏の上着がさながら意志を持つかのように、アルタリアをしめあげた。

「うわあ」

アルタリア、剣をすて、必死に自分の体にまとわりつく上着をひきはがそうとする。顔がまっ赤。……何か可哀想みたい。あたしはもう一回指をならし、しめあげる力を少し弱くする。

「俺にかまうな！　ネリューラを倒せ！」

アルタリア、必死で叫ぶんだけど、誰も彼の台詞を聞こうとしない。アルタリアって、きっと部下に人望があるんだわ。うん、いいことじゃ。

「アルタリア様……」

近づいてくる兵士達をきっと睨む。

「駄目ってば近づいちゃ！　そんなに大将を殺したいの！　もう一回あたしが指ならせば彼のあばら、折れるからね」

「おーい。ネコ。こっちは用意できたぞ」

上から声が降ってくる。杏が無事、キリアの背中にしがみついていた。ラディンとトワドも無事みたい。

「ＯＫ」

あたしは右手を差しあげる。と、上着ごとアルタリア、宙に浮く。騒ぎだす兵士をおどしながら、あたしはキリアの尻尾によじのぼった。ある程度登ると、杏が手を引っぱってくれる。空中のアルタリアは、死にもの狂いで上着と格闘。でも、腕がそでにとられているので、全然効果がない。

「行こうか、杏ちゃん。たいこたたいてよ。大将がたてになってるから、敵さん弓使えない」

「いいけどさ……あいつ、連れてきちまうのか？」

「うん。いい男だもん」

「あーあ。たく。じゃ、たいこたたくぜ」

杏がたいこをたたくと、キリアは地ひびきをたてて進み出した。あん。方向が山と逆。

「逆よ、杏」

「無理だよ。とても方向まではあやつれない」

ま、ごもっとも。キリアはまたげる程小さくないので、あたし達、キリアの毛に、かろうじてしがみついてんのよね。たいこたたくのも、かなり無理な姿勢。これで方向まで何とかしろっていうのはいささか酷だわ。

「ラディン！」

「はい、姫！」

あたし、叫ぶ。

「このまま行くとどこへ出る？」

「キョセ川――クメ川の支流へ！」

「おい、ネコ！」

杏が叫ぶ。アルタリアは――どういう方法もちいたのか、それとも余程莫迦力なのか――腕が使えない状態で、右のそでを破ってしまっていた。自由になった右手を使い、服全体を破く。

「あーあ……。俺の上着……」

上着が完全に破けると、あたしの魔法はとけ、アルタリアはどおっと下へ落ちた。地面に転がったままどなる。

「おのれ、ネリューラ！　このままひき下がるアルタリアだと思うなよ！」

彼が叫んでいる間にも、キリアは駆け続け、シコの村も、転がっているアルタリアも、どんどん小さくなってゆく……。

PART Ⅳ

「実にまったく……素晴らしかったです、姫。あのアルタリアが、鬼将軍のアルタリアが、いも虫のように地面に転がるとは」

キリアを乗り捨ててしばらく歩き、川ぞいの草原で仮眠をとって。なけなしのタケの肉を食べながら、トワドはひどく上機嫌だった。

「言わないでよ、トワド」

反してあたしは気が重い。今まではかなり興奮してて、とんとんと話を進めてきちゃったんだけど……落ち着いて考えてみれば……うー、戦争！

「何度も言うようですが、姫。戦う時は、ぜひとどめを刺して下さい」

ラディンもいささか不機嫌。シコの村の襲撃は——まあ、敵にある程度の被害を与え、味方は無傷だったとはいえ——失敗だったんだから、参謀としては無理もない……のかも知れないけどねえ。あたし、駄目よ、殺せないもの、ひと。

「くそ、俺の上着」

杳は完全に不機嫌。この理由は——書くことないね。

「いいじゃない、たかが上着」

「たかが、とは何だ、たかが、とは。おまえさんとは違うんだぞ。あれ、つるしじゃないんだ」

「ごめんってば。怒って食べると消化に悪いよ」

何て言ってると。むこうから複数の声が近づいて来た。すわ、敵！　ってんで、トワドとラディンが身構える。でも——声の主、なんか子供みたい。笑いさざめいている。敵って感じじゃ——あ、やっぱり、子供。五、六人の子供達が、さわぎながら川へ突進し、水のかけっこしている。このあついのに毛皮着てるってことは、中の国の子供達。

「ほら、遊ぶんじゃないよ」

中で一番年長に見える男の子が、子供達をたしなめる。

「キラ、おけは？」

「ここ。……ね、スメガ、もうちょっと、いいでしょ。クンナが魚みつけたって……」

「駄目だよ。今日中に水がめ一杯にしとかなきゃ、また怒られるよ」

うっわ。可哀想。スメガっていう、最年長の子だって、きっとまだ十になってないのに。こんな小さな子が水くまないと怒られるだなんて。

「……ずいぶんきびしい村なのね」

思わず呟いたあたしに、ラディンが答える。

「子供でも、歩けるようになれば、大切な労働力です」

「ひどいわよ、それは。子供はよく遊ばせなくちゃ」

「そんな悠長なことを言っていられない状態なんです」

　珍しく、トワドもラディンに同調する。

「税は重いし、子供にも働いてもらわないと、とても村はやってゆけない」

「あれえ。ね、スメガ、人がいるよ」

　七つくらいの男の子が、あたし達を見つけて、声をあげた。食事をおえたあたし、立ちあがる。

「君、スメガ君？」

　声をかける。

「あのね、そのおけ、お姉ちゃん達が運んであげる。君達には少し重いでしょう」

「え……」

　スメガ君はじめ、子供達全員、ぎょっとしたようにあたしを見つめた。

「あの……」

「わあ。このお姉ちゃん、変な格好してるう」

　キラって子が叫ぶ。変な格好、ね。思わず苦笑。ミニスカートにブラウスっていうの、確かに、毛皮を体にまきつけている連中から見れば、変な格好でしょうね。

「おっきいね、お姉ちゃん」

「すごいや。おとなより大きい」

　……少し傷ついたりして。うー、子供は正直ね。でも平均身長百五十っていうのは、あたしの感覚だと小さいのよ。

「お姉ちゃん、髪の毛、どうしたの？　汚したの？」

「汚したんじゃなくてね、あたしの髪の毛、もともとこういう色なの」

「へーんなのお」

　と、スメガが急にひざまずいた。

「あの、ネリューラ様で、あらせら……あらせ……あらせられ、ですか？」

「あらせられますか、でしょ」

　言葉づかい直しながらもあせる。ネリューラの話って、こんな小さな子供にまで浸透しているのかあ。

「ネリューラ様って、昨日お父さんが話してくれた人？」

　おずおずとキラがスメガに聞き、スメガは黙ってひざまずけ、というような手ぶりをする。

「ひざまずかないでいいからね」

　あたし、慌ててこう言う。ラディンが話に割りこんできた。

「お前達、どこの村の者だ」

「キヨセの川ぞい、キヨセの村の者です」

　スメガが一所懸命、あらたまった言葉を使おうとする。その様子が痛々しい。

「お前達の村では、もうネリューラ様のことが噂にのぼっているのか？」

「はい。昨日、おとな達が話していました。カムラ城下って……。あの、カムラの城をのっとったんでしょ。どうしてこんな処にいるんですか？」

「……？」

何か話がくい違ってる。

「キヨセの村へ行きましょう、姫」

ラディン、トワドに合図する。

「どうしてこんな妙な噂が流れているのか、調べてみたい……」

☆

「ネリューラ様が！」

「おお、ネリューラ様」

ここでも、大人達の反応は凄まじかった。いいって言うのに、スメガがキラを村へ走らせて——あたしが着く頃には、村はすっかりお祭り騒ぎ。

「まあ、スメガ！」

村の長の妻——どうやらスメガは長の子らしい——が、おけを運んでいるラディンとトワドを見て叫ぶ。

「おまえったら！　ネリューラ様の従者様におけを運ばせるなんて！」

駆け寄ってきて、頭を地面にすりつけんばかりに謝る。

「本当にどうしようもない子で……大切な従者様にこんなことをさせて、申し訳ありません」

「いえ、こっちがおけ持つって主張したんです。お気に、ネリューラ様がおいでなさっ……なさった、と」

「ね、金色の獣、どこ？」

一番小さな子がとことこあたしに近づいてきて、スメガにしかられる。

「ああ、いいから、そんなにかしこまらないで。君、お名前なんて言うの」

小さな子を抱きあげる。きゃ、やあらかい……。

「ミセ」

「ふうん。いいお名前ね。じゃ、ミセ君、金色の獣ってなあに？」

「おとうちゃんが言ってたの。ネリューラ様はお供に金色の四つ足の獣、つれてるって。タケよりすこしちっちゃくてね、体が全部金色で、立派なたてがみがあるんでしょ？　……でも、金色って、土の色なんだね」

「え？　どうして。金色って、違うわよ」

「だって、お姉ちゃん——ネリューラ様の髪の毛、土の色じゃない。おとうちゃんが言ってたよ。ネリューラ様は、金色の髪をしてるって」

「…………」

あたしとラディン、顔を見合わす。あたしは、金色の四つ足獣なんてつれてないし、金髪じゃない。

「ね、スメガ君。君、どうしてあたしがネリューラだって思ったの？」

「あの、ネリューラ様は、背が高くて、妙な服を着てるなさらずに。スメガ君はいい子ですよ」

あたし、いささか辟易。こんな、下にもおかないもてなしうけると、逆に居心地が悪い。

「ネリューラ様。どうぞこちらへいらしておくつろぎ下さい」

村の長が、広場風の草地にあたし達を案内する。そこには、数々の土器や料理が整然と並べられている。

「急なことなので、料理の品数もそろいませんで……」

「そんなことはいいのだが」

ラディンは、あたしを中央に座らせると、脇でどっかとあぐらをかいた。神官っつうのは、かなりの身分なのかしら。何だかとっても威厳がある。村の長が迫力負けしてるもの。

「ちょっと妙な噂を耳にして、な……。ネリューラ様がカムラ城を占拠したと誰に聞いた？」

「誰ということもなく……このあたり一帯はその話でもちきりです。黄金の髪をした姫の話で――あ、どうやらその、黄金の髪、というのは間違いだったようですね。しかし、土の髪というのもまたお美しい……」

長は、こう言いながらきょろきょろとあたしのうしろをうかがう。彼も金色の獣を探しているのだろうか。

「その姫が、何でまたこんな処にいらしたのですか？シコの村を襲うおつもりですか」

「もう襲ってきた」

トワドがほこらしげに言う。

「あの鬼将軍アルタリアを、ネリューラ様は空中高くもちあげたのだぞ」

「おお……アルタリアを……」

どよめき。

「あいにく、シコの村をたいらげることはできなかったが……なあに、名だたる鬼将軍もネリューラ様の手にかかれば赤児も同じよ。近々シコの村は、我々の手におちる」

ちょびっと大言壮語ね。

「で、そのネリューラ様が何故こんな処に……」

……あん。長の目。はじめて気づいた。この感じは……おびえてるんだわ。でも、あたしにおびえてるんじゃない。何だろう、あたしの背後にあるものにおびえている。

「あの……大変申しあげにくいことなのですが、ネリューラ様。我々の村では、次の雨が降ったら、農作物のかりいれをしなければならず……」

ああ、判った。長がおそれているのは、人手不足だわ。

「OK。安心してね。あたし達、兵士を集めたくてこの村へ来た訳じゃないから」

「そうでしたか。いや、そうだと思いました」

長、あからさまに嬉しそうな声を出す。

「いや、我々としましても、はえあるネリューラ様の兵士に、村の若者をお使い頂きたいのですが、かりいれが……」

「そのわりには安心しきった声だな」

トワドが腹だたし気に言う。

「キョセの村の腰抜け共など、はなからあてにしておらんわ」

そう言うわりには、トワドの声も口惜しそうじゃない。

「いや、我々は、決して戦うのを怖れてなぞいないのです！　ただ、かりいれが」

「判ったっつうに。いいわよ、別に」

あんな小さな子まで働かす、ということは、この村の労働力不足は本物なんだ。もし、あたしがこの村の若者を連れてっちゃって、そのせいでスメガやキラが畑耕さなきゃいけなくなったら、あんまり可哀想だもの。

「トワド！　キョセの長！　やめろ、ネリューラ様の御前だぞ」

ラディンがどなる。少し思いやりにかけるな。トワド、なんて叫んじゃ、彼のプライドが……。

「名のない者？」

案の定、村長はその名前に反応してきた。

「ということは、我が村は、トワイエルの敗者ごときに腰抜け呼ばわりされたのか！」

トワイエルの敗者ごとき。この台詞が、また、トワドにはこたえたらしい。顔がまっ赤になる。

「腰抜けを腰抜けといって、どこが悪い」

「おやめなさいよ、もう」

あたしは無造作に手を動かす。と、おけが自然に空中へうかびあがり、トワドと長の上に水をぶっかけた。トワドは慣れてるからいいとして、キョセの村一同は、初めてまのあたりに見た怪異に度胆を抜かれたらしい。長、あんぐりと口をあけている。

「おけが……ういた……」

「見たか」

トワド、呆然としている長をあざわらう。

「ネリューラ様は常人にない力をお持ちなのだ！　伝説の女王様だぞ」

「トワドねえ、あんまり莫迦なこと自慢しないでね」

あーあ。村の人。完全におびえきっちゃってるじゃない。

「えーと、とにかくね、あたし達、変な噂のこと聞きに来ただけなの。他に意図、ないんだからね。気にしないでね」

しーんとしちゃって、誰もしゃべんない。まずかったかな、あれ、うかつにおけなんかとばしちゃって。うーうーうー。

「まあ、とにかく」

ようようラディンが口を開いた。トワドは、あたしにおこられたもんだから、しゅんとしちゃってる。杏、こ

　っち無視して、食事に熱中。

「その、ネリューラ様がカムラ城を占拠したという噂について、もっと詳しく聞きたい。長、話せ」

「はあ……。あの、しかし、その時の様子についてはネリューラ様の方がよく御存知なのでは」

「話せというに。ネリューラ様は、まだ、カムラ城を占拠してはいない。何故、そのような妙な噂が流れているのか、知りたい」

「まだ……占拠して……いない？」

　……だぁめだ、とてもこの長、ラディンの質問に答えられそうにないや。あたしは、あたりを見まわすと、スメガを呼んだ。

「スメガ君、話してごらん。絶対怒ったりしないから」

「あの……ネリューラ様は、金色の獣と従者をつれて、ハノウ山脈の奥からカムラへいらした、と。カムラ城下で、敵の兵士に襲われたものの、その、金色の獣がもの凄く強くて、敵を一人残らずやっつけてしまった、と。で、今、ネリューラ様と、金色の獣と、従者達は、カムラ城にお住みになっている、と……」

「何と……」

　ラディンがうめいた。

「姫。カムラ城へ戻りましょう。アルタリアはあとまわしです」

「どうしてだ？」

　トワドが不満そうに言う。

「たかがいい加減な噂ではないか」

「いくら噂がいい加減な性質を持っているとはいえ、ここまで話が喰い違うとは……。それに、我々がシコの村を襲った為、カムラ城は今、手うすの筈です。もし……」

「もし？」

「もし、ネリューラ様の名をかたる者がいたとしたら、今は千載一遇のチャンスです。今ならカムラ城は比較的簡単におちるでしょう」

「何と！　ラディン、お主、ネリューラ様のにせ者があらわれたと言うのか？」

「そうとしか思えない。……おい、子供。その、おまえが聞いた、ネリューラ様の姿形はどのようなものだった？」

「ええと……黄金の長い髪、高い背丈――ネリューラ様だけでなく、従者達も背が高いそうです。そして、見たこともない妙な格好……類まれな美しさと、類まれな強さ……。何でも、ネリューラ様お一人で、敵の兵士二十人は斬り捨てたとか」

「あたしじゃない」

　……確かに、あたしじゃない。でも。だとしたら、誰？

「類まれな美しさ、か」

ようやく食べるのをやめた杏、にっと笑う。

「行こうや、ラディン。城へ。類まれな美しい姫と、お近づきになりたい」

☆

城までの道のりは、歩いて半日以上あった。行軍の途中で、空に白い月が昇る。あん？

「ね、何、あの月、どうしたの」

白い月が昇ると同時に、何だかあたし、疲れてきた。変ね、月はあたしの守護神なのに、それに。今日の月、昨日の月の半分位のサイズしかない。あ、半月ってわけじゃないのね。満月なんだけど、サイズが半分。

「和の月です……。ああ、ネリューラ様。月は二つあるのですよ。赤い魔の月、白い和の月」

「昨日は気づかなかったわ。そうね、赤い大きな月の方がめだつもんね」

「魔の月は、和の月よりいささか遅れて昇ります。……大丈夫ですか」

「あん？　大丈夫って？」

「文献によれば、他の世界——あ、いえ、ネリューラ様は、和の月が苦手なんです。和の月だけが昇っている間——ほんの短い時間ですが、ネリューラ様の魔力はなくなる筈です」

「……本当だ」

杏がうめいた。

「今、俺、とべない……」

ぐたっ。疲れてきた。

「逆に、和の月が沈んで、魔の月だけが天空にある時、ネリューラ様の力は最強になります」

ああ、先刻、シコの村を襲った時。とすると、これは考えなくちゃね。昼のおわりから夕方にかけては、攻撃をひかえよう。逆に夜あけが攻撃時……。

和の月が昇ってから魔の月が昇るまでの間——ほんの一時間程だったけど——どうしても、あたしと杏は遅れがちだった。ついにあたしも杏も剣をラディン達にあずけ——それでもやはり、五、六メートル遅れてしまう。

「おい、ちょっとネコ」

一番遅れた時、杏がそっと耳打ちした。

「ラディンに気を許さない方がいいぜ」

「どうして」

「おまえさ、伝説の女王が復活した時、記憶を失ってると思うか？」

「あたし、ネリューラじゃないってば。記憶を失ってるんじゃなくて、もともと違うのよ」

「そうじゃなくてね……。仮におまえが神官だとして、だよ。伝説の女王が復活したら、まっ先に記憶がない筈だ、なんて思うか？」

「………」

「ラディンはまっ先にそう思ったらしいぞ。あいつ、俺達がとまどってる時に、まずこう言っただろ。『事情はあとで御説明しますから、とりあえず私の言うとおりにして下さい』って。どこか不自然だぜ」

「ふ……ん」

そうね。確かに。それからあたしも小声でしゃべる。

「あとね、一つ気になってるんだけど……ひょっとしてあたし、にせ者なんじゃない？」

「……？」

「成り行き上あたしがネリューラってことになってるけど、実はあたし、根岸美弥子なわけよ。だから今お城にいる方が、ちょっとタイミングずれて復活の扉開けた本物……」

「あり得るな」

「ネリューラ様。杏様。大丈夫ですか」

あたし達があんまり遅れたもんで、ラディンとトワド、引き返してくる。

「お疲れでしたら少し休みましょうか」

「大丈夫よ。ね、それより、ラディン。復活の扉って、お城の中にしかないの？　ひょっとしてハノウ山脈の山すそにもない？」

「……あります」

あたしと杏、顔を見あわせる。

「確かに、中の国には合計三つの復活の扉があります。カムラ城と、ハノウ山麓と、シャワ城に……。けれど、下さい。ネリューラ様。どうか莫迦なことをお考えにならないで下さい。……その黄金の髪の娘が本物ではないか、などとお考えになったのではありませんか？」

少し、あせった。ラディン。彼って頭いいのね……。

「莫迦な」

トワドが血相を変える。

「ネリューラ様はネリューラ様です。あんな不思議な力を持っておられる方が二人いる筈がない」

「そのとおりです。私が保証します。あなたはネリューラ様に間違いありません。いいですか、私があなたをネリューラ様だと言う以上、あなたはネリューラ様なのです」

何か気に障る台詞ね。そんなことを思ってラディンを見ると。彼は真面目な顔をして、きっと前を見すえていた。少しぞくっ。威厳——という単語がにじみ出ているみたい。反論も何もする気になれず、慌てて目をそらす。

ラディンは——まじまじ見れば見る程——男、だった。強く、たくましく、迫力に満ち。単にハンサムだっていうだけのアルタリアより、ずっと、おとこ。

このラディンが従者。このラディンを従える程の器。どう考えても、あたしはそんな人間じゃない……。

☆

はてさて一体、どうしたもんだろう。カムラ城下に近づくにつれ、あたし、本格的に悩みだした。この頃にはもう魔の月は昇っており、体力的には何も問題なかったけれど——そう、体力的に問題がないのが問題なのよ。

どっちがにせ者かってことはおくとしても、カムラ城には今一人、ネリューラがいる訳じゃない。当然城下は中の国の兵士がかためている筈。そこへもう一人ネリューラがやってくる……。中の国の兵士達は、ネリューラと名乗るあたし達を通してくれるだろうか。

でね、通してくれない場合。ラディンはまあ冷静としても、トワドがね。猛然と怒り出しかねないじゃない。そこへもってきて、魔の月が昇っている。もし、トワドが暴れだしたら、あたし、彼を守れちゃうのよ、物理的にね。あたしがトワドを守る為に自分の魔力使っちゃうと、どうなるか。あたし達、味方の筈の中の国の連中相手に戦ははじめることになる訳で……。

ところが。あたしが一所懸命悩んでたっていうのに、あ、拍子抜け。城下町にはいっても、まったく誰も文句を言わず……この町、全然、警戒体制しいてない！

「ねえ、ラディン……おかしいよ、これは。ここ、どうなってんの？　もしも、よ、ネリューラが城にいるなら、何で城を守ろうとしないの？　それに、もしネリューラが城を占拠したのがデマなら、何で西の国の兵士がいないの？」

「まあ、こんなもんですよ」

トワドがいまいまし気に言う。

「我が国の連中は——自分で言うのも何ですが、徹底したことなかれ主義ですから……。ネリューラ様が復活なさったときけば、はげましはしますし、もてなしはするでしょうが、決して自分達は戦おうとしませんよ」

「……そんな」

「残念ながら本当です。……ネリューラ様、あなたが、私の村を守った時のことを覚えていらっしゃいますか」

どういう男なんだろう、ラディン。どんな状態でも冷静。

「最初、トワドをはじめ村の男達は、ぽけっと見ていたでしょう」

トワドが唇をかむ。……まあ、そういえばそうね。

「中の国の男達は、一度武器を持って立ちあがりさえすれば、勇壮無類の兵士です。が……立ちあがるのに、いささか時間がかかるのです。目前で戦闘がおこり、内部の衝動がぎりぎりにならない限り、決して立ちあがりません。けれど、一度立ちあがれば、このトワドや、我が村の男達のように、二度とネリューラ様を裏切らない、誰よりもたよりになる兵士となります。それは私が保証します」

今度はトワド、胸を張る。

「するってえと、今、西の国の連中が襲って来たら……」

「まず城はおちるでしょう。ですから、昨夜、ネリューラ様がシコを襲い、敵の主力をシコの村へひきつけたのは、この城を奪った者にしてみれば、幸運以外の何物でもありません」

ふうん。そんなもんだろうか。

「おい、ネコ。城門閉まってるぜ」

ハイライトくわえながら、ぶらぶらあたりを見物していた杏が言う。

「どうしようか。二人ずつ抱えて中へとんでってやろうか」

「杏殿(どの)の手をわずらわすこともあるまい」

トワドが言う。

「この城の正統な所有者の御帰還なのだ。正面からゆけば……」

と。ぎいっときしんで、城門が開いた。ああは言ったものの、トワド、少し慌てて身構える。城門をあけてのそっと出てきたのは、金色の大型獣——ライオン、だった。

「うわ！ ライオン！」

「何です。あの獣は。中の国には、あんな獣はいない」

「あれ、どう見ても……地球のライオン……」

何でこんな処にライオンがいる訳？ あたしがあせっていると、ライオンは、とっとことっとこあたしに近づいて来た。あたし、あとじさる。杏が剣を抜く。と。

「ちょっと、おじさん、俺斬(き)る気ですか？ それはあんまりだなあ」

ラ……ライオンが口きいた。のみならず、このイントネーションは……きいたことのある感じ。

「山岸……桂一郎？」

「あたり。ネコちゃん、お久し振り」

ライオンは嬉しそうに尻尾(しっぽ)を振った。

☆

「要するにあんたは……狼男(おおかみおとこ)ならぬライオン男だった訳か」

城の小部屋にて。あたし達四人、人間の格好に戻った桂一郎とちょっと早めの夕食を食べていた。桂一郎の体臭は、満月期のにおいになっていて……そうかあ、この人、満月期にはライオンのにおいをふりまいてたのかあ。

「ええ。でね、何か城の外で知ったにおいがあると思って出てきたら、ネコちゃんとおじさんでしょ？ 嬉しかったなあ。なのにおじさん、俺斬ろうとするんだもの」

「おじさんっつうの、やめろよ、おい」

「でもね、桂一郎。あなたどうしてここにいる訳？」

「あの変な道で、ネコちゃんとはぐれて……俺、脇道へ出たんだよ。そしたら扉があってね。開けなきゃゆきどまりだっつんで開けたら、山のふもとに出ちゃった」

は……ん。それが、ハノウ山麓の扉だわ。

「どうしようもないんで、しばらくその辺にいたんですよね。したら、山越えて、金髪の女の子達の一行が来たのと出喰わしてね。で、山の中にいても仕方ないから、その子——ディミダっていう子の一行に混ぜてもらったんです。何でも彼女は、山のむこうの東の国とかいう処の貴族の娘だそうで、この国へ薬か何か買いに来たらしいですよ」

「ほう……。東の国からハノウ山を越えて……」

ラディンが軽く眉(まゆ)を上げる。

「それはさぞかし難儀(なんぎ)であったろう……。ここ数百年の間、あの山を越えた者はいないのに」

「ええ、何かそんなこと言ってましたよ。でもね、彼女の国の王さんが病気なんだって。でね、その病気の特効薬は、西の島でとれる木の根しかないそうで……。この国の港町——何つったっけ、シャワとかいう処に、その西の国の将軍がいるんだそうで。そこまで薬をもらいに行かないと、どうしようもないらしくて」

「それにしてもかよわい女の身——それも、貴族の娘といえば、平素(へいそ)さぞかし楽な暮らしをしているのだろうから……」

「そんなこと言うと、怒られますよ、ディミダ姫に。彼女はすごい女でね——女だてらに東の国の騎兵隊総隊長だそうで」

「おお、そうか。ラ・ミディン・ディミダ……。中の国の伝説の女王ネリューラ様と並び称される女丈夫(じょうふ)だ」

「ああ、そのネリューラって誰ですか」

桂一郎、眉根を寄せる。

「俺達、そのネリューラとかいう人と間違われて、ひどい目にあったんですよ。ここの城下町にはいったとたん、おのれネリューラとかいうんで、大勢の兵士にとり囲まれちゃって……何か訳判んないうちに、姫の従者の大半が斬り殺されちゃってね。こっちの言い分なんか聞いちゃくれないんだから。仕方なしに応戦して、何かこのお城、のっとることになっちゃって……」

あたし、ため息をつく。てことは、ディミダ姫はネリューラじゃないんだ。つうことは……。

「お主が先程から心安げに話している方が、ネリューラ姫であらせられるぞ」

またトワドが余計なこと言ってくれちゃって。

「俺が話してるって……ネコちゃん、が?」

仕方なしにあたし、今までのことを順をおって話し出す。桂一郎、やたらうなずきながら聞いて。

「はあ……ふうん……へえ……。どうりで、俺達が城のっとっちゃった後、誰もこないと思った。ネコちゃんの方でごちゃごちゃやって、城の主力をひきうけてくれた訳か……」

「まあそんなとこ。で……その、ディミダさんは？」

「あっち」

桂一郎、奥の方を指した。

「今、声かけない方がいいですよ。もっの凄く不機嫌だから。ゆきがかり上西の国の兵士殺しちゃったでしょう。彼女、西の国の将軍に薬もらおうとして来た訳だから、西の国に刃むけちゃったの悔やんでてね……。善後策を群臣と相談中です」

「何か危なっかしい姫だな」

杏が呟く。

「そんなことしている間に、西の国の兵士達がやってきたらどうするんだろ」

「その点はのんきなもんです。彼女をはじめ生き残った重臣達っていうのが、まさしく一騎当千の強者でね……。自分達が危ないなんて、これっぽちも考えてないんじゃないですか」

と。奥の方がざわついてきた。がたん、とあれは椅子をたつ気配。

「は……ん。どうやら会議おわったらしいな。やって来ますよ、ディミダ姫が」

☆

「桂一郎。これ、桂一郎はおらぬか」

遠くの方で、女の声がした。平素人を呼びつけるのに慣れきった声。

「これ桂一郎。あまり遠くへ行くでないぞ……お？」

扉が開いて、ディミダ姫、こっちを見つめる。変な男達がいるので驚いたみたい。

「おっ。これはまた」

杏も息をのむ。びっじん。天は二物を簡単に人に与えちゃうんだな。

背は、結構高かった。百七十近くある。そして、均整のとれた体。なびく金髪は腰のあたりまであり、無造作にうしろでたばねてある。ダーク・ブルーのひとみはきれいに二重で、意志の強そうな色をたたえている。深い深い湖の色。肌は抜けるように白い。

でも、そんなことより何より。杏が息をのんだのは、おそらくこれのせいなんだわ。威厳。迫力。まだ二十そこそこだろうに、直視するのをはばかられる程。成程、これは、姫だわ。生まれおちた時からの高貴な身分。

「桂一郎、この者達は？」

「知人です」

「ほお……確かにお主と同じ色の髪をしているな。土の髪の人間なぞ、二人といないと思っておった」

恐れ気もなくこちらへ近寄る。はあ、確かに妙な格好。上質の絹の、ミニスカートのような服を着て、腰には宝石入りの剣。そして、ふかふかの革のブーツ。

「そちらの男二人は？　どうやらそれぞれ、中の国と西の国の男のように見うけられるが」

「え？」

「そち。そちは、西の国の男であろう？　中の国の衣装を身につけてはいるが」

ディミダ姫は、まっすぐにラディンを見ていた。

「いえ、私は中の国の者です。中の国の女王ネリューラ様の従者、ラディン」

「しかし、その青味がかった髪は？　髪に青味がかかるのは、西の方の人間だと聞いていたが」

ラディン、強く唇をかむ。口惜しそうな表情。

「父がおそらく西の国の者です。名も知らぬ兵士が……若い母を手ごめにして……」

「ああそれは……済まぬことを言わせたの」

何か、彼女が言っても、全然謝ってるイメージ、ないのよね。これが姫ってもんかしら。

「ところでそち、今、妙なことを言わなんだか？　ネリューラの従者とか。……どうもハノウ山を越えて以来、妙な話ばかり聞く。先程も西の国の兵士が、ネリューラの名を叫んでおったが……ネリューラとは、何百年も前に殺された姫の名ではなかったのか？」

「ここにおわすお方がネリューラ姫なるぞ！　いくら他の国の姫とはいえ、この国に来たのなら、少しは礼をわきまえろ」

トワドがどなる。ディミダ姫は一向にその台詞に恐縮した風も見せず、じろじろとあたしを眺める。

「ほう……。あなたが、ネリューラ」

それでも一応、あたしに対しては言葉づかい、気をつけてるのね。と、杳があたしをつついて、小声で。

「おい、ネコ。もっとしゃんとしろ。おまえどう見ても、ディミダに迫力負けしてるぞ」

迫力負けって言われてあたし、とにかく背筋伸ばす。ディミダ姫は、そんなあたしの様子を、まるで恐れ気もなく、値ぶみするようにじっとみつめる。これは……何か、素敵なおもちゃを見つけた子供の目。

「ネリューラ姫が復活したということは、当然、西の国と戦う訳ですね」

姫は、とん、とあたしの目前のテーブルに腰かけた。

ネリューラ伝説って、他の国にまでひろまってるのか……。でも、あんまりそういうの、当然と言って欲しくない。

「勝算があるのですか？　あなたの兵は？　城の外をかためているのでしょうね」

「いえ。あいにくあたしの兵って、これだけなんです」

「これだけ……三人？」

ディミダ姫、しばらくぽかんとして、急に笑いだした。

「わらわが聞きたいのは冗談ではないのですよ、姫」

「あたしも残念ながら冗談言ってる訳じゃないのですよ、姫」

「……ほう」

姫は、面白そうに、あたしの顔をながめまわした。

……何だろう。自分でも何だか判然としないくやしさが、体の中を駆けめぐる。あたし、この姫に……あそばれてる。

何故だろう――ううん、あそばれてることが、じゃなくて。何故、それがくやしいのだろう。まっすぐにあたしを見つめ、素直に感情をあらわす、ディミダの湖のひとみ。あれがあたしを挑発している。

そんなことを考えながらも、あたしがいつものくせで感情を表にださずにいると、姫は、また、とん、とテーブルからとび降り、挑戦的にあたしを見つめた。

「面白い……いや、実に面白いですよ、ネリューラ殿。我々は、これからのことを一応考えていたのですが、気が変わりました。我々が西の国の兵士に襲われたのは、西の国側の間違いだったのですから、先程まではこう考えていたのです。こっそりシャワへ出向き、デュラン三世に謝罪しようとね。わらわは人に謝るのはあまり好きではないのだが、まあ、それは仕方がなかろう、と。ところが、ここであなたに会った。……ふふ。ネリューラ殿といえば、人を睨み殺すことができる伝説の女王ではありませぬか」

何が面白いんだろう。しきりにくすくす笑っている。

「わらわが、薬をもとめてハノウ山を越えねばならなかったのは、もとをただせば西の国のせい……。もともと、このあたりは、中の国を中心に文化がさかえていたのですよ。まあ、ネリューラ殿なら、その頃のことはお詳しいでしょうが……。西の国が中の国を占領してしまったせいで、ハノウ山を越える道は崩れてしまった。おりしも、我が国は南の国と戦闘状態にはいってしまったし……我が国は、陸の孤島になってしまったのですよ。我が国の識者の中にも、中の国を西の国の支配からとき放つべきだ、と言う者もおりますし」

また、実に嬉し気に笑う。

「それに、わらわ――ラ・ミディン・ディミダは、小さい頃から鬼姫と呼ばれ……剣を持ち、人に負けたことは一度もない。……わらわが生まれた時に星が流れ、占星術者はわらわを〝王になる者〟と呼んだ……。わらわは、自分自身のことを、勝利の女神と思っているのですよ。それ故、父上達の反対をおしきり、魔の山――ハノウ山越えに挑み、それを成しとげた。と、そこに、ネリューラ殿、あなたがおられる。いや、実に……」

また笑う。

「実に嬉しい。そのネリューラ殿は、わずか三人の手勢で、西の国五大将軍の一人、デュラン三世に挑むと言う……」

くっくっくっと笑いながら、すらりと剣を抜き放つ。

トワドが何か叫んだのを、慌ててラディンがひきとめる。

「わらわは、ネリューラ殿にかけてみたいと思う。わずか三人の手勢で西の国に挑むなら、それなりの腕もお持ちだろう。わらわとぜひ手合わせ願いたい。わらわが勝てば、ネリューラ殿の首を頂き、それを手みやげにデュラン三世から薬をもらおう。わらわが負けたなら、ラ・ミディンの家の者は世の末まであなたに忠誠をちかおう。ラ・ミディンの家といえば、東の国一の旧家。すなわち中の国は、世の末までの間、背後に強力な味方をもつことになる」

何ちゅう姫だ。あたしにかける？　嘘おっしゃい。あたし相手に遊んでるくせに。

でも。何故かあたし、ぞくっとした。ぞくっとしながらも、こころなしか嬉しくなる。

やってごらん。ラ・ミディン・ディミダ。東の国の鬼姫。あたしが果たして、遊び道具になる程度の女かどうか。あたし、負けてあげない。それこそ――根岸美弥子の名にかけて。

あなたのその湖のひとみ。ほんのりと緑がかった、深くつめたい青。それがあたしをあおるんだ。対峙する者を、本気にさせずにはいない、ひとみ。自分の能力を自覚して以来、他人に対して一度も本気になったことのない、あたし。このあたしが本気になったら。

視界が緑に染まる。ディミダの顔が変わる。息をのむ気配。

さあ！　かかってきなさいよ！

「姫！　ネリューラ姫！　おやめ下さい！」

トワドが叫ぶ。ラディンが強い声であやうく剣を抜きかけたトワドをとめる。

「静まれ。ネリューラ様は、絶対負けない、、、、、」

「ネリューラ殿はずいぶん信用あついとみえるな……ふふ。よいことじゃ。が……この、ラ・ミディン・ディミダも誰にも負けない」

うわあお！　何て顔するの！

剣を右手で構え、左手でほつれた金髪をかきあげる。小さな、形のよい唇を赤い舌がぺろっとなめる。輝く深い湖のひとみ。ミニスカートの下の腰が、小気味よくゆれる。何て……何て！

猫科の獣。しなやかな姿態、なめらかな動き、そしてあなどれない強さ。その牙の中にプライドと矜持。目は、久し振りの好敵手をみつけた喜びにきらきら光って。う――……素敵！

あたしも右手で剣を持つ。身構える。黒髪が肩の上でおどっているのを感じる。

しばらく睨みあう。と。ディミダが空を飛んで――まさしく羽があるかのように軽々とジャンプすると――上から斬りつけてきた。あたし、両手で剣持って、それを払う。きん、という音がする。そのまま、先刻まであたしがいた位置に着地したディミダ、剣であたしの胴をな振りあげ、二、三度斬りむすぶ。がきっと剣は空中であわさり、どう力をこめておしても動かない。あたしはまっすぐディミダの目をとらえ、睨みつける。意志の力で彼女をおして——が、ディミダ、微動だにせず。何て強靭な意志力！

「うおー」

ディミダがほえた。満身の力をこめてあたしを斬りつけようとする。このままだと力負け。おーし。

あたしは急に剣をひくと、すっと逃げた。逃げざまに顔を思いっきり振る。と、テーブルの上の果物が残らず、ディミダの眉間めがけて飛んでゆく。ディミダ、一刀のもとに果物を切り捨て、あいた左手であたしのブラウスのそでをつかむ。思わず態勢を崩した処を、上から斬りつけてくる。無我夢中でその剣をはらい、かろうじてディミダの左手をのがれ、とびすさる。

あたし達は、最初と寸分たがわぬ格好で、相手と睨みあっていた。顔をまっすぐ振りあげる。黒髪が流れる。

あたしも、気をひきしめなければ。東の鬼姫。確かに、勝利の女神を自称するだけのことはある。こんな時だけど……あなたに会えて、よかったわ。

と。何を思ったのか、ディミダ、すっと剣をおろした。軽く左手をあげ、髪をかきあげる。先程までの、好敵手をみつけた肉食獣の目の色が消えていた。

「ネリューラ殿。成程あなたなら、敵の兵を睨み殺すことぎ払おうとする。とびすさり、左手を振る。軽い竜巻。ディミダはうしろに飛ばされ——あん！　本当に猫科の獣——空中で一回転すると、すっと着地。殆ど足音をたてない。

「ほお……」

「ふうん」

思わず、ディミダとあたし、軽い声をもらす。ディミダは、あたしの使った魔力に感心したんだろうし、あたしはディミダの身のこなし方に感心した。

ディミダの目つきが変わる。深味をます、湖のひとみ。あたしが遊び相手にならないことを知ったのだろう。

さあ、これからが本番よ！　かかってらっしゃい！

自分の目が異様に輝いているのを感じた。そして——理解する。何故、あたしが本気になったのか。ディミダは、いつでも本気で真剣で——だから迫力が、威厳があるんだわ。だから、姫なんだ。そして、彼女の本気には誰もが本気でたちむかわなければいけない——それだけの、人物なんだ。

と。ドアの開く気配。微動だにせず、ディミダが言う。

「爺！　手出ししてはいけない！」

あたしも叫んでる。

「ラディン！　トワド！　邪魔しないでよ！」

そのまま、じりじり動く。今度はディミダ、突いてきた。ぴったりあたしの喉笛。あたしは下から大きく剣をとができそうだ」

　あたしも、剣をおろした。緑がかっていた目が、黒くなってゆくのが判る。

「ディミダ殿。成程あなたなら、勝利の女神を称してもおかしくない」

　ディミダは剣をさやにおさめ、あたしは剣をラディンに渡すと、ぽけっとしている男達しりめに、あたしとディミダは、長年の親友のように、肩を抱きあった。それから、ディミダ、はいってきた男達にむかって。

「何をしておる。早くあいさつせぬか。ここにおわすは、ネリューラ殿――中の国の伝説の女王にして、我が姫、我が友なるぞ」

　思わず満身の力をこめて、ディミダを抱きしめていた。はじめての、人間の、親友。よもやま話や八方美人のつきあいでは、決して手にはいらないもの。

　生まれてはじめて、あたしに本気でぶつかってきて、あたしまで本気にひっぱりこんだ人。

　あなたに、友と認められるだけの力を持っていることを、あたし、ほこりに思う……。

PART V

「これが爺(じい)――ラ・ヴィディス・ワンス。わらわの右腕であり剣の師。こちらがカイとキダ。爺の軍一の勇者だ」

「ラ・ヴィディスの軍……」

　ラディンがため息をついた。

「何？　ラディン」

「ラ・ヴィディス・ワンスの軍といえば東の国の守りの要(かなめ)――まさしく精鋭中の精鋭ですよ、姫」

　ふうん。どうやら、名のてっぺんに〝ラ〟という音がつくのは、東の国の貴族の称号みたいね。それにしても。

「そして、ラ・ドラ・ジイノ。ラ・ヴィス・アップティン……」

　それにしても。気にかかる。どうしてラディンはそれを知っているのだろう？　ハノウ山を越えた者は、ここ数百年の間、絶えてなかったという。その東の国の軍の詳細を知っているとしたら……ラディン、ひょっとして、今、東の国と交戦中という南の国の男なんだろうか。

　まあ、けどね。ひょっとしたら、南の国の兵士からそんな噂(うわさ)を聞いた西の国の人からさらに噂を聞いたのかも知れない。噂の伝播力って、もの凄いもんらしいから。

ひととおり全員の紹介がおわった処で、ディミダ、また、テーブルの上にのっかり足を組む。見ようによってはひどくお行儀の悪いことなんだろうけど、彼女がやると可愛く見えるから不思議。それに、何といっても、これ、注目を集めるのだ。

「さて、ネリューラ殿。これから一体どうなさるおつもりかな」

「うん……どうってね。まず、アルタリア君と決着をつけなきゃいけないだろうし」

「アルタリア？」

「ああ、うん、シコの村の総司令官。ここね」

地図を指す。

「うむ……。して、敵の数は？」

「二百人位」

「それに、カムラ城のキリア隊がはいっていますから、三百余りになっているでしょう」

ラディンが口をはさむ。

「何の三百！」

ディミダが笑う。

「我が従者達は、軽く一人で十人を倒すぞ。それ位、明日にでもかたをつけてみせよう」

「まあ待って」

あたし、先刻から考えていたの。今はいい。二百、三百なんて数の敵相手にするのは何とかなるだろう。けれど、もし、敵の数が千、万になったら？　いくら東の国の鬼姫とはいえたちうちできまい。人手がたりなさすぎるのだ。

「今はいいの。でも、この先、敵の数が四桁や五桁になったら……ちょっと、困るでしょう。ここら辺で味方の数をもっと増やさなくちゃね」

「何か心あたりがおありか？」

「う……ん。それ考えてる。ここは中の国でしょ。で、あたし達は中の国を西の国から救う為に戦ってる。なのに、この人数構成はないわよ」

大半が東の国の兵士。三人ばかり二十世紀の日本人。肝心の中の国の男、たった二人。

「中の国の女王たるネリューラ殿を前にこんなことを言いたくはないのだが……」

ディミダが言いよどむ。

「いいよ。言っちゃって。中の国の男はあてにならないって言いたいんでしょ」

トワドが露骨に口惜しそうな表情をする。ラディン、あいかわらず無表情。

「実にまったく、この国の男どもはかなりの腰抜けばかりじゃ。わらわをネリューラ殿と間違えたくせに、誰一人わらわ達に加勢しようとしない」

「でも、それじゃ駄目なのよ。何とかして中の国の連中に決起してもらわなきゃ、勝ち目はない」

「忠告をするが、ネリューラ殿、腰抜けの兵士を何万集めても勝ち目はないぞ」

「ところがそれが腰抜けじゃないのよ。この国の男達、一度武器を手にとり戦いだすと、見事な兵士に変身するの」

いつか、ラディンの村での戦いを思い出す。最初、ぽけっとしていた男達が戦いだした時の凄さったら。あっという間に、西の国の兵士を片づけちゃったじゃない。その後もトワドみたいに、見事な戦士になっている。

とすると。だとすれば。

何か。何か、きっかけさえあればいいんだ。平素重い税にむちうたれ、肉体労働を余儀なくされている男達。あの、美大生がため息ついてデッサンしたがるような、見事な筋肉。あの筋肉が立ちあがるきっかけさえつかめれば。

「ネリューラ殿。そなたの言われたことはよく判ったつもりだ」

しばらくディミダは目を閉じていた。長いまつ毛。

「一夜、お待ち下さい。わらわが何とかしてみせよう」

にっこり笑うと、カイとキダを呼びよせる。何やら耳打ちすると、二人は納得したようにうなずき、部屋から出ていった。

「カムラ城下の村々の男達は、総勢何人位じゃ？」

何をするの、と言いかけたあたしの台詞を無視して、ラディンに聞く。

「三千人程です」

「よろしい。ネリューラ殿、朝までには、城下に、三千人の中の国の兵士が集まっておるぞ。……さいわい、風も強いしのう」

「ディミダ？　何、するの？　風が強いって……」

「くっくっ……」

ディミダは、喉の奥で鳩のような笑い声をたてた。

「我が神・ラーラ神は、風と共においでになる……」

「ラーラ神がディミダ殿の守護神ですか。成程、あなたにふさわしい神だ」

こう言ったラディンを、あたし、つっつく。

「ラーラって何？」

「東の神です。神話上は、主神ラムダの息子にして娘。両性なのですよ。司るものは戦。軍神です」

「さて、そろそろ夜もふけたことだし、ネリューラ殿、お休みになられた方がよくはないかな。ラ・ドラ・ジイノ！」

「はい、姫」

「こよいはそなたとアップティンが見張りにたつように。わらわはもう床につく」

とん、と、床に着地する。ゆれる金髪をかきあげる。

東の国の連中は、一様にひざまずいて礼をした。

☆

「……実に……何つうか……絵になる姫だな」

東の国の連中が奥へひいちゃった後、杏がぼそっと呟いた。

「正真正銘の鬼姫で、正真正銘の勝利の女神ですよ、彼女は」

椅子にくつろいで座り、煙草をふかしながら、桂一郎が言う。

「あれ、鬼姫じゃなくてね、正真正銘の姫よ」

あたしが訂正する。

「火のような気性の娘っ子だな……」

トワド、呆然とディミダが去った扉をみつめている。

「あいつがネリューラ様に剣をむけた時は、本当にぞくっとしましたよ」

「あはっ。あたしが負けると思った？」

「あ、いえ、その……別にそういう訳では」

くすっ。今の、ちょっと意地が悪かったかな。

「ふふん。でもまあ実際……実に、ぞくっとする程、いい女ね」

「何かネコはいやにあの娘が気にいったみたいだな」

「あん？　杏は？　くどいてみないの？　本当に類まれな美しい姫じゃない」

からんでくる杏を軽くいなし、彼女の真似して机にすわる。セブンスターくわえて。

もうこれ、必要ないかな。たばこ。昔、どっかで、煙草は超能力に悪いって俗説聞いて以来の愛用品。

やっと判った。あたしが親友作れないのは、あたしが怪物だってことのせいじゃない。あたしが自分で、その事実を恐れているせい。

鬼姫、ディミダ。彼女だって、その気性故に一種怪物扱いされているだろうに。なのに、あの、矜持。あの子には自信があるんだわ。鬼姫だろうと何だろうと、自分は自分だっていう……。

そうよ。あたしは――化け物だろうと何だろうと、あたしはあたし。あたしを受けいれられない人のことは――知らん。受けいれてもらう為に自分を変えるなんて――できない。あたしは、モンスター。魔女。でも、魔女のあたしを恐れない人だって、世の中にはいるんだわ。

ディミダ。あなた、言ったわね。この世のおわりまで、あたしに忠誠を尽くすと。あたしも言ったげる。この世のおわりまで、あなたには忠実に正直に、本気でぶつかってゆく。あたしをそんな気分にさせた、はじめての――そして、唯一人の人。

と。爺と呼ばれた人がやってきた。勝手にくつろいでたあたし達、慌ててしゃんとする。

「ネリューラ様。失礼ですが、こちらにはベッドの用意がないのではありませぬか」

「ええ……まあ」

「ディミダ姫の方に、羽毛としとねがあります。もしお差しつかえなかったら、お使い頂きたいと」

「そりゃ……ありがたいけど……ディミダ殿は？」

「姫はああ見えても戦士です。戦場へ来ればどこででも眠れます」

「そりゃそうかも知れないけど……何か悪いなあ」

ディミダ姫にも悪いけど、杳達にも悪い。連中床の上にねかかして、自分だけ羽毛のふとんっつうのは。

「ネコちゃん、御厚意にあずかっちゃいなよ。俺達気にしなくていいからさ」

桂一郎が言う。

「そうお……？」

本当いうとね、少し、はしゃいでたの。きゃあ、羽ぶとん。実はあたし、まだ羽ぶとんって奴で寝たことないのよね。さぞかしふかふかだろうなあ。

「さあ、どうぞ、こちらへ……」

☆

奥の間では、ディミダが髪をすいていた。やっぱ、こういう処、姫なのよねえ。遠征に羽毛のふとんだの、鏡だの持って来ちゃうの。

爺は一礼をしてさがった。部屋は——おそらく男達が必死でかたづけたんだろう、ちり一つ落ちていない。

「おお、ネリューラ殿。済まぬがいささか待って頂けないだろうか。髪をすきおえたら出ていく故」

「あ、いいよ、ディミダ姫」

あたし、羽ぶとんのサイズ見て言う。ダブルベッドより大きいじゃない。

「一緒に寝よ。あれなら人二人充分眠れるわ」

「ネリューラ殿？」

ディミダ、眉を上げる。

「……ますます面白い方じゃな、姫は。疑わぬのか？」

「疑う？　何を？」

「わらわとは、今日会ったばかりではないか。わらわが姫の寝首をかいたら何とする」

「……考えもしなかった」

軽く肩をすくめ、ベッドに腰かける。セブンスターくわえて。ディミダと目線が合う。……笑ってる？　ディミダ。心底嬉し気な顔をして。

「ということは、ネリューラ殿は、わらわを完全に信じてくれた、と……」

「そう言うあなたは？　あたしがあなたの寝首かいたら？」

「ネリューラ殿は、わらわが勝てなかった唯一のお方故」

ふっと、あったかい気持ち。八方美人の美弥子ちゃんやってる時も——友情のまねごとも、それなりにあたたかかった。だけど、それとこの感じ、全然違うのよ。狂おしい程、大好き、ディミダ。

「実は、姫を呼んだのは……寝所をお貸しすること以外にも……一つ、話したいことがあっての」

ディミダは、くしをおくと、とん、とあたしの横に腰かけた。実に身が軽い。

「そのネリューラ殿の無邪気さ、というのは、実に魅力的でもあるが、同時に危なくもある」

「は……ん。ラディンのことね？」

「気づいておられるのか」

ディミダは、理解できない、という表情をする。

「あの男、何やら妙な感じがする。神官であるのならば、世のことに詳しいのはあたり前としても……この、交通の絶えた状態で、何故わらわのことを知っているのだろう……。わらわなら、あのような男を、決して側近にはしない」

「杏も似たようなこと言ってたわ。……あたしも、そう思わないこともない」

「では何故」

「うーん……成り行き、かな」

いい加減かしら。でも、他に台詞、ない。

「変な話だけど、彼が裏切るとは思えないのよ。あの人、あたしがこの世界にはじめて来た時から、ずっと、あたしと一緒にいた。彼がいなかったらあたし、西の国と戦争なんて始めてないもの」

「ふ……む。判らんの」

ディミダ、さかんに首をひねる。

「何が？」

「ネリューラ殿といい、桂一郎といい、土の髪の人間が考えることは……。どうしてそう〝いい加減〟なのだ？　御自身のことであるのに」

「いい加減が通用する世界にいたからね……。早い話、あたしには逆に理解できないのよね。ディミダ殿、いつも本気でしょ？」

「……生きるとは、本気であること故」

「疲れない？」

「生きるとは疲れることではないのか？」

うーん。ますますくい違ってきた。ま、無理ないといえば無理ないのよね。ディミダは、知りあいを見れば、寝首かかれることを恐れてすごしてきた人。あたし、自慢じゃないけど、そんな心配したこと一度もない。

「あ、そうだ。……ね、ディミダ殿、お願いがあるの。戦の最中、兵士達の指揮するの、あなたやってくれない？」

「何と？」

「要するに、あたし向きじゃない訳、軍隊指揮すんのって……。今、はっきり判った。あたしにとって、今の状態って〝異常〟なのよ。毎日が生きるか死ぬかなんて……。

その点、あなたなら慣れてるだろうし、それにね、あたし、戦争する上で致命的な欠陥があるの……。あたし、人を殺せない」

　ディミダは、化け物でも見るような目つきであたしを見た。

「ますますもって判らない……。ネリューラ殿は、決して腰抜けではなかろうに。何故じゃ？」

「まあ、いってみれば教育制度の違いなんだろうな。あたしの国じゃね、人一人の命は、地球――ああ、この世界全部と同じだけの価値があるっつってるから」

「人一人の命が全世界と同じ？　ネリューラ殿の処では、人は死なぬのか？」

「そういう訳じゃなくてね」

「では、人が一人死ぬ度に世界が亡ぶのか？」

「そういう訳でもないんだけどね」

「ということは、余程治安がうまくいっていて、人は殺し合いなどしないのだな？」

「それがそういう訳でもないから……」

「判らない。本当に判らない」

　あーあ。ディミダ、首ひねりだしちゃった。

「黄金郷の伝説なら、聞いたことがあるぞ。そこは真に美しい世界で、人には身分の上下がなく、食物は豊か、誰もが他人を愛し、戦などない。……そういう世界の話なのか？」

「違うみたい。何つうのかな……現実は違うんだけど、みんな、自分が黄金郷にいるような気分にだけなってる世界の話よ。……話、変えよう」

「いや、待て。もう少し考えてみよう」

「けど……ねえ、考えたってしようがないよ……」

「仕方がない、などという言葉は、考えに考えてから使う言葉じゃ」

　うっ……正論。あたしも黙って考えてみる。何か、人生にのぞむ態度からして違うのよね、あたしとディミダ。あたしの方が数段気楽に人生考えてる。

けど。あたしは決して、この世界の方がいいとは思わない。いつも生きることに真剣っていえば、聞こえはいいけど……早い話、いつ殺されるか判らないから気がゆるめられないってことでしょ。はりつめすぎた糸は、すぐ切れちゃうわよ。

　何となく、身じろぎをする。と。あっ。このベッド。本当にふっかふか。

「これ、ネリューラ殿。何をしておるのじゃ」

「ね、ディミダ殿、あなたもやってみ。面白いよ」

「ふとんの上ではねるのが……？」

「トランポリンみたい。ほら」

　不得要領な顔して、ディミダ、ベッドの上でとびはねだす。段々のってきて。

「おお……。本当にこれは愉快じゃ、実に軽く体が弾む」

「ね？　面白いでしょ」

……反省はしてるわよ。あたし、駄目、やっぱり、何だかんだいって、はぐらかしちゃう。

でも。真面目なのはいい、真剣おおいに結構。けど、真面目と真剣だけじゃ駄目よ、絶対。適当って必要……だと思うよ。

☆

次の朝。食卓で杏が待ちうけていた。おはようも言わず、開口一番。

「おいネコ。あんた、ディミダさんに何したんだ？」

口調は責めてるけど、目は笑ってる。

「何って……何が？」

「爺やさんがまっ青になってたぜ。朝、ディミダ姫が、急に爺やさんおっかけてきて枕ぶつけたんだって。余程気に障ることしたのかと思って青くなってると、ディミダ姫がね、『おお、あたった、あたった。爺、今度はわらわに枕をあててみろ』っつって嬉しそうにはしゃいでたって……」

「ああ……あはっ」

笑っちゃう。

「昨日、ひととおり教えたのよね。ベッドの上でとびはねることから始めて、枕なげでしょ、ふとんむしでしょ。修学旅行フルコース。それからお化粧のしかたに煙草の吸い方、噂話と男の品定め」

「何とまあ……」

杏、あんぐりと口を開ける。

「ディミダってね、小さい頃から剣と学問と姫の作法習うだけで、全然遊んだことなかったんだって。そういうのって、可哀想じゃない」

半分は自分にむけて言う。中学生の時。いまわしい事件。あたしは修学旅行の噂話にもまぜてもらえなかった。何故ならあたしは怪物だったから……。

それにね。あたしはディミダに習おう。真剣に生きること。逆にあたしがディミダに教えてあげよう。適当に生きること……。

☆

「三千か……これが」

朝食の後。城下を見て、杏がぽけっと口を開けた。三千なんてもんじゃない。軽く見ても五千はかたい。それだけの村人が、いつの間にか、集まってきていた。それも、まるっきり混成軍。男、女、子供、老人。おまけに……剣持ってる人、一人もいないのよお！　処々、ほうきや杖やくわ持ってる人がいるだけ。

「ネリューラ様」

例の一番手前にいた老人が進みでる。

「今朝方お城の方がタケをとばしていました。今日、シコの村を襲うのですか」

「ええ……まあ……ちょっと、でも、あなた達どうしたの？」

家財道具抱えてる人までいる！

「よろしければ、ぜひ、我らも参加致したく……」

「それはありがたいんだけど……その……あなた達、どうしたの？」

「はい。昨夜遅く、シコの村へ集団で引っ越すつもり？」

「はい。昨夜遅く、シコの村の東端で火事がおこり、風向きが悪かったのでしょう。あっという間に村全体が……。我々は、ここでうえ死ぬか、シコの村におさめた税をとり返すか、どちらかを選ばねばならなくなり……」

ディミダ！　あの子！　何がラーラ神は風と共に、よ！　風と共に火事おこしやがったなあ！

「ネリューラ様がシコの兵士達を全滅させれば、かろうじて家の残った者は税を持ち帰ります。家をなくした者はシコの村に移り住みます……」

……ここまできても、連中の他者依存の姿勢、直んないのね。

「……やはり、腰抜けは兵士にならんようじゃの」

ディミダがため息をつく。あたしもため息ついた。だぁめだ、こりゃ。この連中なら、連れてゆくより、村においとく方がずっといい。足手まといになるだけだわ。

と、ラディンが口をはさんだ。


「連中をつれてゆきましょう、ネリューラ様。役にたたないのは最初のうちだけです。いざ、戦いがはじまれば」

「いざ戦いがはじまれば、風くらったみたいに逃げるだろ」

杏もため息。と。何かがあたしの第六感をはじいた。

「ラディン。それは確か？」

「はい。私の名にかけて、保証致します」

「は……ん。ＯＫ。連れてゆくわ」

「ネコ、正気か？」

「多分ね。トワドの例もあることだし……判んないんだけどね、中の国の連中って、気の弱い、他人に依存するだけの羊じゃないと思うのよ。おそらくは……」

目を閉じてみる。ますます強くなる、予感。

「おそらくは、連中、自分達の本質を何かによって封じ込められているのよ……」

「あん？」

「本当はね、もっと勇敢な民族なんだけど……群集心理かな、自分達は弱いって思ってる訳。で、その、封じ込められた勇敢さをとり戻すのには、キイ・ワードが必要なの。キイ・ワードは戦。多分、そうよ。……ラディン、どうしたの」

ラディンは、まっ青になっていた。気分悪いんだろうか。

「いえ。何でもありません」

病気かな。さもなければ、精神的ショックかしら。でも……何の？

「ネリューラ殿。進軍のラッパを吹いてもよいか？」

あたしの考えはディミダの台詞でうちきりになった。

「え……ああ、お願い。ただし、先頭はあたし達ね。この戦、あくまで三十数人で戦うものと思ってね」

「御意」

☆

途中、和の月が昇る間だけ小休止して。あたし達がシコの村についたのは、魔の月の刻。今度は、いつかより遠くの山に陣を張る。何せうしろに五千人。それも……お引っ越しに来た村人達。

「村人達をここで待たせて、ここから先は我らだけで行った方がよいでしょう」

様子を見る為に一人先行していたトワドが引き返してきて言う。

「ここから先は、シコの村の合図の塔から見えます。五千人では目立ちすぎる」

「ＯＫ。ディミダ殿、いーい？」

「おお。……ところで、ネリューラ殿。今回の戦術はわらわにまかせてくれぬかの」

「いいけど……何すんの？」

「そこに一段、高くなった山がある故、あそこから攻めようと思う」

「あの山って……あれはまずいよ。シコの村のすぐ脇じゃない」

「だからよいのじゃ。弓矢を射かけるのに、あれ程適した場所はない。逆にあの高さなら、キリアにでも乗らない限り、こちらに弓は射られまい」

「それはそうだけど……」

「……ただ、あそこまで移動する間が危ないが……それさえきり抜ければ」

「ああ、それなら」

あたしが振り向くと、杏が露骨に嫌な顔をした。

「一度に抱えて飛べるのは二人までだぞ」

不得要領な顔してるディミダに、あたし、杏の能力を説明する。なお不得要領な顔してるから、杏に十メートルばかりの距離のテレポート、実演してもらった。

「おお……これは素晴らしい。杏殿がいれば、隊を一つ、どこへでも移動できるのじゃな」

「じょっおだんじゃないぜ。俺、死んじまう」

「いや、今回は、わらわを含め十人ばかりをあそこまで移してもらえばよいのじゃ。残りの者はここから斬りこむ」

「十人か。それなら何とか……」

「そうか。頼むぞ。この者達じゃ」

「うえ」

杏が凄い顔したの、無理はない。よりによってその十人、やたら体格がいい上に、やたら大荷物抱えている。

「あ、悪い、杏、あたしもお願い。それから桂一郎。あなたは斬りこみ隊の方指揮して」

なおもしぶっていた杏、ディミダがきっと睨むと、とたんに大人しくなった。しぶしぶ兵士を二人ずつ抱えて、テレポートしだす。あたしとディミダは、最後の便で、山の上までテレポートした。

☆

「ひえ！」

ついて、まず、慌てて伏せる。わ！　わ！　わ！　アルタリアの軍も、攻めてこられるのを予期していたらしく、弓矢隊用意して待っててくれたのだ。その弓矢隊が——何せ、ここ、地形的に目立つじゃない——キリア隊と協力してて、何とか攻撃できる高さから、弓、射かけてくる。その矢の先が黒ずんでる……ってことは、リマの毒が塗ってあるんでしょうね、やっぱ。

殆ど匍匐前進でディミダの処へ行く。行ってから気づいた。あはっ。匍匐前進することないんだ。矢は——キリアの上から射かけてもまだこちらの方が高いから——かなり角度を持って上方へとんでいってしまう。崖っぷちに立たなきゃ大丈夫だ。杏は、疲れてんのか拗ねてんのか、寝っころがってハイライトふかしてた。

「ちょっと、ディミダ姫、どうすんの？」

ディミダは、山の上の岩を押してみていた。

「大丈夫じゃ、ネリューラ殿。わらわにまかせておいて欲しい。今、荷をといている処故」

「荷？」

先着した兵士達が、何やら荷物——例の抱えていた奴——をといている。出てきたのはキリアの皮。ただでさえ大きい皮を、何枚も何枚もつぎたしてある。その毛皮が一杯。

「今朝、この毛皮を手にいれるのは、仲々大変であった」

ああ、朝、爺やさん達がとびまわってたの。

「でも……こんな皮、何する気？」

みんなで毛皮の下にもぐるんだろうか。確かに、これだけ厚い毛皮なら矢を通さないだろうけど……逆にこっちも弓使えない。

「いや、ふとんむしを少々」

「へ？」

「上から皮を広げて何枚もおとす。下の兵が皮をはねのけようとあがいている処へ、さらに岩をおとす。この十人の兵士達は、我が国きっての力自慢の者じゃ。この山には、案の定、手ごろな岩があるし」

昨日、遊びながらそんなこと考えてたのかこの姫は。

「我々がこちらへやってくれれば、弓矢隊は全部こちらへまわるであろう。我々が弓矢隊をひきつけておく間に、他の連中が斬りこんで行く故」

「姫。用意できましてございます」

キダが報告に来る。

「よし。では……号令は、ネリューラ殿、あなたが」

「あ、はい」

思わず……思わず、判ってしまった。ディミダったら。もう、この子！

これ、あたしの為の作戦なんだ。人を殺せない大将の為の。これなら直接人を斬ることないし、血も見えないだろう。何て……！

あたし、立ちあがる。崖っぷちに立ち、下をみすえる。とんでくる矢を睨んではね返し、大きく胸を張り、まっすぐにアルタリアの陣を指す。そして、息を深々と吸いこんで。

「ラ・ミディン・ディミダの勇者達よ！」

一拍間をおき、指先に力をこめて。

「GO！」

☆

自分で言うのも何だけど、このあたしのかけ声、かなりの効果があった。それも……全軍にわたって。まず、ディミダの軍は、あたしのかけ声に〝おお！〟なんて答えてくれちゃって。あたしの軍――っても、トワドとラディンの二人だけど――が、遠くで、ネリューラ！ってときの声をあげてくれた。おまけに、アルタリアの軍までが、敵の大将のあたりに見て、ときの声をあげだした。

広げた皮が、次々にふわりと落ちてゆく。緑の谷間に見えた――立ってここから見ると、シコの村は本当にそんな風――に降ってゆく、大きな黒い雪のひとひら。そんな感じだった。そして、次に落ちてゆく灰色の岩。下で、兵士のうめき声が聞こえる。緑の谷間に降りそそぐ、灰色と黒。その色彩のとりあわせは異様で――異様故に美しかった。

「キリアの皮、おわりです」

「岩、底をつきました」

相ついで二つの報告がはいる。と、ディミダ立ちあがり。

「矢を射かけよ！」

あたしがその気になれば、我が軍、圧倒的に強いもんね。敵の矢は――キリアの皮が功を奏して、殆どとんでこなかったが――すべてあたしがはね返しちゃう。味方の矢は、重力が手つだってくれて、見事に敵の体に吸いこまれてゆく。

「へえ、圧倒的じゃん」

ようやく拗ねるのにあきたのか、杳がそっと下をのぞく。

「うん、今はね……。ね、ディミダ殿。そろそろ矢が底をつく」

「おかしい」

一人、ディミダだけがうかぬ顔をしていた。

「斬りこみ隊は何をしておるのじゃ。いい加減あらわれてもよい頃なのだが……」

言われてみればそのとおり……わ！

「ディミダ殿、あれ！」

「うぬ！　アルタリアめ、考えおったな」

アルタリアだって莫迦じゃなかったんだ。あたし達がカムラ城にいる間、彼、遊んでた訳じゃないのね。シコの村へ続く道のどまん中に、とてつもなく巨大なおとし穴掘ったんだ！　可哀想にディミダの兵の何人かは穴へおち、残って連中は落ちた連中を助けようにも術がなく、穴を越えようにも術がない。

「まかしとけ！」

あたしが何も言わないうちに、杏が消えた。ようやっと杏ちゃん、やる気になってくれたのね。

「うぬ。このままでは矢がつきる」

「うわ！　やめて、ディミダ！」

あたし、慌ててディミダ抱える。この子ったら、十メートル近くある崖から飛びおりようとするんだもの。

「離せ、ネリューラ殿！　わらわ一人で斬りこんでみせるわ！」

「あのね！　こっから飛びおりたら、いくらあなたが身軽でも、斬りこむ前に足折るわよ！」

それから、うしろむいて。

「キダ！　弓貸して、弓！」

二番煎じだけど、飛んでみせるわ。あーあ、こんなことならお引っ越し組からほうき借りときゃよかった。

「ディミダ殿、兵を選んで！　一人」

「どうする気じゃ？」

「あたしが、ディミダ殿と兵一人のせて、飛んであげる。空飛べるのあたし！」

「おお。アップティン、来い！」

あたしは再び弓にまたがると、軽く地面をけった。

☆

今回は、飛行を楽しむって訳にはいかなかった。何せ、敵の陣のどまん中に早くおりないと——うー、うしろのディミダ姫、本当に血気盛んよ——ディミダ、飛びおりそうなんだもん。一刻も早く斬りこみたいって風情、ありあり。

弓が、地面から二メートルの処までくると、まず、ディミダが飛びおりた。飛びおりざまに剣で兵士をなぎ倒す。そして、アップティン。二人がつくってくれたすき間に、かろうじてあたし着地。なんか、完全にあたしやっかい者ね。右をディミダに、左をアップティンに守ってもらっている。

　それにしてもディミダ。何て姫！　ラーラ神の名とあたしの名をかわるがわるにとなえながら敵を斬り倒してゆくその姿ったら。アビシニアン猫。そう、あれがぴったりだわ。アビシニアン。美しい姿態、気品のある姿、天性の殺し屋。

　動きにあわせて、黄金の髪がゆれる。軽いウエーヴのかかった長い髪。一度、ゆったりと束ねられて、また広がり。

　時々ちらっと見えるうなじ。黄金の髪が映える程の白。並いる兵士達の中で、彼女一人が、よろいも何もつけていなかった。身にまとっているのは絹のミニスカート風衣装と剣のさや、そして革のロングブーツ。むきだしの腕は白くたおやかで、衣装の上からちらりと見える胸は女らしくやわらかそう。けれど、その腕が繰り出す一撃はあくまでも力に満ち、男の剣をはねとばしてしまう。そしてまた、殆ど足音をたてない、さながらプロボクサーのようなフットワーク。ミニスカートからすんなり伸び、ブーツへ吸いこまれてゆく足。

　おっと。危ない。

　あたしは、うしろから来た敵兵を剣のつかではねとばした。それをアップティンが袈裟がけにする。

　戦の最中に、味方の姫にみとれてちゃいけませんわな。

　あたしも役にたつってとこ、みせてやろう。

　剣を投げ捨て、腕を前につき出す。両手を組み、両人差し指をぴんと伸ばす。

　できるかな。うん、できそう。あの赤い月。あたしに活力を送りこんでくれる。うん、やっちゃお！

「ばん！」

　あたしは、指先に力を送りこむ。と、声にあわせて、指先から力がとび出してゆく。ちょうどあたしの指の方向にいた兵士が一人、ぶっ倒れた。気絶したみたい。人差し指が、反動で軽く上にあがる。わお、できた！

「素晴らしい、ネリューラ殿！　また魔術か！」

「うん。指鉄砲っていうの」

　……いい加減なこと言っちゃって。でも、段々のってきたな。これなら人殺すこともないし。

「バン！　バン、バン、バン！　ドキューン！」

　あ、もっとのってきた。

「ダダダダダ……」

　あたしが軽く指を動かすだけで、敵の兵士、ばたばた倒れてゆく。

「ネリューラ殿、今度のは？」

「指機関銃！」

　……でも、指機関銃は、ちょっと悪のりがすぎたみたい。しばらくやってたら疲れてきた。ディミダもアップティンもすぐ脇にいるし。すこし休んどこ。

と。むこうの方の兵士達がまとめて数人倒れた。何？ ちらちらみえる黄金色。

おりしも太陽は沈んでゆこうとしていた。かすかにサガオ山脈にかかり、平地の奥へと。空全体がオレンジに染まる。そして、一層鮮やかに輝きだす、赤い魔の月。

金色の四つ足獣のたてがみは、空のオレンジをうけ、かすかに染まる。光の飛沫がとび散るみたい。金色の獣が動くたびに、そのたてがみがゆれるたびに、キラキラ輝くオレンジの光。

と、金色の獣は音もなく跳躍。おどる光、力強い前足。そして。お腹の底から。

「ガオー……ウー……」

王者の――百獣の王、ライオンの咆哮。桂一郎！　あなたったら……何てきれい！

その桂一郎のたてがみをひっつかみ、背にはラディンがのっていた。血に濡れた剣を天へさしだし、毅然と頭をあげ。青銀の髪がさながらたてがみのよう。顔は何やら信じられない程の喜びにきらきら輝く。

それは美しい情景だった。敵の兵はうす闇に沈み、黄金の獣と銀髪の勇者が輝いて、ラディンが呼吸するたびに、腕を動かすたびに、胸の筋肉が動く。獣の皮を身にまとい、うす汚れてはいるけれども――彼は、一種、王者のように見えた。

そのラディンが叫ぶ。腹の底から。おたけび。

「ネリューラ！」

と、ディミダとアップティンが呼応してくれた。まっ赤な剣をふりまわし。

「ネリューラ！」

「おお、ネリューラ！　ラーラ！」

桂一郎のライオンは、敵の兵をとびこし、敵をその爪にかけ、前にいる者を牙にかけ、猛然とこっちへ向かって駆け続けた。金色のたてがみに赤い飛沫。

わお！　あっちの崖では。みんながライオンに注目している間に、キダやカイが崖を何とかおりてきてる。剣をくわえ、邪魔なよろいを脱ぎ捨てて。

勝てる！

敵が何万いようとも、絶対、勝てる。何て兵士達、何て勇者達！

あたしは右手を振りまわした。いつの間にか右手には、白く輝く剣が握られていた。さっき捨てた奴じゃない。白く、それ自体が光を放ち。あたしのエネルギーがまとまって剣の形をとったのね。

あたしの前で、桂一郎のライオンはとまった。

「ガオ……ガルル……」

喉の奥で、ごろごろというような音をたてる。ラディンがおりると、剣をかまえた。戦いだしながらしゃべる。

「ネリューラ様、騎兵隊が」

おっ、でてきたわね。タケに乗った兵士達。

「まっかしちゃってちょうだいよ！」

あたしは、桂一郎にまたがると、左手でたてがみをつかんだ。思わず叫ぶ。

「うおー！」

赤い魔の月、狂い月にむかって。体の奥から力がわき出して、こうでもしなきゃいられなかった。

そして、右手をさしあげる。右手の剣は、まっすぐ魔の月へ。月の赤い光をうけて、にぶく赤く輝く。

「今こそ中の国を我が手に！　今こそ中の国の屈辱の日々はおわる！」

ライオンが、首をあげる。あたしの髪は、肩になびく。

「GO！」

「ネリューラ！」

「ネリューラ！」

「ラ・ミディン・ディミダ！」

杏がひろいあげた兵士達が、駆けてくるのが見えた。あたしの乗ったライオンは、軽々と宙を飛び、タケの群れにむかってつき進んだ。

☆

「弓矢隊用意！」

「射よ！」

「行け！　デュラン様の兵士達よ！」

アルタリアの騎士隊は、そちらへ向かって駆けてゆく

あたしとライオンに、一斉に矢を射かけてきた。はん！　そんなもの！

あたしは右手の剣をふる。と、剣は光の網になり、空中の矢をすべてからめとった。

「ガルルル……ガオ！」

ほえる桂一郎。前足を動かす。ふっとぶ敵の首。血しぶき。

「よっと！」

あたし、もう一回右手を振る。と、光の網は今度は輝く鞭になる。力一杯、ふりまわす。ぴしりとするどい音がして、光の鞭にうたれた男がタケから転げおちる。

「ネリューラ殿！」

背後に人の気配がしたかと思うと、ディミダが、もう、すとんとあたしのうしろに腰かけていた。ライオンの脚力においついたのか。何て姫！

「左側はおまかせ下さい」

「ＯＫ！」

自分で言うのも何だけど、それは素晴らしい見物だったろう。

うす青いよろいを着こみ、黒く大きなだちょうにのった、アルタリアの兵士の一隊。その前に、金色のライオン。たてがみは処々血にそまって。まっ白の牙。そして、たてがみをつかんで、背の高い少女。黒い髪は軽く弾んで。右手に光の鞭、そして、深い緑に輝くひとみ。

その背後に、黄金の髪の少女。こちらも背が高く、右手には血ぬれた剣をさげている。湖のひとみ、紅の唇。少女は二人共よろいをつけていない。むきだしの腕、白い肌。

　西の太陽はもうすっかり沈み、かすかに地平線に紅を残す。気の早い星がもう見えはじめ、あたりは濃青につつみこまれる。

　そして。天空輝く赤い月。濃青の闇をつらぬいて降りそそぐ赤い光。

　背からラディン達が駆けてくる。あちらからは、トワド達が。崖からは、キダ達が。口々に叫ぶ。声を限りに。

「ネリユーラ！」

「ネリユーラ！」

「ネリユーラ！」

　ここまでくれば、もう、勝負はついたも同じだった。あたしは右手を大きくしならす。あたしの光の鞭は、ねらいたがわず敵の総大将アルタリアの胴にまきついた。と。折しもその時。おとし穴がある処をさけ、無数の人々が、五千におよぶあたしの兵が、中の国の人々が、手に手に武器のかわりになりそうなものを持ち、地ひびきをたてながら、こちらへ駆けだしていた。

「ネリユーラ！　おお、ネリユーラ！」

「我らが国を我らが手に！」

「我らが国を我らが手に！」

くわを天につきたてる。ほうきをふりかざす。男も、女も、老人も、子供も、顔つきが一変していた。もう、他者に依存するだけの羊じゃない。燃えたつような目をして、はだしの足をかばいもせずに岩場を駆ける。

「ネリユーラ！」

「中の国を我らが手に！」

　光の鞭にまきつかれたアルタリアの顔が苦痛にゆがむ。

「もはやこれまで……」

　アルタリアの右手がしなる。あ！

　アルタリアの剣は、彼の右手をはなれ、まっすぐあたしの胸めがけて飛んでくる。

　ぐふっ。

　とたんにあたしは、胸にものすごい衝撃をうけ、体を二つに折った。

　アルタリアの剣は、あたしの胸を貫いていた。

PART Ⅵ

「駄目だ、ディミダ姫！　剣を抜いたらネコちゃんが死ぬ！」

桂一郎がこう叫んだ。

「おのれアルタリア！」

トワドが目一杯ジャンプして、タケの上のアルタリアの首をはねた。剣を手放し、光の鞭にまきつかれて動きがとれないアルタリアの首、宙を舞い、どっと地におちた。

「ネリューラ殿！」

ディミダは、桂一郎の制止が耳にはいらないのか、とびおりるとあたしの前に来て、剣のつかをひっつかんだ。うっく、ぐふっ、ぐっぐう……。

剣がひき抜ける。

「あうっ」

あたし、思わずうめく。が。

が！

あたしの血を吸った筈の剣には、何の汚れもない。それにあたし……出血してない！　生きてる！

「ネコ……ちゃん？」

桂一郎は立ちあがると、人間の姿に戻った。うわ、うわ、女の子の前なんだから！

「ちょっと桂一郎、前位かくしてよ！」

「え！　あ……あの、ネコちゃん、君……大丈夫……みたいだね」

「……うん」

胸さわる。全然血なんか出てない。セーターとブラウスは破けてるんだけど、皮膚の方には怪我一つない。そんな……莫迦な。

「セーターの背中の方も破れてる……あきらかにあいつの剣、ネコちゃんの胸を貫通したん……ですよねえ」

「うん……あのねえ、頼むから」

前かくして。視線のやり場に困ってしまう。

「ネリューラ殿、お怪我は。いたまないのですか」

ディミダが心配そうに——あるいは呆気にとられて、アルタリアの剣を右手に下げ、あたしの方を見ていた。

「う……ん。もういたくないわ。傷口もないみたいだし」

「ネリューラ様！」

トワドが泣きながら駆けてくる。

「ネリューラ様！　ネリューラ様」

「あ、トワド、大丈夫よ」

それからちょっと考えて。トワドに手伝ってもらい、敵からとりあげたタケにとび乗る。光の剣を天にかかげて、味方の方へむかい、あらん限りの大声で。

「あたし、無事よ！　ネリューラは怪我一つしてないからね！」

と。遅ればせながら、ラディンがやって来た。手に何やらかかえている。こちらはトワドと違い、目を泣きはらしてもいなければ、慌てふためいてもいなかった。

「ネリューラ様、着替えを」

「へ？」

「破れた服をいつまでも着ている訳にはゆきますまい。着替えをお持ち致しました」

「ちょっと、ラディン！」

あせる。

「あなた……あたしが怪我してないって……怪我してないのに服が破れているって……どうして知ってんの」

ラディンは、きょとんとしてあたしを見た。それからゆっくり微笑む。……ぞわっ。何、今の。一瞬、ラディンがたまらなく怖かった。

まばたく。妙な——イメージがうかんだのだ。ほんの一瞬、見えた、イメージ。ラディンが絵筆を握っていた。彼が描いていたのは——人の血を絵の具に使い——歴史という名の一枚の絵。

「御存知だとばかり思っていました。伝説の女王、扉を開ける者であるネリューラ様は、切れども切れず、突けども突けないお体の筈です」

切れども切れず、突けども突けない。本当にそのとおりだわ。頭を振って、今のイメージをおいだす。

あたし、自分の力を使って、傷を治した訳じゃない。力を集中しようにも、そもそもあたしには傷がなかったんだから。

アルタリアの剣は、あたしの胸を刺し貫いた。あたしの胸はその剣に刺し貫かれはしたけれど——でも、傷一つおわなかった。

これは、一体全体、どう解釈したらいいんだろう。どう解釈したら……。

先刻、ディミダが降らせたキリアの皮を拾ってきて、そのかげで着替える。うん、確かにブラウス、破けてる。

「一体全体どうしたもんかしら……」

ぺたっと地面に座りこんで、セブンスターくわえた。あたしがいなくても戦勝てそうだし。ああ、あの声。ディミダだわ。ラ・ミディン・ディミダ。東の鬼姫。そうよ、彼女みたいなのが〝姫〟なのよ。あの気品、あの迫力、あの矜持。どれをとっても、あたしにはない。

煙と一緒にため息を吐き出す。はふっ。

ディミダがもし——もし、ネリューラなら、話は判るんだ。それを期待してたんだ。あの子は天成の姫で——そして近いうち、天成の女王になるだろう。けど。あたしは。

嫌って程、判ってんじゃない！　あたしとディミダ、人生にのぞむ態度からして違うのよ。あたしは、単に、一介の日本人で東京都民で女子大生。先祖さかのぼればお百姓さんか商人か——とにかく、姫じゃない。姫になりあがれる器でもない。

なのに。

伝説の女王ネリューラは、復活の扉を開けてあらわれ、超常能力を有し、切れども切れず、突けども突けない体をしている——要するに、〝あたし〟よ。

どうしたもんかしら。あーあ。

望みもしないのに、その器でもないのに、あたしは女王なんだ。あー、えらいこっちゃ。分不相応もいいとこ。何とかしてよ、おい。

はふっ。

☆

「何してんの。人間煙突やってんのか？」

何本めかの煙草くわえたら、突然杏があらわれた。ま、このひとの場合、いつも突然よね。テレポーターだもん。

「おちこんでるとこ」

「おちこむ？　どうしてさ。あんたの勇姿、見せてもらったぜ。なかなかのもんだったじゃない」

「よしてよ。本気でおちこんでんだから」

「だからどうして」

「今まではね、まだこう思って、自分で自分をなぐさめてた訳。あたし、根岸美弥子なのに、ネリューラと間違われてるって、ね……。でもねえ、何か、あたし、本当にネリューラみたいなのよ」

「ははん」

杏、妙になれなれしく、あたしの横にすわった。

「本当にネリューラみたいなのよっつうのは？」

あたし、先刻のことを説明する。判ってんだか判ってないんだか、杏、顔色変えない。

「ま……。そんなこったろうと思ってたぜ」

「あん？」

「いやね……ちょっと汚い話なんだけどさ、あんた、こっちの世界来てから、お手洗い使った？」

「え……ううん、そういえば」

「それに、もう何日かお風呂にはいってないだろう。なのに、ふけとか全然わかない。爪ものびてない。……俺、ここ数日ひげそってないんだぜ」

そう言えばそうね。ひげそりなんて持ってきてないし。

「それにね……怒るなよ。俺、そういうの、何となく判っちゃう方なんだけど……本当ならおまえ、昨日かおとついあたり、生理はじまる筈だろう」

はにゃ。確かに。忘れてたわ。

「うー……男がそういうの判るって、かあいくないっ」

「つまりね」

杏はあたしの台詞をまるで無視して続けた。

「俺達、長い長い夢を見てるようなもんだと思うんだ。何か体自体は、日本にある訳、今でも。意識っつうか、何かそんなもんだけが、こっちへやってきてるみたいな感じで……。夢の中なら、体は新陳代謝しないしさ、夢の中で殺されたって、死なないだろう」

「は……ん。そうすると、杏がネリューラでもいい訳だあ。あなたも、切れども切れず、突けども突けない体な訳ね？」

「あいにく俺もあの坊やも男だからね。女王になる訳にいかないけど……」

「杏ちゃんなら、女になれるよ、その気になれば」

「杏ちゃんっつうの、よせってば」

「けどね、髪も長いし女顔でしょ」

「怒るぞ」

「怒んないでよ。たまんないわよ……。女王だなんて言われたって、あたし、知らないもん。責任持てないもん。ぐちゃぐちゃぐちゃぐちゃ。ね、杏、ネリューラやってよ……」

タッチ！」

「阿呆か」

脇向いて煙草くわえる。

「阿呆とは何よ、阿呆とは」

今日は、からむの、あたし。

「見たでしょ、ディミダ。ああいうのが姫よ」

「ああ。彼女みたいなのが姫だろうな、確かに。……で、それが何か？」

「逆に言えばね、あたしは姫じゃないの！」

「それがどうした」

何よお、杏。あっけらかんとした顔して。

「だからたまらないんだって！　あたしに姫やれっつうのは」

「誰がそんなこと言ってんだよ。あんたはね、根岸美弥子やってりゃいいんだ」

「だって！」

「ほら、ふくれない。……いいんじゃない、根岸美弥子で。結構りりしくていかしてるぜ、根岸美弥子って」

首をこころもちかたむけて、にっと笑う。

「あん？」

「実はね、斉木さん家の杏君は、戦やってる時の根岸さん家の美弥子ちゃんにぞっこん参っちまったんだよ」

「冗談よしてよね。今、そんな気分じゃないっていうのに」

「だから冗談じゃないっつうに」

「冗談じゃなきゃ、本気になっちゃうじゃない」

「だから本気だってば」

あ、あのねー。

「その杏ちゃんの本気っつうの、どうせ一カ月もたないんでしょ」

「まあ、経験上はね。けど、おまえの場合は例外かもしれない」

「……今まで、一体何人の女の子に、その台詞――おまえの場合は例外かもしれないっつうの、言った？」

「うっ……ほとんど毎回。毎回、俺、はじめはぞっこん本気なんだぜ。今度こそって感じで」

「で、毎回、あ、これも例外じゃなかったっつってふんのね」

「あ……あのなあ、おまえな……」

　杏、苦りきった表情をする。それから段々顔つきが変わって。気づくと杏は、不思議な目の色をして、あたしを見ていた。不思議な――哀れんでいるような。

「おまえな、どうして茶化すんだ？　俺、おまえを真面目に口説こうとしてんのに、段々話がおかしくなる」

「だってね、あんたはね、女の子に対して不誠実なのよ、つまりは。一月たったら気が変わるかも知れないけど、今はほれてるなんて、そんないい加減な口説き文句があるもんですか」

「莫迦。俺は、救いがたく誠実なんだよ。不誠実ならたとえそう思ったって口にするもんか。黙ってつきあって、あきればぽい、だ。……あれ？」

「ん？」

「たく、どうしてだ」

　杏、舌打ちする。

「話の要点がどんどんずれてくぞ。……おいネコ、おまえわざと、話はぐらかしてんな」

　どきっ。ばれてしまったか。

「は……ん。判った」

「何よお」

　でも、精一杯強がってみせて。

「おまえ、相手が俺でなくても、何だかんだ言って逃げるな。別にいいけどさ――いや、よくないか、あんた、怖がってんだろう。人とつきあう――っつうか、人と対することを。基本的なとこで、人間におびえてんだ。……ちょっと問題だぜ、それ」

　……あたってる。から、何も言わない……。

「ま……いいか。口でいくら言っても仕方ねえもんな。……おい、ネコ、見とけよ、俺を。そのうち俺が教えてやる。口で、じゃなくて、身をもって。たとえ魔女だろうと何だろうと……ひとって字は、二本の棒がささえあってできてんだ。一人で生きてゆける筈がない」

　杏、立ちあがると、二本の指をぴんとのばして煙草をつまんだ。目を細め、一筋煙を吐く。何か気障ね。気に障る、で、気障か。あたしはつい言ってしまう。

「……自信過剰ね」

「……そうか？」

　杏、全然おこらず、唇の端をあげて、にっと笑う。それから、急に声のトーンを変えて。

「外でディミダ姫が心配してるよ。あんたが着替えにはいったきり出てこないから、やっぱり怪我してるんじゃないかって。あんまり阿呆なこと悩んで人に心配かけるなよ」

「は……ん。何だ、結局それ言いにきてくれたのかあ」

「ま、そんなもんなんじゃない。で、坊やが今頃まっ赤になってもじもじしてる。あんたに謝っといてくれって」

「何を？　……あ、ああ」

あたしも少し赤くなる。

「今は坊や、またライオンに戻ってるよ。何か、とっても恥ずかしくて、あんたに顔あわせられないとか言ってる」

「あはっ、嫌だな、桂一郎。……何かそんなこと言われると、こっちも恥ずかしくなっちゃう……」

「ま、恥ずかしがってないで出ておいで」

ウインク一つ残すと、杏はついっと消えてしまった。

☆

「ネリューラ殿。どうなさった？　体は大丈夫か？」

キリアの毛皮の急造テントから出てゆくと、確かにディミダが気をもんでいた。

「うん、大丈夫だからね、全然」

元気よく手をうごかしてみせる。あ、何か恥ずかしい。ブラウスとスカート脱いで、毛皮の服着ると――足が大部分出ちゃうし、肩むきだしじゃない――何か、服を着てないような気分になるのよね。

「そうか、ならよいのだが……しかしネリューラ殿の魔力は素晴らしい。本当に、怪我がなくてよかった」

「ありがとう。ディミダ殿も無傷みたいね。よかった……」

あたし達二人が、お互いの無事をいわいあっている間も、人の叫び声だの何だのが聞こえてくる。

「で、まだやってんの、戦」

「おお、それなのだが……確かに中の国の人々は――男だけでなく、老若男女を問わず、立派な戦士で……いささかその……」

何だろう。ディミダが言いよどむなんて。

「立派な戦士なのはよく判ったのだが……ちょっとあれは……」

「ちょっとあれはって？」

「トワド殿がアルタリアの首をうちとったあとすぐ、小隊の隊長にいたるまで、長と名のつくものはすべて、中の国の人々があっという間に殺したのだが……それはいいのだが……そのあと、将をなくして、降伏する気になった敵の兵を一人残らず、殺しまくっているので……」

「え!?」

あたし、慌ててタケによじ登る。高い処からあちらを見ると……本当だ。

「うわ！　やめてよ！」

　思わず叫んじゃう。逃げまどっている、完全に戦意を喪失している敵の兵を、中の国のくわやほうきをかかえた人々がおっかけまわし、あっちこっちでなぶり殺しを展開していた。

「ラディン！　ラディン！」

「はい」

　同じく呆然とこのあり様を見ていたラディン、すぐあたしの脇に来る。

「やめさせて。いくら敵でも、あれはひどすぎる……」

「そうはおっしゃいましても、ネリューラ様。兵は一応一人残らず殺しておかないと、のちのちやっかいなことになったりしますし……」

「でも、あれはひどいわよ」

　六十前後のお爺さんが三人がかりで、杖で兵士を打っている。手に小ぶりのナイフを持った女達が、兵士の喉を切りさく。敵の兵から剣をうばった男が敵にとどめを刺しまわってる。そりゃ、ま、戦なんだから、からっと陽気にやれっつうのが無理なんだろうけど……でも、これは陰惨すぎるわよ。陰惨……ううん……それも違うな。陰惨じゃないから、余計怖いんだ。男も女も老人も子供も、自分の力を解放できる喜びにひたりきっている——そんな感じ。

「しかし……確かに、これは凄いですな」

　あたしが黙りこむと、今度は逆にラディンがしゃべりだした。

「確かに私は、中の国の人々が立派な戦士になるであろうとは思っていましたが……まさかこんなに凄いものとは……」

「……桂一郎」

　ぼそっと言った。本当は大声でどなりたかったんだけど。

「桂一郎、いない？」

　何とかやめさせよう。敵はとらえればいいじゃない。金色の獣に乗って駆けまわってみよう。

「桂一郎……」

　そうは思っても。桂一郎を叫ぶのは、それこそ蚊が鳴いているような小声。大声なんてだせなかった。

　これが戦なんだ。無差別殺しあい。

　人々から流れる血の色が、その不気味な赤が、重たかった。

　今、死んでゆく人にも家族がいるんだろう。父親、母親、兄弟、姉妹。そして友人。恋人、ひょっとしたら妻。子供。

　からみあった人々の生活の、その一本の糸が、ぷつりぷつりとあっけなく切れてゆく。あっけなく……。

「呼んだ、ネコちゃん」

　のっそりとライオンが前に来た。こころもち赤くなってうつむいている。

「ん、ちょっと上にのせて。みんなをとめなきゃ」

「あ、うん、そうだね。俺もそう思ってたんだ。ちょっとひどすぎるね、これは」

少し口の中でどもり、もぞもぞ言う。

判んないもんね。人間の心。

今、あっちで人が殺されている。大勢の人が。今まさに。あっけなく。

こっちで、あたしと桂一郎は、先刻のことを思い出して赤くなってる。あたしの心の中で、ちょっと赤くなってる部分と、あたしがネリューラだってこと悩んでる部分と、杏の台詞考えてる部分と、人が死ぬの見てる部分と、比重って似たようなもんなのよ。

かたや人が、その思いの全部を断ち切られてる時だっていうのにね。

人間って、おっとろしいわ。

☆

その晩は、シコの村にとまった。

あたしの五千人の兵士達は、いつぞやの台詞はどこへやら、全員戦う気になっちゃってた。シコの村にとどまりたい、とか、カムラ城下へとって返すとか言う者、皆無。

「すごい熱気だな……」

村で一番立派な家——どうやら今までは、アルタリアのすみかだったらしい——には、あたし、杏、桂一郎、ラディン、トワド、ディミダ姫、爺やさん、アップティンがいた。家のまん中に穴が掘ってあって、どうやらここでたき火するみたい。火を囲んで、夕飯なぞ食べながら。

「うん……」

外では、村人達が騒いでいた。大騒ぎよ。死んだ敵兵からとりあげたよろい着て、剣ふりまわして。

「結局、敵兵全滅だったね……」

桂一郎は重くいう。そう。あたしがみんなをとめにいった時には、もうあらかた敵の始末はついていて……。あ、重い。

「して、ネリューラ殿。これからの行軍予定についてなのだが」

ディミダは、敵兵全滅の話を聞いても、ちょっと眉根を寄せただけだった。この辺は、本当に凄いと思う。おちこんでるあたしに、軽く、味方全滅ではないのだからそんな顔をしては、とか言って。

「あ、うん、どうしよう」

「どうしよう、ではないぞ」

苦笑いして。

「ネリューラ殿が総大将ではないか。そんなことでどうする……。言っておくが、今の場合、運が悪ければこちらが全滅の憂き目にあっていたのだから……。戦で敵を殺すのはあたり前だ」

「そ……ね。そうよ。はっ。真面目にやろう。あたしがこんな調子じゃ、これから先の戦で、こっちが全滅しちゃうわね」

「そう、その調子」

「おーし。真面目にやろ」

そうよ。あたしがおちこんじゃ駄目。少なくとも、人前では、明るい調子、明るい声でいよう。そうすれば、心も明るくなるかもしれないし。

「え、と……」

地図ひろげて。

「ね、ラディン。ここところ……この赤いしるしの所は、敵の集落なんでしょ？」

「はい。まず、ここ……シコから一番近い集落が、ガアノです。そして、アノ、ショーマという集落が街道ぞいにあり……この、テサ街道の西の終点が、シャワ——現在、この国の首都であり、西の国の本拠地です」

「ということは、まあ、常識的に言えば、シャワをうつ為には、ガアノ、アノ、ショーマの三つの村を順次おとしてゆくってことになるわね」

「シコからガアノまでは丸一日、ガアノからアノまでが半日、アノからショーマまでが半日、ショーマからシャワまでが一日です」

「ふ……ん。じゃ、ま、次はこのままガアノまで進むってことでいいかしら」

「反対」

地図をみつめていたディミダ姫が顔をあげる。

「どうして」

「おかしいではないか」

何か余程気になることがあるみたい。

「デュラン三世はどうしたのだろう……」

デュラン三世って——ああ、西の国の総大将。

「デュラン三世は、シャワの都にいる……。としたら、当然、ネリューラ殿が復活したという話は届いている筈だ。もう、四、五日たつのだし、早馬やタケの使者なら、シコからシャワまでの距離なぞ、一日たらずで駆けるのだから。わらわがデュラン三世ならば、決して、アルタリアにまかせきりにして、むざむざシコの村をとらせはすまい。必ずや援軍を出す。そして……その道のりなら、少なくとも、デュラン三世の騎兵隊くらいは、ここについていなければいけない筈だ。おかしい……」

目をつむる。

「南の国から流れてくる噂では、デュラン三世はまれにみる切れ者の筈……。今まで、いささかうまくいきすぎてはいないだろうか」

「とすると……これは罠だっていう訳？」

「何か、裏にあることは間違いない。いくら何でもうまくいきすぎる……」

　ふ……ん。確かに――デュラン三世って人が、噂どおりの切れ者かどうかは別としても――うまくいきすぎてはいるわね。ならば。

「何も、敵さんが罠はってるとこへとびこむことないわよねえ……」

「だが、シャワをうたぬことには、我らは永遠に勝てぬ」

「う……ん。ということは……」

　なるべく余計な危険はおかしたくない。あたしや杏や桂一郎が切っても切れず突いても突けない体でも、生身の兵が五千人もいるのだし。

「決めた。こっちをいこう」

　あたし、サガオ山脈のあっち側を走っている街道を指す。

「トカ街道ですか」

　ラディンが軽くため息をついた。

「こちらへ行く為には、サガオ山脈を越えなければ……」

「そのサガオ山脈って、とても越えられないような山なの？」

「いえ、たいしたことはありません。竜にさえ気をつければ」

「竜？」

「サガオ山脈は、有名な竜の生息地です」

「竜ってあの……ドラゴン？　おっきくて、牙はえてて、火を吐く奴？」

「大きくて、こういう形をしていて（ここでラディンが描いてくれた絵は、ティラノザウルス・レックスみたいだった）、火は吐きません。牙も、まあ、そうたいしたことはないでしょう。ただ、キリア以上に大きく重く、肉食です。人肉も喰います」

「マン・イーターか……」

「あとは、トカ街道ぞいのここ――ヒオカの森に気をつけて下されば」

「そこには何がいる訳？」

「さあ……何もいないのでは……あるいは凄い怪物がいるかも知れませんが……」

　どういうこっちゃ。

「今まで、ヒオカの森にはいって生きて出てこられた者がいないので……判らないのです。ただ、あそこにはゆがみが集まっていますから……」

「ゆがみ？」

「空間のゆがみです。普通の者は、何も出なくても、そのゆがみだけで発狂します……。およそ、この世で一番見たくないものがあるのだそうです」

　……何か無茶苦茶抽象的だなあ。

「もうちょっと何か判んないの？」

「皆目……申し訳ないのですが」

「で、何？　そのヒオカの森のゆがみっていうのは、街道歩くだけで人に影響あたえるの？」

「いえ、普通の人には。ただ……」

「……？」

「ただ、ネリューラ様は、普通の人の数倍も魔の影響をうけやすい方ですから……」

「判ったわ。要はあたしが気をつければいいんでしょ」

　あたしは、口紅で、そのヒオカの森に丸印をつけた。あたしなら、ま、大丈夫だろう。どうせ不死身。

「こっちの道、いこう」

　道中、西の国の兵士殺しながらゆくのより、マン・イーターの竜、殺しながらゆく方が、精神衛生にはいいだろう。それに、見えない罠をおそれるよりは、危険が判ってる道の方がいい。

　勿論、あたしは知らなかったのだ。罠なんてないってこと。デュラン三世は、今、そんなことできる状態じゃないってこと……。

PART Ⅶ

「……姫。ネリューラ姫」

　おし殺した男の声がした。今、夜中。あたし一人で眠ってたとこ。

「誰？」

　まっ暗な視界にぼんやり白くうかぶのは、ラディンの顔。

　何だろう、またもやぞくっとした。顔が変わってる、ラディン……。何だかひどく思いつめた、狂気と紙一重の理性の色をたたえた目。そして……体の奥底から、わきあがってくる威圧感。あたし、ラディンに気圧されている。

「何、ラディン、どうしたの」

「一言伝えておきたくて。姫……デュラン三世にはお気をつけなさい」

「あん？」

「今まで彼は何もしなかった。しかし、これからは違います。これからデュラン三世は本気であなたにたちむかうでしょう」

　……何でこんなこと、夜の夜中に人おこしてまで言いに来たんだ、この男は。

「それから、あと一つだけ覚えていて下さい。いいですか、扉を開ける者、なんです。たとえヒオカの森に何があったとしても……あなたは扉を開けなければならない。──いえ。ある意味では、あなたはもう開けたのです……。第一の扉を。……そして、あなたならきっと──我々の、私の──そしてあなた自身の最後の扉──〝明日へ続く扉〟を開けることができるでしょう」

変だ。ラディン。何、この口調。まるで知っているみたい。ヒオカの森に何があるのか……。

「ね、ラディン。あなた、知ってんの？　ヒオカの森に何があるのか……」

ラディンは、じっと黙って、あたしを見つめ続けた。落ち着いて眺めると、ラディンの顔は何故か哀し気だった。どうしようもなく──透けて、透けて、ラディンがそこに居なくなってしまう程、哀し気……。

「何故でしょうね」

ぽつんと、ラディンは言った。あたし、慌ててまばたく。ここは、シコの村の家。むきだしの土の床、つめたい肌ざわり。ほっとする。一瞬、あたしはどこか──暗くてまわりに何もない、どこか別の世界にいるような錯覚をおぼえたのだ。

「何故でしょうね。私は、あなたがこういう人だとは知らなかったのですよ。まるで私の影……」

「影？」

「姫。もしあなたが──いえ、あなたがそういう方だということは判っているのですが、世界の中で唯一人、異端児だったら……まわりの和の中にとけこめない人間だったら、どうします？　あなたを変えようとしますか？　まわりの人間と同じように」

ラディンは話をそらした。

「変えませんよね──いえ、変えられませんよね。その場合は……まわりを自分にあわせて変えるのは、罪でしょうか」

「できないもの」

あたし、自分の声の調子に驚く。まるで──あきらめきった声。でも。できないもの。

「もし、できた場合ですよ……。それがしたくて、私は大きな罪を犯してしまった」

ラディン。あなた。生きているの？　とんでもない台詞が心の中をよぎった。まるで──死者の国から聞こえてくるような声。

「どうしたのよ、ラディン。どうかしちゃったの？　何だって夜中にそんなことを……」

間の抜けた台詞だとは思いながらもこう言う。何か言わずにはいられなかったのだ。ラディンはうすく笑うと、急に普通の声に戻った。

「もうあまり時間がないからです。一つ、うかがわせて下さい。私は、あなたにとって、よい従者でしたか?」

「え……うん」

よい従者でしたか。過去形。どうして。

「では、お願いがあるのです。タケを一頭、頂きたい」

「タケって……敵の兵からとった奴?」

「はい」

「ま、いいけど……どうすんの?」

「ほうびだと思って下さい。では」

「では?」

すっとひいてゆくラディンの顔。ちょっと、ではってどういうこと? どこへ行く気?

体が、まるで自分のものではないように重かった。動かない。

あたしはそのまま眠りにすいこまれていった――。

☆

次の朝、めざめてみると、みんながさわいでいた。あたしは何故か――何も聞かないうちに、みんなが騒ぐ理由の察しがついていた。

「ネコちゃん、起きた?」

うつろな目をしているあたしに目をとめ、桂一郎が言う。

「うん……何の騒ぎ」

「ラディンがね……」

「見あたらないんでしょ?」

「そう。……どうして知ってんの? あ、ひょっとして、ネコちゃんがラディンに何か用いいつけて、で、ラディンがいない訳?」

「残念ながら」

ため息ついて肩すくめて立ちあがる。昨夜のあの光景。夢ではなかった。ラディンは行ってしまったのだ。

「タケ、どこ?」

「え?」

「昨夜敵から奪ったタケって、確か、全部この家の裏につないであったわよね。合計、百八十」

「うん……それが何?」

あたしはのっそり家の裏手へ行く。数えなくても判った。昨夜目をつけていた一番大きくて元気よさそうなタケが消えていた。

「ネリューラ殿、ラディンは」

ディミダ姫が、その豊かな金髪をなびかせながら、こっちへ来る。今日はまだ、髪、束ねてないのね。

「うん……トワドは?」

「はい、姫」

トワドもその辺をうろついていた。

「今日の朝早く発つということを知っていた筈なのに……あいつときたら」

「ラディン……ラディン、か」

あたしはトワドの台詞を無視して呟(つぶや)いた。

神官(ラディン)。ラディンという台詞は、そういう意味を持って、あたしの耳にきこえた。

「トワド」

それからトワドへ視線を向ける。

「あなたに名を返します」

「は？」

「ネリューラの名にかけて、ラディンの名は、再びあなたのもの……」

「どういうことですか」

トワドは——そして、こっちへ歩いてきたディミダは、杏は、桂一郎は、呆然(ぼうぜん)とあたしを見ている。

「昨夜、ラディンがあいさつに来たの。彼は……もう帰ってきません。彼は、あたしの従者であることをみずから捨てたのです」

「そんな……」

「ラディンとは、神官の名でしょう？　彼は神官であり、このネリューラの従者であることをやめたのです。よって、ラディンの名は、再びあなたに戻ります」

「そんな……莫迦(ばか)な。あいつが逃げた？　今、一番うまくいっている時だというのに？」

「逃げたんじゃなくて、去ったのよ」

「どういうことだ、ネコ」

くわえ煙草(たばこ)の杏、あたしを脇にひっぱってゆく。

「あんなこと言っちまって、もし、ラディンが帰ってきたらどうするんだよ。ラディン二人になっちまうじゃないか」

「ふ……ん」

何て説明したらいいのかな。

「ラディンはね……うまく言えないけど、去ったのよ。もう消えてしまったの」

「ちょっとその辺散歩しているだけかも知れない」

「あたしには判るの」

天空を見あげ、目を細める。もう、西の地平に沈んでしまった。赤い魔の月。その軌跡をおいかけるように。うっすら視界が緑に染まる。

「ラディンは、いなくなった。もともと……いなかった」

「あん」

何か言いかけた杏、口を閉じる。あたしが何とか予感の糸をたぐろうとしているのに気づいたのだろう。

「けれど、ラディンは本質的な意味で、神官だったのだ。……扉を開ける者に、扉を開けさせる、神官。我らは今一度、ラディンに会うだろう。その時ラディンは、別の名を持つ男になっている。そして……彼は私に扉を示す。旅のおわりに私が開ける扉を。それこそが、私が開けねばならぬ真の扉であり、伝説の……明日へ続く扉である」

ついっと、目の前のもやが晴れた。必死で精神を統一していたものだから、あたし、思わず軽い貧血をおこす。

「ネコちゃん、大丈夫？」

桂一郎が慌ててあたしを抱きとめてくれた。

「けど……今の、何だ？」

「全然判んない。思いついたままを言っただけだから……。とにかく、確かなことはこれだけよ。ラディンとしては、二度と再びあたし達の前にあらわれない。次にラディンがあらわれる時には、彼は別人になっている。で、別人のラディンは、あたしに〝明日へ続く扉〟を開けさせるんだわ……」

「あまりにも抽象的すぎるよ。何が何だか全然判んない」

うん、確かに。

「とにかく、ラディンはいなくなったのだな」

何故だかディミダ姫が嬉しそうな声を出した。

「それはしかし、良かった」

「良かった？　何故」

「前々から言っておったであろう。あの男には、何やら胡散臭い処があった。わらわは、実はネリューラ殿があいつに寝首をかかれるのではないかと、いささか心配しておったのだ。逃げてどこかへいなくなってくれたのなら、万々歳だ」

「けどねえ」

杏、眉を寄せている。

「これで俺達、この国の人文地理に関する生きた百科辞典、なくした訳で……」

「それなら大丈夫よ」

あたし、にっこりトワドを見る。

「トワド、あなたが元来はラディンなんでしょ。神官にして、あたしの従者。当然、この国の人文地理とかの類は……」

「はい。幼い頃から、口伝でしっかりたたきこまれています」

トワド、急に嬉しそうな顔になった。

「あやつ程詳しくないのが残念ですが……まったく、あやつは、村の長老の口伝でも聞いてないのに、何故あんなにこの辺のことに詳しいのか……。とにかく、充分、私がお役にたてると思います」

トワドにもし難点があるとしたら、この素直すぎる、喜怒哀楽があまりにもはっきりしすぎる性格だろうな。ふっと思う。トワドは、友人としては最高だろうけれど……参謀としてはいささか頼りない。逆に、ラディンは、あまり感情をおもてにださないし、何考えてんのかよく判んなかったけど、参謀としては、最高だった。

「これでね、最初の処に台詞がもどるのよ。トワド、あなたの名前を、あたしが返します。これからあたしの第一の従者として、あたしを助けて下さい。……ＯＫ？」

「はい、ネリューラ様！」

トワドは、地にひざをつけると、深々と一礼した。

☆

行軍は、中々進まなかった。今までとは違うんだ。何てったって、五千人！　それも、青年だけじゃない、子供からおとしよりまで。おまけに、街道それて、サガオ山脈にわけいっちゃったんだから、歩きにくさ倍増。

「ネリューラ殿。大丈夫か」

ディミダは、軍の先頭にたって、とんとんと岩場をはねていた。革のブーツ。あれ、歩きよさそうでいいな。はだしに岩場は少しきついわ。

「うん、大丈夫。それにしてもディミダ殿、凄いわね」

男の杏でさえ、なかなか難儀してるっつうに。

「ハノウ山を越えた時の苦労に較べれば、何のこれしき」

確かにそうなんだろうな。東の国の連中、あの爺やでさえも、二十六の杏よか身軽よ。重たい荷物かかえながらも、とんとん、と。

「……何か俺に文句言いたそうだな」

杏、息を切らせながら言う。

「あはっ。うん、別に」

「別にって顔じゃないぜ……たく。頭脳労働者だからね、俺は、一応。肉体労働には慣れてないんだ」

「大学生ってのは、頭脳労働者なんでしょうかね」

もう一人、全然この行軍がこたえていない桂一郎が聞く。

「坊やは特別だよ。ライオンマンだろうが」

「ライオンマンって……何かね、マントか何かはおってなきゃいけないみたいじゃないですか……。ネコちゃん、平気？」

あたしはね、いくらニックネームがネコっつったって、猫女じゃないんだから……正直言って、平気じゃない！

「のせてってあげようか？　やっぱり、総大将がまず倒れたんじゃまずいでしょうが」

「いいわよお」

総大将一人が楽をするって訳にもいかないでしょうが。

「だからネリューラ様はタケにお乗りになればよかったんですよ」

トワドが不満そうに言う。彼の感覚だと、あたしが歩いて、村の老人と子供達がタケに乗ってるっていうのは許しがたいことらしい。最初からぶちぶち文句言いっとおし。

「いいってば。タケの数は少ないんだから、やっぱ、体の弱い者が乗るべきよ」

七十すぎのお爺さん歩かせてだちょうに乗るってのは、あたしの感覚だと許しがたいことなのよね。

「やはりそのあたりの考え方は理解できないのう……」

一人で先に行ってたディミダが、とって返してくる。

「弱い者をかばっても仕方あるまいに……」

「って訳にはいかないのよ、あたしは」

息きらしながらしゃべる。

「まっこと、自分でない者の考えることは判らん」

ディミダ、ひどく真面目な顔をして言う。ので、あたし、笑ってしまう。くすっ。あたり前だわ。

「わらわはおかしいのであろうか、ネリューラ殿」

「何言ってんのよお。人が十人いれば十とおりの考え方があってあたり前でしょうが。それにね、この世界の場合、十人十色って……あ、知らないか。それにね、この世界の場合、おかしいのは多分、あたしの方よ」

「いや……。わらわは父上の考え方が理解できぬし、父上はわらわの考えを理解しない」

「何よお。親子の断絶？」

いずれにしても、このハードな山道歩いてる時の会話じゃないな。

「いや……言わせてもらえば、父上は腰抜けじゃ」

何か言いかけて息をのむ。何、ディミダ。今、一瞬、すごい目をした。これは茶化せることじゃない。この子、本気で……。

「わらわが生まれた時、星が流れた、という話はしたの。占星術師が言ったそうだ――これは、わらわが生まれるより少し前のことだが。この子は、王になる星の許に生まれついている、と」

うん。あたしもそう思う。

「当時、王にはお子がなかった――今でもない。今の処、東の国の王位継承者はおらぬのじゃ。わらわの父――ラ・ミディンの家は、過去、四回王を出している。血統的には最も王家に近い血筋じゃ。充分、王位をうけつぐことのできる家柄でもある。……ネリューラ殿、あなたが父ならどう思われる？」

「うん、そりゃ……嬉しいことでしょうね」

「ところが父は喜ばなかった。現在の、右の大臣という地位に満足していて……あらそいをおそれた訳でもない、王のお子を望んでいた訳でもない、単に今日と違った明日をむかえるのがお嫌なのじゃ！　……そして。生まれてきたのがわらわ――女であったことを、お喜びになったという。女なら王座につけぬからのう。わらわは……その話を聞いた時、わらわは、自分が女であることがいかばかり口惜しかったか」

吐き出すように言う。

「父上ばかりではない。王も、重臣達も、みなそうじゃ。みな、今日と違った明日をむかえることを恐れている。のう、ネリューラ殿。わらわはおかしいのか？　皆は言う。明日が今日と同じように平穏な日であることがしあわせだ、と。わらわは思う。明日は、今日と違う日だからこそ、明日なのだ、と」

　何て……せつな気な目をするの。鬼姫ディミダ。

「わらわは、ハノウ山を越えてきた。大昔は確かに、あの山を越える道は、中の国の魔術師達が維持してきたのだろう。が、今は。今なら、我が国でも、あの山を越える道位作れる！　なのに……誰一人、それをしようとはしないのだ。目先の利益が何もないから？　いや、そのような動機なら、まだ許せる。今、国内がそれなりに平和だから、新しい文化をいれたくないのだ。道ができれば、自然と、中の国や西の国とも交流が始まるだろう。皆が恐れているのはそれなのだ。新しい文化の導入。せっかく、今、万事がうまくいっているのだから、変化を望まないという……。あんな井戸の底のような国で、変化を望まなければ、何もかもよどんでしまう……」

「南の国は？　あそことは今、戦争中なんでしょ？」

「あれを戦争というのならな。何のことはない、国境で睨みあっているだけじゃ。もう、何十年も……。あちらも、昨日と同じ今日、今日と同じ明日を望む国柄故。ははん。思っているのであろう。そのような状態なら、何故、わざわざハノウ山を越えたのか、と。南の国を通ってきた方がまだ楽なのではないか、と」

「あ……うん」

「わらわは変化をおこしたかった。今日と違った明日をむかえたかった……。ハノウ山を越えて、実に良かったと思う。中の国の民を見た故。ネリューラ殿、あなたは言われた。中の国の民は、一見そう見えても実は決して他者に依存するだけの羊ではない、と。が――東の国の民は、一見そうは見えなくても、実は他者に依存する羊じゃ。昔からの言い伝えは正しかった。このあたりは、中の国を中心に栄えておったのじゃ。中の国の人々は――他の国の人々が持っていないものを持ち、それをあたりにふりまいていた。……活気、じゃ」

　とん、と、岩場をとび移る。あたしは慌ててディミダから目をそらす。何というのか……実に透きとおった、哀し気な表情。……そうか、彼女は鬼姫なんだ。鬼のような姫ではなくて……鬼っ子の姫。

「とまろう、トワド――じゃなくて、ラディン。みんなに命令して」

　何となくトワド・ラディン（あれから彼のことはラディンと呼ぶことにしてあった）と目があい、ついついこう言う。あたしの表情も、ディミダにみせたくなかった。鬼っ子の姫。まわりが羊の中で、唯一人狼の姫。あたしと同じだ。まわりが人間の中で、唯一人怪物の娘……。

「おーい、小休止だ。とまれ」

　ざわざわという声が、うしろへと流れてゆく。あたし達は思い思いの岩の上に腰かけて、ほっとため息をついた。つとめて明るい声を出し。

「つっかれたあ……」

「こんなに歩いたの、学生の時以来だ」

あたしと杏、まだまだ元気な連中尻目に、まず岩の上にねそべって。

「今晩は、めっちゃめちゃよく眠れそうだな。……あ、火、かして」

「はい」

杏のハイライトに火をつけてあげて、それからセブンスターに。休むと気づくの。はふ。つっかれた。足が棒みたいだ。

「これでまだ登りの半分いってないんだろ。全然、たいしたことない山じゃないじゃないか」

「でも、ま、一日で越えられるんだから」

ディミダ。そんなこと考えるのおよしなさい。心の中で呟いて。

ざわざわざわ。

「デュラン三世かあ……どんな男なんだろうね」

とにかく何かしゃべる。

「ラディンが——ああ、トワドのラディンじゃなくて、元のラディンがね、言ってたの。デュラン三世には気をつけろって」

ざわざわざわ。

何か、列のうしろの方がうるさい。トワド・ラディンが叫んでいるのが聞こえる。彼の命令、列のラストまで届かないのかな。なんて言ってると。

もの凄いいきおいで、タケに乗ったアップティンが駆けてきた。あれ？　彼は最後尾の筈なのに。

「ディミダ様——あ、いえ、ネリューラ様！」

ディミダの方へ行きかけ、慌ててあたしの前に来る。

「大変です。竜が、列の最後の方へあらわれ……キダが喰われました。みんな、一目散に逃げています」

「キダが！」

「マン・イーター！」

あたし達、総立ち。

みれば、五千人の兵は、一斉にあたし達の方へむかって逃げてきていた……。

☆

「ちょっと、やばいわよ。これはまずいわ」

意味もなく叫んだ。キダ！　あの男。かなり頑丈そうだったじゃない。そのキダが喰われたあ？

「ひどく大きい奴でして……その上、皮というかうろこがかたくて、剣がとおらないのです。必死で斬りつけてもかすり傷をおわせるのがやっと」

息をきらせながらアップティンが報告する。

「そして、なお悪いことに、一頭ではないのです。十頭以上……」

「ディミダ殿！」

一瞬後に、あたしの理性は元にもどっていた。

「この先の地形は？」

「しばらく行くと、きりたった岩ばかりの処にでくわす。ひどくせまい岩場——人一人通るのがやっとのところを何とかくぐりぬければ、あとは頂上に続くわりとなだらかな道になる」

「ＯＫ！　ラディン！　みんなを先導して！　タケ乗り捨てて、とにかくその岩場の奥へ！　おそらく竜はそこ通れない」

「はい！」

トワド・ラディンは、子供を二人横抱きにすると、

「続け！」

と叫んで駆けだした。

「アップティン！　御苦労だけど、また戻って。みんなが逃げおえるまで、とにかく竜をくいとめて。あ、無理はしないで。くいとめるだけでいいの。食べられないようにね」

「俺も行く」

桂一郎が服をぬぎだしていた。Ｇパンをあたしに放ってよこす。

「ネコちゃん、持ってて。人間よりライオンの方が、まだ岩場で戦いやすい」

「ディミダ殿！」

東の兵をひきつれて駆けおりてゆこうとするディミダに叫ぶ。

「あなた行っちゃ駄目（だめ）。女の子は残ってなさい！」

不満気な顔をしてるディミダにもう一声。

「その岩場の処にいてあなたは！　そこで竜待ち伏せしてよ！」

いくらディミダが戦い慣れているとはいえ、人間相手にするのと、剣のとおらない竜相手にするんじゃ、勝手が違いすぎる。

「杏！　あんたも行っちゃ駄目！」

「俺は男だぞ」

「違うの。あんたはね、列の最後尾で逃げまどってる人を抱えて、岩場のむこうへジャンプして。いい、今、あたし達は、竜と戦ってんじゃないのよ。竜をやっつけることより、被害者出さないことに専念して」

「了解！」

それから、あたしの脇を走り抜けようとする金色の風——桂一郎にとびのる。桂一郎の服は、ディミダにパスして。

「ネコちゃん、あんたも女だ。あっちにいなさいよ」

「残念でした」

左手で桂一郎のたてがみにしがみつき、右手で黒髪を束ねる。

「あたしは女じゃなくて——総大将よ！」

そのまま、せっかく登ってきた山を風のように走りおりる。叫ぶ。

「みんな！　荷物捨てて！　できるだけ身軽になって！　逃げて！　もうちょっと登れば、竜のはいってこられない岩場よ！」

　桂一郎があんまり速いから、人々の顔もろくに判別できない。うしろへうしろへと流れてゆく肌色。

「ネリューラ様……」

　風にのって、人々の声にならない声が聞こえてくる。

「我らの女王……」

　そんな場合じゃないとは思いながらも、ちょっぴり満足。人々の目に、あたしは、金色の獣にまたがり、黒い髪を風になびかせ、人民の命を救うべく、必死になって駆けてゆく頼りになる女王と映っているのだろう。

　やがて、逃げてゆく人々がまばらになり。わお、竜！

　それは、本当に恐竜だった。ティラノザウルスによく似てる。

　茶色の体はいやに大きかった。小山程もある。毛ははえておらず、全身が厚いうろこでおおわれている。成程、これなら剣はとおりそうにないわ。目はひどく獰猛そうで、素直にエサにならない小動物――人間に、ひどく腹をたてているようだった。

「牙と爪は、たしかに大したことなさそうね」

　牙は結構鋭そうではあったけれど、口の奥の方にきれいに並んではえているだけ。あれなら、つかまえられて口へ運ばれない限り、どってことなさそう。爪は小さく、指の先にほんの申し訳程度についているだけ。

　そのかわり。おそろしいのはその直立して自由に使える前肢と、尾の力。軽く前肢であたりをたたくだけで、もろい岩は崩れおちる。尾は太く大きくびっしりうろこにおおわれていて、あれでたたかれたら、人間なんてひとたまりもないだろう。

　その竜が、十三頭！

　で、その十三頭の竜を相手に、東の国の戦士達は苦戦をしていた。あたしの言うことをきちんと守って、ある程度以上近よらず、極力その場に竜をとどめるだけにしようとしているのに……うでっ。竜の方が速いじゃない。近よっても攻撃手段ないし、近よる気がなくてもすぐ竜においつかれる。

「あの竜の場合……」

　桂一郎が、のどの奥でごろごろと言う。

「弱点は目しか思いあたらないんだけど……ネコちゃん、どう思う？」

「うん……」

　弱点も何も、あの竜の体の中で、剣がとおりそうなのは目だけだわ。けど、目をつぶしても竜は死なないだろうし……大体、地上五メートル以上の処にある竜の目を、身長百七十センチたらずの人間が、どうやって刺すのよ。あたしは一応、ほうきか何かに乗って、空飛べる。けど、空飛んだって……大体が、とびあがるまでにかなり精神力使うんだから、のろのろと、でしょ。軽く竜の前肢で、たたきおとされちゃうわ。

えーい、しょうもない。何て思っていると。竜がアップティンを岩角においこんでいた。うわ、危ない。あたしは思わず、その竜の顔面むかって指鉄砲を発射する。竜は、あれ、何かあたったかなって程度の顔をして、こっち向いた。その間にアップティン、竜の足の下をくぐり抜けてかろうじて逃げたけど……でも、これじゃ。ほおんと、しょうもない！

「ネコちゃん、この場合、三十六計しかやりようがない……」

「わね。ちょっと、東の国のみなさん、逃げて！ 退却！」

叫ぶ。東の国の兵士、心残りな顔をして、でも逃げだす。

「桂一郎！ 走って！」

「逃げるの？」

「違う。竜の間を。みんなが逃げる時間かせぐの。ライオンと竜で、かろうじてライオンの方が勝ってる処というと、スピードっきゃないわ」

「OK！」

桂一郎、死にもの狂いで、岩と岩の間をとびまわりだす。みんなの方を追っていこうとする竜の鼻先の岩にとびのって、それから山の下の方へとび移り、再び別の竜の鼻先へ。竜達はあたし達をたたこうとしてはあやまって岩をたたき――山壊してるみたいなもんだわ、これは。

しばらく竜と鬼ごっこをする。竜達は――まあ、逃げていった連中おっかけようとすると、鼻先にあたし達がとび移るんだから無理はないんだけど――逃げていった連中無視して、しばらくあたし達をおいかけてくれた。

まあ、色彩効果も抜群だしね。灰色の山肌、処々緑の下草。そんな中をとびまわる、黄金色の四つ足獣、それに乗っている肌色の娘、黒い髪。

「駄目だよ、ネコちゃん」

ややあって、桂一郎の動きが鈍くなってきた。

「京の五条の橋の上って訳にはいかないよ。こっちが疲れてきた」

「ん……」

あたし、軽く上をみあげる。大体みんな逃げおおせたかな。

「OK、桂一郎。あたし達も逃げよう」

「けど、俺達があっち行ったら、竜、ついて来ちまうぜ」

「まあそれは仕方ないわ」

桂一郎は、岩から岩へとび移り――そして、もの凄いいきおいで、一目散に山の上へと駆けだした。

☆

「ネリューラ殿、御無事だったか」

せまい岩場の入り口の処に、ディミダが律儀に立っていた。黄金の髪はさながら桂一郎のたてがみのように横へひろがり、呼吸にあわせて軽くゆれる。湖の色の深いひとみは大きく見開かれ、ピンクの唇が可愛らしい。

「無事、無事。ところで他の連中は?」

「みんなあちら側へ行っている」

細い岩の間の道のむこうを指す。

「わらわがしんがりだ」

「御苦労様。ディミダ殿も早くあちらへ」

どすどすどす。竜はえさを求めて、早くもこっちへ近づきつつあった。あたし、桂一郎からとびおりる。

「桂一郎、早く人間になって。ライオンのままじゃここ通れないわよ。……この際、服着てないことには目をつぶるから」

「あ、いや」

桂一郎、もごもごと。

「俺、こっちに残るよネコちゃん」

「どうしてよ! 早く」

もう気が気じゃないわ。

「この岩場、あの竜達なら壊せそうじゃない。ここ壊しておっかけてこられたら、もうどうしようもないよ。だから、俺、くいとめてみる」

「冗談! 無理よ」

「ネコちゃんがおりればいささか身軽になるだろう。大丈夫だって。俺、切れども切れず突けども突けない体なんだろ。心配しなくていいよ」

「よくない!」

とは言ったものの。確かにあの竜達なら、岩場崩しておっかけてくる位のこと、しそうだわ。うーん。

あたしは、ショルダーバッグみつめた。えっと……何かないかな。うん。脇についているマスコットのぬいぐるみ、はずす。

「何をなさる気だ、ネリューラ殿」

「魔法を使うの。ディミダ殿、いいから早く行っちゃって」

ぬいぐるみの十センチ程度のマスコットを、ディミダがはいった岩場の入り口の処へおく。

「何それ。かえる?」

「ううん、恐竜なの、これでも。極道恐竜っつうんだから」

オレンジ色のふかふか恐竜さん。いい、極道恐竜さん。あっちからティラノザウルス・レックスもどきが来るからね。あんたも恐竜なら、ちっとはがんばって。

「だって……その恐竜、それこそ爪も牙もないじゃないか。俺の手より小さいし」

「ぬいぐるみだもん、牙あったら不気味よお。いーい」

目を細める。視界に緑のもやがかかる。天をあおぎみる。今日は、まだ昇ってきてない魔の月。お願い、あたしに力をかしてね。和の月、お願い、まだ昇んないでね。

みるみる、オレンジ色のぬいぐるみは、大きくなってゆく。十センチ……三十センチ……一メートル。そして、ティラノザウルス・レックスもどきより、二まわり位大きいサイズまで。

「わお。さすがにここまで大きくなると、ある程度は強そうだな。……間の抜けた面ではあるけど」

「ふふ。でしょ」

「で、何かい、このオレンジのかえるに」

「極道恐竜さんっつうの」

「極道恐竜さんに、あの竜をやっつけさせるつもりか？」

「まさか。だってこれ、ぬいぐるみよ。ぬいぐるみがぶつかったって、ふかふかしてるだけで、痛くも何ともないじゃない」

「じゃ、何で」

桂一郎の質問に、あたし、答える必要なかった。何となれば、竜さんがあっちから御到着になっていて……見りゃ判るわよ。

あたしと桂一郎、別の岩陰にかくれる。何つっても、自分より大きい派手な色したぬいぐるみだから、竜さん達、まず極道恐竜に気づく。竜さん、軽く極道恐竜たたく。極道恐竜は——何つったって、ウレタンかなんかがつまったぬいぐるみなんだから、軽くへこんだだけで壊れたりしない。

「ね？　力でおしてこられた時には、頑丈なものよりむしろ、やわらかいものの方が強いのよ。衝撃を吸収しちゃうでしょう」

「成程、あれなら岩場崩せないな」

「ね？」

「しかし……信じたくない程、莫迦莫迦しい光景だ」

ま、その気持ちは判らないでもない。草の全然はえていない、きりたった岩場に、マン・イーターのティラノザウルスもどき。相対するのは、かえると間違われそうな間の抜けた顔した、ふかふかオレンジの巨大ぬいぐるみ、極道恐竜さん。

ティラノもどき、いくらなぐっても極道恐竜が全然何もしないので、段々苛々してきたみたい。叫び声をあげる。

「ミャウ」

ずどっ。あたしと桂一郎、顔を見合わせた。

「今の……何？」

「ティラノもどきの……ほえた声じゃない？」

「あの……三日ミルクあげなかった仔猫の抗議の声みたいなの……が？」

「ミャウ。ミャオー。ミャウ」

ティラノもどき、頭にきたのか更にほえる。

「別にティラノもどきを莫迦にする訳じゃないけど……何だってあいつ、あんな声でなくんだ」

「さあ……恐竜にだって、可愛らしい声でなく権利はあるんじゃない」

「みいみいみい」

ティラノもどきがまた鳴いた。あーん、もう。

「ネコちゃん！」

ふいに桂一郎があたしをつきとばした。あたし達、ティラノもどきの冗談みたいな鳴き声にききほれていて、気がつかなかったのだ。別口のティラノもどきが、岩場の陰のあたし達みつけた。

「桂一郎、あんたはあんたでやって、あたしはあたしでやるから」

もうショルダーバッグの中からは、何も小細工に使えそうなものは出てこなかったけど、でも。あたしが乗ってると、桂一郎の動きがにぶくなってしまう。自分の身体位自分で守れずに、総大将がつとまるかっつうのよ！

じっと目の前のティラノもどきをみつめる。大きな目。でも、全然輝いていない。あんたなんかに、この美弥子さんが負けてあげるもんですか。

じっと天を睨む。右手を振る。光の剣があらわれた。ティラノもどきは、あたしの緑の目に気圧されたのか、軽く、みいとないた。それからゆっくり前肢をふりあげる。

と。あ！

「斉木杏登場！」

「みゃう！　みゃう、みい」

杏が、突然、ティラノもどきの鼻の上に出現。

目の前——本当に目の寸前に、人間が突如あらわれたので、ティラノもどき、あせってなく。杏は慌てず、ティラノもどきの両目に剣をさした。

「ふみい……ふぎゃあ！」

ティラノもどき、発情期の猫みたいな声あげる。さっすが、杏！

ティラノもどきが、前肢で顔をなぜた時には、杏は別のティラノもどきの顔の上にいた。

「ネコ！　坊や！　いそげ！」

叫ぶ。

「早くしないと和の月が昇る！」

「ＯＫ！」

あたしは、光の剣をできる限り大きくすると、ティラノもどきを切ってまわった。とはいっても——かたいうろこのせいで——たいして被害は与えられなかったみたいだけれど。

桂一郎は、また別のティラノもどきの前肢に食いついていた。思いっきり牙をたて、いかにふりまわされよう

「まったく、どれだけ人に心配させれば気がおすみなのだ？　これだけは心得ていて欲しい。総大将が最前線へ出てゆくなぞ、もっての外ですぞ」

「は……い」

あんもう、迫力負け。

「でもね、誰かが殺されるかも知れないと思うと、不安で不安で……」

「ネリューラ殿が最前線へ出てゆけば、みんなが不安になるのだということがお判りでないのか？　いつぞやあなたはこう言ったの。人一人の命の重さは、この世界と同じだ、と。よいか、それは、ネリューラ殿にだけ、あてはまることなのだ。雑兵一人の命と総大将一人の命とでは、重さがまるで違う」

「そんなのって……」

「それが現実というものだ。まったく、赤児より手のかかる姫だな、あなたは。雑兵の一人や二人死んでも、戦には何の影響もない。が、あなたが死ねば、戦は負けだ」

う……ん。

「雑兵の五、六人が死ぬことになっても、あなたが助かることが必要なのだ。お判りか？」

「う……残念ながらお判りでない」

そりゃ確かに、あたしが死んじゃったら、何もかもおわりだとは思うよ。けどねえ。他の誰かの命があたしよりとも離さない。食いつかれたティラノもどきは、哀しそうな声をあげる。

と。

あ、タイムリミット！

あたしは慌てて岩場の入り口へ駆け寄る。杳、最後の力をふりしぼって岩場の入り口までテレポートする。桂一郎はかみついていた前肢からはなれ、着地。ほぼ同時に人間の姿に戻る。岩場の入り口をふさいでいた極道恐竜は、するする縮んで元のマスコットになった。

東の空の端に、かすかに白い月がみえていた。

「走れ！　坊や！　莫迦、こんな時に恥ずかしがるんじゃない！　ここ抜けた後、脇道にそれると、その先に細い道がえんえんと続くとこがあるんだ。目もつぶしてやったし、いくら竜に根性があってもそこまでは来ないよ！　みんな、その先まで行かせたから！」

「OK！」

あたしは、極道恐竜拾うと、あらん限りの力で駆けだした。杳、そして桂一郎が続く――。

☆

「ネリューラ殿、あなたという人は……」

みんなしてとにかく逃げて逃げて。そろそろ日がおちる頃まで逃げて。ようやくティラノもどきが完全に見えなくなると、今度はディミダが怒りだした。

り軽いっていうのは——きれいごとだろうけど——理性がね、許してくんないのですよ。

「判らない？　どこが」

「どこって、えーとそのね、誰のもんであろうとも、命は命でしょうが」

論争を続けながら思う。何だろう、このくい違い。育ちの違い——は、まあ、あるだろう。それが一番大きな原因であるとは思う。でも。それだけじゃないみたい。

「姫の命は特別なものなのだ。中の国の象徴であろうが。姫が死んだら民の士気は衰え——この先の戦で、雑兵の大半はうち死にをすることになるのだぞ」

「つってもあのね」

「あのねではない。いいか、姫。総大将には重大な責任があるのじゃ。民を守ること以上に——絶対、討ちとられては、いけない」

ああ、そうか。ようやく判った。ディミダには認識があるんだ。かけがえのない自分。それは——自分の命がいとおしい以上に、ひとたび戦をはじめた以上、自分が死んだら東の国の兵士はどうなる、という認識。自覚——自信——矜持。自分は東の国の姫であるという自覚と、姫としての責をはたせるという自信。……あたしは自信がないのだろうか……？

「けどね、だからっつってね、雑兵の命が軽いって訳じゃないでしょうが」

でも。あたしもゆずれない。二十世紀の日本人として。あたしの命が特別製だとは思えないし——思いたくもない。

「ちょっと、おい、ネコ」

杏が会話に割りこんできてくれなければ、この論争はいつまでも続きそうだった。ありがとね、杏ちゃん。あたし、嬉々として杏の方へ向く。

「何？　杏ちゃん」

「ちゃんっつうのやめてくれっつうに。……俺達、どうも……その、まずいことになったみたいだぜ。この道、どんどん細くなる……。それに、ほら、あっちへ向かって陽が沈むだろ」

「……それがどうかした訳？」

「あのね、陽が沈む処は西だろうが。サガオ山脈越えるなら、北へ向かわなきゃいけないんだ。ところが……この道はどうも西へ続いてそうだぜ」

「あ……そう言えば」

あたし、とにかく地図をひっぱり出す。はなはだ不正確で判りにくい地図だけど、とにかくこれだけは確かね。方向、違うわ。

「あのティラノもどきにおっかけられて、全員で細い道にはいっちゃったのがいけなかったのね」

かといって、引き返す訳にもいかないし。まあ、どうせ目的地のシャワの村って、この国の西端なんだから。

最終的には西へむかっても、さほど問題ないわけよ。

「いいわ。進もう」

けれど。もし、あたしが正確な地図を持っていたら。

あたし、考えたとは思う。

だって。この道は——ずっとまっすぐ進めば、確かに街道に出喰わすのだが、その出喰わす位置が何とも悪い。例のヒオカの森の真横！

PART Ⅷ

夜が更(ふ)けてきた。当然のことながら、夜は更けてしまうのだ。陽(ひ)が沈んじゃうと。

「嫌(いや)だなあ。あたし、この山で夜あかししたくないわ。ティラノもどきの生息地なんでしょ？」

「でも、夜、ここを歩くのはもっと危ない気がするよ」

と、桂一郎。確かにここは足場が悪くて、闇(やみ)の中で歩くには適していなかった。

「うーん……あ。あれ、は？」

暗くてよく見えないけど、この道をもうちょっと降りると、何だか広い処(ところ)へ出喰わすみたいに見える。

「道みたいだぜ。よかった、ネコ、きっと街道に出喰わしたんだよ」

「そうみたいね。じゃ、こうしよう。あの下まで降りてって、道へついたらそこで夜あかししましょ」

妙なもんで、目的地が目の前(なか)に見えてくると、みんな一斉に元気がよくなった。半ば駆け降りるように、道へといそぐ。

「変な話だけどさ、ネコ」

「うん？」

「俺達、こっち来てからの方が健康的な生活してっと思わない？」

「ああ、そういえば。夜、日が沈むと寝て、日が昇ると起きるもんね」

「戦で人殺すのはおいといてもさ……やっぱ、こういうのが人間の生活だぜ。まあ、この世界で俺達が不死身ってことは、いつか二十世紀の東京へ帰るんだろうけど……俺、ここ、気にいっちまった。いいんでないかいなんて思っちまうよ。太陽と一緒に行動してさ、村人に農業のやり方とか教えてさ。どお？」

「ん……」

ま、ね。でも。

「そういうのって、結局、感傷よ。やめときなさいって、考えんの。あたしもあなたも、所詮二十世紀の東京都民なんだから。何だかんだ言ってもね、やっぱり、上下水道完備で、電話あって、車うじゃうじゃ走ってて、地下鉄と私鉄とJRがあっちゃこっちゃ走ってて、デパートあって、コンビニあって、喫茶店なきゃ生きてゆけないよ」

「ま……そうだろうね」

「今、異常事態に興奮してっから、ここが好きなんて言えんのよ。これが日常じゃやってらんないわよ」

「はん。女ってのは現実主義者だな。俺もあんたも坊やもさ、東京じゃアウトサイダーなんだぜ。テレポーターに魔女にライオン男だもん」

「けどね、ここでもアウトサイダーよ、どうせ。……あんた、東京、嫌い？」

「……残念ながら好きだよ」

「でしょ。他の——ここでもいいし、日本のどっか別の田舎ででも……生きてく自信、ある？」

「……ない。電車五分待ちゃいらいらしてくるしね。私鉄が走ってないような処で生活できるとは思えん」

「ほらみ。……どうせ、あたしもあんたも、救いようがない位、都会人なんだから」

「……は。だな」

「でしょ」

まっ暗の、勿論街灯なんかある筈のない山道。大体、中の国にはアスファルトの道路なんてないし、家はたて穴式住居に近い。当然平屋だけ。

およそ、アスファルトでない道路なんてない街。三分おき位に走る電車。六十階建てのビル。いつでもどっかに明かりがついてて、街全体が不夜城。東京。

違いすぎんのよ。無理ってもんよ、較べんの。ここだって悪いとこじゃないけどさ。あ……何となく、ノスタルジー。帰りたいな。何でだろう、今まで想いもしなかったのに。

いつまでここにいなきゃいけない？　あたし、ここの人じゃないのに。あたしには他の場所があるのに。

「ああ、コーヒー飲みたい」

ふいに杏がぼそっと言った。

「俺が何日もコーヒーなしで生きてゆけるなんて、思わなかった」

「言えてる！　コーヒー飲みたいよお……」

ふいに、行きつけのサテンの内部が、三つ四つ目にうかぶ。白い木のカウンターとテーブル四つ。わりと小さな造りの店で、カウンターの中にひげのマスターとお姉さんがいんの。ティスカッシュなんか飲みながらレポート書くんだ、あたし。

「東京でも同じだけ時間すすんでんのかなあ……。とすると、あのインタヴュー記事、おとしたんだろうか。俺、もう仕事もらえんよ」

「じょおっだんじゃないですよ！」

急に桂一郎が口をはさむ。

「何が？」

「ネコちゃん、どうする？　島崎教授のレポート。あれ出さなきゃ留年だよ俺」

「うわっ、言わないで。あたし、今週テストあんのよ、語学の。山村先生の児童心理、やった？」

「ああ、あれは先週だした」

「あたしまだなのお！　圭子ちゃんのノート見せてもらって、で、まとめようと思ってたから」

「やめてくれえ。一所懸命忘れようとしたのに……。俺、インタヴュー二本おとしてんだぞ、今の時点で。穴あけてんだから……連絡もせずに。フリーのライターだからな……失業保険ってねえんだよ……」

あー、そうかそうか。杏が急に、こっちで生活したいなんて言いだしたの、おっことした仕事忘れたいが為だったのね。

「——何か悲惨な話題だね」

「うん。……でも、テスト期間中でなくてよかったあ……」

「それが悲惨だっつうんだよ」

ディミダ達は、きょとんと、突然東京の話を始めたあたし達を見ていた。と。

「おい……ネコ！」

杏が叫び声あげる。

「あれ……何かどっかで見たことないか！」

前を指す。あたし達、間道と街道が出喰わすあたりまで来ていて……で、街道のあっち方には、木がやたらはえてんの。森みたい。で、木のむこう側には。

白い窓の灯。赤い灯。高いビル。あれ！

「新宿だ！」

桂一郎が叫ぶ。

「本当だ！　新宿の高層ビル街！」

「むこうに見えんの……あれサンシャイン60じゃない？」

「莫迦な……。何で新宿の脇に池袋があるんだよ」

「だって……」

「極めつけ！　あっち！　東京タワーだ」

そんな莫迦なあ。東京タワーつったら神谷町でしょ？　何だって新宿と池袋と神谷町が並んでんのよ！

「東京タワーってことは、あの森は芝公園だろうか……でも、新宿あるしな。新宿御苑ってことも……」

桂一郎が莫迦なこと悩んでる。

「どっちにしろ、行ってみよう。新宿でも池袋でも神谷町でも、家に帰れることは間違いない」

無意識に走りだしたあたし達を、ディミダ姫の声がおいかける。

「ネリューラ殿！　杏殿！　桂一郎！　それはまやかしですぞ！　おそらくそちらはヒオカの森……」

判ってる、そんなこと、理性では。でも、体がいうこときかない。新宿からはＪＲで、池袋だったら有楽町線、神谷町なら日比谷線で日比谷のりかえ、いずれにしてもお家にかえれる！　あたし達三人、気づくとヒオカの森にはいってしまっていた。

☆

「あれえ……変だな」

しばらく走って熱がさめてくると、桂一郎が言う。

「森にはいったら、ビル見えなくなっちまった……どっちだっけ」

「はふ」

杏、手近の岩に腰かける。煙草くわえて。

「やだね……。ディミダ姫が言ってたろ。あれ、まやかしだ。……新宿の隣にサンシャイン60があんの見た時から気づいてたんだけど……体がいうことをきかなくてね」

「あたしも。……桂一郎、あきらめたら？　この世界で山越えたら新宿がある、なんて莫迦なことないわよ」

「ま……そりゃそうなんだろうけれど……ね。ついついレポート考えると。それに……彼女おきっ放しだし……」

「わっ、やぁだ。あたし、知らなかった。何、桂一郎、恋人いんの？　どんな娘？　慢性鼻炎？」

「何で鼻炎になんの？」

「いや……常人なら満月期のライオンの体臭に耐えられないだろうと……ごめん」

「いやいいけどさ……ネコちゃん、君、この体臭に耐えられそうにない？」

「そんなことないよ。別に、この距離なら」

「いや……もっと近づいた場合」

「あ、やだ、気にしないでね、本当に。ごめん、悪かった。そんなに気にするとは思ってなかったから。本当、ごめん」

「いや……気にしてないよ。あとね、一応つけ加えとくと、彼女ってお魚さんなんだけど。タキシードグッピー」

くすっ。何ということもなく、おかしい。ライオンとグッピーねえ。ユニークなとりあわせ。……ま、いいけど。

「ね、もう、帰ろ。ディミダ達心配してるだろうし、ヒオカの森なんかにいるときっとろくなことないわよ。早く帰んないと道が消えたりして……わ！」

わ！　何だこれは。あたしがこの台詞を言いおわるや否や、うしろの木が動いて――本当に木がとことこ歩いたのよ――道をふさいでしまった。

「か……帰り道がなくなってしまった……」

「んな莫迦な」

「でも……木が……動いたわよ」

「冗談じゃないぜ。このまま、まわりの木がこっちむかっておしよせてでもきたら……わ！」

杏がこの台詞を言うや否や。木が、とことこと、周囲から、こっちむかって歩いてくる！

「わ！　ここ、何か、こうなって欲しくないなってことを話すと、それが実現しちゃうところなんだわ！」

「嘘だろ。このままじゃ俺たちおしつぶ」

「杏！　言っちゃ駄目！　言ったらそうなっちゃう！」

やん、やん、木が――地面から根っこひきぬき、また地面へ根っこつき刺し、それを左右かわりばんこに繰り返して、とことこ歩いてくるう。

「ここの地面……余程やわらかいんだろうか……」

その様子を見て桂一郎が言うと。本当に地面は急にやわらかくなり、あたし達ずぶずぶと膝までもぐってしまった。

「どうしよう……」

「とにかく逃げるんだ。手近な木に登ろう」

「反対！　嫌ですよ。こんな、とことこ歩くような変態的な木には、お近づきにならない方がいい。食べられでもしたらどうするんです」

「莫迦！　桂一郎、言っちゃ駄目！」

叫んだ時にはもう遅い。木は一斉にあーんと口をあけ――。

「うそ！　嘘よ！　何で木に口があんの！」

「何か知らんが……うわ！」

木が、枝を伸ばしてきた。ひょいと杏を持ちあげて口へはこぶ。

「杏！　信じるのよ！」

必死で叫んでた。

「木には歯も消化器系もないんだから！　肉食じゃないんだからね！」

「しかし草食でもないでしょうが」

莫迦桂一郎！　この非常事態にそんなこと悩むな！

「う、わ」

桂一郎もつかまった。あ、そうだ。

「杏！　とんで！　桂一郎、ライオンになんの！　早く！」

あん、あたしにも枝がまきついてくる。やだっつうに。あんた、枝でしょ、つるじゃないでしょうが。そんな風にまきつかないでよ！

まっ暗な、木の口が近づいてくる。えーい、木に喰われるなんて、末代までの恥じゃ。

あたし、何とか思考を統一する。あたりに緑のもやがかかる。

と、同時に。あたしの体は、木の口の中へどこまでもどこまでも落ちていった……。

☆

アリスだな、これは。落ちながら考えこむ。

落ちているのは確かなの。落下感があるからね。でも、いくら落ちても、全然下にたどりつかない。

あ。あれ？

もう、方向感覚ないの。あたし、頭下にして落ちてんだろうか、足下にして落ちてんだろうか。全然判らない。判るのは。落ちてゆく。どこまでも。

あたりはまっ暗だった。これは――夜道。

不思議なことに、あたしは、落ちながら、夜の道を歩いていた。その時あたしは七つの子供。

私道なのかな。アスファルトじゃない。街灯がそこだけ明るい。昨日雨が降ったみたい。少しぬかるみ。

お習字の帰り道だった。まだ七時頃。冬なんだろう、肌寒く、寒さが歩みを速くする。

背後から靴の音。速い。はしってんのかな。

と。

突然。

息が苦しくなる。口のあたりが生あたたかい。誰かが――うしろから走ってきた誰かが、あたしの口をふさいでいた。

やん。やだ。ばたばたもがく。まだ七つで小さいあたしは、背後の男に抱きかかえられてしまった。手をふりまわす。持っていたお習字の道具が男の足にあたる。

本当はもっと暴れられる筈なのに。体が満足に動かない。突然の異常事態。怖くて。

男の手がスカートの中にはいってくる。あん、怖い。怖い。怖い。

何する気。この人、何する気。

息が苦しい。気持ち悪い。男、何も言わない。息遣いだけが聞こえる。音がないのがまた怖い。

体中の力が抜けた。ぐったりとする。でもそれは、あきらめたせいじゃない。

目が熱かった。あたりがやわらかい緑色になった。と。

「ぎゃあ！」

突然男はあたしをつきとばす。ぬかるみに転ぶあたし。そちらを向くと――男は、目をおさえてのたうちまわっていた。手に妙に黒いものがこびりついている。黒い——いや、黒くみえるのは、あたりが暗いせい。あれは赤い——血だわ。

「……化け物……」

そう、男がいったように思う。そして男は走っていった。耳にのこる靴音。かっかっかっかっか……。

あたしは一人とり残されて、呆然とぬかるみに座りこんでいた。スカートがぬれて気持ちが悪い。

ぼおっと家へ帰った。どうやって帰ったのか覚えていない。母が驚く。

「みいちゃん、どうしたの、スカート……」

泥がこびりついてまっ黒だった。あたしは汚れたスカートを見て、ぺたっとその場へ座りこむ。泣きじゃくる。

「変な男の人が……変な男の人が……」

泣きながらも、でも、痴漢のことは考えていなかった。化け物。ばけもの……。

あたしをつきとばした男の人。投げつけられた言葉。ばけもの。

あれが——あの経験がなかったら、あたしは魔女にならなかったかも知れない。眠っていたあたしの力をよびおこしたのはあのできごと。生まれて初めて、目が緑色に輝いた日。

あの日は確か、赤味のかかった満月だった——。

ふと気がつくと、あたしはまだ落ちていた。

あれ。ここ数年の間、一度も思い出さなかった記憶なのに。思い出したくなかった。思い出したくなかった……。

気づくとあたしは、中学校の教室にいた。前の方で男の子達が騒いでいる。授業が全部おわって、今はおそうじの時間。

「ちょっと、男子、真面目にやってよ」

クラス一の真面目少女尚子がどなっていた。教卓の前で山崎君と坂田君が鬼ごっこしてる。

「あ、やだもう。せっかくごみ集めたのに」

ほうきをふりまわして坂田君おいかけていた山崎君、もろにごみをけちらす。

「あと、山崎君だけでやってよ。もう知らない」

尚子一人がかっかしている。窓辺に浩美と恭子。校庭眺めて、ほんの申し訳程度にほうき動かして。

「何だよ、うるせえな、本田は」

山崎君、ほうきかついだまま、尚子の方を向く。と、ほうきの柄が。もろ、浩美の目に。

危ない、と思った瞬間、何が何だか判んなくなっていた。視界が一瞬緑に染まり、浩美の目前のほうきがぱきんと折れた。

緑色の残像。目をつむって悲鳴をあげる浩美。あたしの方を見て、驚愕の表情を作っている恭子。何か叫んでいる尚子。あたしとかっきり視線をあわせ、泣き笑いのようなゆがんだ顔してる山崎君。

泣き笑いのようなゆがんだ顔をしている山崎君。

それが一分間にもおよんだのか、ほんの数秒のことだったのかはよく判らない。とにかく――しばらくすると凍りついた時間はとけた。

尚子は何やら山崎君に文句を言い、目をつぶされる恐怖を味わった浩美まっ青、恭子がのろのろと折れたほうきを拾った。その後、山崎君は決してそうじをさぼらず――そして、あたしと目線があうと、いつも顔をそむけた。ゆがんだ恐怖の表情をして。

見てはいなくても、気配で事情を察したのだろう。尚子も恭子も浩美も、二度とあたしと二人きりにはならなかった。のみならず、女の子達のおしゃべりの輪にあたしがはいってゆくと、今まで笑いさざめていた彼女らは一斉に口を閉じ――そして、うつむいた。

あたしは何も悪いことしてない。言わせてもらえば、むしろ浩美を失明から救い、山崎君の一生を助けてやったようなものだと思う。なのに。

なのにあたしは恐れられ、二度とクラスメートの中に溶けこめなくなった。

それは――あたしが――化け物だったから。

それはあたしが化け物だったから。

ふと気がつくと、あたしはまだ、闇の中を落ちていた。

そして暗転。また一つ、想い出したくない情景。


そして暗転。また一つ、想い出したくない情景。

あたしはまだまだ落ち続ける――。

どうして。どうして。どうして。どうして。

涙で顔がぐしゃぐしゃになっているのが判った。どうして。あたし、悪いことしてない。

してないのに――。

☆

「お爺ちゃん、変な格好した人が三人よ」

ふいに少女の声がして、あたしの心は現実にひきもどされた。目を開ける。

「あれ……」

「ネコ……」

「桂一郎……」

あたし達三人、先刻の処にうずくまっていた。両腕で体をかかえ、まあるくなって。胎児の姿勢。木々は全然動いておらず、月の明かりに照らされて、あたりは白々。

「こっち見るなよな」

杏がこう言って顔をそむけた。あ。涙の跡。桂一郎がはなをすする。あたしも慌てて、手のひらで顔をぬぐった。手がぬれるのが判る。やだな――みっともない。

脇には、白髪の山羊ひげ老人と、その孫らしいちっちゃな女の子が立っていた。

「危なかった……」

老人が呟く。

「あなた方は他の世界の人ですな。あやうくここの場が狂ってしまう処だった……」

「あなた誰」

あたし、自分の口調の鋭さに驚く。そして——はじめて気づいた。あたし、怒ってるんだ。かなり本気で。

「あんたがあの悪趣味な幻をみせたのか」

杏の声も、かなり本気で怒ってた。

「悪趣味な幻？　あなた方は、自分の心の扉を開けてみただけでしょう」

平然と答えるその様子が憎らしい。

「普段見たがらないあなた方の真の姿を見せてあげただけですよ」

「ははん。するってえと、あたしの真の姿は化け物な訳」

あたし、ショルダーバッグからセブンスターだしてくわえる。煙をわざとその老人の方へ吐きだしてやる。御大層な人間ね。

「その幻の中に閉じこめなかった私の優しさに感謝して頂きたいものですな」

老人は、まっこうから煙あびて、露骨に嫌な顔をした。

「そのあんたをとって喰わないあたしの優しさに感謝してよ。何つったって化け物なんだからね、あたし」

「ついでにこっちは怪物だし」

桂一郎も老人睨んでる。

「おまけが、何の因果でこんな子が生まれちまったんだろうの杏さんだしな」

老人、あたし達の目にこもった、一種殺気じみた表情に鼻白む。

「それにね、あんたは優しくてあたし達を幻から解き放ってくれた訳じゃないでしょうが。あたし達が他者だから、あの悪夢のメリーゴーランドにのっけとく訳にいかなかったんでしょ」

「いずれにせよ、私はあなた達を解き放ってさしあげた。早くこの結界から出ていって下さい」

「この森のあっちには何がある訳？」

「出ておゆきなさい。さもないと、またあの幻の中に封じ込めますよ」

「はん。やれるものならやってごらん」

あたしがこう言いおわるや否や。老人の体は重力に逆らい、五十センチ位持ちあがり、杏は突然老人の背後に出現し、桂一郎は四つ足獣の素速さで老人の脇へ走り寄った。

「何を……何をするんだ」

空中で老人、ばたばたもがく。

「今、やったら意地悪くなってんのよあたし」

右手を軽く差しあげる。と、老人の体は更に一メートルばかり上へのぼる。それから急に手を握る。と、老人、落下。あやうく地面に衝突するほんの十センチ手前で、手をひらく。老人静止。

「あれだけの幻を人に見せて、平然としている人ですもんね、あんたは。化け物のあたしとしては、生半可な殺し方しないわよ」

多分、かなり凄味のある目つきをしている。あたし。

「そうそう。親に憎まれて育った子供の俺としても、生半可なことはしたくないね。親に憎まれ、うとんじられた子供がどれ位ひねくれられるか、身をもって知ってもらいたい」

「かなりの線で同意見ですよ」

桂一郎は服をぬぎ捨て、ライオンの姿になっていた。喉の奥でうなる。

「どうせ怪物、どうせ鬼っ子なんだから」

「わ……判った。やめてくれ」

老人は、先程までの落ち着きはどこへやら、哀れをさそうような感じで空中でもがいている。

「やめてくれ。頼む、おろしてくれ。先刻のことは謝る――謝ります。別に私の意志で君達に幻をみせた訳ではなく、外からこの結界にはいってくる者は、幻の中で一生を終えるようになっているんだ」

「ここは何なの？　ヒオカの森の奥には何がある訳？」

「おろしてくれ。いや、おろして下さい」

「ちゃんと落ち着いて話してごらんなさい、お爺ちゃん。そしたらあなたをおろすかどうか考えてみるから」

「ヒオカの森の奥には……」

老人は脂汗をながしていた。

「ヒオカの森の奥には……黄金郷がある……」

☆

昔々。まだ中の国が独立した国だった頃。カムラ城下には大勢の魔術師達がいた。彼らは国の将来や気候を予言し、河に橋をかけ、ハノウ山を越える街道を整備していた（要するに魔術師には、魔の月に影響をこうむる純粋魔術師と、科学者技術者の二とおりの種類があったらしい）。その頃、中の国は言葉どおりこのあたりの文化の中心で、経済の中心で、ついでに言うなら農業、工業、林業、水産業すべての中心だったみたい。

そして。それは、国力以前に中の国の一般民衆のもつ力故だったらしい。中の国の国民は、他のどの国民より、言っちゃえば血の気が多く、活力にあふれていて。それは――ある面では、中の国を文化の中心地とし、また、中の国を豊かで活気のある国にもしたが――別の面では、中の国を凶暴な武力国家にもしたのである。

当時、西の国――西の島は、文化に見はなされた孤島だった――少なくとも、そう思われていた。そこで中の国はまず南の国に進出し、南の国を完全に征服した処で東の国へ。早い話、その頃の中の国は、あたり一帯の国国への征服欲に燃えた、独裁国家だったのである。悪いことに、その頃このあたりには、中の国をおさえるだけの力を持った国家がなく、近い将来、中の国は、この半島を完全におのが版図とする筈だった。

　その頃である。城下の魔術師達がおびえだしたのは。彼らは一様に予知をした。近い将来、予想だにしなかった敵があらわれる。中の国の栄華は長持ちしない。

　これは、かなり独裁者気分の国王の逆鱗に触れた。今まで、魔術師の力を借りて国を治めてきたのだから、魔術師の言葉を信用すればよかったのに。南の国を圧し、東に進出し、まさに破竹のいきおいだった国王は、彼らの言を一笑にふした。のみならず、彼らを、人心を惑わせるふとどき者として罰しさえしたのである。

　これが中の国没落事始だった。

　魔術師達の予言って、かなりのセンであたっちゃったのだ。そのあとすぐ、思いもしなかった敵――西の国が出現する。

　ここで、中の国が一致団結して西の国にあたれば、あるいは歴史はかわったかも知れない。ところが、中の国内部から裏切者がでた為、負け知らずの中の国は、西の国に手痛い一撃を喰らうことになる。

　裏切者は、王の片腕、魔術師達だった。彼らは正しく歴史を読み、正しく力の強い方についたのだった。中の国は、その中心部から崩れた。もともとがその版図を広げることにのみ熱心で、地固めをしていなかった国であるから、一度崩れだすとあとはひどかった。

　魔術師達は、西の国と裏取引をした。中の国側の正確な兵の数や、作戦等を流し――かわりに、西の国が中の国を完全に制圧した時、彼らだけの自治区を認めてもらったのだ。それが現在、ヒオカの森の北――黄金郷である。

☆

「黄金郷って……本当にいわゆるユートピアな……の？」

　つるしあげられた老人は、実に素直にしゃべってくれた。

「そうだ――そうです。人口は少なく、土地は広く豊かにして、人々は楽しくおのおの学問にはげみ……」

「生計は？　自給自足？」

「いや。そのような下賤なことは」

「下賤？」

「いや、あの、そのような単純労働は、なされていない。中の国の民がおさめる税のうち一割をまわしてもらっているので……」

「他人の努力の上にあぐらかいてる訳ね？　で、そのみかえりとして、黄金郷の人々は何してる訳？」

「人民管理……」

「じんみん……かんり？　つまるところ何してる訳よ」

「中の国の民は、放っておけばこのあたりで一番血気盛んな民族だ。税がきつすぎては人々は反乱をおこすであろうし、ゆるければ反乱の為の力をたくわえる。人々を生かさず殺さずの状態におき、実際には実現不可能な、しかし人々に希望を持たせることができる程度の信憑性のある夢を与える。この呼吸は西の国の人間では、ちと計れまい」

「全然自慢にならないような気がするけどな」

杳がそっぽをむいて言う。

「で、何でこんな処に悪夢のメリーゴーランドしかけとくんだ？　裏切者がここに巣喰っていることを知った中の国の人々を恐れてか？」

「何の。あのような衆愚。何を恐れるというのだ」

から元気だろうけど、老人は嘲笑した。

「じゃ何だってあんなもん作っとくのよ」

このふてぶてしさ。うっ、かあいくない。

「あれは元々ここにあるのだ……。このあたり一帯と、カムラ城のあたりは、どこか別の世界との接点になっている。こんなことを説明してもどうせ判るまいが、このあたりの空間はゆがんでいるのだ。他の世界と重なってもいる」

「カムラ城のあたりって、要は、例の復活の扉あたりのことでしょ」

老人はあからさまに驚きの表情を作った。やだな、この人、本当にあたし達莫迦にしてたのね。

「まあ……そうだが……ああ、そうか。あなた方は他の世界から、隣接している空間を通ってこちら側にやってきた人か……。とにかく、どういうゆがみのせいか判らないが、サガオ山脈からこの森にはいってきた連中は、他人が声をかけるまで自分の心の内側、平生最も触れたくない部分に沈みこんでしまうのだ。……まあ、これは便利でもあるが。黄金郷の噂を聞いたせいか、たまにここへはいってこようとする輩がいるのでな」

「ふうん……」

どうしようかな。もうおろしてあげようかしら。

「要するにあたし達、ここへはいってこようとする中の国の人々をからめとる為のねずみとりに、間違ってかかっちゃったわけね」

「ま、いいけどさ。あの新宿は何だよ。あれ、まるで俺達をおびきよせようとしてたみたいだぜ」

杳は、まだ腹の虫がおさまっていないようだった。ねちっこくからむ。

「しんじゅく……？」

「あのね、サガオ山脈からこっちへ抜けた時、よく知ってる街並みが見えたの。六十階建てのビルとか、ね」

「ああ、四角い建物で、いくつも穴があいていて、そこが輝いているあれ、か」

こころなしか、老人の言葉には余裕がうまれてきたようだった。

「そう、あれ」

「あれは、天気のよい日に時々見える」

「……何か、東京から見た富士山みたいね」

「ここと一番近くに重なっている空間の影らしい。見えるだけで何も悪さはしないし……」

「新宿やサンシャイン60がどんな悪さをするっつうんだ。……ま、とにかく、あれが見えたのは、俺達をおびきだす罠って訳じゃなくて、ほんの偶然だった訳だな」

「それが判ればいいか。……帰りましょうよおじさん。ディミダ姫も心配してるだろうし」

「おろしてゆけ。そして早く去るがいい」

気がつくと老人は、前の傍若無人な態度に戻っていた。

「態度が大きいのはそちらの方だぞ」

空中の老人、せせら笑う。と、桂一郎が。

「何よお。態度大きいわね」

「あ、本当だ。やばい」

「どうしたの？」

「北の方から若い男の体臭がやたら沢山近づいてくる。……あのちっちゃな子、どうした？」

「あ……忘れてた」

「ミオが仲間を呼んできたのだ。おまえ達はサガオ山脈側からこの結界にはいってきた。つまり、中の国の人間だ。我々にとって中の国の人間なぞ家畜に近いからの。村の長老を家畜がつるしあげたと知れば、ただではすむまい」

「ふうん」

あたしも冷笑する。やな爺さん。老人は、あたしがゆとりを持って冷笑したんで、その自信が崩れたらしい。こころもちおびえた表情になる。

「要するにあなた怖いんでしょ」

目一杯莫迦にしたような目つきで見てやる。

「怖くなきゃ、そんなこと言わないわよ。黙って助けがくるのを待ってるわ。あたし達が怖いから、早く解放して欲しくて、そんなこと言ってんじゃない」

と言いながらあたし、彼を地面におろしてやる。

「でも、今はあなたをどうにもしない。でも……くすっ。覚えてらっしゃい」

右手で黒髪をかきあげた。髪は指にひっかかりもせず、するっと流れた。胸を張り、左足に体重をあずけ、首をこころもち左にかしげる。

「覚えていらっしゃい。あなたの黄金時代は長続きしないから。いい、あたしは、あなた方全部あわせたのより、よっぽど未来を見渡せる目を持ってるんですからね」

この辺は少しはったり。

「そしてあたしが――このあたしが、今、この中の国を統べるのよ。そうしたらまっ先に、その黄金郷つぶしてやる。黄金郷――名前だけのね」

せせら笑う。

「どこがユートピアなの、あなたの国の。人民管理だなんて、あなたは何も見てないじゃない。見てない――うん。見られないのよね、怖くて」

どん。右足で地をけった。老人はびくっと体をふるわす。

「なまじユートピアなんて作っちゃったから――他人の努力の上にあぐらかいて何もしないこと覚えちゃったからよ。昨日と違う今日、今日と違う明日が来るのを。それ壊されるのが怖くて、いつもいつも恐れているのよ。昨日と違う今日、今日と違う明日が来るのを。それにね。大体こんな処、つぶさなくたって、つぶれちゃうの。もう来春から、西の国の連中は中の国から税をとれない。あなた方がおびえている間に、明日はそこまで来ちゃったんだから。そうしたら、西の国にお情けで養ってもらっているあなた方は」

右手で首を斬る真似をしてみせる。

「まっさきに、ちょん」

とびきり上等の笑顔作ってみせる。そのままくるりと向きをかえ。

「杏。桂一郎。行こ。こんな人と話しても時間の無駄ってもんだわ」

「お情けで養ってもらっている、だと」

地面に足がつくと、老人はさらにかかってきた。

「冗談ではない。私達は中の国の人民管理を」

「それ、失敗ね」

ふり返りもせず、言う。

「中の国の民は、決起するんだから」

「決起するだけはさせてもらっているんだ。言葉は正しく使わないといけない」

背から冷笑を含んだ老人の声が追ってくる。思わずふり返って文句言いそうになる桂一郎をおしとどめる。

「放っときなさい」

「何も知らんくせに！　おまえが――おまえがネリューラなのだな。何も知らんくせに。あとで泣いても知らないぞ。お前達は、おどらされているだけなんだ。ネリューラなぞ――伝説の女王なぞ、そもそもがいないのだからな」

ヒステリックに泣いているんだか、笑ってるんだか。

「ネリューラ――伝説の姫というのは、我々が作った伝説だ。もともとそんな姫はいなかったのだ。中の国の民衆を管理するにあたって、彼らに少しばかりの希望を与えておく必要があったのだ。完全に絶望した民はたやすく自暴自棄にはしるのでな。が、それはあくまで、夢だ。夢でしかないのだ。中の国の人々はそれを実現可能な夢だと思っている。が、夢なんだ！　ネリューラ姫なぞ、正史のどこを探してもでてこんわ！」

「あいにくいたんだけどね」

ちょっと彼の台詞、気に障ってもいたんだけれど、でも、ふり返らない。そのまま歩いてゆく。

「いやしない。お前達は、間違ってこの空間にはいりこんでしまっただけのよそ者だ」

「たとえあたしが本物のネリューラ姫じゃなくたって、たとえネリューラ姫がいなくたって、今、あたしがこの地にいるってことが問題なのよ。あたしは中の国を統べる。あたしが中の国を西の国の支配から解き放つ。要はあたしが誰かって問題じゃなくて、伝説の女王に相当する人がいるかいないかの問題じゃない」

老人、返答につまっているみたい。ははん。

「で、あたし達、今、快進撃してるとこなんですからね。西の国があたしの足許にひざまずくの、遠い日じゃないわ」

「何も知らないくせに！」

老人は、今やその台詞だけが頼りだって風に、その言葉を繰り返していた。

「何も知らないくせに！　西の国が本気になれば、おまえらなぞ目ではないわ！　何故か……どういう訳か、まだデュラン三世が本気になっていないだけだ。知らないだろう。デュラン三世は、まだその主力の黒騎士隊をどこへも送っていない。本気になっていない証拠だ。頭のきれる方故、お前達をおどらせておいて、あとで一気にたたきつぶす気に違いない」

「そのデュラン三世の悪趣味が命取りにならないことをいのるのね」

老人の姿は、もう木の陰にかくれて、見えなくなっていた。あとは、風にのって時々流れてくる声だけ。

「知らないくせに……おどらされているだけなのに……」

「……ネコ。どう思う」

ふいに杏が言った。

「どうって？」

「今の爺さんの台詞さ。口からでまかせじゃないだろう。ネリューラは……もともといないのか」

「まあ、あたしがネリューラじゃないことだけは確かだしね」

そのまま視線を上に向ける。

「けどね、杏ちゃん。ネリューラがいる、いない、とか、あたしがネリューラである、ないなんての、実は全然問題じゃないのよ」

ぱきん。手近の木の小枝を折ってみる。ラディン——トワド・ラディンじゃない、元のラディンの方の台詞を思い出す。

あたしは——扉を開ける者。西の国の支配から中の国を解き放つという歴史の扉を開ける者。

問題なのは、扉を開ける者の氏名ではなく、扉を開ける者がいるかいないか、だわ。

そしてあたしはここにいる。これで、充分。

「あのね、そんな不景気な顔しないで。ディミダが心配するわよ。笑って。そう、にこって。はい、にこっ」

率先して笑ってみせる。

「急にどうしたの」

桂一郎が聞く。

「ん……どうもしない。ただ……嫌なこと一杯想い出したから。あたしは自分で望む望まざるにかかわりなく、あたしのせいじゃなく、怪物だったってこと……。で、今でも怪物であるってこと……。それから、あのお爺さん。ユートピアの幻をおっかけて、今の生活を守ることだけに必死になってる彼……ね。ちょっと象徴的じゃない。自分が怪物だってことにとらわれて、悩んで……普通の人間のふりをするっていう幻をおっかけて、自分の精神世界の中に誰もいれずに、それを守ることだけに必死になってる誰かさんのことを考えると……。判んないよ、判んないけど……でも、自分が怪物であるってことなげく暇があるんなら、もっと他にすることがあるような気がしてきた……の」

ぱきん。もう一本、小枝を折る。杏も桂一郎も何も言わなかった。

ただ、少し優し気で、少し所在無げな微笑を浮かべて――そのまま、歩き続ける――。

PART Ⅸ

実に残念なことに――と言おうか、ありがたいことに、ディミダはあたし達のこと、全然心配していなかった。つっても、ディミダがつめたいとか、あたし達を余程信用してくれているって訳じゃなくて、こっちはこっちで、それどころではなかったのだ。

「ね、ちょっと、ネコちゃん！」

最初に異変に気づいたのは、桂一郎だった。

「変だ。あいつら、俺達がいない間に戦争してる」

「あん？」

「体臭が変化してるんだよ。アドレナリンの増加……。それに、おかしなにおいがする」

たちどまって、鼻をひくつかせる。ライオンの嗅覚って――犬ほどでないにせよ、とにかく人間よりは鋭いんだろうなあ。

「おかしなにおい？」

「雰囲気として……あれは、馬だ」

「うま？　んなもん、いたっけ？」

「俺達は見てない。あるいは、馬によく似た体臭の動物かも知れないけれど。馬と、鉄、火薬」

「敵の奇襲だわ」

　あたし、思わず駆けだしていた。中の国の連中は、殆ど、皮の服を着ているだけ。西の国の兵士から奪ったよろいを着ていた人もいたけど、ティラノもどきに追われた時に脱ぎ捨てている筈。だとしたら――今、馬と火薬と鉄のにおいが出現したとしたら、それは、敵だわ。

「でも、どうして」

　どうして。どうして連中は、あたし達がここにいるってことを知ったんだろう。

「あの爺さんが報らせたんじゃないか」

「タイミングあわない。早すぎる」

　あたし達、敵の罠をさけて、サガオ山脈越えてこの街道にでた筈。デュラン三世がいくら頭のいい男でも、そこまで読めるものだろうか。

　森を抜ける。急に視界が広くなる。

　あきらかに我が軍は苦戦していた。何て――何て、人数！

　敵は何人いるんだか見当がつかなかった。例の間道と街道が交差する処、それ以西の街道は、敵で視界の限り、うずまっていた。

「一万じゃきかない……下手すると、十万の単位だ」

　杏がうめく。ということは、あたしたちの魔法による目くらまし戦術は役にたちそうもないし――人数的にみても、完全に負けている。

「杏！　とんで！」

　思わず叫んでいた。先陣にディミダと、彼女をとり囲み東の国の勇者達。女だてらに剣をふりまわすディミダは――今、初めて、哀れに見えた。

　確かに彼女は強いのだ。けれど――けれど。やっぱり彼女は、やっと成人に達したばかりの女の子なのよ。どうしたって、体力的には、男に負ける。

　彼女が、ミニスカート風の衣装だけをまとい、よろいをつけない理由がやっと判った。重いのだ、よろい。別によろいつけたら動けないってわけじゃなくても、疲れやすくなる。

　そのディミダの白い顔には、疲れとあせりの影が色濃くさし、左腕からは血が流れていた。

「とべって、ディミダのとこか！」

「違う。近くの――どこでもいいから、村。何とか説得して。何とかかりだして。人手がいるの。絶対いるの。いくらどうやったって、このままじゃ負ける」

「ＯＫ」

　杏、すっと消える。それまでに、桂一郎は服をぬぎ捨て、ライオンになっていた。

「ネコちゃん、のって。ディミダの脇へ行く」

「はい」

　これが――これが、デュラン三世の黒騎士隊、だろうか。

敵の先陣には、何百もの男達がいた。彼らは一様に黒いよろいをつけ——それも、並みのよろいじゃなくて、目のところ以外はすべてすっぽり包んでる奴——漆黒の馬にまたがっていた。馬——この地方にも、馬っていたのね。で、その格好が、刺激的だった。今までの戦では、敵はタケに乗ってたでしょ。だちょうに乗って戦うって、ユーモラスで、何となく、そんなに怖くなかったのよ。ところが馬だと。これは本当に戦なんだって気分が……。

そして。そのうしろには、桂一郎言うところの〝火薬のにおい〟の原因がひかえていた。百人位の鉄砲隊。でも、彼らは今にいたるまで一発も弾丸を発射しておらず——その余裕が不気味だった。

「ネリユーラ様！」

「ネリユーラ殿！」

あたしが斬りこんでゆくと、どよめきが走る。歓声——じゃない。残念なことに。

歓声をあげるには、人々は疲れすぎ、勝てる望みがなさすぎたのだ。とてもそれは歓声をあげられる状態ではなく——従って、単なるどよめき。

桂一郎の牙が、ディミダのまわりの敵を一掃した。あたしをのせたまま、桂一郎はほえる。追いつめられた獣の——しかし、まだ確固として百獣の王としてのプライドを持った獣の、咆哮。

「ディミダ殿！　大丈夫？」

「何のこれしき」

ディミダ姫のほおに、ぱっと赤味がさす。何て——こん畜生！

あたしは、手あたり次第に光の剣をふりまわした。ディミダ達の剣では歯がたたない、黒騎士達のよろいに、あたしの光の剣はずぶずぶもぐりこんでゆく。ナイフがチーズを切るように、切りさかれるよろい。くぐもった悲鳴。よろいのすき間から流れる血。

まったく、何て！

ああ本当に、畜生、あたしの莫迦。

恥ずかしかった。新宿を見て、とるものもとりあえず駆けだしてしまった自分が。

ディミダ姫は、こんなにも、あたしを待ってくれていたのだ。自分が先陣に立ち、女だてらに総大将をひきうけ、ほおから血の気がなくなり、白い肌、眼の下にくまができる程疲れながらも、律儀に、けなげにあたしの代役をつとめて。

この表情。さぞつかれているだろうに、手傷をおっているだろうに、あたしの顔を見たとたん、ほおに赤味がさした。声にはりがでてきた。

それ程までに、あたしは待たれていたのだ。

そう、よね。そう、だわ。

あたし、総大将だもの。

「ネリユーラ殿こそよく御無事だった」

ディミダ姫の動きが、少し活発になってきた。敵の剣をはねのけ、唯一むきだしの目を狙う。

「ごめん、心配かけて」

「心配なぞ全然しなかったぞ」

ディミダ、微笑んでさえいる。

「総大将は、必ず陣に帰ってくるもの故」

「そうね。そうだわ」

あたし、ついっと前に出る。全軍を背にかばって。ディミダを背にかばって。

ディミダ。あなた、今、あたしを怒れる状態ですらないのね。待っていたあたしが帰って来て、喜ぶだけ……。考え方は違うけど、判りあえない処は多いけど、でも、ディミダ、あなたはあたしの友人。唯一人の親友。あたし、あなたを愛しいと思う。あなたを――守ってあげたい。

目が、いつにない程、光っている。視界に緑のもやがかかる――なんて状態ではもはやなく、視界には、緑の濃淡であらわされたものが映っていた。

「ディミダ殿はあたしのうしろにいなさいね」

多少痛かろうが、とにかくあたし、この世界では不死身なのだ。何よりも頑丈な盾になれる。

「あたしを倒して、あたしの民に指一本でも触れられるものなら触れてごらん」

深く息を吸う。息を力一杯吐き出すと同時に、手前にいた黒騎士の一人を睨みすえる。彼の目は次第に狂おしく輝きだし――そして。

ぱあん！ 彼の体が、弾けた。中の方から破裂したのだ。とび散る血液、内臓、骨。

う……。それは、しかけたあたしにしても、とても正視に耐えられそうにない光景だった。

「お主がネリューラか」

黒騎士隊のまん中から、凛とした声がひびいてきた。誰がしゃべってるのかちょっと判然としないけど、おそらく声の主がこの隊のリーダーだろう。

「そうよ。あたしを倒して、あたしの民に触れられると思うなら、やってごらんなさい」

「無用なことじゃ」

あたしは目を疑った。どういう訳か――街道を埋めつくしていた敵の兵が、どんどんひいてゆくのが判った。

「ちょっと……逃げる気？」

「ネリューラがあらわれたとなれば、この攻撃は無用。今度は和の月が空にかかった時、あいまみえるとしよう」

「……あ」

あたしの――唯一の弱点。

「追ってくるか？」

絶句しているあたしに、馬の向きをかえた黒騎士の嘲笑が投げつけられた。

「今の中の国の兵に、それだけの元気が残っている者が果たして何人いるかのう」

「あ……あたしだけでも追っかけてやる……」

「ほう。お主だけで追ってくるとな」

馬達は、今や、退却の方角へと走りだしていた。

「追ってきたければ、わしみずからお相手しよう。その間に、我が兵達がお主の民を一人残らず討ってみせよう」

「う……あ……」

何て……卑怯よ、この！

呆然と立ちつくしているあたしから、黒騎士隊はどんどん遠ざかっていった。あとに残る砂塵。そして——嘲笑。

「和の月の昇る刻限にな……」

遠ざかってゆく声。

☆

「何て。何て野郎よ、あの男！」

何も知らない民衆が、うかれて騒いでいるのがつらかった。彼らはこう思っているのだ。ネリューラが登場したとたん、さしもの黒騎士隊も、尾をまいて逃げたと。

ところが、実情はとおんでもない！　ネリューラは、黒騎士隊に、思いつく限り莫迦にされ、弱点をつかれたのだ。

「あせっても仕方あるまい。ネリューラ殿。とにかく少しでも休んでおくことだ。和の月が昇るまで、まだ数時間ある」

そう。とにかく今は、夜っぴて山越え、越えた処で黒騎士隊に襲われた中の国の民を休ませる必要があった。そして死んだ仲間——千人弱もいたのだ——の埋葬と、生きている連中の傷の手あて。

「デュラン三世……」

どんな男だろう。信じられない位、こっちの手のうちを知っている。

「心理戦術だな、ネコちゃん。あせんない方がいい。あせると自滅するよ。……考えてみれば、実に見事なもんだ」

桂一郎は、足組んで煙草ふかしていた。

「あんなこと言って逃げてく必要は全然なかったんだ。和の月の刻にまた奇襲かけた方が、戦術的には有利だろ」

「判ってる。連中はあたしを心理的においつめる気なのよね……」

肉体的に不死身の人間を攻撃する唯一の方法。心理的に自滅させる。

判ってはいるんだけど……。

「けれど、さしもの黒騎士隊も忘れていることがあるようだな」

「数時間でできる近代兵器って何があるんだろう……うーん……あのさ、君、何かを出すことできる？」

「どういうこと？」

「例えば、空中に突然ニトログリセリン出すとかさ」

「多分、できないと思う」

この間っから弓に乗ってとびまわってるのは、実はほうきが出せないからなのよね。

「それに万一できたとしても、和の月が昇れば消えるわよ」

「うーん……。困ったな。何もできないとすると――そうだ！　分ければいいんだ！　あのさ、この辺に川ない？　湖でも沼でも池でもいい。水がある処」

「少し下れば小さな川があるわね」

あたし、地図見ながら言う。

「それから、ずっと下ってシャワ市に出れば海があるわ」

「川でいい、川で。おい！」

桂一郎立ちあがると、うしろをふり向いた。あたりにいる男達に呼びかける。

「水をくんでくるんだ、一杯！　それから、行くまえに、必要最低限の布をのこして、服脱いでってくれ。男は全部！　今すぐにだ！　それから残った女達。男の脱いだ服使って、皮袋作ってくれ。なるたけ大きいの一杯。ただし、毛皮はつぎたしちゃいけない。なるべく気密性のディミダ姫、みようみまねで煙草ふかしてる。ちょっと可愛い。

「わらわ、だ。わらわはラ・ミディン・ディミダ――勝利の女神の化身じゃ。わらわが加わった戦いは決して負けない」

あっは。何ちゅう自信過剰の気やすすめ。でも、この気やすすめ、結構気やすすめとしての役を果たしてる。

「それに、もう一つ、忘れてる。ネコちゃん思い出してみろよ」

「何を？」

「俺達は二十世紀の人間だぜ。科学力に圧倒的な差がある」

「……それがどう役にたつ訳？」

「魔術が使えないなら科学にもどってみようや……。考えてみろよ、原水爆がごろごろしてて、スペースシャトルがとぶ時代なんだぜ」

「あのね、まさかと思うけど桂一郎ちゃん、原爆さん持ち歩いてんの？」

「まさか」

「じゃ、二十世紀にそんなもんあったって仕方ないじゃない」

「そうでもないよ」

桂一郎、考えこんでいる。ぶつぶつと何やら呟きながら。

高い――っつっても判んないかな、なるべく空気のもれない袋、作って！」

「……どうする気？」

「水をわけてくれ、ネコちゃん」

「水をわけるって……〝み〟と〝ず〟にでも？」

「ふざけないで。水がH_2Oだってこと位判るだろ」

「いくら私立文系だって、それ位判るわよ。莫迦にしないでね」

「私立文系莫迦にする気はないよ。俺だって私立文系なんだから……。水はね、電解すれば、酸素と水素になんの。で、酸素と水素を皮袋につめて――多少もるだろうけど、でもほんの数時間、ためときゃいいんだから――その袋の束、敵が来た時に全部投げつける」

「酸素と水素って……ぶつかると怪我すんの？」

「まさか。でも、酸素と水素が一杯集まった処へ火のついた煙草でも投げこめば、かなりの怪我するぜ。爆発するもの」

「あ、そうか……」

　ディミダ姫、きょとんとしてる。でも、今、説明してる時間ない。大体、水は二種類の気体に分かれる、なんて納得させる自信ない。

「水一リットルは一キロだろ……すると、一リットルの水を分解すれば一キロの水素と酸素が手にはいる……のかなあ……。まあどっちにしろ、これはかなりの量だろうな。とにかくネコちゃん、やってみてくれ」

　って、皮袋にはいった飲料水渡された。けど……どうやってやればいいのよ。

　じっとみつめる。水はあいかわらず水。

　考えてても仕方ないな。やってみよ。

「ね、桂一郎、煙草に火をつけて、その火、あたしの顔から十センチ位の処へもってきてみて」

　こう言ってから、水を口に含む。のみこまずに、ゆっくり目を閉じて。

　えーと、酸素、酸素、酸素……。

　念じながらゆっくり息を吐く。息――っても、肺から吐いたんじゃないのよね。口の中の水は、いつのまにか、量が少なくなっていた。間違って少し飲みこんじゃったのか――あるいは、少し分解できたのか。

　あたしの吐いた息が煙草にかかる。と、桂一郎が吸ったわけでもないのに、煙草の先がぽっと赤くなった。

「やった。酸素だ」

　息を完全に吐きおえる。口の中には水は残っていなかった。でもほおがぱんぱん。口の中一杯、気体がつまっている。てことは、残りが水素。

「はふ」

　横向いて、水素全部吐き出して。

「これでめどついたね」

「うん……ああ、しんど」

水分解して息吐く間、あたし、呼吸ができないんだもの。

「どうしたのだ、ネリューラ殿。息を全然吸っていないのに、ほおがふくらんで……」

「ん、心配しないで、ディミダ殿。これもその——魔法の一種だから。水の口中分解による酸素と水素の発生」

……我ながら、いい加減なもんだと思う。

☆

それからの二時間ばかりは、息する間もない程、いそがしかった。——これ、比喩じゃないのよ。本当に、ろくに息もできない。次から次へと男達がくんでくる水を口に含み、女達の作った皮袋に水素と酸素吐き出して。皮袋の口を閉じるの、ひもでしばっただけだから、だいぶもれてたみたいだけど——こうなりゃ純度無視して、数でいくわよ。

皮袋作りは、ディミダが指揮していた。ついに男の服だけでは皮がたりなくなり、女達も最低限の布まとうだけになって。

「こんな場合だけど、杏がいなくてよかったわね」

「ん、どうして」

「あの人の、女性に対する手のはやさは一種異常だから。一年通して発情期やってるみたいな人だもん」

「ネコちゃん……君、女の子だろ。もうちょっとましな表現……」

「でも適切よ」

「ふ……ん」

煙草をくわえた桂一郎見て、慌てる。

「今、禁煙。危ないわよ」

「あ、ごめん」

桂一郎、あやうい処で火をつけるのをやめる。

「ネコちゃん……は、別にあのおじさんにほれてるって訳じゃないのか」

「訳じゃないわよ。面倒だし」

「めん……どう、ねえ」

「うん。大体ね、ろくなことがないの、そういうのって。うまくいきかけると、怪物、とか叫んで男の子逃げるから。その度いちいち傷つくのは面倒以外の何物でもないわよ」

「俺は多分——いや、絶対、怪物なんて言わないよ。仲間だもの」

「あなたや杏は対象外。仲間だもの……。やっとみつけた仲間よ。長いこと長いこと探してた同類よ。一時の気のまよいのせいで、一生気まずくなっちゃったら泣くに泣けないじゃない」

「ネコちゃん、恋って必ずうまくいかないもんだって思ってる訳？」

「……もう信念よ。思ってるんじゃなくて、信じてるほんの一瞬、自分がまだヒオカの森にいるような気分になった。二度と開けたくない心の扉。想い出したくない想い出。

あ、やだ。やめよう。

「おしゃべりやめよ。とにかく今は酸素と水素」

中空にさしかかった太陽をみあげる。そろそろ和の月が昇る。

☆

何度めだか忘れてしまった――忘れる程の回数、水を分解したあと、水を口に含んだあたし、急にくらっとした。水をそのまま飲みこんでしまう。咳きこむ。

東の空の端に、あのいまいましい和の月がかかっていた。

「急いで皮袋を地面中にばらまけ。全部！」

様子をさっして、桂一郎が叫ぶ。半裸の男達が、手際よく皮袋を地面に並べだした。

「ネコちゃん、ひっこんでて」

何が楽しいんだろ、桂一郎。うすく笑ってさえいる。

「水の分解全部君にやらせちゃったからね。あとは俺がやるよ」

火のついていないセブンスターくわえて、ライターだけ手に持って。

「そお？　じゃ頼むわね」

正直言ってあたし、疲れきっていたし。先刻までは気づかなかったんだ。でも、和の月が昇ったとたん、ずしっと疲労。

あたし達――あたしも含めて、中の国の男達全員は、皮袋の集団からたっぷり三十メートル離れたあたりに陣どる。桂一郎一人が、ヒオカの森の樹木の陰にかくれると。タイミング計ってたみたいに、西の方からひづめの音がひびいてきた。

あたし、目をつむる。手をかたく握り占める。桂一郎の作ったごくごく原始的科学兵器が役にたってくれなかったら――まず、えらいことになる。

どうか――。

☆

まず、黒騎士隊の姿が目にはいった。そのあとに鉄砲隊、それから歩兵。あちらさんも大変だろうな。人数的に数段優ってるんだから、さぞかしあたし達をとり囲んで戦いたいだろうに。あいにく道の片側には山が迫っているし、もう片側には禁断の地、ヒオカの森。

「約束どおり、和の月の刻に参上したぞ」

例の男がせせら笑う。

「あのね、ちょっとうかがうけど、あなたがデュラン三世訳」

世?」

男は、あたしがたいしてあせってもいないのに驚いたらしい。それから笑って。

「デュラン様に間違われるのは光栄だが、あいにくわしは、第一黒騎士隊長にすぎぬ」

あた。第一、だって。てことは少なくとも第二以下いくつかあるんだろうな……。気が重いわ。

男達、馬にのってとことこ近づき——皮袋の前でぴたっと立ちどまる。それから、ちらっとこっちを見て。

「どうしてかかって来ない……。ははん、この皮袋にしかけがあるのか。どれ」

うしろに合図する。と、歩兵の一人がとことこ歩みよってきた。剣の先で皮袋をつつく。皮袋が何もしないのを見て、安心したのか、一つを剣でつき刺した。当然のことながら、皮袋から酸素か水素かのどちらかがもれたが、さいわいこの国の人は、気体の種類を知らないみたい。

「空気がつまっているだけです」

「……?」

黒騎士隊長、首をかしげた。ま、当然ですな。

「何をたくらんでおるのだ……」

「さあ、ね。大体、聞かれてあたしが答えると思う?」

「ええい」

黒騎士隊長、決断したらしい。

「かまわぬ。これだけ皮袋が転がっておれば、いささか走りづらいかも知れぬが……行け！　このような意味のないいたずらにとまどうでない！」

馬が走りだす。あはん、皮袋にはこういう効用もあったんだわ。馬さん、凄く走りづらそう。すべったりもする。

と。煙草くわえた桂一郎が木の陰から出現して、火がついたままの煙草を放り投げた。

「ヒヒーン！」

「うわ！」

煙草は中程にいた馬の脚にあたり、馬、とびはねる。そのついでに皮袋一つふみ破り、ちょうどそこへ煙草が落ちたから——これだからこの作戦、マッチでもたいまつでもなく、セブンスターでやることにしたのよ、火がなかなか消えにくいもの——とたんに。

爆発！

いやこれは——爆発っていってもいいものなの——かな。

引火、出火、と言った方がいいかも知れない。馬の下から、まっ赤な炎の舌が、もの凄いいきおいで伸びてきた。

「ぎゃあ」

馬上の男は、炎の服に包まれ、落下した。ごろごろとあたりをころがる。これが——さらなる悲劇を誘発した。

そこいらあたりの皮袋が次々と引火し――一瞬にして、黒騎士隊の姿はあたし達の前から消えた。

今、目前にあるのは、ごうごう、ぱちぱちと音をたて、絶えまなしに悲鳴といななきを吐き出している、まっ赤な炎の壁。

「これは……ひょっとして……爆発するより悲惨だったわね……」

爆発してくれたら、敵の兵は一瞬にしてふっとんだろう。まあ、体がこなごなにふっとぶっていうの、決して気持ちのいい死に方とは思わないけど――バーベキューになるよかましじゃない？　あたし、さすがに目を伏せた。心の中で莫迦の一つおぼえみたいに〝これは戦争なんだから、敵殺さなきゃこっちが殺されるんだから〟を繰り返して。

東の国の人々も、大体あたしと同じ反応を示していた。さしもの鬼姫とその一行も、炎の中で死の舞いをまう人々の姿は、直視できなかったらしい。

が。どういう訳か。中の国の人々は大はしゃぎだった。炎の壁が立ちはだかり、もの凄い風が吹きあれると共に、彼らは興奮しだした。

「おお、ネリューラ！」

「ネリューラ様！」

「我が国を我が手に！」

「我が国を我が手に！」

目はぎらぎらと輝き、口許は残忍にゆがみ。足は地を踏みならし、腕をふりまわし。ラディン――トワド・ラディンすら、その例外ではなかった。あたし達のしかけた罠の予想外の効果に狂喜乱舞の態。

このあたり一帯で、最も血の気の多い民。このあたり一帯の独裁者たる中の国王家。

ひょっとすると、とんでもないことしたのかな、あたし。おどりださんばかりに、敵の兵の死を喜んでいる中の国の人々を見て、あたしの心はひどく重くなった。

西の国の苛酷な税は、人々から生気を奪った。が、きわめつけ生気にあふれ、血の気の多い民族の脅威にさらされた他の国としては、こうでもしなければ安心して生活をおくれなかったのではなかろうか。

ようやく動物園の暮らしに慣れてきた猛獣を、野に放してしまったような気がした。

☆

しばらくすると、かなり唐突に火の手はおさまった。もともとが、水素と酸素のせいで燃えたのであって、その二つがなくなっちゃえば、あとはもう――馬にせよ人間にせよ、あんまり燃えやすいものとはいえないからね。ちぇ。

あたしは、もう、余計なことをうだうだ考えてはいなかった。そんな場合ではないのである。

だってね、あなた。あれだけ燃えたっつうのに、まだ敵さんの方が、はるかに人数多いのよ！

「突撃！」

あたしが右手をあげ、叫ぶのも待たず、中の国の男達は——あ、違う、男も女もとにかく中の国の民衆は、敵陣に走りこんでいた。

意味のない叫びをあげる。手あたり次第に木の枝で敵をたたきのめす。死体から剣をむしりとってふりまわす。

「これはいけるやも知れませぬぞ、ネリューラ殿」

ディミダ姫、人の気を知ってか知らずか、喜びの声をあげる。

「こちらの方が、圧倒的に精神状態がいい！」

対する西の国の人々は、突然の出火の恐怖と驚きから、まださめていなかった。半ば呆然と斬られるにまかしている。

「桂一郎！　桂一郎！」

その間あたしは、必死で桂一郎を探していた。彼、やけどしなかったろうか。

「ふみ！　桂一郎……。」

「よ、ネコちゃん、俺ここ」

そこには桂一郎の残骸が立っていた。残骸——でも、こういう表現すると誤解まねくかな。桂一郎自身は、無事だった。肌にはやけどの跡はなく、髪もちりちりになんてなっていない。

ただ、服がねえ、もう、どうしようもなかったのよ。まるっきり炭。動くとぼろぼろ崩れてくる。

「大丈夫、桂一郎、熱かったでしょう」

あたし、慌てて桂一郎に駆け寄った。いくら本体が無事とはいえ、痛みはちゃんと感じるってこと、経験的に知っていたから……服がこれだけひどい状態になるってことは、本体の方もだいぶひどくなるべき状態を通過したってことなんだろう。

「あ、うん、今はまるでどうってことない」

桂一郎、あたしを安心させる為か、腕を動かしてみせる。と、とたんに、ぱりぱりと体にまとわりついている炭が落ちる。

「ただし……」

赤くなって、背を向けて、空見上げ。

「今、ライオンになれないから……かわりの服を何とかしてもらわないと、どうしようもないみたいだ」

「あは、うん、そうね、待ってて」

……あたしもこころもち赤くなる。どうしてあたし、桂一郎のこういう場面にばっかり出喰わしちゃうんだろ。

「今、服何とかするから」

戦いを避けながら戦場をかけまわる。けれど——死体が着てる服は当然使用に耐えられそうにないし、使用に耐えられそうな服着てる人は当然怪我してないのよね。しかたないや。

あたしは、破れたブラウスを、桂一郎に放った。

「これだけでもないよりかましでしょ」

「あ、どうも……」

でもやっぱ……すね毛の生えた足が、女物のブラウスからにょっきり二本はえてる図っていうのは……不気味ですな。

「あ、ところでさ、ネコちゃん」

ブラウスのボタン――だいぶきつめだったみたいなのを、かなり無理矢理――とめられる処だけとめると、ようやく桂一郎、こっちむいた。多少なりとも人心地(ひとごこち)ついたみたい。

「戦況の方はどうなってる訳？」

「あ……忘れてた」

あたし、慌てて戦場みつめる。いささか――いやかなり――やばいかな、これ。

黒騎士隊はそれでも全滅した訳ではなかった。それに、もうあの後は何も発火する物がないと見きわめたせいだろう、落ち着きも取り戻していた。で、黒騎士隊が落ち着いてくれちゃって、指揮をとりだすと――これは、まずいのですよ。

まず、中の国の兵士は、全然統制がとれていない。大体が老若男女(ろうにゃくなんにょ)の村人の混成軍である。そこへもってきて、サガオ山脈越えとティラノもどきとの鬼ごっこ、先刻の襲撃の疲れがたまってる。おいうちかけて、よろいも、ろくに武器も持っていない。

対する西の国の戦士は、これ、戦士なのよね。戦う為の訓練をほどこされた人間。指揮系統もはっきりしてるし、そんなに疲れてもいまい。

今はいいのよ、今は。中の国の人々、一時的にもの凄い興奮状態だから。でも、やがて。やがて、疲れてくる。木の枝と剣じゃ差がありすぎるし、頭数だって敵さんの方が多い。

精神力で持ってる軍の士気をおとろえさせるようなことがたとえ一つでも発生したら――もう、どうしようもありませんわな。

そして。あたしの恐れは、殆どすぐに実現しちゃったのである。

☆

ぱあん！

何かが破裂するような音がした。とたんに。ディミダ姫の脇をかためていた東の国の兵士が一人、悲鳴をあげつつもんどりうってひっくり返った。

「な……何！」

「鉄砲だ！」

火薬が引火しなかった、かなり後方の鉄砲隊が、前進していた。一つの銃身から煙が出ている。

「ふせろ！」

桂一郎、木の間からとびだした。仁王立ちになり、叫ぶ。

「あの鉄砲、飛距離もたいしてないし、狙いもあまりさだかじゃないみたいだぞ！」

それは、ま、そうみたいね。あの狙撃手だって、おそらくはディミダ姫狙ったんだろうし。でも――何だかんだいっても、相手は飛び道具よ。

「退却！」

ここであたしが取り乱したのは、あるいは大失敗だったのかも知れない。けど、戦の最前線で、兵士が鉄砲恐れてふせてたら、なぶり殺しにあうのは目にみえている。

ぱあん！

ぱあん！

あたしと桂一郎めがけて、おっそろしくゆっくりとした一斉射撃がおこなわれだした。でも……弾、全然あたんないの。――ま、あたってもこっちに実害はないけどさ。

「……これは、鉄砲隊、前におかない筈ね」

「ああ。これなら、黒騎士隊の方がはるかに有効だ……」

「退却命令する必要なかったかな……」

気づいた時にはもう遅い。おされ気味になっていた中の国の人々にとって、あたしの声は鶴の一声だったのだ。じりじり後退してゆく――。


「やば……どうしよう」

後悔先にたたず。ま、あとでするから後悔なんだろうけど……。

士気をくじくきっかけを、総大将のあたしが与えちゃったも同然だった。状況は一変、あきらかにこっちがおされてる。

「ネコちゃん、後悔してる暇ないぜ……」

桂一郎が重い声出した。……みたいね。ぱあん、という音が聞こえなくなったと思ったら、あたし達、とり囲まれてしまったみたい。

「俺が血路開いてやるから、君はディミダ姫の許にいなさい」

「だって桂一郎……」

「死ぬ恐れがないことは、はっきりしてんだろ」

「でも……なら、あたしもそうだもの。やってやるわよ、こうなったら」

木の枝構える。剣道の心得、なきにしもあらず。

「駄目だよ。ネコちゃんは、たとえ死ななくても、敵にとらえられちゃいけないんだ。中の国の象徴なんだぞ、君は」

「う……OK。判った」

考えてみれば、戦線の一番前に一人でずっと居残ってしまったあたしの行動は――絶対軽率。

「俺、新月期でも、並みの人間の三人分位の腕力はある……。まかしといてくれ」

「悪いけど、お願い」

木の枝を木刀にみたて、構える。そのまま上段にふりかぶり。

「いくからね！」

叫ぶや否や、ステップ踏みだし、手前の男の脳天ぶったたく。

「めーん！」

一本、きれいに決まり——男は倒れたが——同時に、急造木刀の枝も、簡単に折れてしまった。

「あちゃっ……」

どうせいっつうんじゃ、丸腰で。と。その時。中の国の陣の後方から。

信じがたい声が聞こえてきた。

「ネコお！　おーい！　無事かあ！　どこだ！

杏！

「はるかぁ！　ここぉ！」

男達に腕をつかまれながら叫ぶ。

「援軍つれてきたぞ……」

語尾が風に流される。

でも。その時、あたしの耳には、確かに届いたのだ。

サガオ山中の道から。街道のはるかむこうから、津波のようにおし寄せてくる声。

「ネリユーラ！　ネリユーラ！　ネリユーラ！」

「中の国を我が手に！」

「ネリユーラ様、伝説の女王！」

形勢が、完全に逆転したことを、あたしは知った。

☆

「よくまあ……よく……」

静けさが広がる中で。あたしと杏は感動の御対面、なんていうのをしてた。

別に杏を信じてなかった訳じゃないけど——でも。よくまあ、あの無気力な中の国の連中を、これだけ大勢、戦場へひっぱってきたわね……。

「誰かさんとはここのできが違う」

杏、自分の頭をつついてみせる。

「あの連中に言ったの。あっちこっちの村まわって。今、ネリユーラの兵士達がシコの村からとりかえした税かついで、サガオ山脈北の街道をシャワにむかって行軍中だって。税がやっかいな荷物になってるし、民衆に返すのが正当だと思うから、手すきの者はとりに行けって。そしたら、大抵の村じゃ、こぞって手すきになったぜ」

んな……よくもまあ、嘘八百。

「でさ、ここまで来たら、街道で戦争のまっ最中だろ。おまけに派手に火が燃えてるし……。税とりに来た筈の連中、こぞって興奮してね。全員一致で、参戦したの」

「さすが年の功ですね、おじさん」

皮の腰まきに着替えた桂一郎がひやかす。あはっ、嫌だな、桂一郎。もともとがかなり筋骨隆々として体毛が濃かった処へ腰まき一つでしょ、似合っちゃうのよ。

「ターザンみたい……。あ、ほめてんのよ、これ」

「微妙なほめ方だね。ほめてるって注釈つけなきゃいけないとは」

ちょっと脇向いて、小声で。

「ありがと」

……？　ターザンみたいって、お礼言われる程のほめ方かな。実は、かなりのセンでからかってんだけど。

「ネコちゃん、戦のまっ最中に、総大将の責任忘れて、俺心配してくれただろ」

「誤解しないでね」

あたしも小声で言う。

「誤解はしないよ」

桂一郎は、そっと、ため息をついた。

「おい、お二人さん、しんみりと話しこまないでくれよ」

杏が不機嫌な声を出す。

「それよか……あっちこっちで、デュラン三世の噂聞いたんだけどさ、聞きたくない？」

「聞きたい。聞きたい！」

あたし、くるりと向きをかえた。

☆

そのあと。あたし達は、魔の月が昇る頃を見計らって、ゆっくりと、しかし着実に、シャワの村めざして行軍を続けた。我が軍の軍勢――っても、兵隊としての訓練なんて何一つ受けてない、まるっきりの混成軍だったけど――現時点で三万九千。そして、この三万九千の軍は、行軍が進むにつれ、増えてゆくのだ。

あたし達が、デュラン三世の第一黒騎士隊を破ったというニュースが伝わるや否や。中の国の人々の興奮は、ついに頂点へ達したらしい。あちらこちらの村から、千人、二千人と、ぼろぼろ人が集まってくる。

急流にのみこまれたみたいだ。いみじくも杏はそう言った。急流。うん、確かに。

最初、山の上から流れだした水は、ごくわずかだったのだ。それがいつの川になっている。そして。もう、その時にはないサイズの川にいつの間にか集まって。気がつくと、とんでには。その川の流れは、最初の小さな流れをせきとめただけでは止まらなくなっている。制御することあたわず、ひたすら流れる川。

そして。川は流れこむのだ。海へ。海という名の結末。

「まあ、楽っちゃ楽ね」

あたし達――あたしとか杏とか桂一郎とかディミダ姫はじめ東の連中とかトワド・ラディンとか――もう全然、

戦う必要なくなっていた。トワド・ラディンは時々全軍の指揮に行くけど――それだけ。あとは、前線の方がそれなりに決着つけてくれてる。うちは今んとこ勝ち戦につぐ勝ち戦。

「デュラン三世って……話聞けば聞く程、何かよく判んない人ね」

で、暇になったあたし達が何しているかというと――みんなして、デュラン三世の情報集めているのよ。でも、これ程評価のわかれる人も珍しい。

最初、五年ちょっと前にデュラン三世は弱冠二十一歳で任地についた。それがこの、中の国。

当時のデュラン三世は、何か相当の名君だったみたいなのよ。中の国の人々の人権と生活を真面目に考慮した初めての君主だったらしい。おかげで一時、税は軽くなり、人々は息をついた。が。

三年半程前、何故か急に彼の態度が一変したのだ。彼の管理が生ぬるいと思った本国から通達が来たのか、心境の変化かは知らない。税は限度まで重くなり――ついでに、国全体の雰囲気まで悪くなってしまった。

でてこないのだ、デュラン三世。それまでは、公式行事のみならず、割と出ることの好きだったデュラン三世が、ぴたっと城外へ出てこなくなった。

ここで評価がわかれるのである。デュラン三世は、今でも名君で人民のことを考えてくれているのだが、側近が彼を城へ閉じこめ、勝手に政治を牛耳っている、という説と、悪政をしくようになったデュラン三世は、民衆をおそれ、城外へ出ないのだ、という説と。

「判らんなあ……」

杳のハイライトの煙、ゆっくり昇ってゆく。

「出てこないって――まさに、公式行事一つにも出てこないのか……それはまた……何つうか、異常だな」

「異常よお……」

「ひょっとしてさ、デュラン三世って、実はいないんじゃないかな」

「はん。成程。何か事情があってデュラン三世の死を知らせたくない連中が、影武者たててる、とかね」

トワド・ラディンはこの間から、この手の論争には何故か加わらなかった。一人でそっぽ向いて、ため息をついている。

ま……彼にしてみれば。ひょっとして、もう一つの論争が、気に喰わなかったのかも知れない。

もう一つの論争。昔のラディンについて。

彼って、一体、誰――というより、何だったんだろう。西の国のスパイ。いつの頃からか、東の国の連中はそう言いだしていた。

こちらの動きは、すべて西の国にもれていた。そう考えるより仕方あるまい。まず、あたし達がサガオ山脈を越え、トカ街道へ出たこと。あたしが、和の月の刻に魔力使えなくなること。また、黒騎士隊は、東の鬼姫ディミダを見ても驚かなかった……。

　でも。では、何故。何故ラディンがスパイであることが可能だったのか。これが判らない。

　彼は、そもそも最初からあたしの側にいたのだ。途中ではいりこんで来た男なら、話は判る。が——そもそも、彼がいなければ、あたし、西の国相手に戦いはしなかっただろう。

　要するに彼の存在は、デュラン三世をはるかに上まわる謎なのよね……。

☆

「ネリューラ様……もうおやすみですか」

　明日はいよいよシャワ市へなぐりこむって日の夜中。あたしは急に声かけられた。トワド・ラディンの声。

「あ、ちょっと待ってね」

　慌てて起きあがる。思い出していた。いつか、ラディンが消えた晩。

「何……」

　トワド・ラディンまで行く気なんだろうか。今、我が軍は十一万強。途中で黒騎士隊の大半はほふったし、今、彼に消えられても何とかなる……が。

「どうしようかと思ったんです。他人の空似かも知れないし、いたずらに人心を惑わしてもいけないし……。でも、明日、私達はシャワの都へ攻めいります。そうすれば判ることですから、やはり今のうちにネリューラ様にだけでもお話ししておこうと思って……」

「何？」

「これは、第一黒騎士隊の一人の死体から奪ったものなんですが」

　小さくて重い物を手渡された。金貨？

「西の国の通貨です。十五ディム貨幣。これは、表にシャワ市の象徴シャワ城の絵、裏にデュラン三世の横顔が彫ってあります。これを見たのは、私、初めてで……だから今まで気づかなかったのですが……」

「どれ」

　あたし、マッチすった。闇の中に、ごく短い時間、デュラン三世の横顔がうかぶ。いつの間にか、あたしの右手からマッチは落ち、ディミダの羽ぶとんにやけこげを作って消えた。

　デュラン三世の横顔は——あのラディンに——うり二つだった。

「ラディン……」

「他人の空似ということもありますし……でも……デュラン三世が城の外へ出なくなった頃、私は彼にトワイエルをいどまれました」

　我らは今一度、ラディンに会うだろう。その時彼は、別の名を持つ別の男になっている。そして、彼は私に扉を示す。旅のおわりに私が開ける扉。それこそが、私が開けねばならぬ真の扉であり、伝説の明日へ続く扉である。

いつかの、あたしの予言。

「あてはまる……わね。もし、ラディンがデュラン三世なら、彼こそが——彼を殺すことによって、はじめて、伝説の明日へ続く扉が開くことになる。それに——だから、旅の出だしの頃、デュラン三世はあたしに手を出さなかったのよ。あたしと一緒にいたんだから。指揮系統握りようがなかったんだわ。……こっちの事情がもれてた訳も判る。でも……でも、何故？」

でも、何故？

ますますもって、判んなくなってきた。ラディンがスパイだって説より、ラディンがデュラン三世だってことの方がよりわけ判んない。何だってデュラン三世はこんなこと始めたの？　だってそうよ、彼があたしをけしかけたようなもんだわ。

「いずれにせよ、それは明日判るだろ」

いつの間にか、背に杏が立っていた。

「今晩はともかく、ゆっくりおやすみ」

手を振って、トワド・ラディンをさがらせる。それから。

「ちっとばかしいそがしくて、俺、まだおまえのこと、口説いてないんだよね」

「あのね杏、このいそがしいのに」

「しないしない、何もしない」

と言いながらあたしの枕許に腰おろす。そして、あたしを横にすると、優しく前髪なぜて。

「Good-night and have a nice dream ……子守歌でも歌ってやるよ」

ほんの一瞬——杏がプレイボーイだって判ってて、で、何故性こりもなく女の子が彼にほれるのか、判ったような気がした。

PART X

「あれ……ね」

シャワ市まであと少しの処で。あたし、また弓に乗って飛んでいた。つっても今度は弓に乗ってどこかへ行くんじゃなくて、単に高くあがるの。シャワ市を展望する為。

「ああ」

うしろに杏が乗っている。

「で、まん中にあるのが城か」

箱庭のような城下町。小さな家がちまちま並ぶ。中央にお城。まわりに堀。

「ここはつまり……以前、西の国に征服される前の町のたたずまい残してるのね」

家々は、れんが造りだった。たまに二階がある。たて穴式住居とはえらい違い。色は落ち着いた赤茶一色で――まさか、設計者が空中からの展望を意識した訳ではなかろうが――空から見ると、本当にきれいな箱庭みたい。

「なるたけ住居は壊さないようにしようね」

「ああ。……勿体ないな」

「でね。主な戦闘は、トワド・ラディンにまかせようよ。西の国だって底無しの兵力持ってる訳じゃないし」

それにあたしの軍勢も、二、三度戦闘を繰り返すうちに、統制もとれてきた。各村の長が中心になって、指揮系統もできたし、相手方の兵士から奪った武器やよろいもない訳じゃない。

「ん、まあ、いいんじゃない、今の状態なら」

「でね、その間主力は――というか、あたし達、少数でお城に攻めこんでみよう」

「ラディンが気になる？」

「ならんと言ったら嘘になるわね」

「あと……我が軍が戦ってるとこ、あんまり見たくないんだろ」

「ま……ね」

それもあるのね。うちの軍――というか、中の国の人って、ほんとに血の気が多い。あの戦いぶりは、勇敢っていえば言えるんだけど……二十世紀文化人のあたし達から見ると……ちょっと耐えられないのよね。

「やっぱ、駄目だわあたし」

「何が」

「伝説の女王、やってらんない。この件が全部落着したら、王位、トワド・ラディンにまかせようと思うの。さもなきゃディミダ」

一時期はね――ヒオカの森を通った後は、一応真面目にネリューラの役、つとめようとしたのよ。けど、やっぱ、無理みたい。

「ま、それがいいよ」

杏も簡単にうなずく。

「でさ、全部おわったら帰ろう。スタート地点——カムラ城にさ。あそこの扉が開くかどうか、あがいてみようや。ま……駄目ならその時、考えてみよ」

「うん」

しみじみ思う。やっぱり、違うんだ、あたし。ヒオカの森で、悩んでる暇があるなら、何かやってみようと思った。それが間違いだとは思わない。でも。あたしが何かやるのは、ここで、ではない。何だかんだ言っても、剣と魔法の世界で女王の役やるより、人ごみと喧噪の世界でアウトサイダーやってる方が正しいみたい。

「変な話だけどさ、ようやく判ったのよね」

「ん?」

「あたし……長いこと、二十世紀の東京にまぎれこんだ怪物だと、自分のこと思ってた。でも、違うの。二十世紀の東京の怪物なんだわ、あたし。一見自分にそぐっているような処へやってきて、初めて判った。あたし、東京に、二十世紀になじんでないような気がしてたけど——やっぱ、東京の、二十世紀の人間なんだわ」

眼下の箱庭が、何故か東京とだぶって見えた。赤れんがのお家、こんもりした木。絵本にでてきそうなお城。灰色のビル群、窓、窓、窓。道路。道はいつもどっかで工事して。絶えず新陳代謝している巨大な生き物の街。

「疎外されようが、異物だろうが、生まれた街は生まれた街だな」

「故郷は故郷よ」

あたし達、笑いあう。地方出身の桂一郎がどう思うかは知らない。でも、あたしと杏にとって、東京は故郷で田舎で……。

「愛してんだわ、やっぱり」

「…………」

「とうきょうさん」

「何だ。俺のことかと思った」

「莫迦……。でも、あそこなら、怪物でも、普通の人間の顔して生きてゆけるもん」

「ん……」

突然、杏、あたしをふりむかせた。一瞬、唇があわさる。

「……男ってさ、怖いもんじゃないよ、多分。桂一郎に言ったんだって? 恋ってうまくいかないもんだっていうの、信念だって。別にあんたの信念にけちつける気はないけど……裏切られること恐れてたら、何もはじまらん」

「……かもね」

あたしは静かに杏から顔をそむけた。

ひっぱたこうって気にはならなかった。大体、そんなことしたら、弓、落下してしまう。でも――杏によっかかろうって気にも、ならなかった。

かも知れない。

裏切られることを恐れてたら、何もできないの、かも知れない。怪物じゃなくたって裏切られることはあるだろうし、なのに普通の人は健気に生きてるし。あたしなんか、まだ、何かあっても、〝どうせあたしは怪物だから〟って逃げ道があって、その分、あまえてんのかも知れない。やってみなくちゃ判らないの、かも知れない。

何でかな。何でこんなに素直に納得できるんだろう。のみならず。あたしったら、ためしてみようなんて気にまでなってるのよ。そのうち、気がむいたらやってみるか。

でも、それはまだ、そのうちの話。今じゃない。

今はまだ、ようやく、歩きはじめた処。相棒探すのは〝そのうち〟でいいわ。それまでにためしておかなくちゃ。あたし、歩いてゆけるのよ。たとえあたしが怪物でも。

「今度そんなことしたらただじゃおかないからね」

杏に話しかける声の調子が妙にふるえていることに気づく。……笑ってるんだ、あたし。くすっ。杏も軽く苦笑いして、肩をすくめた。

「OK。お姫さま」

で、二人してくすくす笑ったりして。眼下には、箱庭の街。赤いレンガの、子供のおもちゃのブロックでできているような街。

あたしはそのまま上へのぼる。空の中に溶けてしまうまで、上へ。箱庭の街が赤茶けた点に見えるまで、上へ
……。

☆

トワド・ラディンは、こころもちあおざめて唇をかむ。自分のおおせつかった大役に、いささか興奮しているみたい。

「お城につっこむのは、あたし、桂一郎、杏とディミダ姫、あとは東の国の人達だけでいいわ」

総勢三十に少しかける。いささか心許なくもあったけど、考えてみれば、スタートってこんなもんだったのね。

「城の外まわりの警備もまかせて下さい」

「お願い。とにかくあたし達、タケに乗ってつっこむから」

人数分のタケ、用意させる。あたしだけ、ライオンになった桂一郎にまたがって。

「では、ネリューラ様、号令を」

「うん」

息を吸う。これが最後の――総大将としてのときの声。右手を高くさしあげる。たいして力もいれていないのに、

空からさっと光がさし――あたしは、光の剣を握っていた。そのまま西を――ここからタケで少しの処の、シャワ市の方角を見据える。

そして、お腹から、思いきり、声。

「GO！」

☆

走る。走る。走る。

あたしは、自分が黄金色の矢になった幻をおいかけていた。ライオンの一足ごとに加速がついて。風が思いっきりうしろへなびかせる、あたしの黒髪、ライオンのたてがみ。

少し身を伏せた方が効率がいいと思った。でも、風に逆らい胸を張り。ふと横を向くと、ディミダ姫があたしと同様のポーズをしていた。

勿論、街にはいる前から、敵の兵達は群れをなしていた。が、殆ど、あたし達は彼らにかこまれるだけの暇を与えず――あたし達の姿を敵が見かけたのと同時に、その脇をすり抜けてゆく。

目を細める。風は、目をまともに開けているのがつらい程、強くなっていた。息も苦しい。それ程のスピード。

走る。走る。走る。

そして、ジャンプ！

街並みを守る兵士の頭をとびこえ、小さな木立ちをとびこえ。堀に渡された橋があげられる前にそれを走り抜け。

「ネリューラ殿。これは凄い」

風で切れ切れにディミダ姫の声が届く。

「タケは普通このように速く走れぬ。桂一郎につられて、もの凄い速度じゃ」

あたし達の気分が伝染したのか、本当に桂一郎につられたのか、タケは、ひどい形相をして、死にもの狂いに左右の足をだしていた。とっとっとっと、とっとっと……。

気がつくとあたし達は、城門の前に来ていた。桂一郎、一声ほえると、前足で城門をたたき壊す。古ぼけた木でできた城門は、わりとすぐ壊れた。あたし達はそれぞれタケや桂一郎から降り、身構える。あたしは右手を桂一郎のたてがみの中につっこむと、握りしめる。

そして。深く息を吸うと――城の中に、最初の一足を踏み出した。

☆

しん、としていた。

まるで、人がいないようだった。気配すらない。

大理石の床をすすむ。足音一つたてない、やわらかいライオンの足が歩を踏みだすごとに、あたしの気分は落ち着いてきた。

太い柱が一杯たっている。こちらは崩れかけてもおらず、従って、その彫刻が見てとれた。

「これがラーラ神……こちらはデュロプスと三人の娘、これは……おそらく嵐の神キムタであろう。素晴らしいものだ……ここは、神の間だな。あとの神々は知らぬ。ここ――中の国の神であろう」

ディミダの説明聞かなくても、これらがすべて素晴らしい芸術作品であることはすぐ判った。その髪の一ふさ、服のひだの具合まで見事に彫られた大理石は――なまじうすいクリーム色で統一されているが故に、一種非現実的な、まさに神の群れに見える。

「中の国にも神様っていたのね」

更に奥にすすむ。

「今まで一度も神の名を聞かなかったけど」

「それは」

ずっと奥から声がひびいてきた。びくっとする。奥に――立派な、純白の王座があった。そこに茶の皮をしき、足を組み、宝剣を持ってくつろいでいたのは――ラディン――デュラン三世。

「それは、あなたが今の処、この国唯一の神だからです、ネリューラよ。我々がその伝説を作りました。余計な信仰心は反乱の手だすけをします故」

「ラディン――いえ、デュラン三世。お久しぶり。元気だった?」

あたしと杏以外の全員が、はっと息を飲む気配。

「さほど驚いていないようですね。気づいていましたか」

うすくデュラン三世は笑った。

もう、ラディンの面影はどこにもない。

銀色の髪が、彼の動きにあわせて、軽くゆれていた。体中の汚れをおとし、服を着替えただけで、そこにいるのはすっかり立派な領主。胸はばは厚く、肌はなめらかでつやがよく、やわらかな白い布をまとって。ほおに少し残る、カムラ城で西の国の兵士につけられたきずあと――。

「理由は……聞かせてもらえるんでしょうね」

「ええ」

彼は、ゆっくりと左の方へ歩いていった。大きな窓。さみしげに、軽く首を傾げ、窓の外に視線を走らす。

「いや実に……あなたの兵がこれ程強いとは思わなかった。我が軍は惨敗ですな」

ディミダが、つっと前へ出る。

「ネリューラ殿……下がっておられよ。この男、乱心したやも知れぬ」

「狂ってなんかいませんよ」

ラディンはくるりと向きを変え、あたしの目をまっすぐにとらえた。左手で宝剣を持ち、それを杖がわりに体重をこころもち左にかける。

「見ていたんです。私の国が滅びるのを……私の手が、扉を開ける様を」

おそろしい程の——ポーカーフェイス。眼下で、自分の国が滅んでゆくのを、微笑みすら浮かべながら見ている若い領主。

「城の整備にあたる者達は、すべてさがらせました。といっても……誰もが今、こんな気まぐれな領主の命なぞ心配したくない心境でしょうがね。……ここへあなたをお招きしたかった。あれを——御覧にいれたくて」

宝剣を、つっと奥へすべらせる。そこにあったのは、扉。

「帰り道です。この扉を開ければ、あなたは元の国へ帰れます。あなたは無事、御自身の責をはたしました。お判りでしょう——あなたはネリューラ——扉を開ける者、です。開けてきた者、ではありません。あなたのこの国での行動がすなわち——歴史の扉の鍵でした。今、扉が閉じてから五百年ののち、あなたは扉を開け——そして歴史は再び流れだすでしょう。もうあなたは必要ないのです」

ラディンは——デュラン三世は、つかつかと王座へ戻った。再びそこに座り、足を組む。

「この国に来て——驚きました。そして、判ったのです。今、このあたりの国々の歴史はとまっていると……。何も変化がないのです。五百年の昔から。中の国の人々を無力化した為、確かにこのあたりは平和になりました。が、同時に、変化が何もなくなってしまったのです。東の国は中の国の文明がとだえた為、事実上陸の孤島になりました。南の国と西の国のバランスはちょうどとれていて——ずっと睨みあったままです。中の国が盛んだったころ、それぞれの国は中の国の支配を脱しようと、常に動いていました。技術は進み、文化の華も咲き——何より支配を脱したい、という強い意志と活気があったのです。そう——太古の昔から、中の国の人々の活気は、歴史をすすめる原動力だったのです。ところが、その活気の源が封じこめられてしまった——税と、心理操作により」

彼の目には、何とも不思議な色が浮かんでいた。さみしげな——哀し気な。

「私は、子供の頃から異端児でした。人々は現状に、ほどよく満足しているのです。ほどよく満足！ とりたてて不満がある訳でもない、大体こんなものでいい、といった具合の。私は——ほどよさに満足することができませんでした。上へ行くならどこまでものぼりたかった。満足を得る為には徹底して戦いたかった。けれど——それは、歴史のとまった国では、異端なのです」

視線をディミダ姫に移す。

「あなたの噂はよく聞きました。東の鬼姫よ。あなたもほどよさに満足できない人だったのではありますまいか？　南にカトゥサという天才児が生まれた、という噂も聞いています。私も、あなたも、カトゥサも——世が世なら歴史の舞台であいまみえる筈だったでしょう。ところが——歴史が死んだ国では、天才児だの鬼姫だの、大勢に変化をあたえる者は歓迎されません。おそらくあなたも、東の国では異端児だったのでしょう。でなければ、どうしてハノウ山を越えようなどと思うものですか。はるかに楽な道があるのに。……あなたも、何かをしたかったのでしょう。適当に、力を抜いて充分生きてゆける人生にあきたらず、本気で何かにとりくんでみたかった。……違いますか？」

　優し気な口許。うすい微笑。デュラン三世が発狂したのでなければ——それは、何という表情！　……彼は、もう、この世界の人ではないのだ。ふいに思った。どこか遠い遠い処から、世界を笑いをうかべ眺めている男。

「わらわが生まれた日、星が流れたそうだ」

　ディミダはぼそりとこれだけ言った。それきり口をつぐむ。今、彼女が何を考えているのか……よく判ってしまった。

「私は異端児でした、繰り返しますが」

　デュラン三世は、ゆっくりと、歌うような調子で台詞を続けた。

「こんなことを言うのは、おもいあがりだと判っていますが——私は、本来ならば、こんな辺境の地に来る人物ではなかった筈です。中央の政治に加わる筈でした——何もしなければ。ところが、私は、あいにくいろいろなことをしてしまったのです。一種の試験のようなものをとりいれ、家柄に関係なく、実力主義をとった方がよいのではないか、とか、無能な者はたとえ最高の家に生まれても要職につけない方がいい、とか、農家に生まれた者が農業を、商家に生まれた者が商業をするのではなく、好きな職業につけるよう制度を変えた方がいいのではないか、とか、誰も発言をしない、形式だけの会議でいろいろ提案してしまいました。後で何度かさり気なく注意されましたよ。おまえの言うようにやっていたら、多くの人が自分の安定を失う、おまえの発想は異端であり危険だ、と。私はそのたびに真剣に反論し——果てが、辺境への左遷です。……そして、中の国へ来て、すべての原因が判った——と思いました。以前のように、中の国が活力をとり戻せば、必ず私のような人物が必要になる、と。ただ……言わせてもらえれば——私は、決して、私の出世の為に中の国の活力をとり戻すことを願った訳ではない。今の状態は——おかしいのです。そう、おかしい！」

　はじめてデュラン三世の生の感情があふれたように見えた——が。それもつかの間、彼はすぐにまた能面のような顔に戻る。

「生まれてから死ぬまで、平穏なのはいい。それは確かにいいことでしょう。が……誰もが、誰一人として前へ進むことをしなかったら――何かしようとする者を危険とみなし、とりのぞくことだけを考えて生活していたら……そんな世界は、長い長い時間の果てに、一体どうなってしまうのです。誰かが流れをおしきる必要があると思いました。誰かが扉を開けねばならないと思いました。前に話しましたね。自分が異端である場合、私はまわりを変えようとしたのです。――私は、私が異端であるような世界は、変えるべきだと信じたのです」

　あたしは軽く目を閉じた。それから――かっと目を開く。何だろう。まだ、何、とははっきり形成されていない感情が、胸の中にあふれていた。あたしの視線をまっこうからとらえ、デュラン三世は話し続ける。

「私は何度も、中の国の人々の活気をとり戻そうと努力しました。税も軽くしてみました。が……まるでかいはなかった。いつの間にかこの国の人々は、それにあわせることを学んでいたのです。税がきつければ、せいぜいがんばり、税をおさめてやっと生きてゆけるだけのものを作る。税が軽ければ、最初から税の分と自分達の生活ぎりぎりのものしか作らない。どうしても、失われた活気は戻らなかった。そこで私は、最後の賭けをしたのです。この命を賭けて――果たして私は歴史の扉を開けられるか否か。それがあなたでした。伝説の女王――ネリユーラ」

　デュラン三世の目は、あたしを見ていなかった。私の体を透かし――もっと遠くにある何かをおいかけ。

「ネリユーラは、鍵です。魔術師達が、この国の人々の活気を封じこめる時に使った、決して開くことのない、鍵。もともとがネリユーラなる姫は正史には出てこない。最初からない鍵ですから、決して歴史の扉は開くことがない」

　目を伏せる。唇がゆがむ。あれは――微笑んでいるのだろうか。

「私は、鍵を作ることを決心しました。まずカムラ城下へ行き、ラディンにトワイエルを挑み、ラディンの名を奪い……。復活の扉、ヒオカの森、そしてここ――帰還の扉は、空間がゆがんでいるのです。ヒオカの森は、単に重複しているあちらの空間が透けて見えるだけですが、こことカムラ城の扉を使えば、二つの空間の間を行き来できます。文献によれば、他の空間から来た人物は、こちらの空間にいる限り、決して死ぬことはない幻になる筈でした。どんな攻撃をうけても決して死なない人間――これこそ伝説の女王にうってつけの人物でありませんか。それに、過去の事例のいくつかは、ある顕著な性質を示しているのです。こちらだけでなく、あなた方の世界でも、接点の空間はゆがんでいる筈です」

　ゆがんでいる。あたしのマンションが……?

「ゆがみは、魔としての性質を持った人々を魅きつけます。ひょっとしたら、魔という性質を持っている人が集まるから空間がゆがむのかも知れませんが……」

そういえば。第13あかねマンション、今までの処で一番居心地がよかったし。魔女のあたしとテレポーターの杏が偶然隣の部屋にすんでたってことだって、あのマンション自体に、そういう種の性質があったと仮定すればうなずける。

「また、魔の性質を持った人でないと、こちらからの呼びかけに応じられないのです。逆にいえば、こちら側で民がいのり神官が儀式をおこなう時、あの扉を開ける者は、一種の超人であるということです。私は呼びかけました——それこそ、死にもの狂いに。そしてあなたは扉を開けた」

そしてあたしは扉を開けた。あのマンション。満月期。魔女とテレポーターとライオン男。条件が三拍子そろって……。

「案の定、あなたが戦いだしたあと、中の国の人々の活気は、再びよみがえったのです……。私はそれを見届けて——扉が開いたことを知りました。あなたが偶然言ったように、ネリューラが戦うことが、中の国の人々を目醒めさせるキイ・ワードだったのです……。そこで私はあなたと別れた」

息をつぐ。

「私がしたかったのは、扉を開けることです。祖国を滅ぼすことではない。そのあとは、真剣に戦いを挑んだのですが……それでもやはり、負けましたね」

デュラン三世は、何故か——幸福そうだった。

「が、中の国の快進撃もそれ程は続きますまい。今、この国にいるのは、西の国の兵の何十分の一かです。このあと、西の国は本気で中の国に挑むでしょう。西の国と南の国のバランスも崩れます。東の国とて、沈黙を続けますまい。五百年の眠りの後、ようやく歴史は動いたのです。私は……ネリューラ、あなたには負けましたが……でも、それはいいのです。私の相手はあなたではない。歴史、だったのですから……」

「そんな……治にいて乱をわざわざ望まなくても……」

声がかすれていた、あたし。

「治？　眠り続けることが？　ほどほどの満足にひたりきることが？　何もしないことが？　確かに戦をおこしたのは、最上の道ではなかったかも知れない。私が思いつかなかっただけで、もっと平和的ないい方法があったのかも知れません。けれど——ことの是非はおいて、私は扉を開けたかった。前へ進みたかった。眠り続けるのは嫌だった」

あたしは胸を張り、背筋を伸ばしていた。いつの間にか。桂一郎のたてがみから手を放す。先刻わきあがった、意味のない感情が、やっと一つの形をとった。

思い出していた。いつかふいに浮かんだイメージ。歴

「わざとあなたを挑発している訳ではありませんよ。いずれにせよ、私は私の信念を話しているだけです。おそらくあなたは私を許せはしないでしょう。けれど、私も信念は変えません。自分のしたことを後悔する気はない」

「あたしは……あなたを……許せない！」

後半の台詞は、必死でしぼりだしていた。気づくと──あたしの手は、いつの間にか光の剣を握りしめていた。デュラン三世も、すらりと宝剣を抜き放つ。他の人々は──さながら先刻の石像に同化したように、まるで動きもしなかった。

斬りたくない。

本気でそう思っていた。斬りたくない。彼は、あたしのよく知っている男。旅のはじめを共にした男。そして……。

でも。許せない。この高慢さ。領主だか何だか知らないけれど──いや、領主だからこそ、人の命をまるで道具としかみなせない高慢、傲岸。

が。彼の言うことも、判るような気がする。何にも熱中することがなかった中の国の人々の、どろんとした目。今の顔つき。この差。

ディミダの台詞。ずっとずっと長いこと、時間の流れのなかった国々。

檻の中の生活に慣れていた猛獣を解き放ってしまった史という名の絵を描いていた、彼。絵の具は──人の血。

思い出していた。ディミダの台詞。明日は今日と違う日だから明日なのだ。違う日だから……。

「あたしが……デュラン三世、あなたを許せないと言ったら？　あなたの論理はある面で正しいのかも知れない。けれど──あなたが歴史の扉を開ける為に使ったのは、生きている人間よ」

「そう。歴史は生きている人間が動いてできるのです」

「どうして……」

声がふるえる。

「どうしてそんなことが言えるの！　あなた、人間を何だと思ってるのよ！　生きるって何だと思ってるのよ！」

「前に進むことです」

あたしの声がいくら大きくなっても、彼の声は相変わらずのトーンだった。

「前に進む為には、立ちどまっている人に何をしてもいいって言うの」

「はい」

笑いを浮かべたまま、デュラン三世はあたしの顔をみつめる。……涙？　あなた……口許は笑っているのに。どうしてそんなに哀し気な顔ができるの。

「私が許せませんか。ネリューラよ」

……死ぬ気なんだ。この男。わざとあたしを挑発してる。

ように、以前、感じた。が、猛獣は元来、檻の中にいるものではない。これが正しいのかも知れない。けれども猛獣は猛獣。外へ放つのは危険。

「手を出さないで、誰も！」

でも。けれども。あたし、斬る。デュラン三世。

目が緑に燃えた。

「彼は……あたしが、斬る」

沈黙の対峙。呼吸が、苦しかった。デュラン三世の目は、あたしの視線をとらえて放さない。

この命を賭けて。彼はそう言った。命を賭けて、扉を開ける。歴史を動かす……。

髪がゆれた。総毛だってる……。

彼も、おそろしい程真剣だった。背筋につんと電流の走る思い。銀色の髪が夕陽をうけて、かすかに赤く染まる。

動いた。

斬りこんでくる！

あたしは身をかがめ——無意識に剣を上へふりあげていた。血の飛沫がほおにかかる。なまあたたかい……。

どおっ。重い音がして、デュラン三世は、倒れた。

あたしはその場に立ちつくし——立ちつくし、動けなかった。涙が流れてゆくのを、まるで他人事のように感じていた。

視界がゆがむ。ゆがんで溶けて……。

あたしは、知人を、はじめて意識して、自分の力で——斬り殺したのだ。知人。いや。先刻から、感じていたのよ。小さな頃から異端児だった……。そう。ある意味で、デュラン三世と、ディミダ姫と、あたしは……同質のものだったのだ。

いつかの台詞。やっと意味が判った。あたしは彼の影。そして、彼はあたしの影だったんだ……。あたしは——あたしの、影を、斬った……。

「ネコ……」

杳があたしを椅子に座らせた。ポケットからハンカチを出し、デュラン三世の顔にのせる。それから煙草に火をつけ、あたしにくわえさせた。

あたしは煙を吸いこみもせず、目前で燃える煙草をみつめる。紫煙がたなびく。目にしみる。

煙がのぼる……。息を吸わないと、煙草の燃え方は信じられない程遅く——あたしは、時間が止まってしまったような錯覚にみまわれた。ゆっくり煮つまり、とろりと流れてゆく、時間……。

☆

いつの間にか。どれ位たったのだろう。煙草は消えていた。そして、気づくとあたしは。しゃべっているのだ。……あたしの口じゃないみたいね、勝手に言葉をつむぎだしてる。

「彼ね……」

しっかりと目を開く。

「彼ね、歴史を相手にして、勝ったのね……」

あたしは最後の扉を開けた。これからは中の国の人々が——みずからの歴史の中へと歩いてゆくのだろう。あたしとデュラン三世が開けた扉をくぐって。

街のあちらこちらから火の手があがっていた。そう、このあとは、あたしの出る幕じゃない。

「ここ、王座ね……。ラディン呼んで。彼をここに座らせよう」

「ネリューラ殿、しかし……」

「聞いたでしょ。あたしは——扉の鍵は、もう要らないの。あとは中の国の人達の仕事よ」

「だがネリューラ殿」

「おっとストップ、ディミダ殿……。それもやめよう。たった今から、あたしのこと、根岸美弥子って呼んで」

「ネギシミヤコ……?」

不得要領な顔してるディミダ。あたしは言葉を続ける。

「……デュラン三世は死んでも——実はまだ、あたし達には開けなきゃいけない扉があるって知ってた?」

「東京へ帰る扉だろ」

「莫迦ね。もっと抽象的な意味でよ」

デュラン三世——いや、ラディン。彼は自分の夢の歴史の扉を開けて、そして教えてくれたのだ。あたしが開けなきゃいけない真の扉——明日へ続く扉を。

けれど、彼は、本質的な意味で、神官だったのだ。扉を開ける者に扉を開けさせる、神官。

いつかの予言を思い出していた。

デュラン三世。あなた、正直ね。いくらでもきれいごと風にいいつくろえたでしょうに。ことの是非はおくとしても、私は扉を開けたかった。

あたし……よく、判った。あたし、東京の人間よ。二十世紀の日本の首都、東京の。だとしたら。あたしの扉は、ここにはない。

あたしは、あたしの本来属すべき世界——東京へ帰って、そして、毎日開け続けなければいけない。ひたすら生命を維持するだけで日を送るのではなく、気がつくと時が流れていた、というように日々を送るのではなく、裏切られることを恐れ、昨日と同じ今日、今日と同じ明日を望むのでもなく——、毎日、今日と違った明日へいたる扉を開け続け、歴史とか時間とかいうものの中を歩いてゆかねばならないのだ。それこそが真の扉であり——あたしの影であるデュラン三世は、間違った方法(だと思いたい)ではあっても、その扉を開けようとした。もう一人の影、ラ・ミディン・ディミダも、何とか扉を開けようと——今日と違った明日を望み、それを手にいれようとあがいている。だとしたら。今度は、あたしの番。

ディミダ。あなたに親友と認めてもらうには、常にあなたと同等以上の存在でなくちゃね。だとしたら——あたしはここでとまっている訳にはいかない。

あたしは、生きている限り扉を開ける者であり続け——おそらく、すべての人が、そうなんだろう。その為にあたしは生を享けた。前へ進む為——。

「おそらくあたし、デュラン三世と一緒に切り捨てちゃったのね。すべての雑念、すべての悩み、怪物コンプレックス」

うっすらと——先刻のデュラン三世のように微笑み。

ねえ、ディミダ。みつかるかしら。あなたのような女の子。本気で守ってあげたい人。自分を同等のものと認めてもらうのに喜びを感じるような人。ううん。みつけるわ。みつかるまで、待ってなんかいない。

「東京へ帰るとはどういう意味じゃ？　どこかへ行かれるのか、ネリューラ殿——いや、ネギシミヤコ殿」

「気づいていたでしょ。あたし、この世界の人間じゃない。帰る場所が他にあるの」

「だが……ここにいれば、あなたは女王なのに……」

「あのね、王位とか領地とかより大切なものが故郷にはあるの。あたしの——根岸美弥子の人生」

信じられないことだけれど、ディミダ姫、動転していた。可愛い……。

「元気でね。東の鬼姫、ラ・ミディン・ディミダ……。あのね」

ちょっと照れて。

「あのね、その……何か最後にこういうこと言うと、まるでラヴ・シーンだけど……あたし……あなたが、大好きよ。あなたに会えたことを、ちょびっと運命に感謝したい気分でもある」

「……だが……しかしその……」

「ラディンによろしく言っといて。あたしは——伝説の女王なんだから。おまけに、この国の神でしょ。神さんなら、お願い聞き届けたあとは素直に消えるわよ。……ああ、そんな情けなさそうな顔しないで。これはね、ひょっとすると、中の国の人々にとって、すっごく残酷なテストなんだから。ここまでは、伝説の女王たるあたしが手伝ってあげたのよ。でも、このあとは。残った連中だけで、誰にも頼らずやってごらんってことなんだから」

立ちあがる。トワド・ラディンがやってこないうちにここをひき払った方がいいだろう。さもないと、またややこしくなる。

杏と、人間に戻った桂一郎が、あたしのそばにきた。ディミダ姫はため息をつくとひざまずく。

「では、ネギシ——いや、ネリューラ殿とお呼びしよう、お元気で」

あたしの手をとると——信じがたいことに、彼女はあたしの手の甲に接吻した。あたし、思わず彼女を抱きしめる。もう一人のあたし。もう一人のあたしの影。あるいは、あたしのはじめての親友。

「ネリューラ殿……あなたのことは忘れない」

「あたしもよ」

　杏が無粋にもあたしの肩をつついた。

「頼むから……女の子同士でラヴ・ストーリイなんてやらないでくれる？　せっかくの美女同士がくっついちまうなんてもったいない」

「あんたね、せっかくの友情とかってのに水さす気？」

　その台詞のあまりの莫迦らしさに、怒るというよりふきだしかけたあたしのほお、杏がつつく。ディミダに聞こえない位の声で。

「その方がいい。グッドバイってのは、しんみりやるより、少し笑った方がずっと切なくないよ」

「るせ。不誠実男」

　とか言いながらも、とにかくあたしはディミダに笑ってみせた。それから立ちあがる。と、杏が、ずうずうしく、あたしの肩に手をまわす。

「ところで、どお？　いい加減俺に口説かれてみる気にならない？」

「ふふん。気がむいたらね」

　と言いつつも、杏の手の甲、ぴしゃっとたたいて手をふりはらい。桂一郎が割りこんでくる。

「ネコちゃん、信念変えたの？」

「そのうち変えるわ」

「じゃ、俺も一口のってみよう」

　そのまま進んで。大理石の扉に、ぴたっと手のひらをあわせる。

　私は扉を開けたかった。前へ進みたかった。眠り続けるのは嫌だった。

　デュラン三世の言葉を思い出す。

　うん、あたしも。起きてみようかと思う。前へ進んでみたいと思う。扉を開けてみせる。今日と違った明日を手にいれる。

　グッドバイ、歴史に勝った男。

　あたしは、心の中で右手を天にさしのべ、最後のときの声をあげる。そろそろ陽は地平に沈み、魔の月は赤く輝きだすだろう。大理石にあてた手が暖かい。

　GO！

　そして――あたしは、扉を開ける。


〈FIN〉

斉木杏の憂鬱

「結局、問題なのは追い詰め方よね」

「それは判ってる。何たって、逃げるのがすんごく上手な奴に決まってるんだし。だから……C地区で発見してすぐ捕まえられるんならいい、けど、相手が逃げた場合……何とかRに追い込んで……あそこはどんづまりだから、そこにネコちゃんに待機してもらえれば……」

　引っ越したばかりの、まだ荷ほどきがろくにできていないような部屋で。二人の人間が机の上にかがみこんでいる、そんなシルエット。そして、その机の上にあるのは……多分、地図。

「あたしとしても、できるだけ穏便に処理したいわよ。だから、Rに追い込んでもらえたのなら、とりあえず、待ったをかけて……」

「でも、そのまんまじゃ、相手もネコちゃんも硬直しちゃうだろう？　相手を金縛りにしている状態じゃ、ネコちゃんだって動けないんだし」

「だから、そこで、あたしがひきとめている間においついてきた桂一郎が、軽く一発」

「そ、それはまずい。この相手だと、それやっちゃうと、場合によっては即死」

　二人の人間――男と女。何やら、えらく剣呑な会話をしている。

「……くやしいなー、こんなの、居場所さえ特定できればすぐつかまえられると思っていたのに……」

「すぐつかまえられるのは確かなんだよ。ただ、〝無傷〟でっていうのが何と言ってもネックになる訳で……。……やっぱ、殺しちゃ……いや、ちょっと大怪我してもらうっていうのも……まずい、よ、ねえ」

「あたり前でしょうがっ！　桂一郎、あんた、あたし達が何やるのか、ほんとに判ってる？」

「……う……うん。いや、ただ、まさかね、よりにもよって、第一号がこんなもんになるとは、予想すらしていなかった訳で……せめて説得できる奴が相手だったら……」

「……これじゃ堂々巡りだわ。……はああ」

「……はあふ……」

　会話をしている男と女は、揃って深いため息をついた。

　多分、揃って肩を落としているんだろうと思う。だが、俺のいる位置からでは、そこまで詳しい二人の姿を見ることはできず……だから、これはあくまで、推測なのだが。

　けれど。

　はああ。はあふ。

　この二人の会話を立ち聞きしている俺は、俺こそは……深い、深い、ため息をついて、推測ではなく、事実として、肩を落とす。もう、がっくりと、落としまくる。

……こいつら一体……こいつら全体……何してるんだ？

ちょっと前から挙動不審だったよ、だから俺、気になって気になって、ついつい部屋に忍びこんじゃった訳なんだけど……まさか、ここまで、物騒かつ怪しい会話をしているとはっ。

ほんとにまったく……何をするつもりなんだ、こいつらっ！

☆

俺の名は、斉木杏という。二十七歳、性別は男。職業はフリーライターで、現住所は東京、飯田橋にある〝第13あかねマンション〟って建物の204号室。

そして。俺が立ち聞きしている、剣呑な会話をしている男女は……女の方、根岸美弥子、通称ネコ。（ねぎしみやこの、上と下をとったニックネームね。）男の方は、山岸桂一郎。双方ともに、この四月から大学四年生になった。

そんで。ここから先、俺の書くことは……ほぼ、お笑いにしか思えないだろうが……だから極力書きたくはないのだが……けど、事実なんだからしょうがないよなー。

女の方、ネコこと根岸美弥子は、魔女である。（いやまあ〝超能力者〟って職業区分があるのなら、別に〝超能力者〟って言ってもいいんだけれど。）

彼女は、未来をある程度見通すことができるのだ。そしてその上、相手の目を見つめることができれば、その相手の意思をある程度操ることができる。また、小石程度のものなら、見るだけで弾いたり、意のままに動かすことができる。……その……満月期には。

そう。彼女が、あくまで〝魔女〟であって、超能力者だって言いにくいのは、ひとえに、この特性による。

彼女の能力は、月の運行に左右されるのだ。満月期に最大になり、新月の頃は、普通の人間と違わないくらいに落ちる。これ、理由はまったく判らないのだが、経験的に確かなことであり、こういう人間は、普通〝超能力者〟っていうより、〝魔女〟だよなあ。そしてその上、魔力を使う時、何故だか瞳が緑色になってしまうし。

しかも。こんなネコはまだましな方で、男の方、山岸桂一郎は……ああ、言うのも莫迦莫迦しいけど……それでも、まあ、しょうがないから言うよ、〝ライオン男〟なのである。

狼男のライオン版。満月になると、ライオンに変身できる、ライオンの身体能力を持った男。（ああ、言ってるそばから莫迦莫迦しくなってきた。今の世の中、この東京に、魔女だのライオン男だのがいていいのかよっ！　ライオンと魔女って、そりゃ、有名なファンタジー小説のタイトルじゃねえかよっ！　そう思うことは思うんだが……けど、いるもんはいるんで、しょうがないって言えばしょうがない。）

そんでもって。

こんな話をしている俺もまた、ある意味で普通の人間ではないのだ。

俺は、テレポーテーションをすることができる。

ま、話がこれで終わるのなら、こと、俺に関する限りは〝超能力者〟ってくくりが有効なのだろうと思う。けど、話はこれで、終わらない。

俺もまた、どういう訳だが、月に支配される人間で……満月期になればテレポーテーション能力は増大するし、新月期にはその能力、かなり小さいものになってしまう。

だから、まあ。

この〝第13あかねマンション〟に引っ越してきて、隣の部屋にネコがいて、それが普通の人間とは思えず……いろいろあって、彼女が魔女だということが判って、それも、月の運行によって能力が左右される〝魔女〟だと判って……その時以来、ネコは、俺にとっての〝特別〟になった。

うん、というのは。何たって、ネコは、俺が二十七年間の人生で、初めて、そして唯一知り合った、俺と同類の人間なのだ。（いや、まあ、桂一郎もいるけどね、この際、男は無視させてもらおう。）俺は、自分以外に〝超能力者〟と呼べる存在を知らないし、しかもその上、ネコも俺もあきらかに月によって支配されている。俺が、おそろしい程のシンパシーをネコに抱いたのも、無理のない話だと思って欲しい。

しかもまた。知り合った当時のネコっていうのが、えらく不安定な人間だったのだ。

まあ、俺だってそうだけどさ、この、完成された人間社会、科学万能の世の中において——魔女だの月に支配されるテレポーターだのって、実に何とも居場所がない存在なのだ。〝超能力者〟って言えば、それなりの居場所は確保できそうだったけど、月に支配されるとなると、自分のことだからできるだけ贔屓目に見たって、いかがわしいっていうか、怪しげだしね。そしてその上……そういう、変な特徴は、長いこと一緒にいれば、まわりの人間にばれない訳はない。まして、生まれた時から一緒にいる、親兄弟には、もう絶対ばれてしまう。ばれてしまうと……。

俺はまあ、家族から、〝変な奴だ〟って視線で見られるだけですんだ。ま、テレポーテーションって能力は、家族がわざと気づかないふりをすれば、いくらでも、見なかったことにできるもんだし。

けど、ネコの場合は、話が違った。未来が見え、人の意思を操れるのだ、いくら気づかないふりをしていても、家族がネコを疎外しない訳がない。

結果として。知り合った当時のネコは、完璧に人間社会から疎外されたアウトサイダーになっていて（東京の大学に通う、東京に実家がある女子大生が、一人で東京のマンションなんかに住んでいるのも、そのせいだ。ネコは、もう、自分の家族とも一緒には住めなくなっていたのである）、完全に、世を拗ねていた。

この状態のネコを見て。俺が、ほっとける訳がないだろう。

だって、ネコは。場合によっては、俺がそうなってしまったかも知れない、〝寂しい俺〟なんだから。テレポーテーションって能力は、他人に干渉することがあまりない、だから、俺が陥らずにすんだ、そんな〝哀しい〟境遇に陥ってしまった、〝寂しい俺〟なんだから。

もう、ほんと、ネコが〝何〟だか判った瞬間、俺、ネコにプロポーズしたくなったね。

愛している訳じゃない、けど、ほっとけなかったから。

恋愛だの肉欲だの情熱だのよりずっと、ネコのことが、愛しかったから。一生、俺の腕の中で、ネコのことを守ってやりたくなったから。

けどまあ、さすがに、これでプロポーズするのは何か変だって、俺もネコも判っていたし、またその、何ちゅうか、俺、女性がものすごく好きなもんで（いつか絶対女に刺されるって、ネコは断言したけれど……はん、ほっとけっ！　好ましい女性が十人いれば、十人十色の魅力があれば、その十人をのきなみ口説くのは、正しい男のあり方ってもんだ。十人と等し並みにつきあうのも、正しい男のあり方ってもんだ）、俺とネコは、いつの間にか、他にはないような特別な友達になったのだ。

特別な友達。ネコは――多分、俺のことをそう思っていると思う。けど……俺は、ちょっと、違う。

俺は、ネコの、保護者だ。

ネコは、まだ二十そこそこで、ほんの子供で、世の中のことがよく判っていなくって、〝哀しい俺〟で、〝寂しい俺〟で……俺が守ってやらなきゃいけない存在なのだ。

☆

そして、しばらく前に、俺とネコは、同じ事件に巻き込まれ（暫定的にそれを『扉を開けて』事件って呼ぶ）、そこで山岸桂一郎と出会い、特殊な人間がもう一人いることに驚き、その時、色々あって、ネコは自分の人生に、真っ向から向かい合う決心をしたのだ。

……まあ。

ネコが、自分の人生に向き合う気持ちになったのは、いいことなんだろうと思う。それはいいことなんだが……それは素晴らしいことなんだが……。

新たに知り合った、ネコにとっても俺にとっても、〝特別な友達〟になれる山岸桂一郎って男の存在が……俺、いささか、許せないのだ。

あ、いや、別にね。

人間としての山岸桂一郎は、悪い男だとは思わない。ライオン男ってことは、テレポーテーションができるだけでそれ以外の部分はごく普通の人間である俺、魔法を使う時だけ瞳が緑になってしまうネコなんかに比べれば、はるかに日常生活で他人に自分の能力がばれないよう、苦労してきたんだろうとは思うし。性格がそう悪くないことは、同じ事件に巻き込まれている間に、よく判ったし。ネコだって俺以外の人間とかかわらずに生きてゆく訳にはいかない。だから、ネコに新しい友人ができることは、むしろ大歓迎だ。

ただ。けど。

山岸桂一郎。こいつは……おそらく、ネコに、惚れている。それが許せないんだ、俺は。ネコの恋人としてのこいつには……不満が山のようにあるんじゃあっ！

☆

……結局。

俺が山岸桂一郎に対して抱いている不満って、〝父親が娘の恋人の男を許さない攻撃〟、それに尽きるのかも知れない。

いや、けど、あのね。

俺、勿論ネコの父親ではないし、父親になりたいと思っている訳でもない。（むしろ、男女のおつきあいの方がしたいよな、ネコって結構いい女だし。）けど……父親なんだろうな、俺は、結局の処。ネコを、〝女〟じゃなくて、〝俺が守ってやらなきゃいけない被保護者〟だって思った時から、俺の立場は決まっていたのかも知れない。

だから俺……こうして俺、まことに不本意ながらも、この二人の会話を盗み聞いている訳だ。ここの処、二人が、何か怪しげにひそひそやっているのが気になって。それも……引っ越しをしたばかりの桂一郎の部屋の、バスルームなんかにテレポーテーションして。

……ああ俺。情けないぞ俺。今の自分の立場を考えれば考える程、情けなくて身悶えしそうだ。まだ開いていないダンボールが山になっている、そんな独身男の部屋のバスルームで（引っ越したばかりで、トイレが清潔なのがせめてものなぐさめだ）、男と女の会話の盗み聞きをしているだなんて。

けど。しょうがないだろうがっ、俺は、山岸桂一郎をネコのパートナーとして認めたくはないんだし、こいつら、桂一郎の引っ越しの片づけもすまないうちから、二人して何か怪しげなことをしているんだし、実際に盗み聞きをしてみれば、こうも剣呑な会話をしている。

お父さんはこれじゃ、安心できませんよっ！　いや、ほんっとに。

と、そんなこんなで。俺が頭を抱えていると、ふいに桂一郎の動く気配。

「失礼、ネコちゃん。俺、ちょっとトイレに……何か妙に心配かけちゃってる気もするし」

あ、まずいっ。

次の瞬間、俺は慌てて、桂一郎の部屋のバスルームから、自分の部屋へとテレポートしていた。

☆

俺が、帰ってきたのは、自分の部屋。ここまで簡単にテレポートできるのは、あと三日で満月だっていう時期的要因以外にも、桂一郎の部屋と俺の部屋が、ごくごく近いせいでもあり……。

そうだ、俺が許せないことのうち一つは、桂一郎の引っ越し先が、よりにもよって、この、『第13あかねマンション』の一室だってことなのである。

いや、まあ、桂一郎が引っ越してきたこと自体は、いいんだ。

俺達が住んでいるマンションは、テレポーターの俺だの、魔女のネコだの、そんなすっとんきょうな生き物が隣人になっていることでお判りのように……ある意味で、普通のマンションではない。実際、桂一郎と俺達が知り合った、『扉を開けて』事件が起こった、その舞台もこのマンションで、かなり何というのか、〝場〟が歪んでいる、俺みたいな変な人間にとって居心地のいい処で……逆に普通の人間は、何か居たたまれなくなるらしく、隣人の転居率が無茶苦茶高いのだ。

だから。普通の人間ではない山岸桂一郎が、偶然このマンションに越して来、そしてこのマンションで俺達と知り合ったのなら、俺はそれ、納得できたと思う。

けど。山岸桂一郎が、根岸美弥子を慕ってこのマンションに引っ越してきたとなると……まったく違う問題が発生するだろ？

引っ越しっていうのは、それなりに金がかかることなんだ。人が居つかないから、相場よりかなり安めに設定してあるこのマンションの家賃だって、礼金、敷金、家賃とまとまれば、それはかなりの額になってしまう筈。社会人なら、そのくらいの貯金があったのだろうと思えるが……一大学生が、とある事件で知り合った女のマンションに、空きがでた途端に引っ越して来るとなると……その資金、一体どこからでてきたんだよ？

一体どこから出てきたんだよ。その疑問の答えを、知っているっていうのもまた……ちょっと情けない話だよな。

大体が、そんなことを言うのなら、いくら家賃が安いとはいえ、一大学生にすぎないネコが、こんな都心の一等地のマンションに住んでいること自体が、おかしいと言えばおかしいのだ。

答えはとても簡単で、魔女であるネコは、ある程度、未来が見えるのだ。こういう奴が相手だと、株式相場なんて、もう、ネコの為の献金施設にしか思えない。だからネコは、高校にはいった時点で、実家にはまったく頼らない、自分だけの家計を維持していて……そしてまた。こんなネコが相手だと、競馬だの競輪だのも、まったく賭ではなくなるんだよな。

これが、あっという間に引っ越し資金を稼いでしまった。んで。ネコに連れられて、一回競馬場に行った桂一郎は、嫌だったんだよな、俺は。なんか、許せない気分になったんだよな、俺は。

かといって。競馬で儲ける、そのどこがいけないのか、まったく説明できない処が……俺達が特殊な人間なら、その特殊さを利用してお金を儲ける、そのどこがいけないのか、これまた説明できない処が……何というのか、その、何なんだけど。

それにまた、男の桂一郎が女のネコに甘えて金をたかっているのなら、それはそれで非難する口実にもなっただろうが（俺、この辺の感覚は、自覚してるんだけど結構古風だ）……たかった相手がＪＲＡじゃ、ネコの特殊能力を利用したにしても、それでも、文句のもってゆき処がないもんな。

そんで。文句のもってゆき処がないってことが、また、許せないんだ、俺は。

☆

「あふあああ」

翌朝。

きちんとドアを経由して、きちんと普通の人が普通に来る場所を通って、ネコはうちへとやってきた。おっそろしく大仰なあくびを連発しながら。

ネコは、『扉を開けて』事件の後、俺のことを、家族の一種だと認識してくれたらしく、最近は、俺が朝起きる日は、こうしてうちに来て、一緒に朝御飯を食べてゆく。これは、俺にとっても嬉しい事件の副産物なんだけれど（ただ、野菜を喰えー、起き抜けにあんまり煙草を吸うなーって、ひたすら煩いのだけは面倒なんだが）……ほっとくとそのうち、この朝御飯に桂一郎も混ぜろって言いだすんじゃないか、そんな気がして……ああ、もう、一体何を悩んでいるんだ、俺？

「おい、何だよそのあくび。眠いんなら無理に朝御飯なんか作ることないんだぞ？」

いや、御飯を作ってくれること自体は、とってもありがたく思っているんだが。けど、ここまで凄いあくびをされちまうと、なんかネコに火を使わせるのが、怖くなってしまうではないか。

「いやあ、昨夜、桂一郎につきあっていたら、結構凄いことになっちゃって」

こんなことをいいながら、ネコはフライパンをレンジにのっける。俺は、顔が歪むのを自覚する。と。その途端に、ネコ。

「あ、いや、その……ごめん。今の、なし。今の聞かなかったことにして」

ずっきん。

ああ、嫌だなー、何でこんな言葉に一々ショックを受けるんだよ、俺。俺はネコの恋人でも何でもないんだから（実際、俺にも只今つきあっている彼女が二人程いるんだし）、ショックうける必然も必要もないっていうのに。

と、ネコは。俺の様子をどう解釈したのか、ゆっくりと、言葉を選ぶようにして、こう言う。

「えっと……杏はねえ、あたしのことを心配していた訳、でしょう？　知り合った、最初の頃から、ずっと。……ううん、今でも、心配している。……その、〝心配〟がなくなるよう、あたしも、桂一郎も、努力している訳なのよ」

だからっ！　だからあのねっ！

その、〝努力〟が、〝努力〟こそが〝心配〟だから、俺、ついつい桂一郎の新居のバスルームにまで出張しちまったんじゃないかっ。したら実際、〝追い詰める〟だの〝軽く一発〟だの〝この相手だとそれは即死〟だの、すさまじく剣呑で〝心配〟なことを、おまえ達は言っているじゃないかっ。

これで、『エブリシング・オール・ＯＫ』って言える奴がもしいたら、そいつの方が、絶対、おかしい。

けれど。

事実として、俺とネコは……友人ではあるけれど、他人だ。疑似家族ではあるけれど、家族じゃない。

だから、こうネコに言われてしまうと俺に言えることは何一つない。俺が心配しているのは、あくまでも、俺の、勝手だ。

故に。俺は、何も、言わなかった。言えなかった。

そして、そんな俺の気分はネコにも伝わったらしく……山のようなサラダと（だからどうして朝からこんな野菜の山を作るんだよっ）スクランブル・エッグ、トーストにコーヒーを作ったネコ、調理の間中殆ど無言で……食事中も殆ど無言で……いやあ、久方ぶりに、本当にいたたまれない食卓だった。

でも、最後に。

コーヒーを呑み終えたあと（調理はネコがやってくれるのだ、後片付けは俺がやることになっている）、この部屋から出てゆく際に、ふっと、ネコは、微笑んだのだ。そして。

「杏から見れば、あたしなんてほんとにガキなんだろうと思うけど、桂一郎だってガキでガキでしょうがないだろうと思うけど……ガキはガキなりに、杏の信頼を裏切らないよう、努力してるんだ、これが。……そのことだけは、信じて欲しい」

　……こういうのを、〝殺し文句〟というのだ。そんでもって俺は、こーゆー殺し文句を言う奴が、本当に、嫌いだ。けど、矛盾しているけれど、俺はネコのことは、本当に好きなのだ。

　だから。

　ネコの姿がドアから消えて、約三十秒、俺は黙ってそこに立ち尽くし——それから、猛然と仕事の整理をした。

　ネコと桂一郎。あいつらが何をする気なのかは知らないけれど、あの剣呑な会話が何なのかは判らないけれど、それを俺とは無関係なこととして処理したいのは知っているけれど、けど、俺、断固として、それに噛ませてもらおうじゃないか。

　俺の信頼を裏切らないよう、努力をしている？　よし、なら、見せてもらおうじゃないか、何をどう、努力しているのかを。

　もう、意地でも俺……仕事の半ばをキャンセルしても、ネコと桂一郎が何をやっているのか、それが判る時まで、あいつらにひっついてやるっ！

☆

　そして、実際。

　その日の夜、俺はこいつらの異常な行動を摑んだ。相変わらず、何が目的なのかはさっぱり判らないんだけれど、ひたすらネコにはりついていれば、異常な動きはすぐ判る。（いやー、まあ、俺、だからライターになったんだけど……ほんっと、テレポーテーションって、尾行と追跡の為にあるような能力だよね。）

　まず、桂一郎から、ネコの携帯電話に連絡があった。この時俺は、情けなさすぎるけれど、ネコの部屋のバスルームのドアにはりついていた。

「了解。C区画で痕跡発見ね」

　電話を受けたネコがマンションを出てゆき、俺もそれについてゆく。あくまでネコに悟られないよう、隠密行動をとって。そんでもって、これは別にネコに限らないのだが、普通の日本人って、自分がつけられている、見張られているって可能性、まったく考慮していないんだよな。だから、仕事柄芸能人をつけまわしたことがある俺にとって、ネコをつけてゆくのは、とっても簡単だった。

　そして。ある処まで来ると、ネコは、桂一郎に、電話。（電話の声が聞こえる程側にいるのに、俺の存在に気がついていないって処が、なかなか笑えると思うぞ。ま、ネコも桂一郎も、かなりよく通る声をしてはいるんだが、それにまた、俺の耳はすさまじくいい方なんだが……それにしても、何か怪しげなことをしているんなら、もうちょっと気を遣えよ、ネコと桂一郎。）

「Cの二に到着。対象は存在せず」

「だろうなあ、今、俺、Rの三にいるの。そんでもって、ここで対象の新しい痕跡を発見」

「ああう？　Cからこの短時間でRへ移動した訳？　ということは、やっぱり〝対象〟、下水道を通ってる？」

「他に移動ルートはないだろうと思うから……そうなんだろう、なあ」

「……じゃ……あたしも……下水道、確認しなきゃいけない？」

これを言った時のネコ、もう、何か、泣きそうな風情である。

「いや、その必要はないと思うと……ああ、いや、ないっ！　ないよっ！」

「……へ？」

「只今R四、ここで対象、それ自体、そのものを確認！　つうか、今、目の前にいるわ、夢太郎がっ。あいつがどんなルートをたどってここにいるのかは、も、どうでもいいっ。R四、ここに、夢太郎がいるっ！」

「OK、ただちにあたし、R四に行くわ。桂一郎、対象を、確保して。絶対、逃がさないでっ！」

「でも、殺しちゃまずいんだろう？　……はっきり言ってねえ、こんな奴を……殺すのは簡単だ、半身不随にするのも簡単だ、攻撃能力をすべて奪うのも簡単なんだけど……無傷で確保しろっていうのは、無茶もいいとこなんだけど……」

「でも、それでも、無傷で確保して。それが私達の仕事なんだから」

……仕事？

……夢太郎？

……おい。

……一体全体、何をしているんだ、こいつらは？

俺は、殆ど、くらっとしているぞ。

仕事で、殺すのは簡単で半身不随にするのも簡単で、でも、無傷で捕まえるのは無茶もいい処の対象の名が……夢太郎？

何をしているんだっ。おまえら一体、ほんとに全体、何をしているんだっ！

☆

ネコが、走る。ついでに俺も走る。細かな路地をいくつか抜け、ネコはどんどん走り、俺はどんどんついてゆき……そして、俺達は。ここがR四なのかなー、硬直している桂一郎の前にでる。

「ネコちゃあん……」

住宅街のど真ん中。妙に高い塀ばっかりが並ぶ、お屋敷と呼べそうな家が林立している、とはいうものの全体的にこの辺は私道なのか、細かい路地があっちこっちでゆきどまっている、そんな道の中央で、桂一郎は硬直していた。東西南北、どっちの方向へ行くとしたって、商店街にでるまでには時間がかかりそうだし、ああ、街灯なんて、本当にぽつんぽつんとしかない。そんな、かなり暗い、住宅街。

「何とかしてくれ、これ。殴(なぐ)っていいなら話は簡単なんだけど、なぐっちゃまずいんだろ？」

　よくよく見ると。

　桂一郎の前には、蛇(へび)がいる。桂一郎、蛇とにらみ合っている訳だ。しかも、その蛇って、全長が一メートルくらいあって、その上、体全体が黄色や褐色(かっしょく)の、妙にカラフルな色彩の奴で……。

「お……おい、それっ！」

　その蛇の姿を見た瞬間、俺は自制心をなくしていた。だから俺、ついつい、自分が今、尾行をしているんだってことも忘れ、大声をだしてしまった。

　だって。うん、だって。

　この色。

　この形。

　すべてが、物語っている、この蛇は、〝毒蛇〟だって。

「それ、クサリヘビじゃないのかっ！」

　こんなのに噛まれたら（しかもでっかい）、死ぬぞ、普通の人間は。まあ、ライオンはどうか判らないけれど、でも、まったく無事ってことはないと思う。ま、桂一郎がライオン形態をとっていれば、あるいは桂一郎の毛皮に、こいつの毒牙が通らないって可能性もあるかも知れないけれど……今、桂一郎は、ライオンじゃないしな。

「あ、おじさん」

　いきなり、すっごく嬉しそうになった、桂一郎の声。

（そうだ。俺が、桂一郎のこと、ネコのパートナーとして認めたくはなくとも、嫌えないのは、このせいだ。こいつ、結構俺になついているんだよな。うん、悪い奴じゃ、ないんだよな。）その声を聞いて、とっても嬉しくない俺。（桂一郎は、俺のことを、親愛と……おそらくは厭味(いやみ)もこめて、〝おじさん〟って呼ぶ。俺は桂一郎のことを、全体的に厭味をこめて〝坊や〟って呼ぶけどな。）

「そうなんですよー、これ、クサリヘビなんです。結構、毒があるでしょ？　俺がこいつを殺すのは簡単なんですけど、殺さずに捕まえるとなると、一体何をどうしたらいいのか……」

「莫迦者おっ！」

　何やってるんだ桂一郎は、ほんっと、何やってるんだこいつは、クサリヘビを相手にして、睨(にら)みあっているだけで済んでいるのは、どえらく運がいい話だぞ。勿論、桂一郎がライオンとしての攻撃力を開放すれば、桂一郎、クサリヘビに勝つことは勝てるだろうが、でもだが、いや、だって。

　何が何やら判らないまま。

次の瞬間、俺は、飛んでいた。

テレポーテーションした先は、すでに店じまいしており、人気のない御近所のガラス屋さん。

　そこで、でっかいガラスを一枚入手し、万札を適当にレジ前にのっけ、俺は再び飛び、桂一郎の前に戻り、ガラスを蛇の前におく。と、いきなり俺って人間が現われたのが不審だったのか、それまでじっと桂一郎と睨みあっていた蛇、「しゃあっ」なんて言うと（……いや……蛇の場合……「しゃあっ」って、台詞じゃないか）、俺に飛び掛かってきたのだっ！

「う、うわっ」

　も、俺、パニック。蛇が飛んだと思った瞬間、俺も飛んだ。とりあえずは、蛇から十メートルくらい離れている処へ。

　ところが。十メートル飛んでふっと息をはいた途端に、俺は気がつく。俺の足には何か違和感がある。違和感……何か巻きついているものがあって、巻きついているものって……おわわわわわっ、蛇っ！

「ぎゃあああっ」

　俺、今度は二十メートルくらい飛んでみる。けど、やっぱり足には違和感があって……ここで俺、ようやく気がつく。そうだ、俺のテレポーテーション能力って、俺にくっついているものはまとめてとんでしまう能力なのだ。（だから俺、テレポーテーションしても服は着たままだし、荷物も持っていられる。人を抱えてテレポートすることだって可能なのだ。）ということは、いくらテレポートをくり返しても、このままじゃこの蛇、振りほどけない。とすると……。

「うぎゃあわおっ」

　もう、自分でも何言っているのかよく判らない叫び声をあげながら、俺、初心を貫徹して、さっき自分が持ってきたガラスの上にテレポートする。

　ばりんっ。

　何か凄い音が、足の下でする。

　その状態で、もう、決死の思いで、俺、ガラスの上で、足にまとわりついている蛇を払い落とし、蛇が落ちた処で、自分の足でガラスの上から桂一郎の方へと走り寄る。

　蛇は――振り向くのも嫌だったけれど、でも、確認しない訳にはいかない、振り向いて確認した処――ガラスの上にのぺーっと転がっている。

　それを見届けて。

　ようやく俺は、心から安堵のため息をついて……そして、情けないことに、桂一郎の背中にまわると、そこでへたりこんだ。

☆

「……あの……おじさん……大丈夫ですか？」

　俺が背中側でぜいぜい言っていると。俺の呼吸が落ち着くのを待ってくれたのだろうか、しばらくの時間をおいてから、桂一郎がのんびりと俺に声をかけてきた。

「お……俺は、大丈夫。……それ……それから、あの……蛇だけど、あれも、多分、大丈夫。あの状態なら、人を攻撃できないと思う。……昔、何かの小説で読んだんだけど、蛇って、攻撃する為にはとぐろをまくだの何だの、所謂攻撃姿勢をとる必要があるらしいんだ。だから、ガラスみたいにつるつるしているものの上に蛇をのっけちまうと、蛇は攻撃姿勢がとれなくて、だから安全だって話なんだが……そう思ってガラスの上に蛇をのっけてみたんだが……実際、どうだ？　あの蛇、攻撃姿勢、とれそうか？」

　俺が読んだその小説は、確か五十年も六十年も前の古典って奴だったからなあ、実際の処はどうなんだろう。必死になってガラスを運搬してきたわりには、それに命をかけたわりには、この台詞、かなりいい加減だったかも知れない。（それにまた……その、肝心のガラス、蛇が触れもしないうちから、俺が自分で踏み割ってしまったような気もするんだが……ま、しょうがないだろう、それも。）だって、実際、目の前に巨大な毒蛇がいれば、他の誰だってどうしようもなかっただろうと思うんだが。

「んー……攻撃姿勢も何も……」

「死んじゃったんじゃないの、夢太郎。ぴくりとも動かないんだけど」

　身も蓋もない言い方をする、この声は、ネコだ。

「いや、死んじゃいない。死んだ動物は、判るから。夢太郎、多分、気絶してるんだと思うよ……その、人間風に言うのならば」

　桂一郎がこう言い、背後に俺がいるからか、ネコにちょっと肩をしゃくってみせる。するとネコは、ひょいひょいとその蛇に近づいてゆき、どこから取り出したのか、どでかいケージの中に、意識を失っているその蛇を突っ込む。

「連続してテレポーテーションするだなんて経験は、普通の動物にとって、絶対あり得ないことだろ？　それで、だから、夢太郎は気絶したんじゃないのかなあ……。そう思うと、いや、これはもう、おじさんに感謝しなきゃいけないっていうか何て言うか……」

……。

「相手がどうしようもない生き物の場合、下手にあたしや桂一郎が手を出すより、杏に任せた方がずっといい、そういう結論になる訳？」

……。

「そう」

……。

「あのな」

　何か、俺の関知していない処で、話が適当に進んでいる気がする。

こくこくこく。事態がこうなってしまうと、もう、俺がネコを尾けていたことは誤魔化しようもないので、しようがない俺、何度も頷く。ま……桂一郎のうしろに隠れるだなんていう、凄まじい言い訳はできないって気分になっていたことでもあるし。

こいつら相手に適当な言い訳はできないって気分になっていたことでもあるし。

「でもそれ……大半が、誤解です。いっそ全部、説明しようかとも思ったんですけれど、聞かれもしていないことを説明するのは、何か弁解みたいで嫌だったし……」

誤解？　あの剣呑な台詞が？

俺、無言のままでそう思い、その思いが通じたのか、桂一郎、ちょっと笑うと。

「まず、一番判りやすい誤解からといてゆきますね。俺がこのマンションに引っ越してきたことについて。ネコちゃんに連れられて、俺が競馬場に行った、そして、生まれて初めての競馬で、かなりのお金を儲けてしまった、おじさんにとってみれば、これ、許しがたいことだったんでしょう？」

それはまあその通りなので、俺、黙って頷く。けど……あの剣呑な台詞と、桂一郎がネコの魔力を利用して金を稼いだこと、その二つはどう繋がるのだ？

「常識的に考えて、競馬初体験の俺が、勝てる訳がない。にもかかわらず、勝てた。ということは、それ、すべて、ネコちゃんのおかげだと、おじさんは思っている訳です

俺は、この二人に思いっきり文句を言おうとして、でも何か……〝精神的な息切れ〟とでもいうべきものを、感じる。だから、言いたい言葉が、たったの一つも、自分の口からでてきやしない。

それでも、でも、けど。けれど、だけれども。

何としてでも、俺はこの二人に文句を言いたい、その気分が判ったのか――桂一郎、肩を竦めると、こんなことを言ったのだ。

「この続きは、邪魔のはいらない……俺の部屋で、やりましょうよ。……ね、おじさん」

☆

と、いう訳で。

しばらくの後、非常に不本意ながら、俺は桂一郎の部屋にいた。勿論、必要がない時はテレポーテーション能力を使わないっていう俺のポリシーにより、俺もネコも桂一郎も、全員自分で歩いてここに帰ってきた処。(蛇のはいったケージは、マンションに帰ったところで、俺の目の前からなくなった。どうやらネコが自分の部屋へ持っていったらしい。)

「おじさんは……何か、ここしばらくの間、俺とネコちゃんを、すっごく怪しんでいた訳でしょう？　怪しんでいた……ああ、いや、言葉が悪いかな、心配してくれていた訳でしょう？」

よねえ」

うん、そうだろう、それ以外で、どうやったら桂一郎が競馬に勝てるんだ？

だが。

「ちょっ、ちょっと待って、それって、あたしが桂一郎に勝つ馬を教えたって話になる訳？」

本当に泡をくったって感じで、ネコがこれに異論を挟む。

「あたし、してないわよ、そんなことっ！　只でさえ、未来を予測して馬券だの何だのを買うのって、ずるいって思っているんだもの、あたし、間違ってもそれを人に言ったりしないっ」

「え……」

……え……では。では、どうして、桂一郎は競馬に勝てたのだ？

「……あの……俺がネコちゃんに聞きたかったのは、〝競馬〟って、どういうシステムのどういうものなのかってことと……問題の〝馬〟が、どこに居るのか、どの〝馬〟とどの〝馬〟が競走するのか、ただそれだけなんですよ」

……え……え……えと？

「どの〝馬〟と、どの〝馬〟が競走するのか、それさえ判れば、俺、どの〝馬〟が勝つのか、人に教えて貰う必要、ないですから」

「えあ？　……えと……？」

「あの……一応、肉食獣なんです、俺」

☆

聞いてみれば、話はとっても簡単で。

群れになっている草食獣を襲い、それを食料にしている肉食獣であるライオンは……目の前に草食獣の群れがあった場合、弱いのがどれか、本能で判るのだそうだ。弱いのがどれかを見極めて、そして猟にかかるのだそうだ。

これから〝競馬〟が始まる。一斉に馬の群れが走る。その場合……勝つのがどの馬かは、桂一郎には判らない。けれど、弱いのがどれか、どれを襲えばいいのか、それはもう、本能で桂一郎にはよく判る。んでもって……群れが、限られた、それも自然状態から見ればかなり少ない数で構成されているのなら、一番弱そうなのをひき、ついで二番目に弱そうなのをひき、三番目に弱そうなのをひき……結果、どの馬が勝つのか、桂一郎には判るって話になる。

「そりゃあの……」

俺……半ば呆然としてしまった。まさかそんな競馬必勝法があるとは、思いもしなかった。

「どの草食獣を襲えばいいのかって、食欲の問題ですから。そんでもって、本能の中でも、食欲は一番強い奴ですから……」

成程。

「成程」

俺……なんか、心のかなりの部分がまだ痺れきっているので……しょうがない、思ったことをそのまま口にし、そしてそれに台詞を続ける。

「坊やが金を稼いだのは、坊やの能力故だってことは、納得した。競馬協会にもネコにもたかっていないってことは、納得。だが、あの剣呑な会話は……」

「あの会話をね、〝剣呑〟だって思う処が、そもそも、間違っているんです。……えーと、逆に質問しますけれど、おじさんは、俺達が一体何をしていると思ったんです？」

ネコと桂一郎が、一体何をしているのか。それがまったく判らないから、だから俺は心配していたんだろうがっ。

「就職活動を、していたんですけれど」

「……へ？」

おそろしく、間の抜けた声が、した。気がつくと、それは、俺の声だった。

「はいい？」

☆

ネコと桂一郎。共に大学四年生。大学も、そろそろ四年ってことになれば、就職の問題が頭に浮かばない訳はない。

そして。

就職氷河期なんて問題をおいておいても、ネコも桂一郎も、普通の就職は、極めてしにくい体を持っているのだ。

まず、ネコ。

一月に数日、満月期に瞳が緑色になってしまうことがある。意図して魔法を使わなくとも、カラー・コンタクトってものが普及していても、それでも異常に怪しい、緑色の瞳を、予知がおとずれる度、ネコは持つことになる。（株や競馬で稼ぐことをあまりいいと思っていないネコは、学生時代はともかく、社会にでてまでそれで生計をたてる気はなかったらしい。うん、これは俺にしてみれば、非常にまっとうな感覚であって……汗をかいてお金を稼ごうという、まっとうな娘で、お父さんはすんごく嬉しいぞっ。）

ついで、桂一郎、こっちはもう、怪しさ大爆発だ。ただでさえ体臭がきつくて、髭の生える速さが普通ではないのに、月に一回数日間、ライオンの体臭と凄まじい勢いで生えてきてしまう髭って問題を、桂一郎は抱えているのだ。

結果として。

二人は、普通の職業に就くことを諦めた。どう考えたって、二人共、まっとうなOLやサラリーマンになれる訳がない。

だから。二人は、しょうがない、〝自営業〟を選択した。自分達で事業を起こすつもりになり、そして、選んだのが――〝動物専門の、探偵屋さん〟。

その、依頼、第一号が、〝夢太郎〟っていう名前の、蛇だったのだ。

☆

「世の中には、虎やライオンをペットにしている人がいる訳でしょう。そこに、俺の、存在意義が、あるんです。これが、逃げだしたペットを捕まえる上で、うちの探偵社の〝売り〟です」

意気揚々と話す桂一郎。……何か俺……リアクションを期待されているのかも知れないけれど俺……無言しか、応える術を持たないぞ。

「前に、あったでしょう、ペットの虎が逃げてしまったって奴が。その時、しょうがないので、猟友会の人々が、虎退治に駆り出された。……でも、もし、俺がそこにいたのなら、話は違ってきたんです」

「…………」

「相手が虎なら、話が通じます」

「…………」

「ネコ科の生き物ならば、俺、何とかコミュニケーションすることが可能だし、だとすると、ペットの虎やライオンが逃げた場合、俺ならば、説得でそいつを何とかできる。これはもう、絶対他の連中にはできない〝売り〟だと思いませんか？　まず、飼い主は、大切なペットが殺されなくて大喜び、肝心のペットだって、猟友会の人に狩られるよりは説得されて檻にもどった方がずっとまし、しかも絶対、料金はお得。猟友会の人の日当より、はるかに安いお値段で、生きたままペットを助け出せます」

……まあ……そりゃ……そうだろうとは思うんだが……ペットの虎やライオンが逃げるケースって……普通まずないと思うぞ、俺。それに大体、『虎やライオンを説得できます』って広告をうつつもりなのかよ、こいつは。

「それに、ネコ科は全部何とか片言が通じるんで、一般的な猫探しも、俺にむいているんですよ。エサや何かでつらなくても、説得できますから」

「…………」

そーゆーこともあるかも知れないけれど……でも……何か違うような気がする。

「ま、イヌ科の奴や、ねずみの類はね、ちょっと言葉が通じないんですけれど、その代わり、俺にはそれなりの嗅覚がある。犬程じゃないにしても、人間が動物を探すのより、僕の方がずっと向いてます。ペットの匂いがついたものが何かあれば、人間の探偵が探すのより、問題のペットを発見できる確率は、ずっと高い」

「それに、あたしが加わる訳よ。普段は駄目(だめ)だけど、満月期なら、あたし、かなりの確率でそいつがいる場所を特定できる。今回、夢太郎がいるのはC区画だって断定できたように。しかも、満月期なら、小鳥みたい上空に逃げてしまう奴が相手でも、あたしと視線さえあわせれば、あたし、そいつを呪縛(じゅばく)することができる。したら後は桂一郎に任せれば……大抵(たいてい)の動物なら、桂一郎に会った瞬間に、抵抗も何もできなくなる筈で、捕まえるのは簡単だもん」

「………」

すんごく、何か、違う気がする。こいつら、根本的な処で、どえらく間違っているって確信が、俺にはある。だが。それを指摘するのは、何かあまりに不憫(ふびん)で……。

「そう思って〝ペット探偵〟を始めたら、第一号が蛇だった訳？」

しょうがないから俺、ちょっと違う話をする。

「うん、そう。テストケースとして、口コミだけでやってみたのよ。したら、第一号が、よりにもよって蛇で……」

「ネコちゃんのおかげで大体の居場所は判ったんですけど、コミュニケーションはとれないわ、匂いもあんまりないわ、毒はあるわ、軽く殴(なぐ)ったら死んじゃう相手だわ、やー、もうどうしようかって具合に煮詰まっちゃったんですけれど、おじさんのおかげで助かりました。もう、こうなったら、おじさんにもこの事業に一口かんでもらおうかなー、そんな気分になってます、今。うん、ほんっとおに、いざって時、テレポーテーションは役にたちますねー」

判ってない。こいつら、本質的な問題を、まったく、何一つ、判ってない。

と、ここで。

「ん……んあわ？」

ふいに、ネコが、悲鳴のような声をあげた。

「え、何、ネコちゃん」

「あ、いやあの……桂一郎、あんた今、杏のおかげでって言ったでしょ？　それで思い出したんだけど……杏が持ってきたあのガラスも、ひょっとして、今回の経費にはいる訳？　あ、ううん、はいるわよね、あのガラス代を杏にたかるのは、あんまりよね」

「そりゃそうだよ。でもそれが一体……？」

「うちは相場よりずっと安いのが売りよっ。そんでもって、あのガラスがとっても高いだろうってことは、間違いなくあたし、断言できるっ。間違いない、あのガラスだけで、今回の仕事は赤字だわっ」

☆

そのあと。

何か、せっかくのガラスがまったく役にたたず（それに俺、間違いなくあのガラスを踏んで割ったと思うし）、代金だけはしっかり払うってネコに断言されちまった俺が、居たたまれない感じになった様子を見ると。桂一郎は俺に気を遣ったのか、「じゃあ今晩はおひらきにしましょう」って言いだした。ネコも帳簿つけがあるからって部屋にもどろうとし……だが、俺は、ちょっとまだネコに言わなきゃいけないことがあって……。

「えーと、今回の夢太郎は赤字だったけど……」

それは、必死になって帳簿をつけているネコには……誠に言いにくい話なんだが……。

「あのう……ネコ？」

「はい？」

「その……こんなことを言いたくはないんだが、お前達が俺に心配をかけないよう努力していることは判ったんだが……その……お前達の努力って、本質的な処で、間違っている」

「……？」

「おまえと桂一郎は、ペット探偵には向かないんだよ、本質的に」

「……？」

「一つだけ言いたい。桂一郎は、ライオンだ」

「うん。だから、この仕事を考えたんだけど……」

「ライオンは、人間に較べれば、動物の足跡をたどることがうまい。片言で、ネコ科の他の動物と話すことができるのかも知れない。けど……逆も、また、あり、だろ？」

「……へ？」

「弱い動物は、ライオンが来たら、逃げるよ」

「あ……」

「確かに桂一郎は、ネコ科の動物を説得できるんだろう、イヌ科の動物の臭跡を探れるんだろう、けど、そういう動物は、そもそも桂一郎と会ったりしない。桂一郎の匂いがしただけで、逃げるに決まっている」

「あぁっ」

「人間のペット探偵が相手なら、逃げ出したペットは、逃げるかも知れないし、気にしないかも知れない。餌でおびき寄せられることもあるだろうし、餌にかからないこともあるかも知れない。けど、おっかけてくるのがライオンなら……ライオンが、追っかけてきたなら、今回の、夢太郎みたいなのが、むしろ例外であって……普通、ペットになる小動物は……逃げるんじゃ、ないかなあ……」

「あああっ」

「だから、お前達の努力は、納得した、理解した、努力していることは判ったけど……その努力は、間違いなく、実を結ばないと思う」

「ああああっ」

「努力は判るけど、他の可能性をあたれ。……な？」

☆

この時の。ネコの顔が、何かあんまり情けなかったので。

あるいはまた、翌日、ネコから俺の話を聞いたらしい桂一郎が、何かあんまり呆然とした顔をしていたので。

この時以来、俺の意識は、また一つ、変わった。

あんま認めたくないんだけれど——本当、何の因果で、こんな髭男をって思うんだけど……でも、けど、桂一郎は、桂一郎も、俺の、被保護者だ。

ああ、そうだよ、こんな、どっか果てしなく〝抜けて〟いるガキ、そんなもんを二人も抱えて……お父さんは、たまりませんよ、ほんっとおっに。

☆

と、まあ。

ここでこの話がお終いになるのなら、俺って結構かっこいいんだけれど……哀しいことに、ここで、このお話は、お終いにはならなかった。

後日談が、ある。

これは、大分後になって知った話なのだが……ネコも、桂一郎も、俺が、二人のことを張り込んでいるのに、気がついていたそうなのだ。（まあ……満月期に俺、桂一郎のバスルームにはりこんでいた訳で……そりゃ、ライオンには、判るか。）だから、携帯電話の声なんかも、俺を意識して、俺に聞こえるように、わざわざ張り上げていたらしいのだ。

んで、俺がいない時に、二人して。

『いっそ、素直に聞いてくれれば、まだ説明の仕様もあるのに、あの心配性のおじさん、一体どうしたものなんだろう』って悩んでいたらしい。

こんなガキを、二人も抱えて。お父さんは、ほんっとに、苦悩しているんだが……心配性のお父さんを持った、ガキの二人は二人で、一応、苦悩があるって言えば、あった訳だ。

……まあ……結局。

家族なんて……こんなもん、なんだろう……なあ……。

はあふっ。

〈Fin〉

二分割幽霊綺譚

Opening　いつにもまして暗い朝

深い、喪失感を味わっていた。

砂漠のどまん中に、俺はいた。一面続く、うすい、かわいた茶色。茶色の砂は、見事にかわききっていて、さらさらと、風にのり、流れる。流砂。描かれる模様。巨大な円盤状の太陽。

呼吸が荒い。毛穴という毛穴から、まだ汗になる前の水分が、半ば暴力的に奪いとられてゆく。いきおい口をあけてあえげば――風に乗り、口の中にはいりこんでくる砂。歯をくいしばると、奥歯にこびりついた砂が、ぎりっという、耐えがたい音を発する。

俺は、一人だった。見渡す限り続く、水気のまるでない茶色の大海原の中で、たった、一人。

水をくれ。水が欲しい。

誰にともなく、こう呟く。呟く為に口をあければ、口の中にわずかにあった唾液すら、無残に蒸発してしまう。喉が渇いていた。頭が痛かった。くらくらした。水が欲しい。

水が欲しい。水をくれ。水はないか。水。

その欲求が心の中で極限にまで高まったその時、それは、おこった。

腕が――俺の右腕が、つけ根から急に消失したのだ。切断されたのではない、最初から右腕なんてものは存在しなかったかのように、血の一滴も流さず、痛みもなく、きれいさっぱりと。

そして。右腕の消失と同時に。目前、五メートルくらいの処に女があらわれた。

うすい更紗をまとった女。砂漠の――姫。彼女はまっ青なガラスの壺を持っており、その中からは、かすかに水のにおいがした。

水を持った女。この、人影のまるでない砂漠に、突然現われた女。その女を見ただけで、俺は心がなごんでゆくのを感じていた。右腕なんか、どうでもいい。俺にその水をくれ。

ところが。いくらあがいても、何故か俺はその場を動くことができなかった。ほんの数メートル先。そこには、水を持った女がいるというのに。

あの女に近づきたい。水が欲しい。

強く、そう念じる。と、今度は左腕がつけ根から消失した。そして、それに呼応するかの如く、体を動かしもしなかったのに、女、先程よりは俺に近づいていた。あと、三メートル。

その後は、それの繰り返し。右足がなくなる。女は、あと二メートルくらいの処。左足がなくなる。女はあと一メートル。胴がなくなる。女、すぐそこ……。
けれど。腕も足もない俺は、女から壺をうけとることができなかった。女は、俺に水を飲ませてくれようとしたのだが、胴のない俺の口にいくら水を注ぎこんでも、それは首からすぐ下へ落ち——あつい砂へと、しみこんでゆくだけ。

水を飲む為の胴が欲しい。壺をうけとる為の手が欲しい。

そう思ったとたん。俺はもとの五体満足な姿にもどり——砂漠の姫は、消えてしまった。ただ、あたりに水のにおいを残して……。

そして、深い、喪失感。

「砂姫」

俺は、かすかにこう呟いたと思う。砂漠の姫——砂姫。とたんに、頭にひどいショックをうけ、目が醒めた。

☆

頭が、がんがんしていた。一瞬、本当に目から星がでた。うー、ベッドの脚。ベッドから転がり落ちるのはまだしも、転がり落ちてベッドの脚に思いっきり頭をぶつける、というのは、あまりといえばあまりの寝相ではなかろうか。

時計の針は、五時をさしていた。午前五時、か。とても俺の起きる時間じゃない。もう一回寝なおすか——と思いかけ、やめる。この頭。そして、喉。やたらと喉が渇いていた。このせいであんな夢をみたのかな。何か、ひりひりする程、渇いている。

酒はほどほどにしよう。こんなになるまで、飲むもんじゃない。二日酔いの朝、毎度おなじみの反省をして——と、思い出してしまう。こんなに酒飲んだ原因を。

砂姫。みんなあいつのせいだ。何だってまた、あんな女、ひろっちまったんだろう。重たい後悔。

頭をさすりながら、ベッド直す。とにかく目は醒めちまったんだし、この頭痛じゃ寝なおす気にもなれんし、やんなきゃいけない課題もあった筈だし、とすると論理的結論としては、起きるべきなんだろうな。判ってます、起きるよ。

頭を軽く二、三度振って、何とか人心地つくと——あ、駄目だ。また暗い気分になってきた。暗い気分——大体、部屋自体がそもそも暗いんだから。

晩夏——いや、初秋っていうべきなのかな、この時期の日の出って、まだか。電気つけなきゃ、椅子か何かに激突しそうな程、暗い。

マンションの二階。南向きの大きな窓のある部屋。面倒だから、夜、雨戸閉めずにカーテンをひいただけで寝るだろ。と、平生だと、起きた時、やたら明るいんだよな。その明るさに慣れちまってるから、久方ぶりのこの暗い朝は……くらーい気分になるのに充分。

一応、着替えなぞしてから、カーテンあける。どういう訳か、俺、女の子だったりするから、やっぱ、下着姿でカーテンあける訳にはいかんでしょうが。と。と。

うわあお。何だこれ!?

目の下、全部、土だった。つち！

そりゃ、普通――道路か何かに面してるんでなければ――窓の外、目の下は土だろうって？　そうだよ、確かに。いつだって、窓から下を見れば土があったよ。そういう情景だったら、俺もそんなに驚きゃしないよ。

問題は、土の位置なのだ。俺の部屋、二階。故に、土は三メートルくらい下――にあれば、こんなに驚きゃしない。ほんの一メートルたらず下、つまり夜中に地面が二メートル程も持ちあがってきちまったから、驚いたんだ。

何だ何だ何だ、夜中に地震でもあって、このマンション、二メートルばっか、もぐっちまったのか？

一回、そう思いかけて、すぐそうではないことに気づいた。地面がもりあがったんじゃない、地面の上に、誰かが土の山、作ったんだ。

気をつけて見れば、土がもりあがっている――土の山ができているのは、俺の部屋の前のあたりだけ。高さ二メートル、はば四メートルくらいの土の山。

可哀想に、こんなもんができちまったら、俺のま下の部屋の住人、完全に日照権、奪われちまうぜ――俺のま下の部屋の住人。

東くらこだ。東くらこ――俺のま下の部屋に住んでる女の名前。東くらこ――そうだ、あいつだ。

まるで意味もなく、確信する。この土の山は、絶対東くらこが作ったもんだ。そうに決まってる。いくらこのマンションが妙なところとはいえ、このマンションの住人の中で、多少なりとも土に関係あるのは東くらこだけだし、いくらこのマンションが妙なところとはいえ、土の山が自然発生するとは思えん。

このマンションは、妙なところ。こう書いた以上、やはり、このマンションについて多少なりとも書くのが義務ってもんだろうか。

ここ――第13あかねマンションは、13、という数がいけなかったんだろうか、一種、現代のお化け屋敷みたいなマンションだ。

砂姫（あとで書くけど、同居人）に言わせれば、ここ、いろいろなパラレル・ワールドの接点になってて、空間がゆがんでいるのだそうだが――この解釈は、ちっと、どうかと思う。この大東京のまん中、飯田橋に、何が悲しくてそんなSF的なマンションが建つんだよ。俺は、もっとずっと素直に、ヘルハウスみたいな呪われたマンションだと思ってる。

具体例をあげると、まず、何故かよく人が消える。ある日唐突にいなくなっちまう訳。で、一週間とか一ヵ月とかして、また唐突に現われるんだが（あ、中には、消えたっきり二度と再び帰ってこない人もいる）、殆どの人は、消えていた間のことを一言もしゃべらず、すぐひっこしていってしまうから——余程、異常な体験をしたのだろうと思う。

また、時々、ドアの内側とか窓の外とかが、通常見慣れた普通の場所ではなくなる——唐突に、ドアの中が大海原になっちまったり、砂丘になっちまったりすることがある。一度なんか俺、自分の部屋にはいってドア閉めたら突然、何故か新宿駅西口に出ちまったんだぜ。仕方ないからもう一回電車に乗って家へ帰ったが——これも、普通では、ないと思う。

その他、やれ誰もいない筈の部屋から女のすすり泣きが聞こえただの、夜、廊下を黒い影が横切るの、その手のうわさにはまるで不自由しないマンションなのだ。何でTV局が取材に来ないのか、不思議なくらい。

で、まあ、普通の感受性を持ちあわせた人間は、こんなとこに、一ヵ月、いつけやしない。おかげで家賃は信じられない程安く（大家も、たたりが怖くてここつぶせないらしい）、故にまだ大学生だっていうのに、俺、十二畳ワンルーム、バストイレつきの部屋に住める訳。

あん？　そんなとこによく住めるって？　いいんだ、俺は。むしろ、こういう処の方が住みやすい。命なんて、いつなくしてもいいと思ってるし——あんまり、人間とつきあいたくないしな。定住者のほとんどいない呪われたマンション。はっ、潜在的自殺志願者にとって、これ以上住みやすいところが、他にあるかよ。

☆

話の進行上、ここらで自己紹介なんてのを、しておくべきなのかも知れない。

俺、斎藤礼子という——今は。今、二十一の女。あん？　女で一人称代名詞が俺なのは気持ち悪いって？　ま、そうだろうな。俺だって知りあいにそんな女がいたら、気色悪いと思うよ。だから俺、一応人前では、あたしとか言ってんだぜ。うー、何たるサービス精神。あたしって一言いうたびに、自分でも居心地悪くていたたまれない気分になるっていうのに。

あ、今の文、注意して読んでくれた？　今は、斎藤礼子って言うって書いたろ。昔は、斎藤礼朗っつったの。十三の時まで。昔は俺、男だったのだ。

とにかく俺、中二のなかばまで、自分のことをかたく男と信じて育ってきた。親だって何だって、みんな俺のこと男だって思ってた。（というより、俺、その頃までは、少なくとも外見的には完全に男だったのだ。）

あの頃は楽しかったな。俺はちょっとしたガキ大将で——中二で背が百七十あったし（今は百七十五、ある）、剣道初段だった（今は二段）。剣道部の主将で、全国大会で一回優勝してる。わりと男前でもあった。彼女だって、ちゃんといたんだぜ。一つ下の、真弓美絵子っつうの。軽い天然パーマで、目がくりっとしてて、ちっこくて可愛い女の子だった。キスまでの仲。

で。こんな環境で、ある日突然、女になってしまったのだ。

仮性半陰陽っつうんだって。遺伝子的にはもともと女だったんだけど、外見——っていうか、性器が男性のような格好してた訳。それが、とあることがきっかけで、判ってしまったのだ。何か、ごくまれにある病気らしい。

まあ、そのあとはえらい騒ぎだった。長男だと思ってた子が実は次女だったんだから……おふくろは泣くし、親父は酒ばっか飲むし、姉貴は何とも言いようのない暗い顔するし、医者は手術すすめるし、カウンセラーはぐだぐだ言うし。俺は完全にノイローゼの一歩手前までいっちまった。しまいには、五体満足のくせに、「君の気持ちは判るけど」なんてほざいたカウンセラー、はったおしてやりたくなった。

とにかく、カウンセラーと何だかんだ〝お話しあい〟なんぞをした結果、最終的に、俺は、女になることになった。遺伝子的に、じゃなくて、外見的にも。手術だぜ手術——思い出したくもないっ！

で、転校、一人でひっこし。

「ねえ、斎藤さんとこのお坊ちゃん、実は女だったんですって」

なんて言われるのには耐えられそうになかったし——大体、学校行って、どうしろっつうんじゃ。

「えー、斎藤です。今日から女になりました」

って言えっつうのか⁉

美絵子に別れも言えなかった。

「ごめん、美絵子。実は俺……女だったんだ」

……言えるかよ！　そんなこと！

で、とにかく隣の区へひっこし（おふくろはついて来るっつって泣いたけど、俺、断った。何よりも、台所でこっそり泣くおふくろ、見ているのが耐えられなかった）、中学校かわり——斎藤礼子としての人生が始まった。

女子中学生。そして、女子高生。そんなもんやって——しみじみ、思った。男っつうのは、何て可哀想な生物だろうと。

だって、女！　あれ、何だよ！

一応、それまでは俺、健全な男子中学生やってたんだぜ。週刊誌のヌードグラビア見ちゃどきどきし、下級生が二月十四日に「先輩……あの、これ」とか言ってチョコレートおしつけて走ってきゃかわいいと思った。けど。いざ、自分で女やってみれば。

これ程、あつかましく、猫っかぶりで、おっとろしい生き物って、他にいないぜ。男の方が余程純情可憐。

「えー、田村くん？　何よお、真澄、あんなのがいい訳？　あの、ひょっとこみたいな顔のがあ？」

「ちょっと、ひょっとこはひどいよ。彼、あれで結構かあいいんだから」

「かあいい？　あれがあ？　石川くんの方がまだかあいいわよ」

　あんなの、だと！　かあいい、だと！　これが、女が男に対して言う台詞かよ。大体、女の子が、女の子って生き物が、男の品定めするだなんて、ありかよ。

　それに。何だって女は、この手の話、好きなんだろうな。この手の――誰と誰がつきあってて、どの辺までいってて（AだのBだのCだの）だなんて話。それも、素面で。俺さ。本当、可哀想で見てらんなかったぜ、うわさの種になる男を。

　女の子の方は、ついうかれて言っちまうんだろうよ。

「あのね……あのね、内緒よ。あたし、ついにやっちゃったの。……うん。キス。……この間、二日にね、ほら、金子くんとね、スケート行ったでしょ。で、金子くん送ってくれて……で……」

　よもや金子は知らんだろうなあ。金子と由佳がキスしたってのの、三日後には由佳の友人大多数が知ってるなんて、おぞましいこと。それも――運が悪けりゃ、金子のその時の台詞から、キスの角度まで、全部しっかりばれてんだぜ。

　そりゃ、俺だって――男だってさ、時々、「森井、あいつ、すげえ胸あんのな」、「北原の方がいいぜ。森井とは顔が違う、顔が」なんてやってた事実は、否定しない。けど、何で女がそんなことやるんだよ！

　それに。生理のこと、まさか、女体の神秘とまでは思ってなくても、一応、たいへんなんだろうな、出血するってことは相当痛いんだろうか、なんて思ってた俺――耐えらんなかった、この会話。

「ね、斎藤さん、あれ持ってる、あれ……ナプキン。タンポンでもいいんだけどさ」女だろおまえは！　んなもん、人に借りずに自分で用意しとけ！

「水泳見学すんの？　かぜ？　……何だ、あれかあ。タンポン使えば？　……はいんないの？」はいんないの、とは何だ、はいんないの、とは！

　まして。生理中の女の子に対して、「うー、よるな、うつる」って台詞、あれは一体何なんだ！　生理っつうのは伝染病かよ！

　……とにかく、俺、中三の時点で、完全に女に対して幻滅した。幻滅――本当言うと、もう、近よりたくもない。大和撫子は、つつしみとか品位とかって言葉を、一体どこへおっことしてきちまったんだよ。

　そして、今更、男に対して夢は抱けず――また、男と友達づきあいもできず。（俺、眼鏡はかけてるけど――

もともとハンサムだったろ、自分で言うのも何だが、すげえ美人になっちまったんだ。姉貴が、ミス東京都だもんな。で、俺、姉貴よか……顔、整ってんだよ。胸がないからミス何とかにはなれないけど、それにしても、中学、高校と、ほとんどクラス一の美女だったんだ。で、俺と親しくなった男は……例外なしに、友情以外のもんを俺に期待しちまうのだ。んな気持ちの悪いこと、できるか。）

で、結局。俺は、人生に幻滅した。

何度、生きるのをやめようと思ったか判らない。それでも死なかったのは、死に対する恐怖のせいと、もう一つ、長男の責任。万一俺が自殺なんかしたら、おふくろが後追い心中しかねない。

とにかく、俺、生きて動く幽霊みたいになりながらも、齢二十一の今日まで、何とか生き続けてきた訳。いい加減、一人ぼっちにも慣れ、ぼさぼさ長髪、大抵の男とはつりあわん身長、だらしない格好、ヘビースモーカー、なるべく似合わない眼鏡って要素で男さけて。

で、一週間前に砂姫ひろっちまって——あー、思い出したくもない！

けど、これいつまでも想い出さずにいたら話が続かんし……。

土の山の話、書く前に、とりあえず、一週間前からの俺の恐慌状態について、書いとこうと思う。

PART I 想い出すのもたまらん話

一週間前、土曜日のこと。俺は、授業終わると、一人で学校の近くの喫茶店に行った。コーヒーなんぞ飲みながら、〝ぴあ〟ひろげて。何かいい映画ないかな、明日暇だしなっていう、ごく軽い気分で。

唐突に声かけられた。

「あれ、斎藤？」

俺は斎藤礼子であるからにして、思わずふり返る——と。目の前に化物がいた。

身長百七十五っつうのは、相当に高い。が、その俺よりも更にひとまわり高い——百八十は軽くこしてる——がっしりとした男が、つっ立っていた。これだけなら、別に、いいんだよな。けど、その男、ひどく体格と不釣り合いな顔してて。天然パーマの髪が肩まで、目はぱっちりと色白で、おまけに童顔。こんな顔の男がプロレスラーみたいな凄まじい体格してたら……不気味だった。

「あの……どなたでしょうか」

俺は一応、女言葉で答える。

「え？」

男は、一瞬、何ともいえない表情をした。それから。

「失礼。知りあいの斎藤って男にそっくりだったもんですから」

　こう言ったから、どっか行くと思ったら、男、俺の隣に腰かけちまった。

「しかし本当に似てますね、うしろ姿が。斎藤礼朗って男なんだけど、親戚じゃありませんか」

　……本人だよ。とはまさか、言う訳にもいかず。一所懸命考える。斎藤礼朗を知ってるからには、俺の中学、あるいは小学時代の知りあいだろう。誰だっけかな……。

　この髪、目鼻だち……へ？

「ま……真弓猛？」

　思わず言ってしまう。美絵子の一つ違いの兄で、俺の親友——だった男。たしかに、顔だちや雰囲気は真弓によく似てる。（真弓って、よく間違われるんだけど、名字なんだよね。）けど……あいつ、中学時代、前から二番目だったぞ。よくまあ……育ったもんだ。

「え？　僕のこと……知ってるんですか」

　当然のことながら真弓、きょとんと俺を見る。

「え、えーと、礼朗は、あたしの兄なんです。あ、あの、その、双子の。よく兄から話を聞いてました」

「へえー。礼朗の妹さん。いやあ、あいつに妹がいるだなんて、知らなかったなあ」

　そりゃそうだろう。俺だって知らんわい。

「で、礼朗は今、何してます？　なつかしいなあ。今、どこにいるんです？　できれば今度、会いたいなあ」

　今会ってるよ。

「えーと、その……」

　困る。えーい、しかたない。

「死にました」

「え!?」

　急に真弓の声、はねあがる。

「なくなったんですか？」

「ええ、あの、ガンで」

「え！　あいつが！　ガンで！」

　嘘だろ！　真弓、涙ぐんでやがる。

「そうですか……あいつが……ガンで……あんな、殺しても死にそうにない奴が……」

　殺しても死にそうになくて悪かったな。

　ずずって、一回、鼻すすりあげると、真弓、何とか普通の声をだした。

「あいつ、中学の時、突然転校しちまったんですよね——いや、転校したでしょう。あのあと、僕、妹と一緒に、剣道の大会は大抵行くようにしてたんですよね。妹がね、会いたがって会いたがって」

　……美絵子。俺のことは忘れてくれ。

「妹さん、今、何してます」

　とはいうものの、一応は、こう聞いてしまうのは——未練、だろうか。

「今は短大いってます。何か、来年、コンパで知りあった男と結婚するんだって……」

　ずでっ。

「いや、しかし、礼朗が死んだなんて……あ、妹さんは何ておっしゃるんですか」

「礼子です」

〝もとあき〟と〝のりこ〟。字は同じだけど、音変えたから、だいぶ印象が違う筈。

「そうですか。礼子さん、気をおとさないようにね。あいつは……いい奴でしたね」

「あ……はあ」

「本当にいい奴だったんですよ、親分肌で。僕なんか、何度あいつに助けてもらったか判らない」

　かといって、俺の手なんか握るな真弓。気味悪いわい。

「そうかあ……。あいつ、死んじまったんですかあ……。それにしても、あいつ、何だって転校したんですか、あんな唐突に」

「えーと、あの……本人が、余命いくばくもないって知りまして、で、転校、という形にして、で、すぐなくなったと」

「え!?　じゃ、あいつ、転校してすぐなくなったんですか」

「え……ええ、まあ、そんなもんです」

「そうだったんですか……知らなかったなあ」

　真弓は、よりきつく俺の手を握りしめる。やめてくれよ、本当にもう。これでおまえ、俺をなぐさめてるつもりか？

「それにしても、何で礼子さんは、礼朗と同じ中学に来なかったんですか？　あ、あそこにいなかったですよね」

「え、えーと、あ、あの、双子は縁起が悪いという言い伝えが……」

　いつの時代の話だ。

「へえ。それで他の中学に。けど……僕があいつん家へ遊びに行った時も、あなたに会いませんでしたねえ」

「ええ、あの、その、つまりですね、親戚の家にあずけられていましたので」

「はあ。そうなんですか」

　信じられない話だけど——礼朗の死を聞いて動転してんのかな、いや、昔から、そういえばこいつは無類に素直な男だった——真弓、俺の説明をすんなりうけいれる。

「で、礼子さんは今、どちらにおすまいなんですか」

　それ聞いてどうすんだよ。少し、あせる。

「え、えーと、あの……」

　とはいうものの、とてもじゃないけど、今更、自分が礼朗だって事実を告白する気になれず、俺仕方なしに住所を言う。と、真弓の表情が変わった。

「第13あかねマンション!?　じゃ、ひょっとして、山科

「そうですかあ……いや、そうでしょうね。山科さんもそう言ってました。東さんって、何ていうか、一種こう……人をよせつけないムードがありますよね」

　東くらこ。一所懸命想い出してみる。どんな女だったっけ？

　割と、日本的な顔だちだった。そう、あくまで白い肌――こう書けば聞こえはいいが、一種病的に白い肌だ――、黒髪は長くストレート――こう書けば聞こえはいいが、生まれてこのかた、殆ど美容室へ行ったことがないような長さだ――。でも、それは、まあ、いい。ただ。

　あの女も、第13あかねマンションに平然と住むだけあって、相当変わった女だった筈。確か……あ、そうだ。

　あの女が今いる部屋――一階の南側――には、二年くらい前まで、杉本夫妻っていう夫婦が住んでたんだって。(これは、もう二年以上もここに住んでいる、むかいの根岸って女に聞いた。) 何でも、地中生物学っつうのが専門の学者夫婦で、みみずやもぐらを飼ってたんだそうだ。で、一歳になる女の子がいて……この状態で、ある日、一家三人そろって、ふっと消えちまったんだって。

　それから、二年たって。気がつくと、そこの部屋には東くらこが住んでいた。(本当に、ふってわいたように、気がついたら、いたらしい。) 彼女は、自分のことを杉本夫妻の娘だと主張して（まるで年があわないのだが）、結局、いすわってしまった。

さんとか……東さんがいるんじゃありませんか？」

「ええ」

　山科善行も、東くらこも一階の住人だ。

「あの……真弓さんは何であのお二人を……」

　俺、一応おずおず聞いてみる。真弓の実家は知ってるんだが……よもやこいつ、あのマンションの近くに下宿なんて……してないだろうな。

「山科さん、イラストレーター、してるでしょう。僕の先輩なんですよ――っても、山科さん、油絵で、僕、ピアノなんですけど」

　えっ。山科って、うちの大学の油絵科卒？　じゃ、露骨に俺の先輩じゃないか。

　それにしても……うー、信じたくない。真弓がピアノ弾くのかよ。こいつ、ピアノたたき壊さずに弾けるんだろうか。でも、そういえばこいつ、昔から多少神経質なところがあったな。細心の注意を払いながら、ピアノたたく真弓。まあ、想像できんこともない。

「へーえ、そうかあ。あそこに住んでるんですかあ。ね、礼子さん、東さんと会うことがありませんか？」

　その時のくちぶりにより、俺、少し安心。真弓は東嬢にほれてんだ。ほっ。昔の親友に口説かれるっつう、最悪の事態は、これで何とかなった。

「えーと……まだ、ほんとに、会えばあいさつするくらいの関係です」

で、彼女の格好なんかが、また、凄かったそうだ。発見された時着ていた服っていうのが、二十数年着古したようなボロで、社会常識、まるでなし。家賃、という単語、知らなかったらしい（結局、大家がさんざ説明して納得したようだが）。で、彼女、家賃を絶対お札で払わないんだって。もうこれ、伝説になっちまってる。全部、硬貨。ま、お札も硬貨もお金であることに違いはないのだが。

ま、人の好みは人の好みであって、俺と真弓の好みが違うのはあたり前……とはいっても。真弓もまたずいぶんかわった好みしてんな。

「でも、その、人をよせつけない処っていうのに、何か一種のいじらしさを感じるんですよね。何ていうのかなあ……人にうちあけることのできない重荷をかかえて、でも、一所懸命、けなげに生きてるって感じで」

「あ……はあ……」

目を細めて、本当に愛しいものについてしゃべっているような表情の真弓。俺……何つうか、しばらく、呆気にとられていた。と、真弓、俺の気のないあいづちで、急に照れくさくなったのか、一転して話題を変えた。

「僕、割と山科さんと親しいんです。山科さんがあのマンションにひっこす前、うちのアパートにいたもんで」

ああ、そういえば隣にアパートあったっけ。

「で、僕がまた、山科さんと同じ大学来たでしょう。そんな縁もあって、時々、山科さんのところへ遊びに行くんですよ。そうですかあ、あそこに斎藤の妹さんがいただなんて」

俺、ひっこそうかなあ。

「今度、うちに遊びに来ませんか」

「え、え、何で」

思わず叫ぶ。いくら何でも——俺、この姿で、美絵子に会うの嫌だ。

「美絵子——妹にね、会ってやってほしいんですよ」

やだっつうに。

「こんなに礼朗に生きうつしなんだもの、会わせてやりたいなあ。一卵性双生児ですか」

……莫迦。一卵性で性が違うか。ああ、そういやこいつ、理数系全滅だっけ。

「今週はお暇ですか？」

「あ、あの、駄目です」

「じゃ、来週は」

「いえ、あ、あの、ちょっと……」

……にぶいっ。俺が嫌がってんの、判んねえのかよ、真弓！

「いつでも暇な日言って下さい。それにあわせますから」

「いえ、あの、その……」

で、結局、二週間後の日曜日に、約束しちまった。

……俺も弱いなあ。

☆

何だかんだ言い訳して、何とか真弓をふりきると、俺、その晩一人で酒飲んだ。これが飲まずにいられるかよ。日曜日には、かぜひいてみようかな。何とかうまいこと理由作って、美絵子すっぽかそう。男心——っつうか、女心は、これでいろいろデリケートなんだ。

言い訳考えつつ、終電のなくなった街を歩く。上野から飯田橋。歩けない距離じゃないし、酔いざましにはちょうどいい。

「やだ！　やめてよ、いやらしいわね！」

と。かんだかい女の声がした。あの角まがったとこ、かな。この辺は、今の時間帯じゃ人通り滅多にないし、女の子がよっぱらいにでもからまれてるんだろうか。まあ、通りかかったことだし、この場合やっぱ助けてやるべきだろうな。

走って角をまがる。ちょうど角のとこの家に、わりと大きな柿の木があって、枝が一本、何とか外からでもとれるとこにあった。悪い、とか心の中で呟いて、俺、その枝をおる。一応、竹刀の代用品さえあれば、並みの男にはまけない自信がある。

角をまがったとこ、街灯の下。

美絵子！　……じゃないけど。俺、思わず叫びそうになった。真弓に会ったせいかな、その女、美絵子そっくりに見えた。

天然パーマのくりいろの髪、胸まで。ぱっちりした二重まぶた、形のいい鼻、口紅塗ってる訳でもないのにまっ赤な唇。齢の頃は十五、六の、正直言って、美絵子より美少女。

その女の右手つかんで、雰囲気暴走族のお兄ちゃん風の男、二人。二人共、四〇〇ccクラスのバイク、そばにおいてる。

「なんだよう。そっちからコナかけといて、今更いやだもねえだろ」

今しゃべった男。唇がぼてっと厚くて、全体的に脂ぎった感じ。俺、こういうタイプ、生理的に嫌いなんだ。美絵子風容貌の女（つまり、もろ、好みのタイプ）が、どうみても好ましくない男にべたべたされてんのって、それだけでもう、許せん気がする。

「おい、よせよ。嫌がってんだろ」

重心左足にのせ、半眼って感じで男達睨みつける。二人共、今まで俺にはまるで気づいていなかったようで、あせってこっちむく。女の子は、脂ぎった男の手をふりはらって、定石どおり俺の方へ駆けてくる。たすけてえ、なんて叫んじまって。おっ、かっわいい。

「なんだよ、邪魔すんのかよ」

「おまえ、男か？　女か？」

脂っぽくない方が、悩んでる。だろうな、俺、背は百七十五あるし、胸はないに等しく、ジーンズはいて（誰が何と言おうと、俺、絶対にスカートはかんぞ。気色悪い）、髪は腰あたりまである。（おふくろがさ、言う訳。礼朗、いや礼子、おまえも可哀想だけど、何とか女になじんでおくれって。本当、涙ためて俺の行く末を案じてる訳。こりゃ、髪くらい伸ばして、せいぜい女のふりしてやんなきゃ、悪いよ。）男言葉遣えば男に見えるし、女言葉遣えば女に見える。

「さあな。言っとくけど、俺、有段者だからな。そっちが丸腰なら、勝負にならんぞ」

と、一応注意してはやったんだが。二人共、無謀なんだよな。

結局、二分後には、二人共、大地とお友達になってしまった。脂っぽい方は、ささやかな嫌悪の情をこめて、もろに胴うったから……さぞ、苦しかろう。っっても、同情してやる気は、まるでないが。

でもって、三分後。俺は女の子にお説教はじめてた。

「あんたも悪いんだぜ。こんな時間に女の子一人でこんなとこうろついてりゃ、襲って欲しいって言ってるようなもんだ」

この場合、自分が女だってことは、無視することにした。

「はーい」

女の子は、一応素直にこう言った。それから俺の顔みて。

「あの、あたし、砂姫っていいます。砂の姫って書いて、さき。……あなたは？」

「んなもん、どうでもいいよ。金持ってるか？」

「どうして？」

「車がひろえるとこまで送ってやるから、早く帰れよ。両親、心配してるぜ」

「お金、百六十円しかない」

しっかたないな。何の因果だ。俺が、見知らぬ女の子のタクシー代まで出すのかよ。

「それに、家も両親もないのよ、あたし」

「莫迦。ふざけるな。早く帰れ」

「だって本当にないんだもおん」

女の子は、軽くほっぺたふくらますと、俺の腕に腕をからめた。（かわいくない、と言えば、完全に嘘だな。）

「ね、あなたの家いこ」

「やだよ」

「どうしてえ？　あたし、あなたのこと気にいっちゃった。あなた、あたし、嫌い？」

……で、にっこり。俺の理性、完全にまけた。この子……かわいすぎる。

「本当にあたし、お家ないのよ。一晩でいいからとめてくれない？」

ま、精神的には俺、男だけど、肉体的には同性なんだから、一晩くらいとめてやってもいいかな。そう思った矢先、女の子、何かを手の中でちゃらちゃらいわせた。……あ。俺のキイ・ホルダー。昔、美絵子にもらった奴。

「Motoaki……もとあきっていうの」

「あ……まあ。お、おい、それ、どうやって」

「へへへーだ。とめてくんなきゃ返してあげないよおっだ」

「おい、こら」

「うふ。冗談」

砂姫はこう言うと、べたっと俺の腕に抱きついた。こいつ、笑うと左のほおにえくぼができるんだ。

「さ、もとあき君。いこ」

☆

家につくなり、砂姫はひたすらはしゃぎだした。きゃあ、立派なマンション、わあ、バスついてるう、とか言って。このマンションの家賃が、もうべらぼうに安いってことは、俺、話さない。

「ね、バス借りていい？」

「ああ」

で、砂姫が入浴している間、俺、ほけっと煙草（たばこ）ふかして。家出娘かな。名字なんていうんだろう。明日こそ家に帰さなきゃ。一応、年長者の責任つう問題もあるしな。

「家出人じゃないのよ」

ふいに背で声がして、あせる。

「大抵の人がそう思うみたいだけど、違うの」

砂姫は、湯あがりの上気した肌をバスタオルでくるんで、立っていた。思わず、男だった頃の気分になって、つばのみこむ。それから、何とか声を出し。

「早く服着ろ。パジャマ、貸してやろうか」

砂姫、何でだか、あきらかに不服そうな顔してこっちを睨む。

「ね、どうして」

甘えた声。

「何が」

「何でそんなに素気（そっけ）ないの。あたしって、そんなに魅力ない？」

こう言われて、ようやく悟（さと）った。砂姫は、俺のこと、男だと思ってたんだ。そうだよな。俺の名前、礼朗だと思ってるんだから。

「ね」

そして、次の瞬間、砂姫は、バスタオルを床におとしたのだ。

「あたし、欲しくない？」

☆

たく、まあったく、えーい、この!! この女の性道徳はどうなってんだ！　助けなきゃよかった。ほっときゃよかった。

　砂姫は露骨に、男だった頃の俺のタイプの女だったし、俺、まだ、意識的には男だから、んなことされれば挑発されないこともないし、とはいえやはり今俺は女で、女である以上女相手にどうしようもない訳で……ぐじゃっ。

　俺は、何とかなけなしの理性をふりしぼって、砂姫にパジャマ投げつけ、無理矢理ベッドにつっこみ、毛布だけうばって、ソファで寝た。いくら何でも、こんなややこしい状況下で、ややこしいことになりたくない！　と。そんな俺の耳許で。砂姫、何つったと思う？

「礼朗さん、あなたって……意外と紳士なのね」

　たまらんよ、俺は、本当にもう。

　いくら女に夢は抱くまい、女は魔物だって判っていても、この件は、やはり、それなりにショックだった。十五、六の女の子が、「あたし、欲しくない？」だと！　ざっけんじゃねえよ！　……もし、俺がずっと男だったら……おそらく、この誘惑には勝てなかったろう。それを思うと、口惜しくもおそろしい。

　女は、魔物だ。女、怖い。女……あーもう、寝られん！　砂姫はベッドの中で、くーかくーか寝息をたててるっつうに……畜生！　この！

　心の中で、何度も呪詛の言葉を繰り返し、やたらめったら寝がえりをうっているうちに、それでも何とかようやく少しうとうとしたらしい。ふと気がつくと……朝、だった。

☆

　何やらことことという音がして、目がさめた。起きてまず、ベッドへ目をはしらせ——砂姫の姿はない。

　ほっと一息つこうとして……うわっ、出た！　俺のシャツを無断で着て（一応、俺、背が百七十五あるだろ。男物着てる）、シャツの下からにょっきりふとももをのぞかせた砂姫は（おい！　朝っぱらから人の理性を攻撃すんな！）、なかなかまめまめしく、台所で働いてた。

「おはよ、礼朗。朝、お豆腐となめこのおみそ汁と、サケでいい？」

「……あ、ああ」

　思わず答えてから。

「おい、なめことみそ、どうした？」

　俺、とても料理なんてできんから、ひややっこ用の豆腐、焼くだけでいいサケしか買ってないぞ。

「なめことおみそとだし用のかつおぶしは、おむかいの根岸さんにもらっちゃった。あとでお礼しといて」

「お、おい、ちょっと」

「だってえ、まだ、お店あいてないよ」

　……だろうな。まだ七時。

「やっぱり、ほら、あたしとしては、大切なあなたに、しっかり朝御飯(あさごはん)たべて欲しいじゃない」

大切なあなたあ？　いつからそうなったんだ。

「でも、ちょっと意外。あたし、十五かそこらに見えるじゃない。こんな朝っぱらから男の部屋にいて、で、朝御飯の材料借りにいったら、当然〝わー、ふしだら〟って目でみられるかと思ってたのよね。根岸さん、全然そんなこと気にしてないみたい」

そりゃそうだろう。女の子が女の部屋にとまって、ふしだら路線で見られちゃかなわん。根岸嬢は俺が斎藤礼子であることを知っている。

「あのね、礼朗」

ふと気づくと、砂姫は何やら熱っぽい目で、俺の方をじっと見ていた。

「あたし、あなたのこと、すごおく、気にいっちゃったの。もうしばらくここにいていいでしょ」

おい、冗談！

「駄目」

いくら何でも、ああ、とは言えん。

「ね。どうして。どうしてよ。あたし、もうあなたのこと、誘惑しないから。……そのかわり、浮気しても怒んないで欲しいけど……」

「おい、ちょっとまてよ。砂姫、おまえね」

「お説教、やだ。おみそ汁が煮つまるよ」

「みそ汁よりこっちの方が大事！」

「なあによ」

「おまえがどんな育てられ方をしたのかは知らん。でも、若いうちにあんまり遊ぶと」

「お説教、やだってば。それにあたし、もう若くないもん」

「若くないって、十五、六やそこらで」

「十五、六じゃないもん。桁(けた)が違うもん」

「俺はふざけてないんだぞ」

「あたしもふざけてない。当年で三百歳以上よ。礼朗よかずっと大人」

「その台詞(せりふ)のどこがふざけてないんだ！」

「あ、あー。きずついちゃうな。礼朗だから本当のこと教えてあげたのにい」

「おーお、勝手にきずつけ。とにかく、俺の部屋におまえをおいといてやるのは今日でおわりだ」

「あ、そうお」

砂姫、ぷっとふくれる。か……かわいくなんかない！　か……わいいと思ったら身がもたん。

「じゃ、いいもん。斉木(さいき)さんとこへ行こうかな、おむかいの。あの人、今朝、あたしのこと、割ともの欲しそうな目で見てたもんね。あの人、雰囲気割とプレイボーイ風じゃない？　ああいう、自分で自分のこと、もてるって信じてる男って、割とすぐひっかかんのよね」

斉木？　むかいの？　おい、ちょっと待てよ。あいつ、この俺にまで色目使ったことあるんだぜ！　あんな男に砂姫が抱かれる……うー、許せん！

「お、おい、ちょっと待てよ砂姫」

俺——自分でもある点、だらしないと思える程おひとよしになってしまう。

「斉木はよせ、斉木は。あいつは真性プレイボーイだ。あとで泣くのはおまえだぞ」

「あたし、真性プレイガールだもん」

も……何かを言わんや。

「それに、礼朗君としては、あたしを追い出したいんでしょ。いいの。判ってるの。あたし、あなたの御迷惑になるのなら、おいて下さいなんて無理言わない」

「おい、砂姫。あんただって、別に男なら誰でもいいって訳じゃないんだろ。もう少しその、何つうか自分を」

「あたし、男なら誰でもいいの」

……こ　これが十六の……。

よせよお。その言い方だと、何か、俺が砂姫、捨てたみたいじゃないか。

「それに、斉木さんて、割とおいしそうじゃない」

お……おいしそうだとお！　こ、これが十六の娘の言う台詞か⁉

「あ。礼朗、誤解したあ。あたしの言うのは、何ていうかその、お食事としてみておいしそうだってことで……」

「……おまえ、人肉喰うの」

「まさか」

「じゃ、どこが誤解なんだよ！」

「ま、その話は、しだすと長くなるからよそうよ。とにかく、あたし斉木さんとこ行くからね」

「駄目！」

「どおしてえ？　どうして礼朗があたしのすることに文句言える訳え？」

「ね……年長者の責任！」

「だって、ここにいちゃ駄目、斉木さんとこ行っちゃ駄目っていうんじゃ、あたし、困る」

「困らないっ！　家へ帰れよ、家へ！」

「家、ないんだってば。何度言わせるの」

ふてくされて俺を見上げる砂姫。その目線は……何ていうのか、一種あらがいがたい魅力を持っていて……。

魅力。そんな生やさしいもんじゃない。魔力だこれは。

俺は……こっちを見上げる砂姫の目から、目を外せなくなっていた。視界一面にひろがるひとみ。……んな、莫迦な。かすかな、理性の抵抗。人間の目が、そんなに大きい訳はない。

しかし。気づくと、俺の視界は、砂姫の目で一杯になっていた。俺の視線のゆくところ——その、すべてに、砂姫の目。砂姫の——それも、ひとみの部分だけ。ひとみ——虹彩。その中で、ちろちろ燃える、緑色の炎。

虹彩は、黒か、茶色か——とにかくその類の色である筈。緑色の訳が――しかし。

虹彩の奥でさわぐ緑色の炎が、急にめらっと燃えあがり――砂姫の目は、すべて、緑色になった。かすかに視界の端にかかる、まっ赤な唇。あれは――血の色。血の色の唇からのぞく、真珠の白。歯。その歯は、八重歯というにはあまりにもとがっていて――そして。

そして、次の瞬間、理性がけしとんだ。

俺は無我夢中で砂姫を抱きしめ、砂姫は積極的に俺の抱擁にこたえ――あ。

やばい。まずい。これはいけない。

俺は――今の俺は、女なんだ。

俺は、慌てて、砂姫からはなれた。何とはなしに、一メートルもとびのいてしまう。

「……え？」

砂姫、ぼんやりと、かたすかしを喰ったように、俺をみつめる。……ほっ。先刻の緑の目は、やっぱり、光線の加減か何かだったんだ。今の砂姫の目は、ごく普通の焦茶。

「あの……」

砂姫、ちょっと口ごもって。それから。実に――実に何とも妙なことを言った。

「あなた……ひょっとして、人間じゃないの？」

「へ？」

今度は俺がきょとんとする番。二人して、まる二分、お互いの顔を見つめあい。それから、砂姫の、ただでさえ大きな目、急に一杯にみひらかれる。

「えー！　まさかあ⁉」

「へ？　まさかって何が」

「まさかと思うけど……でも他に考えようがない……礼朗君って、女なの？」

急にそんなこと言われたら……あせるぜ。でも、今の機会をのがしたら、もう、俺が女だって告白するチャンスはない。俺は、覚悟をきめて、息を吸った。

「そう。俺、女なんだ」

「……信じられない」

砂姫、ただただ口をあける。

「雰囲気、完全に男だったのに……。そうよ。このあたしが、男と女を間違う訳ない。……けど……本当に男だったら、あたしに言いよられて、そんなに平静でいられる訳ないし……」

そりゃちょっと自信過剰の台詞だぜ。そう言おうとして、思いとどまる。確かに普通の男なら、あんな風に砂姫にみつめられ、で、平静でいられる訳、ない。

「ね、どうして？」

砂姫はひたすら俺に喰いさがる。

「あたし、男みたいな女の人、とか、女みたいな男の人を見わけるのって、自信があるの。確かに礼朗って、体型はすごく中性的だと思う。体型だけ見たら、あたし、あなたのこと、男とも女とも判らなかったと思う。でも……精神、っていうか、感じは、あきらかに自分を男だと思って、男として育てられてきた人のそれだったわ。どうしてこんなことがあり得るの」

「うーん……」

困る。ちょっと常人には説明しにくいし、第一説明したくない。でも……考えてみれば砂姫は、何だか充分常人じゃなさそうだし。

「大体、もとあきって、どこをどう押しても男名前でしょ？　何でもとあきが女なの」

仕方ない。俺は、砂姫に——絶対内緒にするって約束つきで——俺のおいたちを話すことになった。

☆

「ふーん……」

砂姫は、俺のおいたちを聞いても、笑ったりしなかった。

「それで、今はのりこさんっていうの」

「そう」

「それはまた何とも数奇——っていうか、可哀想な運命ね……」

「だろ。な？」

俺は——初めて他人にこの話をし、初めて共感を得られた俺は——いきおいこんでこう言う。と、砂姫、さながら年下の子に言いきかせるかの如く、ゆっくりとした口調で。

「違うの。誤解しないでね。あたしがあなたのこと、可哀想って言ったのは、人生半ばにして性が変わったからじゃないの。あなたの神話と……その後のことを考えて。あなたの神話、全面的に崩れたのよね……」

神話？

「あのね、女の子は男の子に対して男性神話っていうのを、男の子は女の子に対して女性神話ってものを、それぞれ、いだいちゃうものなのよ。——まだ、お互いの実態を知らないうちは、女の子は男のこと、強くてたくましくてたよりになって、自分を守ってくれるものだと思っちゃう訳、無条件に。男の子が女のことをどう思うかは、あたし、判んないけど……でも、とにかく実際以上に思っちゃってる筈なの。で、それは、お互いに未知の——判らない、神秘的な部分が、どこかしらあるからなのよね。でも、あなたみたいに、思春期半ばで両方の性を経験しちゃったら、とても神秘的、だなんて思えなくなっちゃうでしょ、男性も、女性も。今まで夢を抱いてた分だけ女性には失望するだろうし、今更男性神話なんていだけっこないし」

ま……な。確かに俺、今更、男にも女にも何の夢も抱かないし、期待もしてない。と、砂姫、黙ってる俺の表情みて。

「あ、違うの。誤解しないでね。あたしが礼朗のこと可哀想だって言ったのは、別に神話の崩壊のせいじゃないの」

　ゆっくりと、俺の体をはいまわる、砂姫の視線。

「あのね、神話である以上、女の子にとって男の子って、永遠の異邦人――エイリアンなのよ。男の子にとっての女の子もそう。で……エイリアンの実態を知っちゃったら……そしてそれに幻滅したら……一番大切なところが見えなくなるじゃない。男と女は、それぞれ別種の――エイリアンだとしても、でも、あくまでも基本的なところでは同種だってこと。異邦人っていったって、それは、地球っていう一つの星の上での異邦人なのよね。基本的には、同種なのよ。同じ人間な訳。相手の神話が崩壊すれば、おそらくはその一番基本的な処が、見えなくなってしまうと思うのよね。そういうのって……悲劇だわ。悲劇じゃない？」

「…………」

　残念ながら、俺には、砂姫の台詞の大半が理解できなかった。ただ、判るのは砂姫の目のいろ。真剣に俺を見ている、砂姫の目のいろ。

　と、砂姫、急に軽くくすっと笑って、続けた。

「うん……まるで……あたしの運命みたいよ」

「へ？　砂姫も昔、男だったのか？」

　俺、何となく、その砂姫の表情がたまらなくて、思いっきり莫迦なことを言ってしまう。

「まさか。でも、数奇さの点では、ちょっと人後(じんご)におちないわよ……」

　それっきり、砂姫は口をつぐんだ。しばらくの――主観的には十数分におよぶような、客観的にはほんの数十秒の――沈黙。それから砂姫は口をひらいた。

「判った。今度こそ本当に、あたし、出てゆく。斉木さんも、誘惑しない」

　え？　……何(なん)つうか……こう……こんなに急に下手(したて)に出られると、困るんだよね。

「どうして」

「どうしてって、礼朗――あ、失礼、礼子さんとしては、あたしにいて欲しくないんでしょ？　ただでさえ、かなり数奇なあなたの運命を、あたしっていう果てしなく数奇な女の子加えて、さらにどうしようもなく数奇にしちゃっちゃ……申し訳ないもの」

　……え。おい。嘘だろ。これがあの砂姫の台詞かよ？　あの、人を人とも思わない、男ならだれでもいいだなんてうそぶく、あの砂姫の台詞？　こんな……ま、聞きようによっちゃ、神妙なのが？

「で……じゃ、おまえ、この先どうするんだ」

　思わず真面目(まじめ)な声で聞いてしまう。

「ん……」

　砂姫は、なんとなく、うれいを含んだような声を出す。

「ん……と、そうねえ……とりあえず、どっか他の――ディスコでもパブでも行って、男の子ひっかけるわ。そのあとのことはそのあとのことよ」

「お、おい。男ひっかけるっておまえ」

「ストップ。お説教やめて。……あのね、ちょっと説明できないんだけど、あたしも、あなたにまけずおとらず、数奇な運命に弄ばれてんの。あたしの場合、月に一人は別な男誘惑しないと生きてゆけない。……今までそうして生きてきたし……これからだって、そうやって生きてゆくわよ」

そうやって生きてゆくわよ。こう言った時の砂姫はまっすぐ前をみつめていて――とてもお説教できそうにない雰囲気。そう。その台詞は、どこか――とっても基のところで、殉教者とか、何かそういう類の人の台詞みたいな――妙に崇高な雰囲気をたたえていたから。

「その……」

で、我ながら莫迦みたいだと思う、次の台詞がでてきちまう訳。

「どうしても、他の男誘惑しないと生きてゆけない訳?」

「うん……どうしても」

と――珍しく、えらく真面目に、砂姫。……俺、負けた。精神的に。

「……判った」

仕方ないから、この台詞をしぼりだす。

「俺のことを誘惑しないって約束するなら、ここにおいてやる」

「え……だって……」

「いい。俺がおいてやるって決めたんだ。おまえが……たとえ何であっても、とにかくおいてやる。……ただし、俺は、これ以上誘惑するなよ」

「ん……OK」

「それから、斉木も駄目だ」

「OK。……でも、本当に、いいの?」

俺のことを莫迦だと思いたい奴は、そう思え。とにかく、俺は――何か判らんが、俺は――この条件で首をふっちまったのだ。縦に。

まさか……ここで首を縦にふっちまった為に――まさか、砂姫のせいだけとは思えん、俺には、いささかばかり、もともとそんな要素があったんだろう――こんなにも、数奇な運命に、もてあそばれるとは……予想の外だったもんで。

☆

以上、果てしなくどっか妙な会話の結論として、俺はメシを喰っていた。砂姫は、何だか今は食欲がないそうで、ほけっと俺の煙草ふかして。

と。ノックの音がした。

「はあい」

砂姫が、明るい声を出してドアをあける。今日は誰とも約束ないし、たずねてくる人のあてもないから、どうせ新聞の勧誘とかそんなもんだろう。なら、砂姫にまかしときゃいい。てんで俺、食事をやめずにいると。

「あれ……斎藤さんは？」

ドアの処で男の声。あれ？

「あ、います。どなた？」

「真弓といいます」

真弓の野郎だ。俺は、箸をおくと深呼吸。これ忘れちゃいけない。俺は女だ。

「あら、真弓さん、どうなさったんですか」

うっ、自分でもこの言葉遣いは気持ち悪い。砂姫の奴、俺が女言葉遣ったもんで、必死に笑いをこらえてやがる。

「え、特に何か用っていうんじゃなくて……僕、今、山科さんのとこに遊びに来てるんですよ。で、二階の斎藤さんが、僕の小学、中学時代の親友の妹さんだって話をして……。したら、山科さんが、よかったら遊びにこないかっていうんです。今、パーティやってるもんで」

「パーティ？」

「山科さん、今度、割と大きな童話シリーズの装丁やることになったんだそうで、それじゃおいわいしなきゃって……で、うちうちでパーティ。……あ、よろしかったらこちらの方も、いらっしゃいませんか？」

「あ、あたし？」

必死で笑いをこらえていた砂姫、顔をまっ赤にしながら聞く。

「中学時代の親友の妹さんってことは、あなた、礼子さんのお兄さんかお姉さんの……」

「ええ、斎藤礼朗の——礼子さんの双子のお兄さんの親友だったんですけど……。あ、あなた、礼朗は、知ってるんですか？」

「あ、あは、あの、ええ、はい、知ってるっていえば知ってます。……はは、そうか、礼子さんは礼朗の双子の妹な訳ね、成程」

「え？　まさかあなた、礼子さんと礼朗と別々に知りあった、二人が兄妹だって知らなかったって訳じゃないでしょ」

「え……ええ……」

砂姫、身体を二つに折って、いかにも苦し気に笑いをこらえている。真弓の方は、どことなくきょとんとした表情。

「ほんとに一緒に知ってます」

それでも何とか砂姫、この台詞をしぼりだす。

「じゃ、何で、今更そんな基本的事実に気づくんです？　こんなにそっくりなのに」

「そ、そ、そうよねえ……あは、本当にそっくり……」

「それにしても、礼朗は可哀想ですよ。あんなに若いうちに死んじまうなんて」

「し……死んじまう……」

……駄目だ。砂姫、ついに耐えられなくなってしまったらしい。完全にけたけた笑いだす。真弓は一瞬ぽかんとして……それから段々、おこりだしたようだ。ま、親友の死を笑う女がいたら、無理のない反応。

「ごめんなさい。あとから行きます」

俺、ついこう叫ぶと、ドアをばたんと閉じた。ここで、礼朗の死をめぐって、真弓と砂姫にけんかされちゃたまらん。

「あ、あの」

ドアの外で真弓が何か言ってる。俺、精一杯の大声で叫び返して。

「すみません！　この子、礼朗の死があまりにもショックだったんで、その話をされると、多少精神的に変調をきたして、笑いがとまらなくなるんです！」

……んな理屈、あるんだろうか。俺、もう、知らん。普通の人間なら、こんな莫迦莫迦(ばかばか)しい理屈でとても納得はすまいが……何つったって、相手は真弓だ。こいつの、あの無類の素直さをあてにするしかない。

砂姫は、そんな俺の気も知らず、体を二つにまげたまま、喉(のど)をぜいぜいいわせながら、ひたすら笑い続けていた。

「あは、ははは、礼朗君、死んだ訳」

「ああ」

俺、こころもち憮然(ぶぜん)。

「そうよねえ……あは、ここに礼子がいて、で、礼子と礼朗が同一人物であることを知られたくなきゃ、片っぽ殺すっきゃないわよねえ……ふふ……でも、あ、もう駄目、おかしい……」

☆

五分後。やっと笑いのおさまった砂姫は、もう、死にそうな顔をしていた。ま、五分ぶっ通し笑ったんだから、無理はないと言えば無理はないんだろうけど……喉はもう、完全にかれてて、顔中笑いじわ。おまけに笑い続けた為に相当腹筋を酷使(こくし)したらしく、腹おさえてる。

「同情する気はないぞ」

でも、俺、そんな砂姫に冷然とこう言い放って。あいつが笑ったのは、俺の死なんだぞ。どこの世界に自分の死を笑われて喜ぶ奴がいるかっつうんだ。

「うん、うん……ごめん」

何とか息をととのえて、あえぐように、砂姫。

「悪いとは思ってたんだ、うん、本当に。何とかとめよう、とめようと思ったんだけど……ごめんね、傷ついた？」

「ま、別にそれはいいけどさ」

俺も甘いんだ、本当に。

「けど、俺、言っちまったぜ。……まあ、あの場をおさめるにはそれしか方法がなかったんだけど……山科って奴の処へ行くって」

「それがどうかした訳？」

　砂姫は平然と聞く。俺が、あんまり真弓に近づきたくないと思ってることなんか……全然、考えてもいないらしい。

「ね、山科さんって、男？　女？」

「男。山科善行とかいったと思う」

「そうかあ、おとこ、ね」

　砂姫、何だか舌なめずりしている感じ。男——あー!?　こいつ、山科を誘惑する気か？

「斉木さんが駄目なら、その山科さんって人に期待してみよう」

「お……おいっ」

「勿論、会ってから考えるけどね」

☆

　砂姫は、そのあと一時間くらい、かいがいしく台所で立ち働き——まだ見ぬ〝男〟の為に、サンドイッチ、カナッペ、鶏のからあげを作った。パーティならおつまみがいるだろうっつって。

　それから二人して、仕方なく山科って男の部屋に行く。砂姫、必要以上にしなを作って、真弓に謝る。

「ごめんなさい、先刻は……。あたし、駄目なんです。礼朗君のことを聞くたびに、軽いヒステリーおこしちゃって……泣きたいんだけど、泣けなくて……笑いだしちゃうんです」

　真弓は——実にまったく、素直な男だ——この無茶苦茶な説明を聞いて、納得したらしい。砂姫と礼朗の関係をたずねたりして。

「いとこなんです。あたし、斎藤砂姫っていいます」

　おい、勝手にいとこになるなよな。

　俺はその間、山科善行を眺めていた。何となく、ほっとする。砂姫の趣味が俺タイプなら、大丈夫、砂姫は山科さんにはほれないだろう。……でも、何で俺がこんなことでほっとしなきゃいけないんだ？

　山科さんは、話によれば二十五の——でも、三十程度に見える男だった。えらく角ばった筋肉質の体つきで——俺と正反対。なのに背は百六十五もなく——俺と正反対。部屋の中はお世辞にもきれいとはいえず、また、本人も、あまり身だしなみに気をつかう方には見えなかった。この辺は、俺と似てないこともないんだが——まさか砂姫、俺の汚ない処が気にいった訳じゃないんだろ？　ちょっといやらし気な、口ひげなんかはやしてる。

「東さんに声かけたのか？」

　山科さん先刻から、そのことばかり真弓に聞く。そうか、こいつ——真弓が東嬢に片想いだって知ってて、で、パーティにかこつけて、東嬢と真弓にきっかけを作ってやろうとしてたのか。つうことは、俺も砂姫も、刺身のツマ。

もっとも真弓、この台詞聞くたびに見事にまっ赤にそまってたから……駄目だ。こんな気の弱さじゃ、女一人、口説けやしない。

「あの、お料理作ってきたんです。よかったらおつまみにでもって思って」

砂姫は——ああそうかそうか、こいつ、好みもへったくれもなく、男なら誰でもいいんだ——一応、真弓を懐柔するのに成功すると、今度は山科さんにコナかけだした。

「あ、どうも」

山科さん笑顔を作る。口ひげのせいだろうか、何かいやらしいな。

それにしても、砂姫が料理作ってきたの、正解だった。山科さん家、本当、何もありゃしない。サントリーホワイト一本と、するめとさきいか、柿の種。これだけでパーティだなんて、おこがましいぜ。砂姫が一品一品、料理をとりだすごとに、山科さん本当に嬉しそうな顔をする。

「すごいなー。これ全部、砂姫さんが作ったんですか」

「ううん、礼子と一緒に。礼子、これで割と家庭的なんですよ」

よしてくれよ、おい。それで俺に花もたしてくれたつもりか!?

「あ、うまい。うまいですよ、これ。こっちのからあげもなかなかいける。へえ、砂姫さんも礼子さんも、お料理上手なんですね」

「やだ、そんな、お世辞ばっかり」

「いや、お世辞じゃない」

へん。勝手に二人で意気投合してくれ。

「ほら、礼子さんもどうぞ」

山科さんがグラスを出してくれる。

「水割りでいいですか」

「あ、どうも」

いくら日曜だからって、昼からのむのか。うーむ……。

「礼子さんは真弓と大学一緒なんですって？ ピアノですか」

「いえ、油絵です」

「へえ。じゃ、俺の後輩になるんだ」

「ええ……まあ」

「で、どんなの描くんです？ よかったら今度見せて欲しいな」

何となく、微笑んでごまかす。俺、本当いうと、あんまり、自分の絵を人に見せたくないんだ。——特に、ある程度関係のある人——友人とか、近所の人とかには。

絵は、俺が女になっちまってからはじめた趣味で——何とか暗い気分をごまかそうと思って描きだした絵だから――本当に暗いのだ。あまりにも、暗いのだ。ま、その暗い処が、俺の個性っていえば個性なんだろうけれど、どうにも救いのない絵だってよく言われる。

「斎藤さんの今後の課題は、もっと人生を愛することだと思う。斎藤さんの絵からは、失望とか絶望とか――それも、まるで救いのない絶望しか感じられない」と、これが、俺がしょっちゅう合評で言われる台詞。なまじ、技術がちゃんとしてるから――自分でも、部屋においときたくない程、暗い絵になってしまう。

「絵には、本当にストレートに人柄が表われますからね。斎藤さんの絵なら、きっと、上品にまとまってるんでしょうね」

　山科さんこう言ってから、急に慌ててつけたす。

「あ、すいません。ほめたつもりなんだけど」

あ、そうか。品よくちっちゃくまとまってるってのは、スケールが小さいってことになるな。

　俺は、あいまいに笑って、その台詞をうけ流すと、机の方に目を走らせる。こいつはどんな絵、描くんだろうか。いくつか放ってあるイラストボード。ふうん……。絵柄は人柄ね。してみると山科さんって、人のよさは真弓とどっこいどっこいか。

　何か、童画というのが最も正しいような絵だった。実に素直で優しい絵。これが山科さんの人柄をあらわしているのだとすれば……しあわせな男だな。


と。

「やっぱり、趣味っていうか、――おしごとが同じだと気があうのかしら」

　やばっ。砂姫が拗ねてる。そういや先刻から、山科さん俺とばっかり話してるもんな。

「あ、あの、わたし、東さんに声かけてきますね」

　俺、何となく、立ちあがる。

「え、あの……」

　あせるなよ、真弓。ちゃんと誘ってきてやるから。

「東さん、おむかいの部屋なんですもの。声くらいかけてあげないと」

「あ、頼みますよ斎藤さん。真弓の奴、ちょっと気が弱くて、あんまり親しくない女の人には声かけにくいらしくて」

☆

　トントン。二度ノック。それから、少し間をおいて、また、トントン。

「東さん……お留守ですか」

　呼んでみる。しばらく待っても、返事はない。

　やだな。ぜひ、東嬢にいて欲しかったのに。このままだと、山科さんはひたすら俺にばかり話しかけ、砂姫がふくれて真弓手持ち無沙汰って感じになりかねない。東嬢がいれば、俺と真弓と東嬢で話して、砂姫と山科さんとでカップルって感じになるだろうに。

　そう思って、未練がましく、もう一度ノック。でも、まあ、俺としても、あんまり砂姫が山科さんにしなだれかかるとこ見たくないし……これでいいか。

　そう思って、帰ろうとして、何気なく、ノブに手をかける。カチャ……え？

　何だ、このドア、鍵かかってない。東さんも不用心だな。危ないじゃないか。

　少し、外側へ開いてしまったドアを、閉めようとする。その時、ちらっと部屋の中が見えて……え!?

え!?

　何だ、あれは？

　思わず、人の家だということも忘れて、しげしげと中をのぞきこんでしまう。ドア大きくあけて。

　一体全体……何なんだこれは。

　とても普通の女の子の部屋とは思えなかった。あまりにも、ないものが多すぎる。大きな処では、洋服だんす、机、本棚がない。

　そして。台所には、調理器具がまったくなかった。これは、女の子の部屋としては、ずいぶん異常なことではなかろうか。本当になべ一つ――おさいばしも、おたまも、包丁（ほうちょう）も見あたらないんだぜ！　ついでに言うと食器棚、というものが存在しておらず……東さんって、家では絶対調理しない人なんだろうか。おまけに。もっと異常なことには……ベッドがない。

　このマンションは、十二畳ワンルーム、バストイレつき、という奴だから、バスルームにベッドをもちこまない限り（まあ、そういう物好きがいるとは、俺、絶対思わん）、視野にベッドがなきゃいけないのだ。（ま、ふとんという手も、あることはあるが、このマンション、あくまで洋室って気分で造られているのだ。おしいれは小さいし、たたみじゃなくて木の床だし。これはやっぱり、ベッドのセンだと思うぜ。）

　でも。そんなことより何より、最大に異常なのは……部屋の中心部。

　何度も、目をこすった。けど、それは断固として消えることを拒否しており……でも、何でこんなとこにこんなもんがあるんだ？

　カーペットも何もしいていない床のどまん中に、土の山があった。三十センチ平均くらいの高さで、直径一メートルの円を描き、部屋の中央部にある土。これは……あきらかに、異常だ。普通ではない。何だって……何だって、マンションの一室のどまん中に、土、盛りあげなきゃならんのだ？　まさかここで何か栽培する訳じゃあるまいし……それならそれで、プランターなぞというもんがある。

　五分、じっと、ぼけっと、土の山を見つめていただろうか。やっと俺、正気にもどった。五分間みつめ続けても、土の山は消えなかったから……とすると、これは、ここにあるんだろう。実際に。

ま、いいさ。

俺、自分で自分に言いきかせる。世の中にはいろんな人がいるんだから……東嬢は、どろんこ美容術でもやってんのかも知れないし……あんまり、人のことに首つっこむもんじゃない。

とはいっても、この光景はあまりに異常で、俺は、そのあと、山科さんのとこへもどっても、生返事以外、何もできなかった。

☆

結局その晩。俺、あまりの欲求に耐えかねて——ミダス王の耳を見た床屋の気分がよく判る——砂姫に、東さんの家の話をしてしまった。……これがいけなかった。俺、もっとよく、砂姫の性格を理解しとくべきだった。

砂姫は、俺の望んだ反応——へえ、本当、とか言いながら、熱心に俺の話に耳を傾けてくれるっつう奴——をまるでせず、もっとずっと過激に、そのうち、すきを見て、東さん家にしのびこんでみると言いだしたのだ。

「しのびこむっつうのは、少し行きすぎだよ」

なんていう、俺の反論には、まったく耳をかさず。

「あたし、これから、山科さん口説く都合もあるし、しょっちゅう一階へ行くと思うんだ。だから、注意して、その東さんって人の家、みとくね」

何だよ、砂姫、やっぱり山科さん口説く気になっちまったのかよ。そう思うと俺、どことなく何となく気分が悪く……その話は、それっきりになった。

☆

水曜日の夜だった。砂姫が、課題に必死になってる俺をつついたのは。

「何だよ」

俺——時々反省はするんだぜ、けどどうしても駄目——絵を描いている時だけは、本当に真剣にやってるから、途中で邪魔されると駄目なのだ。目一杯不機嫌って声だしてしまう。

「ん、あのね、ちょっと……」

砂姫、何か言いかけ、俺の見幕に驚いたのか、ちょっと鼻白み——それから、まっすぐ描きかけの俺の絵を見て、眉をしかめた。

「それ……人の顔……よね」

「自画像。課題の。で、それが何か？」

こんな、意味のない会話で、精神集中ぶっ壊されたのが口惜しくて、ついつい口調がきつくなる。

「礼朗（結局、砂姫は、人前では俺のことのりこ、と呼び、二人きりの時はもとあきって呼んでいる）の顔？ それが？」

「自画像に他人の顔描いたって話、あんまり聞かねえだろ」

「そりゃそうだけど、礼朗、あなた、そんなに暗い目……してるわね、今は」

「うるせえな」

俺、段々本気でむしゃくしゃしてきた。俺がどんな絵描こうと、砂姫にああだこうだ言われる義理はない。

暗い絵——ああ、そうだよ、確かに俺の絵は暗いよ。けど、一体全体どうやって俺に明るい絵が描けるってんだ。

芸術ってのが、どんなもんだか、俺は知らない。が、俺にとって絵を描くというのは、常に、自分の心の底へ潜ってゆく作業なのだ。

ゆるやかに、おりてゆく。海に潜るかのように。最初のうちは、まだ陽の光が届き、心の中の雑多なものが見える。山科の野郎、気に喰わねえ、とか、昨日の夕飯はうまかったとか。が、やがてもっと潜ると——そんな感情はぐずぐずに溶け、俺はもはや、何も考えていないかのような状態になる。それでも俺は潜ってゆく。

最初の一筆をおく前に、俺はすでに、自分の潜れる最深部にいる。そこでは、およそ、俺という人間の深みからいえば、最高のものを見ることができる。本当の俺自身、そして本当の対象物。

その時。かかってしまうのだ。絶望という名のフィルターが。平生は、気分次第でごまかせる。忘れていることだって、できなくはない。しかし……心の底まで降りてゆけば。そこには必ずいるのだ。人生に対する絶望って名の化物が。

俺の心の最深部に絶望があったとしたら、どうして俺に明るい絵が描ける？　底にあるのが絶望だとしたら、俺は絶望を通してしか、物を本当に見ることはできない。

俺の絵の成績が、担当教授によってひどくまちまちなのは、おそらくはここに理由があるに違いない。俺の絵は（自分で言うのも変な話だが）、技術的には相当のレヴェルに達している。とすると、問題になるのは、俺の絵にほのみえる、俺の人生観。俺の人生への絶望を可ととるか不可ととるかは、ほとんど、教授の人間性によってしまうのだ。

「んで？　まさかおまえ。俺が何描いてんのか知りたくて声かけた訳じゃねえだろ」

砂姫があんまり黙りこくっているから、俺苛々とこう聞いてしまう。

「あ……うん。……でも……あのね、本題にはいる前に、ちょっとしゃべっていい？」

「なんだよ、もう」

「ん……あのね、礼朗、絵、やめたら」

何だよ唐突に。

「体に悪いよ。つまりあなた……毎日、絵を描くごとに、自分の不幸を再確認してる訳でしょ？　そんなの、体にいい訳ない」

……へん。俺は黙って鼻をならした。言いたい放題、言ってやがんな。体に悪い？　別に構やしねえよ。俺なんて――どうせ、生きてたって半分死んだようなもの――もともと幽霊なんだ。幽霊が体の心配するだなんて、は、ギャグだぜ。

「絵を描くことによって、一時的にでも現実から逃避してるのなら……それだって、ほめられたことじゃないけど……でも、まだ、いいのよ。けど、絵を描くごとに不幸を認識しなおしてるんじゃ、本当にどうしようもないじゃない」

「るせえな、本当に。放っといてくれよ。おまえに関係、ねえだろ」

　俺は冷たく――本当に冷たく、こう言いはなった。ちょっとばかり、砂姫、傷ついたかなって怖れ。でも、砂姫は、そんな俺の台詞を、平然と聞き流して、笑った。

「まあ……関係ないっていえば関係はないんだけどね」

　何ともさみしげな笑み。

「でも……どうせ描くんだから、過去の辛かったことを想い出し、辛さにひたりきって描くよりは、今の楽しいことか何か考えながら描いた方がいいんじゃないかなって思ったの」

　過去、辛かったって訳じゃない。今だって辛いんだ。でも……さすがにそれは言う気になれなかった。

　と、砂姫は一瞬の沈黙の後、いつもの調子にもどった。

「でね、用事なんだけど、ちょっと来て欲しいんだ」

「どこへ」

「今、あたし、善行んとこで（いつの間にか砂姫は、山科さんのことを、姓ではなしに名の方で呼ぶ程、親しくなっちまってた）おしゃべりしてたの。そのあと、ここへ帰ろうとして、例の東さんとこの前通って……したらね。何か、部屋の中で音がすんのよね」

　そりゃ、東嬢だって生きてんだから、音くらいたてるだろうよ。

「で、それが何か？」

「にぶいわね、礼朗は。あなた、その土の山のこと、気になってるんでしょうが」

「ま……な」

　おまえ程じゃないけどな。

「じゃ、今、チャンスじゃない。インスタント・ラーメンあったでしょ」

「ああ」

「それ二つくらい持ってね、あたし連れてゆく訳。この間ここにひっこしてきたいとこで砂姫っていう子です、よろしく、とか言って。で、あたしが、ひっこしそばのかわりに、ラーメン渡すじゃない。と、中が見える訳よ。もし、土の山があったら、あたし、いかにも無邪気って顔して、あら、何ですかあ、とか言って、勝手に彼女の家ん中へあがっちゃうから」

……どこが無邪気だ。

「ね、行こ。気になってるんでしょ」

俺、先刻の想いをぬぐいさる為、頭を数回ふり、何とか明るい顔を作る。

「ほら、じゃ、話きまった。ラーメン二つもらうね」

☆

ドアの前まで来て、俺は心中舌をまいた。だから女って怖いっつうんだよ。砂姫の表情は、実に見事で――どっから見ても、つい最近、東京の親戚をたよって上京してきた田舎娘だ。つい先刻まで、実に砂姫に似合っていた、濃いピンクのミニ・スカートや、うすい青のブラウス、ひもネクタイ、かなりいなせに着こなしていた俺の男物上着が、まるで借り物のように見える。最初から都会の水になじんでいた女じゃなくて、上京ついでに買った服が、まだ肌になじんでないって感じ。だから逆に、いかにもおさなく、無邪気に見えてしまう。

女っつうのは、天性の役者だな、まったく。中学、高校時代の認識をもう一度呼びもどされ、俺、ため息をつく。おーお、どうせこんなもんだろうよ。で、純真な男が手玉にとられるんだぜ。たっまんねえ。

トントン。軽くノック。……返事なし。

トントン。もっと強くノック。……返事なし。

ドンドン。なかばやけでノック。……全然、返事なし。

「変ねえ」

砂姫、無邪気な表情作るのやめて、いつもの砂姫にもどり、こう言う。

「先刻は確かに中で音がしたのに」

「じゃ、あれだろ、東さん、一回帰ってきて、またすぐ出かけたんだ」

俺としては、砂姫がまるで無邪気なイモ娘演じるところは、あまり見たくないって腹もあったもんだから、これで帰りたくなってる。けど、好奇心って魔物にとりつかれた砂姫は、とてもこれじゃ満足できないようだ。

「ね、礼朗……鍵、かかってないんじゃない、ひょっとして」

ノブにかけてある砂姫の右手を、俺、つかむ。

「よせよ、人の家なんてのぞくもんじゃない」

「あーら、人のこと言えた義理？」

あ、あ、あ。砂姫、ドア、開けちまった。

☆

ドアの内側――つまり、部屋の中は、この間とたいして変わりはなかった。同じように土の山。

「あ、よせよ」

なんて、俺の制止を聞く訳もなく、砂姫はウエスタン・ブーツを脱ぐと、勝手に人の家ん中はいっちまった。土の山をしげしげと眺めまわして。急に、手を振る。おいでおいでって感じで。

「ちょっと、礼朗……。これ、土の山じゃない。穴よ」

「あな⁉」

「うん。東さん、床板はずして、トンネル掘ってるみたい」

「どれ……」

ついつい俺も、靴を脱いでしまう。

本当に……穴だった。横から見たんじゃ判んないけど、上から見ればよく判る。中央部に大きな穴があって……それは、ちょっと行った処で、北側に折れている。トンネル。

「ね……こっちに銀行とかあったっけ」

「まさか今頃、古典的にトンネル掘って銀行強盗もねえだろ」

トンネルの下に東嬢がいるかも知れない。そう思うと、いきおい、俺も砂姫も小声になる。しかし……銀行強盗のセンを否定すると……何だって、東嬢はトンネルなんか掘ってるんだ⁉　全然……判らん。

これは、泥んこ美容とか、室内での野菜栽培なんてのよりはるかに大きな謎で……良識にしろ、常識にしろ、知識にしろ、すべての〝識〟がつく単語を動員しても、解釈が成りたたない。

どうやっても、全然解釈ができないものっていうのは、それなりに一種の恐怖感をともなってしまうので……俺と砂姫、どちらからともなく〝行こ〟って台詞をしぼりだしていた。

☆

そのあと、二、三日は、まあ、何ごともなくすぎていった。何ごともなく――つって、いいのかなあ。俺はいつも通り学校へかよい――ちょっと新婚の気分だった。家にはいつも灯りがついていて、家にはいると砂姫がエプロン姿で「お帰んなさあい」。夕飯はできてるわ、朝起きれば朝飯はできてるわ、メシ喰って夕刊読んでる間に風呂はわくわ、もうその点については申し分ない。それに、これが信じられないんだが――食費、俺一人の頃よりむしろ安あがりなのだ。まあ、外食やめたから、その分安あがりになったっていうの判らんでもないが、にしても、砂姫が。本当こいつ、何食ってんだって感じなんだよな。

食事は、いつも一人前しか作らない。一人前――勿論、俺の分。ダイエットしてるんだそうだが、ありゃ、ダイエットじゃなくて断食だぜ。あんた、一日中何も喰わんダイエットって、想像つく？

真弓は、何だかんだ言って、しょっちゅう山科さんのところへ遊びに来てた。真弓が来るたび、お人よしの山科さんは、東嬢に声かけてみろと言うらしいんだが……。結局、三十分もためらった末、決死の思いで真弓が行くと、東嬢は大体留守だそう。

「真弓君って、ほんっと、かっわいいのよね」

砂姫は、その模様を俺に話してきかせるたび、こう言っちゃまっ白い歯をみせて笑った。口紅も塗らないくせに何故かいつもまっ赤な唇が、きゅっと動いて作る、笑い。何か、たまんなくセクシー。

「本当——冗談じゃなく、決死の覚悟って顔して行くのよね。でね——聞かなくても、あ、東さんいないんだって、すぐ判る訳、顔見てると。決死の覚悟が、露骨に失望になるんだもん」

一方山科さんは——俺、本当判らんよ、あいつって。砂姫が、だぜ、あの可愛くて妙にいろっぽい砂姫が、陰に陽にひたすら口説いてんのに、何かっつうと俺んとこ来んの。思うにあいつ、今までほとんど女と縁がなかったんじゃないか？　どう見ても美男子とはいえないし、ついでに、会話術にすぐれてるとか女心をそそるのがうまいとかって美点もないしな。だもんで、急に思いもかけぬ美女に口説かれ、どうしていいか判らず、比較的第三者的立場にいる俺んとこへ逃げてくる。と、まあ、こんな図式。

東嬢については、俺、あまりふれたくない——というか、判らない。時々でかける。それも朝、七時だったり、正午だったり、かと思うと夜中だったり、とにかくまるで脈絡のない時間に。これはいいとしても、その後。家に帰ってくるとほぼすぐ、東嬢、消えちまうのだ。あ、東さん帰ってきた——ってんで真弓が何だかんだ誘いに行くと、留守な訳。俺と砂姫は、例の土のトンネルの問題で、真弓と山科さんは真弓の恋愛の問題で、彼女の動静には気をくばっている。それらの間をいとも軽々とすり抜けるって感じで、東嬢、消える訳。

「あたし思うんだけど、あの人、絶対、トンネル使って外出してるのよ」

この砂姫の意見に、俺も賛成なんだけど……ただ、どうしても、このトンネルの必然性が判らない。別に誰かに動静を見張られてるって訳でもなきゃ、尾行を毎日されてるって訳でもないんだろ？　そんな一介の女の子が、自宅から、どこへ行くにせよ外へ出るのに穴を掘る必然性、というのをまるで思いつけない。故に、東嬢のことは、何も判らない。

——というのは。逃げ、だな。

認めるよ。それは。確かに、俺、逃げてんだ。東嬢のことから。

二、三度、東嬢に、会った。山科さん、砂姫、真弓、俺と東嬢ってメンバーで、お茶をのんだことも、あった。単なる、会えばあいさつする程度の隣人っていうのより深く東嬢を知ってしまうと——俺、何ともやりきれない気分になってしまったのだ。

似ているのだ。あまりにも。おふくろと。

言葉のはしばし。真弓に対する態度。山科さんの仕事への気づかい。俺の酒量への忠告。どこもかしこも、ある種の母性愛のようなものに満ちていて。

ひょっとしたら。東嬢、あのトンネルの中に、自分の子供をかくしているのではあるまいか。そんな気がした。

ある程度以上長時間おしゃべりしてると、必ず、東嬢、部屋へ帰りたくてたまらない、というそぶりを示すのだ。まるで、あの部屋の中に、彼女の帰りを待ちわびている者がいるかのように。ドライブにさそっても、何にさそっても、頑としてある時間以上部屋からはなれたがらず——そして、それを全然苦痛に思っていないんだよな。愛する子供が、あの部屋にいる。だから、母親たるわたしがあの部屋からはなれたがらないのは当然で——それは、苦痛でも何でもない。むしろ、子供の面倒を見るのは楽しい。そんな感じが、ひしひしとした。

で、また同時に納得した。あの、無類に素直で、男というよりは男の子という雰囲気の真弓が東嬢にほれるのは、ごく、当然のことだったのだ。何つったって東嬢は、露骨に〝母！〟って人なんだから。コインロッカーに赤ちゃんすてたりする、母性の欠落した女の増えてる現代では、珍しい程、母性的な女なんだから。

そして。このように種々様々、謎とかやっかいごととかに彩（いろど）られた日常生活の中で、最もやっかいでかつ訳が判らんのは——砂姫。砂姫の、あの、手あたり次第に誰でもいい、男を口説くことにかける情熱。その情熱の、まあ当然の結果として、土曜日が来る——。

☆

土曜日——つまり、昨日の、夜六時半。例によって例の如く、俺の夕飯のしたくをする間中、砂姫は、おっそろしく上機嫌だった。鼻歌うたいながらキャベツをきざみ、いとも楽しげに米をとぎ。

「およっ」

食卓には何とまあ、同居生活始まって以来のサービス、よく冷えたビールなんてのまでついてる。

「どうしたんだ、一体」

「んっとね、御飯（ごはん）、これでしょ、おふろ今すごくあつめだから、きっと御飯おわるころには、はいりごろよ。湯あがりに、冷蔵庫の中にもう一本ビールあるからね。それから、本棚の隅に——礼朗のセブンスター、そろそろなくなりそうだから、新しいのおいてある。あとね、オーブンの中は、いじらないでね。あしたの朝、少しあっためると、オーブンの中からフレンチ・トーストでてくるからね。で、この、黄色いおなべの中に、明日の朝用のスープ」

「明日の朝って……あ、そうか、おまえ、ついに帰る気になったのか」

「違うもん。今日ね、善行ん家のお夕飯作るの」

「……で、うちの夕飯がすこし早めなのか。ん？　まてよ？　なら何だって、明日の朝のまで……」

「今日は内側からチェーンかけちゃっていいからね」

「お、おまえなー」

「大丈夫。心配しなくてもお昼前には帰ってきて、お昼御飯作ってあげる」

「俺が心配してんのはねー」

「ん？　何よ」

　ことっと、軽く左に首をかしげて、砂姫。

「何って、ほら、その、男の家にだな」

「あ、やーね、礼朗、やいてんの」

「莫迦！　誰が男にやくか」

「んじゃ、何よお」

　何よおって言われると困ってしまう。砂姫、見かけより芯は大人みたいだし、自分のやってることは判る年だろうし、してみると俺があいつと山科さんのことをどうのこうの言うのは、やはり馬にけられて死んじまう口だろうし……。

「……判ったよ。行けよ」

「やだあ、礼朗、怒んないでよ。ちゃんとあたし、礼朗のとこ戻ってくるから。本当に好きなのは礼朗だけなんだからね」

チュって、軽く俺の首筋にキスすると、砂姫、楽し気にエプロンたたむ。……じゃ、山科さんは何なんだ？　でも。今日はお食事楽しいお食事、なんて口ずさみながら、山科さん家へ夕飯作りに行く砂姫を見てると……う……俺、何も言えなった。

　ま、いい。もう、いい。いいやっかいばらいだ。

　一所懸命、自分で自分にそう言いきかせて。やけ酒ってのも変な感じで、とにかく七時頃から飲みだして、九時頃ダウン、十時すぎたら白河夜舟……で。

　次の日——日曜日の朝。二日酔いの喉のかわきも手伝って、俺、五時なんていう信じがたい時間に目をさますはめになり、窓の外に土の山のある、いつにもまして暗い朝をむかえてしまうのである。

PART Ⅱ　うっかり死ぬのはあんまりだ

「ふ……ん」

顔を洗い、ついでに歯もみがき、ぬとぬとしていた口の中をさっぱりさせた俺、こう呟いたまま、五分ばかり窓辺に立ちつくしていた。実は、この土の山は、二日酔いの産物であって、顔を洗えば消えてなくなるってセンを希望してたんだが……甘かったみたいだな。

東くらこか。

今までのことから、この山を作ったのは東くらこに違いない、とは思っていたんだが……しかし、なあ。

別に、土の山作っちゃ悪いってことはないだろうし、東くらこの部屋がまっ暗になったって、俺には関係ないんだし……とはいえ、これは、一人東くらこの問題じゃねえもんな。こんな、地上一メートルのところに窓があるとすると、今まで二階だったから、泥棒の心配もせず、雨戸あけて寝てたんだが、これからはそうもいかなくなるしな。

いや、そんな利害関係はさておき。

今まで、俺と砂姫が、東くらこの部屋にあったトンネルの話を他人にしなかったのは、人の部屋を勝手にのぞきこんだって罪悪感故だった。ところが今回の場合、何の罪悪感もなしに、この話を人にできるんだ。

朝、五時ちょっと、この時間帯が憎らしい。こんな早い——それも日曜の朝でなきゃ、俺、となり近所をたたきおこして、この土の山、見せるのに。知り得た情報が異常であればあるほど、人にそれを教えたくなるのが、人の世の常。

あ……まてよ。今日、砂姫は、山科さんのとこだ。

一語一語、区切るようにして想い出す。砂姫は、実に楽し気に、山科さんのところへとまるって宣言していったし、山科さんだって、砂姫が山科さんのところへとまったことを、俺が知ってるってことを知ってんだろう。とすると、そんな朝、俺が山科さんのとこへ行ったら、お互いにさぞ、ばつが悪かろうなあ。なんつったって、朝。昨日の今日だもの。

……あ。駄目だ。ひでえ。

つらつらそんなことを考えて、俺、愕然とした。気がつかないうちに、すっかり、むしばまれちまった。砂姫に。

七年かけて——女になってから、七年かけて、俺はきずきあげたつもりだった。今更、とてもじゃないけど、男にほれる気のおこらない自分、かといって、女には愛想を尽かした自分を。どうせ一生独り者なんだから（俺の場合、正常の女より、女性ホルモンの分泌がずっと少ないから、妊娠、出産はまあ無理だろうと思う。それに、そんなことしたかないし。生理だってたまにあるかないかだしな)、一生一人できままに暮らせたら、それでいい。そう思ってきた筈だった。なのに。

ほんの——ほんの一週間、砂姫と同居しただけで、それが崩れ去ってしまったのだ。

考えてみりゃ、砂姫は、はじめて俺が仮性半陰陽のことをうちあけた人物だし、女になってしまった俺を気味悪がることもなく一週間一緒に暮らした人物でもあるし……そう。雰囲気的に、パートナーって気分になっちまってんだ、いつの間にか。

何かあった。それを人に——砂姫に、話したい。

駄目だ、思考パターンが、すっかりそうなっちまってる。

砂姫に話して、で、どうなるって訳じゃない。でも……話したい。話して、〝えー、どうしてえ!?〟とか〝何よこれ〟とか、二人でうめいてみたい。

……ちぇっ。孤独になれるのに、ずいぶん時間がかかった。そう、七年かけて、やっとって気がする。ところがそんな——七年かけてやっと手にいれた孤独も、ほんの六日、人と一緒に暮らしただけで、すぐどっかいっちまう。

そんなもんかよ。そんなのってありかよ。あんまりだぜ、そりゃ。これから一生、孤独を相手にしなきゃならん人物——俺にとって。

……だよな。そうだよ。

昔の——砂姫と同居する前の俺なら、山科さんなんて、単に一階下にすんでる男。それだけの関係だった筈だ。こんな土の山が出現したって、誰かに話したい、なんて思考がおこる筈はない。山科さんの〝や〟の字を思い出す前に、自分一人でこの事態に対処すべく行動をおこしていたろう。

どうせ砂姫は山科さんと寝たんだ。

強いて、そう思おうとする。

いつか、砂姫だって、俺からはなれていくんだ。

そう。だとしたら。昔のように、俺はあくまで俺として——斎藤礼子一個人として、この事態にあたらなきゃいけない。

俺は、軽く首を二、三度ふると、今までの考えをおいはらい——誰かと相談してこれからのことを考える斎藤礼子じゃない、とにかく斎藤礼子として、この件にカタをつける気になっていた。——いや。そう、なった。なるようにした。

☆

土の山は、二階の窓から、すぐ足をのばせば届く処——一メートルとはなれていない処にあった。

とりあえず、ここに出てみるか。そう思って、玄関から靴をとってくる。靴をはいた足を伸ばす。まだ、手は窓につかまったまま。

足が、土の山にふれる。ずぶっと足が三十センチくらい土の山にもぐる。割とこれ、もろいな。しかし、足はこれ以上、土の山にもぐる気配をみせない。これならいいか。

俺、窓わくから手を放してみる。ずぶ。更に五センチくらい、土の山に足がもぐったけど、そこでストップ。

ふーむ。

山は、全然、ふみかためられた様子が見えなかった。つまり、ここに土の山を作った誰かは、単に土をここにもりあげてみただけって感じ。そして、山の北側には、これだけの土を供出するにたる穴は掘られてなかった。

とすると。穴が掘られたのは南側かな。あるいは、全然別のところで穴が掘られており、そこの土がここにはこばれただけかも知れない。ま、いずれにせよ、ここからでは穴の南側、見えない。土の山の南側へ行ってみなければ。

俺が、こう思った、という事実を、一体どこの誰が責められるというのだ。よもや――よもや、穴の掘られていたのが、土の山のどまん中で、南側へ行く為に中央部をとおった俺が、こんな目にあうことになるとは……予想してたら、絶対に、こんな道通らなかった！

☆

中央部にむかうにつれ、確かに妙な感じがしたことはしたんだ。ずぶずぶと、足が四、五十センチ、土の山にめりこんだ。

……あれ。少し、意外に思った。この辺の土って、いやにやわらかいんだな。他のとこよか、二十センチくらい余計にめりこんじまう。

そう思いながらも、俺、めりこんだ左足に重心を移して、右足を山のほぼ中心部にはこんだ――とたん。

とたんに。

ずぶずぶずぶずぶっ……。

体全体が、すごいいきおいで、めりこみだしたのだ。

うわっ、やばい。

と思った時にはもう遅い。俺の体は、重力の法則にしたがって、どんどん下へと落ちていった。

しまった。空洞部――つうか、穴があるのは、中央だったんだ。こんなことを、おっこってるさなかに思ったって、遅いんだよね、これは、まったく。

うわ、わあああああー。

声にならない叫びをあげつつ、俺が下まで落下したのは、すぐのことだった。

五メートル。いや、十メートルあったのかな。いずれにせよ、相当の距離を落下したにしては、意外にスムーズに、俺、着地した。下手すると、骨の一本や二本折るかも知れない。そう思ってた割に、かすり傷程度ですんだのは……下に、何やらごにょごにょ、ぬるぬるしたものがあったせい。

何だろう。ごにょごにょ……。手をのばす。つめたくて、動いていて、ぬるぬるするものが山程。この、ぬるぬるの山におっこって助かった……とは思っても、このぬるぬるの感じ、お世辞にも、いいとは言えない。

ぬるぬる。何だろう。なでまわす。何か、雰囲気的に、細くて、長くて……。

長虫というのは、蛇のことである。

ふっとそんなことを思った。何となく……何となあく、俺の下にあるもの、感じが蛇に似ている。細くて長くて……うわあ!!

うわ！　うわあ！　うわ！　うわ！

かすかに、俺がつき破った処から陽の光がさしている。んなもんがさしているから判ってしまう。うわ！　うわ！　うわ！

俺の……おれの下にいるの、みみずだ!!

みみずのだい大群!!

こんな表現すんのは、変かも知れない。変かも知れないけど、ほんとに、大群じゃすまない、だい大群のみみず！

みみず！　みみず！　みみず！

俺、みみずは好きじゃない。断固、好きじゃない！　いくら、下にみみずのだい大群がいたから怪我をしなくてすんだと言えども好きじゃない！

うごめくみみず。んなもんの上にいるだなんて……気、気が狂う！

必死になって、はいのぼろうとした。盛大に悲鳴をあげつつ。おい、砂姫！　山科さん！　助けてくれ！　しかし、周囲の土の壁は――何か、ふんわりともりあげただけって感じで、全然、かたくないのだ。足がかりになるどころか、さわっただけでぼろぼろ崩れおちてしまう。

喉がかれる頃――生まれてはじめて、盛大きわまりない悲鳴の一個連隊を産出したものだから、ものの二、三分で喉がかれた――、俺、納得。駄目だ。よじ登ろうとすると、まわりの壁がくずれて危ない。下手をすると、みみずと一緒に生き埋めになっちまう。それだけは、断固、さけたい。

みみずは刺さない。みみずはかまない。みみずに毒はない。みみずは人を喰わない。

呪文のように、何度かこう心の中で繰り返して。

そうだ、みみずっていうのは、単に気色悪いだけで、人体に害を……しかし気色悪い。とにかく落ち着け、死にたくないなら落ち着かねば。

深呼吸二回。その間も、足のまわりをみみずがのったくっているのを感じる。うー、落ち着け！

落ち着くと、更にはっきりと、自分のおかれた悲劇的状況が判ってきた。

砂姫にしろ、山科さんにしろ、誰にしろ、この状態の俺を発見したって、助けようがないだろう。まず、俺の姿が判るところまで穴の中心部に近づいたら、その人間もおっこってくるだろうし……。万一、そんなに穴の中心部に近づかず俺を発見することができたとしても、はしごもロープもかけようがない。穴におちた人間を周囲の人間が救出できるのは、穴のまわりがかたい地面であるからだ。この穴の四囲、どこの壁にせよ、俺の体重をささえるためのロープやはしごがかかったら……それだけで、崩壊、俺、生き埋め。

とすると。何とか俺、自力でここを出なければ……あ。

穴の北側――つまり、東嬢の部屋の地下へむかう方向に、かがめば通れるくらいの横穴があいている。東嬢の部屋にあったトンネル。それに、ひょっとして、続いているのだろうか。だとしたら……。

しかし、待てよ。おい、これは一体全体何なんだ？　東くらこって女は、部屋の下に穴掘って、万単位でみみず飼ってんのか？　これは……銀行強盗より更に謎だな。

ゆっくり、一歩一歩、横穴へむかって歩く。一歩すすむごとにぐにゃって、みみずの感触。ちゃんと靴はいて土の山におりたのがせめてもの救いだぜ。

ぐにゃ。ぐにゃ。ぐにゃ。

なるべくみみずをふみ殺したくないので、大またに歩く。数歩行った処で、横穴にぶつかる。わお！　神様感謝！　横穴の中、みみずの数がぐんとへってる。

そっと、できるだけみみずのいない処に左手ついた。それから、あたりのみみずをつかみ、大いそぎで横穴からかき出す。そして右手ついて。

ほぼ、よつんばいに等しい格好で、下の土のかたさを手で確かめつつ――また横穴の途中にたて穴でもあって、ずぼっなんてもぐっちまったら、あんたそりゃ悲惨以外の何物でもないぜ――そろそろ進む。二メートルばかり進むと、ぼんやり前方の道が見え――しめた。この先ちょっといった処に、光源があるんだ。きっと、東くらこの部屋の灯りに違いない。

そろり。そろり。そろり。安心した直後っていうのは、油断がうまれがち。そう思っていっそうそろそろ進む。

そして。

ついに俺、出口とおぼしき丸い穴にたどりついた。穴のむこう側から光。俺、大いそぎで穴を抜ける。――と。

と。

「誰？」

すごい顔してふりむく一人の女。背は低めで、まっ白の顔、体つきは細っこく、人形のような黒いストレートの髪。――東くらこ。

「そ……そっちこそ……何なんだこれは」

彼女の口調があんまり激しかったから——それに、俺のついた処が、東くらこの部屋なんかじゃなく、もっとはるかに異様な処だったから——俺、ついつい気圧されてしどろもどろになる。

「斎藤さん……？　お二階の？　どうしてこんな処にいるの」

こんな処——本当にまったく、何て処！

地下にできた、部屋だった。中央にぼんやり灯り。つっても、電気とか、ローソクみたいな、俺の理解可能な灯りじゃなくて……中央部に、直径五十センチたらずの穴があいていて、そこからあかりがもれているのだ。この——地下数メートルくらいのところの、更に下からもれてくる灯り。

そして。この部屋——六畳間くらいのサイズの部屋で、天井の高さが平均二メートル程度——、何にせよ、機械エトセトラで掘ったもんじゃない。手か——何か、とにかく、人の力で掘ったもんらしい。

形が、全然幾何学的ではなかった。本当に適当に掘ったって感じ。その、一種生物的とでも言うべき穴の形が、妙に異様で無気味だった。

おまけに。この部屋の壁、無数に穴があいている。俺の来た方だけじゃなく、合計、十いくつも。

地下を縦横無尽に走るトンネル群。そのトンネル群の、交差点っつうか、まじわる処。ここは、何かそんな所みたいだった。

「あ……あんた、何だってこんな穴掘ってんだ。ついでに、何だ、あの山は」

「山？」

「土の山だよ。あんたのせいだろ、あれ。二階の俺の部屋へ届く程の巨大な土の山」

あんまり異常事態が続く為、ついつい俺、無意識に男言葉になったんだけど、さいわい東嬢、その異様さには気づかなかった。

「今……何時です？」

かわりに。山って言葉聞いてあせりだしたような表情の割には妙なことを、彼女、聞く。

「今……五時三十九分。山……つうか、穴におちたショックで、俺の時計が壊れてないなら」

「五時半？　斎藤さん」

およっ。何だ、東くらこ。俺のこと、とがめるような目つきで見ている。

「何だってあなた、今日に限って、こんなに早起きなんです」

「あんたの知ったこっちゃないだろ！　それよりどれだ、上のあんたの部屋に通じるトンネルは」

びくっと東くらこの顔色がかわる。

「俺は知ってるんだぜ。あんたが、部屋のどまん中に妙なトンネル掘ってるっつうの。ま、俺は大家じゃないからさ、あんたが部屋のどまん中に穴掘ったって知ったこっちゃないけど……けど、夜中に人の部屋のどまん前に、土の山一個作って、その下にみみずのだい大群飼っとくとは何ごとだ。その件については抗議したい」

「ごめんなさい」

俺の抗議の声を聞くや否や、実に素直に東嬢は謝った。

「あの山、普段なら、あなたが起きる前——六時頃に埋めるんです。今日に限ってあなたが早起きしちゃったから……」

「普段なら？　つうことは、あの山、毎晩できては毎晩埋められてんのか」

「いえ、たまにですけれど」

「な……何だって……」

「あの下……みみずがいて、良かったですね。みみずが一メートルくらいの層作ってるからあなた助かったんです。あのみみずの真下には、かなり大きな岩盤が埋まってるんです。それに直接ぶつかってたら……」

おそらくは即死だったろう、確かに。

「あそこ、岩盤のおかげで、みみずが下方に逃げられないんです。だから、あそこ、とらえてきたみみずためておくのにちょうどよくて……。毎晩、みみずをつかまえてきてはあそこにおいて、あとでひつじ飼いがみみず移動させ、そのたびあの穴、埋めてきたんですけど……。ごめんなさい、まさか、今日に限ってあなたが早起きするなんて」

何か……二の句がつげなくなってしまった。彼女、みみずを数万匹——いや、ひょっとすると、億、兆の単位かも知れない——も集めてきちゃ、あそこにためて……で、ひつじ飼いだあ？　ひつじ飼いとみみずと、何の関連があるんだ？

「と、とにかく、だな、東さんよ。あんたがみみず何匹集めようと、そりゃあんたの勝手だろうから、そのことについては文句言わんから……俺をここから出してくれない？」

東くらこは、しばらく悩んだような顔をしていた。困ったわねえ。その顔は、あきらかにそういう感じ。

「あの……一つ、お願いがあるんですけど」

「ん？」

東嬢おずおず口を開く。

「あなたが、今日ここで見たことは、できるだけ人に言わないで欲しいんです」

ほらきた。こういうと思ってたんだ。

「ん……ま、判った」

本当言うと、あんまり判ってない。とてもこんな無茶苦茶な話、人に言わずにいる自信がない。

「でも、人間って嘘つきますでしょ……」

おーおー東さん。まるで自分が人間じゃないようなこと、言うじゃないか。

「かといって……いつまでもあなたをここに閉じこめておく訳にはいかないし……」

　あたり前じゃ。

「でも、他の人間がこのことを知ったら、絶対ここを放っておいてはくれないだろうし……困ったわねえ……あ、そうだ」

　しばらく困ってから、おもむろに東くらこ、喜びの表情作る。

「斎藤さん、記憶喪失になって頂けませんか？」

　へ？　そんな、はればれとした屈託のない、まるで、〝百円貸して頂けませんか〟って調子で、こんな突拍子のないこと言われても、俺、困る。

「ね、いいでしょ。お願いします」

「あ、あのね東さん」

　ようよう台詞をしぼりだす。

「記憶喪失っていうのはね、本人がなろうと思ってなれるもんじゃない訳。お願いしますなんて言われても、俺、困る」

「あら。あれ、なろうと思ってなれるもんじゃないんですか」

　ちょっと何だよこの女は。

「じゃ、どうすればなれます？」

「どっかにひどく頭ぶつけるとか、余程強いショックをうけるとか……」

「じゃ、あの、頭ぶつけて下さいません？」

「やだよ！」

　どうなってるんだ、この女は。俺が呆れてつったってると、東嬢、段々困ってきたみたい。

「そうですねえ……あなたが嫌だっておっしゃってるのに、無理に頭たたいて、記憶喪失になるかわりに死なれたりしても困りますものねえ。こんな処で死なれたら、腐敗臭が上の部屋までただようし……」

　人の死をそんな観点で問題にするな、おい！

「まして、いくら何でも、これだけ大きな肉はちょっと食べられそうにないし……」

　……何か俺……怖くなってきた。この東嬢。狂ってる。そうとしか、思えなかった。夜な夜な地下にトンネル掘ってみみずなんて集めてるから狂っちまったんだ。いや、狂ってるからそんなことしたのかな。とにかく、狂ってる。

　狂人を相手に妙なこと言って、間違って殺されちまったら大変だ。俺、そろそろと後退しだす。比較的上の方へのびているトンネルが三本。とにかく、このうち一つは、多分東嬢の部屋へ続く奴だろう。とすると、確率は三分の一。これにかけてみるしかないかな。

「あ、そうだわ」

　ふいに東嬢、大声を出す。びくん。

「催眠術って手があった！　これから、あなたに催眠術かけて、ここで見たことは全部忘れてもらって……で、そのあと、帰してあげます。これでいいかしら？」

「へえへえ」

　判ったよ。かかったふりしてやるよ。何かこう……ガキの相手している気分。別にいいよ、おままごとのかわりに、催眠術ごっこぐらい、つきあってやるよ。

「あ、でもまって」

　東嬢、またもや大声をあげる。今度は何思いついたんだ？

「斎藤さんの服、泥だらけですね」

「帰って洗うからいいよ」

「でも、記憶をなくして、で、帰ってみたら泥だらけだったら、不審、抱きません？」

「抱かない抱かない」

「ううん、やっぱり、抱きますよお、普通」

「俺、普通じゃないから」

　もうやだよ、ガキの相手は。

「でも、やっぱり抱きそうな……あ、そうだ」

　今度は何思いついたんだよ。

「斎藤さん、二、三日、失踪しません？　失踪して、ようやく帰ってきたら、服が泥だらけで記憶がない。この方が、何となく、それらしいと思いません？」

「その方が余程不審を抱くよ」

　いくら何でも、失踪だなんて、してやれるか。子供の相手してやるのにも、限度がある。

「あら、だって、ほんの一時間分くらい記憶がなくて、で、泥だらけになってたら、まず部屋の近くのむきだしの地面にうたがいのまなざしがむくんじゃないかしら。つまり、例の穴のあった庭に。その点、二、三日行方不明になっていれば、疑うべき範囲がぐっと広くなるでしょ？　まず、自宅の庭なんて考えないもの。ね、斎藤さん、失踪しましょ」

　こいつ……ガキみたいに、とてつもないことをポンポンいう割には、かなり筋のとおった思考をしている。なんて――思ってる場合じゃない！

「いや、ほら、その点についてはさ」

　しどろもどろ二、三語呟き。じりじり後退――と。

　と。

　あん？

　俺の理性は、催眠術なんぞかけられなくとも、充分、トンズラかけそうな具合になってきていた。何となれば……穴からっ穴からっ！

　一瞬、あたりが少し暗くなったのだ。部屋の中央部にあった、光がもれているところの穴から……それが顔をのぞかせていた為。

　それ。信じられない。信じたくない。こんなもん、生物学的に、だぜ、存在していいんだろうか⁉

　そこにいたのは、全長一メートルくらいの巨大もぐらだった。

☆

「………」

俺、口を、二、三度開閉させた。あ、あれ、あれ、あれ、とか何とか言いたかったんだが声にならず。と――と！　更に、更に俺の精神に攻撃をかけるべく、それは信じがたいことをした。

「女王様」

しゃべったのだ！　多少イントネーションや発音はおかしいけど、まがりなりにも日本語を！

「なあに」

東嬢は、平然と巨大もぐらにほほえみかける。

「〝狼〟をつかまえました」

おおかみ？　も、俺、これ以上動物みたくない。みみずともぐらで充分だ。

「御苦労様。で？」

「〝狼〟の始末に困っているのです。まだ死んでいません。あの、心臓は動いているけれど、体は動かない状態なのです」

「ああ、気絶しているのね」

「放っておけば、また、〝羊〟をくいあらすでしょうし……」

……この上羊かよ。もう許して欲しい。

「いっそ、〝狼〟を外へ出してしまおうかと思っているのですが……」

「そうねえ。……下の者共では、〝狼〟食べられないの？」

「さあ……、まだ、もぐら達は〝狼〟を食べたことはないので……無理ではないかと」

何か、先刻から、彼女の思考って、食べることばっかだな。

「かといって、わたしの部屋に、唐突に〝狼〟があらわれるのは、おかしいわよねえ」

……莫迦と言いたければ言え。俺、ついうっかり、大声で叫んじまったのだ。

「やめろ！　一階に狼なんかがあらわれたら……砂姫が、山科さんの部屋にいる砂姫が危ない！」

「あら、〝狼〟は、人間を食べたりしないわよ」

あのねー、世の中には、食べられること以外にも、危険というものは存在しているのだよ。

「女王様、そちらの人間は？」

一メートル巨大もぐらは、初めて俺に気づいたようだった。じっとこっちを見て……うっ。俺、もぐらと視線をあわしちまった。たまんねえ。

「あ、斎藤さん。そうだわ、ウォグラ、この人の始末も考えないと」

「我々には、ちょっとこのサイズの人間は食べられそうにないなあ……」

どうして？　どうしてもぐらって、喰うことっきゃ考えないんだ⁉

「食べるのは無理よ」

「とすると、どうしたらいいのでしょうか」

「二、三日、気絶――〝狼〟のようにしておいて、そのあと、記憶をとって、帰してあげようと思っているの。ほら、例のモゲラの催眠術、あれ使って」

「はい、判りました」

何故か巨大もぐらは、すぐに催眠術を納得したようだった。

「それじゃ、モゲラを呼んでちょうだい。あ、あと、それから、〝狼〟もつれてきて欲しいわ」

「はい」

こと、ここに到って、俺、ようやく、ぽけっとこの様子を見てるの、やめた。今まで、どっかへとんずらこいてた理性が返ってくる。

逃げなければ。誰が何と言おうと、逃げなければ。こんなとこで、もぐらに催眠術かけられて記憶を失うの嫌だし、ついでに、断固、こんな狭い空間で狼と同席したくない。

俺、しゃにむに天井あたりのトンネルにとびついた。ずるっ。土くれが、おっこってくる。駄目だ、ここ、とても登れん。えーい、横の穴。

「駄目よ、斎藤さん、ちょっと待って」

東嬢は、何故俺が慌てだしたのか判らないって感じのおだやかな声を出し、俺のジーンズを軽くつかんだ。

「ちょっと記憶だけ取れば、すぐ帰してあげますからね。別に全然、痛くなんてないのよ」

何となく、本物の、切れる刃物を手にいれてお医者さんごっこをはじめた子供のような――無邪気な、無邪気だからこそおそろしい笑顔をうかべ。

「どけ！」

俺は――いくら何でもこの状態で紳士としてふるまうことなんかとてもできない――東嬢を前方へつきとばし、走りだした。と。つめたい――ぬれている訳ではない、けど何かそんな感じの、一種毛皮じみたものが急に俺の手をつかんだ。

「わっ！」

慌ててそちらの方をむく。と――いつの間にか、巨大もぐらが数頭――も、ここまでもぐらが巨大化すると、匹って感じじゃない――あっちこっちの穴からはい出してきていた。

「こら。女王様に何をするのだ」

「××××、××、××！」

「××！　××××××！」

うち、一頭だけが日本語をしゃべり、他の連中は――うーむ、もぐら語なんだろうか――全然意味のつかめない奇妙な音を出した。

うわっうわっうわ。

俺が——あ、また理性が逃げてしまった——呆然としている間に毛皮におおわれたもぐらの手は、ぺたぺたと俺の体中にまとわりついてくる。それだけじゃない。気がつくと、小さな——じゃないな、普通サイズのもぐらも何十匹か、俺のまわりをとり囲んでいる。

「あ、ありがとう、おまえたち。ちょっとその人、つかまえといてね。今、モゲラとウォグラが来ますから」

えーい、俺は仮にも人間だ。それも、人間の中でも身長的にいって大きい部類の人間だ。もぐら如きにつかまってたまるか。

そう思いはしたものの……このもぐら、結構、力あるんだ。それに、俺の方も、無気味だと思う気持ちがプレッシャーかけるのか、思うように動けない。前後左右からもぐらにおさえつけられちまうと……俺、動けん！

じりじりしていると、むこうから、しゃらんって音が聞こえてきた。あ……金時計抱えた巨大もぐらが一匹。

「おまたせしました、女王様」

「ああ、モゲラ、御苦労様」

金時計は——まさか純金ってことはあるまいが——実に、見事に、光っていた。目がすいつけられる——金時計から視線をはずせない。そして——金時計のうしろに輝く、二つのこはく色の点。何だろう、あれ。金時計のうしろ——宝石？　まさか。こはく色の——もぐらの——目。

「あなたは段々眠くなります」

一本調子のどこかイントネーションがおかしいもぐらの声。それを聞くと……嘘だろ！　俺、本当に眠くなっちまった。

「眠く、ねむうくなって、もうまぶたが開きません」

目が、俺の意志に反して、徐々に、徐々に、閉じられてゆく。

「そう、はい、体をリラックスさせて……ゆったりと……あなたは今、とってもいい気持ちです」

俺の心は俺の体をはなれて、ゆったりとその辺の空間をただよいだした。あたたかい、でも、まるで水中であるかのように、そこはかとない抵抗感のある空気。ふわっ。体が持ちあがる気分。

「……ところで女王様、この人間、どうすればいいんでしょうか」

かすかに、モゲラの声が聞こえる。あたたかい、濃い桃色の闇の中で、俺の意識の中にはいってくるのは、その声だけ。

「ああ、そうか……まだ、それを言ってなかったわね。とりあえず、二、三日、気絶させといてくれる？」

「キゼツ……？」

「ああ、生きているんだけど、意識がどこかへ行ってしまったって状態。ほらあの、〝狼〟みたいに」

「判りました。〝狼〟のようにすればいいのですね。……あなたはもう、動けません。意識が体をはなれて、〝狼〟のようにどこかへ行ってしまいました……。ほら、これがお手本の〝狼〟です。あなたの意識は、〝狼〟のように体をはなれてしまったのです……」

目前に、狼がおかれた——らしい。俺、目も見えず、力もはいらず、皮膚感覚もなく、ただ呆然とそこに立っていたのだが——それでも、何故か、気配で判った。今、俺の前に、狼がいる。

不思議と怖いとは思わなかった。俺の前の狼——こいつも、俺と同じように、気を失っていて——とにかく、体が動かない筈。そう、俺もこいつも同じ！

「ほーら、気分いいでしょう、段々、もっともっと気分がよくなってきました。あなたは、今、〝狼〟と同じ状態——何でしたっけ？」

「気絶」

東嬢の声が、かすかに聞こえる。

「そう、気絶をしているのです。〝狼〟と同じなんです。あなたは……狼と同じようになります……」

段々、聞こえてくる声が、かすかになってくる。

「気絶……します……狼の……ように……あなたは……狼……です……狼と同じ……です……体中の力が……抜けてゆき……」

体中の力が抜ける。この単語を聞いたとたん、本当に俺の力、全部抜けたらしい。感覚が全然ないから判らん、全然ないから判んないけど……俺、本当、手で頭かばおうなんてしようともせず、ごとっとうしろむきに倒れた感じ。

やばいよな。

ぼんやりと、そう思う。やばいぜ。あんな感じで、後頭部からひっくり返ったら。今頃、頭のうしろに、相当ひどいこぶができてるだろう。相当ひどいこぶ——もし、もうちょっとやばかったら。

「わ！」

かすかに、モゲラ氏の悲鳴が聞こえた。

「倒れた！」

「大丈夫か……あ……死んでる」

そう。もうちっとやばかったら、死んでしまうかも知れん……へ？

「女王様！　倒れた拍子に……死んでしまいました」

「死んだ？　本当に？」

東嬢の悲鳴のような声。

「ええ。あたりどころが悪かったらしくて……まあ、あれだけのいきおいで倒れたんだから無理もありませんが……」

「可哀想（かわいそう）に、口から血を吐いている……」

別の、ウォグラとかいった、大型もぐらの声。

それを聞いたとたん、全身にきゅっと妙な感触を覚え……大変だ！　頭に血がまわっていない！　心臓の音が、段々、段々、間遠になる。おい、ちょっとまってくれよ、おいっ！

……俺は……死んでしまった。

☆

呆然自失、していた。

何というのか、その、何というのか、あの、うわあ！

俺、死んだ訳⁉

そりゃ、確かに、いつ死んでもいいとは思っていた。いつ死んだっていいっつったって、多少は死に方ってもともと、幽霊みたいなもんだとは思っていた。けれど。もんに注文があったんだぜ。女の子かばって悪人の凶弾に倒れる、なんて無茶はいわない。が、せめて、普通の交通事故とか普通の病気とか、とにかく普通に死にたかった。こんな……催眠術かけられる筈だったのに、ついうっかり転んで死んでしまう、なんて……。これじゃあんまりだ。あんまり莫迦莫迦しすぎる。人間の尊厳なんて単語は、この場合、どこ行っちまうんだよ！

しばらくの間――肉体レヴェルをはなれてしまうと、時間の経過はまるで判らず、あれから、まだ数分しかたっていないかのような気もしたし、同時に、数時間たっているかのような気もした――呆然として、そして、俺、気づく。

俺は、今、どうやら東嬢の部屋にいるらしい。見えはしない、聞こえはしないけど、雰囲気で判る。俺の死体を、よっこらしょって感じで東嬢が部屋にはこびあげ、巨大もぐらがわらわらと穴により、東嬢の部屋のどまん中にあった土を外へ運びだし、それから例の巨大な土の山を埋める作業にとりかかっていた。

あ……証拠が。俺の姿が消え、砂姫が不審に思ったとしても、その証拠が。埋められてしまう。

巨大もぐらの指揮にあわせて、数百匹の普通サイズもぐらが仕事をしていた。うえー、これだけの数のもぐら。よく集めたなあ。

そして納得。これだけの数のもぐらがいれば、一夜にして土の山をきずいたり、あるいはそれをならしたりするのも、そんなに大変じゃないだろう。

なんて、俺があっけにとられているうちに、もぐら達は一礼すると、地面の中へもぐっていってしまい、東嬢は床板を穴の上にしいた。それから、カーペット。

これで、トンネルの跡は完全に消えてしまった……。

「さて」

それから彼女、俺の死体のそばにすわって。

「どうしようかしら……わたし、こんなにお肉、食べられないし……」

どうして⁉　どうしてこの人、殺す↓食べる路線の考え方しかできないんだ!!

「しかたないわねえ……山科さんとか、斉木さんとかに食べてもらおうかしら」

んな莫迦な！

「でも、このままの形じゃ無理よねえ……。そうだわ、シチューとか、作ってみましょう」

それから、東嬢、机のひきだしをあけた。と、そこには、小銭が山程。泥のついた奴も、結構ある。……まさかと思うけど、この人の経済って、夜間、もぐらに、おちてる小銭ひろわせて成りたってるんじゃないだろな？

「にんじんと、じゃがいもと、たまねぎ買えばいいのかな。あ、あと、おなべと包丁、まな板もいるわねえ」

東嬢、本気で俺のシチュー作る気かよ!?

やめてくれえ！　そう、絶叫、したかった。

しかし、死んでしまった俺に、絶叫ができる訳がなく……。

せいぜいがとこ、俺にできるのは、東嬢に霊魂となって、くっついて歩くだけ。

東嬢、大きめのショルダーバッグに、なみなみと（本当、こんだけ一杯つめこめば、なみなみとって感じだと思う）小銭をつめこむと、まず、山科さんの部屋へ行く。

トントン。

軽くノック。……返事なし。

トントン。

もう一回ノック。と。中でごそごそ音がして。

「はあい……」

眠たそうな声、眠たそうな顔、眠たそうな……砂姫！

……ま、判ってた。そりゃ、砂姫だって、山科さんだって、れっきとした女と男なんだから。……若い女が、まあ若い男の家にとまりにいくっつったら、することって一つしかないだろうよ、確かに。

けど、なあ、砂姫。いくら何でも、もうちっと、つつしみってあっていいんじゃないか？　そんな、はっきりと、それを見せつけなくたってさ。

砂姫は、パジャマがわりに、男もののワイシャツを着ていた——ワイシャツのボタン、三つめ（三つめ！　三つめ！）まではずして。故に、もろ、見えてしまう、ブラジャーしてない胸。寝乱れた髪。

そして。部屋の奥のベッドでは——そりゃ、毛布、なんていうありがたいもんがあるから、露骨には見えないけどさ——全裸の山科さんが、くかーなんていびきかいて寝てた。

「あの……何？」

砂姫の方としても、多少、予定が狂ったって顔してた。そうだよな、普通、この手のシーン見ちまったら、失礼、とか言って、ドア閉めんのが礼儀だろ。なのに東嬢、しげしげとベッドの中の山科さんみつめてんだもの。

「包丁とまな板、貸して頂きたいんですけど……ね、い

「いえあの……大体一年中……ちょっとお！　何言わせすね！」

「へーえ、知らなかった。人間の発情期って、夏なんであるのですが……」

反対に、砂姫の方がしどろもどろになる。

「は……はつじょうきっていえば……あの……そうでは

発情期！　本当に東嬢、こうどなっちまいやがんの！

「発情期ですね!?」

ふいに、またもや東嬢、大声をあげた。

「え？　あ……ああ、判りました」

着るものがなくてはだかでいる訳では……」

「いえその……大丈夫、服はありますから。彼、別に、

東嬢で……どんな性教育、うけてきたんだろう。

あり得まい。でも……するってえと、何かなあ。東嬢は

いくら何でも、ここまで無茶苦茶なカマトトってのは、

「……あ……あの」

しょうか？　山科さん、服も持っていないんですか」

「あの、もしよろしかったら、わたしの服、お貸ししま

「え……あ……はあ……」

ぜ。あ・ぜ・ん。本当、あぜんとしてやんの。

いやー、この台詞聞いた時の砂姫の顔ったらなかった

「山科さん、かぜひくんじゃないかしら」

「何が」

いんですか」

んのよー」

「何って……何か、いけないこと言いました？」

「あ……あのね、女の子はそういうこと言っちゃいけないの」

あ、あは、ははっ、あの砂姫が――あの砂姫が、お説教してるぜ！

「え？」

東嬢、きょとんとして。

「発情期って、男性言語なんですか？」

「え、そういう訳では……けどね……あの……」

ざまみろ、砂姫め。俺ほっといて、よその男に色目なんか使うから、こういうことになるんだ。

「えーと、とにかく、まな板と包丁と……それだけ？」

砂姫、あきれたのかどうしたのか、その二つを東嬢に渡す。

「あと、できれば大きなおなべと、塩とこしょう……」

「はい」

砂姫は、それらのものを東嬢に渡すと、ばたんとドア、閉めた。

☆

……そのあとのことについては、俺、あまりふれたくない。

東嬢は、なべエトセトラを部屋におくと、たまねぎ等

を買いに行った。そして……!!　そして、うっうっうっ。

お、おれの、お、俺の、皮をはぎやがった！　皮はいで、血抜きして、骨にそって肉切りとって……本当にシチューにしちまいやがんの！　シチュー煮こむのに、五時間かけたかな、とにかくシチュー!!

うっ、うっそ……だろ！

俺は、男泣きっつうか、女泣きっつうか、とにかく泣いた。有史以来、シチューになった人間って、いるのかよ。泣いて、泣いて、とにかくシチューはできてしまった。

呆然自失。催眠術をかけようとした結果、間違って死んじまったっていうだけでも、許せん気がするのに……間違って死んじまった上に、シチューにされてしまった。ありかよ、こんなの！

故に、夕方ごろ。東嬢が出かけるのに、俺、同行しなかった。放っとけっ！　泣かせといてくれっつうんじゃ！　有史以来――いや、人間発生以来、こんな莫迦な死に方、二つとあるか！

そして、何はさておき、あせったのである。東嬢が、山科さんと真弓つれてもどってきた時は。

☆

「砂姫さんも来ればよかったのに」

真弓は、ずっとこう言っていた。はんっ！　山科の野郎、砂姫の名を聞くたび、赤くなってやがんの。おまけに、昨夜はひどく疲れましたって感じで、目の下に隈は作るわ、ほおはこころもちげっそりしてるわ。実にまったく……世話ねえな。

「ごめんなさい、半ば無理矢理、お夕飯に誘っちゃって」

あくまでもしおらしい東くらこ。

「いえいえ、シチューが余っちまったなんて、実に嬉しいですよ。何か今日は朝から妙な脱力感があって、ろくにめし喰ってないんで……いやあ、嬉しいなあ。な、真弓」

おーお、そうかよ。そいつは御苦労さんでしたっつうんだ。

「いや、こいつはね、先刻っから……東さんに夕飯に誘われてから、もう喜んじまって」

「いや、そんな……。でも、東さんって、割と家庭的なんですね。シチュー、五時間もかけて煮こんだんですか」

喜ぶな真弓！　その肉は、おまえの親友の俺だぞ！

「いえ……やだあ」

照れる東嬢。そして、夕飯はなごやかにはじまり――くそ！　真弓の野郎、俺の肉のシチュー、三杯もおかわりしたな――山科さんと真弓は、シチューをほぼ、たいらげてしまった。山科さんに至っては（余程昨夜疲れたらしい）残ったの後で食べるっつって、なべ、持ってっちまうし。東嬢は——さすがに、いくら何でも人肉のシチューを喰う気にはなれなかったらしく——わたし、もう、食べましたから、とか言って。

かくて。俺は。

泣き、わめき、叫び、口惜しがりながらも——最終的には、すっかり、完全に、真弓と山科さんに食べられてしまった……。

☆

夜。

月が昇りだすと。

俺、変な話だけど——何て言っていいか判らないんだけど——活力が満ちてくるのを感じた。

活力。違うな。

今なら。何ていったらいいのかな、今なら、俺、幽霊になれそうな気分。多少なりとも、自分を実体化できそうな気分。

んでもって、俺は、すぐさま、気分を実行してみるつもりになった。少なくとも、東嬢には、うらめしやの一声も言わずにはいられない。

……本当。この頃まで、俺、意識としては東嬢のすぐ近くにいたんだぜ。よもや、こういうことになろうとは、全然思っていなかったんだ。

とにかく、俺は、さあ実体になるぞって決心すると、おもむろに幽霊ポーズをとった。両手を下むきにたらし、かなし気な声で。うらめしやー。

☆

うらめしやー。

俺は——いや、この先、区別の為、きちんと書いとこ、俺の左半身は——こう言った。

ベッドで煙草を吸いながら、ため息なぞついていた、山科さんのそばで。

☆

うらめしやー。

俺は——俺の右半身は——こう言った。

ステレオの脇で、ヘッドホーンつけ、いとも機嫌よく鼻歌なんぞうたってた、真弓のそばで。

PART Ⅲ　分割された幽霊

「うわ！　何だ！」

煙草咥えてほけっと――見ようによっては、思い悩んでるとも見えるポーズをとっていた山科さん、俺の姿見て、もの凄い音量の悲鳴をあげる。

「あれ……れ、山科……さん？」

てっきり東嬢の脇に出現すると思っていた俺、思わず目をみひらく。

「そう！　俺は山科善行だぞ！　誰か知らんがおまえがその、そんな格好であっても一応幽霊だって主張するなら、とりつく相手を間違ってる！」

山科さん叫ぶ。こういうこと言う人も珍しい……よなあ。と、山科さんの表情、一転して。

「君……きみは、斎藤……さん？」

「……ああ」

「どうしてだ！　俺、君に何も悪いこと……いや、確かに裏切ったけど、それはあくまで俺の個人的な思いいれだし……そりゃ、君に興味というか、そういうのはいだいてて……で、砂姫ちゃんを……それはひどいとは思って……けど、だからって、だからって何だって、俺が斎藤さんのこんな幽霊にとりつかれるんだよ！」

「……ごもっとも」

俺、あぜんとして答える。よ……よもや、こういうことになるとは、俺としても、思っちゃいなかったんだ。確かに山科さんは、俺の肉を半分くった。だからって、山科さんのとこに、こんな無茶苦茶な幽霊がでるとは……。

山科さんのとこにでた幽霊、俺の――俺の、左半身だけ！

☆

「……斎藤⁉」

真弓、叫ぶ。

「……ああ」

しかたないから、俺、こたえて。

「あ……あの、まよわずに成仏してくれ。ぼ……僕、君の妹さんには全然手を出してないぞ」

真弓は、あせっている割には、まあまともなこと言った。

「判ってる……おまえが、斎藤礼子に手を出してないってことは……」

「じゃ……じゃ何で⁉　何だってそんな無気味な幽霊姿になって、僕のそばに出てくるんだ……」

うーむ。何と説明すりゃいいんだ？　俺の左半身が山科さんの部屋であぜんとしているその時、俺の右半身はここであぜんとしていた。

　俺の格好。どういう訳か——山科さんと真弓が、俺の肉を半分ずつ食べたせいだろうが——見事に、二分割されていたのだ。左眼、左の鼻の穴をふくむ、顔の左半分、首の左半分、胴の左半分に左手左足は、山科さんのとこ。おなじく右半分は真弓のとこにでて。有史以来、こんなにも無茶苦茶な格好で人前に出た幽霊は、俺が初めてだろう。

「あ……ひょっとして、斎藤、おまえの墓、まっ二つに割れたのか？　それでそれを直して欲しくて……」

「……そういう訳じゃない」

　困る。俺の左半身の方は、比較的楽に、山科さんに事情を説明していたけど——真弓の方は、山科さんより、数段、気が弱いのだ。先刻のシチューが人肉だなんて話をしたら、ショック死するかも知れない。俺は、思いやりのある幽霊なのだ。

「じゃ……何で？　それに斎藤……おまえ、中学の時死んだにしては……いやに育ってるな。死後も、霊って育つのか？」

　そうだ。真弓の場合、この大いなる誤解をまず、何とかせにゃならんのだ。真弓の心の中では、斎藤礼朗と礼子は別人なんだから。

「あのな、真弓。慌てるなよ。落ちついて聞けよ。俺は、斎藤礼子だ」

「え!?　礼子さん、死んじゃったんですか」

「ああ」

「それにしても、その言葉づかい……まるで礼朗だ……」

「ああ。いいか、こころして聞けよ。礼子と礼朗は、同一人物だ」

「へ？」

「礼子は、礼朗なんだ」

「え？　……礼朗、じゃあんた、女装してたのか！」

「……違う。いいか、おちついて聞いてくれ。礼朗は、女だったんだ」

「……んな莫迦な。だって……おい、礼朗、僕達は一緒にお風呂にはいった仲だろ」

　おまえな、誤解されるような言い方すんなよな。修学旅行や林間学校で班が一緒だったと言って欲しい。

「あの……どういうことだか、判るように説明してくれる？」

　かくて。俺は、仕方なしに、真弓に今までのことを説明しだした。

☆

「とすると……あの肉は……斎藤さん!?」

　山科さんがいくら真弓より図太いとはいえ、夕飯のシチューが実は人肉だった、というのは、それなりにショッキングなことだったらしい。

「そう」

「だって……東さんはチキンだっていったぞ！」

「そりゃ、いくら何だって、人間の肉ですがどうぞっつう訳にはいかないでしょうが」

「そりゃまあそうだろうけど……一メートルもあるもぐらだの、みみずの大群だの、俺、とても信じられない」

「じゃ、この俺の姿はどう説明すんですか、この幽霊姿は！」

「しかし……」

「嘘だと思うなら、砂姫に聞いてみて下さい。あいつ、知ってますよ。東さんの部屋の中に土の山があったこと」

砂姫の名を聞くと、山科さん、急にぽっと赤くなった。うー、腹たつな。

「とにかく、そういう事情で、俺は幽霊になったんです。了解？」

「でも……何で東さんがもぐらをあやつれるんだ」

「んなこと知りませんよ」

「それに……大体、君の話は、無茶苦茶すぎるよ。唐突に人の部屋あらわれて、んなこと言って——それを信じられると思うのか！」

段々、山科さん、興奮してきた。ま、無理ないといえば無理ない。山科さんにしてみれば、今までの生活とか経験とか、すべてくつがえされる気分なんだろうから。今までの人生観かけて俺にくってかかってる。そんな感じ。

「信じられなきゃ信じられないでいいけれど、じゃ、信じないとしたら、何だって俺はこんな姿になってるっていうんです」

「それは……」

二分割された幽霊なんて格好になった俺に、合理的に説明をつけようと、山科さん、必死に考えこむ。その姿を見ていると……俺、山科さんに、しみじみ〝同情〟ってのを感じてしまった。

生物的——というか、社会的にみて、男の方が異常事態に適応しにくいんだよな。割と若いうちから、妻と子供と親と——とにかく家族やしなって、社会的に地位を築いてゆこう、だなんていう、現実を背おわなきゃならんから。肩にどっぷり現実生活をしょっちまった人間が、あまりにも非日常的な二分割幽霊に一メートルのもぐらなんてのを、あ、そうですかっつって納得できる訳がない。

けど。今は、そんなことに同情してる場合じゃない。

「君が……幽霊のような格好をしている……というか、どうも幽霊であるらしいってのは、まあ、認めるよ。けど、他のことは……大体、俺が……この俺が、よりによって礼子さんを食べちまっただなんて……考えられない。考えたくもない」

俺、根がお人よしにできてるもんで、ついついこう言ってしまう。それから……少し、悩んで。こいつに仮性半陰陽の話はしたけど、人肉シチューの話、してないんだ、まだ。俺の左半身はこのころ、山科さんに人肉シチューの話してて——あの山科さんでさえ、あれだけショックうけた訳だろ。真弓は——一人前の男というより、まだ男の子の真弓は——下手すると失神するだろうなあ。

「でも……その、礼朗の礼子さんは……何で死んじまったんだい」

「ちょっとあおむけにひっくり返ったら——後頭部うっちまって……あたりどころが悪かったんだ」

「そうか」

真弓は、何故かしみじみ、納得という表情を作った。

「今、礼子さんの死体、あのマンションにある訳だね。で……それを埋葬して欲しくて、僕のところに幽霊になってでてきたのか」

……少し、違うんだよな。

「いや……。俺の死体は、もうちっと、とっ拍子もない処にある」

「ああ、なかなか発見できないところにあるのか。それで、その場所を教えたくって……」

「……いや。永久に発見できないところにあるんだ。もう、消化されちまったろうから……」

「……しょうか？　火事の中か何かで死んだ訳？」

もぞもぞ、何とか台詞をしぼりだす山科さん。

「ちょっと待ってて下さい」

俺、多少山科さんに同情したせいもあって、こう言ってやる。

「そのうち、真弓が来ますから。二人そろったところで……動かしがたい証拠っての、探しに行こうじゃないですか。東さん家の床板、あげてみりゃすぐ判る」

「……真弓が来るって……」

「あいつには俺の右半身がついてんです。そのくらい判る。……とにかく、あいつが来て、俺の話が嘘じゃないってことが判ったら……協力して下さい。俺の……死んじまった俺の、仇をとるのに」

☆

「礼朗……」

真弓は、これだけ言うと、絶句した。

「おまえ……何て……可哀想な奴なんだ……」

「別にいい、同情してくれなくて」

「けど……本当に……悪かったな」

「あん？」

「美絵子に会って欲しいだなんて言っちまって。あれは……やっぱり、何だろ、礼朗としては辛い台詞だっただろ」

「いいよ、もう」

「いや、しょうか違いだ。消火、じゃない、消化。……食われちまった方」

「食われた⁉　食われただって⁉　おまえ、ワニとかライオンとかに……」

「あのな」

ゆっくり、一語一語、区切って言う。

「頼むから、落ち着いて聞けよ。驚くなよ」

「大丈夫。もう充分、驚いてるから。これ以上、とても驚けない」

どうかな。あやしいもんだ。そうは思ったものの、これ以上思わせぶりな会話続けるのは嫌だったんで……俺、意を決して、言うことにした。

「俺の死体、半分は、おまえのお腹ん中にあるんだ」

「え？」

「俺を喰ったの、ライオンでもワニでもなくて、おまえと山科さんなの」

「へ？」

「ここに、俺の右半身がいるだろ。山科さんのとこに俺の左半身がいる。おまえに喰われたから、俺、別に何の恨みもないおまえのところに出てきちまったの」

「は⁉」

「東嬢がね、俺の死体加工してシチュー作ったんだ。おまえ、そのシチュー、先刻喰ったろう」

「だって……おい冗談……僕が食べたのはチキンのシチュー……」

「あれ、チキンじゃなくて、人肉のシチューだったんだよ。俺の肉」

「えー‼」

どたっ。ばたんっ。どたどたどた。

真弓は、口をおさえて立ちあがると、すさまじいいきおいでトイレに駆けこみ、猛然と……吐きだした。

「真弓！　猛！　お、おまえな」

「うえっうえっうえっ」

「そりゃおまえ、喰われた当人がそばにいるのに、あまり失礼じゃないか」

「うえっうえっうえっ」

「よせよおいっ！　俺、間違ってもおまえん家のトイレにとりつきたくない」

夜な夜なトイレの脇に出てきて〝うらめしやあ〟なんてやる右半身だけの幽霊なんておぞましいもの、死んでもなりたく――あ。もうすでに死んでる。

ひとしきり、吐きおえると――ほ。シチューは完全に消化ずみで腸へ行っちまったらしく、たいして吐けなかった――真弓、ようよう人心地ついたみたいだった。恐怖――というより、あからさまに気色悪いって目をして、便器にもたれ、俺を見ている。

「ほ……ほんとに……僕の食べたシチュー……礼朗の……肉なのか……」

「残念ながら本当だよ。それともおまえ、俺がこんな姿になってまで——死んでまで、わざわざおまえをだましに来ると思うか」

「確かに……君の格好はその……幽霊風に見える。幽霊風に見えるが……」

「幽霊風、じゃなくて、そのものずばり幽霊なんだよ」

真弓、便器にもたれて、気絶してしまった。

☆

「あ、駄目だ」

山科さんの脇にいた俺の左半身、うめいた。

「あの、山科さん、悪いんだけど、真弓ん家へ電話してくれますか」

「どうして」

「真弓、気絶しちまったんです。おこすよう言ってやって下さい」

「……気絶させといてやれよ。あいつ、体に似合わず繊細なんだから……」

「それは判ってます。でも、あいつ、割ととんでもない処で気絶してるから……」

「どこ？」

「トイレの中」

「……判った」

山科さん電話に手を伸ばす。

「……もしもし、真弓さんのお宅ですか……あ、美絵子ちゃん」

ずきん。やっぱ——こんな姿になっちまっても、美絵子の名を聞くと、心がいたむ。

「山科ですけど……お久しぶりです。ええ。ちょっと猛君を……」

受話器から聞こえてくる声に耳をすます。美絵子の——何年ぶりに聞くんだろう、昔とほとんどかわらない、なつかしい美絵子の声が聞こえる。お兄ちゃん、あにきいっ電話よおっていう奴。

「……ごめんなさい、何か、兄の姿が見えないんです」

ややあって、美絵子の、つくった、上品そうな声が聞こえてくる。

美絵子、おまえ、本当に莫迦なのな。その癖、全然かわってないよ。送話器、手でふたもしないで、あにきい、でんわあっなんて叫んじまって、そのあとでいくら上品ぶったって、仕方ないのに。俺さあ、それ、中学ん時も注意してやったろ。全然かわっちゃいないんだなおまえは。……かわいい。

「でも、部屋に電気ついてましたから……多分、ちょっと煙草か何か買いに行っただけだと思います。……すぐ帰るんじゃないかな。帰ったらお電話するよう、伝えておきます」

「あ……あの」

　山科さん少し悩む。それから。

「かなりシチュエイションが異常なんで……どう言ったらいいか判らないんだけど……トイレ、のぞいてくれますか」

「は？　お手洗い？」

「ええ。何となく、その……猛君、そこにいそうな気がする」

「……はあ。でも、お手洗いの中にいるんなら、返事すると思うんですが……」

「その……あの、ですね、猛君はお手洗いの中で、気絶しているような気がするのですが」

「はあ？」

　妙な声をたてながらも、美絵子、お手洗いへと駆けてゆく。ぱたぱたって音、「まあお兄ちゃん！」って叫び。それから、ややして。

「す、すみません」

　美絵子の声、相当うわずっていた。

「ちょっと兄、その……貧血か何かおこしてるみたいであの……あとでこちらからお電話します」

がちゃん。電話は切れた。

☆

「お兄ちゃん。どうしたのお兄ちゃん。……ちょっと、おかあさーん」

　美絵子。俺の右半身は、もう……もう、万感胸にせまって、ひたすら美絵子を見ていた。

（あ、美絵子がトイレのドア開けた時から、俺、消えている。幽霊ってのは、こういう時便利だと思う。）

　大きくなったな、美絵子。胸なんてもう、実に見事に育っちまって……。Bカップだろ。あ、それにおまえ、眉そろえてんのか。……きれいだよ。きれいになった。天然パーマの髪、ショートにしたんだね。かわいいよ。

　俺がしみじみと、えらくトイレにふさわしくない感慨にひたっているうちに、美絵子の叫び声にひきよせられて、真弓のおじさんがやって来て（おひさしぶりです）、必死に真弓をベッドへはこび（おまえは育ちすぎじゃ）、そのあと、おばさんと二人で何やらおろおろしていた。

「どうしたんだろう……」

「あなた、救急車を呼んだ方がいいんじゃありません？」

「でも、お兄ちゃん、何だか吐いてたみたいよ。酔っぱらってんじゃない？」

「いや、とすると、急性アルコール中毒ってことも……」

と。しばらくもぞもぞしてから、真弓、ようやく正気にもどった。急に、がばっと上半身、ベッドにおこして、一声。

「礼朗！」

　……俺の名を叫びやがんの。

「猛！　どうしたんだ？」

「あれ、おとうさん。……あ、あの……いえ……」

「のみすぎか？」

「いえ、全然のんでません。ちょっと夕飯のシチューが悪くて……」

「食中毒か？」

「いえ、大丈夫です」

……この家もかわらんなあ。真弓家って、何か、もともとは地方の旧家らしくて――で、猛はその跡とり息子。その分、厳しく躾られたんだそうで、猛、昔から、両親に敬語使ってしゃべんの。

とにかく、多少妙な表情をしながらも、御両親は退出した。あとに残ったのは……美絵子。

「……お兄ちゃん、どうしたの」

「あ、いや、その……」

「ね、今、〝もとあきっ!!〟って、叫んだでしょ？　あれ……どういうこと」

「あ、あの、いや、その、ちょっと礼朗の夢を見ていたんだ」

「夢……？　あたしも時々見るわ。礼朗の夢」

……美絵子。いい子だ。

「でも……彼がひっこした時はさんざ泣いたけど……あれも、今にして思えば、中学時代のよき想い出よね。おまけに、彼、ひっこしてすぐ死んだんでしょ？　……変な話だけど嬉しい」

うれしい？　俺は耳をうたがった。

「マキなんか、可哀想なのよ。中学時代、ずっとあこがれてて、で、ついに告白できなかった彼がいる訳。でさ……昨日、クラス会があったんだ。で、来たなかに、何つうのかな、ものすごーくみっともない――みっともなさの極致って感じの男がいたんだって。二十で露骨にサラリーマンって感じの。それが彼だったんだって。……ひどかったよ。そのあと、一緒にのみに行ったら。荒れちゃって。……ま、無理ないと思うけど。……礼朗死んじゃったってことは――彼に関する限り、そういうのって、絶対ないじゃない。やっぱ、あれよ、昔の――別れた恋人が、成長してみっともなくなるって、最大の悲劇よね」

……！

「それにさ、あたし、あのひとに――和成さんに、礼朗のことしか話してない訳。全然恋愛経験がないって言ったら、すごくうそみたいじゃない。だから、中学で別れた――で、別れてすぐ死んじゃった人を今まで思ってきたって。こう言うと、かっこいいと思わない？」

……!!

「だから、お兄ちゃん、彼に言っちゃ駄目よ。忠明さんのこと。……ね？」

……!!!

「でも、和成さんにのりかえてよかったって思ってんのよね。忠明って、結局、三流企業にしか就職できなかったじゃない」

……!!!!

俺……恥ずかしいけど俺……ただただひたすら、呆然としていた。

今のが美絵子の台詞かよ⁉　美絵子——俺が七年間、胸の奥に秘めていた女の。

そりゃ、確かに、今までずっと思ってたよ。女は魔物だ、女は怖いって。けど、その〝女〟って中に、美絵子ははいっていなかったのだ。美絵子は特別——の筈、だったのだ。中学の時の美絵子は、本当にかわいかったんだ。こんなこと、平気で言うような女じゃなかったんだ。絶対——。

……いや。判ってるよ。判ってますよ。結局のところ、それは、〝俺がそう思ってた〟ってだけの話で——美絵子だって、〝女〟だったんだ。それだけの話。それだけの……はっ。

美絵子が出てってすぐ、真弓はベッドの上に正座して俺に謝った。

「すまん、礼朗……」

「……いや……判ってたんだよな。あいつだって生身の女だし……」

「……すまん。兄として謝る。すまん……」

「いいってば。謝るなよ。……んなことされると俺、ひたすらみじめになる」

「すまん……」

そうだよな。高校、大学って女の群れにまじって、で、判ってた筈だ。女っつうのがいかにおそろしい生き物かってこと。なまじ女に夢を抱いた俺がいけないんだ。

「ところでさ、真弓。ちょっと頼みがあんだけど……」

「何でも聞く。何でも言ってくれ」

「山科さんとこへ行ってくんない？　おまえのあこがれの的である、東嬢のばけの皮をはがしたいんだが」

「あ……あこがれの的でなんか……」

正直だな、真弓は。まっ赤になっちまいやがんの。

「……おまえもさ、女に夢を抱くのは、やめた方がいいと思うぜ。男の方が余程純情可憐なんだから」

なんて、俺の忠告、真弓は全然聞いていないようだった。

☆

その間。山科さんと、俺の左半身は、決して遊んでいた訳ではないのだ。こっちはこっちですることがあった。

山科さんが、調べものをすると言いだしたのだ。全長一メートルをこすもぐら。そんなもんが、果たして、生物学的に存在していいのかどうか。

しばらく、いろんな本と格闘していた山科さん、ふいに声をあげた。

「へえ……あり得る訳だ」

「何」

俺、山科さんの本をのぞきこもうとする。そうか、一メートルをこすもぐらって、いるのか。

「どこです？　中南米？　アフリカ？」

「何が？　俺があり得るって言ったの、食事のことだぜ」

「食事？」

「ああ、これ、見てみな」

つって、山科さん、俺に本を示す。〝土壌動物の世界、渡辺弘之著〟ってやつの八十四ページ。

「真弓が東さんに……その……だろ。で、東さん、杉本夫妻の一人娘って主張してるじゃないか。で、買ってみた訳」

成程。そういえば杉本夫妻って、地中動物の研究家だったもんな。地中動物の研究家の自称娘がもぐらの女王。妙に符節があっているような、無茶苦茶なような。

「何……〝モグラはきわめて貪食なけもので、十時間も食べずにいると死ぬ、少しも欠食できないといわれる。ヨーロッパのモグラでは、一日にミミズを四十八個体、あるいは、六十個体、自分の体重と同じくらい食べたといった報告がある〟。……ひえ！　自分の体重と同じくらい！」

つうことは、俺だと一日に五十八キロ。五十八キロの肉……うえー。考えたくもない。俺、二百五十グラム以上のステーキ、喰えんぞ、一食に。一日三食ステーキ喰って……一キロにもいかない。それがやっとだっていうのに……五十八キロ？

「俺、相当大食漢のつもりなんだが……それでも、せいぜい一食に一キロ半——二キロは無理かな。——あ、すごく腹が減ってる時で、それが上等の肉の時に限るぞ」

……山科さん。だから太るんだ。しかし、それにしても二キロ。体重の三十分の一程度。

これを考えてみると、もぐらってのは、本当によく喰うんだ。よく喰う——いや、すさまじく、喰う。

成程、東嬢がもぐらの女王なら、手近な肉を見て、何はともあれ喰うことを考えても不思議はないな。彼女、四十キロくらいはあるだろうから……たとえ、どんな安い肉でも、毎日四十キロ食べてたら……まあ、破産だ。

「こうなっちまうと……」

山科さんは、妙にしげしげと俺の顔をみつめる。

「最初、突拍子もなく聞こえた分だけ、逆にリアリティ、感じちまうんだよな。その、もぐらがまず喰うこと考えるっつうの……」

だろ。リアリティどころか、真実なんだから。

何てやってるうちに。真弓は、ようやく、家を出た。

し、山科さんもまだ、もぐらだのみみずだのの話は信じられないって言ってる。俺も——ま、それはそうだと思うから、まず証拠を見せてやるって啖呵をきったんだ。証拠自体は、東嬢が部屋から出れば割とすぐみつかるはず。あそこのカーペットはがして、床板あげれば、トンネルがあるんだから。ただ、そのためには、東嬢にどっか遠くへ行ってもらわないといけないんだよな。

「役得だ。真弓、彼女をデートに誘っちまえよ」

山科さんは、東嬢のおそろしさを知らんから、平気でこんなこと言えるんだ。

「昨日の夕飯のお礼ですって、食事でもおごったら？　映画の一本も見て、食事して、お茶のめば、四時間はつぶせる」

「う……うん」

「で、その間に、俺、あの女の部屋にしのびこんで、床板あげてみるよ。何もなかったらそのまま床板おろしてカーペットしいちまうから」

「あ……ああ」

「男だろ真弓。女の子一人くらい、映画に誘えるよな」

「ん……うん……やってみる」

……だいぶこころもとないな、こりゃ。

「じゃ、こっちはこれでかたがついたが……今、もう十二時まわったろ。いくら何でもこれから女の人を誘うってことはできないから……証拠探しは明日でいいか。な、

☆

俺——俺の左半身は、変な話だけど、すごくうきうきしていた。もう少しだ。

今、飯田橋で地下鉄おりた。今、改札ぬけた。今、地上へ出た。今……。

俺の右半身が近くまで来ている。これだけで嬉しかった。もうすぐだ……もうすぐだ……ドアチャイム！

「あ、俺！」

「あ、俺！」

俺の右半身と俺の左半身は、お互いに相手を認めると、ひしっと抱きあった。

「う……気色悪」

真弓が、ぼそりとこう呟いたことなんか——左半身しかない人間と、右半身しかない人間が抱きあうことがいかに気色悪いことかなんて——全然、気にする気にも、なれなかった。

☆

「……要は、どうやって東さんを部屋の外に出すか、だな」

俺達四人——いや、三人っていうべきなのかな、山科さんと真弓と俺左半身と俺右半身——声をひそめて相談していた。真弓は、東さんの無実を信じるって叫んでた

斎藤」

「ああ」

　俺の左半身と右半身、同時にうなずく。山科さんは――ま、俺もその方が気楽だけど――いつのまにか、感覚的に、俺を男扱いしている。

「とすると、今晩はこれで寝よう。真弓、とまってけよ」

「うん」

「で、その……」

　いささか、困ったような目つきをして、山科さん、俺を見る。

「斎藤は……幽霊も寝るんだろうか？」

　俺、困った。いまだかつて、幽霊になったことがないもんだから、いきおいこういう基本的事実が判らないのだ。

「……ベッド、使う？」

「うーん……」

「使うなら、俺と真弓はソファか何かで……」

「うーむ……」

と。トントン。急に、ノックの音。俺達三人、顔を見合わせる。

「……どなたですか」

　山科さんが、おそるおそるって感じで聞く。三人共一瞬、あ、東さんかなって思っちまったんで。

「あたしです」

　砂姫の声。

「ああ、ちょっと待って」

　山科さんドアの脇へ行き、俺を見る。俺、次の瞬間、体中の力を抜いた。こうすると、消えることができるのだ。

「どうぞ」

　砂姫は――おい、おまえ、暴漢にでも襲われたのかよ――凄い格好をしていた。

　まず、髪が乱れていた。細い、やわらかい、天然パーマのかかった髪。それを何度もひっかきまわしたらしい。ほつれきっている。そして、服。二、三ヵ所かぎざきがあって、おまけにところどころ泥がついている。顔も手足も、同じく少し汚れていたし、つめがまっ黒だった。

「……ど……どうしたんですか」

「礼朗――え、あ、ううん、礼子が消えちゃったの。こころあたり、ない？」

　ごくん。男達二人が、息をのむのが判った。二人共、こころあたりは嫌って程ある筈。でも……ちょっと説明しにくいこころあたり。

「今朝、うちに帰ったら、ベッドの中はもぬけのからだったのよね、靴もなかったし……」

　せかせか髪をかきあげる。

「それだけなら別に驚きはしないんだけど……でかけたって思うけど……中からチェーンロックかかってたんだもの」

「は……はあ」

「で、とにかく、チェーン外して中にはいったのよね」

「どうやって」

　思わず真弓が口をはさむ。俺もそれを聞きたい。あれ、外からあくのかよ？

「チェーンひきちぎって」

「ひきちぎる？」

「あ、ううん、ペンチで切って」

　また乱暴なことするなあ……。

「とにかく、部屋のすみずみまで見たけど、もと――のりこの姿が、ない訳。これはもう、窓から出たとしか思えないじゃない。あ、窓はあいてたの。何の必要があって二階の窓から外へ出たのかが今一つ判んないんだけど、とにかく庭へおりてみた訳。したら……地中二メートル程度のとこに、もと――のりこ、埋まってんの！」

「え？」

　男二人、叫ぶ、幽霊の俺も、心の中で叫んだ。どうして？　どうしてそれが砂姫に判るんだ⁉

「ううん、今の表現、不正確。埋まってたの、一時期。で、すぐ移動したんだわ」

「どうしてそう思う訳」

　おずおず山科さんが聞く。

「地中二メートル――正確には、一・八メートルくらいのところで、あの子、数cc出血したのよ。O型Rh＋、多少貧血気味で、ゆうベビール三本とホワイトホースだいぶのんだ人間の血が数滴、地中一・八メートルのとこにあったんだもん。その血液の所有者はあの子だわ。で、出血して――お昼の時点で七時間程度。でも、死体とか生きてるあの子とかは、あそこの地中にはいないの。本人がいれば、もっとずっと血のにおいがする筈ですもの」

「……ちょっと。ちょっとまって」

　山科さん、とうとうまくしたてる砂姫を手で制した。

「何で、そんなわずかな血が、そんな深いとこにあるって判るの」

「においよ！」

「砂姫ちゃん……君、血のにおいって判るのかい？」

「……善行はAB型Rh＋、少し糖分過剰。真弓さんはA型……Rh－ね？」

「あたった……」

　真弓が呆然と言う。

「Rh－なんて、滅多にない型なのに……」

「どうして……どうして、においで血液型まで判るんだ……」

「あたし、そういう体質なの！　……あん？」

それから砂姫は、何だか……犬のように、鼻をぴくつかせた。

「あなた方……何かあたしにかくしてるわね！　……あ……二人共、礼子の行方知ってるんだ！」

「ど……どうしてそれを」

莫迦だな真弓。判んねえのかよ。砂姫は——あんまり信じたくないその特殊な鼻を使って、おまえ達が何かかくしてることをさぐりあてた。（おそらくは、血液中のアドレナリンの増加か何かをめやすにしたんだろう。）でも。後半部は、カマかけただけの台詞だぜ。

「はーん、そうなの、やっぱり」

砂姫、つかつかと部屋の中にはいってくると。

わっ！

幻覚じゃない！　今度ははっきりと判った！　砂姫の目が、急に緑に染まった！

それとほぼ同時に、二人の男はふらふらと砂姫の方へ近づいてゆき……おい！　どうしたんだよ！

二人の目からは、完全に理性の色が失われていた。まず、山科さんが猛然と砂姫に抱きつく。抱きついているのか、さばおりをやってるのかよく判らんって感じで、砂姫は抱きつかれたまま、優雅に首をすこしかたむけ、山科さんの首筋に顔をうずめ——おい！

山科さんの首筋に顔を埋めた砂姫、少し、口をあける。糸切り歯が異様に大きく、とがっている。砂姫の歯って、こんなだっけ——いや。こんなに外見的特徴がはなはだしい歯なら、もっと早くに気づいている筈だ。あり得ないことだけれど——あり得ないことだけれど、砂姫の歯、急にのびたんだ！

そして。しみじみ優しい声で。

「ごめんね、善行。でも、少しだけ、ね。貧血にならないくらい……」

こう言って。こう言って砂姫、山科さんにくいついたのだ。

山科さんの、肌色というよりは多少赤味がかかった黄土色に近い首筋。そこに、まっ赤な砂姫の唇。それと、異様な——異様故に美しいコントラストをなしている、まさしく純白の歯。その歯が、ずぶずぶ山科さんの首筋に埋まって……二度ばかり砂姫ののどぼとけが動いたろうか。

あぜんとしているうちに、砂姫は、山科さんから唇をはずした。歯——異様にとがった糸切り歯の先に、赤ぐろいものがついている。

「あなたは、一回寝たら、このことは忘れる」

砂姫がこう言うと、山科さんは、まるで感情のこもらない声で、その台詞を繰り返した。

「そして、あたしの言うことには、一回ねむるまで、何でも素直に従う」

また山科さん、砂姫の台詞を復唱する。

「嘘……そんな……いないじゃない！」

「そう、この部屋」

「ここ？」

まるで、感情のこもらない、二人の声。

「ここにいる」

「白状してもらいましょうか。礼子はどこにいる訳」

砂姫は我がもの顔に部屋の中へはいりこみ、ドアを閉め、二人を見まわした。

「……さて、お二方」

☆

も、この後のことは書かない。このあと、約一分半にわたって、先刻と同様のことがおこった。男達二人は、まるでふぬけのようにほけっと天井をみつめ……気絶してんだろうか。その割には、体が倒れないところが偉いけど。


「OK。じゃ、次、真弓君」

砂姫がこう言って真弓の方を向くと、真弓は、誘蛾灯にすいつけられる虫さながら、ふらふらと砂姫の方へ歩みよってくる。そして。

そして！

真弓は、みずから少しかがみ、首をかたむけ、砂姫の糸切り歯がおのれの首にくいつきやすいポーズをとったのだ！


砂姫、バスルームのドアあけ、おしいれあけ、叫ぶ。

「でも、この状態の人間が嘘つける筈ないし……」

「砂姫」

しかたないから俺、声かけた。姿はあらわさず声だけ。

「礼朗！　どこ！」

「心の準備してくれ。今、あらわれるから。俺——その——かなりグロテスクな格好してる」

「礼朗！　どこよ！」

「いいか、出るぞ、驚くなよ」

って言ってやったのに。俺の左半身と右半身が出現したとたん。

「きゃあーあー！」

ゆうゆう百ホンに達する、おっそろしい大声。隣近所に聞かれたらどうするってんだ。

「も……もとあき⁉」

それにしても、気絶しなかったのはめっけもん。

「ああ」

俺——左半身と右半身は、当然といえば当然だが、まったく同時に声を出すので一々区別はいらないと思う——、答える。

「ど……どうしたの、そのかわり果てた姿」

「実は……かくかくしかじかで」

しかたないから俺、砂姫に今までのこと説明する。それから、声を荒くして。

「ところで砂姫。俺、見ちゃったんだぞ。今のは何だ今のは」

「ん？　今のはって？」

幽霊相手にとぼけんだから。

「山科さんと真弓の血を吸ったろう。かくしたって駄目だ。俺、見たんだから」

「……ん」

「おまえ、吸血鬼だったのか」

「ん……うん……」

「じゃあ……」

言ってから俺、自分の台詞のおそろしさに気づく。一度死んじまうと、割とすごいこと平気で言えんだな。

「じゃあ……真弓も山科さんも、目がさめると吸血鬼に……」

「なる訳ないでしょ」

何故か砂姫は、怒ったような口調でこう言った。

「言っちゃ悪いけど、ブラム・ストーカーって相当頭悪かったのよ。ドラキュラから血を吸われた人が、そのまま全員吸血鬼になってごらんなさいよ、いくらヘルシング博士ががんばったって、吸血鬼退治できる訳ないでしょ。大体——ドラキュラはどうかしらないけど、あたし、最低で月一度は人の血吸わないと生きてゆけないんだから。月に一人、吸血鬼ができて……で、その吸血鬼が月に一人吸血鬼増やしてったら、いまに、日本人全員吸血鬼になっちゃうじゃない。……ねずみ講じゃあるまいし」

「……はあ。ごもっとも」

「大体、あたし達と伝染病を同一視して欲しくないわ。あたし、生まれた時から、ホモ・サピエンス——人間じゃないもん。人間が吸血鬼になるんじゃなくて、吸血鬼は人間の亜種なんですからね。もともと違う生き物なのよ」

「あ……はあ」

そんな、胸はって言えるようなこと……でもないとは、思うんだが。

「それにあたしにしてみれば、人間の、吸血鬼の扱い方も気にいらないのよね。嫌がる人を無理矢理吸血鬼にしている訳じゃないし……一種の愛の献血運動じゃない」

日本赤十字が聞いたら、貧血おこすような台詞だ。

「ここに、あたし——つまり、一月に一度は人血とらないと死んでしまう人間が——人間亜種がいる訳よ。で、そのあたしが男の人から、彼が死なない、貧血もおこさない程度の血をもらうって行為の、どこが献血と違うのよ。……大体において、血を吸うって行為自体、一種のキスの変型でしょ？　で、男の人にとって、あたしって——自分でいうのも何だけど、かなり魅力のある存在じゃない。一応、若くてピチピチしてるみたいに見えるしね。売春って行為がある以上、男の人は、まあその、あたしみたいな女の子と、そんな風な関係になってみたいって、潜在的な願望持ってる訳じゃない。で、あたしは血をもらって、男の人は、何かそういうほんわかとした想い出もらって……完全に、ギブ・アンド・テイクじゃない？　ジュース一本の赤十字に較べたら、はるかに良心的よ。ジュース一本より、女の子一晩買う方がずっと高いんだから」

　……ま、そういう理論も成りたつことは成りたつ……んだろうか。何か、完全に男の人間性ってのを無視してるような気もする。でも……あー！　もう、判らん！　とにかく、実害らしい実害がないんなら、全部、いいことにしちまおう！

「おまけに、人間のお医者様より、はるかに正確に、病人を診断できるのよ、あたし達。ガンの人とか、とにかく病気の人の血って、まずいんだもん、圧倒的に。人間ドックにはいって、血液検査をしてもらうかわりだと思えば、はるかに安あがりじゃない。違って？」

「は……あ」

「で、何？　礼朗としては、こういうあたしに文句つける気？」

「つ……つけない……」

　……駄目だ。完全に、迫力まけ。砂姫の方が、俺よか数段迫力がある。

「そう。よかった」

　俺が、文句つけないって言ったとたん、砂姫、相好を崩した。

「何でか判らないけど、吸血鬼って不老なのよね。ある程度――大人に近い年になると、老化がとまっちゃうの。だから、あたしが三百歳以上だっていうの、本当なのよ。……ね、礼朗には、昔から本当のこと、教えてたんだから」

　かといって、礼言う気にはなれんわい。

「あ、それからこの二人がおきても、あたしが吸血鬼だってこと言っちゃ駄目よ。あたし、昼間は起きてられるし、十字架見ても大丈夫だけど、心臓にくいうちこまれてなお平気でいられるかどうか、自信ない」

「山科さんも真弓も、本当に死んだり吸血鬼になったりしないんだな？」

「うん。保証する。それに、善行は特別なの。あたし、普段は間違っても、二日つづけて同じ人の血を吸ったりしないもん。ただ今日は……どうしても礼朗の行方を知りたかったから……血をちょっと吸った時って――一種の催眠状態になるのよ。大体、あたしが血を吸おうと思って睨んだだけで、男なら絶対自失するしね」

　……成程。いつぞやの、あの狂おしい気分を思いだす。あれで自制できたら凄いよなあ。

　そうか。それに、何となく、ほっ。山科さんがあんな顔してたの、あれ、前の晩はりきりすぎたせいじゃなくて、貧血のせいか。

「それにしても……そんなに俺のことを心配してくれた訳」

多少、感謝。

「当然。あたし、あなたを愛してるもん」

……！

「思うんだけどね、人間って……愛してるって言葉の意味を、すごくせまく使ってない？　さも重要な言葉であるかのように誤解してさ。いやしくも、この世の中で生きている生物ならば、まわりのものすべてに、愛情を抱く筈だと思うのよね、ふりそそいでくれる陽の光に、影を作ってくれる木々に、食べられてくる動物達に。そういう意味で、あたし、間違いなく、人間全部、愛してるわ」

……なんだ。

「それにね、礼朗はまた、ある意味で特別よ。あたしって、存在自体が多少異常じゃない。だから、数奇な運命にもてあそばれる人って……すごい、連帯みたいなもん、覚えちゃうのよね。何つうか……やっと仲間をみつけたって感じで。まして、二分割された幽霊なんて、これはもう、露骨に異常じゃない」

「……はあ」

「だから……許せないのよね」

ふいに、砂姫の表情がかわる。はげしく怒っているかのような、表情。

「東さんって。あれだけのトンネルを掘って、もぐらを自在にあやつれる人なら、相当不可思議な運命をたどってきてると思うの。でも……だからって、無闇に人を殺すべきじゃないと思わない？　礼朗が彼女の捕食の対象だっていうなら、話は別よ。でも、彼女、あなたを食べなかった訳じゃない。食べないものを殺し、それを勝手に、その生物を捕食の対象としない種――それも殺したのと同種――に食べさせるなんて、ひどいわよ」

うーむ。俺は、単に、殺され死体をはずかしめられたって観点で怒ってたんだけど……砂姫はずいぶんややこしい怒り方すんだな。

「許せないわよ、絶対に。一言、怒ってやんなきゃ。あの人、お百姓さんありがとうって気持ち、もってないのかしら」

お……お百姓さんありがとうって、じゃ、何か、俺は稲かよ⁉

「とにかく、許せないのは、俺も同じだ。……で、砂姫。この二人どうする？」

山科さんと真弓は――俺達の会話が聞こえてるんだかいないんだか――ぬぼーっと、つったっていた。

☆

「うわっうわっうわっ」

次の朝。俺は半ば暴力的に――音声による暴力でもって、たたきおこされた。（あのあと、とにかく男達二人は砂姫の命ずるままベッドにくずれ、それ見て砂姫も寝るっつってベッドにもぐりこみ、セミダブルのベッドに男二人女一人が寝てるのはあまりにも説明しにくい状況であるからにして、俺は必死に砂姫を説得し、二階へ行かせ……したら俺も眠くなってきちまったの。で、仕方ないから、空中にうかんだまま眠り――山科さんの叫び声で目をさましたって訳。）

「ひえっ！」

真弓も同時に叫び声あげる。どうも山科さん、ベッドで隣に人間がいるんで――習慣でかな、真弓を抱きよせちまったらしい。

「な、なにするんですか！」

「わ、わるいっ、真弓だとは」

男達二人、ちょっと顔を見合せ、それから。

「砂姫は？」

「砂姫さんは？」

ほぼ同時に叫ぶ。それから。

「どうしてこうなっちゃったんだ？」

「おはよう」

このまま、この場を上から眺めてんのも変だから、俺、仕方なく声かける。

「斎藤？」

「礼朗？」

男達、同時に声あげた。それからあたりを見まわして。

「……どこにいるんだ？」

☆

「そうか。やっぱ、幽霊だもんな」

山科さんも真弓も、しゃべりながら着替えだす。

「朝、陽が昇ると、見えなくなっちまうのかあ……」

三人して、さんざ、「おい、どこにいるんだ？」「ここだってここ」「ここってどこだよ？」っていう言いあいをして、で、ようやく判ったのだ。かすかに雨戸のすきまからさしこむ太陽光線。どうも、あれがいけないらしい。まあ、考えてみれば、しごくあたり前の話なんだけど、幽霊って陽の光のもとでは、姿が消えちまうんだ。

「昨日は……どうなったんだ」

ひとしきり、俺の捜索がおわり、そのまま寝たもんでよれよれになっちまったズボンをはきかえながら、山科さんが聞く。

「砂姫さんが来たとこまでは覚えてんだけど……何か、そのあと、急に記憶がとぶんだよね」

「あ、僕もそう。何か……」

こう言って、真弓。少し赤くなる。

「えーと」

俺、少々考えて。納得できる理屈をつけなきゃな。

「砂姫、必死になって姿の見えなくなった俺をさがしだしてくれたんです。で……その……疲れ果てちまって……」

「で？」

「この部屋にはいったとたん、安心したのか気を失っちまって……。気を失ってたおれて……」

ここからが、無茶苦茶苦しい言い訳になる。

「山科さんが真弓にぶつかって……山科さんもたおれて……山科さんが真弓にぶつかって……二人そろって気絶した」

「……二人そろって気絶……。で、砂姫さんは」

「すぐ気がついたんです。で、二人を床の上にねかしとく訳にいかないから、俺と協力して二人をベッドまではこんで……」

「斎藤と協力？」

「あの場合しかたないから、俺が幽霊になったって話、砂姫にしたんです」

「へえ」

真弓、声をあげる。

「そんな話を聞いたあとで、僕達をベッドへ。砂姫さんって……気丈な人だなあ」

ああ。おまえよか、余程図太いよ。

「でも……あの位置関係で、俺が真弓までまきぞえにしてたおれるかなあ……」

山科さん一人が思案顔。えーい、話題かえよう。

「あのさ、山科さん」

「ん？」

「せっかく着替えおわったとこで何ですけど、下着とっかえたら？　着たきりすずめじゃ不潔ですよ」

「あ……ああ、そうだな。昨日は風呂にもはいれなかったし」

山科さんベルトはずし、洋服だんすのとこまで行き、ズボンと下着ぬぎ、そして。

「おいっ！」

大音声。

「まさかと思うけど斎藤！　そうか、姿は見えなくとも、おまえ、俺のこと見えるんじゃ」

「ええ」

何さわいでんだこの男は。

「失礼！　女の子の前で！」

慌てて山科さんブリーフかかえてバスルームへ逃げる。けど……俺の左半身、山科さんにとりついてる訳。山科さんがバスルームへ行くと、俺の意志を無視して、左半身もバスルームへ行っちまうんだよ……なあ。おまけに、バスルームは殆どすきまなく、従って太陽光線がはいんない訳。

「斎藤！　ついてくるな！」

「……俺の意志じゃないんです。それに……気にしなくていいですよ、んなもん、見なれてるから」

「……!!」

あー！　山科さん！　誤解した！　口、ぽかんとあけちまって。

「…………」

かといって、誤解をとく気にもなれず、誤解だって説明する気にもなれず――俺、呆然と中空にういてた。ま、この騒ぎで山科さん、真弓と自分の位置関係追求する意欲、なくしたみたいだったけど……何か、俺一人が貧乏くじひいちまったような……気分……。

☆

こっちが何とかごたごたをしずめ、山科さんと真弓がかろうじて着替えおわった頃、ノックもせず、唐突にドアが開いた。砂姫。

「おっはよ、みなさん。良く眠れた？」

こいつだけ、異常に元気。

「あ……おはよう。早いですね……」

「もう九時よ。朝ごはん、作ってあるの。礼子の部屋まで来てくれる？」

「え……あ、ども……でも……何かそこまでやってくれると」

山科さんが少し困ってる。

「あら、当然よお。二人共、礼子の仇、とってくれるんでしょ。だとしたら、朝御飯作ってあげるのくらい」

男達、二人、顔を見合わせる。二人共、とにかく東嬢がそんなに異常な人物であるのかどうかを確かめたいと思っている状態であって、俺の仇をとろうってつもりはまだ、ないのだ。

「がんばってね、あんな無気味な幽霊になっちゃった礼子の為にも。ね？」

ウインク。女って、つよいんだから、本当に。これで二人共、否って言えなくなっちまいやがんの。

☆

「基本的なセンとしては、それでいいと思うわ」

昨日、俺達がたてた作戦――って言える程、高級なもんじゃないな、とにかく東嬢を真弓がおびきだすっていう奴――を聞くと、砂姫、参謀長官よろしく重々しくうなずく。

「ただ、真弓君に万一のことがあった時……」

「大丈夫だ。俺がついてる。万一のことがおこりそうになったら、俺がすぐ連絡してやるから」

空中から、俺、保証。

「そか。じゃ……とにかく、やってみよう」

☆

このあと。真弓は何故か、一時間もかけて一度自宅へ帰った。東さんをデートに誘うにさいして、よれよれのGパン、しわになっちまったシャツじゃ嫌だって主張して。んなさあ、着かざってみたって、たいしてかわりゃしないと……あ。かわった。よりひどくなった。

髪を一所懸命(いっしょけんめい)とかし、ドライヤーまでかけ、うすい紫のカラーシャツ着て紺(こん)系のズボン、上着、少し赤のまじったネクタイしめた真弓は……。あんまり可哀想だから、感想はのべない。

あっ莫迦、よせ！　トレンチコートなんて着るんじゃない。どう見ても、十八くらいにしか見えない、それも異様に背の高い男が渋くきめてみようなんて、出だしからして無茶なんだ。高校生って顔で、青年紳士って格好、果てはどっかから借りてきたようなコート。これは……あ、結局感想言っちゃった……ギャグだぜ。

……あのなあ、女じゃないんだから。鏡の前で何度見たって、おまえの顔、かわりゃしないよ。おまえの顔だと――これって本人にとってはひどい悲劇なんだろうけど――渋い男向きじゃない訳、造作(ぞうさく)からして。かわいいってセン狙わないと、手のつけようのない顔な訳。

なんて、いくら心の中で思っても、さすがに、それを口にできる程、俺――俺の右半身はひねてない。故に、この間、俺は終始無言だったのだ。おまけに、陽がでてるうちは、俺の姿、見えないしな。

これが、真弓にえらい誤解を抱かせてしまった――らしい。そうとしか思えない。のちの真弓の行動を思い返してみると。

☆

一方、その間、山科さんと砂姫は、何もすることがなかった。とにかく、真弓が帰ってきて、東嬢をさそいだすまでは。

で。山科さんと砂姫にすることがない、というのは、俺――俺の左半身にもすることがないってことで、当然、俺、黙って空中にういていた。

これがいけなかったらしい。あるいは、俺が真弓についてゆくって宣言したことが。山科さんは、何か妙に――ここにいるのは、山科さんと砂姫だけだって思ってしまったよう。

「……砂姫」

砂姫は、朝食のあとかたづけをし、コーヒーをいれ、ようやく一段落、煙草くわえたところだった。その間、約三十五分、山科さんは無言で砂姫をみつめており、三十五分後の台詞だったから、これは、そこはかとない重さを感じさせた。

「何？」

一方、砂姫は、そんなこと全然知ったこっちゃないって感じの、底抜けに明るい声をだす。

「……その……」

「何よ」

「妙なことを聞くようだが……」

何だか山科さんすごく言いづらそう。

「おととい、俺、おまえに……何か……したな」

「ん？　何かって何」

「いや、あの……おまえが夕飯作りに来てくれて……食べたあと……急におまえに抱きついたとこまでは覚えてるんだ。そのあと……気がついたら朝で……俺、何も着てなくて……おまえが俺のシャツ着て朝飯作ってたろ」

「うん」

「あの時、やっぱり俺……何か……した、よな」

「だから何かって何よ」

「その……何か」

「ふ……ん」

砂姫は、ちょっと困ったような目をして、山科さんを見る。それから。

「気にしないでね」

「いや……気にしないったって……」

「あたし、気にしてないから」

「しかし……」

「気にしないでよ」

「でも……」

「気にしないで欲しいの」

「砂姫」

急に山科さん、おそろしい声をだす。

「あの、俺にこういうこと言う資格があるとは思わない。確かに、弁解の余地なく、悪いのは俺の方だ。でも、おまえ……おまえ、それでいいのか」

「いいって何が」

あっけらかんとした砂姫の声。これ、本当に砂姫はあっけらかんと言っているのだろうが……聞きようによっては、砂姫が、えんえんと山科さんからかっているように聞こえる。

「その……ひどくありきたりな台詞だが……そして、俺に言う資格のない台詞だが……もっと自分を大事にして欲しい」

「してるわよお。あたしだって、あたし、大切だもん」

「砂姫！　ちゃかすな！」

「ちゃかしてないってば」

多少、うんざりした砂姫の台詞。それから。砂姫は、決して言ってはいけない台詞を言った。

「やだな、善行ってば。みかけによらず、純情なのね。……かわいい」

「砂姫!!」

叫んでから思った。しまった。会話がこういう風に進行した以上、決して俺は口をはさんではいけなかったんだ。

「おまえ、言っていいことと悪いことが……。山科さん真弓は、本気なのだ。

東さんのことを、「ちょっといかす」とか、「なかなかいいんじゃない」とか、思っているんじゃない。ごく——ごく、真面目(まじめ)に、ほれているのだ。

中二から大三まで。かなりブランクはあった。しかし——しかし、真弓は俺の友人なのだ。それも、俺が親分肌で、子分として真弓。その真弓が本気でほれた女。

俺は——その女が、俺を殺した女であるってことより何より、どこか異常な女であるってこと故に、心底(しんそこ)、心配した。

真弓——いや、猛。おまえ……。

☆

「すいません……」

その頃、俺の左半身は、他に何とも言いようがなく、山科さんに謝っていた。

「……悪かった……」

「……何でおまえが謝るんだ」

山科さんの、低い声。

「いや……」

俺、言いよどむ。

「いやその……砂姫に、悪気はなかったんで……」

「はん」

山科さんは、せせら笑った。

は、純情でもかわいいんでもない、誠実なんだ!」

でも。ついつい耐えかねて叫んでしまう。

「斎藤！　いたのか！」

山科さんの声は——悲痛だった。ことの成り行きをどう察したのか、砂姫は次の瞬間立ちあがる。そして。

「おつかいに行ってくる！」

と叫ぶと、この場を逃げだした。

☆

さて、その頃。

真弓は、ようやく着替えおわって、家をあとにしていた。途中花屋でまようこと数十分。えーい、花なんていらん！　どうしても持ってゆきたいなら、単にバラでいいじゃないか！

俺としては、こう叫びたくて叫びたくてしかたなかったのだが……他に人のいる花屋で、幽霊が叫ぶ訳にもいかず……。

真弓は、ピンクのバラにしようか、オレンジのバラにしようか、さんざまよったあげく、深紅(しんく)のバラの花束を作った。うっ……。五千円札一枚、あっち行っちまった。

………。

心の中を、何ともいえない、嫌な気持ちがはしる。

五千円札一枚。別に、額(がく)の大小を論じる気はないのだが……これで充分、判ってしまう。

「悪気なしでかわいいなんて言われたら、もう男もおわりだな」

「いや……だから……」

「だから何だよ」

「えーと……」

しばし、沈黙。それから山科さんは、軽くため息をついた。

「悪い」

「……何が」

「斎藤にあたったって、しかたないよな」

「…………」

そして、またしばらくの沈黙。

山科さんは、軽く笑みをうかべると、砂姫の残していったセブンスターに手をのばした。ゆっくり火をつけて、ゆっくり煙吐いて。それから、ちょっとなさけなげな、何ともいえない微笑。

思った。しみじみと。これ口にすると、また山科さん傷つくだろう――だから言えない。心の中でだけ。

山科さん。山科さんって……つっくづく、けなげな人なんだなあ。何か……砂姫の気分、判らなくもない。男に言っちゃいけない言葉なんだろうけど……それは判ってるんだけど、でも……。何か――たまんない。たまんなくけなげで――本当に、いい人、というか、かわいい、というか、他に表現のしようがないような……。

やっぱ、砂姫の吸血鬼論って、間違ってるよ。すごく基本的なとこで。山科さんみたいに、それを本気で気にやんじまう男がいるんだから。こんな……無茶苦茶、いい人が。

俺は、何ていっていいのか判らず、しばらく黙って……じっと、上へと昇ってゆく煙をみつめていた。

☆

十五分くらいして、砂姫、帰ってきた。

「……善行」

ドアからちょこんと首をのぞかせて。

「ん？」

「まだ……怒ってる？」

「別に」

おまえな、砂姫。そういう聞き方しちゃいけない。また山科さんのプライド、ひっかいてるじゃないか。

「そ？　よかった」

でも、山科さん優しいの。全然気にしてないって感じで、砂姫の為にドア開けてやる。それから、中空の方へ目をむけて。

「おい、斎藤。真弓は？」

「ん、先刻、地下鉄のって、今、飯田橋の二つ手前。あと十五分くらいでつくかな」

何気なく答える。

「でも、これって便利ね。礼朗には悪いけどさ、ここにいて真弓君の居場所が判るっていうの」

「ま、な」

「もとあきって誰だ?」

山科さん、ふいに口をはさむ。あ、やばい。

「この間から、砂姫も真弓も、〝のりこ〟と〝もとあき〟って名前、ちゃんぽんにして使ってるだろ」

「あ……あの……」

砂姫、ちょっと困ったように、俺の方むいて。俺――何となく、すごく自然にこの台詞を口にした。

「俺の死んじまった双子の兄の名前。あんまり似てるし、俺、男言葉つかうから、時々、真弓なんか、間違うんだ」

「へえ。でも……それって可哀想だな」

「はん。どして」

「だって斎藤は、その、もとあきって人じゃなくて、のりこさんなんだろ。ちゃんと一人前の人格を持っている人を、他の名前で呼ぶのは失礼だよな」

「ああ……そうだな」

「それに……そう呼ばれてるせいか、何か斎藤、無理して男っぽくふるまってるみたいで……」

「……そうか……な」

何故か、俺、しみじみ素直にこう言った。無理して強がっているみたいに見える。無理して男みたいにふるまっているように見える。ちょっと前なら、言われただけで腹の立ちそうな台詞。でも、それが何故か、そんなに気に障らない。

「今までさ……俺、もとあきになりたかったんだよ、凄く。のりこじゃなくて。男になりたかったんだ」

死んじまって――肉体レヴェルをはなれたせいだろうか。ごく、素直に、言ってしまえる思い。

「でも、おまえ、女の子だろ」

「ああ、そうなんだ。何の因果でか、俺、女なんだよな。……本当に何の因果でか。何の因果でか。生まれついた性別ってのは、変えようがないんだし。……死んじまってから言うのも何だけど、俺、もっとちゃんと女の子やっときゃよかった」

もっとちゃんと女の子やっとけば。女だったら、生まれた時からずっと女、女のプロって女だったら。どうするだろう。

山科さん――山科善行に軽くもたれかかる。じっと見つめる。肩抱いてやる。どれが正しいのかな、多分、肩抱いてやるのは違うだろうな、とにかく。

ありがとう。

この一言を表現する、最も適当なポーズ、思いつけたろうに。

そうだよな。女が、そうなれなかった男の言葉づかいして、男名前で呼ばれるっていうのは……あるいは、いや絶対、いたいたしいみじめな――可哀想なことなんだ。

今まで、誰もそんなこと言ってくれなかったら、思いもしなかったけれど……確かにそうなんだ。俺はもう――礼朗ではないのだから。

ありがとう。

本当に……できることなら、こう言ってみたかった。

PART Ⅳ　そして大地のあちら側

こほん。こほん。えーと。

真弓、東嬢のドアの前で、たっぷり二分間、つっ立っていた。やたらに咳払いして、やたらにもじもじして。

「やあ、東さん、昨日はどうも。お礼に映画でも見ませんか……何か、ありきたりだなあ、やあ、東さん、映画のただ券二枚もらったんだけど……こんな偶然、ある訳ない。やあ、東さん、僕、君と映画を見たいんだけど……直接的すぎる。やあ、東さん……」

……何もさ、人ん家の前で、こういうこと、練習しなくてもいいと思うんだ。そんな莫迦なことしてるから、こういうしっぺ返しをくらうことになる。

ばたん。

急にドアがあき、真弓、ドアに激突。

「あ、ごめんなさい」

ドアの内側で、東嬢、あわててる。

「何か、ドアの前で映画がどうのって声が聞こえたんですけど……何ですか」

あーあ、可哀想に。真弓、まっ赤になってしどろもどろ。

「あ、あの、夕飯のただ券が二枚……映画のお礼に……その、お茶を……」

「は？」

「あの、その、昨日のお礼に、映画見ませんか、映画、あの、で、お茶のんで、食事をすると、四時間は楽につぶれるんですが」

「あの……真弓さん、四時間時間をつぶしたいんですか？」

「いえ、その、東さんが、つまり、僕にあなたの時間を四時間ばかり頂けないでしょうか」

「あ……はあ……」

「昨日は、お食事をどうも、あの、吐いちゃったりして申し訳ないと、でも、あの、僕はあなたを信じているので」

「はあ？」

……支離滅裂も、ここまでいけば、一種芸術だと思う。

「あの……よく判らないんですけれど、こういうことですか？ 昨日の夕飯のお礼に、映画おごりますって」

「はい、そうですっ！」

「あの……気になさらないでね。本当に」

あーあ、やっぱ。遠まわりな断わられ方かな、これは。

真弓、そんなことは思いつけもしないのだろう、更に声をはりあげる。語尾なんて、もう、絶叫調。

「気になんてしていませんっ！」

「ただ、僕はあなたと映画を見たいんですっ！」

東嬢――これは無理もない話だが――しばらく、呆然としていた。それから、じっと真弓を見て。何か、すごく優しい目。くすっと笑う。

「はい、判りました。おつきあいさせて頂きます。……ちょっと待って下さる？ 着替えてきますから」

「はいっ！ 待ってます」

真弓は、バラ渡すのも忘れ、心底しあわせって表情作った。

☆

「信じられない話だが、……真弓、東さん誘うのに成功したぜ」

俺の部屋で。あまりといえばあまりの真弓の言動にすっかり毒気を抜かれ、先程までの多少しんみりした気分もどっか行っちまい、俺の左半身、呟く。

「信じられないってことはないだろうが。映画にくらい、誰だって」

「そりゃ、山科さんが真弓の支離滅裂さを知らんから言える台詞だよ。……あれは、凄かった。あれは並大抵じゃない」

「……そんなもんかな」

「そんなもん。……あ、今、二人して部屋を出ていった。……あーあ」

あたり前といえばあたり前だが、俺の右半身の見たことって、同時に俺の左半身にも判るのだ。故に俺の左半身、ここにいながらにして、真弓の様子が手にとるようによく判る。あーあ。何つう、アンバランス。

　真弓は、前に書いたような——どっちへころんでもギャグっつう格好だろ。それに較べて東嬢のきれいなこと。

　長い黒髪をまっすぐそのままおろして、うすいピンクのブラウス、紺の長いスカート、紺の上着を着た東嬢。ピンクのブラウスが、実にきれいにはえる。それ程、色が白いのだ。おとなしそうで、清潔な感じ。ま、俺のタイプじゃないけどさ、それでも仲々の美女ではある。

「今、階段おりた。今、マンション出た。お……およっ、真弓の奴、すげーな」

「何が」

「タクシー奮発する気だぜ、手あげたもん。お、おわっ」

「……今度は何だよ」

「すげっ、すげー、真弓！　まるで、王女様におつかえしてるみたいだ。タクシーのドアおさえて立ってる」

「……斎藤」

「ん？　何だろ、山科の奴、暗い声。

「あんま、ちゃかすな。あいつ、真剣なんだよ。可哀想だろ」

「あ……ああ。すまん」

「ま、別に俺に謝んなくたっていいけどさ。男が本当にほれた女をデートにさそうって、結構、大変なんだぜ」

「あ……ああ」

　俺にも身におぼえがある。

　美絵子。最初にキスした時。俺さ、ま、それまで週刊誌なんかでいろいろ読んでたし、ちゃんとしたキスっつうの、してやりたかった訳。本当に。で、舌いれて……とたんに、訳判んなくなっちまったんだ。気がつくと俺、相当目一杯口あけてて……夢中であいつの口にむさぼりついていた。で、美絵子としては、歯があたって痛かったんだって。痛くないよう、一所懸命口あけて——結果、あごはずしかけた。そのあと、俺がキスに慣れるまで、美絵子、真剣に悩んでたらしい。初体験が痛いっていうのは、本で読んだことがある。でも、キスが痛くていいもんなんだろうかって。

　それにしても。

「おい、山科……」

「ん？」

「おまえってさ……」

　このあとは、何故かしら照れて言えん。でもおまえって……ん？　おまえ？　山科？　あれ？　いつの間にか敬語がどこか行ってしまった。

「俺が何だよ」

　こっちみてる山科。ちょっととぼけた、軽い笑みを含何故か、砂姫がしゃしゃりでてきた。そして、ノブをつかみ……わっわっわっわっ！

「わっわっわっ！」

山科が、俺と同じことを叫んでいた。何となれば、砂姫——ドアを、鍵を、ひきちぎっちまったんだもの！

「お……おまえ……よく……」

「うふ」

砂姫、ウインク。そういえば、俺の部屋のチェーンも、ペンチで切ったというよりは、ひきちぎられたって格好してたし……。あ、そうか。ドラキュラって——というか、吸血鬼って、べら棒な力持ちなんだ。

俺がそれを納得する前、とにかく俺達は東さんの部屋にはいっていた。

☆

「これが……問題のカーペットだな」

「ああ」

山科、若草色のカーペットをもてあそびながら。

「これをはがすのには……うん、邪魔なものは何一つない」

こう言うと山科は、若草色のカーペットを、とにかくたたみだした。その間砂姫は、台所に立ちつくし。

「……ちょっとお、礼朗」

「ん？」

「平気よ。あたしにかして」

は、予想していなかったのだ。

でくわしたからうまくいったのであって、こういう状態

困った。今まで二回は、偶然鍵があいているところへ

「う……うーむ」

藤」

「留守……へもってきて、鍵、かかってる。どうする斎

をノックしていた。

——と砂姫と俺の左半身は、十五分後、東さん家のドア

山科——えーい、もう誰が敬語なんて使ってやるか

「留守……だな」

☆

言った。

何故か俺、少し赤くなって、わざとぶっきら棒にこう

「何でもねえよ」

んな……感情。こんな——どんな？

と。だってこんな……他に表現のしようがあるかよ。こ

かわいいって言われて、女怒っちゃいけないんだ、きっ

う感情だとしたら。男としては許せない言葉であっても、

もし。女の子が男のことかわいいっていうのがこうい

かもっと……。

たら、とても先輩とか目上とか思えないじゃないか。何

んだ視線。駄目だよ、おまえ、それ。そんな目つきされ

「これ見て、これ」

よそん家の、生ゴミいれの中、注目してやがんの。

「これ、にわとりの羽、よね」

「……ああ」

どう見ても、にわとりの羽としか見えないもの多数、そして、どう見ても人間のものではない骨。

「ひょっとして……東さんの言うとおり、善行達がたべたのって、チキンなんじゃ……」

「……じゃ、俺のこの姿はどう説明すんだよ」

「ま……それもそうなのよねえ……」

なんて言っているうちに。山科は、床板を、はがしだしていた。

☆

「東さん、何見たいですか」

新宿まで出て。何だよ真弓、まだ何見るか決めてなかったのか。

「あら……何だか先刻のお話だと、ただの券があるって……」

「あ、そうでした……わっ……まずい」

「どうしたの」

「ただ券買っとくの忘れた……」

……呆然。ここまで素直な人間って、存在論的にあり得るんだろうか。東嬢はひとしきりくすくす笑った。

「ちょっと……信じられないわ……ね、真弓さん、もうちょっとしっかりしてね」

「あ、はい、すみません」

「ううん、そんなことじゃなくて」

東嬢、やさしく真弓の腕にふれる。小心でかよわい獣にふれるように。

「わたし、ちょっとあなたが心配よ。ちょっと……ううん、本当に」

これが俺を料理した女だろうか。東嬢、何だか——何だかひどく、慈しみといたわりに満ちた目で、真弓を見ている。

「そんなことで、生きてゆけるのかしらあなた。他の人にだまされたり、踏みつけにされたりしそう……。本当に……心配だわ」

「いえ、そんな……」

「それとも、わたしの考え方が間違っていたのかしら。あなた、この齢まで無事生きてこられたんですものね」

「は？」

「その……ね」

東嬢、ゆっくりと言う。

「今までこう考えてきたのよ。いたらぬ考え方かも知れないんですけど、人間って、嘘ついたりだましたりかけひきしたりする動物でしょ」

「ええ……まあ」

真弓、少し顔色が悪くなる。真弓が今やってんのも、一種の嘘でありかけひきだもんな。まあ、考え方によるけど。

「だからわたし、そんな人間と対等にやってゆく為には、こちらもある程度かけひきしなきゃいけないと思ってたのよね。でも……何か……あなたって……全然、そういう意味で人間っぽくないのね」

「いや……そんな」

「真弓さんって、そんなにまっ正直で、今までちゃんと生きてこられたのよね……」

「あ……はあ」

「わたしも考え方、変えなきゃいけないかしら……」

「あ、あの、いえ」

真弓、ひたすら口ごもる。口ごもって。お、折よく新宿御苑。へ？　映画見るっつったんだろ、こいつ。何だってこんなとこまで歩いてきちまったんだ。

「あの、ですね、その……僕、割と信じちまう方なんですよね」

「何を」

「人間性善説――いや、基本的には、大悪人はいないって考え方を」

☆

「この床板があがるのか……と。よっこいしょ」

かけ声と共に、山科は床板をあげた。案の定、床板はもともと切りとられていて……実に簡単に動き、そして……中央部にぽっかりと、穴。

「うわっ、本当に穴があいてる……」

「何だよ。信じてなかったのか」

「いや、ま、しかし……とにかくおりてみよう」

山科、穴に足をふみいれようとする。と、砂姫がそれをはがいじめにして。

「ちょっと待ってよ。本当に気が早いったら……。いろいろ、いるでしょ」

「何が」

「例えば懐中電灯。それにロープ。これ、深そうよ、結構。何の用意もせずにはいっちゃったら、きっと下まで落ちて怪我をする」

ま、これの下に偶然みみずがいるとは思えんし……大体、いて欲しくない。

「あと、武器の類も、一応、持っておいた方がいいと思う。礼朗――ああ、礼子の話を信じるならば、下には〝狼〟がいるんだもの」

「あ……ああ」

「ちょっと待っててね、そういうもの、持ってくるから。武器は……善行に包丁があればいいわよね」

「あ、俺の木刀もってきてくれ」

思わず言ってしまう。木刀。そう、刀があれば、間違ってもぐらにつかまることはなかったろうに。

「だって……あなた……持てるの？」

うっ。

「いい、持ってきてくれ。俺が使う」

　山科がこう言ってくれた。

　砂姫が、部屋を出ていったあと、俺は感謝の念をこめて、山科にウインクした。（ま、生前の俺は、ウインクなんて器用なことできなかったけど、今、どうせ左半身しかない訳だろ。両目つむったって、ウインクになるわい。……もっとも、この時の俺の姿、山科には見えなかったって……あとで気づいたんだけど。）

☆

　真弓と東嬢は、何故か――ま、そこの方が茶店よか安い――新宿御苑にいた。仲むつまじくベンチにすわったりして。

「人間……性善説？」

「そう。元来悪い人間はいないっていう、便利な説です。僕、自分でも時に莫迦だなって思っちまうんだけど……およそほとんどの人間を、無条件に信用しちまうんですよ。小さい頃、いじめられっ子だったせいかも知れない」

「どうして？　小さな頃にいじめられて、人間不信になるっていうなら判るんだけど」

「あのね」

　真弓、緊張をほぐす為か、やたらと煙草を吸う。

「僕、童顔でしょ。ついでにいうなら、髪はくりいろで天パーだし……。女の子っぽいって言われても、無理ないですよね」

「ええ……まあ……」

「でね、よく、男女っつってからかわれたんですよ。小さい頃、僕は天文学――って言う程高尚なものじゃないけど、とにかく星に興味があってね。僕のことを男女なんていう友人より、ずっと星空の方が好きだったんです」

　真弓が、真面目にこの話をしているのが、痛い程つたわってくる。で……俺は、悩んでしまった。真弓は、もう、中学生の真弓猛って男の子じゃない。れっきとした、真弓猛という男だ。一人前の男が、こんな、自分が子供の頃の嫌な思い出だなんて恥ずかしい話をしようとしているなら……それは、俺の聞いていいもんじゃない。本来ならば、俺は絶対、ここで席をはずすべきなんだ。それが礼儀ってもんだ。

　が、俺は……真弓のそばをはなれるってことが、そもそもできないんだよな。

「でね、他のもの――クラスメートとか、そういうの、一切無視したんですよ――いえ、しようとしたんですよ。僕には僕だけの世界があるって感じで。クラスメートの方も、ある程度そういうことって、察しますよね。で……結果が、村八分」

「……まあ」

「ま、無理ないと思いますよ。あの時の僕は本当に嫌な子だったから。……でもね。小学校五年の時に斎藤――あの、ほら、二階の斎藤さんの……その……お兄さんに会って、急に僕、人格に変換をおこすんです」

人格に変換……俺、こいつに何かしたっけ？

「あの人は……彼は、僕のはじめての友人だったんです。僕ん家って――まあ、これはあんまり本筋に関係ないけど、共かせぎだったんですよ。母親は日曜しか家にいない訳。ところが斎藤の母親は毎日家にいて……あたり前だけど、ぎょうざなんて作るんですよ。……感動だったな、斎藤のおばさんと、ぎょうざ作った時なんて」

……嘘だろ。あんなもんの、どこが感動だ。面倒の間違いだろうか。

「ま、斎藤はね、普段母親が家にいるって環境だったから、どう思ったかは知りませんよ。でも、僕にとって……手造りのぎょうざって、はじめてだったんです」

……へーえ。

「凄く嬉しかったな。斎藤はぶちぶちいってたけど、ぎょうざ作るのって。いや、ぎょうざ作るのが楽しかったんじゃない、平日、家にいて、ぎょうざ作る母親ってものを確認するのが――そんな存在があるって思うのが、そもそも、楽しかったんです……でね、それ以来、僕、斎藤の家にいりびたりに近い感じになるんですよ」

へーえ。あれがぎょうざの為とは知らなかったわい。

「でね、いりびたってみると……いつの間にか、斎藤って――いや、人とつきあうのって、夜、天体望遠鏡のぞいてるのよりおもしろいってことに気づくんですよね。斎藤は割と親分肌で、僕のこと、いろいろとかばってくれたし」

「へ……え」

「そいで、ま、先刻も話したけど、斎藤はあの頃、クラスのガキ大将でね、僕、いつの間にか、その一の子分みたいな感じになってて――したらね、誰も僕のこと、苛めなくなった」

「やっぱり、人間って、勝手なものね」

「違うんですよ」

真弓、きっぱりとこう言いきる。

「僕も最初はそう思ったんです。バックに斎藤がいるから、みんな僕のこと苛めなくなったって。ところが……違うんですよ。僕はそれまで、目立たないよう、隅の方で一人で考えごとしてる子だったんですよね。ところが、斎藤とつきあいだしてから、僕、みんなとよく遊ぶようになった。……僕が苛められなくなった真の原因は、斎藤とつきあうようになったことじゃなくて、僕がみんなと遊ぶようになったことだっていうのが、判ったんです」

「は……あ」

「人間って、実は気が弱いんですよ、何だかんだ言っても。一人では、とても生きてゆけない。だからみんな、友達と遊ぶ――他の人間とつきあいたがるんです。それをしない人がすぐそばにいると、怖くなる訳。それがようやく最近判ったんです。怖いから、苛めてみる――反応をためしてみる。その気持ち、判りませんか」

「ま……まあ」

「そう思ったとたん、何だかすごく嬉しくなってね……。嬉しいっていうのも、妙な言い方だけど……実に人間らしいと思いませんか。みんな、生まれながらにして、小悪党なんですよ。そんな、すごい悪党でもない、どこからどこまで善人でもない、ちょっとした小悪党。小悪党規模なんですよ、悪いことやるって言っても。ちょっといじわる、とか、ちょっとやっかみ、とかね。完全無欠の人間より、こっちの方が、ある意味で、たよりになると思いませんか」

「たよりになる……ねえ」

「ええ。誰にでもみんな、ちょびっと悪人の部分と、沢山善人の部分があるんです。だから誰でも、人を傷つけた痛みも、人に傷つけられた痛みも知っている訳。どんな痛みも知らない人とか、傷つけられる痛みしか知らない人より、両方知っている人間の方が、いざっていう時、絶対たよりになると思いませんか」

「それに……その方が、自分にとって正当ですよ」

「あん？」

「自分にとって、正当。世の中に、善人と悪人と普通の人とがいるって考え方が、どれ程自分を甘やかす為のものであるか、僕はよく知っているつもりです」

「……どういうこと」

「苛められていた時、よく思いました。みんなあいつらが悪いんだって。もっと――最悪の時期にはね、新聞の記事を空想するのだけが楽しみで」

「新聞の……記事？」

「そう。真弓猛君（小学四年）が、○月○日夜七時、自宅の二階のベランダから飛び降り、なくなりましたっつう奴。動機は、クラスメートの集団苛めのようです、なんて載ったら……僕を苛めたクラスメート、苦しむんじゃないか、後悔するんじゃないかって、そればっかり夢想して。こういう、今にして思えばどうしようもない甘えばかり、抱かせるんですよ。すごい悪人がいて、みんなそいつが悪いんだって思うことは」

「それって甘え」

「なんですよ」

めずらしく、真弓、強引に人の台詞を奪いとった。

「だって、その時、僕……自分の方に悪いことがあるかどうかなんて、ちっとも真面目に考えなかったんですから。考えたとしたって、僕はこれしかしてない、なのにあいつらはこんなにしたっていう、相手を責める目的で考えただけで……。真面目に自分の非を考えたことって、いっちども、なかったんだ。相手が悪人だと思ってしまえば、反省なんて、いらないでしょう。こういうのって——卑怯ですよ」

「あなたって……」

東さん、ゆっくりと何かを言いかけ、真弓をみつめる。それから。

「あなたって……本当に、いい人なのね」

東嬢は、こう言うと、ゆっくりと、にっこりと、笑った——。

☆

「はい、これ包丁。それから……本当に善行、これ使うの」

「ああ」

俺さ……木刀って言ったつもりだったんだ。今度、暇があったら、砂姫に教えてやろう。木刀と竹刀は違うもんだって。砂姫が持ってきたの、竹刀だ。

「もぐらが相手なら、竹刀で充分だろう」

と、山科が言ったってことは、山科は一応竹刀と木刀の区別、知ってるってことか。

山科、二、三度竹刀を振ってみる。……こいつにも、暇みて剣道、基本から教えてやろう。とろい振り方。

「じゃ、行こうか」

っつって、山科、まず竹刀を穴の中におとす。

「わっ、やめてくれ！」

俺、思わず叫んじまう。

「いくら安物とはいえ、俺亡きあとは、俺の形見の品になる竹刀だぞ。朝晩、素振りを二百回やった竹刀だ。折れたらどうする」

「あ、悪い」

山科、ちらっと上見て。

「けどさ、俺、形見の品って言葉も、形見自体も、気にいらないんだ。おまえさ、それが気にいったなら、ずっと幽霊になって俺にひっついてろよ。品物が人間のかわりになるもんか。俺、形見の品より、生きてるおまえ——いや、死んだおまえの幽霊の方が、よっぽど好きだぜ」

「あ……どうも」

……他に言い様があるかよ。

「じゃ、いくぞ」

山科は、砂姫がどこかの角にむすびつけたひもにぶらさがりながら、こう叫んだ。

☆

「……す……ごい、地下道、ねえ」

砂姫、ぽかんと口をあけ放ってこう言う。

「あ……あ」

って山科の返事も、半ば呆然とした奴。

「…………」

俺も、黙って口あけてる。この間は、かなりあせってたんで、ゆっくりあたりを観察もできなかったんだが、こうしてみると、ここは本当にすごい地下道だった。

上。これは東さんの部屋。

下。どこにあるか判んないけど、下の方にはとにかく、俺がまよいこんだ地下道がある筈。

左。何はともあれ、トンネル数本。

右。同じく、トルネル数本。

これだけトンネルがいっぱいあれば、とにかく当初の目的――東嬢が、どっかおかしい人物であることの確認はできたんだが――が。

これだけ山程トンネルがあれば――ちょっとばっかし、中をのぞいてみたくなるのが、人情ってもんではなかろうか。

「どうしよう。……あたしとしては、ちょっと、中、のぞいてみたいな」

案の定、砂姫がこう言った。

「うん……俺としても、そうしてみたいのはやまやまなんだが……これだけ道がいりくんでると……」

「迷子になる可能性大だよな」

「うん……確かに。……あ、こうすれば？　ね、こうしようよ。とにかく、このロープ、ずっと握ってゆく訳。で、ロープが届かない処まで来ちゃったら、東さんの帰ってくる前――真弓君が東さんひきとめとくことができなくなった頃みはからって、ロープづたいに上の部屋へもどるの。こういうの、どう？」

「ん……ＯＫ」

俺達は――俺と山科は、重々しくうなずいた。

☆

「あの……ですね」

東嬢の、「あなたって、いい人ね」っていう台詞を聞いたあと、真弓は、数分間、黙っていた。黙ってうつむいて。……それから、おもむろに顔をあげ、一言一言、必死に、しゃべりだす。

「あの、ですね、つまり、その……」

何だよ、おい。幽霊である以上、会話に加われない筈の俺も、ついつい口をはさみたくなってしまう。そんなもどかしさ。

「つまり、あの、僕は……」

しばらくの小休止。

「僕は……東さん、しかしその……とにかく、あなたがそんな風なことを言うからには、言わなきゃいけないことがあるんですが、つまり……」

「つまり、何ですか?」

東さん、にこやかに――とってもにこやかに、笑った。

「いやそのつまり……僕、その、僕、ですね」

真弓が、精一杯しゃべっているのが、よく判った。故に……俺、多少、おびえてしまう。おい、何を言う気だ、こいつ。

「僕、僕ですね、その……」

「その?」

「その……あなたに、嘘ついていることがあるんです」

☆

「うわあ! 大変だ!」

俺の左半身は、地下道で目一杯の叫び声をあげた。新宿で、たった今、真弓が東嬢に何もかも告白しようとしている!

ところが。地下道の方では、誰も、〝何が大変なんだ?〟なんてこと、聞いてくれなかった。なんとなれば――何ともタイミングよく――あるいはタイミング悪く、地下道の方でも〝大変〟になっちまってたもんだから――。

☆

「うわあ、何だこれは!」

俺が叫ぶのとほぼ同時に、山科も叫び声をあげていた。ななめ左下の地下道にロープをたらして、そこへおりようとした山科、足が地につけられず、必死でロープにぶらさがっていた。

「ロープ、ひっぱりあげてくれ! とてもこの下には降りられん!」

「きゃあ!」

下のぞきこんだ砂姫も、悲鳴をあげていた。確かに、この下には降りられない。まともな人間性を持った男が、ここに降りられるとは思えん。そんなのって、あまりに残酷。

何となれば、下――というか床――というか、洞窟の底一面、もぐら! 土が見えない。わさわさもぐら。ここに山科が降りたら、間違いなく十数匹のもぐらを踏みつぶしてしまうだろう。

「ちょっと待ってて」

砂姫は叫ぶと、ロープに手をかけた。さっすが、吸血鬼。軽くみつもっても六十五キロはあろうという山科つきロープを、いとも軽々とたぐりよせる。

「あ……ども」

何とか山科が俺達のいる処へもどってきたとたん。

「きゃあ!」

砂姫が、また、耳をつんざくような悲鳴をあげた。

「何だ」

「きゃあ、もぐら、もぐら!」

わっ、もぐら! 下にいたもぐらが、何故か一斉に動きだし——みんな、上の俺達のいるところめざして、進んできている！

「×××！　××！　×××××！」

「×！　×××！」

もぐら達は口々に妙な音を出し、会話をしながら、上へ上へとのぼってくる。それは——決して、俺達になついて、で、近づいてくるような感じではなかった。ビー玉のようなもぐらの目。そして、雰囲気(ふんいき)。

そこには、まがうかたなき、殺意があった。

どういう訳か判らない。何で俺達がもぐらに恨(うら)まれるのかは、判らない。しかし、これだけは判る。もぐらは、あきらかに、俺達を殺そうとしている。

「おい、山科！」

無意味に叫ぶ。

「おまえ、あんだけの大群のもぐらを、竹刀で何とかできるか！」

「できない！」

山科、即座に叫び返す。ま、そうだろうな。でも。

歯ぎしり。あまりに口惜(くや)しくて。

確かに、対象——もぐらは、あまりにも小さい。竹刀で相手をするには、小さすぎる——が。

が。今は、竹刀が、あるのだ。俺が、あれを握ることさえできれば。それさえできれば、俺は、自信を持って断言できる。もぐらに、これ程、おびえなくていい。

精神力。非常にとらえどころのない話で申し訳ないのだが、竹刀を握ることさえできれば、俺は、精神力——殺気において、このもぐら達を圧倒する自信がある。圧倒できる確信がある。砂姫を——そして、山科、を守ってやれる自信がある。そう。俺に、実体さえあれば。

昔——男だった頃。いや、今も。

俺には自信があった。たとえ、どんなことがあっても、俺は美絵子を、砂姫を、山科を、真弓を——恋人を、友人を、守ってやれるという。

俺は、口べただ。多少、ひねくれた口のきき方しかできない。十の優しさを持っているとしたら、一しか示せない。ひょっとしたら、根が暗いのかも知れない。けど。それでも。そんな俺が、自己嫌悪(けんお)をたいして覚えずに生きてこられたのは——ひとえに、この、自信のせい。

ひとたび何かあれば、俺は、恋人を、友人を、守ってやれるという。

なのに。今の俺は、何もできないのだ。何も——そう、何も。

「逃げましょ！」

砂姫が叫ぶ、何もできない今の俺としては——逃げるしか手がない！

「砂姫、とりあえず、手近な穴、てらしてみてくれ。もぐらのいない穴におりよう！」

「OK！」

そして、この後。俺達は無事、もぐらのいなかった、左側二つめの穴へ逃げこみ——やっとこ逃げこんで息をきらしているとうしろから先刻のもぐらがおいかけてきて——その穴の中にあった更に別の穴へとびこみ——トンネルの中を走り——。情ない話だけど、俺達三人、もぐらの大群に追われつつ、ひたすら逃げていった。そうこうするうちに。俺達、複雑な、あまりにも複雑なトンネルの中で、完全に迷子になってしまった。

☆

俺の左半身が洞窟で迷子になっている頃、俺の右半身は公園でやきもきしていた。

真弓！　この野郎！　おまえ、何を言う気なんだ！

俺が、右半分しかない幽霊だなんて、無茶苦茶無気味なものじゃなかったら、この場で「わあ!!」って叫びだしたい処。

「実は僕……いえ、僕と山科さんと砂姫さんの三人は、共謀してひどいことをしようとしていたんです」

「ひどいことって?」

軽く指で髪をかきあげつつ、東嬢、聞く。黒髪が陽に透けて、軽く茶がかる。

「その……斎藤ね、彼女が……あなたに殺されたっていうんです」

「え⁉」

東嬢の顔色、何だか妙におどおどした、でも、おびえてるわけじゃない、困惑しているようなものに変わる。

「あの人……死んでないわよ。気絶してるだけよ」

「え⁉」

真弓にしてみたら、東嬢が今の台詞を、言下に否定すると思っていたのだろうから……こういう複雑な否定とも肯定ともつかないことを言われると、とまどうらしい。

「とにかく、僕の処に昨夜、斎藤の……世にも不気味な斎藤の幽霊がでまして……右半分だけなんです」

不気味で悪かったな。今もくっついてるわい。

「とにかくその斎藤の幽霊が、彼——あ、いえ、彼女は、東さんに殺されて、シチューにされて、で、僕と山科さんに喰われたっていうんです。で……東さんの部屋の床下に、大きなトンネルがあるって……山科さん達は、僕があなたを映画に誘っている間に、そのトンネルを調べることになっているんです」

東嬢の顔色、まっ青になる。俺だって、できることなら、顔色まっ青にしたいよ。たく、この、莫迦真弓！　今、トンネルん中では、俺達三人、迷い子になってんだぞ！　ここで東さんにとって返され、もぐら共に攻撃されたら、山科達が危ないじゃないか。

「さて」

一回息つぎすると、真弓、前にも増してぺらぺらしゃべりだした。

「僕は、あなたに、どう考えても教えてはいけないことを教えちまったんです。あなたが……あんまり僕のことを正直だなんて言うものだから。こっちが勝手にしゃべっといて、で、こういうことをあなたに要求するのは筋違いかなって気もするんだけど……あなたに聞きたい。あなたは、本当に斎藤を殺したんですか」

「わたしの答えが、果たして本当かどうか、あなたにどうして判るの」

ゆっくり、確かめるように、東嬢、しゃべる。

「それはもう、信じるしかないんだけれど……」

甘い！　甘いんだよ真弓、おまえは！

「ただ、僕には自信があるんです。中学以来、僕は人を全面的に信じることにしました。で――全面的に人間を信じた場合、信じられた人間は、決して、信じた人間を裏切れないんです。それが僕の人間性善説の根拠で――それが僕の自信なんです。東さん、あなたは決して……決して、ここまであなたを信じた人間を裏切れないでしょう。だから……あなたは、僕に、本当のことを言ってくれます」

内心、かすかに舌をまいていた。この、真弓の――迫力に。

彼は、本当に、自分の全人格、全存在、全人生をかけて、東嬢を信じているのだ。人を信じて、で、だまされれば、怪我（けが）をするのも真弓、傷つくのも真弓だ。本当に信じた人に裏切られれば、真弓の全人格は、ほぼ完全に崩壊するだろう――少なくとも、崩壊の危機にさらされるだろう。それほど、ひたむきに、真弓は人を信じている。

確かに、これは、甘えかも知れない。けれど――これだけ盲目的に、これだけひたむきに、人間を信じられる人物が、他のどこにいる？　これ程までに信じられれば――とてもこいつを裏切れない。万一、こんな奴を裏切ることができる人間がいたとしたら、そいつは、人の一生をめちゃくちゃにするのに何の後悔もおぼえない、本当の大悪人だけだろう。

本当の悪人はいない。そういう信念があって、で、初めて可能になる、ひたむきな、信頼。

東嬢は、一瞬、視線をそらしかけ、しかし、どうしてもそらすことができず――実際、それ程の迫力が真弓にあったのだ――じっと真弓をみつめ、そして。

ほうっと息を吐くと、こう言った。

「……判りました」

ゆっくりこう言うと、立ちあがる。

「行きましょ」

「何で！　返事は！」

真弓、思わず東嬢の肩に手をかけ、また彼女をすわらせる。

「歩きながらじゃ駄目?」

「駄目!」

「じゃ、かいつまんで言うわね。わたし、斎藤さんを殺してません。斎藤さんの肉も料理してません。まして、それをあなたや山科さんに食べさせる、なんて、絶対していません。仮に、斎藤さんを殺したとしても、わざわざそれを加工して、元来人間を捕食の対象としていない人間に食べさせるなんて、絶対しないわ。そんなことするくらいなら、あなた方じゃなくて、もぐら達にあげます」

　何か……何か、ずいぶん妙な言い訳……だなあ。

「ただ、わたしの部屋の下にトンネルがあるのは本当なの」

「え!」

「困るの。あの中に、人間なんかに踏みこまれたら。わたし達、人間を食べないし、人間——文明人はわたし達を食べないから、別にふみこまれても、そういう意味での敵対関係は発生しない筈なんだけど、人間って、もぐらより大きいじゃない。わたしのかわいいもぐら達が、踏みつぶされるおそれがあるの」

「?」

　東嬢は、確かに日本語を話していた——けれど。内容が内容だから、とにかく、彼女の話す台詞の意味は、まるで俺には理解できなかった。人間はわたし達を食べないって……何だよ、東嬢、まさかもぐらじゃあるまいに……。

「それに、一部新参者の間には、人間をこころよく思わない者達がいるのも確かだし……この状態を下手に放っておくと、もぐら達も、山科さんと砂姫さんも、危ないわ」

　それは言える。二人共、今、一所懸命もぐらから逃げてるところだ。

「?」

　にしても。トンネルの中の状況を何も知らない真弓には、やはり、この台詞すべてが謎だったようで……呆然と口をあけている。えーい、まどろっこしい男だなおまえは。

　呆然としつつ、まだ東さんの手を握っている真弓を、半ばひきずるようにして、彼女、立ちあがる。軽く小首をかしげて。

「……できるかしら……」

　芝生ではない、むきだしの土があるところにしゃがみこむ。真弓は、呆然と東嬢をみつめていた。

　東嬢、軽く地面をさわった。それから——表面をなで、モールス信号風に、土をノック。トントントン、トン、トントン、トントントン……。

　と。数分、待っていると、急に地面にぼこっと穴があいた。普通のもぐらにしては、異様に大きい穴。でも、穴があいただけで、もぐらがでてくる様子はみえない。

「ウォグラ……？」

東嬢、穴にむかって話しかける。と、忘れもしない、例の巨大もぐらの声が、穴から聞こえてきた。

「はい、何でしょう、女王様。緊急信号が聞こえたそうですが」

「トンネルの中に、異物が――人間が二人程、まぎれこんだらしいの。おそらくは、もぐら達、すごく興奮してしまうと思うの、人間みたら。今、モゲラが第五期移民に催眠術かけてるところでしょ？　その順番を待っている、もぐらとヒミズ、気をつけてちょうだい。ひょっとすると、トンネルの中で、人間を襲っているかも知れない」

「……はい。で、その人間の方は、どうしましょうか」

「それは、私が帰ってからやるわ。とにかく、もぐらやヒミズが人間を殺さないように、もぐらやヒミズが、人間に殺されないように、注意して」

「判りました」

それから、中で軽くごそごそ音がする。東嬢は、その音を確認すると、穴をふさいだ。そのまま呆然としている真弓をつれて――というより、東嬢が移動したら、呆然と真弓もそれにくっついてったのだが――公園を抜ける。表通りに出て、手をあげて。

「おい、ちょっと待て……」

俺、つい、思わず、こう叫んでしまう。判断がつかなかった。東嬢はあきらかに一つ、嘘をついている。俺の死体の料理なんかしてないっていう奴。とすると、山科と砂姫が危ないっていうのも、実は嘘で、こいつ、山科と砂姫に殺意を持って、とって返そうとしている処なのかも知れんのだ。……が。確かに山科と砂姫が、もぐらに追われているのも事実で……。

俺としては、彼女を、足どめした方がいいのか、しない方がいいのか!?

「……誰？」

東嬢、軽く不審気な表情を作って、俺の方――声のしたあたりを見つめる。えーい。幽霊も、姿が見えんと、全然迫力がないな。

「斎藤礼子の幽霊だ」

俺、低くおし殺した声でこう言う。

「え？　誰の、何ですって」

「斎藤礼子の幽霊」

「え？　誰？　どこ？」

「さいとうのりこのゆうれい!!」

思わず、大声で叫び返してしまう。うー、大声で叫ぶ、なんてのは間違っても幽霊がしちゃいけないことだな。幽霊は、やっぱり、低くおし殺した声で〝うらめしやあ……〟っていうから、幽玄な感じがするのであって、大声で〝俺は幽霊だぞおっ〟ってなことを叫んじまうと……こんな、明朗活発な幽霊があっていいもんか。案の定、東嬢、全然怖がってもくれず、目一杯不審そうな顔であたりを見まわしていた。ついでに……道行く人々が昼ひなかに〝ゆうれい!!〟だなんて叫んだ莫迦な男の顔見ようと、こっち方面に注目しちまっている。

それから、東嬢、一瞬きょとんとして、また、ちゃんと手をあげた。むこうから走ってくるタクシー、助手席あたりに赤い文字が見える。やばい。空車だ。

「おい……真弓、おい」

道ゆく人の注目を集めないよう、こっそり真弓に耳うちしたんだけれど……先刻からしきりに首ひねってぽかんとしていた真弓は、全然俺に気づいてくれなかった。

なんてやっているうちに、東嬢はタクシーをとめ、すばやく乗りこみ、あやうくドアが閉まる寸前に、真弓が慌てて中にもぐりこむ。

かくて俺は、幽霊史上記録に残るような大声をだし、なおかつ完全に無視されてしまったという、世にも可哀想な幽霊になり果ててしまった。

☆

「ここは……どの辺なんだろう」

だいぶ走って、だいぶあちらこちらのトンネルにもぐりこみ、全身泥だらけになった頃。ようやく、もぐら達がおいかけてくる気配がなくなった。勿論、とっくにループはどっかいっちまってる。

「……判ると思う?」

さすがに砂姫も、肩で息してる。

「思わない」

俺一人、申し訳ないんだけど、平然。だって、俺、一応幽霊だもんな。山科が走ってくれれば何もしなくても動いてしまう。

「……あん? 見て」

と。砂姫、急に懐中電灯を消した。

「おい、まっ暗闇ん中で何を見ろって」

全文言う前に判ってしまった。まっ暗闇だから見えるもの。かすかなあかり。ななめ前方左下のトンネルから、かすかなあかりがもれている。

「あ!」

思わず叫ぶ。

「これ、この間の……みみずトンネルから抜けた時の感じとよく似てる。これ……この先に、例の……俺が殺されたトンネルがあるぜ」

「この……光源の、下?」

「ああ」

山科と砂姫、ゆっくりと顔を見合わす。それから、砂姫が代表して口をきく。

「行ってみましょ」

「偶然とはいえ、ここまで来ちまったんだからな。こんな、中途半端に好奇心刺激されたまま帰るの、嫌だ」

山科が、律儀にこう続ける。

「おい、ちょっと待てよ」

俺、一応、釘さして。

「先刻っから逃げてばっかで全然忠告できなかったんだが……東嬢がとって返してきてるぞ」

「え？　何で」

「……真弓が全部しゃべっちまった」

二人、うめくような表情で顔を見合わす。

「やっぱ、あいつの性格からみて、こういう作業は無理だったんだよなあ……」

「ま、そうでしょうねえ……」

「で、東嬢がもどってくるとすると、ちゃんとした人間の領分であるところの地上に、だね、戻っといた方が無難なんじゃないかと思うんだ」

「それはそうなんだが斎藤……おまえ、判るか」

「何が」

「地上への道」

「……あいにく。砂姫は？」

「……ごめん。そう聞いたってことは善行も……？」

「……悪い」

しばらくの、無気味な、沈黙。やがて、ようやく砂姫が口ひらいた。

「ここで、上へ行こうとしてトンネルの中をぐるぐるまわって、で、そのうち電池がきれて闇の中で死ぬことになるのより、下へおりてみた方がいいんじゃない？　あかるいってことは、下、どっかぐるぐるまわって、とにかく地上へと続いてる筈よ。地上なら、神楽坂の方へでようが、九段下の方へ出ようが、ま、何とかなるわ」

「……だな」

俺達三人、軽く肩をすくめあった。砂姫が、また、電灯をつける。三人で、そろそろと、あかりがもれる穴の方へ進んで。

「ロープがなくても何とかなりそうよ、この感じだと。これ、穴じゃなくて、ちょっと急な坂って感じだわ」

「OK。じゃ、まず俺が行ってみよう」

先にまちかまえている処が——何せ、俺が殺された処であり、あの日、東嬢がいた処なんだから——敵の本拠地って感じのとこだと思うと、すでに一度死んだ俺ですら、背筋がぴりぴりするのを感じる。

「俺が降りて、安全そうだったらそう言うから。砂姫はそれからおいで」

「うん」

山科は、そろそろと、その明るいトンネルの中に足を踏みいれた。

☆

あー、たく、もう。何というタイミングの悪さ。

山科が、ちょうど覚悟をきめてトンネルに足をふみいれたとたん、東嬢の乗ったタクシー、第13あかねマンションの前についちまった。

「ね、先刻の台詞、一体どういう意味なんです？　もぐらが何ですって？」

ようやく呆然自失の態から復調した真弓、タクシーの中で、しきりとこう聞いていたんだけど、東嬢は、それに生返事しかしなかった。とにかく、何聞いても、

「着けば判るから。お願い、今は、ちゃんと説明している時間がないんです」

って、言うきり。

☆

「斎藤。ここは、ま、安全だな」

無事、トンネルの下の、かなり広い部屋にたどりついた山科、あたりをうかがいながらこう聞く。

「ああ」

この部屋は、完全に無人だった。ひとっこ一人、もぐら一匹、みみず一匹、狼一頭いない。中央部に、直径五十センチくらいの穴があいていて、そこからあかりがもれている――いや。もれている、というのは、いささか表現として、不正確だろう。その下、ちょっと行ったところで、すぐ地上なのだ。なんか、そんな感じがする程、明るい。

「上下感覚が無茶苦茶になる部屋だな――これの、更に下に地上があるだなんて」

「ああ。……砂姫を呼ばなきゃ。当分、単独行動はよした方がよさそうだ」

「そうね。もう来てるわよ、呼ばなくても」

いつの間にか、うしろに砂姫が立っていた。

「おい、いつの間に……」

「なかなか呼んでくれないから、何かあったかと思ったじゃない。心配させないでよ」

お、なかなか泣かせる台詞。信じられないけどさ、砂姫って時々、すごい健気なの。俺が行方不明になった時の探し方だって、なかなか泣かせるしさ。

「あ……ん、これ……」

と。砂姫、また、鼻をすこしぴくつかせた。

「この下には、生物が、やたら沢山いるわね……」

「地上ならあたり前だろ」

「うん、それはそうなんだけど……。なんか人間……じゃない生物が沢山いるみたい」

「……もぐらか」

俺と山科、同時に、おそるおそる聞く。

「もぐらもいる。あと……もぐら亜種みたいな……あ！　人間がいる！　O型の人、少し貧血気味」

「東さんかな」

「違う」

俺、それだけはきっぱり断言できた。

「彼女、今、ようやっと部屋にたどりついた処だ」

「どうしよう……」

軽いとまどい。でも、まよっている時間的余裕あまりなさそうだ。

「行くしかあるまい」

山科が、少し重々しく言う。俺達三人、軽くため息なぞついて、いささかのろのろと、その穴に近づいた。

☆

「あ……あずまさん、あの、あずまさん」

真弓は、またもや――本当によく呆然自失する男だ――ほけっと東嬢のうしろにつっ立っていた。東嬢はマンションにつくや否(いな)や、自分の部屋に駆けこみ、穴をのぞきこんでいた。(あ、俺も山科も砂姫も、とても自分がはいったあとで、床板おいて、カーペット敷くなんて器用なこと、できなかった。)

「この穴、なんなんです。銀行強盗でもする気だったんですか」

……古風な想像力だ。砂姫と、どっこいどっこい。

「いいから、黙って。……あなたもついてくる?」

東嬢は、なかなか運動神経が発達しているらしく、ぽん、と穴にとびこむと言う。完全に彼女に主導権を握られてしまった格好の真弓、一呼吸してから、慌てて叫ぶ。

「行きます行きます。おいてゆかないで下さい」

そして。どしん、という感じで穴の中におっこちた。

☆

「……!?」

一方、例の地下室風空洞から、明るい処へおりた時――いや、そもそもおりる前から――俺達は、声にならない叫びをあげ続けていた。

重力の変化――少し、違う。重力が、混乱している。その穴は、穴であるからして、当然下にある筈だ。下にある穴へおりると――当然、おちる筈。穴の下方へむかってひっぱられる筈――なのに。

何故か、その穴を境にして、重力が逆転していた。俺達、穴へおりたんじゃなくて、中途でくるっと一回転したような感じで、穴から顔をだした格好になっていた。一体どういう仕組みになっているのか――そこは、地上だったのだ。

「ここ……間違いなく、神楽坂でも九段下でもないな」

「ああ……とても、飯田橋あたりとは思えん」

飯田橋は、一応、山手線が東京都に描く円のまん中あたりにある訳。千代田区と新宿区の境。本当に、もろ東京、もろ都会っつうとこな訳。同じ東京都でも、練馬(ねりま)世田谷板橋(たがやいたばし)みたいな住宅街じゃない。ビル街。

その、飯田橋のマンションからトンネルにはいった筈なのだ、俺達は。そのあとも、一時間ちょっとあるきまわっただけ。それも、一時間分遠くへ来た、というよりは、一時間迷子になっていたと言う方が正確。

なのに。

何だこの景色は？

ずっと続く地面。ずっとずっと続く地面。心があらわれてゆくような――こんな状況じゃなかったら、ぜひ一度お弁当持ってハイキングに来たくなるような――そんな処だった。

むきだしの、アスファルトじゃない、土。処々に、草。なずな、ぺんぺん草、かやつり草、たんぽぽ、しろつめ草、三つ葉、すみれ。つるのあるのは昼顔、女郎花にむらさきつゆ草。みやこわすれにどくだみ、むらさき大根。

そして。はるか地平線のかなたまで、家が一軒もない。ずっと、ずっと、野原――。

処々に木。柿の木、栗の木、さくらの木、つつじ、あじさいの群、ぐみの木、いちょう、もみじの木、木、木。

空は。淡いラヴェンダー色だった。夕暮れ、陽がおちる少し前――しかし、決して、あざやかな夕焼けではない頃。オレンジの夕焼けと、群青がおりてくる夜のさかい、ほんのわずかな夕暮れ時の、優しいラヴェンダー。

何という、景色だったことだろう。何という。

絵。他に、考えようがない。

俺の、暗い絵ではない。ゴーギャンの原色にあふれた情熱的な絵、クレーのコンポジション、ゴッホの狂気じみた天才の絵、ブラックの……全部、違う。

強いてあげれば、セザンヌの……いや。

もっと、ずっと、童画だ。この景色を描くとしたら、山科なんか、うってつけではあるまいか。

優しい――どこまでも優しい、絵だった。何もかもを許し、何もかもを肯定し、何もかもを愛した絵。ここは、そんな絵の中の情景だ。とても現実とは――。

そうだ。動物の姿が、見えないからだ。惜しみなく奪う愛ではない。惜しみなく与える愛が――植物が、植物のみが、満ちあふれている世界なんだ、ここは。

そして。小さかった、太陽が。太陽の位置から言えばま昼なのに、あたかも夕暮れ時のような錯覚を覚える。それ程小さい太陽。

「北海道か……さもなきゃ外国だ……」

山科が呆然と言う。

「おい、何で飯田橋の下に、北海道が――まして外国があるんだ！」

叫んでしまう。

「だって……他に考えようがないだろ！　少なくともここは東京じゃない。で――日本には、こんなに広い平野部は、関東平野しかない筈だ。四囲を見まわして、山が見えないなんて。強いてあげれば石狩平野とか……濃尾平野とか……。でも、俺、濃尾平野――名古屋には行ったことがある。だから断言するけど、ここ、濃尾平野じゃない」

「俺、北海道に行ったことはないけど、ここ石狩平野じゃ絶対ないよ！　断言する。石狩平野に家が一軒もなく、道路もなく、とにかく人為的なものが何一つもないだなんて、聞いたことない！」

「ここ、外国でもないわよ」

砂姫も、断言した。

「外国に行くと太陽が縮むだなんて、聞いたことない！」

「北極地方とか南極地方とかはどうだ？」

「こんな暑いのに？　大体、何で飯田橋から一時間歩いて南極なのよ！」

「とすると……」

「結局……」

「ここ、どこ……？」

と、砂姫が言ったとたん。

「うわあ！」

山科が、すっさまじい音量の叫び声をあげる。

「認める！　ここ、外国でも北海道でもない！　南極でも北極でも、地球じゃない！　だって……だって、あ、あれ、何なんだ!?」

俺と砂姫、ふり返る。ふり返って……うわあ！

俺達から、十数メートルはなれた処に、みみずの群れがいた。みみず……つって、いいんだろうか。しかし、あれは確かに、みみずだ。

あん？　十数メートルもはなれて、よくみみずが見えたなって？　そりゃ、見えるわい。こんなもん。

だって。そのみみず、一般の〝みみず〟って概念をまるで無視していて——全長が三メートル以上あるんだぜ！　こ……こんなんありかよ？　こんなん、みみずっつっていいのかよ!?

☆

山科達が呆然としている間、真弓もやはり呆然と、東嬢のあとをついて歩いていた。東嬢は、まあ当然とはいえ、トンネル内の地理にやたらと詳しく、一秒だって迷ったりしない——いや、そんなことよりも。

俺の左半身と俺の右半身は、何か目に見えないきずなで結ばれているようで——というか、同一人物だから、お互いの距離が、何となく、判るのだ。先刻から俺の右半身、全然まようことなく着実に俺に左半身に近づきつつある。ということは、東嬢も俺達に近づきつつあるってことで……。

東嬢は、どうやって、こんなに正確に俺達の位置をつかめるんだろう。少し考えて、すぐ判った。違う。

東嬢は、俺達のあとを尾けている訳でも何でもないんだ。単に、このトンネルの中心部——おそらくは、この北海道でも外国でもない不可思議な世界へと通じる異様な穴のあいている、あの部屋めざして歩いているに違いない。俺達が、一時間もかけて迷子になりつつ歩いた道のりを、迷いもなく最短距離をとっているせいだろう。ほんの十数分で。

その間、真弓はというと——東嬢は、相当暗いところでも、目がよく見えるのだろう、灯りというものを全然考慮してなかったから——けっつまずき、転び、おっこち、相当悲惨な目にあっていた。

「真弓……おい、猛」

道中何度も、東嬢に聞こえない程度の声でこいつに呼びかけたんだけど、駄目。全然、ゆとりないみたい。東嬢についてゆくだけで必死って感じ。どうしようもないな、こりゃ……。

ついに東嬢、例の、妙な穴のあいている部屋についちまった。うす暗い——でも、今までまっ暗闇の中を歩いてきたことを考えれば相当あかるい光のもとで。東嬢、いったん、真弓の方をふり返った。

そして。

「きゃあ!!」

何故か、まっすぐ俺の方を見て、すっさまじい音量の悲鳴をあげたのだ——。

☆

「きゃあ!!」

その、すっさまじい音量の悲鳴は、例の不可思議な穴を出たあたりでうろうろしていた俺達——俺の左半身と山科、砂姫の方にまで充分聞こえた。

「何だどうした」

みみずの群れから目を放し、山科が叫ぶ。

「しっ」

俺、小声でこう言うと、指一本たててみせた。

「二人共、早く走れ。今、この真下に、東さん達が居る」

二人共、充分あわ喰った表情になると、慌てて二、三歩動く。それから。

「……走るって、どっちへ?」

「えーい、俺にも判らん」

「こっち」

砂姫が、先頭きって走りだした。

「この世界に、すくなくとも一人は人間が——いかにも人間のような、人間としか考えられない血のにおいの生物がいるの。どうせ行くあてないなら、その人の処へ行きましょ」

草原の上を、砂姫が導く方へと走る。はふ。こんな時だけど、ふと思ったりして。

うらやましい。

山科が。砂姫が。自分の体を持ち、生きている人間が。

そりゃ、俺、生前から自分のこと、一種幽霊みたいな存在だと思ってた。男であった頃の斎藤礼朗は戸籍から消え、かわりに出現した斎藤礼子はどうしても女になじめず。男と友達づきあいするには女としてのキャリアが浅すぎ、男と恋人としてつきあうのは気持ち悪く、女とつきあうには女にあまりに失望し。結局、この人間社会の中で完全に人間から疎外された存在になって。生きてても、この先、いいことはあまりにもなさそうで、思い出だけにひたりきって生きるにはまだ若すぎる。死んでもいい。いっそ、自殺しちまおうかな。

　生前は、こう思っていたのだ、確かに。

だけど。今。走っている砂姫と山科を見ると。

　こいつらはさ、走れる訳。自分の体を使って。まして、自分の体だから、走れば息がきれ、疲れる訳。

　肉体的疲労感。ここしばらく感じてない。あれは——今にして思えば、何て気持ちのいいものだったんだろう。そして。はだしの下は、地面なんだ。大地。あるいは草原。

　草の上を、はだしで、（ま、山科は靴下、砂姫はストッキングはいてはいるが）走るなんて、ここ何年——いや、十何年していないだろう。俺の生まれた街は、道のほとんどがアスファルトだった。はだしで歩くアスファルトも、太陽の熱を吸い、ほんのりあたたかかったが——土は。

　昔——まだ、礼朗だった頃。土を——泥をこねて、遊んだことがあった。隣の女の子につきあって、泥団子作ったこともあった。あの肌ざわりは。そして、土の上をはだしで走った時の肌ざわりは。

　アスファルトが悪いっていう訳じゃない。俺、あの感じ、結構好きだ。けど、土とアスファルトは違った筈、どこか。

　こいつらは、今、その土の感触を——芝生ではない、自然に適当に生えた草の感触を、満喫している。ま、逃げてんだから、満喫とはいかないかもしれんが、とにかく、味わっている。

　それがたまらなくうらやましかった。

　俺の体。

　欠点だらけだったよ、確かに。虫歯は数本あった。よく腹をこわした。うおのめが一つあった。左足の薬指に。歩くと痛んだ。二日酔いの時は、本当に体をうらめしく思った。まして、途中で性が変わった時は、本当、できそこないだと思った。

けど。

　俺の体。あれは間違いなく、俺の体だったんだ。絶対に、シチューになっていいもんじゃなかった。

「あ！」

　俺が（走んなくて済むから、この三人の中じゃ一番気が楽だった。おまけに、一度死んだ人間——いや、幽霊は、少なくとも死ぬ心配はいらんからな）一人で、のほほんと連中をうらやましがっていたら。砂姫が急に声を一応真弓にこう言ってやる。

「え……あ……ええ⁉」

真弓、一人で勝手にうろたえている。

「ずっとってことは、新宿にいた時も……おい、その……」

いい。一人でうろたえさせとこ。

「あなた……」

真弓は一人でうろたえさせといていいとはいえ、東嬢はそうはいかない。

「どうして？　何で、そんな不気味な格好して、そこにいる訳？」

「何でって、そりゃ、おまえが、山科と真弓に半分ずつ、俺を食べさせたせいだろうが。俺だって好きこのんでこんな格好になってる訳じゃない」

つっても東嬢、あんまり感動――っつうか驚かない訳。

「嘘よお。斎藤さん、しっかりして」

なんて言ったりして。

「わたし、真弓君にも、山科さんにも、あなたの肉なんて食べさせた覚えないわ」

「おまえねえ、いい加減にしろよ。真弓ならごまかされるかも知れないけど、俺は喰われた本人だ。そんな言い訳が通用するかよ」

「そんなこと言ったって、わたし、あなたの肉だなんて……」

「いつの間にも何も、最初からずっとおまえと一緒だったよ。今までは見えなかっただけだ」

「おまえ、いつの間にこんなとこに……」

……ああ。これで納得。ここ、陽の光――少なくとも、地上の、いわゆる太陽の光――がはいらないんだ。で、俺の幽霊が見える訳。理科の図表にでてくるような、断面図つき右半分だけ幽霊なんだから、東嬢が悲鳴をあげても無理ないだろう。

「斎藤？」

真弓が、呆然と俺を見ている。

「何で？　どうして？　何故よ？」

東嬢は、ぶっとおし疑問詞を発し続けていた。相変わらず、顔を、俺――右半身の方へむけながら。俺は、真弓の顔をちらっとながめ、再び東嬢の方を向き、納得する。今の疑問詞は、真弓にむけたものじゃない。少なくとも、方向からおしはかるに、俺にむけられたものだ。

☆

一斉に俺達のでてきた穴へむかって進みだしていた。

いつの間にか、土の間から、無数のもぐらが顔をだし、

「あ……あれ」

「何だ？」

あげた。

「今更とぼけたって仕方ないだろ。いい加減往生際が悪いぞ」

「……判ったわ」

東嬢、しばらく黙ってから、ふいに肩をすくめてみせた。

「何であなたがそんな妙な誤解を抱いたのか知らないけど……ついてらっしゃい」

「あん？」

「わたしがあなたを料理してないって証拠、見せてあげるから」

☆

「やん！　やだ！　もぐら！　何でもぐらがあんなにいるのよお！」

砂姫、やん、やだ、までは多少大声で言ったのだけど、そのあとの台詞、尻すぼみに小声になってゆく。あんまり大声だしてもぐら達の注目を集めたくない。無意識にそう思ったに違いない。

「しい……なるべく、もぐら達の注意をひかないようにしようぜ……」

山科も、小声で言う。

「何というか……この状況でもぐらに襲われたら……おそらく助かる訳がないだろうし……」

「ああ」

俺も小声で答える。もぐら達は例の穴のまわりに集まって、中をのぞいている。……変だ。

この先、もうちょっと行くと、木々の中にはいる。森、とまではいかなくても、割といっぱいはえている木々の中に。そこにはいれば、俺達の姿は見えなくなるだろう……が。今は。

俺達の姿、丸見えな訳、早い話が。現に、もぐらの中にも、こっちをちらっと見た奴がいる。なのに。もぐら達のうち、どの一匹も俺達を襲おうという意志を持っていないようで……。まるっきり、俺達、無視されている。これは、あの闇の中で光っていた無数の目、殺意のかたまりのようだったトンネルの中のもぐらのことを考えると、変ではないか。

それに。雰囲気が……変だ。

ヒッチコックの鳥にしろ何にしろ、ある種の生物だけが、平生見なれている限界を越えて多数あつまれば、おのずと、そこには、ある種の雰囲気が発生する筈。異様なものがかもしだす恐怖。それが、まるっきり――欠落していた。

何でもぐらがあんなにいるの！　そう、砂姫は叫んだ。しかし。

そのもぐらは、全然、怖くなかった。一種保護してやらねばならないもの――かよわい、ちいさな、おどおどした生物に見える。

そう。幼稚園児の集団だ。そんな雰囲気。それも、悪ガキ風の幼稚園児じゃなくて、まだ広い世界になじんでいない、たよりになるのは先生のスカートだけって感じの、幼稚園児。あの穴の中に彼らの先生——つまり東嬢がいて、みんな、東嬢を無闇やたらとしたっていて……彼女のスカートにまとわりつきたくて仕方がないのだ。

何か、そんな感じがした。

「……礼朗、どうしたの」

砂姫の、かすかな声。俺、慌てて正気にもどる。ああ、今はこんなことを考えてる場合じゃないんだ。とにかく逃げなければ……。

☆

「×××！　××！　×××××！」

どこからともなく、何とも言えない音がした。音——声。それも、聞きおぼえがある奴。この声は……もぐら。

ふと見ると、穴から、無数のもぐらが首をだしていた。

「×××！　×？」

もぐら達は、一斉に、東嬢に何か話しかけている。こっちの方を嫌な目で見て。

……そうか。判った。

先刻、東嬢、俺の右半身幽霊みたとこで悲鳴あげたじゃない。だからもぐら達、誤解したんだ。真弓か——あるいは、半分しかない幽霊の俺が、彼女に何かしたんじゃないかって。

「ああ……大丈夫よ、わたしは」

案の定、東嬢、全もぐらに対してこう叫ぶ。

「叫んだりしてごめんなさい。先刻はちょっと驚いたものだから。みんな、もう、自分の家に帰っていいわよ。私は本当に大丈夫だから」

もぐらに説明してやんの。こいつら、日本語判るんだろうか……。そう思った矢先、先頭にいたもぐらが何やらしゃべりだした。その……何とも言いようがない、妙な音で。きっとこれがもぐら語で、このもぐらは他のもぐら達に事情を説明してるんだろう——と思うと、不気味だった。

やがて。俺と真弓が呆然としているうちに——いや、真弓は、呆然というより、とり乱しているうちに、だ。こいつ、がたがたふるえてやんの。歯の根があってない——もぐら達は三々五々消えてゆき、あとには、通訳もぐらと数匹が残る。

「ちょっとごめん……わたし、そっち行くわ」

東嬢がこう言うと、通訳もぐら達は、心得たって顔をして、数歩どく。東嬢は、もぐらがのいてできたスペースに手をかけ——穴をくぐってしまった。

☆

「……あ……あ……」

砂姫の、声にならない叫びを聞いたとこで、俺と山科はふり返る。そして。

「………」

同時に、声にならない叫びをあげたりして。

一体全体、東嬢ってどんな人なんだろう。彼女がほんの二言三言事情を説明しただけで、早くも大抵のもぐら達が、地面の中へ——自分の穴へと、もぐりこんでいた。

「ま……もぐら、いなければいない方が……いいと言えばいいのよね」

あきれ返って、砂姫。

「うん、まあ……」

同じく、あきれ返って、山科。

「ま、それはおいといてさ」

俺は、東嬢が、もぐらに何やら事情説明とおぼしきことをしたっていうの知ってるから、もぐら達が一斉にひっこんだことには、あまり感銘をうけずに言う。

「その……砂姫の言ってた、この世界にいる、もう一人の人間っつうのはどこだい」

「ま、あそこね……と思うわ」

砂姫が指したのは、はるかあっち、ずっと先の方、少しはえている木の陰のむこうに、ぽこんとそこだけ盛りあがっている、高さ八十センチたらずの土の山だった。

「あ……あん中に、人?」

「まあ、ねっころがってはいってるって思えば、はいれないサイズでもないでしょ?」

「ああ……まあ」

それは、高さ七十から八十センチ、長さ二メートルすこしかけって感じの、土の山——というか、土の長方体だった。幅は……どれくらいあるんだろう。ここからでは、よく判らない。

「でも……あれだと、中に埋まってるって感じにならんか?」

と、これは俺。

「あら、もう少し近よってみないと……あれ、上に土がかぶさっているかどうか、礼朗に判る?」

「判らん、まだ、確かに」

その長方体は、長方体として認識するのがやっとっていう距離で、上にふたのように土が、のっているか否かなんて、ここからではまだ見えないのだ。

「その……砂姫の言うところの、いかにも人間のような人ってのは、生きてるのかい」

思わず聞いてしまう。もし、この土の直方体の中に埋まってんのなら、完全に死んでるだろう。

「うん、生きてるよ、間違いなく」

砂姫は、平然と肯定した。

「生きてる時と死んでからって……血がかたまったりするから、におい、違うの、少し。あそこにいる人は、まだ、絶対生きてる」

とか何とか言っているうちに。

俺達、結構、その土の山に近づいてきつつあった。やはり、上に土はかかっていない。処々(ところどころ)に肌色が見える。

つまり。もう少し判り易(やす)く説明すると、ですね、こうなる訳。

あそこに人が一人いる。その人物はまだ生きてはいるが、一種、死んでいるのに近い状態——つまり、眠っているか何かしている訳。で、その人物を囲うように、四囲に土の壁ができている。土の壁にさえぎられて、中にその人物がいることは——まあ、普通の身長のもぐらでは決して判んない。そんなとこ。

「あれは……」

更に数歩近づいて、俺、言う。

「あれは……」

思わず駆けだしたくなり、実体のない自分に歯がみする。それほど意外な人物だったのだ、土の壁の中によこたわっていたのは。

だってあれは。

もし、俺の記憶に、俺の目にあやまちがないのなら。

だって。あれは——。

「よっこいしょっと」

東嬢は、なかなか可愛(かわい)いかけごえをかけると、穴から身をのりだす。ついで、真弓も。

「……何です、これは」

真弓は、俺や山科と同じ反応を示していた。

「何だってこんな……下にある穴にはいったのに、穴をよじのぼったような感じになるんです」

「ああ、重力が逆転してるのよ」

東嬢、平然と言う。

「少し、気をつけてね。ここ、パラレル・ワールドの接点だから。人間には何も影響ないみたいだけど——少なくとも、わたしには何の影響もないんだけど、この重力の逆転現象とこちら側の世界の環境、もぐらの遺伝子には影響あたえてるみたいだから」

「い……でんし？」

「うん。何か、余分なDNAが活性化しちゃうみたい。もぐら、この世界へ来て二、三代すると、進化するのよね」

……んなもん、どうやって気をつければいいんだ！

　真弓は、意味が判ったんだかどうだか——理科系全滅、性別の違う一卵性双生児がいると思ってる男だから、DNAの活性化って言葉、判んないんじゃないか？　——ほけっとしてる。東嬢、そんな真弓にはあまり注意を払わず、こっちむいて。

「斎藤さん、聞こえてる？」

「あ……ああ」

「何であなたがそう思ったのかは知らないけれど……とにかく、あなたが死んだっていうのは——そして、死体を真弓君と山科さんに食べさせたっていうのは誤解だっていうの、今、教えてあげる」

「あ……ああ」

　東嬢はずんずん歩きだし、それにつられて真弓も歩きだし——必然的に俺の幽霊も、真弓にくっついて移動をはじめていた——。

☆

「だって……」

「おい、斎藤……」

「いやしかし……」

　俺と、砂姫と、山科は——いや、台詞の順序でいけば、砂姫と山科と俺は——呆然とそれを見ていた。

　何で？

　どうして？

　これがここにあっていい訳はあるまい。

　俺の頭のなかを、やつぎばやに意味のないフレーズが駆け抜ける。

　いやしかし。

　しかし何と言っても。

　何と言ってもでも。

　でもこれがここにあっていい訳はない。

　他にどうしようもないから、意味のないフレーズの山を築いてみる。他にどうしようもない——だって。だって。何で——何だってこんなとこに、こんなもんがあるんだ⁉

　こんなもん。

　俺の、死体。

　一応、目は閉じているものの、しかし無念の形相うかべた、もう、見まごうすべもない、露骨に俺の死体。

　身長百七十五。女性ホルモンがあんましないもんで、胸、なんもなし。かといって、男というにはあまりにきゃしゃ。勿論、ひげがはえたり喉仏がでっぱったりという、男性の特徴皆無。かなり洗いざらしの、紺の色がおちたジーンズ。男物Mのシャツ。ベスト。ベルトは割と太い奴。——これ、すべて、失踪時の俺の服装。髪は結構長く胸まで。床屋にあまりいかなくてすむ、まして、美容室なんて無気味なとこへよりつかなくて済む、という考えと、せめて女の子なんだから髪の毛くらい伸ばしたらっていう母親の考えと、両方をかなえる為の打算的髪型。

顔。メタル・フレームの眼鏡かけて、相当色が白い肌。ぱっちり二重まぶたで、唇が割とちいさく、まあ美人といえる顔。これは――毎朝、顔を洗う時に鏡の中でお目にかかる俺の顔そっくりだった。

……これは、間違いなく、俺だ。

見えないけど、左足つけ根と右足ふくらはぎにほくろがあるに違いない。そして、へその左ななめ十センチ下に。それ確認できたら、否定しようがない――いや。そんな、死体の身許確認みたいなことしなくても。

「礼朗、あなたにひょっとして、双子の兄弟とかいた？」

ああ、一応、いることにしてんのよね。でも一応じゃなく真実のところは」

「いない……。親が俺にかくしてるんでなければ。それに、断言するよ。これ、俺の双子の兄弟じゃない、俺だ」

においー――というか、一種の雰囲気。感じ。それは、間違いなく、俺のものだった。何つっても、俺は俺だぞ。この世界で一番俺に親しく、一番俺とのつきあいが深いの、俺にきまってんじゃないか。その俺が、俺に判らん訳がない。

「でも……その、だぞ、昨日のおまえの台詞では、おまえの死体、俺と真弓が喰ったって……」

「ああ」

叫んじまう。

「喰われたんだよ確かに俺は！　なのに何で俺がここにいるんだ！　喰われた筈の俺はどこ行ったんだ⁉　それに、ここの俺が生きているなら、俺、何で幽霊になってんだよ⁉　俺、二人いたのか⁉」

自我、というか、何というか、この世にただ一人の存在、として築きあげてきた俺の自意識は、徐々に崩壊していった。ここに、眠っている俺がいる。一方、喰われてしまった俺がいる。また、幽霊になって――二分割された俺が二人いる。おい、一体全体どの俺が俺だ？

もし。

これを考えると、おそろしさの余り、肌が粟だった。もし、間違って今、ここにいる俺が目をさましちまったらどうしたらいいんだ？　俺の幽霊が生きている俺と会話する。嫌だ、そんなおそろしい、何ともおぞましい事態は絶対嫌だ。

「おい……逃げよう」

あんま、真弓のこと笑えないな。俺の体はがくがくふるえていた。歯の根があわない。

「俺、俺が怖い。万一この俺がめざめちまったら、俺はどうしたらいいんだ。俺、とても俺となんて会話したくない。俺、この世の中で一番、この俺が怖い」

「おい斎藤……何だって？」

「ちょっと文がややこしすぎるわよ……」

「俺、俺が怖いの！　やだよこんなの……」なみだ声。あーやだ、みっともない。女々しいっちゃありゃしない。けど……。

本当に怖いんだよね。

山科は、少し眉をひそめ、それから優しく俺の——幽霊の方の俺の肩に手をおこうとして失敗し（山科の手、俺の肩つきぬけちまったの）、それから慌てて俺の肩を抱こうとし、これも失敗し（肩からめりこんで内臓方面から手がつきでてしまった）、気がついて俺にふれる五ミリ程前で手をとめ、とにかく俺の肩を抱いてるってポーズを作った。そして。

「判った。斎藤……いや、礼子さん。行こう」

「行こうってどこへ」

こう言った砂姫を睨む。

「とにかく、ここを離れよう。ね？　……生きている自分なんて、死んだ女の子の見るものじゃない」

「……うん」

俺、弱々しくうなずく。俺が幽霊で、山科の手が俺の肩をつき抜けちまうのが、哀しかった。今、ここで、肩でも抱いててもらえたら——そうすれば少しは落ち着けるかも知れないのに。

「いい子だから気をしずめて……悪かったね、気がきかなくて」

「うん……ううん……」

軽く、しゃくりあげる。山科は——善行は、その大きな右手を広げ、それを俺の目の前の方においた。俺の視界から、生きている俺が見えなくなるよう。そして、ゆっくりと、その場をはなれだした。

☆

俺が（えーい、何と説明すればいいんだ！　現時点で俺の個体数、三だぞ！）——幽霊の方の俺左半身が、生きている俺のそばをはなれだした頃、幽霊の方の俺右半身は、生きている俺に近づきつつあった。

「おい、ちょっと！　どこ行くんだ」

生きている俺に近づくにつれて、俺右半身、何とも怖くなってきた。

「ちょっと……よそうよ、そっち行くの。なあ、東さん、どこ行く気なんだ」

「あそこに土の山が見えるでしょ」

おそれていたとおり、東さん、俺が——生きている俺が横たわっている土の山を指す。

「斎藤さんの体、あそこで眠ってる筈なの。ほら、二、三日失踪してもらって、それから帰すつもりだったから。……あなた、死んでないのよ」

んな無茶苦茶なあ。

「じゃ、どうして俺、こんな幽霊なんかに」

「それが全然判んないの」

「んな無責任なこと……とにかく、あそこに生きている俺がいるのは判ってる。判ってるから……あっち行くの、よそう」

「え？　判ってる？　どうして」

「今先刻確認したんだ。確かに俺、あそこにいるんだ……」

　俺、またも泣きそうになってしまう。

「俺、もうどうしていいか判んないんだよ。俺って……本当は二人いたんだろうか。やだよ、もう、判んないんだよ、やなんだ。こんな……死んじまった俺が、まだ生きている俺を見るなんて事態」

　段々、語尾が金切り声に近くなる。

「嫌って言ったって……あなた、生きているのよ、まだ、確かに。わたしがあなた殺した、だなんて思われたら困るから」

「思わない。もう思わないから……だから、そっちへ近づかないでくれよ」

「だって、あなたにしたって、こんな——生きているのに幽霊になっている、だなんて異常事態、嫌でしょ。だとしたら」

「生きてんのに幽霊になってるのも嫌だけど、死んだ俺が生きてる俺見るの、もっと嫌だ！」

「……ヒステリーなんておこさないでよ。もう少し冷静になって」

　……ヒステリー？　こういうの、ヒステリーっつうの？　女の子に、ヒステリーおこすなってたしなめられるとは……女々しい。

「もう少し冷静になって、ちゃんと説明してちょうだい。あなた、今、生きている自分を確認したって言ったわね」

「あ……ああ」

「いつの間に？　それに、どうしてあそこに生きているあなたがいるって判ったの」

「砂姫が……砂姫があの山の中に、生きている人間がいるって主張して、で、それを見に行ったら……俺だった……」

「砂姫さん、どこ？　山科さんも一緒？」

「それ聞いてどうすんだ」

　おろおろしながらも、とにかくこう言う。間違っても誘導尋問にひっかかって、砂姫達の居場所、あかさないように。

「危ないの。今まで生きていられたのが不思議なくらいだわ。道中、もぐらの群れに襲われなかった？」

「……襲われた」

「やっぱり。その時、もぐら、ふみつぶしたり……した？」

「いや。さすがにそんな残酷なことはできん」

ほっ。東さん、実に安心しきった、ため息をつく。

「よかった……」

　俺にしても、東嬢が立ちどまってくれて、よかった。東嬢が立ちどまれば、今んとこ会話に全然加わらず、ほけっとつったってる真弓も立ちどまるし——そうすれば俺、俺の生きている姿に近よらなくて済む。

「でも、何だってもぐら達が襲ってくるって……」

　あの襲われ方はかなり理不尽だと思ってるから、いきおい俺、こう聞いてみる。

「やっぱり、長いこと地表——この世界じゃない、本当の世界の地表——で暮らしていたもぐらの中には、人間を——特に誰をってことなく、人間全体を恨んでいる者が、かなりいるの。その連中って、人間をみつけると、憎しみをおさえきれないみたいだから……」

　何でだ？　俺、素直に納得しかねた。人間——人類の為に、絶滅においやられている種とか、人類が食べる種、たとえば、日本狼とかクジラとか、にわとりとか豚とかが人間を憎むのは、判らないでもない。けど……何で、もぐらが人間を憎むんだ？

「でも、まあ、山科さん達がこちら側へ来ちゃっているんなら、そんなに心配はいらないわね。人類を恨んでいるもぐらやヒミズ——第五期移民は、本当の世界の地表の方にいるんだから。この世界にいるもぐらなら、他生物に関して、恨みだの何だのって感情を抱いてないだろうし」

　確かに、この世界のもぐら達は、俺達にまるで無関心だった。

「でも、砂姫さん達が、自分達の本来の世界にもどる時が危ないのよ。……それに、砂姫さん達の記憶も、一応、消しておかないと」

　東嬢は、それから、真弓の方をちらっと見た。

「それに……申し訳ないけど、真弓君の記憶も消さなきゃね」

☆

　その頃、俺の左半身、山科、砂姫は、一応生きている俺が見えない処まで来ていた。

「で……どうすんの、これから」

　とにかく山科が、俺の肩を抱くポーズをとったまま、ずんずん歩いて来ちまったんで、何となく仲間はずれにされたような気がしてんだろう、多少不愉快そうに、砂姫がこう言った。

「どうするもこうするも……」

　山科は、すこし言いよどんで——おそらくは言いよどんでる間に、何とか言うべきことをこしらえたんだろう——こう言った。

「とにかく、ここを出なけりゃ。できれば……真弓もつれて。東さんが斎藤を殺したって点については、生きてる斎藤を見ちまった以上、多少疑問が残るんだが……けど東さんが普通じゃないってことは、よく判ったつもりだ。とにかく、その、普通でない東さんと、こんな——彼女のホームグラウンドみたいな所で対決するのはさけたい。まずは、普通の人間が支配している、普通の世界にもどりたい」

「あ、ちょっとまった」

俺、慌てて、こう言う。

「今しがた、東嬢とした会話によれば、それやばいみたいだ」

「やばい？　どうして」

「何か判んないけど、とにかく、この世界のもぐらは、俺達に関して中立的というか、俺達なんかどうでもいいって態度をとってる訳。けど、あの、トンネル内のもぐらは……。おぼえてんだろ、連中は、俺達——人類に対して、あからさまな敵意を抱いてる」

「何でだ。礼子さん、何かもぐらに恨まれるようなこと、したのか」

「いや。俺にも全然判らん。でも、何か連中、人間全体を憎んでるって……」

「おっどろいた」

砂姫が、あきれたような声を出す。

「あなた達、本当に、何故自分達がもぐらに憎まれてるか、判らないの？」

「砂姫、おまえ、判るのか？」

「やだなあ……人間って、もう、果てしなく鈍感なのねえ。人類に恨みを抱いていない生物って、一部の飼い犬とか飼い猫くらいしかいないわよ」

「どうして⁉」

俺と山科、思わず、同時に叫んでしまう。

「どうしてって……だって、人類って、もぐらの——ま、他のどの生物のも含めて、生活圏、めちゃくちゃにしたじゃない。何であんなことしておきながら、恨まれてないんだなんて思えるの」

「生活圏……めちゃくちゃに？」

「あのね、もぐらっていうのは、地中生物な訳。これだけ建物つくって、道路アスファルトでかためちゃったら、そこに本来住んでいたもぐら達が喜ぶとでも思ってんの？」

「あ……」

「それに、たまに残ってるむき出しの地面——農地みたいなところに、平気で農薬まいたりするじゃない」

「あれ、もぐらを殺す為じゃないぞ！」

「みみずがだいぶ死ぬわよ。その農薬みみず一杯たべるもぐらだって……」

「あ……」

「他にも、地面パワーショベルで掘り返すわ、妙なもんはまくわ、もぐら達にとって全然嬉しくないこと、繰り返してんじゃない」

「でも……住むのには家がいるし、農作業全体に対して農薬が果たした役わりっていうのは相当大きいし……」

「だからね、誰もそれが悪いとは言ってないじゃない。人間としては、それって仕方のないことでしょ？　けど、もぐらとしては、そんなことされたら怒るのあたり前じゃない。だから、もぐらから憎まれたってあたり前だって認識しなさいよってこと」

「うーん……」

俺と山科、何となく目を見あわす。

「大体、地上って、もともといろんな生物が雑居してた訳よ。なのに、最近、どう？　特に東京なんて、住んでる生物っていえば、人間とそのペット、あとはゴキブリくらいじゃない。他の動物――たぬきにしろ、きつねにしろ、鳥にしろ何にしろ、動物園でしかお目にかかれないっていうの、無茶苦茶異常事態だと思わない？　……あ、別に、だから人間が悪いって言う気はないのよね。人間にだって当然言い分があるだろうし、連中が、悪気なく、単に自分が住みやすいような環境作りをした結果、こうなっちゃっただけだっていうのは判る。……けど、こうなっちゃった以上、せめて他の全動物の憎しみの的(まと)であるってことくらい、認識しといて欲しいなあ」

砂姫、こう言ってから、ぺろっと舌を出す。

「なあんてね。あたしも、人間亜種――ううん、人間なんだから、あんまり偉そうなことは言えないけどね」

「ま……それはともかく」

山科、砂姫の演説がおわったところで、かろうじて声をしぼり出す。

「俺達が、もぐらに恨まれているって事情は判った。……でも、とすると、どうすればいい？」

☆

「消すって……僕の記憶を……はは、そんな……」

真弓、口ではもごもごこう言い、顔には苦笑いとは照れ笑いともつかない笑いを浮かべていたけど……それでも、数歩、あとじさった。やはり、さすがに、ここまできて、彼も東嬢を不気味に思いはじめたよう。

「斎藤……どうしよう……」

「だから言わんこっちゃないっつうんだ！」

何て、今更(いまさら)言ってみたところではじまらん。

「どうしようって何が？　まず、斎藤さん、山科さんと砂姫さんの居場所を教えて」

東嬢は、何で真弓が慌てだしたのか、全然判っていないようだった。後生楽(ごしょうらく)な人だ。

「とにかくその……逃げるのは……まずいよな。あの穴へ逃げてももぐらに追っかけられるのがせきの山だし、山科達と合流するのはさけたいし……」

「斎藤！　おまえ、ひとごとだと思ってそんな……」

「どうして逃げるの？　別に、あなたに危害を加えようとは」

「あのね、東さん」

俺、しかたなしに……東嬢に事情を説明してやる。

「人間にとって、記憶っていうのは一種の財産なんだ」

「財産……お金？」

「大切なものってこと。だから、記憶を抜かれるっていうのは、危害を加えられるってのと同義なの」

「へえ。それは知らなかった。じゃ、わたし、ひょっとして斎藤さんにも悪いこと」

「したんだよ、そっちにその気がなくても」

場面がそもそも、あかるいラヴェンダー色の空、きれいな地面、ところどころパステルカラーの緑じみた草ってんじゃ、緊迫感の出しようもないな。あまりに牧歌的。

「ごめんなさいね」

東嬢、しゃらっと謝る。

「知らなかったものだから。……第四期移民のもぐら達までは、一応、全員、本当の世界にいた頃の記憶、抜いたのよね。だから、これが悪いことだとは思わなかったの」

……ああ。記憶がないから、こちらの世界にいるもぐら達は、人間見ても憎しみを感じないのか。

「でも、少なくとももぐら達を見ている限りじゃ、余計な記憶って、ない方がいいみたいよ。何か……物騒なんだもの。記憶抜かずにこの世界へ連れて来たもぐら達って、みんな一度は、地表におどり出て、アスファルトとかビルとか破壊したいって思うみたいなの」

「そりゃ……確かに、物騒だわなあ。でも、俺達別に、記憶があっても、アスファルトもビルも壊そうと思わないよ」

「そのかわり、この地下の国を壊そうと思うでしょ」

「思わない、思わない」

俺と真弓、合唱する。

「まゆみ……」

俺、かすかに真弓の方へ寄り、そっぽ向きながら、さりげなく耳うち。

「やっぱ逃げよう……ここ、少し――いや、あまりにも見とおしがよすぎる。東嬢が一言声かけたら、もぐら達、すぐおまえをつかまえることができそうだ」

「ああ……でも、確かにここ、あまりにも見とおしがよすぎるから……逆に逃げようがない……」

それは、確かに言えるのだ。

「何こそこそ話してるの」

東嬢、きょとんと聞く。

「とにかく」

「ぎゃあ!!」

と。東嬢が、何か言いかけたとたん、真弓が、世にも破壊的な音響で悲鳴をあげた。何だろうってふり返ると

——あ。例の、一メートル近くある、巨大もぐら。その一匹が、穴から顔を出している。ああ、そうか。真弓は巨大もぐら見るの、初めてなんだ。新宿では、ウォグラ氏、姿見せなかったもんな。

「あら、ウォグラ。どうしたの」

東嬢、台詞を中断して、ウォグラ氏の方を向く。

「女王様、大変です！」

ウォグラは、何だか、異様にあせっているようで——俺達には目もくれず、こう叫ぶ。

「わっ！　もぐらが口きいた！」

真弓は一声こう叫ぶと——え？

「下で——いや地表で——何というか、本当の世界の方で——反乱がおこりました！　こちらの世界へ抜ける穴のあたりは東(あずま)もぐらが、本当の世界へ抜ける穴のあたりはヒミズが占拠しています！」

「まあっ！」

東嬢叫ぶと——東もぐら？　え？　まさか、まさかと思うんだけど、東くらこっていう名前……東もぐらからとった……みたいだな——穴に近づく。こっちには全然注意を払っていない。

今がチャンスなんだよ、おい、真弓！　今をのがしたら、逃げる機会、もうないかも知れないんだぞ！　なのに。

なのに、何だっておまえ、気絶なんかしちまうんだ！

☆

「おいっ！」

気絶した真弓を、俺の右半身がもてあましている時、俺の左半身はこう叫んでいた。

「真弓を助けてくれ！」

「あいつ、どうかしたのか！」

「ああ。東嬢があいつの記憶を抜きとるって言って——逃げようと思ったら、ちょうどあいつの脇に巨大もぐらが出現して、そいつが……何(なん)つったかな、本当の世界の方で東もぐらとヒミズが反乱おこしてどうのこうのって言ったんだ。東嬢、今、それに気をとられてて、真弓の方がお留守なんだ。だから、今が逃げるチャンスなのに……あいつ、気絶しちまってる」

「どうしよう」

「決まってんだろ、砂姫！　あいつ助けるんだ」

「違うわよ、助け方よ。あたし達がまっすぐ東さんの近くへ行ったら、あの人、またこっちに関心むけるかも知れないでしょ」

「ちょとまてください」

俺達がこんなこと言ってると、急に足の下から、えらくたどたどしい日本語が聞こえた。

「え？」

思わず下むく。と、地面から顔だけちょこんと出して、普通サイズのもぐら。

「わっ！　もぐらが口きいたっ！」

ってい う山科の驚きは、この際、ほっとくことにする。

「ちょとまてください。あたいま、なんていいましたか」

「あん？」

「ちょっと待って下さい。あなた、今、何て言いましたかって言ってるみたい」

砂姫が通訳（というのだろうか？）してくれる。

「ごめさい、にほご、へたです」

「あ……いや。で、何だって？」

「もぐらとしみずがなですて」

「あん？」

「もぐらとヒミズが、何ですって」

また、砂姫の通訳。江戸っ子もぐらかな、しみず、だって。

「何か反乱おこしたって……」

俺、思わず教えてしまう。だって……このもぐら。

まっ黒な、つぶらな瞳を、じっとこっちにむけている。つぶらな……本当に、まんまるの。

ぬいぐるみ。それも、うんと可愛い奴。その目の位置にはめこまれた、黒いビー玉。まっ黒で、適当にかがやいていて、本当に純真なひとみ。そんなものを連想させる、ひたむき、という概念がそのまま瞳になったかのような、瞳。

「ハンラン……？　ハンラン、なですか」

どうやら、このもぐらの日本語学習、まだ中途らしくて、反乱という言葉が判らないらしい。

「えーと……何つったらいいのかな、支配している人にそむいて、戦さをおこすこと」

「シハイ……なですか？　イクサ……なですか？」

うーむ。こういう概念の説明はむずかしいな。

「戦争……判るか？　たたかうこと」

「タタカウ……？」

「けんか。これは判るか？　気にいらねえ奴がいて、そいつが近くに来て、で、お互いにぶんなぐりあったりけとばしあったりするのを、けんかっつうんだけど」

「きにいらないやつがちかくに……テリトリーおかされたとき、あいてやっつけるのがけんかですか」

おっ。テリトリーを侵された、ときましたな。なかなかむずかしい単語、知ってんじゃねえか。

「そう、そんなもん。それで、戦争っていうのは、そのけんかの、ものすごく大きい奴。判る？」

「はい」

まっくろおめめのもぐら君、一回、ぺこんとうなずく。

「んで、反乱っつうのは、まあ、その、一種の戦争みたいなもんだ」

「もぐらとしみずのけんか……しみずがもぐらのテリトリーおかす……てりとりいおかす……」

　もぐらは、しばらく考えこんでいたようだった。あのさ、俺、主張しときたいんだけれど、この時は、本当に知らなかったんだぜ。何故、もぐらが、テリトリーをおかされる、だなんてややこしい言葉をしっていたかって理由。地球の地表では、もぐら達は自分のテリトリーってもんを持っていて、そこに他のもぐらだのヒミズだのがはいってくれば戦うんだけど、ここ、食物がゆたかな地中世界では、その必要がないんだ。だから、東嬢、もぐらのその本能を、心理操作で除去してたんだ。その、心理的なキーワード、たたかい、を、俺が教えちまったせいで、トンネルの中のもぐらとヒミズの戦いが、地中世界へまで飛び火するだなんて……思いもしなかったんだ。

　それから。もぐら、また、ひたっと俺をみつめる。一回うなずくと、深くお辞儀して。

「どもありがとでした。ども」

　そして。ぽこんと、土の中に消えてしまった。

「あ、いえ……」

　ついついこう呟いたりして。それから俺、山科と砂姫の方むいて。

「ヒミズって……何だ？」

「やだあ、知らないのお？」

　と、砂姫がいかにも莫迦にしたような声をあげ、山科沈黙。

「もぐらによく似た小動物よ。ほら、昔、ちょっと木のしげってるとこなんかに、よくいなかった？」

「……昔っていつ」

　つい、こう聞いてみる。

「ん……と、大正時代には……昭和初期だって……あ、うぅん、田舎の話、田舎の」

　そっか。こいつ、生きて動く日本史だもんな。なんつったって、齢三百歳以上。

「とにかく、もぐらみたいなもんか」

「もぐらより少しちっちゃいよ」

「じゃ、東もぐらっていうのは？」

　一応、生きて歩く日本史に敬意を表して、聞いてみる。

「んっと……日本の二大もぐらの片っぽね。この辺……東京あたりのもぐらは、たいてい東もぐらよ。もう一つ……伊豆より西に分布してんのが神戸もぐら」

「へえ……砂姫は――あ、いや、砂姫さんは、地中生物でも研究してんの？」

　山科が聞く。

「ううん、別に……。ただ、三百年近くも――あ、ううん、十六年も生きてれば、いろいろ知っちゃうわよ」

「十六年で……いろいろ知っちゃうのか……」

　二十代後半の山科、こう呟いたりして。ま、そんな劣等感は覚えなくていいんだよ。砂姫とは桁が違うんだから――なんて、言う訳にもいかず。

「おい、それより真弓」

「あ……うん」

俺達、妙なもぐらの介入のせいで、かなり毒気を抜かれながらも、そろそろと、気絶している真弓の方へ歩いていった。

☆

その頃、真弓達は——というより（何つっても真弓は、気絶なんていう、男として実に恥ずべきことをしてんだもんな）、東さん達は。

「もう少し今の状況を詳しく説明して」

東嬢の声は凛としていて——女の子、というより、大将って感じの声になっている——有無をいわさずって感じがしている。

「あの……ですね」

一方、ウォグラは、大将が留守の時に、とんでもない失敗をした、一兵士よろしく、多少うわずった声をだす。

「女王様の命令で（それでも女王様の命令でって、強調するとこがにくいと思わない？）とりあえず、第五期移民、それから、まだまとまっていない第六期移民を放っておいて、その、人間救出——というか、人間によってもぐらが踏みつぶされないように、見張ることに専念したのです」

「そんなことはいいから。それで」

「その間、第五期移民の主たるものは、放ったからしになってしまい……彼らが、反乱——というのも変だな、ともかく、対ヒミズ戦争をはじめてしまったのです」

「というと？」

「つまり……元来、もぐらとヒミズは、きわめてよく似たところの多い種なんです。……今、我々の世界で、もぐらとヒミズが仲良くやっているのは——いやそもそも、これだけ沢山のもぐらだのヒミズだのが共存できるのは、モゲラの催眠術による心理操作のせいもありますが、この世界に、エサが、全員を養ってもなお余る程あるからで……もし、エサがろくにない世界——まして、地面が殆どない世界に連中がいるとしたら、この二種は、完全に敵になるんです」

「それはそうでしょうけど……ここは、そんなとこじゃないのよ！」

「けれど、今まで連中がいた世界は、そんな処だったのです！　地面のほとんどがアスファルトでおおいつくされ、あるいは家が建ち——みみずにしろ何にしろ、もぐら達の捕食の対象になる生物が殆どいない。今まで、東京及び東京近郊で生きてきたもぐらが、どれ程すさまじい生存競争をやってきたか判りますか？　そんなもぐらやヒミズ達に、地下の楽園があると言ったところで、そうおいそれと信じられやしません。そして連中は——トンネルの中で、もし、将来、食糧がなくなったら生存競争の相手になるであろう生物に出喰わしてしまった」

「食糧は充分あるわよ！　土地だって！　何故それを」

「たとえ、理屈でそれが判っていても、連中はここ——東京で、生きてきたもぐら達です。本能的に、食糧に危機感を抱いても、無理はないでしょう。おまけに……ここは、東京なんです。この国で人間の一番多いところ、これがどういう意味か、判りますか？」

「じらさないで欲しいわ」

「もぐらも、ヒミズも、非常に強く人間から影響をうけているのです！　いいですか、人間には、利益の相反する二つの種族が仲よくやってゆく、という発想はありません」

その言い方はちょっとないと思うよなあ。

「歴史でやったでしょう、いわゆる民族問題——黒人と白人、とか、インディアンとか……。黒人も白人も、ホモ・サピエンス——同一種ですよ。同一種で戦争をする——殺しあうのは、人間の大きな特異点です。あるいは、たとえ民族が同じであっても、利益が反すれば——すぐ戦争を始めるんです。殺しあい。それも片方が片方を食べる、といった、生命維持の必要上の殺しあいではありません。別に、片方を殺さなくても生きてゆけるのに、何故か殺しあいをはじめてしまうんです」

「今更、人間界七不思議なんて、聞きたくないわ。結局それでどうなったの」

……戦争が、人間界七不思議の一つ……ねえ。まあ、気分は判らんでもないけど、あんまり、いい気持ちはしない。

「えー、つまりですね、第五期移民も、第六期移民も、お互いに——もぐらはヒミズを、ヒミズはもぐらを敵だと思っていて、おまけに、敵は殺すべきだという人間の考え方を、まだ身につけたままなのです。結果として……我々が少し目を離したすきに、戦いだしてしまい……」

「モゲラは？　キォトラは？　みんな、何してるの？　何故やめさせないの？」

「それは女王様があの現場を見ていないからで……やめさせようがないのです」

「何故⁉」

こう叫ぶ東嬢の声は、悲鳴に近かった。

「将がいないからです。烏合の衆がおのおの勝手に戦っているので……。女王様のおっしゃっていた人間達を、女王様が御心配なされたとおり、第六期移民のもぐら達が一斉においかけだしました。そして、暴走した第六期移民のもぐらは、第五期移民のヒミズの群れに出喰わしてしまい……」

「わたし、行きます」

東嬢は、きっぱりと、こう叫んだ。

「ウォグラ、入り口をあけて」

「あ、女王様、危ないです」

「いいから！　わたしがとめなきゃ、誰にもとめられそうにないじゃない！　その、もぐらとヒミズの莫迦莫迦しいあらそいを！」

「しかし女王様……」

「のいてっ！」

東嬢、こう叫ぶと、ウォグラをおしのけ、穴の入り口に手をかけた。そして。

そして、可哀想に――と言うべきか、さいわいにも、と言うべきか――真弓は、完全に東嬢にもウォグラ氏にも無視され……そこに、気絶したまま、とり残されてしまったのである。

☆

「今だ！」

俺、叫ぶ。

「今っきゃない！　山科、走れ！」

「どうした！」

俺の叫びにつられ、走りだしながらも山科、こう聞く。

「東嬢も巨大もぐらも、真弓無視してどっか行っちまった！　真弓を助けるチャンスは今しかない」

三人して一所懸命、走る。（つっても、ま、俺は走る山科にとりついているっていうのが正解だったが）走りだしてみると、山科は、そのこぶとり、といった体つきに似合わず、結構速かった。――いや、結構、なんてもんじゃない。相当、速かった。

「おまえ……速いな」

「笑うかも知らんが、一応これでも、陸上でインターハイに出たんだ」

へえ……。砂姫が、みるみる小さくなってゆく。

「何だって先刻逃げる時、こういう風に走んなかったんだ」

「砂姫――さん、おいてか？」

「あ……ああ」

そうか。（ま、これは山科は認めたがらんだろうが）砂姫、腕力では絶対、山科より強い訳。おまけに、これは俺しか知らないことだが、吸血鬼って、相当頑丈にできてる筈だしな。その砂姫を――それでも一応女の子の砂姫を、何かあった時、守ろうとしてくれた訳か、こいつ。これでも。

割といい奴だ。

この評価、変えてやるぜ。

おまえ、めっちゃくちゃ、いい奴だ。

数分走ったところで、真弓に出喰わす――いや、ねっころがってる真弓、ひろう。

「真弓！　おい、猛君！　しっかりしろ！」

山科、二、三回軽く真弓のほおたたく。でも駄目、全然真弓、目をさまさない。

「おいっ！　真弓！　しっかりしろっ！　んなこっちゃ、東さんにすてられるぜっ！」

って、俺達（俺左半身と俺右半身。うーん、これが本当の俺達だ）も叫ぶ。けど、駄目。

「……礼子さん。どうしよう」

「ん……この穴ん中——元の世界へもどるのは、まだ、ちっとばかしやばそうなんだ。とすると、しばらく——とにかく、下のもぐらとヒミズの戦争っつうのがおさまるまで、俺達ここにいなきゃいけない訳なんだから……とりあえずは、先刻までいた、木の比較的はえてるとこ——多少なりとも視界をさえぎるものがあるとこまで、逃げた方がいいと思う」

「とすると、こいつを担いでもってくしか……」

「ないだろうね」

山科は、顔をしかめると、何とか真弓を抱きあげた。

「う……」

うめいたりして。

ま、それも無理ないとは思うぜ。だって、真弓、百八十くらい背があって、がっしりしてて……多分、体重は九十キロはあるだろう。それに対して山科。こいつ、背が百六十五だから……六十数キロ、あって七十だろうかららな。

「お……重い」

よろける。よろけて、あやうく真弓をおっことしそうになり、また何とか体勢をととのえて、歩きだそうとして……二歩あるいて、また、よろける。

「おい、そいつ、おっことしちまえよ」

「んなことできるか」

「いや、おっことしゃ、目をさますんじゃないかと……」

「駄目だよ、危険すぎる。おっことして、頭でも打ったら」

「ま、そりゃそうだな」

なんて悪戦苦闘しているうちに。ようやく砂姫がおいついた。

「ね、この子、どうするつもりなの」

「あの木の方へ持ってこうと思って」

「ふ……ん」

砂姫、真弓を抱いてる山科の上から下まで視線をはわせる。

「かして、善行」

「ん？　貸すって何を」

「真弓君。あたしが持つわ」

「無理言っちゃいけない。女の細腕で」

って言いながらも山科、よろける。

「いいから砂姫にまかしちまいなよ。砂姫の方が多分力あるぜ」

「何を莫迦な。とにかくこいつは俺がはこぶよ……わっ！」

「わっ！」

山科が叫ぶ。俺も叫んじまう。

砂姫！　お、おまえな。いくら力があるからって……。

砂姫は、ひょいと、真弓をかかえた山科を持ちあげちまったのだ！

「ね？　あたしの方が力あるでしょ」

山科が青くなって口をぱくぱくやってんの見て、砂姫、にっこり笑う。それから山科を地におろして。

「さ、あたしに貸して」

今度は山科も、嫌だとは言わなかった。

☆

真弓を抱いた砂姫は、いとも軽々と……ひょいひょいひょいと、まるで何も持っていないかのように、なだらかな土の上を歩きだした。

「砂姫……おまえまさか、ウェイトリフティングでも……」

「やってたのよ」

砂姫、平然とうけながす。

「ちょっと凄いでしょ」

「いや、おおいに凄いが……しかし、よくその、筋肉のありそうもない腕で……」

吸血鬼と人間とでは、おそらく筋肉の質が違うんだろうよ。

それにしても。一応、このことが一件落着したら、俺、じっくり砂姫に聞いてみよ。

吸血鬼って、一体全体、どんな生き物なんだ？

確かに、ブラム・ストーカーの描くドラキュラは、やたら力が強かった。吸血鬼カーミラは、砂姫風美少女、チョコレートか何か飲むだけで、食事はしなかった筈。(もっとも俺思うんだけど、チョコレートって、やったらカロリーあったんじゃないっけ？)萩尾望都の描くメリーベルなんて、ふれたらこわれそうなイメージがあった。クリストファー・リーだったっけ、とにかく昔映画で見た吸血鬼は、何か妙にセクシーだった。

そして、砂姫は。どれにもあてはまるところがあるような、全部あてはまらないような……。

俺の、無責任な思考は、すぐ、とぎれた。

何となれば――な・ん・と・な・れ・ば。処々に、もぐらよかもうでてきたんだ、もぐらが！　ちっと小さめの、どっちかっていうとネズミみたいなイメージの奴もいる――これがヒミズだろう。

もぐらとヒミズが、何故かぽこぽこ地面から首だして。砂姫も、山科も、それを踏まないよう、一所懸命足のおき場を考えつつ歩いてるみたいだ。

ただ。もぐら君もヒミズ君も、俺達には全然関心を払わず――それはいい。でも。

お互いに。

もぐらはヒミズを、ヒミズはもぐらを、はしっと睨んでる。まるで――そう、まるで、宿敵に出あったかのように。

地下で――というより、元来の人間の世界で、もぐらとヒミズが戦争してんの知ってるような雰囲気だな。一瞬そう思って、はっと気づく。

知ってる筈だぜ！　俺が――俺が、教えちまった！

☆

その後のことは――その後一時間くらいの間におこったことは。俺、とても詳しくなんか書きたくない。ざっと書くのも嫌だ。でもまあ、省いちまう訳にもいかないだろうし……。

山科、真弓かかえた砂姫、俺の三人は、何とか無事、木の生えているところについた。あと五百メートルくらいって感じのところまで行くと、そのあとはもう、もぐらやヒミズを踏まずに歩くのが難儀じゃって感じになったけど、それでも無事、ついた。

しかし……しかし、まあ。よくこれだけのもぐらがいたもんだぜ。

地下にいたもぐらが、全部地面にべたっとひろがると――一面のもぐら。（あ、今、都合上もぐらで統一して書いてるけど、ヒミズもいる訳。）むき出しの地面がほとんど見えない。それ程圧倒的にもぐらだらけ。

「うっ……」

「気持ち悪い……」

砂姫も山科も、こう目のあたりにもぐらの大群見ると、何か、心理的にめげるみたい。先刻おわれてた時は、トンネルの中でよく見えなかったし……それに、おそらくは、先刻の数倍はいそうだ。

……で。これだけのもぐらとヒミズが、何もしないで地面にべたっとなっているだけでも充分不気味なのに……更に輪をかけて不気味なことに、そのもぐらとヒミズが、戦いだしたのだ。

双方とも、武器は持っていない――ま、これはあたり前だ。攻撃用のつめとか、鋭いきばとかもない。故に本当に肉弾戦って感じで……おまけに。

おい！　戦争すんなら、もうちっとそれらしくやってくれ！　別に、軍学か何か学んでそれにもとづいてやれ、とは言わないから……せめて、きちんともぐら軍とヒミズ軍に分れて、大将か何か決めてやれよ！　こんなごちゃごちゃ、ゆきあたりばったり、相手をみつけたらとびかかる、みたいなやり方は、やめて欲しい。まるっきりの大乱戦。

「どっちが優勢なんだか……さっぱり判らんな」

「ああ……」

手前の方では、ヒミズの数の方が多いらしく、ヒミズが優勢。ななめ前方ではもぐらの数の方が多く、もぐらがおしている。左うしろの方はもぐらの……。

　おまけに。処々、もぐら団子(だんご)（他に言いようがない）みたいなもんができてんの！　一匹のヒミズにもぐら数匹が襲いかかり、それ見た他のヒミズ数匹がそのもぐらに襲いかかり、更にそれ見たもぐら数匹がヒミズに襲いかかり、更にそれ見たヒミズが……っていう奴。もぐらだかヒミズだか判別のできない、小動物の群れが数十匹集まっておしくらまんじゅうしている。そんな感じになっちまってる。

「あれだと……内側の方にいる奴、どれが敵でどれが味方だか、判んないんじゃないか……」

　思わず呆(あき)れて山科が呟く。

「ああ。大体、内側の方の奴、外からこんなにおされて、動ける訳がない。あれの内側はいっちまったら、もう、自分が何やってんのか判んないんじゃないのか」

「多分ね。……あれだと、相当、圧死が出そう……」

　砂姫の声が、暗くしずんでしまう。

　そう。確かに、ボタン一つで核爆弾か何かが破裂して、一瞬にしてみんなふっとんじまう近代戦争は悲惨(ひさん)だぜ。自動小銃か何かで、だだだだ……って相手を殺しまくる奴も、悲惨だと思う。日本の武士なんかの、刀できりむすぶ奴だって、血は大量に出るし、腹なんか切ったら腸ははみ出すし、なかなか死にきれないし、悲惨だよ。

　でも。悲惨さの点では、このもぐらVSヒミズ戦争も、そうそう滅多(めった)にひけはとらないと思う。

　だって。ゆきあたりばったり、目についた相手にかみつき――相手が死ぬまでそれを続けることによって成りたってんだぜ、この戦争。その間、休みも何もなしで。おそらく、この戦争で出る死者は、全身打撲とか、圧死とか、出血多量とか、衰弱死とかいう奴ばっかだろう。どれもこれも、なかなか死にきれず、相当途中で苦しむものばかり。

「もぐら帝国の崩壊に結びつくだろうな、これ」

「どうしてさ」

「これ、数の戦争だもの。実数は判んないけど、もぐらもヒミズも、目立ってどっちかが多いって訳じゃないだろ。仮に、もぐらが一万でヒミズが九千だとするよ。と、この戦争がおわるまでには、ヒミズが九千、もぐらが九千くらい死んでて、残った千のもぐらだって、相当弱ってんじゃないのか？　で……」

　成程(なるほど)。もし、このままの状態が続いたら――早晩、ここにいるもぐらとヒミズの大半は疲れ果て、なし崩しに死んでゆくだろう。

「とめ……なきゃ。とめようよ」

　砂姫、うわずった声あげる。

「こんな悲惨な、こんな莫迦な死に方、させちゃいけないわよ。あんまりみじめで可哀想だわ」

「もぐら達が全部死んじまえば、俺達、安全に地上へもどれるんだぞ」

　俺、一応、この点を注意してやる。と、砂姫、おっそろしい——鬼もかくやって目つきで、俺を睨んだ。

「誰の台詞よ」

「あん？」

「誰の台詞よ、それ。何でそんなこと、思えんの」

　……やば。本気で砂姫、怒らせちまったみたいだ。

「おい、ちょっと、ごめん、ちょっと言ってみただけ……」

「ふざけないで欲しい。あそこで——目の前で今、何万、ひょっとしたら何百万って命が死んでゆくんだからっ！　それを、何、わずか数人の命を助ける為に、数百万の命を奪う訳」

「いや、その、ごめん……」

「この地球の上で生かしてもらってるくせに、よくそんなことが言えるわね。いやしくも、自分がこの生命共同体の中で生かしてもらっているって自覚があったら、絶対そんなこと言える訳ないわよ。そうよ、判ってんの？　あなたが生きてゆく為に、お天道様があなた照らしてくれて、植物が酸素作ってくれて、数多くの生物があなたに食べられてくれてるのよ」

「でも……あの、もぐらだって、みみず喰うだろうが。みみず喰って——他の生き物殺して生きてる訳だろ」

「そうよ。誰だって——どんな生物だって、他の生物の犠牲なしには、びた一秒だって、生きてゆけないんだから。だからそんな、自分を生かしてくれる他の生物を殺していいのは、それが、自分が生きる為に必要不可欠な時だけよ。お食事っていうのは、そういう、神聖な——感謝の念なしにはとりおこなえない、一種の儀式なのよ。それを何？　食べる訳でも何でもなく、それをしないと自分が死ぬって危険にたちいった訳でもないのに、何百万って生命が死んだ方が都合がいいですって？　あなた、それでも生物なの」

「ごめん……」

「謝ってすむ問題じゃ——謝ってどうこうって問題じゃないわよ。あなたの考え方って、どっか凄い根本的なところで、おかしいのよ。大体それで」

「ちょっとごめん」

　ふいに山科が、会話に口はさんだ。そして。

　ぱん。

　少し、軽い音。それから、呆然と口をあける砂姫。山科、軽く砂姫のほおをはたく——いや、ほおをさわったっていう方が正確かな、とにかくそんな風なことをした。

「な……何」

　よもや、こんなとこで自分がぶたれるとは予想だにしていなかったのであろう砂姫、呆然と口をあける。

「いや……ごめん」

　のほほんと山科、謝って。

「でも、今、そんなこと口論してる場合じゃないだろ。それに……何ていうのかな、ことの是非はおくとして、礼子さんとしてはそう思っちまった訳だ。思っちまったことは、今更本人にも変えようがない訳だし、まして、それについて怒ったって、仕方ないだろ」

「そ……そりゃ、そうだけど……」

「その上、礼子さん本人が、そんな台詞を言っちまったことを、一応反省している」

しゅん。俺、一応は反省していたものの、更に深く反省ポーズを作る。

「これを今更君が何と言ったって……仕方ないだろ」

「ま……それはそうだけど」

「俺達人間はね、万物の霊長だ、なんて言って、勝手に思いあがっていたのかも知れない、確かに。だけど……それは、逃げる訳じゃないけど、今までの教育のせいで……それについて、礼子さんを怒ってみたって、仕方ないんだよ」

「…………」

「まして、本人は反省している。砂姫ねえ、君、これ以上彼女をおいつめて、どうするつもりだったんだ……」

「…………」

「な？　思っちまったことは、仕方がない。言っちまった台詞も、二度ともとには戻らない。とすれば、礼子さんが反省したところで、この件はピリオドだろ」

「う……ん」

砂姫、のろのろとうなずく。

「じゃ、この件はこれでおわりだ。……な？」

砂姫、再びのろのろとうなずくと、ゆっくり、こっちを向いた。

「先刻はごめん、礼朗」

「いや……」

俺の方としても、何と言っていいのか困ってしまう。

「確かに俺……おまえに言われるまで、生かしてもらってる、なんてこと、考えたこともなかったし……すまん」

「ううん。あたし、あせりすぎてたみたい。人間が、自分は一番えらいんだって考え方から抜けでるまでは、ずいぶん時間がかかるのよね。それ忘れて……礼朗は、一応、反省みたいなもん、してくれてたのに……ごめん」

「……すまん」

二人して、謝りあって。何か……何というのか、俺、すごく……罪悪感っていうのとは違う、でも、それによく似た感情、おぼえていた。

砂姫を、本気で怒らせちまった。人間の中で、俺だけを特別扱いにしてくれる女の子を。そして――砂姫が怒るのも無理はないんだ。決して砂姫は理不尽なことで怒っている訳ではなく……。

情けなかった、俺、たまらなく。

「礼子さん、そんな、沈まないで」

山科が何とか俺の気をひきたててくれようとする。

「いや……沈んでる訳じゃなくて……情けなかったんだ。俺、今まで、あまりにも何も考えずにいたんだと思うと……」

「そりゃ、俺だってそうだよ。けど……すんだことをずっとぐじぐじ悩んでいても仕方ない訳だろ。今まで何も考えなかったのなら――これから何か考えるようにすればいいんだよ。……な？」

「ま……そりゃ」

そりゃそうだけど。そう言いかけて気づく。そりゃそうじゃない！　山科や真弓にとっては、そうかも知れない。けど、俺にとっては。

「ん……何……」

もぞもぞと、真弓が動きだす。どうやら、ようやく、気絶からさめたらしい。

山科と砂姫が、何とか真弓をたすけおこして立たせてやって、今の状態の説明をしている間、俺は一人でおちこんでいた。

だって。山科や、真弓には、〝これから〟があるけど――あの二人は、〝これからやりなおす〟ことができるけど……俺、できないんだ。俺には未来がないんだ。自嘲的にこう言うのでもなく、自虐的にこう言うのでもなく、世の中はすにかまえてこう言うのでもなく。

本当に――俺には、これっぽっちも、未来がないのだ。だって俺――間違いなく俺、死んじまったんだもの。死んじまってんだもの。死人にやり直しはない。死人に未来はない。

俺が、何故、昇天することもできず、こんなとこにいなきゃいけないのか――ようやく、ほんの少し、判ったような気がした。

未練がありすぎるんだ。

生きてる時は――それに、死んでからしばらくの間は、俺、よもや自分が、現世に未練があるだなんて、思ってもみなかった。これっぽっちも思っちゃいなかった。

生きてる時から、幽霊だと思ってた。死んで幽霊になっちまってからも、ま、こんなもんだぜなんて思ってた。けど。生きてる時と、幽霊になってからは――あまりに違うことが、たった一つ、あるんだ。

幽霊は、やり直すことができない。幽霊は、たとえ見えたとしても、たとえしゃべれたとしても、結局、この世界に何一つ関与できない、アウトサイダーなんだ。本人がアウトサイダーをきどるのと、本当に、他者からみてもアウトサイダーになっちまうのとは、全然違う――この二つの間に、とてつもなく深いさけ目がある。

生きてるうちに、気づきたかったな。こんなこと。

生きてるうちに、考えたかったな。いろんなこと。

生きてるうちに……。

気づくと俺、いつの間にかうずくまって……泣いていた。少し。

声はたてない——たてられない。涙がおちても、それは地面につかないうちに消える。幽霊のだす涙には、実体がなくて……そんなものが、地面にしみこむ訳にはいかないだろう。

「おい……礼子……さん」

「礼朗……」

三人が、妙に重たい声で、俺に話しかけてくる。うずくまって泣いている俺を、円でとりかこむようにして。

「礼朗……」

「そうだよね……ごめん。君に、やり直しはきかないんだ……」

山科、なぐさめようとしても、今回ばかりは言葉がみつからないよう。

「礼朗、ごめん……。今まであなたが、あんまり平然と幽霊やってたから……つい、あなたが死んだってこと……実感できなくて……何か、生きてそこにいる仲間みたいに思えちゃって……ごめんね……」

砂姫の声は、重たくかすれている。砂姫の方が、泣きだしちまいそうだ。

「ごめんね……ごめん」

「いや……いい……」

何がいいんだかよく判らない。でも、こう言っちまう。いや、いい。いいよ、砂姫、おまえがおちこむことはないんだ。おまえは、明るく脳天気な吸血鬼やってりゃいいんだ。おまえが——脳天気と陽気と適当が服着て歩いてるみたいな、そんなおまえまで、おちこむことはないんだ。そんなおまえにまでおちこまれちまったら、俺——俺、どうしようもないじゃないか。おまえがおちこむような事態っつったら、もう、本当に救いがないみたいじゃないか。

いつかは、俺も、納得するよ。死んじまったってことは、本当に救いのないことだって。でも——今はまだ。今はまだ、ようやく生きてることに未練をもちだしたところ。だから今はまだ、半分生きてるみたいな感じで、おまえ達の仲間みたいな感じで、扱ってて欲しい。……な。

だから。いや……いい。

奥歯を、軽く、舌でさわる。まだ治療中の虫歯一本。それから、ゆっくりと唇かんで。そして、口をあく。口をあいたら。言ってやろうじゃないか。喉元まで出てきている台詞。

「いいんだ……俺、ちっと、弱気になってたみたいだから。砂姫に泣かれると困る」

「どう……して」

そして。この台詞を言っちまったら。笑ってやるよ。にっこりと、とはいかないまでも、せめて、にやっと嗤う程度には。

「女泣かすと後がひどいからな」

なるべく、からかうような、そんなひびきをもたせて。

「やだ……莫迦」

「はん、何が」

つって、こわばったほおを、何とかリラックスさせて。で。

「んなさあ、みんな、落ちこむなよ。俺、暗いムード、嫌だ。明るくやろ。少なくとも……状況設定がギャグなんだから。なあ」

俺だってさ。俺だって、その気になりさえすれば、これで結構健気（けなげ）になれるさ。〝なあ〟のあたりの声が、多少ゆれていたって、そのくらい、目こぼししてくれ。

「あ……ああ」

山科が、ちょっと呆然と声をだす。それから、優しく唇を動かして。

「ああ」

今度のは、本当に明るい――少なくとも、そう思える程度に明るさをよそおった声。

「ああ、そうだな。なぐさめるつもりで、落ちこんでしまうってのは、ひでえよな」

「ああ、ひどい」

ゆっくりと、四者四様の微笑（ほほえ）み。山科、あんたさ、気が弱そうに見えんのは、実は優しいからなんだな。一見優しそうに見えて実は気が弱い、なんていうのと違う、一見気が弱いように見えて、実は優しい。本物の優しさ。あんたの微笑ってのが、一番それらしく見えるぜ、本当。

ゆっくりと、風が吹く。何の木だろう、広葉樹の葉がゆれて。もぐら達の動きが、何だか風にあおられる波のように見えた。ゆっくり、ゆれる、茶の波。生きている波。

俺、少し、目を細めてみる。ゆれる、茶の波。生きている、波。

俺、転生なんて、信じてないけど――でも、ひょっとしてひょっとしたら、来世はもぐらかも知れんしな。そして――あの波は、今、生きているんだ。今、生きて動いて――まだいかようにでも、やり直しができる奴ら。

助けてやろうな。

自分に言いきかせるよう、心の中で呟いてみる。

助けてやろうや。あいつらが、やり直しのきかない身分になっちまってから、後悔することのないように。

やり直しのきかない身分になっちまってから、後悔することのないように……。

PART Ⅵ　遺伝子の輪をくぐり抜け

「やめて！　やめなさいよ！　お願いだから！」

俺達が、多少しんみりして、でも精一杯明るくふるまおうとしているところへ、急に大声がきこえてきた。あ――東嬢。いつの間にか穴からでてきて、おまけに背後に十匹以上の巨大もぐら従えた東嬢、涙声でひたすらこう訴えてる。

「やめろっ！　おいっ！」

「×××！　×××！」

うしろの巨大もぐら達も、一斉に何やら叫ぶ。

「あれだもんな……」

「ああ……」

俺と山科、木の陰から首だして、肩すくめあう。

「あれって何が」

「女王様であるところの東嬢がやったって、ああ――みんな、言うこと聞きゃしないんだ。ま、あんだけ頭に血がのぼってんだから、無理ないとは思うけど」

「そう……ね」

ようやく砂姫も、納得したような声を出す。

「こんな状態で、部外者のあたし達が何か言ったって……まず、おさまらないでしょうね」

「ああ」

「正攻法じゃ駄目だな」

山科、この世界へ来て初めて煙草くわえる。そのまま、そこへあぐらかいて。

「ここはまず、どうやればあの争いをやめさせることができるか、それを考えるとこから始めなきゃ」

「善行、そんな悠長な」

「急がばまわれ。これが一番の早道」

っつって、深々と煙草吸い、ふうって煙はく。うまそう。俺も吸いたい。

「一本くれ」

「あ……ああ」

って山科、俺にハイライトの箱さしだし、それから妙な顔して。

「おまえ、吸えんの？」

「ああ」

って答えてから、質問の趣旨にきづく。そうだ、こいつ、俺が――生前の俺が煙草吸ったかどうか聞いてんじゃなくて、今、幽霊となった俺が、煙草なんつうもんを物理的に吸えるのかどうか、聞いてんだ。

「え……と……やってみる」

やってみる。……吸える訳ないんだよ早い話が！　まず、箱から煙草一本とりだすことすら……とりだすことすら。手が、箱、つき抜けちまう。

「えーいくそっ！」

「……は。無理みたいね」

砂姫が煙草一本抜いて渡してくれたんだが……それすら、うけとれん。

「やめよう」

山科、まだ二、三口しか吸ってない煙草を地面でもみけす。

「何か、禁煙中の奴の前で、これみよがしに吸ってるみたいな気になる」

「俺のことは気にしなくていいぜ。煙さえ、みせびらかさないでくれれば」

そう。あの煙さえ、みせびらかさないで……ん？　けむり？　そうだ、け・む・り。

「火事だ！」

「え、どこ」

「どこだ火事は」

真弓、こういう時だけ嫌に素早く立ちあがって、あたりをきょろきょろ見まわす。

「あ、違う、悪い」

俺、慌てて否定。

「今、火事があるって言ってる訳じゃないんだ。火事おこすってどう？」

「火事……？」

「そう。今、たった今、目の前で大火事がおこったら、けんか続けようもないだろ。ほら、犬のけんかに水ぶっかけるのと同じ」

「……成程、火事か。それは名案」

って真弓がもちあげたのに。

「じゃないわよ」

すぐ砂姫に否定されてしまった。

「この、ただただだだっ広い平原の何を燃やす訳？　燃えそうなもの、何もないよ」

……それはいえる。でも、そこはかとない抵抗。

「木は？」

「生木なんて、そう簡単に燃えるもんじゃない」

と、これは山科。

「それに大体、仮に火事をおこせたとしてもだよ、そのあと、どうするんだ。火が燃えている間は、確かにもぐら達、戦争をやめるかも知れない。でも、火が消えちまったら」

うーん。

「確かにそれはそうかも知れない」

なんて、真弓まで、ころっとねがえっちまって。

「大体——半永久的に火事おこしとく訳にもいかないし」

「と、この名案はおクラ入りか……」

「ま、そんなもん」

「とすると……」

しばらく沈黙。みんな、それはそれは真面目な顔してる。と、砂姫が。

「ね、基本的なとこから考え直していこうよ。まず、この、もぐらVSヒミズ戦争の直接の原因は何」

「地上にいた頃のもぐらとヒミズのエサあらそい」

「……原因は食糧か。とすると、これ、すごおくやっかいね」

砂姫、軽く視線を上へむける。

「そうだわ……おそろしい程、やっかいだわ。人間の戦争と違って、目的が抽象的でない——食糧なんて、生命維持に絶対必要なものよね。原因が具体的で、本能に近ければ近い程、あらそいをとめるのはむずかしくなるわ」

「それに、お互い、将がいてその許で戦ってるって訳じゃない。こういうけんか程、とめにくいものはない」

「おい、ちょっとまてよ。マイナス要因ばっか列挙しても仕方ないだろ」

「だってマイナス要因しかないんだもん」

うーん。少し考え。あ。

「あ、プラス要因、あるかも知れない」

「何？」

「この世界の食糧状況だよ。東嬢達、第五期移民とか、第六期移民とか言ってたろ。移民をうけいれる際に、考えなしにどんどんうけいれるってことはないだろうから……おそらくは、この世界の食糧状況、すごくいい筈だ」

……思いだした。あの、だい大群のみみず達。それに、この世界にいた、あの巨大みみずの群れ。あんなもんを週に一度導入したり、あんなもんがいるんだからな。それはそれは食糧状況、いい筈だぜ。

「でもそれって仮定でしょ」

「東嬢に聞いてみりゃいいさ」

俺、にっと嗤う。お、ちっとばっか、ハードボイルドの気分。

「俺にしたって、いろいろ彼女に言いたいことあるしな」

「お、おい、ちょっと……」

真弓が、何故かおどおど、俺の方を見て言う——俺の方、いや、俺のうしろ。

「何だよ」

っつって、俺がふり返ろうとしたら。

「わたしに言いたいことって何です？」

……まうしろに、東嬢が、つっ立っていた——。

☆

「あなた達は……本当に、人間って種族は……」

東嬢は、何故かえらく怒っているようだった。何も内容のあることが言えず、ひたすら同じ台詞を繰り返している。

「本当に人間って種族は……何で……何だってあの、無邪気でかわいいもぐらに、あんなひどいこと教えたんです」

「……どんなひどいこと」

「利害関係の対立する二者は、共存できないだなんて……今、直接の利害関係がなくても、のちのち利害関係が対立するであろう者は、早めにほろぼした方がいいだなんて……この、もぐらとヒミズの戦争の基本原因は、連中が人間の思想なんかにかぶれたせいですよ！」

「そこまで言うのは、言いすぎなんじゃない」

砂姫、東さんをみるや否や、多少ふんぞり返るようにして――東さんの方が、砂姫より背が高いのだ――腕を腰にまわす。睨みつけるようにして。

「たしかに人間は、他の生物のお手本になるような、理想的な生き物じゃないわよ。もっと正直に言っちゃえば、人間の真似なんかしたら、ろくなことはないだろうと思う。でも、人間が、僕らの真似をしてくれって言った訳じゃないし、人間がもぐらを教育した訳でもないでしょ。もぐらが勝手に人間の真似をしたのよね。勝手に真似しといて、で、それについてどうのこうの言うのは……それこそ、ちょっと勝手なんじゃない」

ななめ下方から、砂姫の視線、東嬢をねめつける。と、さすがに東嬢、いささか鼻白んだ顔になる。（砂姫は、なかなか派手な、西洋風の目鼻だちのはっきりした顔をしているので、その砂姫が睨むと、かなり迫力があるんだ。）

「ま……それはそうなんでしょうけど……」

「そうよ」

歯ぎれの悪い東嬢の台詞、砂姫のあまりに歯ぎれのよすぎるしゃべり方に圧倒されっ放し。

「それに大体、あたし、あなたのこと、許せないの」

「わたしを……許せない？」

東嬢、いつの間にか逆転して、責められる方にまわってしまった自分の立場に、多少驚いているみたい。

「そうよ。あなた、礼朗に――いえ、斎藤さんに、何したの」

「その……気絶させただけ……」

「嘘おっしゃい！　何で、気絶させられただけで、彼が――彼女が、こんなに異様な幽霊にならなきゃいけないの。普通じゃないわよ、こんな幽霊。それこそ、本人がいってるみたいに、殺されて、料理されて、この二人に食べられた、とでも思わなきゃ、理解できないじゃない、この幽霊の格好」

この二人、と言うところで、砂姫、山科と真弓を指す。指されたとたん、二人共、いたずらをしかられた子供のように、びくっと体ふるわせて。……そうなんだ、こい故かしみじみ、そのとおりねって感じの声を出す。

「本当、あなたの言うとおりよ。あなた、人間にしては、いやによく道理をわきまえてるわ。本当、人間で、ここまでちゃんと考えてる人がいるとは思わなかった」

「まあね」

は。何とでも言ってろ。人間じゃない生物が、二人そろってお互いほめあって、どうするっていうんだ。

「だからわたし……断言するんだけど、わたし、斎藤さんを殺してなんかいない。まして、その肉を、加工して人間になんか食べさせてない。……本当よ」

「だって、礼朗は、冗談で幽霊になれるような人じゃないわよ」

……あたり前だ。俺じゃなくたって——誰だって、冗談で幽霊になる奴がいるかよ。

「だって……わたしが山科さんと真弓さんに食べてもらったシチューって、間違っても斎藤さんの肉なんかじゃなかったわ。……わたしだって、その辺、ちゃんと考えてる。わざわざ加工してまで、あの肉、人間のお二人に食べてもらったのは、あの肉が、人間の捕食の対象になる生物だったからよ」

「人間の捕食の対象になる生物って……だって、それじゃ何で彼女、こんな無惨な幽霊になるのよ。大体、その生物って、何なの」

「〝狼〟よ」

つが本気で怒ると、さすが三百年も生きているだけのことはあって、とにかく迫力があるんだもん。

「で……礼朗の、斎藤さんの言ったことを信じるなら——そして、あたし、この状態で人間が嘘つける訳ないって信じてる——あたし、あなたを許せないのよ！……別にね、人間を殺すのが、そんなに悪いことだとは言わない。もし、あなたが、生きてゆく上で人間を食べる必要があるなら……あなたの捕食の対象が人類なら、人間殺したって、それは無理のないことなのよね」

山科と真弓、話の進行がまったく予想外だったのだろう。ぽかんと口をあけ放ってる。

「なのに！　あなた、殺した礼朗を——斎藤さんを食べなかったじゃない！　食べなかったのみならず、それを、人間を捕食の対象としていない——人肉を食べることをタブーにさえしている人間に食べさせるなんて！　最低よ！　あなただって、生物で、他の生物を食べて生きているなら、もうちょっと、生命に対する尊敬の念を持ちなさいよ！」

深々と息を吸う。

「お百姓さんありがとうっていう素直な気持ち忘れたら、生物やってらんないわよ！」

「……うん。それは、あなたの言うとおりだと思う」

砂姫の、吸血鬼的論理の展開に、山科も真弓も——そして勿論俺も、あぜんとしていると。東さんだけは、何

「おおかみ⁉」

俺、叫ぶ。

「人間が狼を喰うかよ！」

……喰うんだろうか。俺、こう叫んでから、考える。日本狼が絶滅したのって、まさか、日本人が日本狼を食べたせい……じゃ、ないよなあ……？

「食べるじゃない。チキンライスとか、チキンカレーとか、ローストチキンとかっていって」

「へ？」

「何で狼がチキンになるの。チキンって、にわとりよ」

「だから、にわとりが〝狼〟なんだってば」

「え？」

……話の筋が、全然みえない。

「チキンはにわとりで、狼はウルフよ」

「だって、〝羊〟を食べるのが〝狼〟でしょ？」

「にわとりって、羊喰ったっけ？」

俺、思わず本気でこう聞いてしまう。食べないだろうとは思うけれど、絶対食べないと断言はできない。

「そんな話、聞いたことない。ま、にわとりは肉食……いや、まてよ、でも……ま、羊だって肉では……けど……サイズが全然違うじゃないか」

山科、少しうろたえ気味に、こう答える。

「ちょっとまって。普通、人間界の常識では、にわとりは羊を食べないことになってるわよ……と思うわ」

砂姫の表現がいささかあいまいなのは、砂姫も、にわとりは羊食べないって断言していいのかどうか、自信がないからなのだろう。

「そりゃ、にわとりの飼料の中に、こまぎれの羊の肉をまぜれば……食べるかしらね？」

誰も答えない。今まで、そんな莫迦なことした人がいるって話、聞いたこともないし……。

「あ、別に羊じゃなくて、牛を食べるっていってもいいわ」

「うし？」

東嬢の無茶苦茶な台詞に、一同絶句。牛肉をエサにしてにわとり飼ってる農家の話なんて、聞いたこともない。

「……ちょっと待って。あなたの言うところの、〝羊〟とか〝牛〟って何なの？　どうも、あなたの、羊や牛に関する知識、あたし達のそれとは違うみたいだわ」

「〝羊〟も〝牛〟も、まとめて――集団で飼われていて、で、のち、食べられたり何だり、人々の生活に役だつものよ」

「要するに、牧畜の対象となるもののことを、あなた、〝羊〟とか、〝牛〟とか思っちゃってる訳ね」

「え？」

東嬢、不審そうな声を出す。

「牧畜の対象となるものを〝羊〟って言うんじゃないの？」

「おい、嘘だろっ！」

　俺、思わず叫んでしまう。

「あんた、何年日本人やってんだ！　日本語の意味くらい、正確に覚えとけ！　羊も牛も狼も、人間とかもぐらとかヒミズとかと同じで、ある生物種を指しているんだ！」

「えっ？　そうだったの？　……ごめんなさい。わたし、羊、とか、牛、とか、狼、とかって生物、見たことがないものだから……ついうっかり、牧畜の対象となるものが、羊、あるいは牛って呼ばれて、それを襲う生物を狼って言うんだと思っちゃったの。……ごめんなさい、まだ、人間になってから三ヵ月しかたっていないものだから……」

　もう、誰も——ここまで異常なシチュエーションが続いちまうと——東嬢の、まだ人間になって三ヵ月しかたってない、なんて台詞には、驚かなくなっちまった。

「とすると」

　砂姫、聞く。

「あなたが言うところの、羊とか牛って、いわゆる生物種を指す日本語でいうと、何になる訳？」

「ん……と、一番近いのがみみずかな？」

　みみず！　成程にわとりは……確かにみみず喰うな。

「わたし達、人間のいいところを学ぼうっていうんで、ちょっと小耳にはさんだ牧畜の真似ごとみたいなのをやってた訳。で……みみず飼いがいて、みみずを襲う生物——にわとりがいたから、おのずとそれを、〝羊〟と〝狼〟って呼べばいいって思っちゃったの」

「とするとその……」

　真弓がようやっと口をはさんだ。

「僕達が食べた〝狼〟っていうのは……」

「ちゃんとした日本語では、にわとりっていうのかしらね、やっぱり」

「にわとり」

　真弓、心底安心したような、嬉しそうな声を出す。

「そうかあ、にわとりかあ……。いやあ、にわとりですかあ」

「じゃ、本物のチキンシチューだ」

　山科も、嬉しそうな声をだす。

「にわとりなら、食べられる。そうか、本物のチキンシチューか」

　放っとくと、二人しておどりだしそう。心底しあわせそうに、にわとりにわとりって騒ぎまくり。

「でも……」

　砂姫が、ゆっくりと口をはさむ。

　でも。俺もそう言いたい。

「何で善行と真弓君がチキンシチュー食べると、礼朗が二分割された幽霊になっちゃうの」

「その間の因果関係が、全然、判んないの」

あーん。そんなん、ありかよお⁉

「礼朗が実はにわとりだった……まさかね」

「砂姫。もうちっとありそうな可能性を考えてくれ」

うんざりと、こう言ってから、でも、あせる。

俺、本当に人間だったんだろうか。

まさかと思うけど、俺、人間だという長い長い夢をみていたにわとりなのかも知れない。そうだ、俺が人間だったって、一体誰に断言できる。

俺はたった一人、この世の中でたった一人の、斎藤礼子という存在だ。この、基本大前提――ここに、我あり、唯一無二の我ありっつうのが――いとも簡単に、先刻、崩れたとこ。

それに。どう見ても人間に見えた――まさか彼女達が人間じゃない、だなんて、思いもしなかった二人――砂姫と、東嬢は、人間じゃなかったんだ。砂姫は吸血鬼だし……東嬢は……東くらこって、多分、東もぐら。

とすると。俺が人間であったって証拠は、一体全体、どこにあるんだ。

俺の人生において、出だしでは俺は男だった。なのに。中途で俺は女になった。

男として不完全――そもそも、染色体的には男ではない。

女として不完全――染色体的には女であっても、意識や過去の経験はすべて男のもの。

人類が、男と女で構成されているとしたら、じゃ、俺は何だ？

果てに、俺は幽霊になった。

男でなく、女でなく、幽霊にもなり、おまけにもう一人の俺はまだ生きている。

とすると。ここにもう一つ――実は俺はにわとりだったって要素がはいったって、俺、驚かんぞ。絶対、驚いてやんない！

「……ちょっとお、礼朗。まさかあなた、本気で、あるいは自分はにわとりだったのではあるまいかって思ってんじゃないでしょうね？」

俺が、あまりに長いこと沈黙したせいで、砂姫が、するどく口をはさむ。

「あ……ん……でも。一体、どこのどいつに俺がにわとりじゃなかったって断言できるんだ！」

尻あがりに声が大きくなってしまう。やば、またヒステリーみたい。おわりあたりの台詞が、ほぼ絶叫調だったんで、山科と真弓、手をとりあって喜ぶのを一時中断。

「じょおっだんじゃないわよ！　あたしにはちゃんと目があるんですからね！　あなた、絶対、にわとりじゃなかった」

「そうだよ。そんな……いくら何でも、自分がにわとりだっただなんて」

「んなこと判んねえだろ！　世の中には、確かなもんなんて、何一つないんだ。俺、いやって程、今日、それが判った。ここに俺の幽霊がいて、で、あっちに生きている俺がいて、おまけに俺は真弓達に絶対食べられてて、もひとつおまけに、真弓達が食べたのは絶対ににわとりなんだ！」

思い出していた。東嬢の部屋の生ゴミいれの中。どう見ても、にわとりのものとしか思えなかった骨。羽。

「だとしたら……ここまで矛盾する要素がひしめきあってんだ、ここにもう一つ、俺は実はにわとりだったたってのがはいったって、どこに不思議があるんだ！」

「あなたはにわとりじゃなかった！　あなたが、そんなに自分を信じられないっていうなら、あたしが言うわよ。あなた、にわとりじゃない！」

はん。何とでも言え。この、無茶苦茶な状態をどう解決つける方法があるってんだ。そんな超ウルトラC、あったら見せてもらいたい。

「大体そんなことより……俺が、斎藤礼朗が、一人の人間じゃなくて、現時点で二人——生きている俺と死んでいる俺がいるってことの方がよっぽど不思議だろ。よっぽど無茶苦茶だろ。俺は、この世の中に一人しかいない人間じゃなかったんだ。スペアのいる人間だったんだ。そんな莫迦なことがあり得るんなら、俺が実はにわとりだったたっていうのも、俺が実はもぐらだったたっていうのも、俺が実は狼だったたっていうのも、あり得るじゃないか！」

俺は実は狼だった。

何故だろう。こう叫んでからあせる。この台詞が妙に——実にしつこく、頭の中にひびいた。俺は——おおかみ。

俺は、実は、狼だった。

あなたは狼です。

〝狼〟って、人間の言葉では〝にわとり〟よ。

無意味な——仮に意味があっても、全然意味の判らないフレーズが、頭の中を行ったり来たりしていた。これは……一体……。

とたんに、頭の中がコアセルベートになった。

まだ、生物が発生する前、太古の海にあった生命のもと。濃い、栄養ジュース。アミノ酸たちが、きちんとあるべき姿に結合すれば、それは生命を——きちんとまとまる、何かを形成する筈。ただ、その為には。刺激が欲しい。何か——この、頭の中のコアセルベートに。

「礼子さん！」

俺、余程呆然としていたのだろうか。山科が俺をゆすっていた。ゆする——いや、この表現は不正確。山科は、俺のまわりの空間を、ゆすっていた。

「おい、大丈夫？　どうしたんだ？」

それが、どこかすごく遠い処の声にきこえる。

「しっかりしろよ！　のりこ！　あんた、にわとりじゃないんだ！　何故ならば――そう、これが正しい論理だよ、俺達が喰ったのはにわとりで、それはおまえじゃないんだ！　おまえの体は先刻のところで、まだ、生きているだろ！」

「…………」

「それは、決しておまえが二人いるってことじゃないんだ。もっとずっと簡単な――先刻から考えてたんだ。あそこにあるのがおまえの肉体で、ここにあるのはおまえの心――生霊みたいなもんなんだよ、きっと」

あ……。かみなり。

何故か、俺ぼんやりそんなことを考えていた。かみなり――何だっけ。

コアセルベート――かみなり――刺激。

何だっけ？

「判るか、おい、礼子！　おまえは、決して、そんなあやふやな存在じゃない。この世で、たった一人の――この世にたった一人しかいない、斎藤礼子なんだよ！　あの生きてる体と、ここにいるおまえは、あわさって一つになるんだ！」

かみなりだあっ！

唐突に、頭の中のコアセルベートは、まとまりだした。そうだ、そうなんだ。すべてのものは、それが本来あるべきところへ戻らなければならない。

俺は、目をつむりさえすれば、心を落ち着けさえすれば、すべてを想い出すことができる筈。すべてを。

あなたは……狼……です。

そうだったんだ！

俺は――えい、畜生っ！　――俺は、俺は、本当に何て莫迦だったんだろう。俺が、ほんのちっと、莫迦な誤解をしたばっかりに……。

「やましなっ！」

かみつきそうないきおいで、叫んだ。本当言うと、胸ぐらにつかみかかりたい。

「な、なんだよっ」

「ありがとよっ！」

「……え？」

俺は――俺の、その、お礼を言うにはあまりものすごい剣幕に気圧されて口あけてる山科の方から、くるりと東嬢の方にむきをかえた。

「ちょっとっ！　東っ！　一つ答えろ。死んだのは……もぐらだな？」

「え？」

「俺に催眠術かけた時、死んだのは俺じゃなくてもぐらだな？　あと、にわとり」

「え……ええ。あなたの下じきになって、もぐらが二匹死んで……その時、つい興奮して、わたしがにわとりふんづけてもぐらの処へ行っちゃったから……だから、わたし、そのにわとりの死骸を無駄にしない為に、シチュー作ったんだけど……今更(いまさら)それが何か?」

うわあおおお。

心全体が、叫び声をあげていた。

俺は——俺は、まだ生きてるんだ!

「山科、山科、山科!」

力まかせに山科の厚い胸板をぶったたく——いや、ぶったたこうとした。あいにく、俺の手は、山科の胸板ん中にもぐっちまったけど。えーい、霊の格好だと、喜びもろくに表現できないな。

「お、俺、死んでなかった! 生きてんだよっ! 俺の体のとこ、もどってくれ。何とかもどってくれ」

「あんなに離れたがってたのに……?」

ことの成り行きが全然のみこめず、ぼけっとしていた砂姫、不審そうな顔できく。

「ああ。俺——帰るんだ」

「どこへ」

「すべてのものは、それが本来あるべき姿へ帰らねばならない」

「え?」

「俺、生き返るんだよ! 頼む、山科、真弓、東さん。一度、生きてる俺の体のとこまで、ひき返してくれ。そうしたら」

狼——もぐら——ヒミズ——にわとり。そう、すべてのものは、それが本来あるべき姿に。

「そうしたら、俺、このもぐらとヒミズのけんか、やめさせてやる」

☆

この一言は、東嬢に非常に大きな興奮を与えたらしく、彼女、数頭の巨大もぐらに先導させ、俺達が何とか、あの俺の生きている体の許へたどりつけるよう、道を作ってくれた。

そう。

ことのおこりは、俺の——気が動転していた俺の、誤解だったのだ。

俺は、もぐらに催眠術をかけられた。気絶しろ。これが、もぐら達が俺に与えた指示。ところが、残念ながら、もぐらは気絶というものを知らなかったのだ。で……表現が。

〝狼〟のような状態になるように。

おまけに。おわり近くなって俺、連中の声がほとんど聞きとれなくなってしまっていた。もともと、もぐらの声って、人間にききとりやすいもんじゃないし、軽い催眠状態にはいってたものだから。あなたは、〝狼〟のようになります、の、あなたは、〝狼〟のところまでしか、満足に聞きとれなかった。

俺イコール狼。頭の中に、潜在意識の深いところに、いつの間にかこのフレーズが、しみついていた。そこへもってきて。

　次にはいった情報が、〝死んでしまった〟だった。まず、自分のことが頭にあった俺、当然、これの主語は、斎藤礼子だと思っちまったのだ——が。正しくはこの情報には主語がなかった訳で、ここで死んじまったのは、俺じゃなくて、もぐらだったんだ。俺をとりおさえていたもぐら。すごいいきおいで倒れた俺。その俺の、下じきになって死んでしまったもぐら。

　そうだよな。いくら、ばたっと倒れたりしても、下にクッションになるもの——もぐらがいて（だってもぐら達、前後左右から、俺おさえてたんだぜ。どっちへ倒れても、もぐらがいた筈）、おまけに下がやわらかい地面なら。こんなとこで人間、間違っても死なん！

　ただ。俺にとって、唯一不運だったのは、俺をおこそうとして（つまり、俺の体の下の仲間を救おうとして）、東嬢が、にわとりをふみつぶしちまったこと。深層意識下で、完全に〝狼〟（つまりにわとり）に同調していた俺、ここではじめて、自分が死んだって感覚味わう。

　これだって、俺がもうちょっと落ち着いてりゃ、すぐ、間違いに気づいた筈だ。だって、俺が死んじまったって実感したのは、〝死んだ〟って声きいた少しあとだったんだから。

　そして。ここで、完全に、にわとりと自分とをとり違えてしまった俺、意識だけが体をはなれて——にわとりにくっついちまったんだ。

　このあとだって、ま、少し落ち着きゃ、判った筈なんだ、間違いが。仮にも、五十八キロもある俺の体——ま、そのうち肉が半分しかないにしたって、そんな山のような肉を、二人の男が食べきれるもんか。山科——あの、太っちょ山科だって、三キロが限度っつってんのに。肉が半分だとしても、三十キロ弱だぜ。男二人で食べきれる量じゃない。まして、自分の体重より重い人間を、誰の手伝いもなしに、たった数時間で、東嬢が調理できるもんか。

　ま、死んじまったにわとりさんには誠に申し訳ない話だが……俺は、生きてるんだ！　俺は、生きてたんだ！

　今、まさに生きてるんだ！

　わあお！

☆

「ここにあるのが——失礼、生きてるんだから——ここにいるのが、斎藤礼子さんの体なんだけど……」

　何とかかんとか、生きている俺の体のそばにたどりつくと、東嬢、多少言いにくそうにこう言った。

「そ……その……で、どうすればいいの」

「手、たたいてくれ」

　そう言いながら、俺、自分の体をみおろす。背は高い——女にしては高すぎる。胸も、あまり、ない。完全に男性形という訳ではないが、やはり、女性として見ると、コンプレックスに悩まされても仕方ないくらい、小さい。

でも。おとがいから首への線。肉のあまりない腕。まろやかな腹。これは、あきらかに女のもの。女の――女性の、体。

だよな。俺、女なんだもの。

皮肉な感じでもなく、自嘲をこめた感じでもなく、ストレートにこう思うことができた。

だよな。俺、女だもの。

「手たたくって……普通に、ぱんって？」

「そう。普通に。ぱんって」

俺、こう言うと目をつむった。きつく。

東嬢、かなり怪訝そうな声で言う。おそらくは、他の連中も、きつねにつままれたような顔してんだろう。

「じゃ……いくわよ」

そして――とにかく。

とにかく――そして。

東嬢、手をたたいたのだ。強く、ぱんって。催眠術師が、女の子をおこすようないきおいで。

ぱん、と。

☆

ぱんっ！

その音と共に、俺、何とも妙な感覚を味わっていた。

吸いこまれるのだ。巨大な、電気掃除機の前に立っていたかのように。

吸いこまれる――深い、深いところへ。

貧血――それも、立ちくらみなんかより、よっぽどひどい奴。そんな感じ。

目の前を、ピンクだの、黄色だの、いろいろな色の輪が、とおりすぎてゆく。あれは……本、だ。何故か、そう思う。あれは、本。今までの――生まれてから今までの、いろいろなこと。どこかで読んだいろいろな情報。誰かに聞いたいろいろなこと。それがつまっている本。

遺伝子、という奴かも知れない。今までの――種族としての、俺の記憶。単純な、海中を単なるタンパク質としてただよっていた頃から、ずっと続いている俺の家系。その家系を、その家系の中の一生物の生涯を、すべて記憶している本――遺伝子。

そんなことを思っているうちに。黄色い輪は、どんどん大きくなっていった。

俺、思った訳、最初。

この黄色い輪――記憶がある以上、この世の中で俺よりかしこい人って、いる訳ないって。

そして、気がつく。以前――もう、はるかに昔、これと同じ経験、したことがある。これと同じ――誕生のプロセス。

そうだ、誕生。うまれてくる時、遺伝子の設計図にもとづいて、俺の形ができる時。その時、俺は、どれ程の喜びにふるえていたことだろう。

　俺は、何でも知っているのだ。本当に何でも。どんな真理、どんな感情、どんな歴史も、すべてこの——生物としての記憶の中に埋まっている。

　俺は、この世の中で最もかしこく、最も真理に近づき——いや、この世の中でただ一人、真理を完全に把握した人間。その俺が、生まれる。

　俺は、何にでもなれるだろう。一国の王にも、哲学者にも。救世主にだって、その気になればなれる。何故なら、すべての真理は、この俺の中にあるのだから。

　けれど、そんな思いは、黄色い輪の哄笑で、すぐうち破られた。

　誰でも、生まれる前はそう思うのだ。思いあがるんじゃない。

　黄色い輪——遺伝子は、そう言って笑った。

　おまえはすぐに、何もかも忘れた、何も知らない赤子になるのだから。

　どうして。生まれる前の俺、必死に抗議。俺の知識を奪うことは、人類の損失だ。

　何故なら。笑い声は、近く遠く、黄色の遺伝子が発しているようでもあり、別な何かが発しているようでもあった。

　何故なら。本当は、おまえは、何も知らないからだ。おまえの今の知識は、すべて借り物。砂上の楼閣。

　今一度、白紙になって、もう一回すべてのことを知りなおす。生きて——自分が経験して——そして、初めて、すべての知識は本物になる。ただ知っているだけのことと、実際にやって知ったことの違いを、その時おまえは知るだろう。

　嫌だ。俺、必死の抵抗。今、俺は充分、何もかも知っている。もう一度、それを知りなおす必要なんてない。嫌だ。忘れるのは嫌だ。何で、何もかも忘れて、誕生しなきゃいけない。

　意識が、オーバーラップした。

　今、黄色い輪の中をくぐっている意識。二十一年前、母の胎内でもがいていた意識。その二つがかさなって。

　二十一の俺と、生まれる前の俺は、同時に叫んでいた。何で、何もかも忘れて、誕生しなきゃいけない。

　人間というのは、いろいろなことを——楽しいことも辛いことも、何もかも——経験して、で、はじめて、遺伝子の中の知識を自分のものにするのだ。そして——得た知識で。おまえははじめて、おまえはようやく知るだろう。何故、おまえが生きているのか。生涯かけてその答を探すのが人間だ。

　その為には、必要。本物の、知識が。知っているだけの知識ではない、やってみてはじめて得た知識が。

　今にそれが判るだろう。

経験しないと判らないことが、どれ程世の中に沢山(たくさん)あるか。

今に――。

二十一の俺と、生まれる前の俺は、そう説かれて、妙に納得したような、妙に反発を覚えたような、何ともいえない感覚を味わっていた。

いつだったかな。電車の中で。美絵子と口論したことがあった。

あいつが、また、莫迦なこと言う訳。フォークソングの、それも失恋か何か歌った奴聞くと、泣けることがあるだなんて。俺、それを目一杯莫迦にしたもんだった。と、美絵子、きっと俺の方を見て。

「礼朗は今までふられたことないんでしょ」

ああ。自慢じゃないが、俺はそれまで、ふったことはあってもふられたことはなかった。

「だから判んないのよ」

だから判んないのよ。そのフレーズが、たまらなく憎たらしかった。

「はん。やだね俺は。一人で夜、ヘッドホーンが何かつけて歌聞いて泣くだなんて、おまえ、恥ずかしくない訳。自己陶酔(とうすい)もそこまでいきゃ見事だぜ」

なんつってさ。

けど。美絵子と別れて少しして。俺、ようやく判ったのだ。状態によっては、ああいうもんって、泣いてしまうこともあるって。

美絵子と一緒に聞いたことのある曲。昔、美絵子とかわしたことのある会話に似た歌詞。そういうもの、全部、駄目。不覚にも、目頭がじんときてしまう。

そういう状態がいいとは決して、思わなかった。今でもそういうのって、極めつきの自己陶酔だって思ってるし、女々(めめ)しい行為だとも思ってる。でも。自分でそれがいいと思わなくても、そうなってしまうケースがある。泣く気がなくても泣いてしまうことがある。

ようやっと、それが、判った。あの時。

そうなんだよな。そうなんだよ。経験しないと判んないことって、結構、あるんだ。

黄色い輪は、ずんずんずん大きくなって――俺は、その輪の中を、次々くぐっていった。巨大な黄色い輪――そして。

そして、目が。目が、つぶれそうだ。

目がいたい！　いたい程、まぶしい。

そんなに光が強かったって訳じゃない。久しぶりだったのだ。すごく、久しぶりに、俺、光を見た。だるい体。

「あ……おい」

「礼朗……？　見える？」

何人かの影が――ええい、あまりにまぶしくて、顔の判別ができん――心配そうに俺をのぞきこんでいた。まるで、目の手術をして、その包帯とった時みたいなとり扱われ方。

　やがて、目が光になれてくる。慣れてきて——全員が、まるで後光をしょってたみたいだったのが、ようやく普通に近い状態になる。

　俺のことを、心配そうに見ている山科。泡喰って震えている真弓。軽く唇をかんで、俺の顔をみおろしている砂姫。

「よお」

　唇の左の端だけあげて、微笑を作ってみせる。かなり苦労を要したけど——ほんの一日体から離れていただけで、こんなに体動かすのにコツが必要だなんて思わなかった——何とかそれは、微笑にみえる表情となった筈。

「斎藤」

　山科、何とかこう言って、笑ってみせる。少しひきつった笑顔。

「おまえ本当に……」

「あん?」

「おまえ本当に……生き返ったな」

☆

　俺、何とか起きあがる。

　あたりの空気が、なまあったかく、体にまとわりつく。生あったかい空気——うー、久しぶりっ。

　それから、大きくのびをする。立ちあがって、土の山から出てきて、屈伸なぞして。動く! 動くんだよな、腕が。そして、足の裏にしっかりと、地面の感触。地面の感触……わお! 久しぶり!

「ね、どういうことなの? 礼朗、どうして生き返ったの」

「生き返った訳じゃないんだ」

　砂姫の頭に手をのせる。俺の手がふれる、砂姫の髪。その、さらさらとした、感触。わりと小さな砂姫の頭。

「俺ね、もともと死んでなかったんだ。死んだと思ってたのは、俺の誤解だったの」

「あん?」

　いぶかる砂姫に、簡単に事情を説明する。それから、山科の胸を軽くげんこつでたたいてみる。

「よお、山科。俺……生きてんだよな」

「ああ」

　山科も、軽く俺の鼻の頭をはじく。

「確かに生きてんだよ」

　山科の手から、竹刀を受けとる。この、竹刀の手ざわり。竹刀が風をきる感じ。軽く二、三度振って。久しぶりの——ほんの一日やらなかっただけで充分久しぶりの、竹刀の手ごたえ。

「よっ」

　一度、竹刀を放りあげてみる。それから、落ちてきた竹刀を宙でうけとめ。雑巾をしぼるような要領で、両手をぴんとのばし、竹刀、かまえる。思いっきり力をいれた左手が心地よい。腕から伝わってくる、生きているって実感。

それから、ゆっくりと、東嬢の方を向く。にって笑ってみせて。

「大丈夫だよ。んな心配そうな顔しないでも。俺、ちゃんと約束守る。ちゃんと、もぐらとヒミズの戦争、やめさせてやる」

ウインク。

「おい、礼子さん……本気か」

「ああ。まるっきり、本気」

「どうやって」

「あててみな」

右手から左手へ。左手から右手へ。竹刀を二、三度、移動させてみる。わざとぱしっと音をたてて。

「……全然判らん」

「おい、山科」

軽く山科の肩抱いてみる。

「おまえさ、それはないんでないか」

「あん？　何が」

「全然考えてみもせず、判んないとはさ」

「いや、だってさ」

山科、妙な笑顔うかべて、俺の手を払う。

「けど、おまえこそ、それはないんじゃないか」

「何が」

「今のポーズだと、まるでおまえが男で、俺が女だ」

くすっ。そんなもんなんだろうよ。俺、性別なんてものを超越した生き物なんだから。

「でさ、東さん、俺が行動おこす前に、ちっとばかし聞いときたいことがあるんだ。この世界、一体全体何なんだよ。少なくとも、ここ、俺達のいた世界とは違うよな」

「ええ」

東嬢、しきりに背後を——戦争している、もぐらとヒミズとを気にしながら、しゃべりだしてくれた。

☆

何(なん)つうのかな、砂姫流にいえば、東さんも目一杯数奇な運命の持ち主だった。

もともと、彼女の御両親が第13あかねマンションに住んでた訳。つまり、彼女が杉本夫妻の一人娘だっていうのは、本当だったのだ。で、彼女の両親は、二人共、大学の研究室につとめていた。二人共、専門は生物学——それも、地中生物の研究。

だもんで、彼女の家には、もぐらとか、ヒミズとか、みみずとか、トビムシとか、ダンゴムシとか、いろいろいたんだって。で、まあ、その状態で育てば、みみずを気持ち悪いと思わない、割とめずらしい女の子ができあがっていた筈。御両親の住んでたところがここ——第13あかねマンションでさえなければ。

　前にも書いただろ。ここ——第13あかねマンションって、何とも妙なところだって。よく人が消えたり、ドア開けると急に今まで見たこともないような妙な世界が見えちまったりするところだって。東嬢の御両親も、それにまきこまれちまったらしいんだ。

「父によれば、ここって、亜空間——っていうか、パラレル・ワールドにすぐ行けちゃう——何だか、異様に空間がゆがんでいるところらしいんです。とにかく、両親と、当時まだ一つだったわたし……ある日突然、この世界へ来ちゃったんです」

　この世界。何というのか——植物の楽園みたいなところだったらしい。陽は適当に照ってて、植物はあっちこっちにしげり。そこへ、人間三人と、そのペット——というか、実験材料だった地中生物沢山がやってきた訳。動物がいない広い地面のある世界——ここでは、もぐらにしろ、みみずにしろ、ダンゴムシにしろ、みんな、それなりにしあわせに生きることができたらしい。（もぐらが、やたらにみみずを喰うっての、前に書いたよな。そんなもぐらを数匹飼っていたんだから、東嬢のうち、もともとやたらみみずがいたんだ。もぐら一匹に対して、数百から千くらい。おまけに、こっちの世界に来た時期っていうのが、ちょうどみみずの繁殖期で、この世界、スタートの時点から、エサの無闇にゆたかな、もぐらにとっての天国だったらしい。）

「ただ……やっぱり、ここの環境のせいでしょうか、両親と一緒にやってきた地中生物が、みんな、少しおかしくなっちゃったんです」

　何つうのかな、例の、モゲラ氏とかウォグラ氏みたいに（モゲラ・ウォグラ、っつうのは、何と、もぐらの学名だってさ）、数世代たつうちに、やたら巨大になっちまったのだ。もぐらもみみずもダンゴムシも。中でももぐらは、突然変異か、あるいは亜空間にきちまったショックの為にか、知性を持つようになる。それをまた、杉本夫妻が教育しちまって、最終的には、人間なみの知能レヴェルのもぐら——日本語話せるもぐらが出現する。

　やがて。東嬢が十一の時に、ダンゴムシ、絶滅。そして、東嬢が十三の時に、御両親がなくなってしまう。そのあと東嬢は、巨大化したもぐらに育てられる訳。

で。もぐら達にとってみれば、東くらこの御両親は、いわば恩人にあたる訳。だから、その恩人の娘の東嬢を、まるで女王のように、いつくしみ、あがめて育てたんだ。（東くらこっていう名前は、やっぱ、育ての親の東もぐらからとったんだって。）

　そして。東嬢が十九の時。あるもぐらが、まったく偶然に、地表へつながるトンネルを掘っちまったの。例の、重力逆転現象がおこるところ。

それまでも、あそこにトンネル掘ったもぐらは、沢山、いたらしい。でも、どのもぐらも逆転現象を気味悪がってしまい、それ以上そのトンネルを掘り下げようとは思わなかったのだ。(どうやら、逆転現象がおこるのは、あの穴のあいている処だけらしい。)

　ところが。ある勇敢な――あるいはむこうみずな――もぐらが、その穴を掘りすすみ、ついにもといた世界の地表に出てしまったのだ。

　大さわぎになった。もぐらにとっても、地表は一応、なつかしい故郷なのだ。ちょっとのぞいてみたくはあるが――かといって、この巨大化した姿で地表に出たら、人間にどんな目にあわされるか判らない。そこで、もぐら達の間に、地表へ続くトンネルを掘り、時々そこにもぐっては、地表をながめ、なつかしがるという流行がおこった。(数十匹のもぐらが、おのおの逆転現象のある処をくぐり、好みで地表へ続く穴を掘ったから――結果として、あのトンネルの内部が、いやにややこしくなったのである。)

　事故も、いくつかおこった。アスファルト、というものを知らない若いもぐらが、アスファルトをあくまで掘ろうとした結果、うえ死んだとか、穴――全長一メートルをこすもぐらが掘るから、結構大きな穴になるのだ――に、あやまって他の生物が落ちるとか。(ついこの間まで、彼らを悩ませていた〝狼〟は、人間のペットのひよこが、穴に落ちて、この世界で育ってしまったものらしい。)

　こうなると、東嬢としても、あまり冷静ではいられない。地表――つまり、故郷。両親が、すんでいた所。ものごころつく前、自分もすんでいた所。それに、もぐらと違って、東嬢は、地表にあらわれても、別に不思議はない体形をしている。

　地表に行ってみたい。そんな東嬢の願いをきいた巨大もぐら達、一致団結して、東嬢の為に穴を掘った。昔、東嬢の御両親がすんでいた部屋へ続く穴。

　こうして。人間界についての一般常識を何も知らない東嬢、ある日唐突に、あの部屋にあらわれることになる。

　ただ。この世界と、人間界とでは、時間の流れがまるで違うのだ。それも、だいぶ、規則性なしに。人間の世界の一時間が、こちらの世界では三日間になってしまったり、また、三十分になってしまったり。故に、東嬢がいくら、自分は杉本夫妻の一人娘だって主張しても、誰もそれを信じてくれないってことになる。(だって東嬢、人間界の時間の感覚では、二、三年しか失踪してないんだぜ。なのに、二十年分はたっぷり、育っちまってる。それに、彼女としては、毎日規則正しく、人間界へやってきてた訳。ただ、彼女の世界と人間界の時間感覚が違う為、彼女は、いつ家にいるのかが判らない、謎の人物として俺達にあやしまれる破目におちいったのだ。)

で。まあ、とにかく、人間世界にやってきた東嬢、すぐに時間感覚どころではない、異常なことに気づくのだ。

何、これ。これ、何なの、この、アスファルト！

もぐらが。ヒミズが。ダンゴムシが。みみずが。とにかく、ありとあらゆる地中生物が。これじゃ、ろくに住めないじゃない。こんなに——とにかく、露出している地面が、これしかないのなら！

幼年期を地中生物学者——地面をアスファルトでおおうことを、あまり喜ばない人種——に育てられ、少女期をもぐら——地面をアスファルトでおおうことを、まったく喜ばない生物——に育てられた東嬢、あまりにもひどい失望、そして反発をおぼえる。

東京。この、大都会に。

人間がすめればいいってもんじゃない。人間がすめるだけじゃ——人間しか住めないんじゃ、あまりに環境として、なさけない。

かといって。東嬢は、アスファルトを、ビル街をこわす、どんな手段をも持っていなかった。まして、それを壊した時の、人間の反撃に耐えうるだけの力なんて、持っていなかった。

そこで東嬢、決心する。

わたしを育ててくれたもぐら達。見てて。今、わたしが、あなたの種族に恩返しをしてあげる。地表で、あなたたちの種族——もぐらが、ここまで徹底して迫害されているのなら、いいわよ、こっちへいらっしゃい。東京があなた達を住まわせてくれないのなら、いいわよ、全員、わたしが面倒みようじゃない。

そうよ、それがわたしの使命だわ。

東嬢、目一杯、りきんでしまう。

そう。いつか、俺の抱いた感想——東嬢があの穴の中に、自分の子供をかくしているのではあるまいかっていう奴——あれ、ある意味では、正しかったのだ。

完全に成長しきってしまえば——成人になってしまえば、当然、もぐらより人間の方が大きく、強い。少女期をもぐらに育てられた東さん、一転して、全もぐらのお母さんって立場に立つ。おまえ達、みんなわたしが守ってあげるからね。そうだ、東さんが、偉大なる母ってイメージだったの、あたり前だ。彼女は、二、三人の子供の母じゃない、もぐらやヒミズって、生物群全体の母なんだから。もぐら界、ヒミズ界の聖母マリア様だったんだから。

そして。移民として、もぐらとヒミズ、また、食糧としてのみみずを集めだしてすぐ。東嬢は、当然といえば当然のことに気づく。

全もぐら、全ヒミズは、人間を憎んでいるのだ。

この状態を放置しておく訳にゆかなかった。建設途中のもぐら帝国の住民が、地表の人間とあらそうだなんて真似、させる訳にゆかなかった。

そこで、東嬢、考え、思案にくれ……。

夕方の街を歩いている時だった。東嬢が、電器屋にあった妙な箱――TVに気づいたのは。箱の中では、小さくなった人間が、何だかんだしている。それが、ちょうど、どこかのスペシャル番組で、催眠術をあつかっていた奴だったのだ。それを、何とはなしに、東嬢、じっと見た。

金時計。この間、モゲラが地中でひろってわたしにくれたもの。それとよく似たものを使って……。

ここで東嬢、とてつもないことを思いつく。金時計。そうよ、あれがあるんだから。あれを使って、移民のもぐら達に催眠術、かければいいんだわ。そうやって……。

金時計をひろってきた関係から、モゲラ氏にその役割がふられた。モゲラ、何とか本を見ながら催眠術をマスターし、もぐらもヒミズも、戦い、だの、テリトリーあらそい、だのを忘れたような日々をすごし……そして……。

☆

「とすると、この世界では、もぐら達の捕食の対象になる生物――みみずエトセトラは、割といっぱい、いるんだな」

俺、念をおすって感じで、東嬢にきいてみる。

「ええ。もともと――仮に、もぐらが一日に食べるみみずの割合を一とすれば、みみずは数百いるんですから」

「とすると……移民でもぐらやヒミズがやってきても……それって、直接には生存競争にはつながらない訳だな」

「ええ」

俺としてはさ、これだけ聞きゃ、あとはどうでもいい訳。

「じゃ、あれでしょ、そもそもこの世界では、生存競争、ないんじゃない。もぐらとヒミズが争う理由なんて、何も……」

砂姫、半ば涙ぐみながら言う。

「そうなんです。ここは、地下の楽園の筈――だったんです。もぐら達が、人間の影響さえ、受けていなければ」

「それすべて人間のせいにしちまうのは、ちっと、ひどいんじゃないかい」

俺、にっと笑ってみせる。

「元来、すべての生物は、生存競争強いられてきたんだから。その、抜きさしならぬ本能まで、こっちのせいにされちゃたまらん」

そう。ここは、確かに楽園で――楽園っつうのは、異常な世界なんだ。

ものごとはすべて、それが本来あるべき姿に。ものごとはすべて、それのもとの姿に。

そうしさえすれば、もぐらにしろ、ヒミズにしろ、戦争なんていう人間界七不思議やってる暇、なくなる。

　火事、おこしてやろうじゃないか。この、何一つ、燃えるもののない世界で。半永久的に、決して消えることのない火事を。すべての生物は、楽園に住むことができず、決して消えることのない火事の中をかいくぐって、で、生きているのだ。急に、火事のない世界へきたら、とまどって、やがて、自分達で火事、おこしちまっても無理はない。自分達で火事――戦争を。

　待ってろ。今、俺が火をつけてやる。今。

「行くぞ」

　俺、竹刀を右手にさげると、顔をあげた。きっと睨みつける。前方を。

　そうだよな。すべての生物が、火事かいくぐって生きているとしたら、もぐらさん、ヒミズさん、とにかくこの世界の生物、あんまり甘やかされすぎてるもん……な。

　……な。

PART Ⅶ　何とかやっとこおこした火事

「お、お、おい礼子さん、行くってどこへ」

　と、山科が、だいぶ心配そうに――いささかどもってさえいる――聞く。

「いったん、地上へ行く。で、燃料をもってくるよ。あんた達はここにいてくれ――ちっとばっか、危ないかも知れん」

「冗談だろ。かよわい女の子一人で」

「はっはん、そっちこそ、冗談。俺のどこが――竹刀持った俺のどこがかよわいんだ」

「そうよね」

　砂姫、大きくうなずく。

「女の子がかよわいっていうの、固定観念にして欲しくない」

　……ま、砂姫のかよわくなさはまた、一種異常だけどね。

「とにかく、世間的一般的常識では、女の子はかよわいんだ。俺も行く」

「……判った。じゃ、真弓、東嬢を守っててくれ」

「あ……ああ」

唯一人、この論争に加わんなかった真弓——は、おそらく、一番体が大きくて、一番筋肉があって、一番かよわいんだろう……なあ。

「じゃ、行くか」

山科が、俺達をうながした。それから、俺の頭こつんってたたいて、小声で。

「適材適所って言葉があるだろ。真弓は、あんまり優しすぎるから、こういうことに不向きなんだ。莫迦にしちゃいけない」

……は。何か俺、こいつに思考パターン、読まれてる気がしてきた。

☆

……すげえ。すげえ量のもぐら。

俺、圧倒されて唇をかむ。

これは……予想より、はるかに大変なことになりそうだ。

俺達のいた木の陰。それから、東さんに先導されて何とかたどりついた、俺の体があった木の陰。

あの辺にも、山程、もぐらがいた。確かに。歩くのが困難な程。

でも、あの辺なら何とか——もぐらを踏まないように注意して、一歩一歩進めば、何とか歩けたんだ。

「ここは……おい、ここは無理だよ」

山科が、ほぼ悲鳴に近い叫びをあげる。

木の全然ない、穴まであと五百メートルくらいの処までくると。

一面のもぐら、一面のもぐら、一面のもぐら、地面が見えやしない！　まったく……これでは、歩くこと自体、不可能だ。

「……きっと、トンネルの中で戦争してたもぐら達が、こっちへ出てきちゃったんだわ。ものすごい密度」

砂姫がうめくように言う。

「東さん呼んできた方がいいんじゃない？」

「あの人でも、道を作ることは不可能だと思う……。それに、俺、彼女をこのメンバーに加えたくないんだ。だから、真弓にみはっててもらってる」

「あん？」

「あの人連れて来ちまったら最後、のちのち、やたらもめることになるのは必至なんだ。それはまずい」

「でも……とすると？」

とすると。

地面の上は、とても、歩けない。でも、俺達の力では、ここからトンネル掘ることなんて、できる訳ない。まして、空も飛べない。とすると。

結論は、たった一つ。

たとえ、歩けなくたって、地面の上を歩いてゆくしかないのだ。

右手の竹刀をみつめる。先刻はあれ程頼りになると思った竹刀が――今は、まるで役たたず。だよな、こんな棒、相手をなぐる以外役にたちゃ……あ。棒。

「おい、こっち！」

俺、もぐら達をさけ、必死のいきおいで後退しだした。あの――木のはえてるところへ。

「どうするんだ」

もぐらがだいぶすいてきた処で、山科、不審そうに聞く。

「のいてな」

「あん？」

「のいてな。危ねえんだよ」

自分が――下手すりゃ、歌うたいだしかねない程、高揚してんのが、よく判った。両手に思いっきり力をこめる。竹刀を正眼に構え、ちょっと息をととのえて。そして、ふりかぶる。

「は」

ぱしっ。軽い音をたてて、枝が一本、折れた。

「何だ。枝、折りたかったんなら、言や折ってやったのに」

「るせ。ちょっと竹刀ふってみたかったんだ。単に折るんなら、俺の方が上背がある」

折れた枝は、ちっとばかし、長すぎた。それを更に二つに折る。それから。

「山科。ネクタイくれ」

「へ？　ああ」

山科は、無造作にネクタイはずし、放ってよこした。

山科のネクタイ使って、竹刀の先に枝をくりつける……。あ、やば。何か十字架みたいになっちまった。ちょっと考えて。

「おい、砂姫」

砂姫に、十字架見せないように、首だけふり返って聞く。

「おまえ、包丁持ってたよな」

「うん。はい……何すんの？」

「いいから貸せ」

髪をうしろで束ねる。その束ねたもとの所を左手で持って、包丁うしろにまわして。

「お、おい、のりこ」

山科の叫び声無視して、髪を切る。俺、結構髪の量多いんだな。三十センチちょっとの髪の束。それを、形を崩さないよう、そっと地面におく。

「お、おい、どうして」

「砂姫。おまえ、三つ編みってできるか？」

「ん……うん」

砂姫も呆然と口あけてやがんの。

「じゃ、この髪、適当にわけて、三つ編みしてくれ」

「どういうこと？」

「この髪使って、ロープみたいなもん作ってくれってこと」

理由が判らないままに、でも、一所懸命、砂姫、三つ編みはじめる。俺、その様子を見てから、山科の方むいて。

「……何で俺が髪切ると、おまえがショックうけるんだよ」

「いや……女の人にとって、髪って特別なもんなんだろ……よくまあ、あんなに思いきって……」

「俺にとって、髪は全然特別のもんじゃないんだ」

むしろ、おまえにとって特別のもんみたいだな。ちょっと額が後退気味だぜ。

「それに……俺、髪の長い女の人って好きなんだよね」

「そのうち、また、伸ばしてやるよ」

言っちまってから、あせる。何だ、今の台詞は、何なんだ！

山科は、一瞬、細い目をくりっと開いて――えーい、赤くなるな、俺が困る！　――それから、口の中で何やらもぞもぞ呟いた。どうやら、「でもショートカットも似合うような気がする」っつったよう。

「えー、その、何だ、あと、上着くれないか」

山科が妙な反応しめすから、つられて俺までしどろもどろになってしまう。

とにかく、何とか表情を厳しいものにして――何で山科が赤くなったくらいで、俺の口許がゆるんじまうんだよ、おい！　――砂姫の作ってくれた三つ編みロープを一本手にとる。それから、十字架の上の処に、髪のロープでもう一本横木をくっつけて。それに、山科の上着をくくりつける。

「おい、山科……言いにくいんだがこの上着、ちっと破いていいか？」

「あ、いいよ、どうせ安物」

お言葉に甘えて、裏地をやぶく。それを横木にまわして――え？　これ、安物？　ダーバンの綿百パーセントって、安物……じゃないと思うぞ、俺は。山科は、そっぽ向いてて視線つかまえようがないし……。

と、砂姫が俺の髪をそっとひっぱった。頭にくっついている方、その切口に軽くキスして。

「ありがと」

俺は、返事がわりに、軽く喉の奥で、けって音たてて肩すくめてみせた。そう。俺にしろ、山科にしろ、今はそんなこと考えてる場合じゃないんだよな。

☆

何とも表現のしようのない、妙なもの――竹刀に横木二本くくりつけて、それに布はった、真四角の巨大なうちわみたいなもん持って、俺達、再びもぐら団子の群れのとこまでとって返してきていた。

「あ、判った」

ふいに砂姫が素頓狂な声をあげる。

「礼朗、それでもぐらかきするんでしょ」

「あたり」

「もぐらかき?」

「雪かきのもぐら版」

俺、そのまま、竹刀製もぐらかき器を、地面ともぐらの間につっこむ。ゆっくり持ちあげて……やった。五十センチかける四十センチくらいの空間のもぐら、だいぶ少なくなった。これなら歩ける。

「成程」

山科が、軽く口笛吹いた。

「俺が、とにかくもぐらかくから、ぴったり俺にくっついてきてくれ」

そっと、もぐらが沢山のっかった竹刀を、別のもぐらの上にかたむける。あんまり急にもぐら落として、怪我をさせぬよう、そっと。これ……結構、そっとおろすとこに力がいるな。

「貸せよ」

と。山科が俺の前に出てきて、もぐらかき器をひったくった。

「それは俺がやろう。適材適所っつったろう? 少なくとも、こういうことに関しては、俺の方がむいてるみたいだ」

っつって、ウインク。へったくそ。おまえのだと、ウインクしてんのか眉しかめてんのか、よく判んないじゃないか。

「礼朗」

軽く砂姫につっつかれる。

「物想いにふけるのは、あとにしましょうね」

「あん? 物思いになんか……あ」

あ。俺が莫迦なこと笑ってるうちに、山科、どんどんもぐらかいて進んでやがる。俺、慌てて山科のあとに続いて。と、そんな様子を見て、砂姫、軽く笑ってウインクした。

ちえっ。こいつのウインク、きまってやんの。

☆

かくして。十数分後には俺達、何とか例の穴の脇にたどりついていた。

「貸せ」

山科から、巨大うちわと化した竹刀うけとると、上着とネクタイ、はずす。この先、トンネルの中は、かなり細いところもあるだろうし、これ、邪魔だ。

「ほれ、上着」

「お、ども」

成程山科らしい。こんな表現できる程、俺、こいつについて詳しくはないけど――実に、実に、山科らしい。

破けた上着、平然と着ちまいやがった。それから律義(りちぎ)にも、ネクタイしめて。

「じゃ、行くか」

「おう」

こう言ったから、すぐ穴にはいるかと思ったら。山科、苦笑いうかべて、ふり返る。

「何だよ」

「女の子が、〝おう〟もないもんだ」

「へっ。るせっ」

軽く、山科けとばす。あいつが、穴の中にはいっちまったの見届けてから、ほんとに小声で——絶対、あいつに聞こえないような小声で。

「はい」

☆

穴の中にはいる時、例の、逆転現象——重力がひっくり返るのを、少し、感じる。それから、どっち行くべきかとまどってる山科に。

「まん中の奴だ」

「え？」

「正しい道だよ。俺、二回めだからな。真弓が、東さんとここへ来た時、道順みといた」

「ああ……成程」

山科、砂姫、俺って順で、トンネルをすすむ。まん中の砂姫が持ってる、懐中電灯だけが光源。

「もぐら達が、あっちの世界へ出ててよかったな」

「うん……ここで追いかけっこやってたら、また迷子だもんね」

なんて言いつつ、俺達、のそのそと穴の中をすすむ——。

☆

「次、左……あとはほとんどまっすぐだ」

「あとどれくらい？」

さすがに、三人共、息ぎれがしてきた。穴の中におりるのと、穴の中をのぼるのとでは——特に、まわりの土があんまり硬くない場合——後者の方が、ずっと大変なのだ。

「もう少し。あと、五、六分で出口だ」

「ここ……かな。これ登ると、東さんの部屋からのびてるトンネルじゃないか」

前方が、かすかに明るい。

「ああ、それ」

「よし」

あと少し。そう思ったところに、えてして油断が生まれがち。

山科は、どうやら、少しいそぎすぎたようだった。いそいで、やわらかい土の壁に力をこめて腕をのせ——わっ！

急に、まっ暗になった！　砂姫の懐中電灯のあかりが見えない。やばい、土がどこか、くずれたんだ。

「砂姫！　大丈夫か！」

そう言おうとしたんだが、さき、まで言ったところで、口の中に土がはいってきてしまった。

ななめ前方。ななめ前方を少し掘れば、すぐ助かる筈。そうは思っても、体が重い。

「のりこ」

脇で、かすかに――口の中に土がつまったような、もごもごって声が聞こえた。

「山科、無事か」

何とかこう言う。とたんに、俺は、左側に土よりあたたかい弾力のあるものを感じる。あ、山科の体。

山科も、ほぼ同時に、俺の体に気づいたようだった。しっかり、俺を抱きしめる。

「俺が……掘るから……動くな……」

かすかに、そう言っているのが判る。

「下手に動くと、またどこか崩れる」

ああ。そう思いはしたよ。確かにそうだろうよ。けど。動かずにはいられない。

暗闇に対する本能的な恐怖。それと――もっとずっと生理的な――そろそろ、本格的に息が苦しくなってきた！

ななめ前方！　ななめ前方！

頭の中を、盲目的にそのフレーズがかけ抜ける。ななめ前方を掘りさえすれば。

が。まっ暗の中、前後と右、三方を土に囲まれた俺は――唯一でない左側だって、山科の体の脇はすぐ土だ――方向感覚がまるでなくなっていた。手あたり次第、あたりの土をかきわけようとする――と。更に、手を動かしたのが悪いんだろう、顔に土があたるのが判る。

えーい、くそ！　八方ふさがりだ。えーい。どうしよう。

どうしよう⁉

と。何かが――山科の手が、無意味に、いや、むしろ、状態を更に悪化させるよう動いている俺の右手をおさえた。そのままきつく、山科の胸に体をおしあてられる。

おい、やめろよ、山科。苦しいんだよ。せめて手で土をかくくらい――でも、それは逆効果か――けど何もせずにはいられない。

感情が、あっちこっち、暴走しだしていた。

このままでは、まずい。このままでは、心理的にパニックにおそわれる。

と。

その時。

俺は、何やらすごくなつかしい――すごく昔聞いたことのある――優しい音を聞いた。

……とくん……とくん……とくん……。

優しい音。優しい動き。

それは、山科の心臓だった。

生き物。優しい生き物。あたたかい生き物。

唐突(とうとつ)に、判ってしまった。

生き物の鼓動というのは、太陽なのだ。あったかくて、自分を包みこんでくれて、優しくて、安定しているもの。それがあるから、生きてゆけるもの。でも、あまりにあたりまえすぎて、平生(へいぜい)、絶対気づかないもの。

血液が、体の中の海だとしたら、心臓は体の中の太陽なんだ。

生物が、太陽の光につつまれて、太陽の祝福を浴びながら、体をのばすことがまったく自然なことのように、生物が二つ、体をあわせて相手の心臓の音を聞くことは、まったく、自然なことなのだ。子供のうちは、母親の鼓動に包まれて。母親の腕をはなれたら、相棒の――パートナーの鼓動につつまれて。そして、いずれは、自分の鼓動の中に子供をつつみこんで。

ゆっくりと、ゆっくりと、俺は、意識を失っていったらしい。気が遠くなって――でも不思議と怖くはなかった。

死ぬ筈がない。

そういう確信があったから。

俺のほおがあたっている。山科の心臓。そのあたりに、山科の、胸の筋肉がある。それが、必死になって動いているのが、感じとれる。動いている――掘っているのだろう。

だから大丈夫(だいじょうぶ)。

信頼。はっはん。生きて動く人間不信の俺が。

けど。心臓の音に包みこまれた今となっては、人を信頼するのは、全然違和感のない、当然のことに思えた。

そして――ひっぱられてる？

ひっぱりあげられている。山科ごと。俺。あん？

とたんにあたりは明るくなって、呼吸が楽になった。

自由になった右手で顔をこすり、口の中の土を吐き出し……砂姫。

「よかったあ。善行ひっぱったら、礼朗もついてきたあ」

「んな、人をおまけみたいに言うなよ」

俺、恥ずかしさの反動もあって、吐いてすてるように言う。

「その様子なら大丈夫だな」

ひとりごちた山科の台詞、聞こえないふりして。あー、恥ずかし。俺――なっさけないな、俺、ひっぱりあげてもらうまで、山科の腕の中で、生まれたての仔猫(こねこ)みたいにがたがた震えてたんだ。

よっこいしょ。自力で、まだ埋もれてる下半身を穴からひっぱりだす。

「しっかし、砂姫ちゃん、君よく……」

「あたしが一番力あるもん。せーの、で、土かきはじめたら、あたしがトップになるのあたりまえじゃない。けど、礼朗が善行に抱きついててくれて、よかったあ。善行の腕はかろうじて発見できたけど、礼朗の方、全然どこにいるか判んなかったんだもん。ほんっとに、礼朗が善行に抱きついててくれてよかったあ」

……頼むぜ砂姫。あんまり抱きつく抱きつく言わんでくれ。顔が……ほてってしまう。

「けど……帰り、どうしよう。こっちのトンネル使えそうにない」

山科の方も多少照れてるのか、慌ててこう言う。

砂姫、平然と。

「大丈夫よ」

「判んない？　こっちのトンネルは、最初——この妙なトンネルにはいった時、善行がはいろうとして、下にもぐらが一杯いて、慌ててやめたトンネルよ。……ってことは、ここ通らなくても、何とか下まで行けるってこと」

最初山科が足おろしたトンネル。てことは。

「おい、砂姫！」

思わず砂姫に抱きつく。

「ってことは、ここ、ゴールだな！」

「うん」

砂姫、にっこり笑って、上を指す。

「懐中電灯がなくて、どうして明るいのでしょうか？　答。東さんのお部屋がそこだからです」

☆

このあとのことは、多少、はしょらせて頂く。

まず、俺達、地上——ほんっとに、ひさかたぶりの、地上へ出た。山科に金とってこさせて、そろって外出。そりゃ、人々の好奇の的になったよ。俺達三人共、もの見事に泥だらけで、俺は、まったくみっともなく髪ぶっつり切ってるし、山科はやぶけた背広着てるし、砂姫みたいな、そもそも存在論的に人目をひく美女が泥みれなんだから。

そして、俺達はとにかくペットショップへ行き、ペルシャ猫とシャム猫のつがいを買ったのだった。（最初は、つがいでなくてもいい——っつうか、つがいの必要性なんて、まったく考えてもみなかったんだよな。でも。そう、生き物ってのは、何だかんだ言ってもペアになってるのが正しい姿なんだ。）

「べつに、こんなちゃんとした血統書つきじゃなくたって、ノラ猫でいいんじゃない？」

砂姫は、こう言った。俺もそう思ったんだけど、ノラ猫の夫婦を二組もつかまえる余裕なかった。

そして。俺は、火事をおこしたのだった。

物事は、すべて、それが本来あるべき姿に。

捕食の対象――みみずが、充分いる世界で、もぐら達が戦争する。これは、本来、おかしいのだ。異常なのだ。あまりにも（そう、この点で東さんの言ったことは正しい）人間的すぎる。

では、何故人間が、こんなにも異常になってしまったのか。

それは――おそらく、それは。思いあがりのせい。自分が、この世界で一番えらいっていう――砂姫流に言うところの、自分を生かしてくれる、他の生物への感謝の念が、ない為。

そして。何故そんなことになったのかといえば――おそらく。

人間が、食物連鎖の頂点に立っているから。人間だけが、他の生物を喰うだけで他の生物の役にたたない。大型肉食獣だって、死ねば小型肉食獣のエサになったり、腐っておのが体を植物達のエサにするのに。

だから。俺は、地下に猫をつれていったのだ。猫がいれば、もぐらは、食物連鎖の頂点に立てない。もぐら自体を捕食の対象とする生物が来ちまったんだから。

自分をとって喰う生物――自分より強い生物――小型肉食獣がいる世界で。どこの阿呆もぐら、阿呆ヒミズが戦争――意味のない戦争を続けられるかよ。一致団結して逃げるなりなんなりしなけりゃ、とって喰われちまうっつうのに。

猫が、ほんの一声鳴いただけで、戦争は、いとも簡単に、消えてしまった。本能的恐怖――この生物は俺達を喰う、という、種族的本能がはたらいたに違いない。大体、ここに導入されたもぐらとヒミズが東京都に住んでいたものである限り、連中にとって最も怖いのは猫だろうからな。猫と犬。東京にいる肉食獣は、まずこの二つ。そして、犬というのは大体において、外出する時はリードにつながれていて、行動の範囲が限られているが、猫はそんなことないもんな。

ペルシャ猫は、ふみゃーう、とか鳴いて大きくのびをし、さっともぐら達がひいてしまったあと、残されたもぐらの死体をしげしげ見つめ、鼻先でつついた。その長い毛をぶるっと震わせて。

シャム猫は、もうちょっと行動的で、地面にもぐりかけたヒミズを、前足でおさえた。東さんが小さな悲鳴をあげ、慌ててその猫の尻尾をつかむ。

……ちょっと可哀想だな。そう、思いはした。でも――。

「まあ、エサを充分に与えておけば、猫はもぐらを食べないと思うよ」

きっとこっちを睨んだ東嬢に、小声で言う。

「あと……猫があまり派手に増えすぎないよう――ある程度越したら、猫、ここから少しずつ、出した方がいい。

四匹共立派な血統書があるから……子供のもらい手に不自由はないと思う」

　東嬢の手が、こきざみに震えている。放っとくと爆発しそうだ。

「その……いろいろと文句があることは判ってるけど……少なくとも、もぐらとヒミズが全滅するよりましだろ」

「ええ……一応、感謝はします」

　少しの沈黙のあと、東嬢、ゆっくりとこの台詞をしぼりだす。感謝はします。えらく大量のものが奥歯にはさまった言い方。

「あーずま、さん」

と。いたくゆっくり、山科が口はさんだ。

「いろいろ言いたいことはあるだろうと思う。けどさ、それ、地上にでてからにしてくれない？　こいつだって、一所懸命、一旦土に埋もれかけてまで、戦争やめさせてくれたんだから。文句言うにしろ、何にしろ、せめてお風呂はいったあとにしてやってくれ」

☆

　お風呂にはいって、体中および髪をあらって――あまりにも泥だらけだったので、都合三回お湯かえなきゃならなかった。俺の前にはいった砂姫だって、それくらいしたろうから……うー、水道代！　――、服着替えて、砂姫にきちんと髪切ってもらって。ようやく、人心地ついた。やっと生き返ったって実感味わいながら、二人分くらいの食事して、コーヒー三杯胃に流しこみ、セブンスター五本たてつづけに吸うと……生きててよかったあ。

　俺が、六本めのセブンスター咥えたところで、ノックの音。

　まず、おなじく風呂はいって、さっぱりした表情の山科。ついで、さっぱりはしたものの、落ち着かない、真弓。（ま、身長が百八十以上ある男が、身長百六十五の男の服借りてんだから、落ち着けって方が無理だろう。）そして、最後に。これは完全にかりかりしている、東嬢。

「とりあえず、まあ、おすわんなさいよ」

　東嬢が何か叫びだそうとする。その瞬間に、実にタイミングよく山科が、おっとりした声を出した。

「礼子さん、お茶でも出してくれる」

「あ……ああ」

　俺が立つよりも早く、砂姫、立ちあがると食器棚からティ・カップを二つ、出してきた。

「あと、その……このうち、ティ・カップ二つしかないから……」

　東嬢と真弓がティ・カップ、砂姫は巨大なマグ・カップになみなみと紅茶をいれ、俺と山科は、御飯のお茶碗で紅茶を飲むことになった。

　その間、山科が、「うわ、これでお茶のむのか」ってうめいてみたり、砂姫がけたけた笑いだしてみたり、なかなか明るい空気が場に流れたのだが……。

「斎藤さん」

やがて。砂姫の笑い声が消えるのを待ちかまえていたかの如く、東嬢、暗い声でしゃべりだした――。

☆

斎藤さん。

わたし、あなたに、本来ならば感謝をしなければいけない立場なんだろうと思います。感謝はしてます。確かに。

でも、それ以上に――それ以上に、わたし、哀しいんです。なさけないんです。

確かにあなたのしたことで、もぐら達の戦争はおさまりました、ええ、確かに。でもね、あれは――もぐらが食物連鎖の頂点にいるのがいけない、だからその上の生物を導入するっていうの……あれは、神の論理です。違いますか？　超越者の論理なんです。

例えば、今、アメリカとロシアが戦争はじめたとするでしょ？　ずっと、とめようもない状態で。と、それをとめる最も楽なやり方は、利害関係のまったく対立する強力な第三者を出現させること――つまり、どこかの宇宙人が、地球に攻めこんでくればいいんですよね。そういう状態で、身内間のあらそいを続けられる人って、まず、いないですもの。

けれど、実際にアメリカとロシアが戦争はじめたって、そこに宇宙人の軍隊ひっぱってこようだなんて思う人間は、存在しないでしょ？　仮に、宇宙人に知りあいがいたとしても。

何故かっていえば、人間にとって、人間というのは、国籍が違おうと、利害が対立しようと、同じレヴェルの生き物だからです。アメリカ・ロシアの戦争に宇宙人を介入させようとする人は、超越者――人間を、ゲームの駒としか思っていない人です、もしいたとしたら。

斎藤さん。あなたのやったことは、それです。あなたの解決方法は、超越者の理論によるものです。あなたは、一匹一匹のもぐらにまるで愛着も持っていなければ、人格すら認めていない。ゲームの駒を扱うようにもぐらを扱っているんです。違いますか？

それがね、なさけないんです。

もぐらだって、人間だって、この地球の上で、生かしてもらっている生物でしょ？　だとしたら、単に自分が人間であるっていうだけで、たったそれだけの理由しかないのに、どうしてもぐらを一段下の生物だってみなせるんです。

……東嬢の声は暗くて、いつになく、使いなれないかたい言いまわしを使おうっていきごみが感じられて、だから俺、つらかった。まったく、彼女の言うことはもっともだと思う。それが判るから、余計、つらかった。

でも。

けれど、俺にだって言わせて欲しい。

あの状態で、一体他にどうしろって言うんだ？

もっと言うならば。

東嬢の言うことは判る。しかし、俺はどうしても自分のおこないを反省することができなかったんだ。

今、時間が仮にもどって、もぐら達がまだ戦争をやっていたとしたら。俺、やはり猫をつれてきちまっただろう。火事をおこしちまったろう。

だって他にやりようがないじゃないか。

他にやりようがない。それが、よく判っているから、だから俺は、反省も後悔もできなかった。

後悔なり、反省なりができれば、まだ俺は救われたに違いない。悔いあらためなさい。そうすれば、救われます。

しかし、俺は、そもそも悔いあらためることができないのだ。

感情が、袋小路にむかいだしていた。論理も、完全に袋小路においつめられていた。このままだと、俺の感情も、俺の論理も、東嬢の圧迫によっておしつぶされてしまう。

そして。俺には、反撃のチャンスすら、ないのだ。東嬢の言うことももっともだ、と思ってしまったが最後、反撃することもできやしない。

ただただ、迫りくる追手に――俺の心をおしつぶそうとする、東嬢の論理に、おびえるだけ。

そして。

俺の心が崩壊する寸前。その時、俺は救われたのだった――。

☆

「きゃ！」

とうとうと、俺をおいつめる言葉を並べたてていた東嬢、思わず小さな悲鳴をあげた。何となれば――無茶苦茶だな、この男は――山科が、ひえた紅茶を、東嬢の頭にぶっかけたから。

「大丈夫。砂糖いれてませんから、そんなにべとつかないし、ちょっと洗えばすぐ落ちますよ。ミルクいれてあったから、むしろ髪の美容にいいかも知れない」

「や……やましなさん、あなた……」

「頭をひやしなさいって意味です。今のは。ま……それにしては、紅茶がぬるかったかも知れないけど」

にっこりと、笑う。それから煙草を灰皿の中で乱暴にもみ消して。

「あなた、意外と莫迦なんですね、東さん」

不審そうな東嬢の表情をまったく無視して、もう一度、軽く笑顔を作ってみせる。それから、急に丁寧語を使うのをやめ、普段の口調にもどって。

「まだ気がつかない訳？　礼子さんが、みずからを神ときどって、神の論理とやらをふりかざしたんじゃなく、あんたが彼女を勝手に神にしたてたんだぜ」

「え？」

ゆっくりと、次の煙草をくわえる。百円ライターを近づけて。かすかにぽっと赤くなる、火口。

「人間は、神じゃない。人間のすることに、百パーセント正しい――完全に正しいことを要求するのは、そもそも無理なんだ。人がベストを尽くしたって言う時は、その人間の思考範囲の中で最上のことをしたって意味なんだ。それは、神様みたいに、すべてをわきまえた上での最上じゃないから、いろいろぼろは出るかも知れない。だけど、多少悪いところ、多少思いあがったところがあるって理由でその人間を責めるならば、人間に限らず、すべての生物は何もできなくなっちまうだろ」

ゆっくり、灰を灰皿におとす。その動作を見ていて、俺ははじめて納得し、理解した。俺は、救われたのだ。

今まで、心の中でうずまいていた、種々の思考、袋小路の中であがいていた種々の思考が、ようやくまとまった。

そう。たとえ何と言われようと、俺は猫をつれてきたことを、反省も、後悔もできない。何故なら、俺の思考範囲内では、あれは最上のことだったのだから。

「それにね。東さん。礼子さんの猫のことを言うのなら、例えばあんたのみみ」

「あのね」

砂姫、ふいに山科の台詞を途中からひったくる。それは言っちゃ駄目(だめ)。そんな感じで。それから。

「こんな状態で、更にあなたを追いつめるの嫌(いや)なんだけど、これだけは言わずにおれないから……言っちゃうわね。あのね。東さん。あなた、この子を責める前に、自分のしたことについて、少しでも反省してみた？」

「わたしが……反省？」

「そう。あなたが、反省。この子のしたことを、神の計画って言って責めるなら、あなたのしたことは何だったの」

「わたしの……したこと？」

「そう。元来、どんなに生活圏が狭くなったって何だって、もぐらっていうのは、こっちの世界に住んでいるものでしょ？　それを地下のあの世界につれていったのは、東さん、あなたよ。判ってる、言わなくても。それは人間がもぐらの生活を圧迫したからだ……云々(うんぬん)って台詞は。だけど、元来は、それがどんなに不当なことであっても、もぐらは黙って、生活圏を圧迫され続ける以外、手はなかった筈なのよね。あなたの、地下帝国に移住するなんて、思いつきもしない、そもそも論外だった筈よ。あなたは、礼朗が地下帝国に猫を導入したことを神の計画っていって責めるけど——じゃ、そもそも、もぐらとかヒミズとか、地中生物を別の世界へ移すって考え方は、神の計画じゃなかったの？」

砂姫がこう言った瞬間。東嬢は、何とも表現のしようのない顔をした。一瞬びくっと——まるで、思ってもいないことを言われたって表情をつくり、そして。そして、徐々に、思ってもいないようなことを言われた顔、は、言われたことを理解した——理解したからこそ深くきずついた顔へかわってゆき——そして。

そして、彼女の顔は、急に崩れたのだった。

今にも泣きそうな、よかれと思ってしたことが実は罪だったと知った、子供の顔に。

「そんな……そんな……あんまりだわ」

「あんまりじゃないの」

砂姫は、優しく、言いきかせるような声になる。

「あなたのしたことは——もぐらを、地下へつれてきたってこと自体が、あなたの言うところの神の計画だったのよ。あなたは全もぐらの為(ため)を思ってこういうことをしたんでしょうけれど……でも、それはやっぱり、もぐらを駒としかみなしていない人の考え方だった。でもね。今更(いまさら)あなた、それを後悔も反省も、できないでしょう。しかたないのよ。そんなものなんだから」

東嬢は、見ていて可哀想なくらいうなだれていた。それから、ゆっくりと、俺の方を見て。哀しいくらい、明瞭な——はっきりした声で、こう言ったのだった。

「……ごめんなさい」

「あ、いえ、あ、いや、その」

俺、思わず、口ごもる。

「ごめんなさい。確かに……言われてみれば、その通りなんだけど……でも……」

でも。そう言った時の東嬢のひとみは、比較のしようもない程、きれいにきらきらと輝いていて。

「でも……だからって……けど、やっぱり……」

東嬢は、二、三語、言葉にならない音を発した。それから、みるみるくしゃくしゃと顔をゆがめて。

「でも……」

泣きだしたみたいだった。そして、おそらくは、泣き顔を誰にも見られたくない、という、健気(けなげ)な決心をしたのだろう。でも……の言葉のあとに、何とか続けて。

「ごめんなさい」

こう叫ぶや否(いな)や、彼女は走りだしていた。俺の部屋の外へ。おそらくは、彼女の部屋へ。

「真弓」

東嬢が、駆けて行ってしまったあと、半(なか)ば呆然とドアを眺めていた真弓を、ふいに山科がつついた。

「今がチャンスだ」

「え？」

「今が、いい機会だ。東さんは、今、すごくさびしく、すごく切ないに違いないんだ。今、とっても――人に近くにいて欲しいんだ。人に、なぐさめて欲しいんだ」

「あ……だから……その……」

まだ、どうしていいのか判らない風情の――東嬢が弱気になっているところになんか、とてもつけこむことのできない風情の真弓をつっついて。

「まさかと思うけど、真弓、おまえさ、すごくさみしい気分でいる、すごく人肌恋しい気分でいる東さんを、一人で放っとくようなひどいこと、しないよな」

山科っつうのも、存外、悪い奴なのな。この一言が真弓にとって、どんな意味を持ってるか知らない訳でもあるまいに。

「あ……あ、うん！」

真弓は――昔から、少し、単純なのだ――慌ててこう答える。

「うん」

そして、東嬢をおいかける形で、すぐ部屋を出てゆく。

「よっしゅっきくん」

砂姫、そんな彼を見ながら、すごく軽々しい調子で言う。

「駄目よお、あんな純情な人達をからかっちゃ」

「からかってなんていないよ」

山科、重々しく答える。

「東嬢には真弓みたいな人間が必要なんだし、真弓は東嬢にほれてるんだ」

「ま……それもそうなのよね」

砂姫はこう言ってにっこり笑うと、再び、山科の方を見て。

「そして、東さんにとって真弓君が必要だったみたいに、今の礼朗にも善行が必要で、で真弓君が東さんにほれてるみたいに、善行も」

「おい砂姫！」

俺と山科、思わず同時に叫んでしまう。おい砂姫！奇妙な、二重奏。

「なあに？」

砂姫は、自分の台詞がこの奇妙な二重奏にぶった切られたことなど全然気にしていないかのように、にこりと微笑んだ。それは、いつもの砂姫の、コケティッシュな、多少軽薄な感じのする笑みではなく、完全に成熟した女の――大人が、子供をなだめるような、微笑み。

「いや、だっておまえ……」

山科、妙にへどもどして――考えてみればこいつの立場が一番複雑なんだよな――砂姫と俺の顔を、かわりばんこに見る。

「だって、なあに？」

「でも、砂姫、おまえああいうこと言ったけど、俺は……」

俺も、言いかけた台詞を途中でのみこむ。俺は――俺は男になんかほれる気ないぞ。そう……言えなくなっている自分に気づいて。

「あのね、善行。あたし、あなた、好きよ。でも、それって単に好きってだけあって、それ以上の感情じゃないよね。……あなたの方だって、そうでしょ」

　山科、何やらもぞもぞと口の中で呟く。それじゃ男としての責任が、とか、二十五の男が十六の女の子にあんなことしてどうのこうの、とか。

「あのね、礼朗。あなたの方だって、いい加減覚悟をきめなきゃ。何はどうあれ、あなた、女の子だもの。今更男にもどれるとは思ってないでしょ」

「あ……あ、うん……」

　今度は俺の方がもぞもぞ言う番。確かに今更男に戻れるとは思っていないし……大体、そんなに男になりたいって訳でもない。でも……。

「それにね、礼朗。あなた、気がついていないみたいだけど——気づきたくないみたいだけど、あなたって、本当は、まるっきり女の子なのよ。いい加減、気づいちゃいなさいよ。俺は不幸だ、俺は孤独に慣れしたしんだ、俺は一人で何だって解決してみせるっていうのは——ちゃんと翻訳すれば、誰かそばにいて欲しいってことだって」

「砂姫、あのな、でも」

　言いかけてやめる。砂姫の台詞の大半が——ものの見事に正しいって、判ってしまったから。

「んふっ」

　砂姫、もぞもぞ言ってる俺達二人を、交互に見較べると、軽く、くすっと笑った。今度の笑顔は、もう、いつもの砂姫の——コケティッシュな、多少子供じみた、ほんの少し軽薄な笑顔。それから、ピンクの舌でちょっと上唇なめて。

「おつかい、行ってくるわ」

　唐突に、ひょいっと立ちあがる。軽々と身をひるがえし、俺達があっけにとられているうちにドアがバタンと閉じて。

「あ、おい……」

「あいつ同じ手、二度も使いやがって……」

　残された俺達二人、所在無げに相手の顔みつめあって。……おい、山科、おまえさ、そんなにしげしげと俺の顔見ないでくんない？　何となく、視線が顔、なめまわしてるような気がしちまうじゃないか。

　山科は、うすく、笑顔を作ってみせると、煙草、くわえた。それから左のポケットさぐって。しばらくポケットひっかきまわして、少し困惑したような表情作った。

「何？　ライター？」

「あ、ああ」

「ほれ」

　俺、ライター放ってやる。山科は、口の中で、あ、ど昔、時々、やったような気がする。美絵子と喫茶店か何かで。目前の、少しさめかけたコーヒーを、意味もなくブラックで飲みながら、美絵子がチョコパフェの山を崩すのを見ていた。あの時も、ずっと黙っていたような気がする。成田が（あ、これ、中学校の時の親友）夜俺ん家来て、一言「ふられた」っつって、俺が父親秘蔵のジョニ黒か何か持ちだした時も、二人して黙って、こはく色の液体の中でゆっくり溶けてゆく氷を眺めていたような気がする。

それは、何ていうのか——凄く妙な感情の動き。決してつらい沈黙じゃない。所在ない、何話していいのかよく判らない沈黙じゃなくて——お互いに、話さなくてもいい、言葉をかけあう必要のない沈黙だった。妙な——いとおしさ、という単語が一番似つかわしい沈黙。（あ、言っとくけど、当時、俺は男だったんだからな。成田にほれてた訳ないぞ。）

今、二人して吸いがらの山を築きながら、俺はそんなことを考えていた。

とん。軽く、灰皿のふちはたいて、灰を落とす。その時、俺の煙草と、ちょうど同じ動作をしていた山科の煙草をぶつかった。どちらからともなく、顔見あわせて。

「まいったな……砂姫ちゃんって、まるで俺よりずっと年上みたいだ。危ないとこだった」

山科、苦笑をうかべると、ゆっくり口を開く。

うもとか何とか呟き、煙を吐きだすと目を細める。

「火、貸して」

「はいよ」

俺も、煙草、咥えてみる。

俺達はそのあと、たっぷり十分間、黙って煙草を吸い続けた。山科のハイライト。俺のセブンスター。灰皿に、二種類の煙草がたまってゆく。吸い口が茶色のハイライト。吸い口が白のセブンスター。

何でかな、その情景は、ひどくなつかしく、いいもののように思えた。

久しぶりだ。久しぶりに、こういうのもいいな。灰皿の中の二色の吸いがら。

「妙だな」

いつの間にか、口にだして呟いていた。

「何が」

「灰皿の中に、二種類の吸いがらがたまってゆくって、久しぶりだって思ったの」

「それのどこが妙な訳」

「久しぶりも何も、こんな情景は初めてだ」

「初めて？　煙草おぼえたばっか？」

「ううん、人づきあいがよくなくてね……。二人して、しんみり、向きあって……話すでもなくこうやっているのって、初めてだ」

初めて。嘘だな。

「危ないとこ？」

「あやうく、東さんに絶対言っちゃいけないこと、言っちまうとこだった。あの人のみみず」

みみず……、あ、そうか。

「あの人、結局、母性本能の人なんだよね。全もぐらのお母さんって感じで——もぐらと、もぐら以外の地中動物と、はっきり区別しちゃってるだろ。もぐらは我が子、他のは違うって。地中動物全体に同じ愛情そそぐなら、みみずがもぐらに食べられるのだって、我慢できない筈じゃないのか、もぐらのエサ用にみみず導入している以上、猫について責める権利はない——あやうくこう言っちまうとこだった。砂姫ちゃんがとめてくれなきゃ」

「……成程、そりゃ言っちゃいけないよなあ。下手すりゃ東さんの精神、壊れちまう」

「そう。判ってたんだけど、つい興奮してね」

……俺の精神が壊れかけてたから？　そう思ってから山科の顔見ると——駄目だ。とても——何故かとても恥ずかしくて……直視できない。

やみくもに立ちあがる。小走りに本棚へむかい、一番下の棚、ひきだしの脇の観音開き（かんのんびら）の扉に手をかけて。

「飲む？」

「……本棚を？」

「莫迦かおまえは」

観音開きの扉の中、本にまぎれてホワイトホースのびん、隠してあんだよね。まれにうちに来て、礼朗、可哀想な子ねっつって泣く母親に、くるたびごとに減る中身を見せたくなくて。

「俺よかいい酒飲んでるな」

「悪いか」

「いいや、もらえる分にはいい酒の方がいい」

ティ・カップの中に氷二個ずつぶっこんで、少し水少し酒。だいぶ濃い。

「ティ・カップにはいってると、まるで紅茶みたいに見える……」

「一々うるさいな。やんないぞ」

「判った判った。どんな風に見えようと、要は中身が酒でありゃいいんだ」

「そう。ほれ」

チン。ティ・カップは、それでも一応、グラス二つあわせた時のような鋭い音をたててくれた。

「乾杯」

「おまえの、そのどうしようもない可愛気のなさに乾杯」

「え……」

俺、多少上眼使いに山科を見上げ——ようとして、そもそも身長の関係上、それが不可能なことに気づき、仕方ないからちょっと不安そうな顔して山科みおろす。（だって、靴（くつ）はかなくても、俺の方が約十センチ、山科よか高いんだぜ。）

「俺……そんなに可愛くないか」

「そういうとこは充分可愛いんだけどね」

何だよ、笑うなよ、おい。

「口が悪いのは性格だ。男言葉は長年の習慣。もうどっちもなおんないよ」

「判った。判ってる。いいよ。いい……」

台詞の後半、完全に笑っちまってる。

「いくら外見が可愛気なくても、本質的には可愛いんだって判ってるからいい、気にしなくて」

……勝手に笑っててくれ。俺、もう、知らん。もう知らんよ何も。顔が少しほてってんのも、これ、全部、酒のせい！

「お、おい礼子、何も一息に全部飲んじまわなくたって……大丈夫か」

「大丈夫。もう一杯作ってこよ」

「顔が赤いよ」

「いいんだよ酒のせいなんだから」

もう一回冷蔵庫の脇へ行って。山科に聞こえるか聞こえないか、ぎりぎりの小声で。

「いろいろと……ありがと」

言っちまってから、すぐ後悔。恥ずかしい。さり気なく山科の方見ると、ほっ。全然聞こえてないみたいだ。

「氷、持ってきちまいなよ。水と。こっちも二杯目が欲しい」

「ＯＫ」

氷おいて、水とりに台所へむかおうとする俺の手首を、山科が、軽くおさえた。思わずびくっとする。と、山科、半ば立ちあがって俺の耳に口よせて。

「どう致しまして」

き……聞こえてたのかよ。

「あんたも充分……」

「ん？」

「あんたも充分、可愛気のない男だな」

山科は、何も言わずに、少し、笑った。

☆

約一週間後。

俺は、この嵐のような——一度死んで初めて本当に生きたいと思って、吸血鬼だのもぐらの女王だのパラレル・ワールドだのに出喰わし、生き返った一週間をふり返りながら、酒を飲んでいた。とある女性と差しむかいで。

「ほんっとによく似てるのねえ」

天然パーマをショートにした、ちょっと小柄の女性——真弓美絵子は、今日五度めのその台詞を言う。

「そうかしら」

一応、俺もこの場合は女言葉つかって。

「うん、ほんっとに。街でばったり会ったらきっと間違ったと思うくらい。礼朗って昔、割と女顔だったでしょ。女装させたら美人になるって思ってた。……やっぱり、美人よねえ」

俺は、何とか美絵子に会えるくらいには——昔、美絵子の恋人だった、斎藤礼朗の妹として会えるくらいには、感情の整理ができていた。

やがて、かれいの唐あげだのあじのたたきだのがなくなる頃には。女二人って気易さもあったんだろう。美絵子、段々、酔いがまわってきたよう。

「……でね、クラス会おわった後でマキが——島田さん、島田牧子、覚えてる……訳ないか。礼子さん、礼朗じゃないもんね。とにかく、そのマキが、泣く訳。何が哀しいって、昔好きだった人が、成長して、昔のかっこよかったおもかげがなくなるのって、耐えられないって」

で。いい加減酔った美絵子、このあいだ真弓にむかって言ってた話を、むし返しだした。俺、思わず心理的に身構える。そして。

「だから、あたし、言ったのよね。あたしなんか、むしろその点しあわせだって、礼朗、死んじゃってて、彼に関する限り、成長してみじめになった姿を見ることは決してないって。自慢しちゃった。自慢しちゃったのよお」

段々後半が涙声になる。

「そしたらマキが、そうねえっつうの！　そうね、だって……。そうね……」

美絵子は、妙な——目に一杯涙をためた、今にも泣きだしそうな笑みをうかべて、こっちをむく。

「そうねって納得されたらあたし、どうすればいいの。そうなのよって言うしかないじゃない。そうなのよ、死んじゃった以上、もう、成長してみっともなくなった礼朗を見るおそれはないのよって。成長して、みっともなくなっていようが、素敵になっていようが、あたし、そもそも、どんなに見たくったって、もう礼朗を見ようもないのよ。だから精一杯虚勢はったのに……それを言うのが口惜しくて自慢したのに……納得されちゃった……。納得されちゃったらあたし……どうしたらいいのよお」

……美絵子。

美絵子。俺は。

美絵子。やっぱりおまえ、昔と全然変わってなかったよ。可愛くて、いじらしくて、ちょっとみえっぱりで、そこがまた可愛いのな。

美絵子……。

「美絵子……さん」

俺、万感の思いをこめて、美絵子の肩をそっと抱いた。中学の時より、だいぶ成長して、ふっくらとした女の肩が、そこにあった。

「今度、結婚することになったの……。結局、いろんなことあったけど、あの人と結ばれるのが、最上の結末だと思うのよね。だから、言っちゃうの。礼朗も忠明も、過去のＢＦ全部——そのうちの誰と較べたって、今の恋人が一番素敵だって。……心の中にお墓があるのよね。昔、別れた人達の。でね、あたしが一言、昔の恋人より今の彼氏の方が、素敵だって言うたびごとに、昔の恋人のお墓に土がかかる訳。一つかみずつ」

俺は、ずっと、黙って、あじをつついていた。美絵子——何も言えないから、黙ってあじをつつく。美絵子。

そのあと、酔って、電柱わきで吐いてしまった美絵子を抱えて送ってゆきながら、俺は心の中で何度も繰り返していた。

美絵子。俺、結局女になっちまって、おまえとハッピーエンドをむかえることはできなかったけど……それでも。初恋の相手が、おまえだったことが嬉しい。おまえだったことが。

☆

その間。真弓——猛の方は、ほとんど毎日、第13あかねマンションにいりびたりだった。何か、真弓としては、女の独り身で、もぐら達の世話をしている東さんに、ひどく心をうたれたみたい。東さんと一緒に、僕も終生もぐらの世話をするんだ、なんて、けなげな志を抱いているらしい。ついには——どうやったか、あんまり考えたくないんだけど——自宅のグランド・ピアノを地下へはこびこんで、もぐらとヒミズに囲まれて、ショパンの夕べなんてやってるみたい。

一方、東さんは、あの次の日、俺のとこへやって来て、正式にこう言っていった。

「ごめんなさい、この間は。……あの後、砂姫さんや山科さんに言われたこと、おちついていろいろと考えてみたんです。で……もっともだなって思って。……確かに、わたしのやってることって、わたし流に言うところの思いあがった考え方で、神の計画だなって自分でも思うんですよね。でも、もうわたし、悩まずに、自分のベストを尽くしてみようと思ってます。……毎週土曜日の六時から、真弓君が、〝もぐら達を囲むピアノの夕べ〟っていうの、開いてくれることになったんですよね。もしよかったら、聞きに来て下さい」

☆

その間。砂姫は砂姫で、個人的にいそがしかったみたい。

俺と山科の件については、あいつ、割とずぼらなもんで、あれでいいと思っちまったんだよね。あれで充分、キューピッド役、果たしたって。

でまあ、今の砂姫の最大関心事は、山岸桂一郎って男のこと。

二階のむかい側、根岸美弥子嬢の友人らしいんだけどね、それが越してくることになった訳、今度。俺の隣の部屋へ。

　で、まあ、引っこしにあたって、家具をはこびこむ為部屋のサイズ計るだの、隣近所にあいさつするだのしてたんだけどね。うちにあいさつに来た、山岸って男みて、砂姫が異様に興奮しだした訳。例によって例の如く、きゃあ、おいしそうっつって。

　で、目下砂姫は、いかようにして山岸桂一郎を口説くか、その前に山岸桂一郎と根岸さんの共通の友人である、斉木杏ってのを口説いた方がいいのか、なんて、楽しみながらプランたててる。相変わらず、俺のうちに住んでて、何かっつうと「礼朗は特別よ」とのたまうものだから、ついに最近は山科が妙な嫉妬いだくようになっちまってる。

　かくして。何だかんだと言いながらも——大団円、なのである。

Ending　少しばかりは明るい明日

むかい風が、心地よい。

　地下鉄、お茶の水駅おりてすぐの橋の上で。俺、欄干にもたれて、風にむかって、じっと川面を見ていた。真下をJRがのたくた走っている。のたくた走る中央線——いも虫だよな、イメージにおいて。

　山科とまちあわせしていた。午後一時に。これから、映画観に行くんだ。はっはん、女の子としては初めてのデート。

「待った?」

　やがて、のそっと山科が隣へやってきた。

　一度使ってみたかったんだよな、このフレーズ。

「ううん。全然」

「どしたの、今日はまるで女の子みたいじゃない」

「怒るぜ」

「ごめん。……あのさ」

　歩きだした俺を制して、山科が言う。

「ちょっと聞いて欲しいんだけど。……こんなことって、おまえに言うべきことじゃないと思うし、言っちゃいけないことだって判ってんだけど」

「砂姫のこと？」

「そう。カン、鋭いね。俺——少し悩んでるんだよね。砂姫。あの子、あれでいいんだろうか。今、山岸君とかいう子、口説くんで必死だろ」

「……ああ」

「何か……俺の言える台詞じゃないんだけど……もっと自分を大切にして欲しいような気がする」

　言いたいことは判るよ。けど、あいつ、人間じゃないし……人間界の道徳が通じる生物でもあるまい。

「俺……何か、責任、感じちゃうんだよね」

「おまえが責任感じることはないよ」

「けどさ……」

　困った。何故、責任感じなくていいのか、その理由、とても説明できそうにない。けど……。

「あのさ、東さんって、あれ、一種独得な人だろ。もう殆ど人間とは言えないくらい」

「ああ」

「砂姫もね、実をいうと、ちょっと特殊な人なんだ。殆ど人間とは言えないくらい。……おまえさ、あいつに口説かれた時、まったく自制心、なくしただろ」

「あ……うん……」

　山岸、少し赤くなってる。

「あれって無理のない反応なんだよね、あいつにかかったら。それにあの莫迦力——ちょっと普通の人間でない気がするだろ」

「うん……」

「俺だって、かなり特殊な人間だもんな。人生半ばにして性別がかわったんだから」

「何？」

「あ、いや、別に……いずれ、話したい時がきたら話すよ。俺もね、女の子のくせに一人称代名詞が〝俺〟になることでも判るように、かなり特殊な人間だったの。……とにかく、砂姫は特殊な人間で——男口説かないと生きてゆけないんだ」

　俺の説明のしかたが悪かったのか、あるいは、内容が異常すぎるせいか、山科、けげんな顔してる。

「何つったらいいのかな、もし、もぐらのこと知らなきゃ、おまえ、東さんを異常だ——っつうか、正しい生活に導いてやんなきゃいけないと思うだろ。毎日毎日地面に穴掘ってる、なんてさ」

「まあ……な」

「同じことだよ。おまえは、砂姫のこと、まだよく知らないから、あっちこっちの男口説くのを見て、生活を正してやんなきゃ、なんて思うんだよ。砂姫にしてみれば、それは、ふしだらなことでも、自分を大切にしていないってことでもない、東さんが穴掘るのと同じで必然なんだよね」

　山科に、そんなことを話しながら、俺、妙な安堵を覚えていた。

男ってさ、可哀想な生き物なんだよな。俺、昔男だったから――男の勝手なところ、とか、汚ないところ、とか、みんな判ってる――つもり。だから、今更男になんか、夢を抱けないと思っていた。

けどね。こうしてみてると、男って、女に夢を抱いてる分だけ、純情で可哀想な生物だって思えてくる。

山科。本当に、砂姫のことに責任感じちまってるんだろうな。あいつのやってること、知りながらも。真弓だって、東さんは健気だって一途に思いこんでて。おまえの方がよっぽど健気だよ。

砂姫とかね、東さんの方が、ずっと図太くてたくましく生きてるよ。砂姫は山科の悩みを知らずに、「きゃあ、おいしそう」だし、東さんは東さんで、「やはり神の計画だろうと、何だろうと、東京都中のもぐら、移住させることにしたの」っつって開き直ってるし。最近は、それがわたしの使命なんだわって感じで、迫力までできてた。

その二人に較べて。こんなことを（ま、事情を知らない山科にしてみれば、とても、〝こんな〟ことじゃないんだろうけど）、一所懸命悩んでる山科は、男達は、何と健気で、何と純情で、何と可愛いんだろう。

かといって。女だって、図太くたくましいだけじゃないんだよな。美絵子。ずいぶんなこと言われたと思っていた。でも――あの台詞の背景を思ってみれば、むしろ、そう言ったおまえがいじらしい。

途中で性別が変わったのって……ある意味で、悲劇よね。男性と女性って、いわばお互いに、異星人みたいなもんでしょ。異星人――別の、種族。だから、女性は男性に、男性は女性に夢を描くのよね。その点、礼朗は、両方とも知っちゃってるから、夢の描きようがないもの。――あ、ちょっと待って、誤解しないで。あたし、あなたがどっちに対しても、夢を抱けないから悲劇だって言ってるんじゃないの。女の子に対して抱いていた夢が崩れて、男の子にはそもそも夢を抱きようがなくて――そうやって、二つの種族の悪いとこだけまとめて見ちゃったら、一番肝心なとこが見えなくなると思って――それが可哀想なの。

一番肝心なとこ――別の種族っていったって、所詮、両方共、地球上の人間って種族だってこと。根本的には、同じ生き物だってこと。

砂姫の台詞を、思い出していた。

根本的には、同じ生き物。根本的には、どっちも――優しくて、みえっぱりで、ちょっと莫迦で、いじらしくて、一途で、健気。

俺――自分で自分を愛せるように、男って、愛することができるような気がしてきた。女って、愛することができるような気がしてきた。自分で自分に夢を抱くことがないように、男にも女にも夢は抱かないけど、両方共の欠点も判ってるけど……でも、両方共、とってもいじらしくて可愛い。

「うーん……」

山科は、半ば納得したような、半ば悩んでいるような、妙な表情をうかべる。

「そんなもんなのかなあ……」

「そんなもん、そんなもん」

それから、ハイライト咥えて。幾分、考えこむような表情で、煙を吐きだす。

「確かにさ……この間っから思ってるんだけど……東さんが妙な人ってのも納得するし、砂姫が普通じゃないっていうのも判るような気がするし……。パラレル・ワールドの入り口なんてもんがあるんだから、あのマンションって、変な連中ばっかり集まっちゃうとこなのかも知れないな。第13あかねマンション、だなんて、一見普通そうな名前やめて、〝類は友を呼ぶマンション〟、とでもすればいいんだよな」

俺も、ま、普通じゃないしね。何となく、納得して、うなずく。それから、俺も煙草咥えて。

「真弓も結局ひっこしてきちまうし……」

「え？　真弓、第13あかねマンションに住む訳？　何でまた」

「あいつも、普通でない所じゃなきゃ住めない体の持ち主になっちまったんだよ」

「どうして」

真弓が吸血鬼だったなんて話、知らないぞ。

「あのね……出るんだよ。夜、半分の幽霊が。俺のとこと、あいつのとこに」

「え⁉」

俺、生き返って以来、こいつらの処へ出た覚え、ない。

「いや、おまえじゃない、おまえじゃ。……俺んとこに……にわとりの左半身、真弓のとこににわとりの右半身」

お……思わず。思わず煙草の煙吸ったとこでふきだしちまって……むせる。咳こむ。苦い。おいしくないっ。

「お、おい、大丈夫か」

慌てて山科が背中さすってくれた。

「おまえが悪いんだぞ、幽霊になってとりつくだなんて前例示しちまったから……。大人しく昇天する筈のにわとりが、真似はじめたんだろうよ」

俺の口許にあった煙草は、ふきだした拍子に落下をはじめ――あーあ、川。汚しちゃいけないとは思うんだが。

「本当にもう……笑いごとじゃないんだから」

山科、ふてくされながらも懸命に、背中さすってくれる。俺、そんな山科の手を、多少うとましく、かなりありがたく思いながら、別のことを考えていた。

今なら。今ならば、思いっきり優しい絵が描けそうな気がする。絶望以外の、もっと優しいもののはいる絵が。いつ死んだって、たいして差なんかあるもんか。

　俺の一生なんて、まるで喜劇だ。ばかばかしい一生だ。

　そう。人生なんて、ある意味じゃコメディなのな。コ
　そう思っていたのが、不思議な程、おかしかった。

メディ――実に、ユーモラスな。humorous――ユーモラス――を、中学校の時human――人間――の形容詞形か何かと間違ったことがあった。（あ、一応注意しとくけど、humanは名詞じゃなくて、そもそも形容詞だからね。）あの時は、受験前で、あーこんな莫迦なミスしてって思ったけど、案外、本当にそんなもんなのかも知れない。人間って――人生って、どっかちょっと喜劇なの。

　でも、喜劇――コメディなら。少なくともそれは、悲劇の一生なんてのに較べればずっと明るいし、楽しいもんじゃない？　こうして咳こみながら、必死に背中さすってくれる山科の手なんか感じると――しあわせですらある。

　優しくて、みえっぱりで、ちょっと莫迦で、いじらしくて、健気な連中に囲まれてんなら、そしてこの先何度でもやり直しがきくのなら――生きるのって、案外、楽しいもんなのかも知れない。本気でやるだけの価値のあることなのかも知れない。

　かも知れない――いや多分、きっと。


　ようやく、咳がとまって、まだ多少おろおろしている山科の頭、軽くつっつく。

「映画、遅れるんじゃないか」

　そう言いながら、聞こえるような気がした。

　まだ火のついていた煙草が、水に落ちて消える〝じゅっ〟って音が。今まで、どうにもならない悩みを繰り返すだけで、ただただ何となく、いつ死んだっていいやって思って生きてた、無気力な日々が消える、〝じゅっ〟って音が。

「ああ……そうだな。行こうか」

「ん」

　背中、軽くおされる。こころもち、山科によりそうような風情（ふぜい）作ってみる。

　消えちまえよ。あの、無気力で怠惰（たいだ）な過去。

　消えちまえよ。あの、暗く、何一つ作りださなかった、同じ悩みのリフレインの過去。

　そう思って、心の中で、レクイエムを歌ってみる。俺の過去に捧げるレクイエム。

　じゅっ。


〈Fin〉

付録① 関連資料

スペシャル・トーク

出崎哲×新井素子

出崎　新井さんの本を読ませていただいて、これはおもしろいというので、無謀にも、すぐやりますっていっちゃったんです。でも、それからがたいへんでした。シナリオが完成するのに一年半近くもかかってしまって……。とにかく、スタッフとともに徹底的に討議して作りました。そこまでやったのはボクとしては初めてのことなんです。

新井　ありがとうございます。

出崎　新井さんの作品は他にも読ませていただきましたが、表面は軽いものでも、よく考えると重いものを引きずっているんですね。そのかねあいがむずかしかったです。それと、ボクは新井さんの作品のなかに一種の洋物臭さというものを感じまして、これはぜったい洋画のふんいきが必要だと思ったんですよ。ですから、出だしはムリヤリ、フランス語を流したりして。音楽もちょっとコッたりしたんです。作った側が、あまりおしゃべりしちゃまずいかな（笑）。

新井　わたし映画を見ていちばんおどろいたのはラディンというか、デュラン三世がものすごくキツいキャラクターになってるんですもの。原作では彼がいちばんのもうけ役なんですよね。なんだかんだいっても、ヒーローになりうるのはあの人しかいないんです。

出崎　そうですか、ボクも思い入れがいちばんはげしいのはデュラン三世なんです。ボクたちのなかにある〝悪〟というのがあのなかに投影されている。だから、絵で表現するときには、単なる親しみだけのキャラクターではうまくいかないんです。ただ、ボクはどうやっても彼をハンサムにしたかったんです。でも、こまったことにあれをハンサムだと思わない人がいっぱいいる（笑）。

新井　わたしもそう思います（笑）。ラストの服装なんかも、そうとうバケモノっぽいですよね。

出崎　あのラストはね、ちょっとハデめにしなくっちゃと思ったんです。

新井　ほかのキャラクターでいうと、ディミダと杳ちゃんがよかったですね。原作でもディミダは得な役ですけどね。

——杳の髪が原作では長くて、映画では短くなってますが、抵抗は感じませんか？

新井　わりとわたし、そういうの平気なんです。

出崎　いま、シティ・ボーイっていったときに髪を長くすると、その感じ出ないでしょ。杳の着ている背広がやけに肩幅が広いでしょ。あれ、「トーキング・ヘッズ」っていうロック・グループのヴォーカルが着ているのをアレンジしたんです。

新井　ひとつだけふしぎなのは、杏と桂一郎（けいいちろう）がならんだ場合、杏の方が年上に見えないんですよね。桂一郎クンがわりと大人っぽくなっちゃったというか……。あのまま、二人で「ボーヤ」と「オジサン」という感じにはならないですよね。

出崎　あれはわざと反対に言ってるんです。そうそうあの杏と桂一郎というのは、新井さんのなかでは男の子のタイプとして、大きくわけてああだということがあるんですか？

新井　そういうことはないんです。いちばんかけあいマンザイがやりやすいっていうか。

出崎　なるほど。そういえば、原作の地名は西武池袋線の駅名からとっているんですよね。「カムラ城」は中村橋だし、「キョセ」は清瀬ですよね。

新井　保谷なんて、もろ「ホーヤ」で出てきますもんね。

出崎　それをスタッフの連中もおもしろがりましてね。これはぜったい変えるなって厳命したんです。

新井　ネリューラだって練馬からきてるんですもの。デイミダは富士見台だし。

出崎　ああそうか、それはわからなかった。富士見台がないなって思ってた。

新井　あれは桜台からはじまって、どこまでだったっけな、さがせばかなり入っているはずなんですよね。所沢も入っていますよね。飯能（はんのう）もハノウだし。かなり先まで行っちゃったんですよね。

出崎　そういうイタズラは、ときどきやるんですか？

新井　というか、わたしカタカナ名前をおぼえるのがすごく苦手なんで……、その前に『あたしの中の……』っていう話をいちばん最初に書いたんですけど、どうしてもカタカナ名前ができなくてしょうがないから江古田（えこだ）をもじって、エクーディという名前をつくって、その次の『いつか猫になる日まで』でもその路線で西武池袋線の東長崎から池袋に乗っちゃって、それから何に乗ったんだっけなあ……そうだ国鉄に乗ったんですよね。それで半周ぐらいしてから西武線におりてきたんですよね。こうしておくと名前をど忘れしたときに、たいへんおもいだしやすいんです。

出崎　一種の暗記法ですね。ボクは名前ではやらないんですけど、むかし『キャプテン』ていう作品を作ったときに、出てくる登場人物をすべて血液型で分けたんですよ。分けてそのまま本に書いてあるだけじゃおもしろくないんで、自分の身のまわりにいる人の血液型しらべて登場人物にあてはめちゃうんです。意地の悪いことに、まわりの人をジッと観察して、おもしろいことがあると、それを生かしました。それも一種の記憶法なんですよね。

新井　でも、こうやって映画になってみると、国名をもうちょっとなんとかすればよかったですね。

出崎　ああそうか。中の国とか……。中の国ってわかりづらいですよね。東西南北はだいたいわかると思うんだけど。中の国っていうのはその中心だってことになるんですね。

でも、映画っていうのは結局は印象しか残らないと思っているから、あんまりこだわらないようにしたんですけどね。

新井　この地方の話は『扉を開けて』が最初で、その後二本ほど書いたんです。『扉……』は中の国が舞台だったからいいんですけど、他のは南とか東とかが舞台で、特に南と東だけでグチャグチャやってると、なんとなくネーミングに失敗したなあと思いますね。

出崎　『ラビリンス』とか……。

新井　ええ。『ラビリンス』が東のいちばんはしですね。この間、『ディアナ・ディア・ディアス』というのではは南と東の国境での話を書いたんです。

出崎　この前読んだんですけど、やっぱりわかりづらかったです。新井さんのものは、『扉……』以来、スーッと読むのをやめているんですよね。なにか大事なことを見落としちゃうんじゃないかと思って。いまの若い人はきっとスーッと読んでそこんとこを感覚的にとらえちゃうんだろうけど。

新井　ものすごく読むのに疲れる本なんですよ『ディアナ・ディア・ディアス』は。だいたい、だれが読んでも疲れるんです（笑）。

出崎　ボクはあそこに出てくる〝狂気〟っていうのが好きなんですよね。その狂気が完全にいすわっていますからね。

新井　あれ、まともな登場人物ってほとんどいないんですよね、あの話。

——シナリオは最初から、現在あるものと同じだったのですか？

出崎　最初、映画全体の構成がとれなくって、それでずいぶん四苦八苦しました。だから最初のシナリオと、できあがった決定稿とはまったくちがったものになっているんです。だから、デュラン三世のキャラクターも、映画の表現を追求していくうちにああいうかたちになったんです。

新井　初稿から何冊か読ませていただいてるんですけど、そのときはあんなキツい人になっているとは気がつかなかった。それと、あの声の「ハ〜イ」ていう言い方が化け物じみてる（笑）。

出崎　あれはですね、デュラン三世の予感をどこかにつくらなきゃいけない。それをボクはあの言葉のなかにつけておいたんです。変革に関連すると、一瞬狂気の一端が表われるというふうにやったわけです。ちょっとクセをつけすぎたかなって気がしないでもないんですけど。

新井　フフッ（笑）。

出崎　あのくらいデフォルメしないと、文章より想像力がゆだねられないわけで、それはボクの計算なんです。

――声優のイメージはどうですか？

新井　書くときは声を考えてませんから。絵はね、描かないまでも、だいたいどういう体格をしてて、どういう人だみたいなことは考えますから、絵だと、ちょっとイメージが違うとか、ピッタリとか、そういうことがありますけど、声はそういうことは全然ないですね。

――じゃ、やっぱり顔とかファッションとか……

新井　ファッションは、実はぜんぜん考えていなくて、今回これが映画になるって聞いて、なににいちばん期待したかっていうと、中の国の人たちとか、西の国の人たちが何を着てるか考えてなかったんで、モデルをつくってもらえてありがたいなあって思ってたんですよね。

出崎　それはずいぶんいろいろと考えたんですよ。原作ではそれとはっきり書いていない。どんなイメージにもとれて、それは読者にまかされているわけです。それで、結局わかりやすいという点にしぼっていったわけです。最初にアルタリアのイメージがあったもので、そこから発想して、ローマ帝国以前の民衆の服みたいなイメージが作られていったんです。やりすぎたデュラン三世はとにかくとして、いろいろ、ひとつひとつおさえていったんです。アルタリアの声をやった荒勢っていうのは、ボクの知人だったんです。

新井　でもアルタリアさん、感じ出てましたね。

出崎　アルタリアが岩にうまっちゃうでしょ。そうしたらドジだって言った人がいたらしいですね。

新井　だって、自力でうまっちゃったんだもんねー、どう考えてもドジですよ。

出崎　あれも、一回死んだと思わせといて、生かしとく、わざと重複したモチーフをおくという方法なんです。今回は、そういうところがずいぶんとあります。特にだいぶ工夫したのは出だしですね。美弥子がシャワーを浴びてて、シャワー室のドアをしめるとメインタイトルが出るんですが、その前をよく見ていただくと、閉じる、閉じる、閉じる、っていうのが何回かあるんです。郵便受けを閉じたり、その前に地下鉄のドアが閉まったり、ドアを開けたところはわざとえがかないで閉まったとこにして、それからシャッターおろしてってていうふうに全部、〝閉じる〟でやったんです。

新井　あの話は、登場人物が全部、美弥子を中心に杳も桂一郎も同じ人種ですよね。ディミダもラディンも全部が全部、同じことしか言ってないんです。でも映画だとラディンの主張がちょっと違いますね。

出崎　そうなんですね。ほんとうは同等なんですよね、みんな。

新井　ぜーんいん、同じことといってるんだもの、わかりやすい小説だと思います（笑）。

出崎　ラディンはボクが変えたようなものですからいいですが、他の登場人物が同じように見えるといいのですが……。ただ、黒騎士はちょっとちがいます。それとトワドのあつかいがむつかしかったですね。

新井　それはたいして問題ないでしょうね。それよりわたし、たとえば青春小説の雑誌で新人賞の募集をやって、きた作品を読むと、わりとヒロイック・ファンタジーふうのものが多いんですが、そうすると、何かよくわかんないんだけど革命でもおこさなければならなかったり、とにかく王様が悪いですよね。わたしあれが、とってもイヤで……。だから今回の映画でちょっとだけ残念なのは、美弥子が最初に攻撃されたときに、もうちょっと悩んで欲しかったなあって思うんです。

出崎　ええ、原作のほうにはだいぶ書いてありますよね。殺しちゃったっていう驚きとかが……。

新井　敵対する勢力同士があって、スゴイかんたんに、こっちが〝悪〟で、こっちが〝善〟って決めちゃうのはイヤなんですよね。

出崎　それはボクも賛成です。だからボクはアクション・シーンの多いメカ物なんかにはついていけないんです。

新井　こどもがバカになると思うんですよね。

出崎　『扉を開けて』に出会って、そういう意味でノッたんですよね。デュラン三世についても、ボクの気持ちとしては、美弥子は自分の分身を切っているんだっていうふうに考えているんです。

新井　黒騎士がとってもカッコよかったですね。

出崎　黒騎士が肩に鷹（たか）をのせていますね。あれは実は、『レディホーク』という映画からとっているんです。13世紀のヨーロッパが舞台なんですけど、悪魔と取引した司教に呪いをかけられて狼（おおかみ）と鷹にされてしまったふたりの男女が復しゅうするっていうファンタジーなんです。ロマンティックな映画なんですけど、ボクはわりとああいう単純なロマンティックな映画が好きなんですよね。だからキャラクターもあそこに出演してた人に似せたりしてたんですけどね。

新井　黒騎士は、鷹がいるせいで、どこにいてもあれが誰だかすぐにわかる。そうじゃないと特にヨロイつけちゃってわかんないときに、最後に一人出てきても、ほんとに黒騎士の登場なのかよくわからないですものね。

出崎　鷹は、最後の使いに手紙をもってやってくるっていうアイデアがあったときにつけくわえたんです。そういう意味では、ずい分ディテールをこまかいところまでやれたし、注文もだせたし、ものすごい愛着がありますね。

――とても印象に残るシーンとして、たたかいのあとに美弥子が煙草（たばこ）を吸うところがありましたが……

出崎　あれは、アニメのタブーに挑戦したつもりなの。

新井　わたしも、女の子が煙草を吸うアニメって、初めて見たような気がする。

出崎　もっとも、原作でも吸ってますよね。それに目をつけたんです。ただ、セブンスターがあまりにも描きづらかったんで、サムタイムに変えました。すいません（笑）。

新井　紫色のドラゴンもよかったですね。

出崎　動きもうまくいってたように思うんですけどね。

――原作者からはなれて、このアニメを見るとどうですか？

新井　それはムリじゃないですか（笑）。ヘンな言い方ですけど、わたしは自分の作品がわりとかわいくなっちゃう方なので、自分が書いたんじゃないと思って見ることは不可能ですね。あのー、子供がね、お嫁に行ったら整形手術されてしまったっていう感じ（笑）。それは、私が映画を作んないかぎり、ぜったいそう思っちゃいますもの。それで、わたしが映画作ったら、たぶんぜったいひどいものになっちゃうもの。

出崎　やっぱり違ったものになりますよね。

新井　それはしょうがないっていうか、違ったものになってもらわないと困りますもの。

出崎　原作に対して、特にシナリオ段階で変わったところがあるにしても、原作から、はかっていって書いているんですよね。これを徹底してやったのは初めてなんですよ。いい経験でした。本当に気分よく作れちゃったんですよ。本当にありがとうございます（笑）。

新井　いいえこちらこそどうもありがとうございました（笑）。

（CBS・ソニー出版『アニメ版　扉を開けて』掲載）

扉を開けて、目を開けて
——ちょっと過激な新井素子論

山本弘（やまもとひろし）

〝価値の相対化〟を謳（うた）い文句にしているSFの世界の中に、ドグマや偏見が根強く存在しているというのは奇妙なことである。しかし、事実なのだ。一見、自由奔放（ほんぽう）に見える現代最先端のSF作品群も、注意深く観察すると、そうした目に見えない糸にがんじがらめにされているのが分かる。

いくつか例を挙げるなら論理は倫理に優先するという思想（「悲しいことだが、地球の未来のためにはこうするしかないんだ」）、人類性悪説（「人間なんて、しょせんこの程度のものだったのさ」）、巧妙に擬装されたエリート主義（「我々は人類を正しい方向に導かねばならないのだ！」）、科学法則の安易な人間社会への外挿（がいそう）（「自然淘汰（とうた）の法則から言って、エスパーが旧人類を滅ぼすのは当然のことだよ」）、〝人類〟と〝人間〟の混同（「人類の存在には、偉大な目的があったんだ！」）……等である。こうしたモチーフはSFファンのお気に入りらしく、手を変え品を変え、SF作品の中に出没する。SF以外の作品には、あまり見られない傾向だ。

これらのモチーフを単純にまとめてみると、次のようになる。

『世界（運命・宿命・社会・神）は主人公（作者及び読者の分身）以外のすべての人間を支配する。そして主人公は世界を支配する』

これは何も僕のオリジナルな発想というわけではなく、『解放されたSF』の中で、T・M・ディッシュも似たような指摘をしている。こうした自己中心的な思想に毒されたSFファンが、無意識のうちに、自分たちを特別な人間であると考えるようになるのは、当然の成り行きだろう。

悪い冗談だとお思いか？　あなたがもし、自分の中に潜んでいるエリート主義に気が付いていないのなら、SFファンであるあなたが、SFファンでない人間をどう呼んでいるかを、思い出してみるといい。あなたはこう呼んでいる筈（はず）である——『普通の人間』と。

作家個人に対する偏見にも、ひどいものがある（妥当なものもあるが……）。新井素子ほどSF界で正当な評価を受けていない作家もいないだろう。SF専門誌に載る書評も、ほとんどがピントはずれである。〝かわい子ちゃん作家〟というレッテルに惑わされ、作品の本質を見落とす人、もしくは反射的に拒否反応を示す人が多過ぎるのである。

『新井素子＝（イコール）ホーガン説』というのはどうだろう。二人とも、いわゆる本格ＳＦをあまり熱心に読んでおらず、したがってＳＦの欺瞞性に毒されないまま、ＳＦを書きはじめた。だからこそ、より純粋かつ新鮮な視点でＳＦを創作することができる。しかし、ドグマに毒されて思考回路の固定した古いＳＦファンには、そうした部分が理解できず、その魅力を深く分析することもなく、〝かわい子ちゃん〟、もしくは〝ノスタルジー〟というレッテルを貼るだけでお茶を濁してしまう。だが、僕はこの二人こそが、これからのＳＦの核となってゆくべき存在であると信じているのである。

　ホーガン論は別の機会に譲るとして、今回は新井素子論である。順序だてた回りくどい書き方は苦手なので、結論から先に書いてしまおう。新井素子の主要作品に一貫したモチーフは、

『主人公を支配する世界と、世界を支配しようとする主人公の相克』

である。軽い文体にカモフラージュされたこの過激性こそが、新井作品の本質であり、魅力なのだ。昨今、文体だけを模倣した新井調の小説が、同人誌等でしばしば見受けられるが、本質的な部分を欠いているために、薄っぺらなパロディにしか成り得ていない例が多い。（可愛い女の子が書いているのなら、それでも許せるが、むくつけき男が書いていたりすると、これはもう……である）結論を検証するために、個々の作品の分析に移ろう。新井作品を年代順に読んでゆくことは、タマネギの皮を剝くような体験である。一作ごとに同じテーマの新鮮な面が開け、より深い考察が行なわれる。個人的な感想を述べさせて貰うなら、それは同じ創作を志す者として、大変に口惜しい経験だった。どの作品を取ってみても、その時点における僕の思想を、常に一歩も二歩も追い抜いていたからだ。僕自身の甘い考えや思い上がりを打破されたことも、二度や三度ではない。相手が年長者ならまだしも、四つも年下の少女なのだから、ある意味では屈辱である。そんな訳で、僕はこの数年間、常に彼女をライバルとしてマークし続けてきたのだ。

　処女作『あたしの中の……』は、脳天気な〝人類ダメ小説〟である。主人公たちは地球人類が悪の存在であることをあっさりと受け入れ、銀河連合が人類を抹殺する日を無邪気に待ち望む。本来は最も衝撃的な結論であるべき部分が、新井素子にとっては出発点だったのだ。無論、それは彼女自身がファンであるという〝人類ダメ小説〟の本家本元、平井和正の影響であることは間違いない。

　人類性悪説が危険なのは、それがあらゆる思考停止と責任放棄の免罪符として濫用されるからである。「いくらあがいたって、人間はどうにもならないんだ」「人類なんて滅びちまえばいいのさ」こう宣言してしまえば、

言った本人はすべての責任から解放される。何を思い悩むこともなく、人類が滅びるのを手をこまねいて見ていればいいのだから、気楽なものである。もとより〝人類〟の中に当の本人が含まれていないのは、言うまでもない。

確かに平井和正がウルフガイ・シリーズを書き始めた時点では、人類性悪説はショッキングであり、〝価値の相対化〟であった。だが、今やそれはSF界の常識であり、単なるパターンに、さらにはタイムマシンや異星人の侵略と同等のアイデアのひとつに堕している。どのような思想であれ、検証なしに流用され始めた時点で、腐敗が始まる。タマネギの皮は常に剝き続けねばならない。

第三作『大きな壁の中と外』では、早くも一枚目の皮がめくれる。この作品も本質的には〝人類ダメ小説〟であるのだが、「人類なんか滅びちまえ」という無責任な態度から、明らかに一歩前進している。物語の核となる〝スネイク計画〟は、人類が地球を傷付ける悪い種であることを前提としつつも、その人類をいかにして存続させるかを命題としているのだ。そこに見られるのは、絶望を通り越したひらき直りである。以後、新井作品においては、この種のひらき直りが頻繁に現れるようになる。

無論、『大きな壁……』にはまだ幼い点が多い。〝沈滞した社会の中で、目覚めた少数の人間〟という使い古されたSFのパターンを無神経に使っているし、主人公たちは自分たちが世界(エデン計画とスネイク計画)を支配しようとしていると無邪気に信じ込んでいて、実は逆にスネイク計画に支配されていることに、最後まで気付かない。世界に闘いを挑む物語ではあっても、ここには真の意味での相克は存在しないのだ。

次の作品『宇宙魚顚末記』は、強烈なインパクトを秘めた傑作である。ここにおいて初めて、新井素子はテーマと真正面から向かい合ったのだ。下級悪魔キティの口から語られる衝撃的な真相――人類は、大宇宙を舞台にしたチェス・ゲームの駒のひとつにすぎなかったのだ。

こうした、人類の存在そのものが無意味であるという発想は、その逆のアイデアに比べて数は圧倒的に少ないものの、確かにSFの中では珍しくない。F・ブラウンの『さあ、気ちがいになりなさい』では、やはり人類がチェスの駒であることを知らされた主人公は、発狂してしまう。また、G・R・R・マーティンの『竜と十字架の道』では、人類の存在が無意味であるという真実を人々の目から覆い隠すために、〝嘘つき〟と呼ばれる秘密結社が古代より暗躍してきたことになっている。愛や宗教や芸術は、すべて〝嘘つき〟がでっち上げたものだったのだ。主人公は彼らのやり方に背を向け、また聖職者であることも辞めて、苛酷な真実と向かい合って生きようとする。

そんな重さを、新井素子は嘲笑うかのようだ。彼女の結論は単純明快——

「あたし、生きるの好き」このひと言である。

多くの人がつい勘違いしがちなことだが、人類の存在に意義があろうとなかろうと、それは個人が生きることには何の関係もないのだ。チェス盤の上の人生でも、少なくとも「生きるの好き」ならそれで十分の筈である。なぜ生きることに偽りの意義を求めようとするのか？（思えば『神への長い道』の小松左京や、『幼年期の終り』のA・C・クラーク等は、当人が意識しているかどうかに関係なく、立派に〝嘘つき〟の一員であろう）

だが、新井素子はこの結論に満足せず、さらに先へと進み続ける。『いつか猫になる日まで』のラストで、自分たちが巨大な力に操られていたことを知ったヒロインのもくずは、猫のイメージに象徴されるチェス盤上の安易な生き方を拒否し、「神さんの喉元にナイフつきつける」ことを決意する。それは「生きるの好き」の拒否ではなく、その延長であり、決して偽りの生きる意義の追求では有り得ない。それは世界の絶対性を認めたうえでの、世界に対する正式の宣戦布告なのだ。

その後、『グリーン・レクイエム』で世界に敗北する少女を、『星へ行く船』で敗北から立ち直る少女を描いた後、この世界対主人公（そして作者）の戦いは、『ネプチューン』でひとつのピークを迎える。この作品において主人公を支配する世界とは、タイム・パラドックス、すなわち運命である。

面白いことに、この作品が発表されたSFマガジン81年1月号には、J・ブリッシュの『ビープ』、C・プリーストの『蒼ざめた逍遥』というタイム・パラドックスものの名作二本が同時掲載され、さながらタイム・パラドックス特集の観がある。しかし前者においては、登場人物たちは決定論を平然と受け入れるものの、それに逆らおうとは夢にも思わず、歴史が決定された方向に進んでいるかどうかを監視することしか能がない。また後者においては、主人公は自分の過去にささやかな変更を加えるだけで満足するが、それは彼自身の現在には何の影響も及ぼさない。

『ネプチューン』のラストで、ヒロインの由布子は、自分たちを翻弄した運命を肯定しながらも、今度はそれをさらに上回る運命を、自らの手で創り出そうとする。すなわち、自ら運命の支配者たらんとするのである。

「ネプチューン。あなたの正行への想いがここまで生物をすすませたのなら……（中略）……あたしの正行への想いは、もっと遠くへ行ってみせる」

ドンキホーテと呼ぶべきだろうか？　確かに闘って勝てる敵ではないかもしれないが、最初から闘うことを放棄したら、そもそも自分が敵の手中にあることにすら気付かぬ情ない小説が多い中で、新井素子の過激性は爽やかだ。彼女のパワーは常に外へと向かい、小説内部で完結することがない。

ここまで展開してきた新井素子の論理は、すぐ後に続く『雨の降る星　遠い夢』で、新たな壁に突き当たる。それは主人公が支配しようとする世界の中には、他のすべての人々も包含されるという事実である。一人の人間が自分の生き方を貫き通すということは、必然的に多くの他人を振り回すことになる。自分が他人を傷付けていたことに気付いた時、その痛みは自分に跳ね返ってくる。他人を傷付け、そのことによって自分も傷付くのが嫌だというなら、ヒガ種きりん草のように、世界と真正面から対決することを避け、優柔不断に生きるしかないのか？

否、新井素子は断固として後退しない。誰も傷付けたくなかったがために優柔不断な態度をとり、悲劇を招いてしまった和田明雄に対して、太一郎はこう言う。

「最初に、直視するべきだったんだよ。あんたも――俺達も、人間で――生物で、他の生物の犠牲がなければ生きてゆけないってことを。本質的に、他の生き物殺さなきゃ生きてゆけない生物が、そこのとこ見ないで、どうしようっつってたって、どうにかなるもんじゃゃないぜ」

こうして、出発点から一巡した論理は、再び人類性悪説に戻って来る。だが今度のそれは、〝人類〟の中に自分が含まれていることが違っている。自らの手を血で汚すことを拒否する生き方は、利他的なように見えて、実は最も利己的な態度であることを、新井素子は看破する。重無論、他人の痛みに対して目を閉じることも同様だ。重要なのは直視し続けることである。

このテーマは『扉を開けて』において、より明確となる。この物語の真の主人公は、西の国の将軍デュラン三世――歴史に対して戦いを挑んだ男である。チェスの駒として生きることを、猫のようにぬくぬくと生きることを、彼は拒否する。かつて『大きな壁……』のプシキャットや、『いつか猫……』のもくずがそうしたように。だが、歴史を構成しているのは生きた人間たちだ。「生きることは前に進むこと」という信念を貫くために、歴史を動かそうとした彼の行為は、必然的に多くの人々に血を流させる。

沈滞した社会に変革をもたらす主人公というモチーフは、SFでは珍しくない。だが、多くのスペースオペラや、アシモフ、ハインライン等の諸作品に登場する理想的支配者と、デュラン三世が決定的に違っている点は、彼がチェスの駒にされる者たちの痛みを知っていたことである。じぶんの目論みが成功したことを見届けた後、彼は涙を流しながら、駒として使った娘――根岸美弥子に進んで斬り殺される。

根岸美弥子。彼女はデュラン三世と対立する人間ではない。ただ、人間としてどこまで自分の行為を許せるか、その基準が二人の間でわずかに違っていただけなのだ。そしてデュラン三世の死によって彼女もまた、別の意味で世界と対決することを決意する。今や戦いの場は、主人公の外部から内部へともつれこんでいる。

『ひとめあなたに……』は、古今東西の破滅SFの中でも、おそらく最高傑作であろう。そもそも破滅の本質とは何か？　それは〝完璧な死〟である。すなわち、子孫を残す、自分の生きてきた記録を後世に伝える、自分の生命と引き替えに他の人々を救う、後世の生物に地球の未来を託す、生まれ変わる、間一髪で地球が救われるといった類のごまかしが一切通用しない、自分という存在が有限のものでしかないという事実と真正面から向かい合うことなのだ。そうした意味で、前記のようなパターンを使った従来の破滅SFは、むしろ〝破滅対策SF〟と呼ばれるべきであろう。

破滅を回避しようと努力する科学者や政治家は、この物語には登場しない。破滅は絶対に回避不能な事態として設定され、物語は徹底して個人の視点から描かれる。ごく平凡なヒロインである圭子が、地球最後の一週間に出会う数々の人間模様は、生きることの意味と我々が信じているものを、次々に突き崩してゆく。

平凡な日常生活の延長として、夫を殺して食うことによって愛を全うしようとする由利子。無目的に生きてきたために、幸福に死んでいった真理。この世界が夢であると信じる智子。理性を無視して、何としてでも自分の子供を残そうとする恭子……

筒井康隆の『霊長類南へ』のように、「ナンセンス」のひと言で片付けるのは簡単だろう。あるいは「人間なんてこんなものさ」とシニカルに呟くことも——だが、それは神の言葉であり、人間がそれを口走ることは自らの否定である。だからこそ圭子は、狂気にも絶望にも偽りの可能性にも逃避することなく、現実を直視し続ける。結末で彼女はこう呟く。

「多分あたし、生まれてきてよかったのよ」

言うまでもなく、この台詞は「生きるの好き」の言い替えであり、人間が人間である以上、絶対に否定しきれない最後の砦である。この言葉はすべての始まりであり、この言葉を失った時、人間は敗北するのだ。

新井素子はどこまで行くのだろう。タマネギにはまだ剝くべき皮が残っているのだろうか。最近の三作品に関する限り、さしもの新井素子の進撃の矛先も、やや鈍っているように見える。

『ラビリンス』は新井哲学の集大成とでも言うべき内容の作品である。ここで気になるのは、『ひとめあなたに……』で表面化し、後の『二分割幽霊綺譚』にも受け継がれる、カンニバリズムへの異常な傾斜である。言うまでもなく、それは「生きるの好き」と「生物は他の生物を殺さねば生きてゆけない」という矛盾する二大命題を両立させるためにひねり出された概念――食うこと、食われることは、愛の儀式である――の、もっとも直接的な表現なのであるが、さすがに殺し合いイコール愛という図式には首を傾げざるを得ない。『扉を開けて』の中の台詞を借りれば、「理性がね、許してくんないのですよ」。

確かに、全人類が菜食主義者になるというクラークの『海底牧場』の結末は何やら胡散くさいし、小松左京の『人類裁判』はあまりにも超然としすぎていて受け入れにくい。だからと言って、食うことを愛情とすり替えてしまうのは、別の意味での逃げではないだろうか。理屈がどうあろうと、やはり他の生き物を殺すのは嫌なことだし、殺されるのはもっと嫌だからだ。

『カレンダー・ガール』に至っては、従来の新井作品の図式は反転し、主人公のあゆみは世界を変革する側ではなく、それを阻止する側に回る。小動物ヴィヴを乱獲から救おうとする純粋な熱意から、幼稚なテロ行為に走った小林少年が、そうすることがいかに多くの人々を苦しめることになるかを説明され、悩みながらも引き下がるシーンは、作者の良識と言ってしまえばそれまでだが、やはり割り切れない不愉快さが残ってしまう。過去の自分はすべて間違っていて、現在の自分の判断のほうがより正しいと、単純に言い切っていいものだろうか？　また、「人生に恩返し」というフレーズも、理屈では分かるのだが、妙に年寄りじみていて好きになれない。〝恥〟という人類共通の感情をキーワードにしている点はさすがなのだが。（もっとも、中にはこの感情が根本的に欠落している人たちもいるようで……困るんですよねー）

『二分割幽霊綺譚』も、新井素子グラフィティという感じの作品で、読んでいる間は非常に楽しめるのだが、従来のパターンでまとまりすぎていて、新しい展開が見られないのはやはり淋しい。ただひとつ、希望が持てるのは、東くらこという女性の存在である。東京中のもぐらを別天地に移住させようとした行為を、神の計画であると批判され、一度は自分の思い上がりに気付くものの、やはりラストで自らの信念を貫き通すことを表明する。プシキャットやもくずのナイーブな情熱は、新井素子の中でまだ死んではいないのだ。

彼女の作品がこのまま小さく固まって、〝お説教小説〟に堕してしまうとは思えない。まだ老成する歳ではない筈だし、世界に対して挑戦することや、世界を直視し続けることを忘れたわけでもなかろう。挑戦すべき目標はまだまだあるし、それ以上に、開かなければいけない目がまだある筈である。

全知全能、という言葉がある。従来のSFは、全能のエスパー、全能の宇宙人、全能の指導者、全能の科学者などを無邪気に登場させてきたが、全知ということに関しては奇妙に無関心だった。世界を動かす力を持つのは困難なことだが、それ以上に困難なのは、あらゆるものに対して目を開き続けることである。あのマザー・テレサでさえ、人工妊娠中絶に反対する一方、人口過剰の問題には口を閉ざしてしまう。ことほど左様に、現実を直視することは難しい。

新井素子は次にどのような目を開くのだろう。どのようなビジョンを僕らに見せてくれるだろう。とりあえず、最新の長編大作『……絶句』に期待しよう。（この稿を書いている段階では、まだ発売されていない）生きている限り、彼女は決して現状に留まることはない筈である。生きることは前に進むことなのだから。（文中敬称略）

追記。本当を言うと、例の〝最高天↕墓穴世界〟というのをやりたかったのだが、パロディと思われると困るのでやめにした。この文章はすべて、大マジである。十年後に読んだら、きっと恥ずかしいだろう。

（同人誌「星群」五十五号掲載）

新井素子インタビュー

聞き手・星敬

――「斉木杳の憂鬱」は、新井さんには珍しい読み切り短篇ですよね。

今回の作品、実は、私に短篇が書けるかなという実験的な意味合いの作品でもあるんです（笑）。

私にとって四〇枚前後の作品を書くというのは、まさに奇跡に近いことだもの。まず、それを確かめたかったんですね。

――短篇が書けるかどうか確かめる必要があるわけですね？

ええ、読み切りの短篇が書けるという確証が得られたならば、こんな風なお話を続けて書けるかなって思いますので。

――こんな風なお話といいますと？

「斉木杳の憂鬱」には『扉を開けて』の主人公だった〝超能力者〟斉木杳、〝魔女〟の根岸美弥子、〝ライオン男〟の山岸桂一郎の三人が十九年ぶりに登場しているでしょう。これは、今考えている《第13あかねマンション物語》の序章ともいうべき作品なんですよ。

――〝第13あかねマンション〟といえば、この三人の他にも『二分割幽霊綺譚』や『……絶句』の登場人物も住んでいたはずですよね。

『二分割幽霊綺譚』の〝吸血鬼〟の砂姫や〝分割幽霊〟の斎藤礼朗、〝もぐらの女王〟東くら子。そもそも〝あかねマンション〟を創り出した『……絶句』の人たち、宮前拓や森村一郎、秋野信拓。

誰をとっても普通ではない人たちが住んでいて、いろいろなパラレル・ワールドへの接点でもある〝第13あかねマンション〟そのものを舞台とした、読み切り連作スタイルのお話を書きたいと思っているんです。

まだ登場していないんだけれども〝あかねマンション〟唯一の普通の住人である三階の宮本さんについても書いてみたいしね。

――宮本さん？

砂姫ちゃんの幼なじみである宮本さんは、ごくごく普通の人なんだけれども、彼女が住んでいる〝あかねマンション〟の三階というのは年中タイムスリップしているので、ほとんど江戸時代に住んでいるという設定なのね（笑）。

――なるほど。《第13あかねマンション物語》、これからの展開が非常に楽しみですね。最後に今後のご予定をお聞かせいただけませんか。

近々書きあがる予定の作品にサイコ・ホラーの『ハッピーバースディ』（角川書店）があります。それから、これもお待たせしているんですけれども《ブラックキャット》シリーズの次の巻を書き下ろす予定になっています。

他では、『チグリスとユーフラテス』の外伝ともいうべき作品も構想中なんです。

本篇では書ききれなかったエピソード、例えばダイアナさんの背景にある人工子宮の普及によって変革を遂げた家族関係の成り立ちや、すべての登場人物の名字が〝ナイン〟になってしまった根本原因とか、書いてみたいと思っているんですよ。

あと『ディアナ・ディア・ディアス』の番外篇も考えているところなのです。

とは言っても、書くのが非常にのろいので、いつになるのか自分でも判らず困っています。

（「SF Japan」二〇〇一年春季号掲載）

二分割千円札綺譚

新井素子

最近、どうしようもないものの収集にこってしまって、困っています。どうしようもないもの——五百円玉。

五百円玉、はじめて見た時、あ、かわいい、これ欲しいなって思ったんですよね。そしたら、みんなおんなじことを考えたらしくて、最初のうち、全然、流通してなかったでしょう。

Aさんは二枚持っている。Bさん三枚なんて聞くにつれて。何か段々、口惜しくなってきちゃって。

あたしは誰が何といおうとも、五百円玉を集めるんだ。そう宣言してしまったのです。

☆

あたしが五百円玉を集めている——それが、友達の間で有名になって。最初のうちは、みんな好意で、五百円玉を、あたしにくれたんです。くれる——とはいっても。

五百円玉は、それでも一応、日本の貨幣です。勿論、五百円分の値打ちはあります。故に五百円玉をもらうっていうことは、お金の両替をするってこと。そしてそのうち。

五百円玉は邪魔だ一派が混じってきます。

五百円玉——下手にお財布の中に持っていると、百円玉やゲームセンターのコインと間違ったりする。どうも、五百円札とならぶ程の高級なお金に見えない。

この論理の必然的な帰結として——五百円玉は、邪魔だ、かといって、おつりをつっかえす訳にいかない、ではどうしたらいいのか……あ、そうだ、新井素子におしつければいい——が、うまれます。

かくて、やがてあたしの手元に集まる五百円玉の数はうなぎのぼりになって……。

そのころ。莫迦なあたしは、この収集のこと、人に隠す必要性を、まだ感じていなかったのです。その結果……。

何か無闇にお金がなくなってしまうのです。

今月の生活費として、六万おろす。次の日お財布見ると——何故？　何故なの？　一万円札が二枚しか残っていない。そして……がまぐちが閉まらない程多量の五百円玉が……。

つくづく嫌なものを収集しだしたと思います。なんたって……こんなもん、ためるしかないのに、貯金ができない。（だって……五百円玉で三万貯金したって、返ってくる時は、一万円札三枚だもん。）あー、もう、嫌だあ、と思っても、最近は銀行につとめている友達までが、あたしの趣味に協力してくれちゃって。（これ……怖い

んだから。「あ、もとちゃん、これ集めてるんでしょ」って、五百円玉百枚くらい持ってきてくれる）

かくて、一所懸命（いっしょけんめい）ためた定期預金をくずしては、五百円玉に両替している毎日なのです……。

（「IN★POCKET」一九八三年十月号掲載）

二分割素子綺譚　新井素子直撃インタビュー

イラスト・くりた陸（りく）

趣味はぬいぐるみ集めと夢を見ること。

――ニューヨークからぶじ帰国、おめでとうございまーす！

新井　外国はじめてだったでしょ。まわりが全員外人なんでショックだった。しかもみんな英語をペラペラ。でもこわいことなんてゼーンゼンなかった。地下鉄だって平気で乗っちゃったもんねー。ニューヨークへはぬいぐるみを買いにいったようなもんだし。

――ところで、新井さんの毎日の生活パターンは？

新井　えっと、昼くらいにボーッと起きまして、昼間は編集の人と会ったりしてすごし、夜中から原稿を書き始めて、朝寝る。このパターンが続いております。

――夢で見たことが小説の材料になることもあるんですって？

新井　きのうもヘンな夢見たの。高校の友だちと学食でからあげ定食を食べていて、お茶を飲もうとしたらお茶の葉がなくて買いにいくの。なのに福神漬け（ふくじんづけ）を山のように買ってしまう……という夢。

――？☆…フーム。趣味は？

新井　なんだろ？　夢を見ることと、ぬいぐるみ集めかなー。この（イラスト参照）ダナっていうネコヘビがいちばんのお気に入り。いかにも動物っていうリアルなのは好きじゃないの。フワフワっとしてて、なんの動物かわかんないものがイイ。

——オシャレに興味ありますか？

新井　ダメですねー。着飾るってことがあたしの脳にインプットされなかったみたい。お化粧もしないし。ただ、人と同じ格好をしたくないのはハッキリしてる。あたし足が90度以上上がらないスカートとハイヒールはダメなんです。

——というのはナゼ？

新井　だって、犬に追いかけられたとき、ヘイや木にのぼれないでしょ。幼少時から犬が大の苦手で、今もって恐怖から脱しきれないのです。

砂姫ちゃんて人知れず苦労してるんですよ。
江戸時代はそうとう生きにくかった。

——「二分割……」も夢が題材になったんですって？

新井　高2のときにヘンな夢見たのね。それをずーっとあたためて、やっと卵がかえったっていう感じ。

——礼子（のりこ）さんが食べられちゃったときはギョッとしたわ。

新井　あたしね、性格が猟奇的（りょうき）なのかなあ（笑）。夢の中ではあたしが食べられちゃうんだ……。

——登場人物の中で新井さん自身に近いコっていますか？

新井　あたし自身っていうより、あたしがなりたかった人物像に近いのが砂姫（さき）ちゃん。彼女みたいに典型的にカワイイ女の子にあこがれているの。男のコより女のコのほうが好きなのね。根本的に。

——書いていて登場人物と友だちみたいになってしまうんですか。

新井　そう。フト「今ごろどうしてるかなー」なんて思ったりするもの。物語が終わってからもちゃんと先のこと考えてあげるんだ。砂姫はあと何百年も生き続けるだろうし、礼子さんは山科さんとうまくいってくれるとイイんですけどねえ。

——男のコはえがきにくいんですか？　好きじゃないから。

新井　神経質でお部屋がキチンとかたづいているような男の人はダメ。山科さんはルックスには多少問題あるけど、性格はワルクナイと思う。でも、「二分割……」は男のコが弱すぎたかなーって少し反省してるの。

——礼子さんと砂姫ちゃんってとってもお似合いだと思

うけど。

新井　精神的にはお似合いのカップルなんだけど、肉体的には女どうしだからなー、これが。

砂姫ちゃんて人知れず苦労してるんですよ。江戸時代はそうとう生きにくかったらしい。あのころは、彼女みたいなタイプは美人とされなかったから。

――なるほど。で、礼子さんはこれからは女のコっぽく成長していくのかしら。

新井　ときどきせいいっぱいの努力をしてスカートをはいてみたりもするんだけど、どうしても足を開いてしまうクセがぬけない。恋もするかもしれないけど、相手の情熱にほだされてってことになるんじゃないかなー。

新井素子データ
誕生日／1960年8月8日
出身／東京練馬区
血液型／O型
デビュー／高2のとき「あたしの中の……」が奇想天外新人賞佳作入選
理想の男性／ウルフガイシリーズの犬神明

（「ハローフレンド」一九八三年十二月号掲載）

（著者注／これはしゃべったことを他の方が文章にして下さったので、何だか不思議な感じです。特に、ネコヘビ。これは、キャットテイルっていう異生物です。（……あと、もう塀にはのぼれない……。））

付録②　既刊全あとがき

あとがき

CBS・ソニー出版版『扉を開けて』

えっと、あと書きです。

これは私の七冊めの本にあたりまして、二十歳の春に書いたものです。

と、まあ、ここまで書いてきて、今、少し考えているところです。うーん、この話については、あんまりしゃべることないや。実のところ、これ、今まで書いた話の中で一番楽しんで書いちゃったので……。

☆

長いお話を書きたい。

最初に、まず、そう思ったんです。これの前の長編書いてから、約一年たっていました。そうしたら、何だか無性に長い話が書きたくなっていて……。

うん、長い話を書こう。三百枚くらいあって――主人公があっちこっち移動する話。そう思ったとたん、高校三年の時のことを思い出したんです。

☆

私が高三の冬、ちょうど、ゴダイゴの歌うガンダーラって曲がヒットしてました。友人が、ゴダイゴの凄く熱烈なファンになっちゃってて。ゴダイゴはいいって台詞ばかり並べた年賀状が届いたりして。で、まあ。彼女がそんなにすすめるなら、ちょっと聞いてみようじゃないっていうんで、彼女からLP借りたんです。

中に、一つ、割と短い曲があったんです。ドラゴンとか何とか歌詞にでてくるんだけど、その割には何だか妙にくちゃくちゃした可愛い曲。それ聞いて、あ、かあいって思っちゃって、凄くドラゴンの出てくる話、書きたくなったんです。

で。それらの曲って、TVの西遊記のテーマ曲だったんですよね。西遊記――いろんな能力持った連中が集まって、西へ旅する話。うん、いろんな能力――超能力持った連中が集まって、西へ行く、そしてドラゴンの出てくる話を書こう。

かくて、受験直前に、息抜きっていってはこの話の設計図ひいて。設計図が完成する頃、ちょうど受験もおわりまして、晴れて大学生になった私、誰の目をはばかることなく（やはり受験直前は、部屋に家族がはいってくると、ぱっとノートで原稿用紙かくしてた）、これを書ける身分になった訳です――が。

が。やっぱ、駄目なのね。どっか駄目なのね。主人公が東京にいるうちは、まあ、何とかなったんです。けど、彼女が中の国いっちゃうと……まるで違った環境を書くには、私の文章力、あまりにたりず……百枚程書いて、あきらめました。これ、あと数年してから書こ。

　そして。二年したち、ちょうど、とっても長いお話を作りたくなっていたのです。

☆

　中途で――大学二年のクリスマスに、友達数人呼んでパーティひらきました。で、まあ、クリスマス・パーティだから、プレゼント交換なんていうのもあったりして。私、その時、なかなか可愛い恐竜のぬいぐるみ、みつけてたんですよね。ふっふっ、今回のプレゼント、私のがきっと一番可愛い。そう思いつつ、プレゼント交換して。

　私の恐竜、美穂ちゃんって人にあたりました。彼女が、その恐竜を一目見て極道恐竜という名前つけまして（何故極道恐竜か、という理由は、本文中にちゃんとでてきます。あ……あたしは、あれ、かわいいと思ったんだけどなあ……）、あげた当人の私もそれを急に欲しくなっちゃって……。結局、もう二匹、マスコットサイズのを買ってきて、一時期それをショルダーバッグにつけていました。

　こういう事情で、主人公のショルダーバッグには恐竜のマスコットがついたのですが、ちょうどストーリイ上、恐竜（ドラゴン）が出てくるでしょう。とすると、これ、マスコットの恐竜とドラゴンを戦わせてみたくなるのが人情ってもんで……結果、本文のようになりました。（もう一匹の極道恐竜君は、やはり本文中に出てくる、ヒゲのマスターの喫茶店のレジにすわっております。）

☆

　と、まあ、こんな風に書きだして。二百枚めでまだ山場がこず、三百枚めでまだエピソードが全然おわらず、あれ、あれっていっているうちに、四百五十枚の長いお話になってしまいました。（私のあと書きって……こういうのばっかですね……何か、常に、予定の一・五倍から二倍の長さになるみたい……。）

☆

　四百五十枚、原稿用紙を埋める間、作った本人が非常に楽しみましたので、できれば、読んで下さる方も、四百五十枚分楽しんでくれると嬉しいな、なんて……僭越ながらも思っております。気にいって頂けると、嬉しいのですが。

　もし、もし、気にいって頂けたとして。そして。

　もしも御縁がありましたら、いつの日か、また、お目にかかりましょう――。

昭和五十七年一月

新井素子

あとがき

集英社文庫コバルトシリーズ版『扉を開けて』

あとがきであります。

これはあたしの七冊目の本にあたりまして、二十歳の春、書いた作品です。

☆

昔の少年まんがによくあったパターンで、こういうの、覚えてます？

とにかく男の子が二人いるんです。で、どっちも、ある程度以上強い訳。とね、この二人が、意味もなく喧嘩をするんですよ。それも、口喧嘩みたいな生やさしいもんじゃなくて、それこそ、体をはっての喧嘩ね。で、双方それなりに強いから、双方ある程度ぎたぎたになって……で、必ず、ひきわけちゃうの。

で、いざひきわけてみると、先刻まであれ程真面目に喧嘩してたっていうのに、いつの間にか、どういう訳か、親友になったり、親分子分の間柄になったりしてんの。(ま、喧嘩の理由からしてほとんどないといっていいんだから、理由なく親友になったっていいんだろうけど……。)

ずいぶんと——ほんとにずいぶんと長いこと、あたしにとってこれって謎でした。(ま、今でも謎じゃないって言ったら、嘘になります。) 謎で、であるが故に、魅力的な話だったんです。

まず、とにかく徹底して喧嘩しちゃうのって、気分よさそうじゃありません？　女の子の場合、その喧嘩のほとんどって口喧嘩でしょう。あれって、勝っても負けてもなにがしかのわびしさを感じてしまうんですよね。その点、体を動かしての喧嘩って、すかっとしそうな気がする。

んでもって、喧嘩が引き分けた時点で、何が何だか判らないけど親友になってしまうっていうのも、いい。これなら安心して喧嘩ができるってものです。

どうしてそういうことになっちゃうんだろう、不思議だな、どうして女の子でそれができないんだろうな、あ、ちょっと待って、できないって決めつけないで、女の子でそれができる設定っていったら、どんなものが考えられるかしら。

そんなことを考えて作ったのが、これにでてくるディミダっていう女の子です。大体あたしが美人を書くと、その子は気が強いキャラクターになってしまうんだけど、ディミダは歴代キャラクターの中でもきわめつけに気が強い方で……だもんで、作者としては、かなり気にいっている女の子です。(何のことはない、気が強い女の子が好きなだけだったりして。）

☆

話はすとっと飛びますが、ナルニア国物語シリーズっていうのがありまして、子供の頃、あたし、このお話が大好きだったんです。特にオープニングの処のモティーフ。主人公が、洋服だんすの扉を開けると、中は雪が降っていて白一面のナルニア国っていう処。

あのお話にあこがれてあこがれて、自分もナルニアへ行ってみたくて、子供のあたし、何回そっと母の洋服だんすの扉を開けてみたことでしょう。あいにく、うちの洋服だんすは普通の洋服だんすでしたし、ナルニアっていうのは、行こうと思って洋服だんすの扉を開けたんじゃ決して行けない国なんで、ついに行けはしませんでしたが。（あ、そういえば、くるみ割り人形とねずみの王様っていう話でも、お菓子の国へは洋服だんすからはいって行くんじゃなかったっけ？　どうも洋服だんすって、一種の魔法があるような気もしますね。）

今も、洋服だんすだとか、とっても凝ったきれいな扉とか、古そうな扉なんかを見ると、なんだかそそられるものを感じます。古ぼけた――あるいはきれいな――あるいは荘厳な感じの――あるいは洋服だんすの『扉』って、何だか魔法のはじまりみたいなイメージがあります。

そういう意味で。

小説を書くっていうのが、何かに、どこかに思いをこめる作業だとしたら、この話であたしが一番思いをこめているのはタイトルです。（いつもタイトルで悩むあたしにしては、まったく珍しく、タイトルで全然悩まなかった話でもありますし。）

扉を開けて。

うん、いいタイトルじゃない。（はっはっは、自画自賛。）とてもあたしのものだとは思えない、すごく夢のある話のタイトルみたいで。

それに。扉を開けちゃうと、これはもう嫌でも前に進まなきゃいけないって感じ、しません？　もしくは、外にあった自分ではないものを中にいれなきゃいけないって感じ。

そういう意味でも、これって好きなタイトルなんですよね。外の、元来が自分にはないものを中にいれるのも、前へむかって歩いてゆくのも、何か発展性がありそうで。（あ、もっとも、最近はもっと現実的なイメージにも悩まされてはいるんですよね。不用意に扉を開けちゃうと、読売新聞をとってくれおじさんだとか、サンケイ新聞は家庭欄が充実していますおじさんだとかと、論争しなきゃいけないもんなー。）

☆

あと。

とっても個人的なことではあるのですが、今回、文庫にいれる為の手なおしをしてみて、あたし、不思議な感概を味わったのでした。

これ、最初に書きましたように、あたしが二十歳の春、書いたお話なんです。で、今、あたしは二十四の春をむかえています。他人の目から見れば、まったく進歩のない人間のように見えるあたしであっても、本人は年月がたてば、それ相応に変化もしていますので……すっごく、とっても、妙な気分がしてなりませんでした。

っていうのは。

忘れてしまっていた、昔の――四年前のあたしが、本の中に、すっかりそのまま封じこめられているみたいなんですもの。他人が読めば、これはここに書いてあるだけのお話でしょうが、本人が読むと、当時自分が何をしていてどんなことを考えていたのか、書いてない処まで、とってもよく判ってしまって――とってもよく、判りすぎてしまって。

日記をつけている人が感じるおもしろさって、こういうものなのかも知れませんね。あと、小説を書くのが趣味だって人、自分の書いたものを大切に大切にとっておいて、何年もしてから読み返すと、こういう感覚が味わえるかも知れない。凄いよー、異様だよー、判りすぎちゃって、思い出しすぎちゃって……。

この本の扉を開けて。

まず、作者自身が、四年前の自分に出喰わすという、一種の超常体験をしてしまったのでした……。

☆

さて。いろいろと書いてきましたが。

最後にお礼の言葉を書いて、終わりにしたいと思います。

読んで下さったみなさまへ。

読んで下さって、どうもありがとうございました。このお話、ちょっと長めだけれど、その分あたしも長く楽しんで書きました。みなさまにも楽しんでいただけて、そして気にいっていただけると、とっても嬉しいんですが。

そして。もし。もし、気にいっていただけたとして。もしも御縁がありましたなら、いつの日か、また、お目にかかりましょう――。

昭和六十年五月

新井素子

あとがき

集英社愛蔵版『扉を開けて』

あとがきであります。

これは、私の七冊目の本にあたりまして、1981年、『奇想天外』って雑誌に載せていただいた原稿を、CBS・ソニー出版からだしていただき、のち、コバルト文庫にいれてもらったものが、再び、単行本になったものです。

☆

今回、この集英社の愛蔵版に、私の初期作品、『いつか猫になる日まで』『あたしの中の……』、そしてこの、『扉を開けて』を収録していただきました。

初期作品ばかりを集めたものだから、当然かも知れませんが、『いつか猫になる日まで』『あたしの中の……』の手直しをする間、私、ひたすら、「ひええええ」「若かったあ」「幼いよお」って、悲鳴を上げ続けることになりました。でも……今回は、違ったんですよね。

『扉を開けて』にも、勿論、不備な処だの、物知らずな処だの、とっても沢山ありますけれど、『いつか……』『あたし……』に較べると、作者としては、とても安心して手直しをすることができました。

『いつか……』『あたし……』は、十代の作品なんですが、『扉……』は二十代（二十歳ちょうど）の作品なんですよね。

うんうん、成程、二十代になってから書いたお話は、十年以上たって手直しする時、「ぐわあああっ！」ってわめかなくてすむのかあ。だとすると、二十で成人って、ある意味で納得ゆくぞ（……もっとも。これは、あくまで、極めて個人的な私の思いと、私の経験だけの話ですけれど。それに、『扉……』だって四十を越して手直しする時は、やっぱり叫ぶことになるのかも知れませんが。）

☆

……もっとも。

叫ぶようなことじゃないし、私のせいでもありませんが、それでも、このお話にも、いくつか、おかしい処がでてきてしまいました。十年を越す時間の中で（できるだけ直しましたが。）

一番判りやすい例として、国鉄は、もう、ないんですよね。JRって書かなきゃいけないんだ、ふうう（私は、JRって表記、好きではありません。何だって、日本に走っている日本の電車を、横文字で表記しなきゃいけないんだよおって思いますし、この表記だと、どうもジュもし、今の私がこのお話を書くなら、ネコちゃんにショルダーバッグを持たせるのより何より前に、まず、みんなに靴をはかせます。

まあ、この世界は、現代と違って、割れたガラス瓶だの、プルリングだの、そういう、裸足で踏みつけるとえらいことになるものは転がっていないんでしょうけど……それにしても、山越える時なんか、間違いなくあたりは岩場だぞ。そんなとこ……裸足で歩くなよー。もし靴はいている暇がなかったのなら、中の国へ来てまず靴の入手に走るとか、何とかしろよー（でも、中の国の人は全員靴はいていないみたいだから、それって無理か。まさか戦争状態の中、東の国や南の国まで、靴仕入れに行く訳にもいかないだろうしな……。）

実は。私、最近、疲れると土踏まずが痛むことがあるんですよ。

勿論、それって、怪我してるとかそういうことじゃなくて……何ていうのかなあ、体が疲れた状態で、立ち仕事をしたり、歩きまわったりすると、土踏まずに疲れがでてきちゃう、そういう年になったんですね。旅行で歩きまわった時なんか、寝る前に旦那に土踏まずだの踵だのを揉んでもらうと、も、極楽のように気持ちいいし。

そんな私の目から見ると、このキャラクター達、全員、あまりにも若くて元気すぎるうっ（あ、桂一郎は除いて。靴はいてるライオンっていうのは、それはそれで、すんニアって読みたくなるし。けど、そんな私でも、ＪＡＬだとかＡＮＡは、気にならないんです。物心ついた時から、日本航空はＪＡＬでしたから。そういう意味で言えば、これからは、物心ついた時から、旧国鉄がＪＲだった人達が増えていって、そういう人達は、ＪＲって表記に、何の違和感も持たないんだろうなー）。

それに、地下鉄の走り方だって、このお話を書いた時と今とでは違うし、新宿の高層ビル街ができて都庁がでてこないのは今だと不思議だし、それに、それに……。只今の東京みたいに、やたら変化してしまう街は……小説の舞台にするのに、ある意味で、不適当かも知れない。

手直しの作業をしながら、しみじみ、そんなことを思ってしまいました。

☆

あ、それから。

一つだけ、直しようもなく、「うっわあ」って思ってしまったことを、告白。

このお話の中では、ネコちゃんも杳も桂一郎も、みぃんな、裸足なんですね。

ま、室内にいて、そこから急に異世界へ行ってしまったんだから、ある意味でこれはまったく当然のことなんですけれど……でも。

ごく変だ)。

ま、でも。思い返してみれば。

私も、昔は――幼児の頃は勿論、幼稚園、小学校の頃までは、結構、裸足で、あたりを歩いてたんですよね。お庭を裸足で歩きまわるのは当然として、夏、小学校のプール帰りの時なんか、裸足で歩くアスファルトの感触、何だか妙に好きで。勿論、草だの、土の地面を裸足が踏みしめる感触は、もっと好き。

いつから私、裸足で歩きまわらなくなったんだろうなあ。

それに。私が子供の頃は、子供って、土の上だろうが、アスファルトの上だろうが、コンクリートの上だろうが、わりと裸足で走りまわっていたような気がするんです。

その時の気持ちを思い返してみれば。それに、そもそもが、靴はいて歩いている動物なんて、この世に人間しかいないことを思えば。多少の岩場でも何でも、裸足ですたすた歩いていっちゃうネコちゃん達の方が、何か、生き物として、正しいような気がします。

ただ。それでも。

もし、今、知り合いの子供が、その辺の道路だの、あるいは公園でだって、裸足で歩きまわっていたら……何か私、それを制止してしまいそうな気がするんですよ。ガラスの破片でも踏んだらどうしようって思うし、そこから、何かばい菌でもはいった日には、それこそ大変なことになってしまうって、そんな心配がこみあげてきて。

……そんなことを考えると。

むきだしの地面をあんまり見かけなくなっている、今の東京って、何か間違った世界なのかなって気がするのと同時に――自分のことも含めた、最近の大人って、何だか妙に子供全般に対して、過保護になっているような気がします。

……でも……心配なものは、心配なんだし。なまじ、妙に、色々な病気に関する知識が増えてくると、心配も増えてきちゃうし。

去年、妹が出産をしまして、私は伯母になったのですが……うん、過保護な伯母にだけは、なりたくない。けど……将来、甥っ子が、砂浜を裸足で歩いているのを見て、「貝殻か何かで足切ったらどうするの、サンダルはきなさい」なんて言いそうな自分が怖い。

……ああ……そういう意味では、このお話の手直ししながら、「靴はけよ、靴っ!」って叫び続けた私は……何か充分過保護な伯母になりそうで……ああ、それだけは、嫌だあっ。

……と、いう訳で。……靴をはいていないネコちゃん達は……多分、正しい、の、でしょう、ね……。

☆

と、まあ、何か枚数もちょうどいい具合になりましたので。

　最後に、感謝の言葉を書いて、このあとがきをおしまいにしたいとおもいます。

　このお話を、読んでくださった、あなたに。

　読んでくださって、どうもありがとうございました。

　ほんのちょっとでも、このお話を気にいっていただけたり、あるいは、これが、適当な暇つぶしになってくれたのなら、私にとって、それにまさる喜びはありません。

　そして、もし。このお話を、気にいっていただけたとして。

　もしも御縁がありましたなら、いつの日か、また、お目にかかりましょう——。

平成八年六月

新井素子

あとがき

集英社コバルト文庫新装版『扉を開けて』

　あとがきであります。

　これは、私の七冊目の本にあたりまして、1980年の春、書いたお話のリニューアルです。

　1980年の春……でええいっ、古いっ。（……いや……書いたのは古いんだけど……内容的には、年月を特定してないし、昔の話だって気分にはならずに読めると思います……。）

　うん、年が年だからかなあ、文中で、登場人物達、結構、〝あたしは二十世紀の日本人〟って主張してますけど……只今は、二十一世紀、ですね。

　でも、これ書いたのは、二十世紀がまだまだ続く、そんな時代であったので……とりあえず、そこの処は、直しませんでした。（1980年って、結構微妙だと思う。1990年代なら、子供でも、いずれは二十一世紀がくることを実感できると思うんだけれど……。これ書いた当時の私は、まだ二十歳でしたから、当然二十年後なんて考えていない。——当時の自分が倍も年とった後なんて、いや、そりゃ、平均寿命的にはいつかくるんだろうけれど、そして、実際、今きているんだけれど、二十歳の人間が、実感できる訳がない――。二十代って設定の他のキャラクター達だって、二十年後なんて考えていない。だから、いずれ二十一世紀がくることは判っていても、そんなの、まったく念頭にない。故に、このファンタジー世界の人間に対して文明人だって主張したい時、やたら、〝二十世紀の〟って言っちゃってるんですよね。）

うん。今、初めてこのお話を読んだ、二十一世紀人のあなたは、この文章、なんとなく笑っちまったりするかもしれませんが、この先、医療技術の進歩で、平均寿命が百二十だの百五十だのになってみな。お年寄りになった、二十一世紀生まれのあなたが、現代のことのつもりで、「二十一世紀は……」って言う度に、二十二世紀人に笑われちゃうんだぞ。）

そんで、主に、直した処っていうと…… 〝おたく〟。

元本では、〝君〟〝あなた〟〝おまえ〟にあたいする、二人称、結構、登場人物達、〝おたく〟って呼んでいたんですよ。（気軽に呼んだり、ちょっと侮蔑的に呼んだり、親しみをこめて呼んだり、様々なニュアンスで。〝あなた〟っていうのが、他人行儀だって思える時に。）

うん、あの当時は、その呼び方って、SFやまんがが好きだったら、ごく普通の、当たり前の呼称でしたからねえ。（だから。そんな事情があって、〝おたく族〟なんて言葉が発生してしまったんだわ。）でもそれ……今だと、なあんか、ニュアンスが違ってきちゃってる。ので、これは大体直しました。

☆

それから。

あ、これ、ちょっと宣伝ね。

『扉を開けて』を書いた時には、書いてなかったお話がいくつかあります。

『ラビリンス――迷宮――』。これは、小説内時間で言えば、『扉を開けて』の数年前の東の国のお話。徳間文庫です。サーラさんっていう女の子が主人公のお話でして、このサーラさん、守護神がラーラのみで、しかも生まれた時に星が流れているんです。はい、つまり、ディミダさんとまったく同じ条件ですね。運命からいって、サーラとディミダは、東の国の主権を争わなきゃいけない同士。そんで、サーラは、いろいろあって、旅にでます。（このお話により、何故、五百年前にはまったく無視されていた西の国が、いきなり強大な国になってしまったのか、その理由が判ると思う。）

それから。

『ディアナ・ディア・ディアス』（やっぱり徳間文庫）。これは、このお話と時間がまったく同じです。『扉を開けて』をやっている時の、南の国のお話。東の国の守りの要である、ラ・ヴィディス・ワンスと、ラ・ミディン・ディミダがいきなりいなくなってしまった為（ハノウ山を越えていたのですね）、東と南の国境では、いささかとんでもないことがおこり……結果として、『扉を開けて』中に名前だけでてくる、南の国の天才児・カトゥサが、歴史の中央舞台に出てきてしまう。自分の、隠されている本当の血筋故に、一生を大神官として、政治とは関係がなく生きようと思っていたカトゥサが、無理矢理歴史の中央舞台にひっぱり出されてしまった為に、この後、南の国と東の国は、政治・軍事的な大激震に襲われます。

……いや……まあ……その……。そんなことがなくっても。このお話が終わった時点で、〝中の国〟は非常に凄い状態になっているんだよね。なんか、うやむやのうちに宗主国である〝西の国〟をおっぱらっちゃったでしょ、当然、西の国は怒り狂って、中の国革命勢力討伐の為の人員をおくってくる訳です。（というか、第二次中の国・西の国大戦が始まるよねえ……。）そんで、その討伐隊の先頭に立つのは、デュラン四世。――デュラン四世っていうのは、デュラン三世の弟さん。兄さんが非業のうちに死んだので、デュラン家を継いだんだわ――。この人は、もう、〝ぼうぼう〟って擬音を書けるくらい、〝中の国〟、〝ネリューラ〟、ひいては〝ラディン〟に対して怒っている。兄が何を考えていたのか、知る由もなかったから、これは当然なんだけど。そんで、それに対するのが、トワド・ラディン。はっきり言って、正直者で、素直で、実直で（おお、〝直〟っていう字が三つもだぶっている）、お友達にするのにはとってもいい人なんだけど、一国の長としてはちょっとなあ……って人物です。しかも、後ろ楯になってくれる筈の、東の国の鬼姫、ラ・ミディン・ディミダは、カトゥサと、帰ってきたサーラの為に、とても他の国の政治には口をはさめない、そんなことしている暇がない状態。

わははは、凄いことになってしまいます。（と、この辺のことはまだお話にしていないので……いつか、どこかで、書けるといいなあ……。）

☆

それから。今度は、東京版のコマーシャル。

えっと、『……絶句』というお話があります。上下二巻で、ハヤカワ文庫。

これは、時間的には、『扉……』の数年前にあたるお話です。東京版は、内容的に『扉……』とはまったく関係がないので、中身については触れませんが、このお話でいろいろなことがあった結果、〝第13あかねマンション〟の時空間が歪んでしまいます。

また、『二分割幽霊綺譚』ってお話もありまして、（講談社文庫です）これは、第13あかねマンションの一階の話です。時間的には、『扉……』より、ちょっと後って

講談社版『二分割幽霊綺譚』 あとがき

えっと、あとがきです。

これは私の十冊目の本にあたりまして（わーい、十冊目。これで本の冊数かぞえる時、両手の指が全部使える）、二十一の春、できたお話です。

☆

このお話の基本設定は、高校二年の時に見た夢なんですよね。

夢の中で。私、ヘリコプターに乗ってるんです。ひざの上に猫かかえて。で、ジャングルの上を飛んでます。と――とたんに。もの凄い風が吹いて、いつの間にか、私、おっこっちゃうんです。（この辺で、いつの間にか、私、人間の女の子じゃなくて、女の子の抱えていた猫になってます。）

猫の私、何とか無事ジャングルに着地しまして。さあ、それからが大変。喉はかわくし、泉はみつからないし、トラはおいかけてくるし、もう必死でサバイバル、なんてやって。

で、何とかトラふりきって、枯草寝床にして、どうやって東京へ帰ろう……なんて思案してると――今度はヒ

感じかな。『二分割……』のラストあたりで、山岸桂一郎くんが第13あかねマンションに引っ越してきます。（こうしてどんどん、〝第13あかねマンション〟は、変な建物になってゆく……。）

どこかで、これらの本にめぐりあうことがありましたなら、手にとってみていただけたら、嬉しいです。

☆

それでは。最後に、お礼の言葉を書いて、このあとがき終わりにしたいと思っています。

まずは、今回、リニューアル版をだしてくださったコバルト編集部に。

どうもありがとうございました。

それから、これを読んでくださった、あなたに。

読んでくださって、どうもありがとうございました。気にいっていただけたら、本当に嬉しいのですが。

そんで、もし。気にいっていただけたとして。

もしも御縁がありましたなら、いつの日か、また、お目にかかりましょう――。

２００４年８月

新井素子

ヨウがでてくるんです。

とにかく逃げます。ひたすら逃げます。木に登り、川にとびこみ、においを消して。

ずっと逃げると。唐突に森がとぎれ、洞窟にでくわすんです。まだヒョウがおいかけてくるもんだから、仕方なく洞窟にとびこむと。

ヒョウ、洞窟の入り口のまわりを、二、三回ぐるぐる歩いて――何故か、帰っちゃうんですよね。何で帰っちゃったんだろう……でも、ま、助かったんだからいいか、なんてのびすると。

うわっ、助かった訳じゃなかった！　何でヒョウがすごすご帰っていったのかっていうと……こ、この洞窟、ライオンが住んでるからだわ！

洞窟の奥から、ライオンが二頭、のそっとでてきて。逃げる隙もあらばこそ――食べられちゃいます。

あ、あ、あ……食べられてしまった。気落ちして、ふと気がつくと、私の意識だけが、ライオンの胃の中であぐらなんてかいてるんです。それも――二頭のライオンに食べられたものだから――二分割された格好で。

うーむ、見事に二分割されてるな。自分で自分の腰のあたりのぞきこんで。

切断面がすぱって見えてる。すごいなあ、腸の縦断面まで見える。動く理科の図表のバイトができる。

で、しばらくほけっと考えまして。ふいに、思いつくんですよね。そだ、ライオン。えーい、よくも私、食べたわね。苛めちゃお。

ちくちく、ライオンの胃の中、つついたりして。（どういう訳か、つまようじ、持ってるんです。）つつきながら、しゃべったりして。

「おーい、ライオンさあん」

「何だあ」

返事がきたりして。

「よくもあたしを食べたわね、ちくちく」

「や、やめなさい猫さん、一寸法師じゃあるまいし。それにね、あんたは俺の捕食の対象な訳。運悪くつかまったんだから、食べられてもしょうがないでしょうが」

「うーむ」

「あんたも鳥なんか食べるだろ」

「……キャットフードだもん」

「キャットフードって、肉、はいってないの？」

「……はいってるような気がする……」

「じゃ、おたがいさまじゃないか」

「う……うーむ」

私、何故か納得しまして、ちくちくすんの、やめます。

「まあこうなったのも（おい、落ち着いて考えてみれば、どうなったんだ？）何かの縁だから、仲良くしようじゃないか。な？」

「う……ん」

と。その時急に判るんですよね。私の右半分を食べたライオンさんが、ハンターに狙われている。（いつの間にか、場面は、洞窟じゃなくて、森の中にうつってます。）

「ね、あたしの左半分食べたライオンさん、右半分食べたライオンさんが危ない」

「へ？」

「ハンターに狙われてんの」

「え……大変だ。助けなければ」

「うん」（しかし……落ち着いて考えてみれば、何で私が、自分を食べたライオン、助けにゃならんのだ。）

「おい、あっちのライオンに連絡つくか？」

「うん」

で、私の意識は唐突に、左半分食べたライオンさんから、右半分食べたライオンさんの方へとびまして。

「あっちのライオンさんが、左からハンターのうしろにまわってるから」

「OK。じゃ、俺が陽動作戦とろう」

かくて。私がそこにいるおかげで、お互いにテレパシー使えるような状態になったライオン二頭は、無事お互いのコンビネーション・プレイで危機をのがれまして。怒ったハンターが仔ライオンを人質にとって（どういうハンターなんだろう）、このあと夢は、ライオンの人質奪回作戦に発展してゆきます。（長い、ストーリー展開のある夢みて、で、それ覚えていられるのって特技です――というより多分、おきぬけの頭で、どんな夢みたんだっけって考える時、かってにぼんやりと、夢の中の情景をもとにしてストーリー作っちゃってるんだろうけど。）

☆

次の日。学校行きまして、友達にその夢話して。

「ね、これ、使えると思わない？　主人公が誰か二人に食べられて、で、食べた二人が一種のテレパシーもどき使えるようになるっていうの」

「う……うん……でも……」

当時漫画家志望だった（今は漫画家の）友達、吐きそうな顔して。

「それは……素子あんた、それはあまりにグロテスクなんじゃない？　食べられるシーンなんか、どう描いてもグロテスク……」

「そりゃ、絵で描きゃグロテスクだろうけど、字で書きゃ……やっぱ、グロテスク、ねえ」

それに大体。どう細工しても、すごく暗いどろどろとしたお話になりそう。夢の場合、食べたのがライオンだったから、まあシチュエイションに納得がいったけど、人間が人間食べたら……猟奇の世界、だなあ。

私、これ、絶対、からっと明るいコメディにしたかったんです。絶対。何故って、この設定でキャラクター作って動かしてみたら——どうやったって、会話がコメディなんだもの。(趣味的にもコメディ書くのが一番好きだしね。)

で。何とかこの設定使ってコメディ作りあげるのに——何だかんだで四年、かかったのでした。

☆

何とか構成ととのえて、いい加減書き始めようとおもった時。とんでもないことに気がついたのでした。わあ、どう動かしてももう一人、謎の人間が必要じゃないかあ。どうしよう、どんな設定にしよう、ううむ。

これに気がついたの、待ちあわせしていた喫茶店で、だったんですよね。私がうーむってやってると、おりよく待ちあわせの相手登場。ちょうどいいや、一人でぐちぐち考えてるから、何もおもいつけないんだ。なんか考えてもらお。で。

「ね、何か言って」

「へ？　何かって……何」

「何でもいい、名詞」

「名詞……喫茶店」

「そういうんじゃなくて、もっと突拍子もない名詞」

「えっと……もぐら」

もぐら——地面の中——地中世界——みみず——まっくろなハムスターの目——ぬいぐるみのような——アスファルトでおおわれた東京。

やつぎばやに頭の中をいろいろなイメージがかけぬけて。わお、もぐら使うと必要な条件がすべて満たされる！　これにきめよ。(だから、このお話に何故もぐらがでてくるのか私にも謎なのです。私にも謎——あ、まてよ。確か、その二、三日前、その人と一緒にデパートでもぐらのぬいぐるみ、買おうかどうかまよったんだっけ……何だ、意外と安易だ。)

☆

これ書いている間、妙なところで苦労しました。私、自分の書いているお話の主人公に同化しちゃう癖があるんですが——このお話の主人公、完全に男言葉、遣うでしょ。まあ、日常生活における言葉遣いが乱れて乱れて。家族に、素子、お茶碗洗って、なんていわれると返事が、「ああ」になっちゃう。その他、

「なんだよ、るせえな」

「けっ、しょうもねえ」

「ちっと待ってな、やってやるから」

おかげで親子げんかは多発するし、学校で「新井さん」なんて声かけられて、ついうっかり「おう」なんてやっちゃうと、声かけてきた男の子は目をまるくするし……。

これの後に、女の子主人公にしたコメディ一本書いて、ようやく言葉遣いがもとにもどりまして……ああ、よかった。あやうくお嫁にゆけなくなるところだった。

とはいえ。日常生活に変調をきたす危険性をはらんではいるものの、男言葉遣って書くのって、おもしろいんですねえ。そのうち、また、やりたいな。

☆

最後に。仕事と卒論がかさなったり、後期試験がかさなったりして、全般的に原稿遅れがちだった私に、とっても気を遣ってくださった出版部の小島さん、どうもありがとうございました。

そして。このお話を読んでくださったみなさんに。読んでくれてどうもありがとうございました。気にいって頂けると嬉しいのですが。

もし、もし、気にいって頂けたとして、そして。

もしも、御縁がありましたら。いつの日か、また、お目にかかりましょう——

昭和五十八年一月

新井素子

文庫版へのあとがき

講談社文庫版『二分割幽霊綺譚』

あとがきであります。

これは、私の十冊目の本にあたりまして、二十一歳の春に書いたお話です。

☆

ずいぶん長いこと——そして、今も——実は、私、ずっと不思議に思い、悩んできたことがあるのです。（書いてしまうとあきれられてしまうかも知れない。実際、二十を越えた人間が真剣に悩むようなことじゃないんですが。）人は、何故、吸血鬼を怖がるのだろうか？　小説に出てくる吸血鬼は、何故あんなに怖がられるのか。（ね？　実際、悩むようなことじゃないでしょ。）

でも。とはいうものの吸血鬼って、やっぱりとてもそう怖いものだとは思えないの。だって吸血鬼におそわれた場合の弊害って、せいぜい自分自身が吸血鬼になってしまうってことくらいで（ま、その間のプロセスとして一回、死にますが）、これ、どう考えてもそうおそろしいことやいまわしいことには思えないんです。

だって。吸血鬼の第一の特長（あえて特徴じゃなくて特長と書きました）って、不老不死なんだもの。（ついでに言うと、吸血鬼の方は、おおむねみなさん美男美女でセクシーですね。おまけに小説によっては、もの凄い怪力が発揮できたりもするしね。そのうえ、大体、食費というものがいらない生活様式を営んでいらっしゃるようだし……。）

　普通の小説で、「不老不死になる秘薬ができた、ただし服用すると一時仮死状態になる」っていう設定がでてきたら、普通の作中人物は、まあ大体その秘薬を手に入れようとして必死になるでしょう？　なのに、吸血鬼ものに関する限り、大体全員一致でその秘薬の生きた製造工場破壊にはげむことになってる。

　これは、不当な吸血鬼差別だと思いません？

（ま、確かに吸血鬼になることによるデメリットっていうのも、あることはあるんですけどね。十字架にさわれなくなるとか、ニンニクが駄目とか、昼外に出られない、太陽の光にあたれない、バラが枯れる……エトセトラ。あ、銀製品が駄目だってパターンもあったっけ、あと、鏡にうつらなくなる、とか。でも、クリスチャンじゃない私は生涯十字架にさわれなくてもそう困りはしないと思うし、不老不死になる為の食事療法としてニンニクを食べるなって言われればそれ実行するくらい何でもないし、結婚前はどうせ夜型だったんだし実は今でも夜の方が仕事しやすいし、バラが枯れたってさして困るとは思えないし、銀製品は高いから使えないならそれはそれでいいし、どうせ鏡にうつして悦に入る容姿でもないし……。私の場合、吸血鬼になった為のメリットとデメリットをはかりにかけると、圧倒的にメリットが勝つんですよね。）

　と、まあそんなことをぐだぐだぐだぐだずっと考えてきた結果、砂姫というキャラクタ―の原型が、半分くらいできました。

（それに、ま、小説にでてくる〝吸血鬼〟ってイメージじゃなくて、土着信仰的な吸血鬼は、気持ち悪いと私も思う。夜な夜な墓場を抜けだして人をしめ殺しちゃ血をすする生きている死者ってイメージは、ね。それに、自殺した人間が吸血鬼になるっていう民間伝承をふまえると確かにいまわしいかなっていう気もするし――キリスト教社会において、自殺は罪です――、有名なドラキュラのモデルって言われるヴラド・ツェペシュなんかとは、どう考えてもお友達になりたくないしね。――ヴラドくし刺し公。この人は、罪人だのむほん人だのをくし刺しにして殺すっていうよくない趣味をもってまして、更に、くし刺しの死体に囲まれて夕食会なんかひらくという信じられない趣味まで持ってたそうです――。）

　それから。もう一つ吸血鬼について私、悩んでいることがあるのです。

　吸血鬼に血を吸われた人がみんな吸血鬼になるとした

ら──大丈夫かしらね、人間って残っていられるのかしら。ううん、そんなねずみ講みたいな食性を持っているとしたら、そもそも吸血鬼って、存在不可能なんじゃないかしら。

仮に一人の吸血鬼が一週間に一回だけ食事するとしますね。と、一週目で吸血鬼は二人、二週目で四人、三週で八人、十六人、三十二人……って続きまして、何と二十七週目にして一億三千四百二十一万七千七百二十八人の吸血鬼ができてしまう計算になるんです。日本に一人吸血鬼が上陸したら最後、半年目には日本全国津々浦々、存在するのは吸血鬼だけってことになっちゃう。(この場合、新生児で吸血鬼になっちゃった人は悲惨ですねー。不老不死の赤ちゃんという、おそろしい状態やることになるんだから。)

でもって。万一吸血鬼が一日一回食事したら。日本列島は一月もちません。

万一、吸血鬼が一日三回御飯たべたら。九日目の晩で日本全滅、十一日目の昼には、ほぼ人類絶滅です。(十一日目の昼で四十二億九千四百九十六万七千二百九十六人の吸血鬼だぜ。)

吸血鬼の食事がもし人間の血だけだったら。吸血鬼って、発生したあと十一日の命ってことになっちゃって──とてもこんな不合理な食性の生物が存在できる訳がない!(あ、一応一回死んでるから、生物じゃないのかな……。)

ま、今のは途中で殺される吸血鬼が一人もいないって想定のもとでの計算なので、吸血鬼始末人か何かががんばればもうちょっと吸血鬼一族の寿命はのびるでしょうが。でも、ねずみ講式増え方っていうのはなかなかにおそろしいものなので、そういう増え方している以上、この世に一人吸血鬼が発生したら、ま、人類はもって数年だと思われます。

これもまた、あんまりだと思いません? 吸血鬼なんてとっても魅力的なキャラクターなのに、計算するとどうしても存在に無理があるだなんて。

だもんで。いつしか私、〝自分の小説にでてくる吸血鬼〟って存在を考える時に、その吸血鬼から、〝伝染する〟って要素を抜くようになってしまいました。

こうしてできたのがこのお話にでてくる、砂姫というキャラクターです。

☆

このお話には。吸血鬼の他、みみずさんがやたら沢山でてきます。主人公が、山のようなみみずの上におっこちるシーンまででてきちゃって──で、おおむね、このシーンは、不評なようなのですね。気持ち悪いんだって。

そういう他人の意見を聞いて。やっとこ私、気がついたのでした。あ、普通みみずって気持ち悪がられるんだっけ。（と書けばお判りのように、私自身はみみずって全然気持ち悪いと思えないの。あの方々がぐちゃぐちゃごちゃごちゃ地面の中をうごきまわってくれるおかげで土地や畑が肥えるのだ、と思うと、ありがたい方々ではないか。）

一般的に長い生物って、どうやら嫌われるらしいのですね、みみずさんとかへびさんとか。で、これは最近気がついたのですが——私って、長いの、平気なの。ふっと気がつくと、うちに多数いるぬいぐるみの中には、やたらと長いものが多いし。（ついに二十匹の大台にのってしまったキャットテイル——これは別名ネコヘビと言われてまして、その言葉から形状を想像して下さい——とか、身長二メートル五十のニシキヘビのぬいぐるみとか。みつけたら、みみずさんのぬいぐるみも欲しいと思っております。）それに私、仕事で一メートルを越す生きているニシキヘビさんを抱いたこともあるんだよね。その時も、恐怖感ってまったく抱かなかったし……。（なかなか人に慣れていて、かわいいヘビさんだったたっていう理由もありますけれど。）

何で長いと人に気持ち悪がられるのか。これもまた、不当な長いもの差別なんじゃないだろうか……なんて、このお話を読み返して、また、しみじみ思ってしまったのでした。

☆

このお話が最初に単行本として出たあとで。割と大勢の方がどうやら〝ヒミズ〟というのを架空の生き物だと思っていらっしゃるということを知り、驚きました。あれはちゃんと実在の生き物です。百科辞典にもちゃんと出てるんだぞお。（ただし、国民百科をひいたら、ヒミズ→モグラって書いてあってちょっとずっこけ、更にモグラをひいたら、まず、『食虫目モグラ科のうち、水生のデスマン亜科、半地下生のヒミズ族を除く地下生の哺乳動物の総称』って書いてあって大巾にずっこけましたが。ま、とにかくヒミズっていうのは、『完全な地下生活者になりきっていない、いわば半モグラともいうべき存在』だそうです。）

私、何となく子供の頃からヒミズっていう生き物がいることを知っていたので（もぐらって生き物がいることは、ま、常識だよね？　ヒミズも、同じ、常識の範囲の生き物だと思っていた）、『生物の先生に聞いたけれど先生もヒミズって知らなかったので新井さんが作ったものだと思ってました』とか、『ミミズとのごろあわせで作ったものじゃないんですか』って意見を聞くたび、ぶっとびました。可哀想にヒミズって、どうしてこんな無名の生き物になっちゃったんだろう……？（だって少なくとも、エリマキトカゲやヤンバルクイナやイリオモテヤマネコなんかより、一般的な日本人にとってずっと身近な生き物だと思うけどなあ。）

☆

では、最後に。

これを読んで下さったみな様に。

読んで下さって、どうもありがとうございました。気にいっていただけると、とっても嬉（うれ）しいのですが。で、もし。

もし、気にいっていただけたとして、そして。

もしも御縁がありましたなら、いつの日か、また、お目にかかりましょう――。

昭和六十一年一月

新井素子

あとがき

あとがきであります。

これは、『新井素子SF&ファンタジーコレクション』全三巻のうち、二巻目ということになりまして、『扉を開けて』『二分割幽霊綺譚』と、短編、および、これらのお話にまつわる対談や何やを収録させていただいている本です。

ちなみに、一巻は、『いつか猫になる日まで』『グリーン・レクイエム』『緑幻想』を収録しています。三巻では、『ラビリンス』『ディアナ・ディア・ディアス』その他を収録予定。

と、いう訳で。ここの処しばらく、私、自分の初期作品をずっと、ずーっと読み返しているんです。(ゲラの手入れ、しなきゃいけないからね。んでもって、ゲラの手入れをするっていうことは、当たり前ですが、非常に真面目に、片手でメモとりながら、これらの原稿を全部何回もチェックするんです。)

そうしたら。

なんか、しみじみと、幸せになってしまいました。

☆

作家生活三十年を越えた頃から。実は私、思っていることがありました。これ、非常に不遜だし、言っちゃったら僭越だし……だから、言わないようにしていたんだけれど。

もし。

もし、お話に〝かみさま〟っていうものがいるとしたら……私は、ひょっとしてひょっとしたら……その、〝お話のかみさま〟に、愛されて……いる?

いや、そもそも。十七でデビューしちゃって、将来の進路悩む暇もなく、子供の頃からずっとなりたかったお仕事、小説家になってしまった段階で、「お話のかみさまがいたら、贔屓されてんのかな私」って思わない訳でもなかったんですが、まあ、このかみさまは、もしおわしたとしても、かなり意地悪である可能性があり……十七歳の女の子に、一瞬目をかけて作家にしてはみたものの、数年ですっと目を逸らし、「あとは知らない」になる可能性、かなり高そうで、だから、お話のかみさまの存在、なるべく考えないようにしていたんですが。

でも。

今まで、四十年も、このお仕事続けていたら。そりゃ、いろんなことがありました。八十枚って言われた原稿、百五十枚も書いちゃって、どうしようって思っていたら、編集部の方のミスで、掲載がひとつき遅れた。そのせいで、長くなっちゃってもＯＫになった。

どう考えても変なシーンを書いちゃって、理性的に考えると、このシーン、あっては変なんだけれど……でも、雑誌掲載時までそれが判らず、それが活字になってしまった。うわ、うわ、どうしようって思っていたら、ふいに、お話が自分でも思わなかった方に方向転換。この、変なシーンが、実は絶対必要なシーンになってしまった。

実生活でかなり大変なことがあって、何で私がこんな目にあうのって思っていたら、その時書いていたお話が急転直下、あ、今、この経験やっといてよかったあ、これ、凄く、今、今こそやっといて役にたつって思うことがあった。

同じ様な感じで、ホラー書き出したら生まれて初めての金縛りにあったり、主人公が怪我するシーン書く直前に、ざっくり手を切って大騒ぎになったり。（あとの方の例は、本当、嬉しくないんですが。）

……こういうの。

私が、お話のかみさまに、愛されているんだって思うと……納得、です。

うん。

多分。

きっと。

おそらくは。

私は、本当に……お話のかみさまに、愛していただいているんじゃないかな……って、今回、この『ＳＦ＆ファンタジーコレクション』の原稿に手をいれていて、確信しました。

だって私。

とんでもないプレゼントを、貰っちゃったんだもん。

☆

それが、この本です。というか、これらの本です。つーか、昔のお話を、メモ片手にチェックしながら読むことです。

やってみたら判った。

二、三年じゃ、ない。

二、三十年前の原稿を（いや、下手したら四十年前の原稿を）、メモ片手に読み進める。

昔の原稿ですから、頭掻きむしりたくなることはある。これ直せって、ほぼ、懲罰だよねって気分になることもある。

けれど、同時に。

おそろしい程鮮明に、私は、この本を書いた時のことを、思い出していたんです。

うわっ。

お話って、凄いな。

これは、多分、読者の方には判らない。小説を何十年も書き続けて、何十年後に読み返すっていう経験をしないと判らない、ないしは実感できないことなんだろうと思うんですが。

いやあ、お話って、タイムカプセル。何より凄いタイムカプセル。ちゃんと読み返すと、その時、自分が何を思っていて何考えていて何悩んでいて何やっていたのか、おそろしい程鮮明に、ありありと、判ってしまう。てにをはの使い方ひとつ、形容詞のあり方ひとつで、それだけで記憶がもの凄い勢いで甦ってくるんです。特に、「え、この局面でこの言葉選ぶ？　普通ここは、××じゃなくて〇〇だよね、でも、この文章の運びだと、この時私、絶対わざと××の方選んでる。何でだ」なんてひっかかると、どさあってその時の自分の思いが甦ってくる。

これがお話のかみさまからのプレゼントでなくて、なんだって言うんでしょう。もう、懐かしくって、嬉しくって、幸せで、涙ぐんでしまいそうになりました。しかも、これ、私以外のひとには絶対に判らない。（いや、三、四十年お話書いてる他の作家の方も、自分の初期作品を読み返せば、こんなこと思うのかも知れないけれど。でも、私は他の作家の方の作品読んでも、そういう思いには浸れないし、他の作家の方が、私の初期作品を読んでも、この感慨には浸れないだろうと思います。）限定、私のみへのプレゼント。

昔のあとがきなんかでも、「三年たって読み返してみて、いきなりその頃のことを思い出しました」なんて書いてある奴があるんだけれど、三年と、三十年、四十年では、桁が違います。この年になって、十八の私の気持ちを、二十の私の思いを、二十三の私の考えを、ありありと実感してしまえるだなんて……。ほんっとに。心から。

お話のかみさま。どうもありがとうございます。あなたに愛していただいて、こんなプレゼントまでいただいてしまって、私は本当に幸せ者です。

☆

ところで。この本にも、過去のあとがきを全部収録しておりまして（……六本もある。『いつか……』の時も思ったんだけれど、何でこんなにあとがきばっかりあるんだ）、その中に、「このお話は今、××文庫に」なんて書いてある奴がありますが、それ、今ではほぼ手にはいりません。（あ。ハヤカワの『……絶句』は、まだ、あるのかな？）そのかわり、この撰集で、問題のお話は、大体カバーできていると思います。

この事実ひとつをとっても、私はとっても運のいい小説家だと思いますし、それ以前に。お話のかみさま、本当にいつもどうもありがとうございます。

☆

それでは。

この本、読んでくださって、どうもありがとうございました。少しでも楽しんでいただけると、私は本当に嬉しいのですが。

前のあとがきにもあるように、『扉……』は、私、すっごく楽しんで書いてましたし、読み返してみたら判る、『二分割……』は作者本人が楽しむ以外のことをあんまりしていない書き方してる。もう、作者が楽しんで遊んでますんで、読んでくださった方が楽しんでくれれば、私にしてみれば、本当に嬉しいです。

そして、もし。

もし、気にいっていただけたとして。

もしも御縁がありましたのなら、いつの日か、また、お目にかかりましょう――。

２０１９年８月１日

新井素子

編者解説

日下三蔵

第一巻の解説で、うっかり何の説明もなく、「新井素子は、日本ＳＦ第三世代を代表する重要な作家である」と書いてしまったが、日本ＳＦにはデビューの時期によって作家を分類する考え方がある。

一九六〇年代までに登場した作家たちは、ＳＦという新たなジャンルを切り開いたパイオニアである。星新一を筆頭に、小松左京、筒井康隆、眉村卓、光瀬龍、平井和正、豊田有恒、矢野徹、広瀬正、半村良といった人たちが、この第一世代に当たる。

彼らに続いてＳＦの世界の可能性を押し広げたのが、七〇年代前半にデビューした第二世代作家たちである。田中光二、山田正紀、横田順彌、川又千秋、かんべむさし、堀晃、荒巻義雄、山尾悠子、鏡明、梶尾真治らが該当する。

七〇年代後半、「ＳＦマガジン」に次ぐ第二の専門誌「奇想天外」の創刊以降に登場してきた作家が第三世代に分類される。新井素子を筆頭に、神林長平、夢枕獏、谷甲州、栗本薫、水見稜、岬兄悟、火浦功、野阿梓、大原まり子といった人たちである。「奇想天外」の第一回新人賞でデビューした新井素子は、第三世代のトップを切って登場しているのだが、高校生の時に作家活動を始めているので、第三世代作家の中ではもっとも若いというのが面白い。

デビューの時期による分類であるため、最初期の長篇が早川書房のどの叢書から出ているかで、おおよその判断がつく。第一世代作家はもちろん小Ｂ６判の《日本ＳＦシリーズ》で、小松左京『復活の日』『果しなき流れの果に』、星新一『夢魔の標的』、筒井康隆『48億の妄想』『馬の首風雲録』、眉村卓『ＥＸＰＯ'87』『幻影の構成』、光瀬龍『たそがれに還る』『百億の昼と千億の夜』、豊田有恒『モンゴルの残光』、平井和正『メガロポリスの虎』といったオールタイム・ベスト級の作品がずらりと並んでいる。

第二世代作家はハードカバーの《日本ＳＦノヴェルズ》で、荒巻義雄『白き日旅立てば不死』、田中光二『幻覚の地平線』『わが赴くは蒼き大地』、山田正紀『神狩り』『弥勒戦争』、かんべむさし『サイコロ特攻隊』などが刊行されている。

第三世代作家は黄色い背表紙が印象的なソフトカバーの《新鋭書下ろしSFノヴェルズ》に参加している人が多い。新井素子『……絶句』、神林長平『あなたの魂に安らぎあれ』、谷甲州『エリヌス――戒厳令』、大原まり子『機械神アスラ』、水見稜『夢魔のふる夜』、岬兄悟『風にブギ』などがそれで、後に単発のハードカバーとして刊行された夢枕獏『上弦の月を喰べる獅子』も、当初はこのシリーズで予告されていたものである。

第三世代作家は七〇年代末から八〇年代にかけて、SF読者の裾野を大いに広げる役割を果たした。栗本薫は《グイン・サーガ》で、田中芳樹は《銀河英雄伝説》で、それぞれ国産ヒロイック・ファンタジーとスペース・オペラの分野を開拓。夢枕獏、菊地秀行、笠井潔らは新書ノベルス判の伝奇バイオレンスブームを牽引した。そして多くの作家が、現在のライトノベルの源流に当たるコバルト文庫とソノラマ文庫で力作を発表し、若い読者から熱狂的な支持を得ていた。コバルト文庫を中心に活躍していた新井素子も、その一人である。

第二巻に収録した長篇二本、短篇一本の初出は、以下のとおり。

扉を開けて　「奇想天外」81年6月号
斉木杏の憂鬱　「SF Japan」01年春季号（4月）
二分割幽霊綺譚　83年3月　講談社（書下し）

「奇想天外」
1981年6月号

『扉を開けて』
CBS・ソニー出版版

『扉を開けて』
コバルトシリーズ版

『扉を開けて』は新井素子の二番目の長篇小説である。「奇想天外」誌に四百五十枚が一挙掲載された後、八二年三月にCBS・ソニー出版から単行本化された。八五年六月に集英社文庫コバルトシリーズに収められ、九六年七月に集英社からハードカバーの愛蔵版、二〇〇四年十月に集英社コバルト文庫から文庫新装版が刊行されている。通算で本書が五度目の出版となる。

国産ヒロイック・ファンタジーの作例としては、豊田有恒《ヤマトタケル》シリーズ（七四年〜）がもっとも早く、次いで高千穂遙《美獣》シリーズが七八年、栗本薫《グイン・サーガ》シリーズが七九年に、それぞれスタートしている。異世界ファンタジーの世界観が定着していく過程をたどってみると、ゲーム「ゼルダの伝説」「ドラゴンクエスト」の発売が八六年、「ファイナルファンタジー」が八七年、田中芳樹《アルスラーン戦記》シリーズ開始が八六年、水野良《ロードス島戦記》シリーズ開始が八八年であるから、『扉を開けて』は、かなり

『扉を開けて』
コバルト文庫新装版

『扉を開けて』
集英社愛蔵版

早い時期に書かれた作品であることが分かる。

本コレクション第三巻に収録される長篇『ラビリンス〈迷宮〉』『ディアナ・ディア・ディアス』は、いずれも『扉を開けて』と同じ世界を舞台にしている。本書には、初出時に付されていた「中の国地図」を掲載誌から再録した。作品自体のイラストは畑農照雄だが、この地図には「T.ISOKURA」のクレジットがある。磯倉哲さんというイラストレーターがいるが、ご本人と連絡がつかず、この地図を描かれた方かどうかの確認も取れなかった。「奇想天外」誌に中の国地図を描かれた「T.ISOKURA」さんの消息をご存じの方は、編集部までご一報いただければ幸いです。

キティ・フィルム制作でアニメ映画化され、八六年十一月一日に公開された。併映は萩尾望都原作の「11人いる！」。スタッフは、監督に清水恵蔵、プロデューサーに古徳稔、出崎哲、脚本に小出一巳、出崎哲、絵コンテに出崎哲、キャラクター・デザインに四分一節子、企画協力に竹宮恵子、キャストは、根岸美弥子に声優初挑戦の藤本恭子（挿入歌「愛されたくて」

アニメ映画『扉を開けて』
劇場用パンフレット

『アニメ版　扉を開けて』
CBS・ソニー出版

『扉を開けて』
花とゆめ COMICS 版

アニメ映画『扉を開けて』
撮影用シナリオ

アニメ映画『扉を開けて』
DVD ジャケット

も歌っている）、斉木杏に井上和彦、山岸桂一郎に佐藤政道、ラ・ミディン・ディミダに平野文、トワドに島田敏、ワンスに池田勝、スメガにつかせのりこ、キラに坂本千夏、クンナに深見理佳（現・梨加）、ミセに貴家堂子、ネリューラに勝生真沙子、黒騎士に安原義人、ラディンに野沢那智という布陣であった。アルタリア役で大相撲の元関脇・荒勢、大学教授役でクイズダービーの回答者として人気だった篠沢秀夫教授も出演している。

音楽担当はマーク・ゴールデンバーグ、主題歌はDATE OF BIRTH「思い出の瞳」。サントラ盤は、キティ・レコードから発売されている。また、アニメ化に合わせてCBS・ソニー出版からシナリオとスチール写真で構成された『アニメ版　扉を開けて』が、八六年十一月に刊行された。同書の巻末には「スペシャル・トーク」として新井素子、出崎哲の両氏による対談とキャラクターの設定資料が収録されていた。本書には、出崎さんのご厚意で、この対談を関連資料として再録させていただいた。

亜藤潤子の作画でコミカライズされている。白泉社の少女マンガ誌「花とゆめ」八六年二十号から二十四号まで五回連載され、同年十二月に花とゆめコミックスから単行本化された。

八七年には、企画・制作キティ・エンタープライズ、販売アスキーによるパソコン用ゲームも発売されている。

星群の会のSF同人誌「星群」五十五号（84年7月）では新井素子特集が組まれており、ここから奇想天外新人賞出身のＳＦ作家・山本弘（やまもとひろし）氏による評論「扉を開けて、目を開けて」を再録させていただいた。この時点での新井素子論としては、出色の内容だと思う。収録を許可してくださった山本さん、ありがとうございました。また、「星群」のテキスト入手に際しては、東京創元社の小浜徹也氏とＳＦ研究家の代島正樹氏に、多大なご協力をいただきました。ここに記して感謝いたします。

短篇「斉木杏の憂鬱」は徳間書店のＳＦ専門誌「SF Japan」の通巻三号目に発表された。単行本初収録。初出では「第十三あかねマンションへようこそ」の副題があり、末尾に添えられた星敬（ほしたかし）氏によるインタビュー（本書にも関連資料として再録）にあるように、第13あかねマンションを舞台にした連作に発展させる構想があった。しかし、その後、新たな作品は書かれていないため、第13あかねマンションが登場する二長篇を収めた本書に、特別収録した次第。なお、第13あかねマンションは、他に『……絶句』にも登場している。

『二分割幽霊綺譚』は八三年三月に講談社から書下し単行本として刊行され、八六年三月に講談社文庫に収録された。本書が三度目の出版となる。

本書には、まず単行本未収録のエッセイ「二分割千円札綺譚」を関連資料として再録した。講談社文庫の情報誌「IN★POCKET」の八三年十月創刊号に掲載されたもの。半年前に出ていた『二分割幽霊綺譚』のタイトルをもじったエッセイで、作品との内容的なつながりはない。「IN★POCKET」はその月の講談社文庫の新刊に因（ちな）んだエッセイを載せる雑誌なので、本来ならば八三年十月に同文庫に収録された『グリーン・レクイエム』につ

「SF Japan」
2001年春季号

『二分割幽霊綺譚』
講談社版

『二分割幽霊綺譚』
講談社文庫版

いてのエッセイが書かれるはずだが、創刊号なので、そこまで厳密にフォーマットが決まっていなかったと思われる。

『二分割幽霊綺譚』が文庫化された際の「IN★POCKET」八六年三月号では、新井素子特集が組まれている。「新井素子INグァム」と題した巻頭カラーグラビア八ページに加えて、特集の主な記事は三つ。一つは射撃体験記「グァムはシューティングびより」で、これはエッセイ集『新井素子の未知との遭遇』（90年8月／講談社→93年8月／講談社文庫）に収録された。二つ目は「グリーン・レクイエム」の今関あきよし監督によるエッセイ「SFではなく、純愛物語として――『グリーン・レクイエム』監督記」。これは「グリーン・レクイエム」を収めた第一巻に収録すべきものだったが、発見が遅れたことと、掲載誌のページ数で八ページというボリュームのため、見つけていたとしてもただでさえ厚い一巻に突っ込むのは難しかっただろう。

三つ目は阿川佐和子氏による「佐和子のさわやかインタビュー　素子の好き嫌い――「二分割幽霊綺譚」の新井素子さん」。新井家を訪ねた阿川さんが、ぬいぐるみの山に驚きながら、新井さんの好きなものと嫌いなものを聞き出していく、という内容だが、四ページのうちで作品の内容に触れているのは、末尾の一節だけである。

結婚一年、新妻の幸せをかみしめている真っ最中の素子さん、大人と少女が入り混じって、真剣と冗談が交互に飛び出す。限りないエネルギーをまき散らし、そのエネルギーの塊のひとつを、今月の文庫「二分割幽霊綺譚」の中で爆発させている。題名こそいかめしいけれど、ミミズさんもモグラさんも、砂姫も礼朗も、かなり変わった幽霊さんも登場して、奇想天外、数奇なお話である。しかし、その作者、素子嬢こそ、砂姫流に言えば「目一杯数奇で」楽しい人物だと思う。

なお、インタビューの全文は、阿川佐和子インタビュー集『あんな作家　こんな作家　どんな作家』（92年9月／講談社→01年3月／講談社文庫→14年9月／ちくま文庫）に収録されている。

特集とは別に「新刊文庫の装画を語る」のコーナーに講談社文庫版のカバー画を描いた新井苑子さんが登場している。これは短いものなので、全文をご紹介しておこう。

早いテンポと魅力的な会話で奇想天外なストーリーは展開してゆく。シュールでありながらカラッとした渇いた明かるさとユーモアが感じられ、〝夢〟を鑑賞しているような……。

視覚的に言えば、そうそう、ダリやキリコの世界です。

そういえば新井素子さんはご自分の〝夢〟をヒントに創作されたそうで、納得。

不気味なミミズや巨大なモグラが登場しますが、少しも恐ろしげではなく、むしろ愛しい存在として描かれています。

そんなモグラ達や、生き生きした人物たちを、カバーの中にまとめてみたいと思いました。

表現でむずかしかったのは、主人公のキャラクターです。

女の子でありながら男の子と思って育ってきた〝オレ〟は、男の子のようでありながら、女の子でなくてはならないのです。ああ、むずかしい。ちょっぴりコミックな感じに描きましたので、なんとか、ごまかせましたが……。

ダリやキリコが持つ透明でシュールな世界が好きでしたが、小説にもそんな世界があったのかと、うれしい気持で『二分割幽霊綺譚』を読みました。

「ハローフレンド」
1983年12月号中扉

「ハローフレンド」
1983年12月号表紙

くりた陸(りく)の作画でコミカライズされている。「新井素子の二分割幽霊綺譚」のタイトルで、講談社の少女マンガ誌「ハローフレンド」八三年十一月号から八四年一月号まで三回連載された。合計百二十ページと本にするには分量が足りなかったためか、残念ながら単行本化されていない。

第二回が載った八三年十二月号に著者インタビュー「二分割素子綺譚」が掲載されている。タイトルに合わせて、マンガの前と後ろに一ページずつ載っているのが面白い。このインタビューも本書に関連資料として再録した。初出では、マンガを描いたくりた陸さんのカットが二点添えられており、今回、くりたさんのご遺族のご厚意で、掲載誌からカットも収録することが出来た。特に記して感謝いたします。

その他のメディアミックスとして、ＮＨＫ‐ＦＭの十五分ドラマ番組「ふたりの部屋」でラジオドラマ化されている。八三年九月五日から十六日まで全十話が放送された。スタッフは脚色・岡本螢、キャストは斎藤礼子（礼朗）に矢代朝子、砂姫とヒミズとペルシャ猫に島津冴子、真弓猛とモゲラに佐々木允、暴走族風の男（第一話）と山科善行とウォグラと猫に広川太一郎、東くら子に緑魔子という布陣であった。なお、「礼朗」は小説では「もとあき」だが、ラジオドラマでは「のりあき」に変更されていた。

底本

・**扉を開けて**

『扉を開けて』（二〇〇四年・集英社コバルト文庫）

・**斉木杏の憂鬱**

「SF Japan」（二〇〇一年春季号）

・**二分割幽霊綺譚**

『二分割幽霊綺譚』（一九八六年・講談社文庫）

23ページのイラストを描かれたT. ISOKURA氏の連絡先がわかりませんでした。ご存じの方がいらっしゃれば、ご教示下さい。

新井素子SF&ファンタジーコレクション 2

扉を開けて 二分割幽霊綺譚

二〇一九年一〇月八日　第一刷発行

著　者　新井素子
編　者　日下三蔵
発行者　富澤凡子
発行所　柏書房株式会社
　東京都文京区本郷二 - 一五 - 一三（〒一一三 - 〇〇三三）
　電話（〇三）三八三〇 - 一八九一［営業］
　　（〇三）三八三〇 - 一八九四［編集］
印　刷　壮光舎印刷株式会社
製　本　小高製本工業株式会社

ISBN978-4-7601-5157-8